BRANCO LETAL

SOBRE O AUTOR

Robert Galbraith é pseudônimo de J.K. Rowling, autora da série Harry Potter, *Morte súbita*, *O chamado do Cuco*, *O bicho-da-seda* e *Vocação para o mal*.

ROBERT GALBRAITH
BRANCO LETAL

UMA HISTÓRIA DO DETETIVE CORMORAN STRIKE

Tradução de Ryta Vinagre

Título original
LETHAL WHITE

Primeira publicação na Grã-Bretanha em 2018 pela Sphere

Copyright © 2018 by J.K. Rowling

O direito moral da autora foi assegurado.

Todos os personagens e acontecimentos neste livro, com exceção dos claramente em domínio público, são fictícios, e qualquer semelhança com pessoas reais, vivas ou não, é mera coincidência.

Todos os direitos reservados.
Nenhuma parte desta obra pode ser reproduzida ou transmitida por qualquer forma ou meio eletrônico ou mecânico, inclusive fotocópia, gravação ou sistema de armazenagem e recuperação de informação, sem a permissão escrita do editor. Não podendo, por outro lado, circular em qualquer formato de impressão e de encadernação ou capa diferente daquele que foi publicado, inclusive condições similares deverão ser impostas aos compradores subsequentes.

Direitos para a língua portuguesa reservados
com exclusividade para o Brasil à
EDITORA ROCCO LTDA.
Av. Presidente Wilson, 231 – 8º andar
20030-021 – Rio de Janeiro – RJ
Tel.: (21) 3525-2000 – Fax: (21) 3525-2001
rocco@rocco.com.br/www.rocco.com.br

Printed in Brazil/Impresso no Brasil

Preparação de originais
MAIRA PARULA

CIP-Brasil. Catalogação na fonte.
Sindicato Nacional dos Editores de Livros, RJ.

G148b	Galbraith, Robert
	Branco letal / Robert Galbraith; tradução de Ryta Vinagre. – 1ª ed. – Rio de Janeiro: Rocco, 2019.
	Tradução de: Lethal white ISBN 978-85-325-3136-0 ISBN 978-85-8122-764-1 (e-book)
	1. Ficção policial. 2. Ficção inglesa. I. Vinagre, Ryta. II. Título.
19-55435	CDD-823 CDU-82-3(410.1)

Vanessa Mafra Xavier Salgado – Bibliotecária – CRB-7/6644

O texto deste livro obedece às normas do
Acordo Ortográfico da Língua Portuguesa.

Para Di e Roger,
E em memória
ao lindo e branco Spike

PRÓLOGO

Felicidade, minha cara Rebecca, significa antes de tudo o sentimento tranquilo e alegre da inocência.

Henrik Ibsen, *Rosmersholm*

Se pelo menos os cisnes nadassem lado a lado no lago verde-escuro, a imagem poderia ser a suprema realização da carreira do fotógrafo de casamentos.

Ele relutava em mudar a posição do casal, porque a luz suave abaixo da cobertura de árvores transformava a noiva em um anjo pré-rafaelita com seus cachos ruivos dourados e destacava as maçãs cinzeladas do rosto do marido. Ele não conseguia se lembrar de quando fora a última vez que lhe encomendaram a fotografia de um casal tão bonito. Não havia necessidade de truques diplomáticos com os novos sr. e sra. Matthew Cunliffe, nenhuma necessidade de virar a noiva para que os rolos de gordura nas costas fossem escondidos (na realidade, ela era um tantinho magra demais, mas isto fotografaria bem), nenhuma necessidade de sugerir ao noivo "experimente uma de boca fechada", porque os dentes do sr. Cunliffe eram retos e brancos. Só o que precisava ser escondido, e podia ser retocado nas fotos acabadas, era a feia cicatriz que corria pelo braço da noiva: púrpura e azulada, com as marcas de perfuração das suturas ainda visíveis.

Ela usava uma tipoia de borracha e algodão quando o fotógrafo chegou à casa dos pais dela naquela manhã. Foi um bom começo para ele quando a noiva a retirou para as fotografias. Ele até se perguntou se ela fizera uma tentativa fracassada de se matar antes do casamento, porque já havia visto de tudo. Depois de vinte anos no jogo, as pessoas sabem.

"Fui atacada", havia dito a sra. Cunliffe – ou Robin Ellacott, como era duas horas antes. O fotógrafo era um homem melindroso. Reprimiu a imagem mental do aço cortando aquela carne branca e macia. Felizmente, agora a marca desagradável estava oculta na sombra lançada pelo buquê de rosas creme da sra. Cunliffe.

Os cisnes, aqueles malditos cisnes. Se os dois saíssem do fundo, não importaria, mas um deles mergulhava sem parar, a pirâmide fofa do traseiro projetava-se do meio do lago como um iceberg de penas, suas contorções agitando a superfície da água, de forma que a remoção digital seria muito mais complicada do que percebeu o jovem sr. Cunliffe, que já havia sugerido esta solução. O parceiro do cisne, enquanto isso, ainda espreitava perto da margem: elegante, sereno e decidido a ficar fora do enquadramento.

– Conseguiu? – perguntou a noiva com uma impaciência palpável.

– Você está linda, minha flor – disse o pai do noivo, Geoffrey, detrás do fotógrafo. Já parecia embriagado. Os pais do casal, o padrinho e as damas de honra observavam das sombras das árvores próximas. A dama de honra menor, uma criança em seus primeiros passos, teve de ser impedida de atirar pedrinhas no lago e agora choramingava com a mãe, que lhe falava em um sussurro constante e irritado.

– Conseguiu? – perguntou Robin novamente, ignorando o sogro.

– Quase. – O fotógrafo teve de mentir. – Vire-se um pouco mais para ele, por favor, Robin. Assim. Um sorriso grande e bonito. Agora, um sorrisão!

Havia uma tensão no casal que não podia ser inteiramente atribuída à dificuldade de conseguir a foto. O fotógrafo não se importava. Não era conselheiro matrimonial. Conhecera casais que começavam a trocar gritos enquanto ele lia o fotômetro. Uma noiva saiu intempestivamente da própria recepção. Para diversão dos amigos, ele ainda guardava a foto borrada de 1998 mostrando um noivo dando uma cabeçada no padrinho de casamento.

Embora fosse um casal bonito, ele não imaginava as chances dos Cunliffe. A cicatriz comprida que corria pelo braço da noiva o afastou dela desde o início. Ele achava a história toda sinistra e repugnante.

– Deixe assim – disse subitamente o noivo, soltando Robin. – Já não temos o bastante?

– Esperem, esperem, a outra vai sair agora! – disse o fotógrafo com irritação.

No momento em que Matthew soltou Robin, o cisne na outra margem começou a nadar pela água verde-escura na direção do parceiro.

— Parece até que os sacanas estão fazendo isso de propósito, hein, Linda? — Geoffrey deu uma gargalhada para a mãe da noiva. — Bichinhos safados.

— Não importa — disse Robin, suspendendo a saia comprida por cima dos sapatos, cujos saltos eram baixos demais. — Estou certa de que conseguimos alguma coisa.

Ela se afastou do pequeno bosque de árvores para a luz escaldante do sol e atravessou o gramado na direção do castelo do século XVII onde a maioria dos convidados do casamento já se reunia, bebia champanhe e admirava a vista dos jardins do hotel.

— Acho que ela está com dor no braço — disse a mãe da noiva ao pai do noivo.

Papo furado, pensou o fotógrafo com certo prazer frio. *Eles brigaram no carro.*

O casal parecia bem feliz debaixo da chuva de confete quando partiu da igreja, mas ao chegar ao hotel de campo tinha a expressão rígida daqueles que a muito custo contêm a raiva.

— Ela vai ficar bem. Só precisa de uma bebida — disse Geoffrey num tom reconfortante. — Faça companhia a ela, Matt.

Matthew já havia partido atrás da noiva, alcançando-a com facilidade enquanto ela percorria o gramado em seus saltos finos. O resto do grupo os acompanhou, os vestidos de chiffon verde-menta das damas de honra ondulavam na brisa cálida.

— Robin, precisamos conversar.
— Então, pode falar.
— Pode esperar um minuto?
— Se eu esperar, a família vai cair em cima da gente.

Matthew olhou rapidamente para trás. Robin tinha razão.
— Robin...
— *Não toque no meu braço!*

Seu ferimento latejava no calor. Robin queria encontrar a bolsa de viagem que continha a resistente tipoia de borracha, mas estaria em algum lugar fora de alcance na suíte nupcial, onde quer que ficasse.

A multidão de convidados de pé na sombra do hotel adquiria contornos mais nítidos. Era fácil distinguir as mulheres, graças aos chapéus. A tia Sue de Matthew usava um modelo azul elétrico em tricô, Jenny, cunhada de Robin, uma confecção impressionante de plumas amarelas. Os homens eram de uma semelhança indistinta em seus trajes escuros. Era impossível ver desta distância se Cormoran Strike estava entre eles.

— Pode parar, por favor? — disse Matthew, porque eles ganharam uma boa distância da família, que acompanhava o ritmo de sua sobrinha pequena.

Robin parou.

— Fiquei chocado ao vê-lo, é só isso — disse com cautela Matthew.

— Imagino que você esperava que ele explodiria no meio da cerimônia e derrubaria as flores, não é? — perguntou Robin.

Matthew teria suportado esta resposta, se não fosse pelo sorriso que ela tentava reprimir. Ele não se esqueceu da alegria no rosto de Robin quando seu antigo chefe despencou na cerimônia de casamento dos dois. Perguntava-se se um dia conseguiria perdoar o fato de que ela havia dito "aceito" com os olhos fixos na figura grandalhona, feia e estrambólica de Cormoran Strike, e não no próprio marido. Toda a congregação deve ter visto Robin olhando radiante para ele.

As famílias dos dois voltavam a ganhar terreno sobre eles. Matthew segurou com delicadeza o braço de Robin, com os dedos centímetros acima do ferimento a faca, e a fez andar. Ela o acompanhou de boa vontade, mas ele desconfiou que fosse porque a noiva tinha esperança de estar se aproximando mais de Strike.

— Eu te falei no carro, se quiser voltar a trabalhar para ele...

— Eu sou uma "completa idiota" — disse Robin.

Os homens reunidos na varanda agora podiam ser distinguidos, mas Robin não via Strike em lugar nenhum. Ele era parrudo. Ela devia conseguir divisar mesmo entre seus irmãos e tios, todos com mais de 1,80 m de altura. Seu estado de espírito, que foi à estratosfera quando Strike apareceu, despencou como filhotes de aves encharcados de chuva. Ele deve ter ido embora depois da cerimônia, em vez de embarcar em um micro-ônibus até o hotel. Seu breve aparecimento representou um gesto de boa vontade, mas nada além disso. Ele não veio para recontratá-la, apenas prestar seus cumprimentos em sua nova vida.

— Escute. – O tom de Matthew estava mais caloroso. Ela sabia que ele também correra os olhos pela multidão, vendo que não havia Strike nenhum e chegando à mesma conclusão. – Só o que eu tentava dizer no carro era: você decide o que fazer, Robin. Se ele quisesse... se ele quiser você de volta... só fiquei preocupado, pelo amor de Deus. Trabalhar para ele não foi exatamente seguro, foi?

— Não – respondeu Robin, com o ferimento a faca latejando. – Não foi seguro.

Ela se virou para os pais e os demais familiares, esperando que os alcançassem. O cheiro adocicado e incômodo de grama aquecida enchia suas narinas e o sol batia nos ombros desnudos.

— Quer ir até a tia Robin? – disse a irmã de Matthew.

A menininha Grace prestativamente segurou o braço machucado de Robin e o balançou, provocando um grito de dor.

— Ah, me desculpe, Robin... solta, Gracie...

— Champanhe! – gritou Geoffrey. Ele passou o braço pelos ombros de Robin e a conduziu para os convidados em expectativa.

O toalete masculino, como Strike teria esperado deste hotel rural requintado, não tinha cheiro e era imaculado. Ele queria poder ter levado uma cerveja para o reservado frio e tranquilo do banheiro, mas talvez isto reforçasse a impressão de que ele era um alcoólatra vergonhoso que fora solto da cadeia para comparecer ao casamento. A equipe da recepção recebeu com um ceticismo mal velado as garantias dele de que fazia parte da festa de casamento Cunliffe-Ellacott.

Strike, mesmo sem estar ferido, tendia a intimidar, dado que era grande, moreno, de aparência naturalmente rabugenta e exibia o perfil de um pugilista. Hoje podia ter acabado de sair do ringue. Tinha o nariz quebrado, roxo e inchado ao dobro do tamanho normal, os olhos intumescidos traziam hematomas e uma orelha estava inflamada e pegajosa de suturas pretas e recentes. Pelo menos o ferimento a faca na palma da mão estava escondido por curativos, embora seu melhor terno estivesse amarrotado, com uma mancha de vinho derramado na última ocasião em que foi usado. O melhor que se podia dizer de sua aparência era que ele conseguira pegar sapatos que não eram descasados antes de partir para Yorkshire.

Ele bocejou, fechou os olhos doloridos e descansou a cabeça por um momento na parede fria da divisória. Estava tão cansado que podia tranquilamente adormecer ali, sentado no banheiro. Mas precisava encontrar Robin e pedir a ela – se necessário, implorar – que lhe perdoasse por demiti-la, e que voltasse ao trabalho. Ele achava que vira alegria no rosto dela quando os olhos dos dois se encontraram na igreja. Certamente ela sorrira para ele ao passar no braço de Matthew na saída, e assim ele se apressou para pedir ao amigo Shanker, que agora dormia no estacionamento dentro da Mercedes que pegou emprestada para a viagem, para seguir os micro-ônibus até a recepção.

Strike não desejava permanecer para a refeição e os discursos: não tinha confirmado presença no convite que recebera antes de demitir Robin. Só queria alguns minutos para conversar com ela, mas até agora isto se mostrara impossível. Ele havia se esquecido de como eram os casamentos. Enquanto procurava por Robin na varanda lotada, viu o foco desconfortável de cem pares de olhos curiosos. Bebendo champanhe, que não era de seu agrado, ele se retirou para o bar em busca de uma cerveja. Um jovem de cabelo preto, parecido com Robin na boca e na testa, o seguiu, com uma turma de outros jovens em sua esteira, todos com expressões semelhantes de uma empolgação mal reprimida.

– Você é Strike, não? – perguntou o jovem.

O detetive concordou.

– Martin Ellacott – disse o outro. – Irmão de Robin.

– Como vai? – Strike ergueu a mão com o curativo para mostrar que não podia trocar um aperto sem sentir dor. – Sabe onde ela está?

– Terminando as fotos – disse Martin. Ele apontou para o iPhone que segurava na outra mão. – Você virou notícia. Você apanhou o Estripador de Shacklewell.

– Ah – disse Strike. – É.

Apesar dos recentes ferimentos a faca na palma da mão e na orelha, parecia a ele que os violentos acontecimentos das doze horas anteriores tiveram lugar há muito tempo. O contraste entre o sórdido esconderijo onde ele havia encurralado o assassino e este hotel quatro estrelas era tão dissonante que pareciam realidades distintas.

Agora chegava ao bar uma mulher cujo *fascinator* turquesa tremia no cabelo louro-claro. Também segurava o telefone, com os olhos deslocando-se rapidamente para cima e para baixo, comparando o Strike em carne e osso com o que ele estava certo de ser uma foto dele na tela.

– Com licença, preciso ir ao toalete – disse Strike a Martin, e escapuliu antes que mais alguém se aproximasse dele. Depois de ter de convencer a desconfiada equipe da recepção, ele se refugiou no banheiro.

Com outro bocejo, ele olhou o relógio. Certamente a essa altura Robin deve ter terminado de fazer as fotos. Com uma careta de dor, porque o efeito dos analgésicos que lhe deram no hospital tinha passado havia muito tempo, Strike se levantou, destrancou a porta e voltou para o meio de estranhos boquiabertos.

Um quarteto de cordas tinha se instalado na extremidade do vazio salão de jantar. Começaram a tocar quando o grupo do casamento se organizava em uma fila de cumprimentos com que Robin supôs ter consentido em algum momento durante os preparativos da cerimônia. Ela havia renunciado a tanta responsabilidade para os arranjos do dia que não parava de ter pequenas surpresas como esta. Tinha se esquecido, por exemplo, de que eles concordaram em fazer as fotos no hotel, e não na igreja. Se não tivessem acelerado no Daimler logo depois da cerimônia, talvez houvesse a oportunidade de falar com Strike e pedir a ele – se necessário, implorar – para aceitá-la de volta. Mas ele partira sem falar com ela, o que a fez se perguntar se tinha a coragem, ou a humildade, de lhe telefonar depois disto e suplicar por seu emprego.

O salão parecia escuro depois da luminosidade dos jardins ensolarados. Era revestido de madeira, com cortinas de brocado e pinturas a óleo em molduras douradas. O aroma dos arranjos florais estendia-se pesado no ar, e vidro e talheres brilhavam nas toalhas de mesa brancas como a neve. O quarteto de cordas, que soava alto na caixa de madeira ecoante do salão, logo foi tragado pelo barulho dos convidados subindo a escada exterior, reunindo-se no patamar, conversando e rindo, já repletos de champanhe e cerveja.

– Então, vamos lá! – rugiu Geoffrey, que parecia curtir o dia mais do que qualquer outra pessoa. – Tragam os dois para dentro!

Se a mãe de Matthew estivesse viva, Robin duvidava que Geoffrey se sentisse capaz de dar plena expressão a sua efervescência. A falecida sra. Cunliffe era cheia de frios olhares de esguelha e cutucões, constantemente procurando qualquer sinal de emoção desenfreada. A irmã da sra. Cunliffe, Sue, era uma das primeiras na fila, com uma expressão fria, pois queria se sentar na mesa principal e este privilégio lhe foi negado.

— Como você está, Robin? — perguntou ela, dando um beijo rápido no ar ao lado da orelha de Robin. Infeliz, decepcionada e sentindo-se culpada por não estar feliz, de súbito Robin sentiu o quanto esta mulher, sua nova tia por casamento, antipatizava com ela. — Lindo vestido — disse a tia Sue, mas seus olhos já estavam no belo Matthew.

— Eu queria que sua mãe... — começou ela e depois, com um leve ofegar, enterrou o rosto no lenço que trazia preparado na mão.

Outros amigos e parentes entravam, radiantes, beijavam, trocavam apertos de mãos. Geoffrey empacava constantemente a fila, distribuía abraços de urso a todos que não resistissem ativamente.

— Então ele veio — disse a prima preferida de Robin, Katie. Ela teria sido dama de honra se não estivesse em gestação avançada. Era hoje o dia marcado de seu parto. Robin se admirou que ela ainda conseguisse andar. A barriga estava dura como uma melancia enquanto ela se inclinava para um beijo.

— Quem veio? — perguntou Robin, e Katie deu um passo de lado para abraçar Matthew.

— Seu chefe. Strike. Martin agora mesmo falava com ele no...

— Acho que você ficará ali, Katie — disse Matthew, apontando para uma mesa no meio da sala. — Vai querer descansar seus pés, não? Deve ser difícil no calor, creio.

Robin mal registrava a passagem de vários outros convidados pela fila. Respondia ao acaso a seus bons votos, com os olhos constantemente atraídos à soleira pela qual todos formavam fila. Será que Katie quis dizer que Strike estava ali no hotel, afinal? Ele a acompanhou depois da igreja? Ele ia aparecer? Onde estava se escondendo? Ela havia procurado em toda parte — na varanda, no corredor, no bar. A esperança cresceu e voltou a despencar. Quem sabe Martin, famoso por sua falta de tato, o tivesse afugentado dali? Depois ela se lembrou de que Strike não era uma criatura tão frágil assim, e a esperança borbulhou uma vez mais e ficou impossível, enquanto seu eu interior fazia essas peregrinações de expectativa e pavor, simular as emoções mais convencionais de um casamento cuja ausência, ela sabia, era sentida e provocava ressentimentos em Matthew.

– Martin! – Robin disse alegremente quando o irmão mais novo apareceu, já três cervejas acima, acompanhado pelos amigos.

– Acho que você já sabe, né? – Martin supôs que ela saberia. Ele segurava o celular. Tinha dormido na casa de um amigo na noite anterior, e assim o quarto dele pôde ser cedido a parentes de Down South.

– Sei do quê?

– Que ele apanhou o Estripador ontem à noite.

Martin levantou a tela para mostrar a matéria de jornal. Ela ofegou ao ver a identidade do Estripador. O ferimento a faca que o homem infligiu latejou em seu braço.

– Ele ainda está aqui? – perguntou Robin, mandando às favas o fingimento. – Strike? Ele disse que ia ficar, Mart?

– Pelo amor de Deus – resmungou Matthew.

– Desculpe-me – disse Martin, vendo a irritação de Matthew. – Segurando a fila.

Ele se afastou. Robin virou-se para olhar para Matthew e viu, como que em imagem térmica, a culpa reluzindo através dele.

– Você sabia – disse ela, distraidamente apertando a mão de uma tia-avó que havia se inclinado, esperando um beijo.

– Sabia do quê? – retrucou ele asperamente.

– Que Strike apanhou...

Mas sua atenção agora era exigida pelo velho amigo de universidade e colega de trabalho de Matthew, Tom, e sua noiva, Sarah. Ela não ouviu uma palavra dita por Tom, porque não deixou de observar a porta, onde tinha esperanças de ver Strike.

– Você sabia – repetiu Robin, depois que Tom e Sarah se afastaram. Houve outro hiato. Geoffrey recebia um primo do Canadá. – Não sabia?

– Ouvi o final da história no noticiário esta manhã – disse Matthew em voz baixa. Sua expressão endureceu enquanto ele olhava por cima da cabeça de Robin, na direção da porta. – Bom, aí está ele. Seu desejo foi realizado.

Robin se virou. Strike tinha acabado de entrar, um olho cinza e roxo acima da barba por fazer, uma orelha inchada, com suturas. Ele levantou a mão com o curativo quando os olhos dos dois se encontraram e tentou abrir um sorriso tristonho, que terminou em um estremecimento.

– Robin – disse Matthew. – Escute, eu preciso...

— Um minuto — disse ela, com uma alegria que esteve patentemente ausente o dia todo.

— Antes de você falar com ele, preciso dizer...

— Matt, por favor, isso não pode esperar?

Ninguém na família quis deter Strike, cujos ferimentos implicavam que ele não podia apertar a mão dos outros. Ele manteve a mão com curativo diante de si e furou a fila. Geoffrey o olhou feio e até a mãe de Robin, que havia gostado dele em seu único encontro anterior, foi incapaz de invocar um sorriso enquanto ele a cumprimentava pelo nome. Parecia que todos os convidados no salão de jantar estavam olhando.

— Não precisava ser tão teatral — disse Robin, sorrindo para seu rosto inchado quando enfim ele se colocou diante dela. Ele também sorriu, embora fosse doloroso: a viagem de 300 quilômetros que suportara com tanta imprudência afinal tinha valido a pena, para vê-la sorrindo para ele desse jeito. — Estourando igreja adentro. Podia ter apenas ligado.

— É, desculpe-me por ter derrubado as flores — disse Strike, incluindo o amuado Matthew em seu pedido de desculpas. — Eu telefonei, mas...

— Eu não estava com meu telefone hoje de manhã — disse Robin, consciente de que segurava a fila, mas sem se importar nem um pouco. — Dê a volta — disse ela alegremente à chefe de Matthew, uma ruiva alta.

— Não, eu liguei... dois dias atrás, não foi isso? — disse Strike.

— O quê? — disse Robin, enquanto Matthew tinha uma conversa afetada com Jemima.

— Duas vezes — disse Strike. — Deixei uma mensagem.

— Não recebi telefonema nenhum — respondeu Robin —, nem mensagem.

A tagarelice, o tinido e o tilintar de uma centena de convidados e a melodia suave do quarteto de cordas de súbito pareceram abafados, como se uma bolha espessa de choque a pressionasse.

— Quando foi que... o que você disse... dois dias atrás?

Desde que chegou à casa dos pais, ela estivera ocupada ininterruptamente com tediosas tarefas do casamento, entretanto ainda havia conseguido verificar o telefone com frequência e disfarçadamente, na esperança de que Strike tivesse telefonado ou mandado uma mensagem de texto. Sozinha no quarto naquela manhã, ela olhou todo o histórico de chamadas na vã esperança de localizar uma comunicação perdida, mas encontrou o histórico apagado. Sem ter dormido quase nada nas últimas duas semanas, concluiu que cometera uma gafe por exaustão, apertou o botão errado, apagou tudo por acidente...

— Não quero ficar — disse Strike em voz baixa. — Só queria me desculpar e pedir a você para...

— Você precisa ficar — disse ela, estendendo a mão e segurando seu braço como se ele pudesse fugir.

Seu coração batia tão acelerado que ela se sentia sem fôlego. Sabia que tinha perdido a cor enquanto o salão zumbindo parecia oscilar a sua volta.

— Fique, por favor. — Ela ainda segurava o braço de Strike com força, ignorando Matthew, todo eriçado a seu lado. — Eu preciso... quero conversar com você. Mãe? — ela chamou.

Linda saiu da fila de cumprimentos. Parecia esperar pela convocação e sua fisionomia não era nada feliz.

— Pode, por favor, colocar Cormoran em uma mesa? — disse Robin. — Talvez junto com Stephen e Jenny?

Sem sorrir, Linda levou Strike dali. Os últimos convidados aguardavam para dar os parabéns. Robin não conseguia mais forçar um sorriso e uma conversa leve.

— Por que não recebi os telefonemas de Cormoran? — ela perguntou a Matthew, enquanto um idoso afastava-se para as mesas, sem ser recebido nem cumprimentado.

— Estive tentando dizer a você...

— Por que não recebi os telefonemas, Matthew?

— Robin, podemos falar sobre isso mais tarde?

A verdade explodiu de súbito; ela arquejou.

— *Você* apagou meu histórico de chamadas. — Sua mente saltou rapidamente de uma dedução a outra. — Você pediu a minha senha quando voltei do banheiro no posto de gasolina. — Os dois últimos convidados deram uma olhada na expressão dos noivos e passaram rapidamente, sem exigir seus cumprimentos. — Você pegou meu telefone. Disse que era sobre a lua de mel. Ouviu a mensagem dele?

— Sim — disse Matthew. — Eu a deletei.

O silêncio que parecia fazer pressão nela tornou-se um gemido agudo. Ela ficou tonta. Ali, de pé no volumoso vestido de renda branca que não lhe agradava, o vestido que ela havia reformado porque o casamento fora adiado uma vez, presa àquele lugar por obrigações cerimoniais. Na periferia de sua visão, cem rostos borrados oscilavam. Os convidados tinham fome e expectativa.

Seus olhos encontraram Strike, que estava de pé e de costas para ela, esperando ao lado de Linda enquanto outro lugar era colocado à mesa de Stephen, irmão mais velho de Robin. Robin imaginou ir até ele e dizer: "Vamos dar o fora daqui." O que ele diria se ela o fizesse?

Seus pais gastaram muito dinheiro para aquele dia. A sala abarrotada esperava que os noivos tomassem seus lugares na mesa principal. Mais branca do que o vestido de casamento, Robin acompanhou o novo marido a seus lugares enquanto o salão explodia em aplausos.

O garçom meticuloso parecia decidido a prolongar o desconforto de Strike. Ele não teve alternativa senão ficar à plena vista de cada mesa durante a espera pela preparação de seu lugar extra. Linda, que era quase trinta centímetros mais baixa que o detetive, continuava junto do cotovelo de Strike enquanto o jovem fazia ajustes imperceptíveis nos talheres de sobremesa e virava o prato para que o desenho se alinhasse com seus vizinhos. O pouco que Strike podia ver do rosto de Linda abaixo dos talheres parecia furioso.

– Muito obrigado – disse ele por fim, com o garçom saindo do caminho, mas, enquanto segurava o encosto da cadeira, Linda pôs a mão de leve em sua manga. Seu toque suave podia muito bem ser um grilhão, acompanhado como foi por uma aura de maternidade indignada e hospitalidade ofendida. Ela era muito parecida com a filha. O cabelo desbotado de Linda também era ruivo dourado, o azul acinzentado dos olhos realçado pelo chapéu prateado.

– Por que você veio aqui? – perguntou ela entredentes, enquanto garçons se agitavam à volta dos dois, dispondo as entradas. Pelo menos a chegada da comida distraiu os outros convidados. A conversa foi interrompida quando a atenção das pessoas se voltou para a muito esperada refeição.

– Para pedir a Robin que volte a trabalhar comigo.

– Você a demitiu. Isto partiu o coração dela.

Havia muito que podia ter dito a respeito disso, mas ele decidiu não falar do que Linda deve ter sofrido quando viu o ferimento a faca de 20 centímetros.

— Ela foi atacada três vezes, trabalhando para você – disse Linda, e sua cor se intensificava. – Três vezes.

Na verdade, Strike podia ter dito a Linda que assumia a responsabilidade apenas pelo primeiro destes ataques. O segundo aconteceu depois que Robin ignorou suas instruções explícitas e o terceiro como consequência não só da desobediência dela, mas colocando em risco uma investigação de homicídio e todo o escritório dele.

— Ela não tem dormido. Eu a ouço à noite...

Os olhos de Linda tinham um brilho excessivo. Ela o soltou, mas falou aos sussurros:

— Você não tem uma filha. Não pode entender o que estamos passando.

Antes que Strike conseguisse invocar suas faculdades mentais exauridas, ela se afastou a passos pesados para a mesa principal. Ele percebeu o olhar de Robin acima de sua entrada intocada. Ela fez uma expressão angustiada, como se temesse que ele fosse embora. Ele ergueu de leve as sobrancelhas e, enfim, sentou-se em seu lugar.

Uma forma robusta a sua esquerda se mexeu de um jeito preocupante. Strike virou-se para ver mais olhos parecidos com os de Robin, instalados acima de um maxilar belicoso e encimados por sobrancelhas eriçadas.

— Você deve ser Stephen – disse Strike.

O irmão mais velho de Robin resmungou, ainda com um olhar duro. Ambos eram homens corpulentos; espremidos ali, o cotovelo de Stephen roçava no de Strike quando ele estendia a mão para a cerveja. O resto da mesa encarava Strike. Ele levantou a mão direita em uma ligeira saudação desanimada, lembrou-se de que era a do curativo quando a viu e sentiu que chamava mais atenção ainda para si.

— Oi, meu nome é Jenny, esposa de Stephen – disse a morena de ombros largos do outro lado de Stephen. – Parece que você está precisando disto.

Ela passou uma cerveja intocada por cima do prato de Stephen. Strike ficou tão agradecido que podia ter dado um beijo nela. Em deferência à carranca de Stephen, ele se limitou a um "obrigado" comovido e tomou metade da bebida em um gole só. Pelo canto do olho, viu Jenny falar algo no ouvido do marido, em voz baixa. Este último observou Strike virar o copo de cerveja novamente, deu um pigarro e disse bruscamente:

— Imagino que os parabéns estejam na ordem do dia.

— Por quê? — disse Strike, inexpressivo.

A ferocidade da expressão de Stephen baixou um grau.

— Você apanhou aquele assassino.

— Ah, sim. — Strike pegou seu garfo na mão esquerda e meteu na entrada de salmão. Só depois de tê-lo engolido inteiramente e notado Jenny rindo foi que ele percebeu que devia ter tratado a comida com mais respeito. — Desculpe-me — resmungou ele. — Muita fome.

Agora Stephen o olhava com um brilho de aprovação.

— Não tem sentido nisso, tem? — Ele baixou os olhos para a própria musse. — É principalmente vento.

— Cormoran — disse Jenny —, você se importaria de acenar para Jonathan? O outro irmão de Robin... bem ali.

Strike olhou na direção indicada. Um jovem magro da mesma coloração de Robin acenou com entusiasmo da mesa ao lado. Strike fez uma saudação breve e tímida.

— Você a quer de volta, então? — Stephen disparou a ele.

— Sim — disse Strike. — Quero.

De certo modo ele esperava uma reação furiosa, mas em vez disso Stephen soltou um longo suspiro.

— Acho que eu devia ficar satisfeito. Nunca a vi mais feliz do que quando trabalhava para você. Eu tirava onda dela quando éramos crianças porque ela dizia que queria ser policial — acrescentou ele. — Queria não ter feito isso. — Ele aceitou uma nova cerveja do garçom e bebeu uma quantidade impressionante antes de continuar. — Nós fomos uns imbecis com ela, pensando bem agora, e depois ela... bom, ela se defendeu um pouco melhor ultimamente.

O olhar de Stephen vagou para a mesa principal e Strike, que havia se voltado para lá, sentiu-se no direito de roubar um olhar de Robin também. Ela estava em silêncio, nem comia, nem olhava para Matthew.

— Agora não, parceiro — ele ouviu Stephen falar e se virou, vendo seu vizinho estender o braço longo e grosso, formando uma barreira entre Strike e um dos amigos de Martin, que estava a seus pés, já se curvando bem para fazer uma pergunta a Strike. O amigo se retirou, envergonhado.

— Saúde — disse Strike, terminando a cerveja de Jenny.

— Acostume-se com isso — disse Stephen, demolindo a própria musse em um só bocado. — Você apanhou o Estripador de Shacklewell. Vai ficar famoso, amigo.

★ ★ ★

As pessoas diziam que coisas passavam em um borrão depois de um choque, mas não era o que acontecia com Robin. O salão a sua volta continuava visível demais, cada detalhe era nítido: os quadrados brilhantes de luz que caíam através das janelas acortinadas, o esmalte luminoso do céu azul do outro lado do vidro, as toalhas de mesa damasco encobertas por cotovelos e copos desarrumados, as faces que aos poucos ficavam coradas dos convidados zombando e bebendo, o perfil aristocrático da tia Sue sem se deixar abrandar pela conversa dos vizinhos, o chapéu amarelo e espalhafatoso de Jenny tremendo quando ela brincava com Strike. Ela viu Strike. Seus olhos voltavam com tanta frequência às costas dele que ela podia desenhar com perfeita precisão os vincos no paletó de seu terno, os cachos escuros e densos da parte de trás da cabeça, a diferença de espessura de suas orelhas devido ao ferimento a faca na esquerda.

Não, o choque do que ela havia descoberto na fila de cumprimentos não deixou o ambiente turvo. Em vez disso, afetou a percepção do som e do tempo. A certa altura, ela sabia que Matthew a incentivou a comer, mas ela só deu conta disso depois que um prato cheio foi retirado por um garçom solícito, porque tudo que lhe era dito precisava penetrar as grossas muralhas que se fecharam sobre ela depois da confissão da perfídia de Matthew. Dentro da cela invisível que a separava inteiramente de todos os outros no salão, a adrenalina bradou por ela, encorajando-a sem parar a se levantar e afastar-se dali.

Se Strike não tivesse aparecido hoje, talvez ela nunca soubesse que ele a queria de volta e que ela podia ser poupada da vergonha, da raiva, da humilhação, da mágoa com que tem sido atormentada desde aquela noite pavorosa em que ele a demitiu. Matthew procurou negar a ela aquilo que podia salvá-la, aquilo pelo qual ela chorava nas madrugadas quando todos os outros estavam dormindo: a restauração do respeito por si mesma, do emprego que tinha significado tudo para ela, da amizade que ela não sabia ter sido um dos prêmios de sua vida; sabia apenas como fora arrancada dela. Matthew mentiu e insistia na mentira. Ele sorrira enquanto ela se arrastava pelos dias antes do casamento, tentando fingir que estava feliz por ter perdido uma vida que amava. Será que ela o enganou? Ele acreditou que ela verdadeiramente estava feliz por sua vida com Strike ter terminado? Se foi assim, ela se casou com um homem que não a conhecia em absoluto, e se ele não acreditava...

As sobremesas foram retiradas e Robin precisou fingir um sorriso para o garçom preocupado, que desta vez perguntou se podia lhe trazer algo mais, pois este era o terceiro prato que ela deixava intocado.

– Acho que você não tem uma arma carregada, não é? – perguntou Robin a ele.

Ludibriado por suas maneiras sérias, ele sorriu e mostrou confusão.

– Não importa – disse ela. – Deixa pra lá.

– Pelo amor de Deus, Robin – disse Matthew e ela sabia, com uma pulsação de fúria e prazer, que ele entrava em pânico, com medo do que ela faria, com medo do que ia acontecer agora.

O café chegava em elegantes bules de prata. Robin observou o serviço dos garçons, viu as pequenas bandejas de *petits fours* colocadas nas mesas. Viu Sarah Shadlock em um vestido turquesa apertado e sem mangas atravessando o salão apressadamente até o banheiro antes dos discursos, observou Katie com sua gravidez pesada acompanhando-a em seus calçados rasteiros, inchada e cansada, a barriga enorme em primeiro plano, e mais uma vez os olhos de Robin voltaram às costas de Strike. Ele devorava *petits fours* e conversava com Stephen. Ela ficou satisfeita por ele ter sido colocado ao lado de Stephen. Sempre achou que eles se dariam bem.

Então veio o pedido de silêncio, seguido por farfalhar, inquietude e uma massa de cadeiras arranhando o assoalho enquanto todos que estavam de costas para a mesa principal arrastavam-se para ver os oradores. Os olhos de Robin encontraram os de Strike. Ela não conseguiu interpretar sua expressão. Ele só desviou os olhos dela quando o pai de Robin se levantou, endireitou os óculos e começou a falar.

Strike estava ansioso para se deitar ou, na impossibilidade disto, para voltar ao carro com Shanker, onde pelo menos podia reclinar o banco. Mal teve duas horas de sono nas últimas 48 horas, e uma mistura de analgésicos fortes e o que agora eram quatro cervejas o deixou tão sonolento que ele cochilava sem parar, encostado na mão que escorava a cabeça, despertando aos solavancos quando a têmpora escorregava dos nós dos dedos.

Ele nunca perguntou a Robin como os pais dela ganhavam a vida. Se Michael Ellacott fez alusão a sua profissão em algum momento do discurso, Strike perdeu. Era um homem de aparência pacífica, quase professoral com seus óculos de aro de chifre. Todos os filhos tinham sua altura, mas apenas Martin havia herdado o cabelo preto e os olhos castanhos.

O discurso foi escrito, ou talvez reescrito, quando Robin estava desempregada. Michael demorou-se com amor e apreciação evidentes nas virtudes pessoais de Robin, sua inteligência, sua resiliência, sua generosidade e gentileza. Ele precisou parar e dar um pigarro quando passou a falar de seu orgulho pela única filha, mas houve um branco onde deveriam estar suas realizações, um espaço vazio pelo que ela de fato fizera ou vivera. É claro que algumas coisas a que Robin havia sobrevivido eram inadequadas para esta gigantesca caixa de charutos em forma de salão, ou para a audiência desses convidados de plumas e flores na lapela, mas o fato de sua sobrevivência, para Strike, era a mais alta prova dessas virtudes e a ele parecia, embora estivesse aturdido pelo sono, que deveria ter sido feito um reconhecimento.

Ninguém mais parecia pensar assim. Ele até detectou um leve alívio nos convidados quando Michael chegou à conclusão sem aludir a facas ou cicatrizes, máscaras de gorila ou balaclavas.

Chegou a hora de o noivo falar. Matthew levantou-se em meio a aplausos entusiasmados, mas as mãos de Robin continuaram no colo enquanto ela olhava a janela do outro lado, onde o sol agora caía baixo no céu sem nuvens, lançando sombras escuras e compridas no gramado.

Em algum lugar no salão, zumbia uma abelha. Muito menos preocupado em ofender Matthew do que esteve com Michael, Strike se ajeitou na cadeira, cruzou os braços e fechou os olhos. Por mais ou menos um minuto, ouviu Matthew dizer que ele e Robin se conheciam desde a infância, mas só no ensino médio foi que ele percebeu como ficara muito bonita a garotinha que no passado o derrotara na corrida do ovo na colher...

– Cormoran!

Ele acordou de repente num susto e, a julgar pela mancha molhada no peito, entendeu que estivera babando. Sem graça, olhou para Stephen, que lhe deu uma cotovelada.

– Você estava roncando – disse Stephen em voz baixa.

Antes que ele pudesse responder, o salão rompeu novamente em aplausos. Matthew se sentava, sem sorrir.

Certamente devia estar perto do fim... Mas não, o padrinho de Matthew se colocava de pé. Agora que estava de novo acordado, Strike percebeu o quanto sua bexiga estava cheia. Ele torcia desesperadamente para que o discurso desse sujeito fosse rápido.

— Matt e eu nos conhecemos no campo de rúgbi – disse ele, e uma mesa mais para o fundo da sala explodiu em gritos embriagados.

— Lá em cima – disse Robin. – Agora.

Estas foram as primeiras palavras que ela dirigiu ao marido desde que eles se sentaram à mesa principal. Os aplausos para o discurso do padrinho mal tinham esmorecido. Strike se levantava, mas ela sabia que ele só ia ao banheiro porque o viu parar um garçom e pedir informações. De todo modo, agora ela sabia que ele a queria de volta e estava convencida de que ele ficaria por tempo suficiente para ouvir sua anuência. O olhar que eles trocaram durante as entradas dissera isto a ela.

— Vão trazer a banda em meia hora – disse Matthew. – Acho que nós...

Mas Robin ia para a porta, levando com ela a cela de isolamento invisível que a manteve fria e sem lágrimas durante o discurso do pai, as proclamações nervosas de Matthew, o tédio de velhas histórias familiares do clube de rúgbi regurgitadas pelo padrinho. Robin tinha a vaga impressão de que a mãe tentou atrasá-la enquanto ela abria caminho pelos convidados, mas não prestou atenção. Tinha se sentado obedientemente durante a refeição e os discursos. O universo lhe devia um intervalo de privacidade e liberdade.

Ela andou a passos firmes para a escada, suspendendo a saia para longe dos calçados baratos, e partiu por um suntuoso corredor acarpetado, sem saber aonde ia, com os passos de Matthew apressados atrás dela.

— Com licença – disse ela a um adolescente de colete que retirava de um armário um cesto de roupa de cama sobre rodas –, onde fica a suíte nupcial?

Ele olhou dela para Matthew e sorriu com malícia, muita malícia.

— Deixa de ser babaca – disse Robin com frieza.

— Robin! – disse Matthew, enquanto o adolescente ruborizava.

— Por ali. – O jovem apontou, com a voz rouca.

Robin seguiu a passos firmes. Matthew, ela sabia, tinha a chave. Ele ficara no hotel com o padrinho na noite anterior, mas não na suíte nupcial.

Quando Matthew abriu a porta, ela entrou e registrou as pétalas de rosa na cama, o champanhe resfriando, o envelope grande dirigido ao sr. e à sra. Cunliffe. Com alívio, viu a bolsa de viagem que pretendia levar como bagagem de mão na lua de mel misteriosa dos dois. Abrindo o zíper, meteu o braço saudável ali dentro e encontrou a tipoia que havia retirado para as fotografias. Quando a recolocou no braço dolorido, com o ferimento pouco curado, ela retirou do dedo a nova aliança de casada e a jogou na mesa de cabeceira ao lado do balde de champanhe.

– O que está fazendo? – Matthew parecia ao mesmo tempo assustado e agressivo. – O que foi... você quer anular? Não quer ficar casada?

Robin o encarou. Esperava sentir alívio depois que eles estivessem a sós e ela pudesse falar com liberdade, mas a enormidade do que ele fizera ridicularizava suas tentativas de se expressar. Ela viu o medo que ele sentia do silêncio dela nos olhos que disparavam, nos ombros tensos de Matthew. Não sabia se ele tinha consciência disso, mas ele havia se colocado exatamente entre Robin e a porta.

– Muito bem – disse ele em voz alta –, eu sei que não devia...

– Você sabia o que o emprego significava para mim. Você sabia.

– Eu não queria que você voltasse, está bem? – gritou Matthew. – Você foi atacada e esfaqueada, Robin!

– Isso foi por minha culpa!

– Ele demitiu você, merda!

– Porque fiz uma coisa que ele me disse para não fazer...

– *Eu sabia que você ia defendê-lo, porra!* – berrou Matthew, perdendo todo o controle. – Eu sabia que, se você falasse com ele, ia voltar correndo como uma merda de cachorrinho!

– Você não pode tomar essas decisões por mim! – gritou ela. – Ninguém tem o direito de interceptar a porra dos meus telefonemas e apagar minhas mensagens, Matthew!

A moderação e o fingimento acabaram. Eles só se escutavam por acaso, em breves pausas para respirar, cada um deles gritando seu ressentimento e sua dor pelo quarto como lanças flamejantes que ardiam até virar pó antes de atingir o alvo. Robin gesticulava como louca, depois gritou de dor quando o braço soltou um protesto agudo, e Matthew apontou com uma cólera arrogante a cicatriz que ela levaria para sempre devido a sua estupidez imprudente no trabalho com Strike. Não se chegou a nada, não se perdoou nada, ninguém se desculpou por nada: as discussões que tinham desfigurado os últimos 12 meses dos dois levaram a esta conflagração, as escaramuças de fronteira que são um presságio da guerra. Do outro lado da janela, a tarde se dissolvia rapidamente na noite. A cabeça de Robin latejava, o estômago estava revirado, a sensação de asfixia ameaçava dominá-la.

— Você detestava que eu trabalhasse naquele horário... não dava a mínima para eu estar feliz em meu emprego pela primeira vez na vida, então você *mentiu*! Você sabia o que significava para mim e você *mentiu*! Como pôde apagar meu histórico de chamadas, como pôde apagar minha caixa postal...?

De súbito, ela se sentou em uma cadeira funda e franjada, com a cabeça entre as mãos, tonta com a força de sua fúria e do choque em um estômago vazio.

Em algum lugar, distante no silêncio acarpetado dos corredores do hotel, uma porta se fechou, uma mulher riu.

— Robin — disse Matthew com a voz rouca.

Ela o ouviu se aproximar dela, mas estendeu a mão, mantendo-o afastado.

— Não toque em mim.

— Robin, eu não devia ter feito isso, eu sei. Não queria que você se machucasse de novo.

Ela nem o ouvia. Sua fúria não era só por Matthew, mas também por Strike. Ele devia ter insistido nos telefonemas. Devia ter tentado sem parar. *Se tivesse feito isso, talvez eu nem estivesse aqui agora.*

O pensamento a assustou.

Se eu soubesse que Strike me queria de volta, teria me casado com Matthew?

Ela ouviu o farfalhar do paletó de Matthew e deduziu que ele olhava o relógio. Talvez os convidados que esperavam no térreo pensassem que eles tinham desaparecido para consumar o casamento. Ela podia imaginar Geoffrey fazendo piadas vulgares na ausência deles. A banda devia ficar ali por uma hora. De novo, ela lembrou o quanto isso tudo custara a seus pais. De novo, ela lembrou que eles tinham perdido os depósitos do casamento que fora adiado.

— Tudo bem — disse ela em uma voz insípida. — Vamos voltar lá para baixo e dançar.

Ela se levantou, ajeitando automaticamente a saia. Matthew estava desconfiado.

— Tem certeza?

— Precisamos passar pelo dia de hoje — disse ela. — As pessoas fizeram muito esforço. Mamãe e papai gastaram muito dinheiro.

Suspendendo a saia novamente, ela partiu para a porta da suíte.

— Robin!

Ela se virou, esperando que ele dissesse "eu te amo", esperando que ele sorrisse, que implorasse, que a induzisse a uma reconciliação mais verdadeira.

— É melhor você usar isto. — Ele estendeu a aliança que ela havia retirado, com uma expressão tão fria quanto a dela.

Strike não conseguiu pensar em um curso de ação melhor do que continuar a beber, uma vez que pretendia ficar até ter falado novamente com Robin. Ele se afastou da proteção complacente de Stephen e Jenny, sentindo que eles deviam ficar livres para desfrutar da companhia de amigos e familiares, e recaiu nos métodos pelos quais costumava repelir a curiosidade de estranhos: seu próprio porte intimidador e a expressão habitualmente rabugenta. Por algum tempo, ficou na ponta do balcão, bebendo uma cerveja sozinho, depois parou na varanda, onde ficou afastado dos outros fumantes e contemplou a noite iluminada, respirando o doce aroma da campina abaixo do céu coral. Nem Martin e seus amigos, agora eles próprios cheios de bebida e fumando em um círculo como adolescentes, conseguiram criar coragem suficiente para importuná-lo.

Depois de algum tempo, os convidados foram habilidosamente reunidos e conduzidos *en masse* de volta ao salão revestido de madeira, transformado, na ausência deles, em uma pista de dança. Metade das mesas foi retirada, as outras deslocadas para os lados. Uma banda se colocava, preparada, atrás de amplificadores, mas os noivos continuavam ausentes. Um homem que Strike entendia ser o pai de Matthew, suado, balofo e de cara vermelha, já havia feito várias piadas sobre o que eles podiam estar aprontando quando Strike viu que se dirigia a ele uma mulher de vestido turquesa apertado cujo enfeite de plumas do cabelo fez cócegas no nariz dele quando ela se aproximou para um aperto de mãos.

– É Cormoran Strike, não? – disse ela. – Que honra! Sarah Shadlock.

Strike sabia tudo a respeito de Sarah Shadlock. Tinha ido para a cama com Matthew na universidade, enquanto ele estava em um relacionamento de longa distância com Robin. Mais uma vez, Strike indicou seu curativo, mostrando por que não podia apertar a mão dela.

– Ah, coitadinho!

Um careca bêbado que provavelmente era mais novo do que aparentava agigantava-se atrás de Sarah.

– Tom Turvey – disse ele, fixando os olhos desfocados em Strike. – Um trabalho danado de bom. Muito bom, amigo. *Um trabalho danado de bom.*

– Há séculos queríamos conhecer você – disse Sarah. – Somos amigos antigos de Matt e Robin.

– O Estripador de Shack... Shacklewell – disse Tom, em um leve soluço. – Um trabalho danado de bom.

– *Olhe só* para você, coitadinho – repetiu Sarah, tocando o bíceps de Strike enquanto sorria para seu rosto com hematomas. – *Ele* não fez isso com você, fez?

– Todo mundo quer saber – disse Tom, com um sorriso amarelo. – As pessoas estão que não se aguentam. Você devia ter feito um discurso em vez de Henry.

– Ha ha – disse Sarah. – Espero que seja a última coisa que você queira fazer. Deve ter vindo para cá direto da prisão... bom, sei lá... você *veio*?

– Desculpe-me – disse Strike sem sorrir –, a polícia me pediu para não falar no assunto.

– Senhoras e senhores – disse o mestre de cerimônias apressado, que foi apanhado desprevenido pela entrada discreta de Matthew e Robin no salão –, vamos dar as boas-vindas ao sr. e à sra. Cunliffe!

Os recém-casados dirigiram-se sem sorrir ao meio da pista e todos, exceto Strike, aplaudiram. O vocalista da banda pegou o microfone com o mestre de cerimônias.

– Esta é uma música do passado dos dois que significa muito para Matthew e Robin – anunciou o cantor, enquanto Matthew passava a mão pela cintura de Robin e segurava sua outra mão.

O fotógrafo do casamento saiu das sombras e recomeçou a clicar, franzindo um pouco a testa para o reaparecimento da feia tipoia de borracha no braço da noiva.

Tocaram os primeiros acordes acústicos de "Wherever You Will Go", de The Calling. Robin e Matthew passaram a girar no mesmo lugar, evitando olhar um para o outro.

So lately, been wondering,
Who will be there to take my place
When I'm gone, you'll need love
To light the shadows on your face...*

Que escolha estranha para a "nossa música", pensou Strike... Mas ao observar, ele viu Matthew chegar mais perto de Robin, viu que a mão dele apertava sua cintura estreita enquanto ele baixava o rosto bonito para sussurrar algo no ouvido dela.

Um choque em algum ponto em torno do plexo solar penetrou a névoa de exaustão, alívio e álcool que protegeu Strike o dia todo da realidade do que significava este casamento. Agora, enquanto Strike olhava os recém-casados girando na pista de dança, Robin com seu vestido branco e longo, com um aro de rosas no cabelo, Matthew em seu terno preto, o rosto perto da face da noiva, ele foi obrigado a reconhecer o quanto, e com que profundidade, torcia para que Robin não se casasse. Ele a queria livre, livre para ser o que eles foram juntos. Livre para que, se as circunstâncias mudassem... Então existiria a possibilidade... Livre para que um dia eles pudessem descobrir o que mais podiam ser um para o outro.

Foda-se.

Se ela quisesse conversar, teria de ligar para ele. Baixando o copo vazio em um peitoril, ele se virou e abriu caminho pelos outros convidados, que se afastavam para deixá-lo passar, tão sombria era sua expressão.

Enquanto se virava, de olhos fixos no vazio, Robin viu Strike ir embora. A porta se abriu. Ele se foi.

---

* Em tradução livre: "Ultimamente venho imaginando / Quem estará ali para tomar meu lugar / Quando eu morrer, você precisará de amor / Para iluminar as sombras em seu semblante..." [N. da T.]

— Me solta.

— O quê?

Ela se desvencilhou, suspendeu o vestido mais uma vez para ter liberdade de movimentos, depois partiu pela pista entre uma caminhada e uma corrida, quase esbarrando no pai e na tia Sue, que dançavam sossegadamente ali perto. Matthew ficou sozinho no meio do salão enquanto Robin se esforçava para passar pelos espectadores sobressaltados na direção da porta que tinha acabado de se fechar.

— Cormoran!

Ele já estava no meio da escada, mas, ao ouvir seu nome, virou-se. Gostava do cabelo dela, em cachos soltos e compridos abaixo da coroa de rosas Yorkshire.

— Meus parabéns.

Ela desceu mais dois degraus, reprimindo o bolo na garganta.

— Você me quer realmente de volta?

Ele abriu um sorriso forçado.

— Acabo de viajar durante horas com Shanker no que desconfio fortemente ser um carro roubado. É claro que quero você de volta.

Ela riu através das lágrimas que brotavam dos olhos.

— Shanker está aqui? Devia tê-lo levado para dentro!

— Shanker? Aí dentro? Ele teria fuçado o bolso de todos, depois roubaria o caixa da recepção.

Ela riu um pouco mais, mas as lágrimas que transbordavam dos olhos se derramavam pelo rosto.

— Onde você vai dormir?

— No carro, enquanto Shanker me leva para casa. Ele vai me cobrar uma fortuna por isso. Não importa — acrescentou ele bruscamente, enquanto ela abria a boca. — Vale, se você estiver voltando. Vale muito.

— Desta vez, quero um contrato — disse Robin, e a severidade de seu tom desmentia a expressão nos olhos. — Um contrato direito.

— Vai ter.

— Então, tudo bem. Bom, vejo você...

Quando ela o veria? Ela devia passar duas semanas em lua de mel.

— É só me avisar — disse Strike.

Ele se virou e recomeçou a descer a escada.

— Cormoran!
— O quê?

Ela se aproximou dele até ficar no degrau acima. Seus olhos agora estavam no mesmo nível.

— Quero saber de tudo, sobre como você o apanhou.

Ele sorriu.

— Vai saber. Mas não podia ter conseguido sem você.

Nenhum dos dois sabia de quem fora a iniciativa, ou se agiram juntos. Eles se abraçavam com força antes que percebessem que tinha acontecido, o queixo de Robin no ombro de Strike, o rosto dele no cabelo dela. Ele cheirava a suor, cerveja e vapores cirúrgicos, ela, a rosas e o perfume leve de que ele sentiu falta quando ela não estava mais no escritório. A sensação dela era ao mesmo tempo nova e conhecida, como se ele a tivesse abraçado muito tempo atrás, como se durante anos sentisse falta disso, sem saber. Através da porta fechada no alto, a banda tocava:

I'll go wherever you will go
If I could make you mine...**

Com a mesma subitaneidade com que se procuraram, eles se afastaram. Lágrimas rolavam pelo rosto de Robin. Por um momento de loucura, Strike desejou dizer, "venha comigo", mas existem palavras que nunca podem ficar por dizer nem ser esquecidas, e estas, ele sabia, eram um exemplo.

— É só me avisar – ele repetiu. Ele tentou sorrir, mas doeu em seu rosto. Com um aceno da mão com curativo, ele continuou a descer a escada sem olhar para trás.

Ela o observou partir, enxugando freneticamente as lágrimas quentes do rosto. Se ele tivesse dito "venha comigo", ela sabia que teria ido: mas e depois? Engolindo em seco, limpando o nariz nas costas da mão, Robin voltou, suspendeu a saia outra vez e subiu lentamente de volta ao marido.

** Em tradução livre: "Irei aonde você for / Se puder fazer com que você seja minha..." [N. da T.]

UM ANO DEPOIS

1

Soube que ele pretende expandir... que procura um assistente competente.

Henrik Ibsen, *Rosmersholm*

O desejo universal pela fama é tal que aqueles que a alcançam por acaso ou sem querer esperarão em vão por piedade.

Durante muitas semanas depois da captura do Estripador de Shacklewell, Strike receou que o maior triunfo como detetive representasse um golpe fatal para sua carreira. Os laivos de publicidade que sua agência atraíra até agora pareciam as duas submersões do afogado antes de sua última queda às profundezas. A agência pela qual ele tinha sacrificado tanto e trabalhado com tanto empenho dependia muito de sua capacidade de andar pelas ruas de Londres sem ser reconhecido, mas, com a captura de um assassino serial, ele se alojou na imaginação do público, uma esquisitice sensacionalista, uma observação jocosa em quiz shows, objeto de curiosidade ainda mais fascinante devido a sua recusa em satisfazê-la.

Depois de arrancar a última gota de interesse pela engenhosidade de Strike na captura do Estripador, os jornais exumaram a história familiar do detetive. Chamaram-na de "pitoresca", mas para ele era um caroço interno que ele carregara a vida toda e preferia não sondar: o pai astro do rock, a mãe groupie morta, a carreira no exército que terminou com a perda de metade da perna direita. Jornalistas sorridentes trazendo talões de cheques caíram sobre o único parente com quem ele havia dividido a infância, a meia-irmã, Lucy. Conhecidos do exército fizeram observações extemporâneas que, tirando o que Strike sabia ser um humor grosseiro, pressupunham o aparecimento da inveja e do menosprezo. O pai com quem Strike só havia se encontrado duas vezes e cujo sobrenome não usava soltou uma declaração por intermédio de um assessor de imprensa e insinuou uma relação inexistente e amigável que acontecia longe de olhos bisbilhoteiros. Os abalos secundários da captura do Estripador reverberaram pela vida de Strike por um ano, e ele ainda não sabia se tinham passado.

É claro que havia um aspecto positivo em se tornar o detetive particular mais conhecido de Londres. Novos clientes infestaram a agência de Strike depois do julgamento e, assim, ficou fisicamente impossível para ele e Robin cobrirem eles mesmos todos os trabalhos. Como era aconselhável Strike manter-se discreto por certo período, ele continuou preso ao escritório em grande parte do tempo por vários meses enquanto contratava funcionários – principalmente ex-policiais e militares, muitos do mundo da segurança privada – para assumir o grosso do trabalho, Strike cobrindo as noites e a papelada. Depois de um ano trabalhando nas tarefas com que a agência ampliada podia lidar, Strike conseguiu dar a Robin um aumento atrasado no pagamento, negociou o restante de suas dívidas excepcionais e comprou uma BMW série 3 fabricada há treze anos.

Lucy e os amigos supunham que a presença do carro e os funcionários adicionais significava que Strike tivesse por fim alcançado um estado de segurança próspera. Na realidade, depois de saldar os custos exorbitantes do estacionamento do carro no centro de Londres e a folha de pagamento, Strike não ficava com quase nada para gastar consigo mesmo e continuou morando no apartamento de dois cômodos acima do escritório, preparando comida em um fogareiro de uma boca só.

As exigências administrativas que os terceirizados faziam e a qualidade heterogênea dos homens e mulheres disponíveis para a agência eram uma constante dor de cabeça. Strike encontrara apenas um homem que mantinha em situação semipermanente: Andy Hutchins, um ex-policial magro e sombrio, dez anos mais velho que seu novo chefe, que foi altamente recomendado pelo amigo de Strike na Polícia Metropolitana, o inspetor-detetive Eric Wardle. Hutchins foi aposentado precocemente quando acometido por uma crise repentina de quase paralisia na perna esquerda, seguida por um diagnóstico de esclerose múltipla. Quando se candidatou ao trabalho terceirizado, Hutchins avisou a Strike que talvez nem sempre estivesse em boas condições; como explicou, era uma doença imprevisível, mas ele não tinha nenhuma recaída havia três anos. Seguia uma dieta especial de pouca gordura que, para Strike, parecia positivamente punitiva: nada de carne vermelha, nem queijo, nem chocolate, nenhuma fritura. Metódico e paciente, podia-se confiar que Andy faria o trabalho sem supervisão constante, o que superava o que podia ser dito de qualquer dos outros contratados por Strike, excluindo-se Robin. Para ele ainda era inacreditável que ela tivesse entrado em sua vida como secretária temporária e se tornado sua sócia e colega excelente.

Porém, se os dois ainda eram amigos, era outra questão.

Dois dias depois do casamento de Robin e Matthew, quando a imprensa o fez sair de seu apartamento, porque era impossível ligar a televisão sem ouvir o próprio nome, Strike buscou refúgio, apesar dos convites de amigos e da irmã, em um hotel perto da estação Monument. Ali, ele obteve a solidão e a privacidade por que ansiava; ali ficou livre para dormir durante horas, sem ser incomodado; e ali devorou nove latas de cerveja e ficou com um desejo cada vez maior de falar com Robin a cada lata vazia que jogava, com precisão decrescente, na lixeira do outro lado do quarto.

Eles não tiveram contato desde o abraço na escada, a que se voltavam os pensamentos de Strike repetidas vezes nos dias que se seguiram. Ele estava certo de que Robin estaria passando por um inferno, entocada em Masham enquanto decidia se procurava o divórcio ou uma anulação, cuidando da venda do apartamento do casal e lidando com a imprensa e a precipitação radioativa familiar. Strike não sabia o que exatamente ia dizer quando conseguisse falar com ela. Só sabia que queria ouvir a voz dela. Foi a essa altura, procurando embriagado sua mochila, que ele descobriu que, na pressa insone para sair do apartamento, não havia guardado um recarregador para o celular, cuja bateria estava arriada. Sem se deixar abalar, discou para o auxílio à lista e conseguiu, depois de muitos pedidos para que ele repetisse com mais clareza, uma ligação com a casa dos pais de Robin.

O pai dela atendeu.

– Oi, posso falar com Robin, por favor?

– Com Robin? Lamento, ela está em lua de mel.

Por um ou dois momentos de confusão, Strike não entendeu bem o que ele havia dito.

— Alô? — Michael Ellacott falou e depois, irritado: — Imagino que seja outro jornalista. Minha filha está no exterior e gostaria que vocês parassem de telefonar para minha casa.

Strike desligou e continuou a beber até desmaiar.

Sua raiva e decepção duraram dias e de forma alguma foram diminuídas pela consciência de que muitos diriam que ele não tinha direitos sobre a vida particular da funcionária. Robin não era a mulher que ele pensava ser, se podia docilmente entrar em um avião com o homem a quem ele se referia mentalmente como "aquele babaca". Todavia, algo perto da depressão pesava nele, ali, sentado em seu hotel barato com o carregador novo em folha e mais cervejas, esperando que seu nome desaparecesse dos noticiários.

Procurando conscientemente se distrair e não pensar em Robin, ele deu um fim ao isolamento autoimposto quando aceitou um convite que em geral teria evitado: jantar com o inspetor-detetive Eric Wardle, a esposa de Wardle, April, e a amiga do casal, Coco. Strike sabia muito bem que era uma armação para ele. Coco já havia tentado descobrir, por intermédio de Wardle, se Strike era solteiro.

Ela era baixa, magra e muito bonita, com um cabelo cor de tomate, tatuadora por ofício e ocasional dançarina de burlesco. Ele devia ter visto os sinais de perigo. Ela estava risonha e ligeiramente histérica antes mesmo de eles começarem a beber. Strike a levou para a cama no hotel da mesma forma que bebeu nove latas de Tennent's.

Coco levou uns foras nas semanas que se seguiram. Strike não se sentiu bem com isso, mas uma vantagem de fugir da imprensa era o fato de se tornar muito mais difícil que as parceiras de noitada localizassem você.

Um ano se passou e Strike não sabia por que Robin escolhera continuar com Matthew. Ele supunha que os sentimentos dela pelo marido fossem tão profundos que ela ficara cega para o que ele realmente era. Agora ele próprio estava numa nova relação. Já durava três meses, a mais longa desde que havia se separado de Charlotte, a única mulher com quem pensou em se casar.

A distância emocional entre os sócios detetives passou a ser um fato simples da existência cotidiana. Strike não via defeitos no trabalho de Robin. Ela fazia tudo que mandavam pronta e meticulosamente, com iniciativa e engenhosidade. Entretanto, ele notou um olhar abatido que antes não estivera ali.

Ele a achou um pouco mais nervosa do que o habitual e, por uma ou duas vezes, ao orientar o trabalho entre sua sócia e os terceirizados, identificou uma expressão desfocada e vaga, pouco característica, que o deixou perturbado. Ele conhecia alguns sinais do distúrbio de estresse pós-traumático, e ela agora havia sobrevivido a dois ataques quase fatais. Logo depois de perder metade da perna no Afeganistão, ele também experimentou a dissociação, vendo-se súbita e abruptamente desligado de seu ambiente presente para aqueles poucos segundos de mau pressentimento e terror agudos que precederam a desintegração do Viking em que ele estava sentado, de seu corpo e de sua carreira militar. Adquiriu um desgosto profundo por ser levado de carro por qualquer pessoa, e até hoje tinha sonhos com sangue e agonia que às vezes o despertavam banhado de suor.

Mas quando ele tentou discutir a saúde mental de Robin no tom calmo e responsável do empregador, ela o interrompeu com decisão e um ressentimento, causado, ele desconfiava, pela demissão. Depois disso, notou que ela se oferecia para tarefas mais espinhosas depois do anoitecer, e representou certa dor de cabeça organizar o trabalho para não dar a impressão de que tentava, como de fato fazia, mantê-la nas tarefas mais seguras e mais comuns.

Entre eles, os dois eram cordiais, agradáveis e formais, falando de sua vida particular em pinceladas mais largas, depois apenas quando necessário. Robin e Matthew tinham acabado de se mudar, e Strike insistiu que ela tirasse uma semana inteira de folga para a mudança. Robin resistiu, mas a palavra de Strike prevaleceu. Ela havia tirado poucas folgas o ano todo, ele lembrou em um tom que não admitia discussão.

Na segunda-feira, o último dos terceirizados insatisfatórios de Strike, um ex-Boina Vermelha metido a besta que Strike não havia conhecido quando estava no serviço militar, meteu a moto na traseira de um táxi que devia estar seguindo. Strike teve prazer em demiti-lo. Significou alguém em quem descarregar a raiva, porque seu senhorio também tinha escolhido aquela semana para informar que, assim como quase todos os outros proprietários de escritórios na Denmark Street, ele tinha vendido tudo a uma empreiteira. A ameaça de perder ao mesmo tempo o escritório e sua casa agora se agigantava sobre o detetive.

Para coroar alguns dias particularmente de merda, a funcionária temporária que ele contratara para cobrir a papelada básica e atender ao telefone na ausência de Robin era a mulher mais irritante que Strike conhecera. Denise falava sem parar com uma voz nasalada e choramingas que atravessava até a porta fechada de sua sala. Strike ultimamente recorria a ouvir música em fones de ouvido, e o resultado é que ela precisava bater na porta repetidas vezes e gritar para que ele a escutasse.

– Que foi?

– Acabo de encontrar isto – disse Denise, brandindo um bilhete escrito à mão na frente dele. – Diz "clínica"... tem uma palavra começando com "V" na frente... um compromisso de meia hora... eu devia ter lembrado ao senhor?

Strike viu a letra de Robin. A primeira palavra de fato era ilegível.

– Não – disse ele. – Jogue fora.

Com certa esperança de que Robin estivesse discretamente procurando ajuda profissional para qualquer problema psicológico que talvez sofresse, Strike recolocou os fones de ouvido e voltou ao relatório que lia, mas teve dificuldade para se concentrar. Assim, decidiu sair cedo para a entrevista que tinha marcado com um possível novo terceirizado. Principalmente para se afastar de Denise, ele se encontrou com o homem em seu pub preferido.

Strike precisou evitar o Tottenham durante meses depois da captura do Estripador de Shacklewell, porque os jornalistas a sua espera por ali espalharam a notícia de que ele era um cliente constante. Mesmo hoje ele olhou em volta, desconfiado, antes de concluir que era seguro avançar ao balcão, pedir seu caneco habitual de Doom Bar e se retirar para uma mesa no canto.

Em parte, porque tinha feito um esforço para desistir das batatas fritas que eram uma constante em sua dieta, em parte devido a sua carga de trabalho, Strike agora estava mais magro do que um ano atrás. A perda de peso aliviou a pressão na perna amputada, e o esforço e o alívio de se sentar eram menos perceptíveis. Strike tomou um gole da cerveja, esticando o joelho por força do hábito, e desfrutou da relativa facilidade do movimento, depois abriu a pasta de papelão que havia trazido.

As anotações dentro da pasta foram feitas pelo idiota que bateu a moto na traseira do táxi, e não eram nada adequadas. Strike não podia ter o luxo de perder este cliente, mas ele e Hutchins se esforçavam para cobrir a carga de trabalho. Precisava com urgência de uma nova contratação, e ainda assim não tinha inteira certeza da sensatez da entrevista que estava prestes a realizar. Ele não consultou Robin antes de tomar a decisão arrojada de procurar um homem que não via havia cinco anos, e mesmo enquanto a porta do Tottenham se abria, recebendo Sam Barclay, que foi totalmente pontual, Strike se perguntava se estaria prestes a cometer um tremendo erro.

Ele teria reconhecido o natural de Glasgow praticamente em qualquer lugar como um ex-soldado, com sua camiseta por baixo de um blusão com gola em V, o cabelo cortado à escovinha, a calça jeans apertada e tênis extremamente brancos. Enquanto Strike se levantava e estendia a mão, Barclay, que o havia reconhecido com semelhante facilidade, abriu um sorriso e falou:

– Já bebendo?

– Quer uma? – perguntou Strike.

Esperando pela cerveja de Barclay, ele observou o antigo fuzileiro pelo espelho atrás do balcão. Barclay tinha apenas pouco mais de trinta anos, mas seu cabelo ficava grisalho precocemente. Tirando isso, estava exatamente como Strike se lembrava. De cenho pesado, olhos azuis redondos e grandes e o maxilar forte, ele tinha a aparência um tanto bicuda de uma coruja afável. Strike gostou de Barclay mesmo enquanto trabalhava para mandá-lo à corte marcial.

– Ainda fumando? – perguntou Strike, depois que ele passou a cerveja e se sentou.

– Agora só vaporizo – disse Barclay. – Tivemos um filho.

– Meus parabéns. Em boa saúde, então?

– É, algo assim.

– Traficando?

– Eu não trafico – contestou Barclay –, como você sabe muito bem, porra. Só uso recreativo, parceiro.

– Então, onde está comprando agora?

– Pela internet – disse Barclay, bebendo a cerveja. – Fácil. Na primeira vez que fiz, pensei, isso não pode dar certo, pode? Mas depois pensei, "Ah, que seja, é uma aventura". Eles mandam o bagulho para você disfarçado em maços de cigarro, essas coisas. Você escolhe de um cardápio inteiro. A internet é ótima.

Ele riu e falou:

– E aí, do que se trata? Não esperava ter notícias *suas* tão cedo.

Strike hesitou.

– Eu estava pensando em lhe oferecer um emprego.

Passou-se um segundo em que Barclay o encarou, depois ele jogou a cabeça para trás e deu uma gargalhada.

– Porra – disse ele. – Por que não disse logo de cara?

– Por que acha que não?

– Não uso o vaporizador toda noite – disse Barclay vivamente. – Não uso, é sério. A mulher não gosta.

Strike manteve a mão fechada na pasta, pensando.

Ele trabalhava em um caso de drogas na Alemanha quando topou com Barclay. As drogas eram compradas e vendidas dentro do exército britânico como em qualquer outra parte da sociedade, mas a Divisão de Investigações Especiais foi chamada para investigar o que parecia ser uma operação muito mais profissional do que a maioria. Barclay foi apontado como um importante participante e a descoberta de um tijolo de um quilo de haxixe marroquino de primeira entre seus pertences certamente justificava um interrogatório.

Barclay insistiu que fora armação para ele, e Strike, que estava atento a seu interrogatório, ficou inclinado a concordar, sobretudo porque o fuzileiro parecia inteligente demais para não ter encontrado um esconderijo melhor para o haxixe do que o fundo de uma mochila do exército. Por outro lado, havia amplas evidências de que Barclay fazia uso dele regularmente e mais de uma testemunha para o fato de que seu comportamento tornava-se errático. Strike achava que Barclay havia sido escolhido como um bode expiatório conveniente, e decidiu realizar por conta própria mais algumas investigações.

Isto fez surgirem informações interessantes relacionadas com material de construção e suprimentos de engenharia que foram encomendados de novo a um preço inteiramente implausível. Embora não fosse a primeira vez que Strike revelava esse tipo de corrupção, por acaso os dois oficiais encarregados daqueles bens que desapareceram misteriosamente e eram altamente revendáveis eram os mesmos homens tão interessados em garantir a corte marcial a Barclay.

Barclay ficou assustado, durante um interrogatório sozinho com Strike, ao descobrir o sargento da SIB de repente interessado não em haxixe, mas em anomalias relacionadas com contratos de construção. No início cauteloso e certo de que não acreditariam nele, em vista da situação em que se encontrava, Barclay enfim confessou a Strike que ele não só notou o que os outros deixaram de ver, ou preferiram não investigar, como começou a tabular e documentar exatamente quanto esses oficiais estavam roubando. Infelizmente para Barclay, os oficiais em questão souberam do fato de que ele estava um tanto interessado demais em suas atividades, e foi logo depois disso que um quilo de haxixe apareceu nos pertences de Barclay.

Quando Barclay mostrou a Strike os registros que vinha mantendo (o caderno fora escondido com uma habilidade muito maior do que o haxixe), Strike ficou impressionado com o método e a iniciativa demonstrados, uma vez que Barclay nunca fora treinado na técnica investigativa. Indagado por que tinha realizado a investigação pela qual ninguém estava pagando e que o havia metido em tantos problemas, Barclay deu de ombros largos e disse, "Não está certo, está? É do exército que eles roubam. É dinheiro dos contribuintes que os putos estão embolsando".

Strike tinha dedicado muito mais tempo ao caso do que seus colegas julgavam meritório, mas enfim, com investigações adicionais de Strike sobre a questão dando mais peso, o dossiê compilado por Barclay sobre as atividades de seus superiores levou à condenação deles. A SIB levou o crédito por isso, é claro, mas Strike cuidou para que as acusações contra Barclay fossem tranquilamente retiradas.

– Quando você diz "trabalho" – Barclay agora se perguntava em voz alta, enquanto o pub zumbia e tilintava em volta deles –, quer dizer coisas de detetive?

Strike via que a ideia teve apelo.

– É – disse Strike. – O que anda fazendo desde a última vez que te vi?

A resposta foi deprimente, mas não inesperada. Barclay teve dificuldade para manter um emprego constante nos dois primeiros anos fora do exército e esteve fazendo um pouco de pintura e decoração para a empresa do cunhado.

– É a mulher que traz a maior parte da grana – disse ele. – Ela tem um bom emprego.

— Tudo bem — disse Strike —, calculo que posso te dar alguns dias por semana, para começar. Você vai me cobrar como autônomo. Se não der certo, qualquer um de nós pode cair fora a qualquer momento. Parece justo?

— Sim — disse Barclay —, sim, muito justo. E quanto você está pagando?

Eles discutiram a questão do dinheiro por cinco minutos. Strike explicou como os outros empregados se configuravam como terceirizados privados e como os recibos e outras despesas profissionais deviam ser levados ao escritório para reembolso. Por fim abriu a pasta e a deslizou pela mesa, mostrando o conteúdo a Barclay.

— Preciso que este cara seja seguido — disse ele, apontando a fotografia de um jovem gorducho de cabelo encaracolado e farto. — Fotos de qualquer pessoa com quem ele esteja e o que ele está aprontando.

— Tá, tudo bem. — Barclay pegou o celular e tirou fotos da fotografia e do endereço do alvo.

— Ele está sendo vigiado hoje por outro cara meu — disse Strike —, mas preciso de você na frente do prédio dele a partir das seis horas da manhã de amanhã.

Ele ficou satisfeito ao notar que Barclay não questionou o início prematuro.

— Mas o que aconteceu com aquela garota? — perguntou Barclay ao devolver o telefone ao bolso. — Aquela que estava nos jornais com você?

— Robin? — disse Strike. — Está de férias. Volta na semana que vem.

Eles se separaram com um aperto de mãos, Strike desfrutando de um momento de otimismo fugaz até lembrar que agora teria de voltar ao escritório, o que significava proximidade com Denise, com sua tagarelice de papagaio, seu hábito de falar de boca cheia e a incapacidade de se lembrar de que ele detestava chá com leite fraco.

Ele teve de andar pelas eternas obras na rua até o final da Tottenham Court Road para voltar ao escritório. Esperando até passar pelo trecho mais barulhento, ele ligou para Robin a fim de lhe contar que tinha contratado Barclay, mas o telefonema caiu direto na caixa postal. Lembrando-se de que ela devia estar agora na clínica misteriosa, ele interrompeu a chamada sem deixar recado.

Enquanto caminhava, ocorreu-lhe uma ideia repentina. Tinha suposto que a clínica se relacionava com a saúde psicológica de Robin, mas e se...?

O telefone em sua mão tocou: o número do escritório.

– Alô?

– Sr. Strike? – disse o guincho apavorado de Denise em seu ouvido. – Sr. Strike, pode voltar rapidamente, por favor? Por favor... tem um cavalheiro... ele quer vê-lo com muita urgência...

Atrás dela, Strike ouviu uma pancada alta e os gritos de um homem.

– Por favor, volte assim que puder! – gritou Denise.

– Estou a caminho! – gritou Strike, e partiu em uma corrida desajeitada.

2

... ele não parece ser o tipo de homem que se deve permitir aqui.
Henrik Ibsen, *Rosmersholm*

Ofegante, com dor no joelho direito, Strike usou o corrimão para se impelir na subida dos últimos degraus da escada de metal que levava ao escritório. Duas vozes elevadas reverberavam pela porta de vidro, uma de homem, a outra estridente, assustada e feminina. Quando Strike entrou de rompante na sala, Denise, que estava de costas para a parede, disse arquejando, "Ah, graças a Deus!".

Strike avaliou o homem no meio da sala e julgou que devia ter uns vinte e poucos anos. O cabelo escuro caía em mechas rebeldes em volta de um rosto fino e sujo dominado por olhos ardentes e fundos. Sua camiseta, a calça jeans e o casaco de capuz estavam rasgados e sujos, a sola de um dos tênis se soltava do couro. O fedor de animal imundo atingiu as narinas do detetive.

Não havia dúvida de que o estranho era mentalmente doente. Mais ou menos a cada dez segundos, no que parecia ser um tique incontrolável, ele tocava primeiro a ponta do nariz, que ficava vermelha das batidas repetidas, depois, com um baque leve e oco, o meio de seu esterno fino, em seguida deixava a mão cair junto do corpo. Quase de imediato, a mão voava de novo à ponta do nariz. Era como se ele tivesse esquecido de como fazer o sinal da cruz, ou simplificado o ato para ganhar velocidade. Nariz, peito, mão ao lado do corpo; nariz, peito, mão ao lado do corpo; era inquietante observar o movimento mecânico, tanto mais porque ele parecia não ter consciência do que fazia. Era um daqueles doentes e desesperados que se via na capital, que sempre eram o problema de outra pessoa, como o viajante no metrô que todos procuravam não olhar nos olhos e a mulher resmungando na esquina, evitada pelas pessoas que atravessavam a rua, fragmentos de humanidade destruída comuns demais para perturbar a imaginação por muito tempo.

— Você é ele? — disse o homem de olhos ardentes enquanto sua mão tocava o nariz e o peito mais uma vez. — Você Strike? Você o detetive?

Com a mão que não voava constantemente do nariz ao peito, de súbito ele puxou o fecho da calça. Denise gemeu, como se temerosa de que de repente ele se expusesse e, de fato, parecia inteiramente possível.

— Sim, eu sou Strike. — O detetive se colocou entre o estranho e a secretária. — Você está bem, Denise?

— Estou — sussurrou ela, ainda com as costas na parede.

— Eu vi um garoto ser morto — disse o estranho. — Estrangulado.

— Tudo bem — disse Strike, despreocupadamente. — Por que não vamos para lá?

Ele gesticulou para que o homem entrasse em sua sala.

— Preciso ir ao banheiro! — O homem puxou o zíper.

— Por aqui, então.

Strike mostrou a ele a porta para o toalete, junto do escritório. Quando a porta foi batida depois de sua entrada, Strike voltou silenciosamente a Denise.

— O que houve?

— Ele queria ver o senhor, eu disse que o senhor não estava aqui e ele se enfureceu e começou a esmurrar as coisas!

— Chame a polícia — disse Strike em voz baixa. — Diga que temos um homem muito doente aqui. Possivelmente psicótico. Mas espere até que eu o leve para minha sala.

A porta do banheiro se abriu com estrondo. O fecho da calça do estranho estava aberto. Parecia que ele não usava cueca. Denise gemeu novamente enquanto ele tocava freneticamente nariz e peito, nariz e peito, sem ter consciência do grande trecho de pelos pubianos escuros que expunha.

— Por aqui — disse Strike num tom agradável. O homem passou para a sala interna, seu fedor duplamente potente depois de uma breve trégua.

Ao ser convidado a se sentar, o estranho se empoleirou na beira da cadeira do cliente.

— Qual é o seu nome? — perguntou Strike, sentando-se do outro lado da mesa.

– Billy – respondeu o homem, a mão voando do nariz ao peito três vezes rapidamente. Na terceira vez que sua mão caiu, ele a segurou com a outra e a prendeu firmemente.

– E você viu uma criança estrangulada, Billy? – disse Strike, enquanto na sala ao lado Denise falou com atropelo:

– Polícia, rápido!

– O que ela disse? – perguntou Billy, seus olhos fundos enormes no rosto enquanto ele se voltava, nervoso, para a antessala, com a mão segurando a outra em seu esforço para reprimir o tique.

– Não é nada – disse Strike tranquilamente. – Tenho alguns casos diferentes em andamento. Me fale desta criança.

Strike pegou um bloco e papel e todos os movimentos foram lentos e cautelosos, como se Billy fosse uma ave selvagem que pudesse levantar voo.

– Foi estrangulado, lá em cima, no cavalo.

Agora Denise tagarelava ruidosamente ao telefone do outro lado da divisória fina.

– Quando foi isso? – perguntou Strike, ainda escrevendo.

– Séculos... eu era criança. Foi uma garotinha, mas depois disseram que foi um garotinho. Jimmy estava lá, disse que nunca viu, mas eu vi. Eu vi ele fazer isso. Estrangulado. Eu vi.

– E foi feito no cavalo, é isso?

– No cavalo mesmo. Mas não foi onde enterraram ela. Ele. Isso foi lá no vale, por nosso pai. Eu vi eles fazendo isso, posso te mostrar o lugar. Ela não me deixaria cavar, mas você ela ia deixar.

– E foi Jimmy que fez isso?

– Jimmy nunca estrangulou ninguém! – disse Billy com raiva. – Ele viu acontecer junto comigo. Disse que não aconteceu, mas é mentira dele, ele estava lá. Ele tem medo, entendeu?

– Entendi – Strike mentiu, continuando suas anotações. – Bom, vou precisar de seu endereço, se vou investigar isso.

De certo modo ele esperava alguma resistência, mas Billy estendeu a mão avidamente para o bloco e a caneta que ele lhe oferecia. Uma lufada a mais de mau cheiro alcançou Strike. Billy começou a escrever, mas de repente deu a impressão de pensar melhor.

– Mas você não vai na casa de Jimmy, vai? Ele vai me dar uma sova da porra. Você não pode ir na casa do Jimmy.

— Não, não – disse Strike num tom tranquilizador. – Só preciso do seu endereço para meus registros.

Através da porta, veio a voz irritante de Denise:

— Preciso de alguém aqui mais rápido que isso, ele está muito alterado!

— O que ela está dizendo? – perguntou Billy.

Para desgosto de Strike, Billy de repente arrancou a folha de cima do bloco, amassou e começou a tocar nariz e peito de novo com o punho que encerrava o papel.

— Não se preocupe com Denise – disse Strike –, ela está tratando com outro cliente. Quer beber alguma coisa, Billy?

— Beber o quê?

— Chá? Ou café?

— Por quê? – perguntou Billy. A oferta parece tê-lo deixado ainda mais desconfiado. – Por que você quer que eu beba alguma coisa?

— Só se você quiser. Não importa, se não quiser.

— Eu não preciso de remédio!

— Não tenho remédio nenhum para dar a você – disse Strike.

— Não sou doente mental! Ele estrangulou a criança e eles a enterraram, no vale perto da casa do nosso pai. Embrulhada em um cobertor. Um cobertor rosa. Não foi culpa minha. Eu era só uma criança. Eu não queria estar lá. Era só um garotinho.

— Isso foi há quanto tempo, você sabe?

— Séculos... anos... não consigo tirar da minha cabeça – disse Billy, e os olhos ardiam no rosto fino enquanto o punho que guardava a folha de papel adejava para cima e para baixo, tocando nariz, tocando peito. – Eles a enterraram em um cobertor rosa, no vale perto da casa de meu pai. Mas depois disseram que era um menino.

— Onde fica a casa de seu pai, Billy?

— Agora ela não me deixa voltar. Mas *você* podia cavar. *Você* podia ir. Estrangulada, foi o que eles fizeram – disse Billy, fixando os olhos assombrados em Strike. – Mas Jimmy disse que era um menino. Estrangulado, pelo...

Houve uma batida na porta. Antes que Strike pudesse dizer para ela não entrar, Denise tinha colocado a cabeça para dentro, agora muito mais corajosa porque Strike estava presente, cheia de si.

— Eles estão vindo — disse ela com um olhar exageradamente sugestivo que teria assustado um homem muito menos nervoso do que Billy. — Estão a caminho.

— Quem está vindo? — Billy exigiu saber, levantando-se de um salto. — Quem está a caminho?

Denise tirou a cabeça da sala e fechou a porta. Houve um baque suave contra a madeira e Strike entendeu que ela estava encostada ali, tentando manter Billy preso.

— Ela só está falando de uma entrega que estou esperando — disse Strike num tom tranquilizador, colocando-se de pé. — Continue sobre o...

— O que você fez? — Billy gritou, recuou para a porta e tocou sem parar nariz e peito. — Quem está vindo?

— Não está vindo ninguém — disse Strike, mas Billy já tentava abrir a porta. Encontrando resistência, ele se jogou com força nela. Houve um grito do outro lado, de Denise, que era jogada de lado. Antes que Strike pudesse contornar a mesa, Billy tinha disparado pela porta do corredor. Eles o ouviram pulando a escada de metal de três em três degraus e Strike, enfurecido, sabendo que não tinha esperanças de alcançar o homem mais novo e, pelo visto, em melhor forma, curvou-se para fora bem a tempo de ver Billy virar a esquina da rua e desaparecer.

— *Droga!*

Um homem que entrava na loja de instrumentos musicais do outro lado da rua olhou com certa perplexidade para a origem do barulho.

Strike recolheu a cabeça e se virou para fuzilar com os olhos Denise, que se espanava na soleira de sua sala. Por incrível que pareça, ela se mostrava satisfeita consigo mesma.

— Eu tentei prendê-lo aqui dentro — disse ela com orgulho.

— É — Strike exercitava um autocontrole considerável. — Eu vi.

— A polícia está a caminho.

— Incrível.

— Quer uma xícara de chá?

— Não — disse ele entredentes.

— Então acho que vou no banheiro jogar uma água no rosto — disse ela, acrescentando aos sussurros: — Ele não deve nem ter dado descarga.

3

Travei esta luta sozinho e no mais completo sigilo.

Henrik Ibsen, *Rosmersholm*

Ao andar pela desconhecida rua de Deptford, Robin teve uma passageira sensação de despreocupação, depois se perguntou quando tinha sido a última vez que se sentiu assim, e sabia que já fazia mais de um ano. Energizada e reanimada pelo sol da tarde, as fachadas coloridas, a movimentação e o barulho geral, ela agora comemorava o fato de nunca mais precisar ver o interior da Villiers Trust Clinic.

Sua terapeuta não ficou satisfeita por ela encerrar o tratamento.

– Recomendamos ir até o fim – dissera ela.

– Eu sei – respondera Robin –, mas, bom, eu sinto muito, acho que isto já me fez todo o bem que podia.

O sorriso da terapeuta foi frio.

– A terapia cognitivo-comportamental foi ótima – dissera Robin. – Ajudou verdadeiramente com a ansiedade, vou continuar me esforçando...

Ela respirou fundo, olhos fixos nos sapatos Mary Jane de salto baixo da mulher, depois se obrigou a olhá-la nos olhos.

– ... mas não estou achando esta parte útil.

Seguiu-se outro silêncio. Depois de cinco sessões, Robin se acostumou com eles. Numa conversa normal, seria considerado grosseiro ou passivo-agressivo deixar estas pausas longas e simplesmente olhar o outro, esperando que falasse, mas em terapia psicodinâmica, pelo que ela soube, era padrão.

O médico de Robin havia lhe dado referências para tratamento gratuito no Sistema Nacional de Saúde, mas a lista de espera era tão longa que ela decidiu, com o apoio reticente de Matthew, pagar pelo tratamento. Matthew, ela sabia, não conseguia se conter e dizia que a solução ideal seria desistir do emprego que a deixou com estresse pós-traumático e que, na opinião dele, pagava muito pouco, considerando os perigos a que ela se expunha.

– Veja bem – Robin continuara com o discurso que tinha preparado –, minha vida é muito cheia de gente que pensa que sabe o que é melhor para mim.

– Ora, sim – disse a terapeuta de um jeito que Robin sentiu que teria sido considerado condescendente fora das paredes da clínica –, mas já discutimos...

– ... e...

Por natureza, Robin era conciliatória e educada. Por outro lado, foi incitada repetidas vezes pela terapeuta a falar a verdade nua e crua naquela salinha lúgubre com o clorofito em seu vaso verde e os lenços enormes na mesinha de pinho.

– ... e para ser franca – disse ela –, você é mais uma delas.

Outra pausa.

– Bom – disse a terapeuta, rindo um pouco –, estou aqui para ajudar você a chegar a suas próprias conclusões a respeito de...

– Sim, mas você faz isso... me *pressionando* o tempo todo – disse Robin. – É combativa. Você contesta tudo que digo.

Robin fechou os olhos quando foi dominada por uma forte onda de fraqueza. Seus músculos doíam. Havia passado a semana toda montando móveis, carregando caixas de livros e pendurando quadros.

– Eu saio daqui – disse Robin, abrindo os olhos – esgotada. Vou para casa e lá o meu marido faz a mesma coisa também. Ele deixa grandes silêncios amuados e me contesta nas menores coisas. Depois telefono para minha mãe, e lá vem mais do mesmo. A única pessoa que não *cai em cima de mim* o tempo todo para que eu resolva minhas coisas é...

Ela se interrompe, depois fala:

– ... é meu sócio no trabalho.

– O sr. Strike – disse a terapeuta com doçura.

Tem sido uma questão de discórdia entre Robin e a terapeuta que ela tenha se recusado a discutir sua relação com Strike, além de confirmar que ele não sabia o quanto o caso do Estripador de Shacklewell a havia afetado. A relação pessoal dos dois, ela declarou com firmeza, não era relevante para seus problemas atuais. A terapeuta levantava o nome dele em cada sessão desde então, mas Robin recusava-se consistentemente a se envolver no assunto.

– Sim – disse Robin. – Ele.

– Mas você mesma admitiu que não falou com ele de toda a extensão de sua ansiedade.

– Então – disse Robin, ignorando o último comentário –, na verdade só vim aqui hoje para lhe dizer que estou indo embora. Como eu falei, descobri que a terapia cognitiva é muito útil e vou continuar usando os exercícios.

A terapeuta pareceu ficar indignada por Robin nem mesmo estar preparada para ficar o horário todo, mas Robin pagara por toda a sessão e, portanto, sentia-se à vontade para sair, dando a si mesma o que parecia uma hora extra de diversão naquele dia. Ela se sentiu com motivos legítimos para não ir correndo para casa para arrumar mais coisas, mas foi comprar um Cornetto e desfrutá-lo enquanto andava pelas ruas banhadas pelo sol de seu novo bairro.

Perseguindo sua própria alegria como a uma borboleta, porque tinha medo de que pudesse escapar, ela entrou em uma rua mais sossegada, obrigou-se a se concentrar, a apreender o cenário desconhecido. Afinal, ficou deliciada em deixar para trás o antigo prédio em West Ealing, com suas muitas lembranças ruins. Ficou claro, durante o julgamento dele, que o Estripador de Shacklewell vinha seguindo e vigiando Robin por muito mais tempo do que ela suspeitava. A polícia contou ter pensado que ele rondou a Hastings Road, à espreita atrás de carros estacionados, a metros da porta de seu prédio.

Embora estivesse desesperada para se mudar, ela e Matthew levaram onze meses para encontrar uma casa nova. O principal problema era que Matthew estava decidido a "subir um degrau" em termos de moradia, agora que tinha um novo emprego com melhor salário e uma herança da falecida mãe. Os pais de Robin também expressaram a disposição de ajudá-los, em vista das associações pavorosas do antigo apartamento, mas Londres era torturante de tão cara. Por três vezes, Matthew decidiu por apartamentos que, de uma perspectiva realista, estavam fora do seu teto de preços. Por três vezes eles deixaram de comprar o que Robin poderia ter dito a ele que o preço era mil vezes maior do que eles podiam oferecer.

— É ridículo! — ele insistia em dizer —, não vale isso!

— Vale o que as pessoas estão preparadas para pagar — dissera Robin, frustrada porque um contador não entendia a operação das forças do mercado. Ela estava disposta a se mudar para qualquer lugar, mesmo para um conjugado, a fim de escapar da sombra do assassino que continuava a perseguir seus sonhos.

Na altura de voltar à rua principal, seus olhos foram atraídos para uma abertura em um muro de tijolos aparentes, flanqueado por postes encimados pelos remates mais estranhos que ela já vira na vida.

Dois crânios de pedra gigantescos e em ruínas ficavam no alto de ossos entalhados em postes, e para além dali se erguia uma torre quadrada e elevada. Os remates teriam caído bem, pensou Robin, aproximando-se mais para examinar as órbitas escuras e vazias, guarnecendo a frente da mansão de um pirata de algum filme de fantasia. Espiando pela abertura, Robin viu uma igreja e sepulturas tomadas de musgo que jaziam em meio a um jardim de rosas vazio e em plena floração.

Ela terminou o sorvete enquanto andava por St. Nicholas, um estranho amálgama de uma escola antiga de tijolos vermelhos enxertada na torre de pedra bruta. Por fim se sentou em um banco de madeira que esquentara de forma quase desagradável no sol, esticando as costas doloridas, embriagada do aroma delicioso de rosas aquecidas e de súbito transportada, inteiramente contra a vontade, de volta ao quarto de hotel em Yorkshire, quase um ano atrás, onde um buquê de rosas vermelho-sangue tinha testemunhado o resultado de seu abandono de Matthew na pista de dança na recepção de casamento.

Matthew, o pai dele, a tia Sue, os pais de Robin e seu irmão, Stephen, todos convergiram para a suíte nupcial para onde Robin tinha se retirado a fim de escapar da fúria de Matthew. Ela tirava o vestido de noiva quando eles entraram intempestivamente, um depois do outro, todos exigindo saber o que estava acontecendo.

Seguiu-se uma cacofonia. Stephen, o primeiro a entender o que Matthew havia feito ao apagar os telefonemas de Strike, começou a gritar com ele. Geoffrey exigia, bêbado, saber por que Strike tivera permissão para ficar para jantar, uma vez que não havia confirmado presença. Matthew berrava com todos eles para darem o fora, que isto era problema dele e de Robin, enquanto a tia Sue falava sem parar, "Nunca vi uma noiva abandonar sua primeira dança. *Nunca!* Eu *nunca* vi uma noiva abandonar sua primeira dança".

E então Linda finalmente entendeu o que Matthew fizera e passou a censurá-lo também. Geoffrey saltou em defesa do filho, exigiu saber por que Linda queria que a filha voltasse para um homem que permitiu que ela fosse esfaqueada. Martin chegou, extremamente embriagado, e meteu um soco em Matthew por motivos que ninguém jamais explicou satisfatoriamente, e Robin se retirou para o banheiro onde, por incrível que pareça, porque não comera quase nada o dia todo, ela vomitou.

Cinco minutos depois, ela foi obrigada a deixar que Matthew entrasse porque o nariz dele sangrava e ali, com os familiares dos dois ainda trocando gritos no cômodo vizinho, Matthew pediu a ela, com um chumaço de papel higiênico pressionando as narinas, que fosse com ele às Maldivas, não em lua de mel, agora não, mas para resolver as coisas privadamente, "longe", como ele colocou enfaticamente, gesticulando para a origem da gritaria, "*disto*. E haverá a imprensa", apressou-se ele num tom acusador. "Eles irão atrás de você, por causa da história do estripador."

Seus olhos estavam frios acima do papel higiênico ensanguentado, furiosos com ela por tê-lo humilhado na pista de dança, coléricos com Martin por bater nele. Não havia nada de romântico em seu convite de embarcar em um avião. Ele propunha uma reunião de cúpula, uma oportunidade de uma discussão mais calma. Se eles, depois de uma séria consideração, chegassem à conclusão de que o casamento fora um erro, voltariam à Inglaterra no final da quinzena, fariam o anúncio juntos e tomariam rumos separados.

E naquele momento a desventurada Robin, com o braço latejando, abalada até o íntimo pelos sentimentos que surgiram quando sentiu os braços de Strike envolvendo seu corpo, sabendo que a imprensa talvez mesmo agora tentasse localizá-la, viu Matthew não como um aliado, mas pelo menos uma escapatória. Era profundamente atraente a ideia de entrar em um avião, de voar para longe do alcance do maremoto de curiosidade, fofocas, raiva, solicitude e conselhos que ninguém pedira, que ela sabia que a engolfaria enquanto permanecesse em Yorkshire.

E então eles partiram, quase sem se falar durante a viagem. O que Matthew esteve pensando naquelas longas horas, ela nunca perguntou. Sabia apenas que ela pensava em Strike. Seguidamente, voltava à lembrança o abraço dos dois enquanto ela olhava as nuvens deslizarem pela janela.

Estou apaixonada por ele?, ela se perguntara repetidamente, mas sem chegar a nenhuma conclusão firme.

Suas deliberações sobre o assunto duraram dias, um tormento íntimo que ela não podia revelar a Matthew enquanto eles caminhavam em praias brancas, discutindo as tensões e os ressentimentos que existiam entre os dois. Matthew dormia à noite no sofá da sala de estar, Robin na cama de casal com mosquiteiro do segundo andar. Às vezes, eles discutiam, em outras, se retraíam em silêncios magoados e furiosos. Matthew ficava de olho no telefone de Robin, queria saber onde estava, pegava o aparelho e verificava constantemente, e ela sabia que ele procurava por mensagens ou ligações de seu chefe.

O que piorava as coisas era que não havia nenhuma. Aparentemente, Strike não estava interessado em falar com ela. O abraço na escada, para o qual seus pensamentos voltavam correndo como um cachorro a um poste de luz maravilhosamente pungente, parecia ter significado muito menos para ele do que para ela.

Noite após noite, Robin andava sozinha na praia, ouvia a profunda respiração do mar, seu braço ferido transpirava abaixo da tipoia protetora de borracha, o telefone deixado na casa para que Matthew não tivesse a desculpa de segui-la e descobrir se ela estava conversando secretamente com Strike.

Na sétima noite, porém, com Matthew em casa, ela decidiu telefonar para Strike. Quase sem reconhecer isto ela própria, Robin bolou um plano. Havia um telefone fixo no bar, e ela sabia de cor o número do escritório. Seria desviado automaticamente para o celular de Strike. O que ela ia dizer quando conseguisse falar com ele, não sabia, mas tinha certeza de que se o ouvisse falar, a verdade sobre seus sentimentos lhe seria revelada. O telefone tocou na distante Londres e a boca de Robin ficou seca.

O telefone foi atendido, mas ninguém falou nada por alguns segundos. Robin ouviu barulho de movimento, depois um riso, por fim alguém falou:

— Alô? Aqui é o Cormy-gostosão...

A mulher soltou uma gargalhada alta e estridente, e Robin ouviu Strike em algum lugar ao fundo, num estado entre a diversão e a irritação, e certamente bêbado:

"Dá isso aqui! É sério, me dá..."

Robin bateu o fone no gancho. O suor brotou em seu rosto e no peito: ela se sentia envergonhada, tola, humilhada. Ele estava com outra mulher. O riso foi inconfundivelmente íntimo. A mulher desconhecida o provocava, atendendo a seu celular, chamando Strike (que coisa revoltante) de "Cormy".

Ela negaria ter telefonado para ele, decidiu, se um dia Strike perguntasse sobre a chamada interrompida. Mentiria de boca cheia, fingiria não saber do que ele falava...

O som da mulher ao telefone a havia afetado como uma bofetada. Se Strike podia levar alguém para a cama logo depois do abraço dos dois – e ela teria apostado sua vida no fato de que a mulher, quem quer que fosse, ou tinha acabado de dormir com Strike, ou estava prestes a isso –, então ele não estava sentado em Londres, torturando-se sobre seus verdadeiros sentimentos por Robin Ellacott.

O sal em seus lábios a deixou com sede e ela se arrastou pela noite, fazendo sulcos fundos na areia macia e branca enquanto as ondas quebravam interminavelmente ao lado. Não seria possível, ela se perguntou, quando enfim chorava, que ela estivesse confundindo gratidão e amizade com algo mais profundo? Que ela tenha confundido seu amor pela investigação com amor pelo homem que lhe dera o emprego? Ela admirava Strike, é claro, e gostava imensamente dele. Eles passaram juntos por muitas experiências intensas e era natural se sentir próxima dele, mas isto era amor?

Sozinha na noite amena com o zumbido de mosquitos, enquanto as ondas suspiravam na praia e ela aninhava o braço dolorido, Robin lembrou-se desolada de que tinha muito pouca experiência com os homens para uma mulher que se aproximava do vigésimo oitavo aniversário. Matthew era tudo que ela conhecia, seu único parceiro sexual, um lugar de segurança para ela já há dez longos anos. Se ela *desenvolveu* uma paixonite por Strike – ela empregou a palavra antiquada que sua mãe teria usado –, quem sabe isto não seria o efeito colateral natural da falta de variedade e experimentação desfrutada pela maioria das mulheres de sua idade? Depois de tanto tempo fiel a Matthew, será que ela um dia esteve disposta a procurar e lembrar que existiam outras vidas, outras opções? Não teria ela há muito tempo deixado de notar que Matthew não era o único homem no mundo? Strike, ela disse a si mesma, era simplesmente aquele com quem ela passava a maior parte do tempo e assim, naturalmente, era nele que ela projetava seus pensamentos, sua curiosidade, a insatisfação com Matthew.

Como disse a si mesma, depois de ser chamada à razão nesta parte dela que continuava desejando Strike, ela chegou à dura conclusão na oitava noite de sua lua de mel. Queria ir para casa antes e anunciar sua separação às famílias. Devia dizer a Matthew que não tinha nada a ver com ninguém, mas depois de uma reflexão agonizante e séria, não acreditava que eles fossem compatíveis o suficiente para continuar no casamento.

Ela ainda podia se lembrar do misto de pânico e pavor quando abriu a porta da cabana, preparada para uma briga que nunca se materializou. Matthew estava arriado no sofá, e quando a viu, resmungou, "Mãe?".

O rosto, os braços e as pernas dele brilhavam de suor. Ao se aproximar dele, ela viu um rastro feio e escuro de veias subindo na face interna do braço esquerdo, como se alguém o tivesse enchido de tinta.

– Matt?

Ao ouvi-la, ele percebera que ela não era a mãe morta.

– Não me... sinto bem, Rob...

Ela correu ao telefone, ligou para o hotel, pediu um médico. Quando ele chegou, Matthew entrava e saía de um estado delirante. Eles encontraram o arranhão nas costas de sua mão e, preocupados, concluíram que ele podia ter celulite infecciosa, que Robin entendeu, pela expressão preocupada do médico e da enfermeira, que era grave. Matthew continuava vendo figuras se movendo nos cantos escuros da cabana, gente que não estava ali.

– O que é isso? – ele insistia em perguntar a Robin. – Quem está bem ali?

– Não tem mais ninguém aqui, Matt.

Agora ela segurava a mão dele enquanto a enfermeira e o médico discutiam a hospitalização.

– Não me deixe, Rob.

– Eu não vou deixar você.

Ela falou sério quando disse que não ia a lugar nenhum agora, não que ficaria para sempre, mas Matthew começou a chorar.

– Ah, graças a Deus. Pensei que você fosse embora... eu te amo, Rob. Sei que eu estraguei tudo, mas eu te amo...

O médico ministrou antibióticos orais a Matthew e foram dados telefonemas. Delirante, Matthew se agarrou à esposa, agradecendo a ela. Às vezes vagava para um estado em que, mais uma vez, pensava ver sombras se deslocando nos cantos vazios da sala, e por mais duas vezes resmungou sobre a mãe morta. Sozinha na escuridão aveludada da noite tropical, Robin ouvia insetos alados se chocarem nas telas das janelas, alternadamente confortando e observando o homem que ela amava desde seus dezessete anos.

Não era celulite infecciosa. Nas 24 horas seguintes, a infecção respondeu aos antibióticos. Enquanto se recuperava da enfermidade repentina e violenta, Matthew a olhava constantemente, fraco e vulnerável como Robin jamais o havia visto, com medo, ela sabia, de que fosse temporária a promessa que ela fez de ficar.

– Não podemos jogar tudo fora, podemos? – ele perguntara a ela com a voz rouca, da cama onde um médico insistiu que ele ficasse. – Todos esses anos?

Ela o deixou falar sobre os bons tempos, os tempos que passaram juntos, e ela lembrou a si mesma da garota risonha que chamou Strike de "Cormy". Imaginou ir para Londres e pedir a anulação, porque o casamento ainda não fora consumado. Ela se lembrou do dinheiro que os pais gastaram no dia da cerimônia que ela detestou.

Abelhas zumbiam nas rosas do pátio da igreja em volta dela enquanto Robin se perguntava, pela milésima vez, onde estaria agora se Matthew não tivesse se arranhado em corais. A maioria de suas sessões de terapia agora encerradas havia sido preenchida pela sua necessidade de falar das dúvidas que a atormentaram desde que ela concordou em continuar casada.

Nos meses que se seguiram, particularmente quando ela e Matthew se entendiam razoavelmente bem, parecia-lhe ter sido correto dar ao casamento um julgamento justo, mas ela nunca se esquecia de pensar nele em termos de um julgamento, e isto, em si, às vezes a levava, insone à noite, a se castigar pelo fracasso pusilânime de se colocar livre depois da recuperação de Matthew.

Ela jamais explicou a Strike o que tinha acontecido, porque concordara em tentar manter o casamento à tona. Talvez fosse por isso que a amizade dos dois tenha se tornado tão fria e distante. Quando ela voltou da lua de mel, foi para encontrar Strike mudado em relação a ela – e talvez, Robin reconhecia, ela tenha mudado em relação a ele também, devido ao que ouviu por telefone quando ligou, desesperada, do bar nas Maldivas.

– Ficou com ele, então, não é? – dissera ele rudemente, depois de um olhar rápido em sua aliança.

O tom dele a irritara, assim como o fato de ele nunca ter perguntado por que ela estava tentando, nunca perguntado sobre sua vida doméstica daquele ponto em diante, nunca ter chegado sequer a sugerir que se lembrava do abraço na escada.

Fosse porque Strike tinha ajustado a questão desse jeito ou não, eles não trabalhavam num caso juntos desde aquele do Estripador de Shacklewell. A exemplo de seu sócio majoritário, Robin se retraiu a um profissionalismo frio.

Às vezes, porém, ela receava que ele não a valorizasse mais como antigamente, agora que ela se provara tão convencional e covarde. Alguns meses antes, houve uma conversa canhestra em que ele sugeriu que ela tirasse uma folga, e perguntou se ela achava que estava totalmente recuperada depois do ataque a facadas. Tomando isto como uma desfeita a sua coragem, com medo de que mais uma vez se visse marginalizada, perdendo a única parte de sua vida que no momento achava satisfatória, ela insistira estar perfeitamente bem e redobrou os esforços profissionais.

O celular emudecido em sua bolsa vibrou. Robin pôs a mão para dentro e procurou ver quem estava ligando. Strike. Também notou que ele tinha ligado antes, enquanto ela se despedia alegremente da Villiers Trust Clinic.

– Oi – disse ela. – Perdi sua chamada antes, me desculpe.

– Não tem problema. Tudo bem com a mudança?

– Tudo ótimo – disse ela.

– Eu só queria que você soubesse que contratei um novo terceirizado. O nome dele é Sam Barclay.

– Ótimo – disse Robin, vendo uma mosca brilhar em uma rosa gorda e cor-de-rosa. – Qual a formação dele?

– Exército – disse Strike.

– Polícia militar?

– Humm... não exatamente.

Ele lhe contou a história de Sam Barclay e Robin se viu sorrindo.

– Então você contratou um pintor e decorador que fuma maconha?

– Vaporiza, ele usa *um vaporizador* – Strike a corrigiu, e Robin sabia que ele também sorria. – Ele está em uma fase saudável. Filho novo.

– Bom, ele parece... interessante.

Ela esperou, mas Strike não falou.

– Então, vejo você sábado à noite – disse ela.

Robin se sentiu obrigada a convidar Strike ao *open house* que ela e Matthew fariam, porque dera um convite ao terceirizado constante e confiável deles, Andy Hutchins, e seria estranho deixar Strike de fora. Ela ficou surpresa quando ele aceitou.

– Tá, a gente se vê lá.

– Lorelei vai? – Robin se esforçou para parecer descontraída, mas sem saber se tinha sucesso.

No centro de Londres, Strike pensou ter detectado um tom sarcástico na pergunta, como se o desafiasse a confessar que sua namorada tinha um nome ridículo. Antigamente ele teria aceitado a provocação, perguntado que problema Robin tinha com o nome "Lorelei", desfrutado de uma troca de implicâncias com ela, mas isto era território perigoso.

– Sim, ela vai. O convite foi para os dois...

– Sim, claro que foi – disse Robin apressadamente. – Tudo bem, a gente se vê...

– Espere – disse Strike.

Ele estava sozinho no escritório, porque tinha mandado Denise para casa mais cedo. Ela não queria ir embora: afinal, era paga por hora, e só depois de Strike lhe garantir que pagaria pelo dia todo é que ela pegou todos os seus pertences, tudo isso falando sem parar.

– Aconteceu uma coisa estranha esta tarde – disse Strike.

Robin ouviu atentamente, sem interromper, o relato claro de Strike da breve visita de Billy. No final, ela havia se esquecido de se preocupar com a frieza de Strike. Na realidade, agora ele parecia o Strike de um ano atrás.

– Sem dúvida ele era doente mental – disse Strike, com os olhos no céu claro do lado de fora da janela. – Possivelmente psicótico.

– É, mas...

– Eu sei – disse Strike. Ele pegou o bloco do qual Billy tinha arrancado o endereço incompleto e o virou distraidamente na mão livre. – Ele é doente mental e *por isso* acha que viu um garoto estrangulado? Ou ele é doente mental *e* viu mesmo um garoto ser estrangulado?

Ambos ficaram em silêncio por um tempo, durante o qual reviravam mentalmente a história de Billy, sabendo que o outro fazia o mesmo. Este breve intervalo de reflexão silenciosa terminou abruptamente quando um cocker spaniel, que Robin não havia notado se aproximar farejando pelas rosas, de súbito colocou o focinho frio em seu joelho exposto e ela soltou um gritinho.

– Mas o que foi?

– Nada... um cachorro...

– Onde você está?

– Em um cemitério.

– Como é? Por quê?

– Só estou explorando a área. É melhor eu ir – disse ela, levantando-se. – Tem outro móvel esperando para ser montado em casa.

– Tem razão – disse Strike, voltando a seu vigor habitual. – Vejo você no sábado.

– Peço desculpas – disse a dona idosa do cocker spaniel, enquanto Robin colocava o celular na bolsa. – Você tem medo de cachorros?

– De forma alguma. – Robin sorriu e acariciou a cabeça dourada e macia do cão. – Ele me surpreendeu, foi só isso.

Enquanto voltava a passar pelos crânios gigantescos na direção de seu novo lar, Robin pensou em Billy, que Strike havia descrito com tanta nitidez que ela sentia conhecê-lo também.

Ficou tão profundamente absorta em seus pensamentos que, pela primeira vez em toda a semana, ela esqueceu-se de erguer os olhos para o pub White Swan ao passar por ele. Mais adiante na rua, na esquina do prédio, havia um único cisne entalhado que lembrava a Robin, sempre que passava por ali, o dia calamitoso de seu casamento.

4

Mas então o que você propõe fazer na cidade?
Henrik Ibsen, *Rosmersholm*

A dez quilômetros de distância, Strike baixou o celular na mesa e acendeu um cigarro. O interesse de Robin por sua história foi tranquilizador depois do interrogatório que ele suportou por meia hora após a fuga de Billy. Os dois policiais que atenderam ao chamado de Denise deram a impressão de saborear a oportunidade de fazer o famoso Cormoran Strike admitir sua falibilidade, sem ter pressa nenhuma enquanto certificavam-se de que ele não conseguira descobrir nem o nome completo, nem o endereço do provavelmente psicótico Billy.

O sol de fim de tarde bateu obliquamente no bloco em sua mesa, revelando marcas leves. Strike largou o cigarro em um cinzeiro que tinha roubado muito tempo atrás de um bar alemão, pegou o bloco e virou de um lado para outro numa tentativa de distinguir as letras formadas pela impressão, depois pegou um lápis e as sombreou de leve. Logo foram reveladas letras maiúsculas e desorganizadas formando claramente as palavras "Charlemont Road". Billy tinha pressionado com menos força o número da casa ou apartamento do que o nome da rua. Uma das marcas leves parecia ou um 5 ou um 8 incompleto, mas o espaçamento sugeria mais de um número, ou possivelmente uma letra.

A predileção incurável de Strike por chegar à raiz de incidentes confusos tendia a ser um inconveniente para ele e para os outros. Embora estivesse com fome e cansado, e apesar de ter dispensado a secretária para poder fechar o escritório, ele arrancou a folha de papel que trazia o nome da rua e foi para a antessala, onde ligou de novo o computador.

Existiam várias Charlemont Roads no Reino Unido, mas, com base no pressuposto de que era improvável que Billy tivesse os meios para viajar uma grande distância, ele suspeitava de que aquela em East Ham fosse a correta. Os registros na internet mostravam dois Williams morando lá, porém ambos tinham mais de sessenta anos. Lembrando-se de que Billy teve medo de que Strike aparecesse na "casa de Jimmy", ele procurou por Jimmy, depois James, o que revelou as informações de James Farraday, 49.

Strike tomou nota do endereço de Farraday abaixo dos rabiscos marcados de Billy, mas não tinha total confiança de que Farraday fosse o homem que procurava. Primeiramente, o número de sua casa não continha nem 5, nem 8 e, além disso, o extremo desmazelo de Billy sugeria que ele devia morar com alguém com uma atitude muito relaxada em relação à higiene pessoal. Farraday morava com a esposa e o que pareciam ser duas filhas.

Strike desligou o computador, mas ainda olhava distraidamente a tela escura, pensando na história de Billy. Era o detalhe do cobertor rosa que ainda o atormentava. Parecia um detalhe específico e simplório demais para uma ilusão psicótica.

Lembrando-se de que precisava acordar cedo pela manhã para um trabalho rentável, ele se colocou de pé. Antes de sair do escritório, guardou na carteira a folha de papel que trazia as impressões da letra de Billy e o endereço de Farraday.

Londres, que recentemente fora o epicentro das celebrações do Jubileu de Diamante da rainha, preparava-se para receber os Jogos Olímpicos. Bandeiras do Reino Unido e o logotipo de Londres 2012 estavam em toda parte – em cartazes, faixas, bandeirolas, chaveiros, canecas e guarda-chuvas –, enquanto uma mixórdia de mercadorias olímpicas abarrotava as vitrines de praticamente todas as lojas. Na opinião de Strike, o logotipo parecia cacos de vidro fluorescente reunidos ao acaso, e ele estava igualmente insatisfeito com os mascotes oficiais, que pareciam uma dupla de molares ciclópicos.

Havia um matiz de empolgação e nervosismo na capital, nascido, sem dúvida, do eterno medo britânico de que a nação ficasse malvista. Queixas a respeito da indisponibilidade de ingressos para a Olimpíada eram um tema dominante nas conversas, os candidatos fracassados execrando o sorteio que devia ter dado a todos uma chance justa e equânime de assistir aos eventos ao vivo. Strike, que tinha esperanças de ver alguma luta de boxe, não conseguiu comprar ingressos, mas deu uma gargalhada para a oferta do antigo amigo da escola, Nick, de tomar o lugar dele no hipismo, que a esposa de Nick, Ilsa, ficaria muito feliz em ter o dinheiro de volta.

A Harley Street, onde Strike devia fazer a vigilância de sexta-feira de um cirurgião plástico, continuava intocada pela febre olímpica. As grandiosas fachadas vitorianas apresentavam ao mundo suas faces implacáveis e habituais, sem se deixar macular por logotipos ou bandeiras chamativas.

Strike, que tinha vestido o melhor terno italiano para o trabalho, assumiu uma posição perto da entrada de um prédio do outro lado da rua e fingiu falar ao celular, na verdade vigiando a entrada dos caros consultórios dos dois sócios, um deles cliente de Strike.

O "Doutor Duvidoso", como Strike apelidou sua presa, estava à vontade fazendo jus a seu nome. Possivelmente fora amedrontado por comportamento antiético pelo sócio, que o confrontou depois de perceber que o Duvidoso recentemente fizera dois implantes mamários que não passaram pelos registros da empresa. Suspeitando do pior, o sócio majoritário procurou a ajuda de Strike.

— A justificativa dele foi fraca, cheia de furos. Ele é – disse o cirurgião de cabelos brancos, fleumático, mas cheio de pressentimentos ruins – e sempre foi um... ah... um mulherengo. Vi seu histórico da internet antes de confrontá-lo e descobri um site em que jovens mulheres solicitavam contribuições em dinheiro para seus aprimoramentos estéticos em troca de fotos explícitas. Receio... nem sei o quê... mas pode ser que ele tenha feito um acordo com essas mulheres que não é... monetário. Duas jovens foram solicitadas a ligar para um número que não reconheci, mas que sugeria que a cirurgia podia ser gratuita em troca de um "acordo exclusivo".

Até agora, Strike não tinha testemunhado o Duvidoso em um encontro com nenhuma mulher do lado de fora no horário de trabalho. Ele passava as segundas e sextas-feiras em seus consultórios na Harley Street e o meio da semana no hospital particular onde operava. Sempre que Strike o seguia fora dos locais de trabalho, ele apenas dava curtas caminhadas para comprar chocolate, no que parecia viciado. Toda noite dirigia o Bentley para casa, ao encontro da mulher e dos filhos na Gerrards Cross, seguido por Strike em seu velho BMW azul.

Esta noite, os dois médicos compareceriam a um jantar do Royal College of Surgeons com suas esposas, e assim Strike deixou o BMW no estacionamento caro. As horas rolaram, tediosas, Strike preocupado principalmente em deslocar o peso de sua prótese a intervalos constantes enquanto se recostava em grades, parquímetros e na soleira de portas. Um fluxo constante de clientes tocava a campainha da porta do Duvidoso e eram recebidas, uma por uma. Todas mulheres e a maioria era magra e bem-vestida. Às cinco horas, o celular de Strike vibrou no bolso do paletó e ele viu uma mensagem de texto do cliente.

Pode encerrar, prestes a sair com ele para o Dorchester.

Teimosamente, Strike ficou por ali e viu os sócios saírem do prédio cerca de 15 minutos depois. Seu cliente era alto e de cabelos brancos; o Duvidoso, um moreno esbelto e elegante com cabelo preto brilhante, que usava terno completo. Strike os viu entrar em um táxi e partir, depois bocejou, espreguiçou-se e pensou em ir para casa, possivelmente com uma comida delivery.

Quase a contragosto, ele pegou a carteira e retirou a folha de papel amassada em que conseguira revelar o nome da rua de Billy.

O dia todo, no fundo de sua mente, havia pensado que podia procurar Billy na Charlemont Road, se o Doutor Duvidoso saísse do trabalho cedo, mas ele estava cansado e a perna, dolorida. Se Lorelei sabia que ele tinha a noite de folga, esperava que Strike telefonasse. Por outro lado, eles iriam ao *open house* de Robin juntos na noite seguinte e, caso ele passasse a noite na casa de Lorelei, seria difícil se desvencilhar amanhã, depois da festa. Ele nunca passara duas noites seguidas no apartamento de Lorelei, mesmo quando houve uma oportunidade. Preferia estabelecer limites sobre os direitos dela em relação ao tempo dele.

Como quem tem esperanças de ser dissuadido pelo clima, ele olhou o céu claro de junho e suspirou. A noite estava limpa e perfeita, a agência tão movimentada que ele não sabia quando teria algumas horas de folga outra vez. Se queria ir até a Charlemont Road, teria de ser esta noite.

5

Posso entender muito bem que você tenha pavor de reuniões públicas e... da ralé que as frequenta.

Henrik Ibsen, *Rosmersholm*

Sua viagem coincidiu com a hora do rush, e Strike levou mais de uma hora para ir da Harley Street à East Ham. Quando localizou a Charlemont Road, seu coto doía e a visão da longa rua residencial o fez se arrepender de não ser o tipo de homem que podia simplesmente descartar Billy como um caso de loucura.

As casas geminadas tinham uma aparência variada: algumas eram de tijolos aparentes, outras pintadas ou revestidas de pedra. Bandeiras do Reino Unido foram penduradas em janelas: outra prova da febre olímpica, ou relíquias do Jubileu Real. Os pequenos terrenos na frente das casas foram transformados em jardins diminutos ou lixeiras para entulho, segundo a preferência. Na metade da rua havia um colchão velho e sujo, abandonado para quem quisesse lidar com ele.

O primeiro vislumbre que ele teve da residência de James Farraday não encorajou Strike a esperar que tivesse chegado ao fim da jornada, porque era uma das casas de melhor conservação na rua. Uma varanda mínima com um vidro colorido foi acrescentada à porta de entrada, cortinas de renda pendiam de cada janela e a caixa de correio de bronze reluzia ao sol. Strike tocou a campainha de plástico e esperou.

Depois de aguardar por pouco tempo, uma mulher apressada abriu a porta, soltando um gato listrado prateado, que parecia ter estado à espera, preparado atrás da porta, pela primeira oportunidade de fugir. A expressão irritada da mulher contrastava estranhamente com um avental em que estava impresso um desenho de "Amar é...". Um forte odor de carne em processo de cozimento exalava da casa.

– Olá – disse Strike, salivando com o cheiro. – Não sei se a senhora pode me ajudar. Estou tentando encontrar Billy.

– Veio ao endereço errado. Não tem Billy nenhum aqui.

Ela começou a fechar a porta.

– Ele disse que morava com Jimmy – disse Strike, enquanto o espaço se estreitava.

– Também não tem nenhum Jimmy aqui.

– Desculpe-me, pensei que alguém chamado James...

– Ninguém o chama de Jimmy. Você bateu na casa errada.

Ela fechou a porta.

Strike e o gato prateado se olharam; no caso do gato, altivamente, antes de se sentar no capacho e passar a limpar o pelo com um ar de quem excluía Strike de seus pensamentos.

Strike voltou à calçada, onde acendeu um cigarro e olhou os dois lados da rua. Por sua estimativa, havia duzentas casas na Charlemont Road. Quanto tempo levaria para bater na porta de cada uma delas? Mais tempo do que tinha esta noite, era a resposta desafortunada, e mais tempo do que ele provavelmente teria num curto prazo. Ele andou, frustrado e cada vez mais dolorido, olhando pelas janelas e examinando quem passava em busca de uma semelhança com o homem que conhecera no dia anterior. Por duas vezes, perguntou a pessoas que entravam ou saíam de suas casas se conheciam "Jimmy ou Billy", cujo endereço ele alegava ter perdido. Em ambas as ocasiões, elas disseram que não.

Strike continuou andando com dificuldade, esforçando-se para não mancar.

Por fim chegou a um trecho de casas que tinham sido compradas e convertidas em prédios de apartamentos. Pares de portas de entrada se espremiam lado a lado e os terrenos na frente foram cobertos de concreto.

Strike reduziu o passo. Uma folha de papel A4 foi presa a uma das portas mais surradas, da qual descascava a tinta branca. Uma leve e familiar comichão de interesse que ele nunca enobreceu com o nome de "pressentimento" levou Strike à porta.

A mensagem escrita à mão dizia:

*Reunião das sete e meia transferida do pub para o Well Community Centre na Vicarage Lane – vire à esquerda no fim da rua
Jimmy Knight*

Strike levantou a folha de papel com um dedo, viu um número de uma casa terminado em 5, deixou o bilhete cair e passou a espiar pela janela empoeirada do primeiro andar.

Um lençol velho fora pregado ali para bloquear a luz do sol, mas um canto estava meio caído. Alto o bastante para estreitar os olhos através da parte do vidro descoberta, Strike viu uma faixa de quarto vazio contendo um sofá-cama aberto com um cobertor manchado, uma pilha de roupas no canto e um televisor portátil em cima de uma caixa de papelão. O carpete estava coberto por uma multiplicidade de latas de cerveja vazias e cinzeiros transbordando. Isto parecia promissor. Ele voltou à porta descascada da entrada, levantou o punho grande e bateu.

Ninguém atendeu, nem ele ouviu nenhum sinal de movimento no interior.

Strike olhou novamente o bilhete na porta, depois partiu. Entrando à esquerda na Vicarage Lane, viu o centro comunitário bem à sua frente, "The Well" escrito em destaque com letras brilhantes de acrílico.

Um idoso usando um boné Mao, com a barba grisalha e rala, estava de pé na frente da porta de vidro, uma pilha de panfletos na mão. À medida que Strike se aproximava, o homem, cuja camiseta trazia o rosto desbotado de Che Guevara, olhou-o de esguelha. Embora sem gravata, o terno italiano de Strike conferia uma nota formal inadequada. Quando ficou evidente que o centro comunitário era o destino de Strike, o homem dos panfletos deu um passo de lado para barrar a entrada.

– Sei que estou atrasado – disse Strike, com uma irritação bem fingida –, mas só agora descobri que a porcaria do lugar tinha mudado.

Sua segurança e seu porte aparentemente desconcertaram o homem de boné Mao, que, entretanto, parecia sentir que seria indigna dele a capitulação imediata a um homem de terno.

– Quem está representando?

Strike já havia feito um inventário rápido das palavras em maiúsculas visíveis nos panfletos presos ao peito do outro homem: DISSENSÃO –

DESOBEDIÊNCIA – RUPTURA e, o que era bem incongruente, LOTEAMENTOS. Também havia um desenho rudimentar de cinco executivos obesos soprando uma fumaça de charuto que formava os anéis olímpicos.

– Meu pai – disse Strike. – Ele está com medo de seu terreno ser concretado.

– Ah – disse o barbudo. Ele deu um passo de lado. Strike pegou um panfleto em sua mão e entrou no centro comunitário.

Não havia ninguém à vista, apenas uma mulher grisalha de origem caribenha que espiava por uma porta interna que ela abrira alguns centímetros. Strike ouvia uma voz feminina na sala depois da porta. Era difícil distinguir as palavras, mas a cadência sugeria um discurso. Ao perceber que havia alguém bem atrás dela, a mulher se virou. A visão do terno de Strike pareceu tê-la afetado de forma contrária ao barbudo na porta.

– Você é dos Jogos Olímpicos? – sussurrou ela.

– Não – disse Strike. – Só interessado.

Ela abriu a porta para permitir sua entrada.

Cerca de quarenta pessoas estavam sentadas em cadeiras de plástico. Strike assumiu o lugar vago mais próximo e correu os olhos pelas nucas na frente dele à procura do cabelo de Billy, embaraçado e na altura do ombro.

Uma mesa de oradores tinha sido montada na frente. Agora uma jovem andava de um lado a outro na frente dela e se dirigia à plateia. Seu cabelo era tingido do mesmo vermelho-vivo de Coco, a desagradável ficada de uma só noite de Strike, e ela falava por uma série de frases incompletas, de vez em quando se perdendo em disposições secundárias e esquecendo-se de pronunciar o H aspirado. Strike teve a impressão de que ela falava havia muito tempo.

– Pensem nos posseiros e artistas que estão todos sendo... porque esta é uma autêntica comunidade, é verdade, e aí eles aparecem com pranchetas e é, tipo assim, saia se souber o que é bom para você, é o princípio do, não é, de leis opressivas, é o cavalo de Troia... é uma campanha coordenada, tipo assim...

Metade da plateia parecia de estudantes. Entre os integrantes mais velhos, Strike viu homens e mulheres que ele marcou como manifestantes empenhados, alguns com camisetas que traziam lemas de esquerda, como seu amigo da porta. Aqui e ali, ele viu figuras improváveis que imaginou serem moradores da comunidade que não aceitavam bem a chegada da

Olimpíada a East London: tipos artísticos que talvez estivessem ocupando imóveis e um casal idoso, que agora trocava cochichos e que Strike pensou que talvez estivesse verdadeiramente preocupado com seu terreno. Observando que eles voltavam à atitude de resistência dócil adequada àqueles que se sentam em uma igreja, Strike conjecturou que os dois concordaram que não podiam sair com facilidade sem chamar atenção demais. Um garoto com muitos piercings, coberto de tatuagens anarquistas, cutucava os dentes de forma audível.

Atrás da garota que falava, outras três pessoas estavam sentadas: uma mulher mais velha e dois homens, que conversavam em voz baixa. Um deles tinha pelo menos sessenta anos, um sujeito barrigudo de rosto chupado, com o ar combativo de um homem que cumprira seu tempo em piquetes e em confrontos bem-sucedidos com gerentes recalcitrantes. Algo nos olhos escuros e vincados do outro fez Strike ler rapidamente o panfleto que tinha na mão, procurando confirmação de uma suspeita imediata.

RESISTÊNCIA OLÍMPICA COMUNITÁRIA (ROCOM)
15 de junho de 2012
19:30 White Horse Pub East Ham E6 6EJ
Oradores:

Lilian Sweeting	Preservação Ambiental, E. London
Walter Frett	Aliança dos Trabalhadores/ativista da ROCOM
Flick Purdue	Campanha antipobreza/ativista da ROCOM
Jimmy Knight	Partido do Real Socialismo/organizador da ROCOM

Apesar de uma barba basta e um ar geral de desalinho, o homem de olhos fundos não era nem de longe tão sujo como Billy, e seu cabelo certamente fora cortado nos últimos dois meses. Parecia ter uns trinta e poucos anos e, embora de rosto mais quadrado e mais musculoso, tinha o mesmo cabelo escuro e a pele clara do visitante de Strike. Com base nas evidências disponíveis, Strike apostaria fortemente que Jimmy Knight era irmão mais velho de Billy.

Jimmy terminou sua conversa aos sussurros com o colega da Aliança dos Trabalhadores, depois se recostou na cadeira, cruzou os braços grossos com uma expressão de abstração, mostrando que ele não ouvia a jovem mais do que a plateia cada vez mais agitada.

Agora Strike se dava conta de que estava sob observação de um homem comum sentado na fila à frente dele. Quando Strike olhou nos olhos azul-claros do homem, ele reorientou sua atenção apressadamente para Flick, que ainda falava. Observando o jeans limpo, a camiseta simples e o cabelo curto e arrumado do homem de olhos azuis, Strike pensou que ele teria agido melhor se tivesse esquecido de se barbear pela manhã, mas talvez a Polícia Metropolitana não considerasse digno enviar seu melhor efetivo a uma operação decrépita como a ROCOM. A presença de um policial à paisana era esperada, naturalmente. Qualquer grupo que atualmente planejasse perturbar ou resistir à organização dos Jogos Olímpicos devia estar sob vigilância.

A uma curta distância do policial à paisana, estava sentado um jovem asiático de aparência profissional, em mangas de camisa. Alto e magro, olhava fixamente a curadora, roendo as unhas da mão esquerda. Enquanto Strike observava, o homem teve um leve susto e tirou o dedo da boca. Ele o fizera sangrar.

– Muito bem – disse um homem em voz alta. A plateia, reconhecendo a voz da autoridade, sentou-se um pouco mais reta. – Muito obrigado, Flick.

Jimmy Knight se levantou, liderando um aplauso nada entusiasmado a Flick, que voltou à mesa e se sentou na cadeira vazia entre os dois homens.

Em seus jeans surrados e camiseta que não foi passada a ferro, Jimmy Knight lembrava Strike dos homens que sua falecida mãe tomava como amantes. Ele podia ser o baixista de uma banda grime ou um roadie de boa aparência, com os braços musculosos e as tatuagens. Strike notou que as costas do homem comum de olhos azuis ficaram tensas. Ele estivera esperando por Jimmy.

– Boa noite a todos e muito obrigado por virem.

Sua personalidade encheu a sala como o primeiro compasso de uma música de sucesso. Strike sabia, por aquelas poucas palavras, que ele era o tipo de homem que, no exército, ou era excepcionalmente útil ou um cretino insubordinado. O sotaque de Jimmy, como o de Flick, revelava uma origem incerta. Strike pensou que o cockney podia ter sido incorporado, no caso dele com mais sucesso, em uma leve aspereza rural.

– Então, a debulhadora olímpica se mudou para East London!

Seus olhos ardentes percorreram a plateia agora atenta.

– Achatando casas, derrubando ciclistas e os matando, revirando a terra que pertence a todos nós. Ou pertencia.

"Vocês ouviram Lilian dizer o que eles estão fazendo com os habitats de animais e insetos. Estou aqui para falar da usurpação de comunidades humanas. Eles estão jogando concreto em nossas terras públicas, e para quê? Estão construindo moradias ou os hospitais de que precisamos? É claro que não! Não, estamos recebendo estádios que custam bilhões, vitrines para o sistema capitalista, senhoras e senhores. Pedem a nós para celebrar o elitismo enquanto, atrás das barreiras, as liberdades do povo são usurpadas, destruídas, retiradas.

"Eles nos dizem que devemos comemorar a Olimpíada, todos os luxuosos comunicados à imprensa que a mídia de direita devora e regurgita. Fetichizar a bandeira, atiçar a classe média em um frenesi de chauvinismo! Venha venerar nossos gloriosos medalhistas... uma medalha de ouro reluzente para todos que fazem vista grossa a um suborno bem grande com um penico do mijo de outra pessoa!"

Houve um murmúrio de concordância. Algumas pessoas aplaudiram.

– Devíamos ficar animados com os estudantes da rede pública que vão praticar esportes enquanto o resto de nós tem nossos campos esportivos vendidos por dinheiro! O servilismo devia ser nosso esporte olímpico nacional! Deificamos pessoas que têm milhões investidos porque podem pedalar uma bicicleta, quando elas se venderam como uma cortina de fumaça a todos os filhos da puta que desviam os impostos e estupram o planeta e que fazem fila para colocar seus nomes nas barreiras... barreiras que se fecham para os trabalhadores em sua própria terra!

Os aplausos, a que não se juntaram Strike, o casal de idosos ao lado dele e o asiático, foram tanto pela performance quanto pelas palavras. O rosto de Jimmy, um tanto rude, mas bonito, estava munido de uma fúria santarrona.

– Estão vendo isto? – disse ele, pegando na mesa atrás dele uma folha de papel com o "2012" recortado de que Strike desgostava tanto. – Bem-vindos à Olimpíada, meus amigos, um sonho molhado fascista. Estão vendo o logotipo? Vocês viram? É uma suástica partida!

A plateia riu e aplaudiu um pouco mais, disfarçando o ronco alto no estômago de Strike. Ele se perguntou se haveria algum restaurante delivery por perto. Mal tinha começado a calcular se teria tempo de sair, comprar comida e voltar, quando a caribenha grisalha que ele vira mais cedo abriu a porta da sala e a manteve aberta. Sua expressão claramente indicava que agora a ROCOM tinha abusado da hospitalidade.

Jimmy, porém, ainda estava a todo vapor.

– Esta suposta celebração do espírito olímpico, do fair play e do amadorismo está normalizando a repressão e o autoritarismo! Acordem: Londres está sendo militarizada! O Estado britânico, que por séculos aperfeiçoou a tática da colonização e da invasão, tomou a Olimpíada como a desculpa perfeita para colocar a polícia, o exército, helicópteros e armas contra cidadãos comuns! Mil câmeras de vigilância a mais... leis extraordinárias aprovadas às pressas... e vocês acham que eles serão repelidos quando este carnaval do capitalismo avançar?

"Juntem-se a nós!", gritou Jimmy, enquanto a funcionária do centro comunitário aproximava-se lentamente pela parede até a frente do salão, nervosa, mas decidida. "A ROCOM faz parte de um movimento pela justiça global mais amplo que recebe a repressão com a resistência! Temos uma causa comum com todos os movimentos de esquerda e contra a opressão em toda a capital! Estaremos em manifestações permitidas por lei, usando cada instrumento do protesto pacífico que ainda nos permitem no que rapidamente está se tornando uma cidade ocupada!"

Seguiram-se mais aplausos, mas o casal de idosos ao lado de Strike parecia inteiramente infeliz.

– Tudo bem, tudo bem, eu sei – acrescentou Jimmy à funcionária do centro comunitário, que agora havia chegado à frente da plateia e gesticulava timidamente. – Eles querem que a gente saia – disse Jimmy ao grupo, sorrindo com malícia e meneando a cabeça. – É claro que querem. É claro.

Algumas pessoas vaiaram a funcionária do centro comunitário.

– Quem quiser ouvir mais – disse Jimmy –, estaremos no pub aqui da rua. O endereço está em seus panfletos!

A maioria da plateia aplaudiu. O policial à paisana se levantou. O casal de idosos já se apressava para a porta.

6

Eu... tenho a fama de ser um fanático perverso, segundo me disseram.

Henrik Ibsen, *Rosmersholm*

Barulho de cadeiras, bolsas sendo penduradas em ombros. O grosso da plateia partiu para as portas dos fundos, mas alguns pareciam relutar em sair. Strike deu alguns passos para Jimmy, na esperança de falar com ele, mas foi ultrapassado pelo jovem asiático, que andava aos solavancos para o ativista com um ar de determinação nervosa. Jimmy trocou mais algumas palavras com o homem da Aliança dos Trabalhadores, depois notou o recém-chegado, acenou um adeus a Walter e avançou com todo o jeito de quem tem a boa vontade de falar com o que ele claramente supunha ser um convertido.

Assim que o asiático começou a falar, porém, a expressão de Jimmy se toldou. Enquanto os dois conversavam em voz baixa no meio da sala que se esvaziava rapidamente, Flick e um grupo de jovens reuniram-se por perto, esperando por Jimmy. Pareciam se considerar superiores ao trabalho braçal. A funcionária do centro comunitário retirava as cadeiras sozinha.

— Deixe-me fazer isto. — Strike se ofereceu, pegando três das mãos dela e ignorando a pontada aguda no joelho ao levar as cadeiras a uma pilha alta.

— Muito obrigada – disse ela, ofegante. — Acho que não vamos deixar que esse pessoal...

Ela permitiu que Walter e alguns outros passassem antes de continuar. Nenhum deles agradeceu a ela.

— ... use o centro de novo — completou ela, ressentida. — Eu não tinha percebido o que eles eram. O panfleto fala de desobediência civil e não sei mais o quê.

— Você é pró-Olimpíada? — perguntou Strike, colocando uma cadeira em uma pilha.

— Minha neta faz parte de um clube de corrida — disse ela. — Ganhamos ingressos. Ela está louca para ir.

Jimmy ainda estava preso na conversa com o jovem asiático. Parecia ter se desenvolvido uma discussão menor. Jimmy parecia tenso, os olhos deslocavam-se constantemente pelo lugar, ou procurando uma rota de fuga, ou verificando se mais alguém entreouvia. O salão se esvaziava. Os dois homens partiram para a saída. Strike aprumou os ouvidos para escutar o que eles diziam, mas os passos aglomerados dos acólitos de Jimmy no piso de madeira obstruíram tudo, com exceção de algumas palavras.

"... durante anos, amigo, entendeu?", Jimmy falava com raiva. "Então, faça a merda que quiser, foi você que se ofereceu para..."

Eles saíram de alcance. Strike ajudou a voluntária do centro comunitário a empilhar o que restava das cadeiras e, enquanto ela apagava a luz, pediu informações sobre como chegar ao White Horse.

Cinco minutos depois, e apesar de sua recente resolução de comer alimentos mais saudáveis, Strike comprou um saco de fritas em uma lanchonete delivery e andou pela White Horse Road, no fim da qual soubera que encontraria o pub epônimo.

Enquanto comia, Strike refletia sobre a melhor maneira de entabular conversa com Jimmy Knight. Como havia indicado a reação do velho do Che Guevara na porta, o traje atual de Strike não tendia a fomentar a confiança em manifestantes anticapitalistas. Jimmy tinha o ar de um militante experiente de extrema esquerda e provavelmente previa o interesse das autoridades em suas atividades na atmosfera altamente carregada que precedia a abertura dos Jogos. De fato, Strike viu o homem comum de olhos azuis andando atrás de Jimmy, as mãos nos bolsos do jeans. A primeira tarefa de Strike seria garantir a Jimmy que ele não estava ali para investigar a ROCOM.

Por acaso, o White Horse ficava em uma construção feia e pré-fabricada, em um cruzamento movimentado, dando para um parque grande. Um memorial de guerra branco, com grinaldas de papoulas arrumadas em sua base, erguia-se como uma censura eterna à área para beber na calçada oposta, onde velhas guimbas de cigarro espalhavam-se pelo concreto rachado e arrasado pelo mato. Os bebedores se reuniam na frente do pub e todos fumavam.

Strike localizou Jimmy, Flick e vários outros de pé em um grupo em frente a uma janela decorada com uma faixa enorme do West Ham. O jovem asiático e alto não estava à vista em lugar nenhum, mas o policial à paisana vagava sozinho na periferia do grupo deles.

Strike entrou para pegar uma cerveja. A decoração no interior do pub consistia principalmente em bandeiras da Cruz de São Jorge e mais parafernália do West Ham. Depois de comprar um caneco de John Smith's, Strike voltou ao pátio, acendeu outro cigarro e avançou até o grupo em torno de Jimmy. Estava no ombro de Flick antes que eles percebessem que o estranho parrudo de terno queria alguma coisa deles. Toda a conversa cessou quando a suspeita se inflamou em cada rosto.

– Oi – disse Strike –, meu nome é Cormoran Strike. Alguma possibilidade de uma palavrinha rápida, Jimmy? É sobre o Billy.

– Billy? – repetiu Jimmy, bruscamente. – Por quê?

– Eu o conheci ontem. Sou detetive partic...

– Chizzle o mandou! – Flick disse num arquejar, virando-se, assustada, para Jimmy.

– Cala a boca! – rosnou ele.

Com o resto do grupo avaliando Strike com uma mescla de curiosidade e hostilidade, Jimmy gesticulou para Strike acompanhá-lo até a margem do grupo. Para surpresa de Strike, Flick foi junto. Homens de cabeça raspada e camisas do West Ham cumprimentaram o militante com um gesto de cabeça enquanto ele passava. Jimmy parou ao lado de dois postes brancos encimados por cabeças de cavalo, verificou se mais alguém podia ouvir e se dirigiu a Strike.

– Qual é o seu nome mesmo?

– Cormoran, Cormoran Strike. Billy é seu irmão?

– Irmão mais novo, é sim – confirmou Jimmy. – Você disse que ele procurou você?

– Foi. Ontem à tarde.

– Você é detetive...?

– Particular. Sim.

Strike viu o reconhecimento surgir nos olhos de Flick. A mulher tinha um rosto branco e roliço que pareceria inocente sem o delineador selvagem e o cabelo cor de tomate despenteado. Ela se virou rapidamente para Jimmy.

– Jimmy, ele é...

– O Estripador de Shacklewell? – perguntou Jimmy, olhando Strike por cima do isqueiro enquanto acendia outro cigarro. – Lula Landry?

– Eu mesmo – disse Strike.

Pelo canto do olho, Strike notou os olhos de Flick percorrendo seu corpo até a parte inferior das pernas. A boca de Flick se torceu no que parecia desdém.

– Billy procurou você? – repetiu Jimmy. – Por quê?

– Ele me disse que tinha testemunhado um garoto ser estrangulado – disse Strike.

Jimmy soprou a fumaça em lufadas furiosas.

– É. Ele tem a cabeça fodida. Distúrbio afetivo esquizoide.

– Ele parecia doente – concordou Strike.

– Foi só isso que ele disse a você? Que viu um garoto ser estrangulado?

– Me pareceu o suficiente para dar seguimento – disse Strike.

Os lábios de Jimmy se curvaram em um sorriso sem humor nenhum.

– Você não acreditou nele, não foi?

– Não – disse Strike, falando a verdade –, mas acho que ele não devia andar pelas ruas naquele estado. Ele precisa de ajuda.

– Não acho que ele esteja pior do que o de costume, você acha? – perguntou Jimmy a Flick, com certo ar artificial de indagação desapaixonada.

– Não – disse ela, virando-se para Strike com uma animosidade mal disfarçada. – Ele tem altos e baixos. E fica bem se toma os remédios.

Seu sotaque tornou-se acentuadamente mais classe média do que o resto dos amigos. Strike notou que ela usou o delineador sobre uma remela de sono no canto de um olho. Strike, que passou grande parte da infância vivendo na miséria, achava a desconsideração pela higiene algo difícil de agradar, a não ser naquelas pessoas tão infelizes ou doentes que a limpeza passa a ser uma irrelevância.

– Ex-militar, não é? – perguntou ela, mas Jimmy a atropelou.

– Como Billy soube onde te achar?

– Lista telefônica? – sugeriu Strike. – Não vivo em uma bat-caverna.

– Billy nem sabe usar a lista telefônica.

– Ele encontrou meu escritório direitinho.

– Não tem nenhum garoto morto – disse Jimmy abruptamente. – É tudo coisa da cabeça dele. Ele fica falando nisso quando tem uma crise. Não notou o tique dele?

Jimmy imitou, com uma precisão brutal, o movimento convulsivo do nariz ao peito e a mão contorcida. Flick riu.

– É, eu vi. – Strike não sorriu. – Então, não sabe onde ele está?

– Não o vejo desde ontem de manhã. O que você quer dele?

– Como eu disse, ele não parecia apto a andar por aí sozinho.

– Muito solidário de sua parte – disse Jimmy. – Detetive rico e famoso preocupado com Billy.

Strike não disse nada.

– Exército – repetiu Flick –, não foi?

– Fui – confirmou Strike, baixando os olhos para ela. – Que importância isso tem?

– Só estou falando. – Ela ficou meio ruborizada em sua raiva indignada. – Nem sempre teve essa preocupação com gente podendo se machucar, não é?

Strike, que estava familiarizado com pessoas que partilhavam da opinião de Flick, ficou calado. Ela provavelmente acreditaria nele se lhe dissesse que tinha se unido às forças na esperança de meter uma baioneta em crianças.

Jimmy, que também não parecia inclinado a ouvir mais a opinião de Flick sobre os militares, falou:

– Billy vai ficar bem. Ele às vezes passa lá em casa, depois vai embora. Não é assim o tempo todo.

– Onde ele fica quando não está com você?

– Com amigos – disse Jimmy, dando de ombros. – Não sei o nome deles todos. – Depois, contradizendo-se: – Vou dar uns telefonemas esta noite para ver se ele está bem.

– Tem razão – disse Strike, terminando a cerveja e entregando o caneco vazio a um funcionário tatuado do bar, que andava pelo pátio, pegando copos de todos que tinham acabado. Strike deu um último trago no cigarro, largou-o para se juntar aos milhares de irmãos no pátio rachado, esmagou com o pé protético, depois pegou a carteira.

– Me faça um favor – disse ele a Jimmy, retirando e estendendo um cartão –, entre em contato comigo quando Billy aparecer, está bem? Gostaria de saber se ele está em segurança.

Flick soltou um bufo de escárnio, mas pareceu que Jimmy foi apanhado de guarda baixa.

– Tá, tudo bem. Tá, vou ligar.

– Sabe que ônibus me levaria de volta mais rápido à Denmark Street? – perguntou Strike a eles. Não podia encarar outra longa caminhada até o metrô. Os ônibus passavam pelo pub com uma frequência convidativa. Jimmy, que parecia conhecer bem a região, orientou Strike ao ponto de ônibus correto.

– Muito obrigado. – Enquanto devolvia a carteira ao paletó, Strike disse despreocupadamente: – Billy me disse que você estava lá quando a criança foi estrangulada, Jimmy.

A rápida virada de cabeça de Flick para Jimmy foi a revelação. Este último estava mais bem preparado. Suas narinas inflaram, mas, tirando isso, ele fez um trabalho louvável, fingindo não estar alarmado.

– É, ele tem toda a cena doentia rolando na pobre cabeça fodida dele – falou. – Tem dias em que ele pensa que nossa mãe morta também podia ter estado lá. Acho que o próximo será o papa.

– Que tristeza – disse Strike. – Espero que você consiga localizá-lo.

Ele levantou a mão numa despedida e os deixou no pátio. Com fome apesar da batata frita, o coto agora latejando, ele mancava quando chegou ao ponto de ônibus.

Depois de uma espera de 15 minutos, o ônibus chegou. Dois jovens bêbados alguns bancos à frente de Strike travavam uma discussão longa e repetitiva sobre os méritos da nova contratação do West Ham, Jussi Jääskeläinen, cujo nome nenhum dos dois sabia pronunciar. Strike olhou destraído pela janela, a perna dolorida, desesperado por sua cama, mas incapaz de relaxar.

Era irritante admitir isso, mas a ida à Charlemont Road não o livrou da dúvida incômoda sobre a história de Billy. A lembrança da olhada repentina e assustada de Flick a Jimmy, e sobretudo sua exclamação súbita "Chizzle o mandou lá!" transformaram essa dúvida incômoda em um obstáculo considerável e possivelmente permanente para a paz de espírito do detetive.

7

Você acha que vai continuar aqui? Quero dizer, permanentemente?
Henrik Ibsen, *Rosmersholm*

Robin teria ficado feliz em passar os fins de semana relaxando depois de sua longa semana guardando objetos e arrumando a mobília, mas Matthew estava ansioso pela festa de *open house*, para a qual convidou muitos colegas. Seu orgulho foi atiçado pela história romântica e interessante da rua, que tinha sido construída por donos de estaleiros e capitães do mar na época em que Deptford era um centro naval. Matthew talvez ainda não tivesse chegado ao cartão-postal de seus sonhos, mas uma curta rua de paralelepípedos, cheia de casas antigas e bonitas significava, como ele queria, "subir um degrau", mesmo que ele e Robin só estivessem alugando o caixote bonito de tijolos aparentes com suas janelas de guilhotina e as molduras de querubins acima da porta de entrada.

Matthew protestou quando Robin sugeriu alugarem novamente, mas ela o venceu, declarando que não suportaria outro ano na Hasting Road enquanto fracassavam outras compras de casas caras demais. Com a herança e o novo emprego de Matthew, eles conseguiram alugar a pequena casa elegante de três quartos, deixando intocado no banco o dinheiro que receberam da venda de seu apartamento na Hasting Road.

O senhorio, um editor que tinha ido para Nova York trabalhar na sede da empresa, ficou encantado com os novos inquilinos. Um gay em seus quarenta anos, ele admirou a aparência bem cuidada de Matthew e fez questão de lhe entregar as chaves pessoalmente no dia da mudança dos dois.

– Concordo com Jane Austen sobre o inquilino ideal – dissera ele a Matthew, parado na rua calçada de pedras. – "Um homem casado e sem filhos; precisamente o que seria desejável." Uma casa nunca será bem cuidada sem uma mulher! Ou vocês dois dividem a limpeza?

– É claro – dissera Matthew, sorrindo. Robin, que carregava uma caixa de plantas pela soleira atrás dos dois homens, reprimiu uma réplica sarcástica.

Ela desconfiava que Matthew não fosse revelar aos amigos e colegas de trabalho que eles eram inquilinos, e não proprietários. Ela deplorava sua própria tendência cada vez maior de procurar em Matthew um comportamento desprezível ou hipócrita, mesmo em questões menores, e se impunha penitências privadas por pensar o pior dele o tempo todo. Foi com este espírito de autopunição que ela concordou com a festa, comprou bebidas alcoólicas e copos de plástico, preparou comida e arrumou tudo na cozinha. Matthew tinha redistribuído os móveis e, durante várias noites, organizou uma playlist que agora berrava de seu iPod no dock. Os primeiros acordes de "Cutt Off", de Kasabian, começaram enquanto Robin corria ao segundo andar para se trocar.

O cabelo de Robin estava enrolado em bobes de espuma, porque ela decidira penteá-lo como no dia do casamento. Sem tempo antes da chegada dos convidados, ela retirou os bobes com uma das mãos enquanto abria a porta do guarda-roupa. Tinha um vestido novo, cinza-claro e colante, mas teve medo de que a roupa lhe tirasse a cor. Ela hesitou, depois pegou o verde-esmeralda Roberto Cavalli que nunca usara em público. Era a peça de roupa mais cara que possuía, e a mais bonita: o presente de "despedida" que Strike lhe comprou depois que ela o procurou como temporária e o ajudou a pegar seu primeiro assassino. A expressão de Matthew quando Robin mostrou o presente a ele, toda animada, a impedira de usá-lo.

Por algum motivo, sua mente vagou à namorada de Strike, Lorelei, enquanto ela segurava o vestido na frente do corpo. Lorelei, que sempre usava cores vivas, imitava o estilo de uma pin-up dos anos 1940. Da altura de Robin, tinha o cabelo castanho e brilhante que penteava cobrindo um olho, como Veronica Lake. Robin sabia que Lorelei tinha 33 anos, e que era coproprietária e administrava uma loja de roupas vintage e de figurinos para teatro na Chalk Farm Road. Strike deixou escapar esta informação certo dia e Robin, registrando mentalmente o nome, procurou online quando chegou em casa. A loja parecia glamourosa e bem-sucedida.

– Faltam 15 minutos – disse Matthew, correndo ao banheiro, tirando a camiseta ao entrar. – Posso tomar um banho rápido.

Ele a viu, segurando o vestido verde diante do corpo.

– Achei que você ia usar o cinza.

Os olhos dos dois se encontraram no espelho. De peito nu, bronzeado e bonito, as feições de Matthew eram tão simétricas que seu reflexo era quase idêntico a sua real aparência.

– Acho que ele me deixa pálida – disse Robin.

– Prefiro o cinza – disse ele. – Gosto de você pálida.

Ela abriu um sorriso forçado.

– Tudo bem – disse ela. – Vou vestir o cinza.

Depois de se trocar, ela soltou os cachos com os dedos, calçou um par de sandálias prateadas de tiras e correu para o térreo. Mal tinha chegado ao hall quando a campainha tocou.

Se tivessem lhe perguntado quem chegaria primeiro, ela teria dito Sarah Shadlock e Tom Turvey, que recentemente ficaram noivos. Seria como Sarah tentar alcançar Robin o mais rápido possível, para ter a certeza da oportunidade de xeretar a casa antes de qualquer outro e para demarcar um lugar onde poderia ver quem chegasse. E é claro, quando Robin abriu a porta, lá estavam Sarah de rosa-choque, com um grande buquê de flores nos braços, e Tom, carregando cerveja e vinho.

– Oh, é *linda*, Robin – cantarolou Sarah no momento em que passou da soleira, olhando o hall. Ela abraçou Robin distraidamente, os olhos na escada, enquanto Matthew descia, abotoando a camisa. – *Maravilhosa*. Isso é para vocês.

Robin se viu sobrecarregada por uma braçada de lírios Stargazer.

– Obrigada – disse ela. – Vou colocar na água.

Eles não tinham um vaso com tamanho suficiente para as flores, mas Robin não podia deixá-las na pia. Da cozinha, ela ouvia o riso de Sarah, mais alto do que Coldplay e Rihanna, que agora cantava a plenos pulmões "Princess of China" no iPod de Matthew. Robin retirou um balde do armário e o encheu, espirrando água em si mesma.

Ela se lembrava de que uma vez foi sugerida a ideia de que Matthew evitaria levar Sarah para almoçar durante o intervalo do escritório. Houve até uma conversa de parar de socializar com ela, depois que Robin descobriu que Matthew a estivera traindo com Sarah no início de seus vinte anos. Porém, Tom ajudou Matthew a conseguir um cargo mais bem remunerado de que ele agora desfrutava na empresa de Tom, e agora que Sarah era a orgulhosa proprietária de um grande solitário, Matthew não parecia pensar que devia haver o mais leve constrangimento ligado a acontecimentos sociais que incluíssem os futuros sr. e sra. Turvey.

Robin ouvia os três passando ao segundo andar. Matthew mostrava os quartos. Ela tirou da pia o balde cheio de lírios e o colocou em um canto ao lado da chaleira, perguntando-se se era maldade suspeitar de que Sarah tinha trazido flores só para se livrar de Robin por um tempinho. Sarah nunca abandonou seu jeito sedutor pra cima de Matthew, tinha isso desde os tempos dos dois na universidade.

Robin se serviu de uma taça de vinho e saiu da cozinha enquanto Matthew levava Tom e Sarah para a sala de estar.

– ... e Lord Nelson e lady Hamilton devem ter morado no número 19, mas na época se chamava Union Street – disse ele. – Muito bem, quem quer uma bebida? Está tudo montado na cozinha.

– Linda casa, Robin – comentou Sarah. – Casas assim não aparecem com frequência. Vocês tiveram muita sorte.

– Só estamos alugando – disse Robin.

– É mesmo? – disse Sarah com certo peso, e Robin entendeu que Sarah chegava a suas próprias conclusões, não sobre o mercado imobiliário, mas sobre o casamento de Robin e Matthew.

– Lindos brincos – disse Robin, querendo mudar de assunto.

– Não são? – Sarah jogou o cabelo para trás a fim de dar a Robin uma visão melhor. – Presente de aniversário de Tom.

A campainha tocou novamente. Robin foi atender, torcendo para que fosse uma das poucas pessoas que havia convidado. Não tinha esperanças de que fosse Strike, é claro. Ele tendia a chegar atrasado, como aconteceu em todos os eventos pessoais para os quais fora convidado.

– Ah, graças a Deus – disse Robin, surpresa com o próprio alívio quando viu Vanessa Ekwensi.

Vanessa era policial: alta, negra, de olhos amendoados, um corpo de modelo e uma autoconfiança que Robin invejava. Veio à festa sozinha. O namorado, que trabalhava na perícia da Polícia Metropolitana, tinha um compromisso já agendado. Robin ficou decepcionada: estava ansiosa para conhecê-lo.

— Está tudo bem com você? — perguntou Vanessa ao entrar. Trazia uma garrafa de vinho tinto e usava um vestido de alcinha roxo-escuro. Robin pensou novamente no Cavalli verde-esmeralda no segundo andar e desejou ter vestido.

— Estou ótima — disse ela. — Vamos lá pra trás, você pode fumar ali.

Ela levou Vanessa pela sala de estar, passando por Sarah e Matthew, que agora zombavam da careca de Tom na cara dele.

A parede dos fundos do pequeno pátio era coberta de trepadeiras. Arbustos bem conservados estavam plantados em vasos de terracota. Robin, que não fumava, tinha colocado cinzeiros e algumas cadeiras dobráveis ali, e espalhara velas pequenas. Matthew perguntara, com a voz tensa, por que ela se dava a tanto trabalho com os fumantes. Ela sabia muito bem por que ele dizia isso, e fingiu não entender.

— Pensei que Jemima fumasse — disse ela, fingindo confusão. Jemima era a chefe de Matthew.

— Ah. — Ele foi apanhado no contrapé. — É... é, mas só socialmente.

— Bom, tenho certeza de que esta é uma ocasião social, Matt — disse Robin com doçura.

Ela pegou uma bebida para Vanessa e voltou, encontrando-a acendendo um cigarro com o isqueiro, seus lindos olhos fixos em Sarah Shadlock, que ainda zombava da careca de Tom, com Matthew como seu valente cúmplice.

— É ela? — perguntou Vanessa.

— A própria — disse Robin.

Ela apreciou a pequena demonstração de apoio moral. Robin e Vanessa já eram amigas havia meses quando Robin confidenciou a história de sua relação com Matthew. Antes disso elas falavam de trabalho policial, política e roupas nas noites que as levavam ao cinema ou a restaurantes baratos. Robin achava Vanessa uma companhia melhor do que qualquer outra mulher que conhecia. Matthew, que a encontrou duas vezes, disse a Robin que a achou "fria", mas disse que não conseguia explicar por quê.

Vanessa teve uma sucessão de parceiros; ficou noiva uma vez, mas terminou quando ele a traiu. Robin às vezes se perguntava se Vanessa a achava risivelmente inexperiente: a mulher que se casou com o namorado da escola.

Instantes depois, uma dúzia de pessoas, colegas de Matthew com seus parceiros, que obviamente passaram primeiro em um pub, entraram em torrente na sala. Robin viu Matthew recebê-los e mostrar onde estavam as bebidas. Ele adotou o tom alto e galhofeiro que ela o ouvira usar nas noites de folga do trabalho. Isto a irritava.

A festa rapidamente ficou lotada. Robin fez as apresentações, mostrou às pessoas onde encontrar a bebida, pegou mais copos de plástico e entregou alguns pratos de comida porque a cozinha ficava abarrotada. Só quando Andy Hutchins e sua esposa chegaram, ela sentiu que podia relaxar por um momento e passou mais algum tempo com os próprios convidados.

— Preparei uma comida especial para você — disse Robin a Andy, depois de ter mostrado o pátio a ele e a Louise. — Esta é Vanessa. É da Metropolitana. Vanessa, Andy e Louise... Fique aqui, Andy, vou pegar, não tem lactose.

Tom estava encostado na geladeira quando ela entrou na cozinha.

— Com licença, Tom, preciso pegar...

Ele piscou para ela e deu um passo de lado. Já estava bêbado, ela pensou, e ainda nem eram nove horas. Robin ouvia o riso aos zurros de Sarah do meio do grupo fora da cozinha.

— Deixe-me ajudar — disse Tom, segurando a porta da geladeira que ameaçava se fechar em Robin enquanto ela se curvava para a prateleira de baixo a fim de pegar a bandeja de comida sem lactose e sem frituras que tinha guardado para Andy. — Meu Deus, você tem uma bela bunda, Robin.

Ela endireitou o corpo sem comentar. Apesar do sorriso embriagado, ela sentia a infelicidade fluindo por trás dele, como uma corrente de ar frio. Matthew tinha dito a ela o quanto Tom se constrangia com sua calvície, que ele pensava em fazer um implante.

— Bela camisa — disse Robin.

— Essa aqui? Você gosta? Ela comprou pra mim. Matt tem uma igual, não tem?

— Eu... não sei bem — disse Robin.

— Você não sabe bem — repetiu Tom com um riso curto e desagradável. — Grande treinamento em vigilância. Devia prestar mais atenção em sua casa, Robin.

Robin o contemplou por um momento com níveis iguais de pena e raiva, depois, concluindo que ele estava embriagado demais para uma discussão, saiu, levando a comida de Andy.

A primeira coisa que viu quando as pessoas abriam caminho para deixá-la voltar ao pátio foi que Strike tinha chegado. Estava de costas para ela e falava com Andy. Lorelei estava ao lado dele, com um vestido de seda escarlate, a cascata reluzente de cabelo preto caindo pelas costas como um anúncio de xampu caro. De algum modo, Sarah tinha se imiscuído no grupo na breve ausência de Robin. Quando Vanessa capturou o olhar de Robin, o canto de sua boca se torceu.

– Oi – disse Robin, colocando a travessa de comida na mesa de ferro batido ao lado de Andy.

– Oi, Robin! – disse Lorelei. – É uma rua tão bonita!

– Sim, não é? – disse Robin, enquanto Lorelei beijava o ar ao lado da orelha de Robin.

Strike se curvou também. Sua barba por fazer arranhou o rosto de Robin, mas os lábios não tocaram sua pele. Ele já havia aberto uma lata de Doom Bar de um pacote de seis que tinha trazido.

Robin ensaiara mentalmente o que dizer a Strike depois que ele estivesse em sua casa nova: coisas calmas e descontraídas que dariam a impressão de que ela não se arrependia, de que havia um contrapeso maravilhoso, impossível de ele avaliar, que forçava na balança a favor de Matthew. Também queria perguntar a ele sobre a estranha questão de Billy e a criança estrangulada. Porém, Sarah agora discursava sobre o assunto da casa de leilões, a Christie's, onde ela trabalhava, e todo o grupo a escutava.

– É, vamos levar a tela *The Lock* a leilão no dia 3 – disse ela. – Constable – acrescentou como cortesia, para aqueles que não conheciam arte tão bem quanto ela. – Estamos esperando alcançar mais de vinte.

– Mil? – perguntou Andy.

– Milhões – disse Sarah, com um riso leve e condescendente.

Matthew riu atrás de Robin e ela se deslocou automaticamente para deixar que ele se juntasse à roda. A expressão dele era extasiada, Robin notou, como acontecia com frequência quando se discutiam grandes somas de dinheiro. Talvez, pensou ela, fosse isso que ele e Sarah falassem quando almoçavam: dinheiro.

– *Gimcrack* passou de 22 no ano passado. Stubbs. O terceiro dos mestres antigos mais valioso já vendido.

Pelo canto do olho, Robin viu a mão com pontas escarlate de Lorelei deslizar em Strike, que tinha a palma da mão marcada pela mesma faca que deixou uma cicatriz perpétua no braço de Robin.

— Mas então, que chatice! — disse Sarah sem nenhuma sinceridade. — Chega de falar de trabalho! Alguém conseguiu ingressos para a Olimpíada? Tom... meu noivo... está possesso. Conseguimos *pingue-pongue*. — Ela fez uma cara cômica. — Como vocês se saíram?

Robin viu Strike e Lorelei trocarem um olhar fugaz e entendeu que eles se consolavam mutuamente por terem de suportar o tédio da conversa sobre ingressos olímpicos. De súbito desejando que eles não tivessem vindo, Robin se afastou do grupo.

Uma hora depois, Strike estava na sala, discutindo as chances de times de futebol ingleses nos campeonatos europeus com um dos colegas de trabalho de Matthew, enquanto Lorelei dançava. Robin, com quem ele não tinha trocado uma palavra desde que se encontraram do lado de fora, atravessou a sala com uma travessa de comida, parou para falar com uma ruiva, depois continuou a oferecer a travessa por ali. O jeito como penteara o cabelo lembrou a Strike o dia do casamento.

As suspeitas provocadas pela visita dela à clínica desconhecida vieram à frente de sua mente e ele avaliou a figura no vestido cinza colante. Certamente ela não parecia grávida, e o fato de que estava bebendo vinho era uma contraindicação a mais, mas eles podiam estar apenas começando o processo de fertilização *in vitro*.

Bem de frente para Strike, visível pelos corpos que dançavam, estava a inspetora-detetive Vanessa Ekwensi, que Strike ficou surpreso de encontrar na festa. Estava recostada na parede, falando com um louro alto que parecia, por sua atitude extremamente atenta, ter se esquecido temporariamente de que usava uma aliança de casado. Vanessa lançava olhares a Strike através da sala e, por uma expressão irônica, indicou que não se importaria de interromper o *tête-à-tête*. A conversa sobre futebol não era tão fascinante para ele ficar decepcionado por deixá-la e, na pausa seguinte conveniente, ele contornou os dançarinos para falar com Vanessa.

— Boa noite.

— Oi – disse ela, aceitando seu beijo rápido no rosto com a elegância que caracterizava todos os seus gestos. – Cormoran, este é Owen... desculpe-me, não peguei seu sobrenome?

Não demorou muito para Owen perder a esperança do que quisesse de Vanessa, fosse o mero prazer de paquerar uma mulher bonita, ou seu número de telefone.

— Não tinha notado que você e Robin eram tão amigas – disse Strike, enquanto Owen se afastava.

— É, a gente saiu algumas vezes – disse Vanessa. – Eu escrevi um bilhete a ela depois que soube que você a demitira.

— Ah – disse Strike, bebendo a Doom Bar. – Certo.

— Ela ligou para me agradecer e acabamos saindo para uns drinques.

Robin nunca falou nisso com Strike, mas, como Strike sabia muito bem, ele se esforçava muito para desestimular qualquer conversa que não fosse de trabalho desde que ela voltara da lua de mel.

— Casa bonita – comentou ele, tentando não comparar a sala decorada com bom gosto a seu conjugado no sótão acima do escritório. Matthew deve estar ganhando um bom dinheiro para poder pagar por isso, pensou ele. Certamente o aumento no salário de Robin não fora o responsável.

— É, é mesmo – concordou Vanessa. – É alugada.

Strike observou Lorelei dançar por alguns momentos enquanto ponderava sobre esta interessante informação. Certa sugestão no tom de Vanessa lhe disse que ela também interpretava isto como uma opção que não tinha relação direta com o mercado imobiliário.

— Ponha a culpa nas bactérias marinhas – disse Vanessa.

— Como disse? – Strike ficou completamente confuso.

Ela lhe lançou um olhar afiado e meneou a cabeça, rindo.

— Nada. Esquece.

— É, a gente não se deu muito mal. – Strike ouviu Matthew dizendo à ruiva em um intervalo na música. – Conseguimos ingressos para o boxe.

É claro que conseguiram, porra, pensou Strike com irritação, apalpando o bolso em busca de cigarros.

★ ★ ★

– Você se divertiu? – perguntou Lorelei no táxi, a uma da manhã.

– Não particularmente – disse Strike, que observava os faróis dos carros que vinham em sentido contrário.

Ele teve a impressão de que Robin o havia evitado. Depois do relativo calor humano de sua conversa na quinta-feira, ele esperava... o quê? Uma conversa, um riso? Ele estava curioso para saber como o casamento estava progredindo, mas não soube de grande coisa. Ela e Matthew pareciam bem amigáveis juntos, mas era intrigante o fato de terem alugado a casa. Será que sugeria, mesmo subconscientemente, uma falta de investimento em uma união futura? Um arranjo mais fácil de ser desfeito? E havia a amizade de Robin com Vanessa Ekwensi, que Strike via como outro aspecto da vida que ela levava independentemente de Matthew.

Ponha a culpa nas bactérias marinhas.

Mas o que será que isso significava? Tinha relação com a clínica misteriosa? Robin estava doente?

Depois de alguns minutos de silêncio, de repente ocorreu a Strike que ele devia perguntar a Lorelei como foi a noite para ela.

– Já estive melhor – Lorelei suspirou. – Infelizmente sua Robin tem muitos amigos chatos.

– É – disse Strike. – Acho que principalmente do marido dela. Ele é contador. E meio bobalhão – acrescentou ele, gostando de dizer isso.

O táxi rodava pela noite, Strike lembrando-se de como o corpo de Robin ficou no vestido cinza.

– Como disse? – falou ele de repente, porque teve a impressão de que Lorelei falara com ele.

– Perguntei no que você estava pensando.

– Em nada – Strike mentiu, e porque isto era preferível a falar, ele passou o braço por ela, puxou-a para mais perto e a beijou.

8

... minha nossa! Mortensgaard subiu na vida. Há muita gente agora atrás dele.

Henrik Ibsen, *Rosmersholm*

No domingo, Robin perguntou em uma mensagem de texto a Strike o que ele queria que ela fizesse na segunda-feira, porque ela havia passado adiante todas as tarefas antes de tirar a semana de folga. A resposta concisa dele foi "venha ao escritório", no qual ela entrou devidamente às quinze para as nove do dia seguinte, feliz, independentemente de como estivessem as coisas entre ela e o sócio, de voltar às antigas salas medíocres.

A porta da sala de Strike estava aberta quando ela chegou. Sentado à sua mesa, ele ouvia alguém ao celular. A luz do sol caía em poças douradas de melado pelo carpete gasto. O murmúrio suave do trânsito logo foi obstruído pelo barulho da antiga chaleira e, cinco minutos depois de sua chegada, Robin colocou uma caneca de Typhoo marrom-escuro e fumegante na frente de Strike, que lhe mostrou o polegar para cima e um "obrigado" silencioso. Ela voltou a sua mesa, onde uma luz piscava no telefone, indicando uma mensagem gravada. Ela discou para o serviço de recados e ouviu uma voz de mulher informar que a ligação tinha sido feita dez minutos antes da chegada de Robin e presumivelmente enquanto Strike ou estava no sótão, ou ocupado com o outro telefonema.

Um sussurro irregular sibilou no ouvido de Robin.

"Desculpe-me por fugir do senhor, sr. Strike, eu peço desculpas. Mas não posso voltar. Ele está me prendendo aqui, não posso sair, ele pôs armadilhas nas portas..."

O fim da frase se perdeu no choro. Preocupada, Robin tentou chamar a atenção de Strike, mas ele tinha virado a cadeira giratória para olhar pela janela, ainda ouvindo ao celular. Palavras ao acaso chegaram a Robin pelos sons lastimáveis de aflição ao telefone.

"... não posso sair... estou totalmente sozinho..."

– Tá, tudo bem – dizia Strike em sua sala. – Na quarta-feira, então, ok? Ótimo. Um bom dia para você.

"... *por favor me ajude, sr. Strike!*", gemia a voz no ouvido de Robin.

Ela bateu no botão para ligar o viva-voz e de pronto a voz torturada encheu a agência.

"As portas vão explodir se eu tentar fugir, sr. Strike, por favor, me ajude, por favor, venha me pegar, eu não devia ter vindo, eu disse a ele que sei do garotinho e é maior, muito maior, pensei que eu podia confiar nele..."

Strike girou em sua cadeira, levantou-se e veio para a antessala. Houve uma pancada enquanto o fone era largado. O choro continuou, distante, como se o orador transtornado tivesse se afastado do telefone.

– É ele de novo – disse Strike. – Billy, Billy Knight.

O choro e o ofegar ficaram mais altos de novo e Billy disse num sussurro frenético, com os lábios evidentemente apertados no bocal.

"Tem alguém na porta. Socorro. Me ajude, sr. Strike."

A ligação foi interrompida.

– Pegue o número – disse Strike. Robin estendeu a mão para o fone a fim de discar o serviço de informações, mas, antes que pudesse fazer isso, o telefone voltou a tocar. Ela o arrebanhou com os olhos fixos nos de Strike.

– Escritório de Cormoran Strike.

– Ah... sim, bom dia – disse uma voz aristocrática e grave.

Robin fez uma careta para Strike e meneou a cabeça.

– Merda – murmurou ele, e voltou a sua sala para pegar o chá.

– Gostaria de falar com o sr. Strike, por favor.

– Infelizmente ele agora está em outra ligação. – Robin mentiu.

Sua prática padrão por um ano foi retornar a ligação do cliente. Isso eliminava jornalistas e birutas.

– Vou aguardar – disse o interlocutor, que parecia astucioso, desacostumado de não conseguir o que queria.

— Receio que ele vá demorar um pouco. Posso pegar seu número e ele telefonará de volta?

— Bom, precisa ser dentro dos próximos dez minutos, porque estou prestes a entrar em uma reunião. Diga a ele que quero discutir um trabalho que gostaria que ele fizesse para mim.

— Infelizmente não posso garantir que o sr. Strike assumirá o trabalho pessoalmente — disse Robin, o que também era a resposta padrão para se desviar da imprensa. — Nossa agência está bem ocupada no momento.

Ela puxou para si caneta e papel.

— Que tipo de trabalho o senhor está...?

— Precisa ser o sr. Strike — disse a voz com firmeza. — Deixe isto claro a ele. Tem de ser o sr. Strike em pessoa. Meu nome é Chizzle.

— Como se escreve? — perguntou Robin, perguntando-se se tinha ouvido corretamente.

— C-H-I-S-W-E-L-L. Jasper Chiswell. Peça a ele para me ligar no seguinte número.

Robin copiou os dígitos que Chiswell lhe dava e lhe desejou um bom dia. Ao baixar o fone no gancho, Strike se sentou no sofá de couro falso que eles mantinham na antessala, para os clientes. Tinha o hábito grosseiro de soltar ruídos inesperados de peido quando a pessoa se mexia.

— Um homem chamado Jasper Chizzle, escreve-se "Chiswell", quer que você pegue um trabalho para ele. Diz que tem de ser você, e mais ninguém. — Robin franziu a testa, perplexa. — Conheço o nome, não conheço?

— Sim — disse Strike. — Ele é o ministro da Cultura.

— Ai, meu Deus. — Robin agora entendia. — *É claro!* O grandão do cabelo esquisito!

— Ele mesmo.

Um monte de lembranças e associações vagas assaltou Robin. Ela parecia se lembrar de um caso antigo, a renúncia em desgraça, reabilitação e, mais recentemente, um novo escândalo, outra história desagradável nos jornais...

— O filho dele não foi preso por homicídio culposo não muito tempo atrás? — perguntou ela. — Era Chiswell, não era? Não foi o filho dele que estava dirigindo doidão e matou uma jovem mãe?

Strike recuperou a atenção, ao que parecia, de longe. Tinha uma expressão peculiar.

– É, me lembra alguma coisa – disse Strike.

– Qual é o problema?

– Na verdade, são alguns. – Strike passou a mão no queixo com a barba por fazer. – Para começar: localizei o irmão de Billy na sexta-feira.

– Como?

– Uma longa história – disse Strike –, mas por acaso Jimmy faz parte de um grupo que protesta contra a Olimpíada. "ROCOM", como eles se chamam. Mas então, ele estava com uma garota e a primeira coisa que ela disse quando soube que eu era detetive particular foi "Chiswell o mandou".

Strike refletiu sobre esta questão enquanto bebia o chá preparado com perfeição.

– Mas Chiswell não precisaria que eu ficasse de olho na ROCOM – continuou ele, pensando alto. – Já havia um sujeito à paisana por lá.

Embora querendo ouvir que outras coisas perturbavam Strike no telefonema de Chiswell, Robin não o apressou, sentou-se em silêncio, permitiu que ele remoesse esta evolução nos acontecimentos. Era exatamente o tipo de tato que fizera falta a Strike quando ela ficou fora da agência.

– E veja só – continuou ele por fim, como se não tivesse se interrompido. – O filho que foi preso por homicídio culposo não é... ou não era... o único filho de Chiswell. O mais velho se chamava Freddie e morreu no Iraque. É. Major Freddie Chiswell, Regimento Real dos Hussardos da Rainha. Morreu em um ataque a um comboio em Basra. Eu investiguei sua morte em ação enquanto ainda estava na SIB.

– Então você *conhece* Chiswell?

– Não, nunca me encontrei com ele. Em geral não encontramos as famílias... conheci a filha de Chiswell anos atrás também. Só ligeiramente, mas a encontrei algumas vezes. Ela era uma antiga amiga de escola de Charlotte.

Robin experimentou um leve frisson à menção de Charlotte. Tinha muita curiosidade, que conseguia esconder, sobre Charlotte, a mulher com quem Strike se envolvera numa relação intermitente por dezesseis anos, com quem ele devia se casar antes que a relação terminasse mal e, ao que parecia, definitivamente.

– Que pena que não conseguimos o número de Billy – disse Strike, passando de novo no queixo a mão grande e de dorso peludo.

— Vou tratar de conseguir, se ele ligar de novo. — Robin garantiu a ele. — Vai retornar a ligação de Chiswell? Ele disse que estava prestes a entrar em uma reunião.

— Gostaria de saber o que ele quer, mas a questão é se temos espaço para outro cliente — disse Strike. — Vamos pensar...

Ele pôs as mãos na nuca, franzindo o cenho para o teto, no qual muitas rachaduras finas eram expostas pela luz solar. *Que se dane isso...* O escritório logo seria um problema da empreiteira, afinal de contas...

— Tenho Andy e Barclay vigiando o garoto Webster. Barclay está indo bem, aliás. Tive três dias inteiros de vigilância dele, fotos, tudo.

"E tem o velho Doutor Duvidoso. Ele ainda não fez nada digno de nota."

— Que pena — disse Robin, depois caiu em si. — Não, eu não queria dizer isso, quis dizer que é bom. — Ela esfregou os olhos. — O trabalho — ela suspirou. — Ele mexe com sua ética. Quem está vigiando o Duvidoso hoje?

— Eu ia pedir a você para fazer isso — disse Strike —, mas o cliente ligou ontem à tarde. Ele se esqueceu de me dizer que o Duvidoso está em um simpósio em Paris.

De olho ainda no teto, a testa franzida em reflexões, Strike falou:

— Temos dois dias naquela conferência de tecnologia a partir de amanhã. O que você quer fazer, a Harley Street ou o centro de conferência em Epping Forest? Podemos trocar, se você quiser. Quer passar o dia de amanhã vigiando o Duvidoso, ou com centenas de geeks fedorentos com camisetas de super-heróis?

— Nem todo pessoal de tecnologia fede — Robin o repreendeu. — Seu amigo Spanner não fede.

— Não deve julgar Spanner pela quantidade de desodorante que ele coloca quando vem aqui — disse Strike.

Spanner, que tinha revisto o computador deles e o sistema de telefonia quando a agência recebia um empurrão drástico nos negócios, era o irmão mais novo do velho amigo de Strike, Nick. Ele gostou de Robin, como a própria e Strike estavam igualmente conscientes.

Strike remoeu as opções e esfregou o queixo de novo.

— Vou ligar para Chiswell e descobrir o que ele quer — decidiu ele por fim. — Nunca se sabe, pode ser um trabalho maior do que aquele advogado com a esposa indo para a cama por aí. Ele é o próximo da lista, não é?

— Ele, ou aquela americana que se casou com o vendedor de Ferrari. Ambos estão aguardando.

Strike suspirou. A infidelidade representava o grosso de sua carga de trabalho.

— Espero que a mulher de Chiswell não o esteja traindo. Queria uma variada.

O sofá soltou seus flatos habituais quando Strike saiu dele. Ao voltar a sua sala, Robin o chamou:

— Tudo bem para você se eu terminar essa papelada, então?

— Se não se importa. — Strike fechou a porta.

Robin voltou a seu computador, sentindo-se bem animada. Um músico de rua tinha começado a cantar "No Woman, No Cry" na Denmark Street e por algum tempo, enquanto eles falavam de Billy Knight e dos Chiswell, Robin sentiu como se os dois fossem Strike e Robin de um ano atrás, antes de ele demiti-la, antes de ela se casar com Matthew.

Enquanto isso, em sua sala, o telefonema de Strike a Jasper Chiswell foi atendido quase imediatamente.

— Chiswell — gritou ele.

— Aqui é Cormoran Strike — disse o detetive. — O senhor falou com minha sócia há alguns minutos.

— Ah, sim — disse o ministro da Cultura, que parecia estar na traseira de um carro. — Tenho um trabalho para você. Nada que eu queira discutir por telefone. Estou ocupado hoje e esta noite, infelizmente, mas amanhã caberia bem.

"*Ob-observing the hypocrites...*", cantava o músico na rua.

— Lamento, não pode ser amanhã — retrucou Strike, vendo partículas de poeira caírem no sol forte. — Na verdade, só poderá ser na sexta-feira. Pode me dar uma ideia de que tipo de trabalho estamos falando, ministro?

A resposta de Chiswell foi ao mesmo tempo tensa e colérica.

— Não posso discutir por telefone. Farei com que valha a pena para você se encontrar comigo, se é o que você quer.

— Não é uma questão de dinheiro, é de tempo. Estou com a agenda lotada até sexta-feira.

— Ah, pelo amor de Deus...

Chiswell de repente tirou o telefone da boca e Strike o ouviu falar furiosamente com outra pessoa.

— À *esquerda* aqui, seu imbecil! *Esquer...* Puta que pariu! Não, eu vou a pé. Vou a pé, merda, abra a porta!

Ao fundo, Strike ouviu um homem nervoso dizer:

"Desculpe-me, sr. ministro, era de entrada proibida..."

— Deixa isso pra lá! Abra essa... *abra esta maldita porta!*

Strike esperou, de sobrancelhas erguidas. Ouviu uma porta de carro bater, passos rápidos, depois Jasper Chiswell falou novamente, com a boca colada no fone.

— O trabalho é urgente!

— Se não puder esperar até sexta-feira, terá de encontrar outra pessoa, infelizmente.

"*My feet is my only carriage*", cantava o músico.

Chiswell não disse nada por alguns segundos; depois, enfim:

— Tem de ser você. Vou explicar quando nos encontrarmos, mas... tudo bem, se *tem* de ser na sexta, encontre-me no Pratt's Club. Park Place. Chegue ao meio-dia, pagarei seu almoço.

— Tudo bem — concordou Strike, agora inteiramente intrigado. — Vejo o senhor no Pratt's.

Ele desligou e voltou à sala onde Robin abria a correspondência e a separava. Quando ele contou o principal da conversa, ela procurou o Pratt's no Google.

— Não pensei que ainda existissem lugares assim — disse ela sem acreditar, depois de ler o monitor por um minuto.

— Lugares como o quê?

— É um clube de cavalheiros... bem conservador... não permitem nenhuma mulher, a não ser como convidadas de sócios do clube na hora do almoço... e "para evitar confusão" — Robin leu da página da Wikipédia — "todos os funcionários se chamam George".

— E se eles contratarem uma mulher?

— Parece que fizeram isso nos anos 1980 — disse Robin, com a expressão entre a ironia e a reprovação. — Eles a chamaram de Georgina.

9

É melhor para você não saber. Melhor para nós dois.
Henrik Ibsen, *Rosmersholm*

Às onze e meia da sexta-feira seguinte, um Strike de terno e recém-barbeado saía da estação do metrô de Green Park e prosseguia por Piccadilly. Ônibus de dois andares passavam pelas vitrines de lojas de luxo, que tiravam proveito da febre olímpica para forçar uma mistura eclética de produtos: medalhas de chocolate embrulhadas em dourado, sapatos com a bandeira britânica, antigos cartazes esportivos e, repetidas vezes, o logotipo recortado que Jimmy Knight comparou com uma suástica partida.

Strike se permitira uma margem generosa de tempo para chegar ao Pratt's, porque a perna mais uma vez doía, depois de dois dias em que ele raras vezes conseguiu aliviar o peso sobre a prótese. Ele tinha esperanças de que a conferência de tecnologia em Epping Forest, onde passara o dia anterior, lhe desse intervalos de descanso, mas ficou decepcionado. Seu alvo, o sócio recém-demitido de uma startup, era suspeito de tentar vender a concorrentes características-chave de seu novo aplicativo. Durante horas, Strike seguiu o jovem de um estande a outro, documentou todos os seus movimentos e suas interações, torcendo para a certa altura ele se cansar e se sentar. Porém, entre a cafeteria onde os clientes ficavam em mesas altas e a lanchonete onde todos ficavam de pé e comiam sushi com os dedos em caixas de plástico, o alvo passou oito horas andando ou de pé. Depois de longas horas à espreita na Harley Street na véspera, não era de surpreender que a remoção de sua prótese na noite anterior tenha sido desconfortável, que tenha sido complicado retirar a almofada de gel que separava o coto do tornozelo artificial. Ao passar pelos frios arcos cor de gelo do Ritz, Strike torcia para que o Pratt's tivesse pelo menos uma cadeira confortável de proporções generosas.

Ele entrou à direita na St. James's Street, o que o levou a um leve declive para o palácio de St. James do século XVI. Esta não era uma área de Londres que Strike costumava visitar por conta própria, uma vez que ele não tinha os meios, nem a inclinação a comprar em lojas para cavalheiros, no comércio de armas há muito estabelecido ou com negociantes de vinhos seculares. Ao se aproximar da Park Place, porém, foi visitado por uma lembrança pessoal. Ele andou por esta rua mais de dez anos atrás, com Charlotte.

Eles tinham subido a ladeira, e não descido, a caminho de um almoço marcado com o pai dela, agora falecido. Strike estava de licença do exército e recentemente eles tinham voltado ao que era, para todos que os conheciam, um caso incompreensível e obviamente condenado. Em nenhum dos dois lados da relação havia sequer uma única pessoa que apoiasse. Os amigos e familiares dele viam Charlotte de todo jeito, da desconfiança ao ódio, enquanto os dela sempre consideraram Strike, filho ilegítimo de um astro famoso do rock, mais uma manifestação da necessidade de Charlotte de chocar e mostrar rebeldia. A carreira militar de Strike não significava nada para a família dela, ou melhor, era apenas outro sinal de sua inadequação plebeia para aspirar à mão da beldade bem-nascida, porque cavalheiros da classe de Charlotte não entravam para a Polícia Militar, mas para os regimentos da Cavalaria ou da Guarda.

Ela apertara a mão dele com muita força enquanto eles entravam em um restaurante italiano em algum lugar ali por perto. Sua localização exata agora escapava a Strike. Ele só se lembrava da expressão de fúria e reprovação de sir Anthony Campbell enquanto eles se aproximavam da mesa. Strike soubera antes, por terceiros, que Charlotte não tinha contado ao pai que ela e Strike haviam voltado, ou que ela o estaria levando. Foi uma omissão inteiramente charlottiana, dando ensejo à cena charlottiana habitual. Strike há muito tempo passou a acreditar que ela engendrava problemas por uma necessidade aparentemente insaciável de conflito. Propensa a surtos de sinceridade lacerante em meio a sua mitomania geral, ela havia dito a Strike, mais para o fim da relação, que, pelo menos, enquanto brigavam, ela sabia que estava viva.

Ao chegar à Park Place, uma fila de casas pintadas de creme saindo da St. James's Street, Strike notou que a repentina lembrança de Charlotte segurando sua mão não doía mais, e se sentiu como um alcoólatra que pela primeira vez levara uma lufada de cerveja sem ter um suadouro ou ter de lidar com seu desejo desesperado. *Talvez tenha acabado*, pensou ele, ao se aproximar da porta preta do Pratt's, com sua balaustrada de ferro batido no alto. Talvez, dois anos depois de ela ter lhe contado a mentira imperdoável e ele ter partido para sempre, ele estivesse curado, livre do que às vezes, mas não com superstição, Strike via como uma espécie de Triângulo das Bermudas, uma zona de perigo em que ele temia ser puxado para baixo, arrastado para as profundezas da angústia e da dor pela sedução misteriosa que Charlotte exercia sobre ele.

Com uma leve sensação de celebração, Strike bateu na porta do Pratt's.

Uma mulher baixinha de ar maternal a abriu. Seu busto proeminente e o semblante alerta e de olhos vivos fizeram-no lembrar um tordo ou uma corruíra. Quando ela falou, ele percebeu um vestígio do West Country.

– Deve ser o sr. Strike. O ministro ainda não chegou. Entre.

Ele a acompanhou pela soleira e entrou no hall, do qual podia ser vislumbrada uma enorme mesa de bilhar. Predominavam um vermelho suntuoso, tons de verde e a madeira escura. A funcionária, que ele supôs ser Georgina, levou-o a um lance de escada íngreme, que Strike desceu com cuidado, mantendo a mão firme no corrimão.

A escada levava a um porão aconchegante. O teto tinha afundado tanto que parecia parcialmente escorado por um grande aparador em que eram exibidos pratos de porcelana variados, sendo que os que ficavam mais acima estavam meio incrustados no reboco.

– Nosso espaço não é muito grande – disse ela, declarando o óbvio. – Seiscentos membros, mas só podemos servir catorze refeições de cada vez. Gostaria de uma bebida, sr. Strike?

Ele rejeitou, mas aceitou o convite para se sentar em uma das poltronas de couro agrupadas em volta de um tabuleiro envelhecido para jogo de cartas.

O espaço pequeno era dividido por uma arcada em áreas de estar e de jantar. Dois lugares foram colocados na mesa comprida na outra metade da sala, abaixo de janelas pequenas e fechadas. A única outra pessoa no porão além dele e de Georgina era um chef de paletó branco trabalhando em uma cozinha minúscula a poucos metros de onde Strike estava sentado. O chef deu as boas-vindas ao detetive com um sotaque francês, depois continuou a retalhar o rosbife frio.

Ali estava a verdadeira antítese dos restaurantes elegantes por onde Strike seguia maridos e esposas errantes, em que a iluminação era escolhida para complementar vidro e granito e críticos gastronômicos de língua afiada se sentavam como abutres estilosos em cadeiras modernas e desconfortáveis. O Pratt's era mal-iluminado. Spots de bronze pontilhavam paredes cobertas de papel vermelho-escuro, em grande parte encobertas por peixes empalhados em estojos de vidro, gravuras de caça e charges políticas. Em um nicho ladrilhado de azul e branco, junto de uma lateral da sala, havia um antigo fogão de ferro. Os pratos de porcelana, o tapete puído, a mesa trazendo sua carga caseira de ketchup e mostarda contribuíam para uma atmosfera de informalidade aconchegante, como se um bando de garotos aristocratas tivesse arrastado todas as coisas de que gostava no mundo dos adultos – seus jogos, suas bebidas e seus troféus – para o porão onde a babá distribuía sorrisos, conforto e elogios.

As doze horas chegaram, mas não Chiswell. "Georgina", porém, foi simpática e informativa a respeito do clube. Ela e o marido, o chef, moravam nas instalações. Strike não pôde deixar de refletir que este devia ser um dos imóveis mais caros de Londres. Manter o pequeno clube que, segundo lhe disse Georgina, fora fundado em 1857, custava muito dinheiro a alguém.

– O duque de Devonshire é o proprietário, sim – disse Georgina, animada. – Já viu nosso livro de apostas?

Strike virou as páginas do pesado volume com capa de couro, onde muito tempo atrás as apostas eram registradas. Em uma letra gigantesca datando dos anos 1970, ele leu: "A sra. Thatcher formará o novo governo. Aposto: um jantar de lagosta, a lagosta deve ser maior do que o pênis ereto de um homem."

Ele sorria quando soou a campainha no alto.

– Deve ser o ministro – disse Georgina, subindo freneticamente a escada.

Strike colocou o livro de apostas em sua prateleira e voltou a se sentar. Do alto vieram passos pesados e depois, descendo a escada, a mesma voz impaciente e irascível que ele ouvira na segunda-feira.

– ... não, Kinvara, não posso. Já lhe disse por quê, tenho uma reunião no almoço... não, você não pode... cinco horas, então, sim... sim... *sim!* Adeus!

Um par de pés grandes, calçados de preto, desceu a escada até Jasper Chiswell surgir no porão, olhando em volta com um ar truculento. Strike se levantou da poltrona.

– Ah – disse Chiswell, examinando Strike por baixo das sobrancelhas bastas. – Você já chegou.

Jasper Chiswell envergava seus 68 anos razoavelmente bem. Um homem grande e largo, mas de ombros redondos, ele ainda tinha a cabeça repleta de cabelos grisalhos que, embora parecesse implausível, eram dele. Seu cabelo fazia de Chiswell um alvo fácil para cartunistas, porque era grosso, liso e meio comprido, destacando-se de sua cabeça de uma forma que sugeria uma peruca ou, numa alusão pouco gentil, uma escova de chaminé. Ao cabelo acrescentavam-se um rosto vermelho largo, olhos pequenos e um lábio inferior protuberante que lhe conferiam o ar de um bebê muito crescido e eternamente à beira de um ataque de birra.

– Minha mulher – disse ele a Strike, brandindo o celular ainda na mão. – Vem à cidade sem avisar. Irritante. Acha que posso largar tudo.

Chiswell estendeu a mão suada e grande, que Strike apertou, depois retirou o pesado sobretudo que usava, apesar do calor do dia. Enquanto ele fazia isso, Strike notou o alfinete regimental de sua gravata puída. O não iniciado poderia pensar que fosse um cavalo de balanço, mas Strike reconheceu de imediato o Cavalo Branco de Hanover.

– Regimento dos Hussardos da Rainha – disse Strike, assentindo para o alfinete enquanto os dois homens se sentavam.

– Sim – disse Chiswell. – Georgina, vou tomar um pouco daquele xerez que você me serviu quando eu estava com Alastair. E você? – ele perguntou abruptamente para Strike.

– Não, obrigado.

Embora de forma alguma fosse tão sujo quanto Billy Knight, Chiswell não tinha um cheiro muito agradável.

– Sim, os Hussardos da Rainha. Aden e Cingapura. Tempos felizes. – No momento, ele não parecia feliz. Sua pele avermelhada, vista de perto, tinha uma estranha aparência de placa. A caspa era abundante nas raízes do cabelo grosso e grandes manchas de suor se espalhavam pelas axilas da camisa azul. O ministro tinha a aparência inconfundível, que não era incomum nos clientes de Strike, de um homem sob intensa tensão e, quando chegou seu xerez, ele bebeu a maior parte em um gole só.

– Podemos passar adiante? – sugeriu ele e, sem esperar por uma resposta, gritou: – Vamos comer agora mesmo, Georgina.

Depois que ambos estavam sentados à mesa, que tinha uma toalha dura e branca como a neve, como aquelas do casamento de Robin, Georgina lhes trouxe fatias de rosbife frio e batatas cozidas. Era comida inglesa infantil, simples e sem frescura, e não era das piores. Só quando a funcionária os deixou em paz na sala de jantar mal-iluminada e cheia de pinturas a óleo e outros peixes mortos, foi que Chiswell voltou a falar.

– Você esteve na reunião de Jimmy Knight – disse ele sem preâmbulos. – Um policial à paisana lá o reconheceu.

Strike assentiu. Chiswell colocou uma batata cozida na boca, mastigou com raiva e engoliu antes de dizer:

– Não sei quem está pagando você para levantar a sujeira de Jimmy Knight, ou o que você já pode ter contra ele, mas quem quer que seja e o que quer que você tenha conseguido, estou disposto a pagar o dobro pela informação.

– Receio não ter nada contra Jimmy Knight – disse Strike. – Ninguém me pagou para ir à reunião.

Chiswell ficou abismado.

– Mas então, por que esteve lá? – ele exigiu saber. – Não vai me dizer que *você* pretende protestar contra a Olimpíada?

Tão bombástico foi o "p" de "protestar" que um pequeno pedaço de batata voou de sua boca pela mesa.

– Não – disse Strike. – Eu procurava alguém que pensei que talvez estivesse na reunião. Não estava.

Chiswell atacou novamente a carne como se ela o tivesse ofendido pessoalmente. Por algum tempo, os únicos ruídos foram das facas e dos garfos raspando a porcelana. Chiswell meteu o garfo na última batata cozida, mas a colocou inteira na boca, deixou garfo e faca caírem com estrondo no prato e falou:

– Eu estava pensando em contratar um detetive antes de saber que você esteve vigiando Knight.

Strike não disse nada. Chiswell o olhou com desconfiança.

— Você tem a fama de ser muito bom.

— Gentileza sua dizer isso – disse Strike.

Chiswell ainda olhava firme para Strike com uma espécie de desespero furioso, como quem se pergunta se pode se atrever a ter esperanças de o detetive não se mostrar outra decepção em uma vida assolada delas.

— Estou sendo chantageado, sr. Strike – disse ele abruptamente. – Chantageado por uma dupla de homens que entraram em uma aliança temporária, mas provavelmente instável. Um deles é Jimmy Knight.

— Entendo – disse Strike.

Ele também uniu garfo e faca. Georgina apareceu para saber, por algum processo paranormal, se Strike e Chiswell tinham comido todo o prato principal. Ela chegou para retirar os pratos e reapareceu com uma torta de melado. Só depois de ela se retirar à cozinha e os dois homens se servirem de grandes fatias de pudim, Chiswell voltou a sua história.

— Não há necessidade dos detalhes sórdidos – disse ele, em caráter definitivo. – Você só precisa saber que Jimmy Knight tem conhecimento de que fiz algo que não desejaria ver partilhado com os cavalheiros do quarto poder.

Strike ficou calado, mas Chiswell parece ter pensado que o silêncio dele tinha um toque de acusação, porque acrescentou incisivamente:

— Não foi cometido nenhum crime. Alguns podem não gostar, mas não era ilegal na... mas por falar nisso – disse Chiswell e tomou um gole grande de água. – Knight me procurou alguns meses atrás e pediu 40 mil libras em dinheiro vivo. Eu me recusei a pagar. Ele me ameaçou com uma exposição, mas como ele não parecia ter nenhuma prova do que alegava, eu me atrevi a ter esperanças de que ele fosse incapaz de cumprir a ameaça.

"Não resultou em nenhuma matéria na imprensa, assim concluí que tinha razão em pensar que ele não tinha provas. Ele voltou algumas semanas depois e pediu metade da soma anterior. Mais uma vez, eu me recusei.

"Foi então que, pensando em aumentar a pressão sobre mim, suponho, ele abordou Geraint Winn."

— Desculpe-me, não sei quem...?

— O marido de Della Winn.

— Della Winn, ministra dos Esportes? – disse Strike, sobressaltado.

— Sim, é claro que é Della-Winn-a-ministra-dos-Esportes – vociferou Chiswell.

A excelentíssima Della Winn, como Strike sabia bem, era uma galesa no início de seus sessenta anos, cega de nascença. Independentemente de sua afiliação partidária, as pessoas tendiam a admirar a liberal democrata que fora advogada de direitos humanos antes de se juntar ao Parlamento. Em geral fotografada com seu cão-guia, um labrador amarelo-claro, ultimamente ela estivera em grande evidência na imprensa, seu reduto atual sendo a Paralimpíada. Ela foi a Selly Oak enquanto Strike esteve no hospital, readaptando-se à perda de sua perna no Afeganistão. Ele ficou com uma impressão favorável da inteligência e da empatia da mulher. Do marido, Strike não sabia nada.

– Não sei se Della sabe o que Geraint está aprontando – disse Chiswell, e espetou um pedaço de torta, ainda falando enquanto mastigava. – Provavelmente sim, mas se mantém limpa. Negação plausível. Não podemos ter a sagrada Della envolvida em chantagem, podemos?

– O marido dela lhe pediu dinheiro? – perguntou Strike, incrédulo.

– Ah, não, não. Geraint quer me obrigar a sair do gabinete.

– Algum motivo específico para isso?

– Existe uma inimizade entre nós que data de muitos anos atrás, com origem em algo sem fundamento nenhum... mas isso é irrelevante. – Chiswell balançou a cabeça com raiva. – Geraint me procurou, "na esperança de que não seja verdade", e "oferecendo-me a oportunidade de me explicar". Ele é um homenzinho pervertido e desagradável que passou a vida segurando a bolsa da esposa e atendendo a seus telefonemas. Naturalmente saboreava a ideia de exercer algum poder real.

Chiswell tomou um gole do xerez.

– Assim, como pode ver, estou com um dilema, sr. Strike. Mesmo que eu decidisse pagar a Jimmy Knight, ainda tenho de lidar com um homem que quer minha desgraça e que pode muito bem conseguir pôr as mãos em provas.

– Como Winn pode ter conseguido provas?

Chiswell pegou outra porção grande de torta de melado e olhou por cima do ombro para saber se Georgina continuava na segurança da cozinha.

– Eu soube – disse ele em voz baixa e uma fina névoa de massa voou dos lábios frouxos – que podem existir fotografias.

– Fotografias? – repetiu Strike.

– É claro que Winn não pode estar *de posse* delas. Se estivesse, tudo estaria acabado. Mas talvez ele encontre um jeito de colocar as mãos nelas. Sim.

Ele colocou o último pedaço de torta na boca e falou:

– É claro que existe uma possibilidade de as fotografias não me incriminarem. Não existem marcas peculiares, até onde eu sei.

A imaginação de Strike ficou francamente atônita. Estava ansioso para perguntar, "Marcas peculiares do quê, ministro?", mas se conteve.

– Tudo aconteceu seis anos atrás – continuou Chiswell. – Não paro de revirar a coisa toda em minha cabeça. Havia outros envolvidos que podem ter falado, mas eu duvido, duvido muito disso. Há muito a perder. Não, tudo se resume ao que Knight e Winn podem desencavar. Desconfio fortemente de que Winn, se puser as mãos nas fotografias, vai diretamente à imprensa. Esta não seria a primeira opção de Knight. Ele quer simplesmente dinheiro.

"Então aqui estou eu, sr. Strike, *a fronte praecipitium, a tergo lupi*. Já são semanas em que vivo com isto pendurado em cima de mim. Não tem sido agradável."

Ele olhou para Strike com os olhos minúsculos e o detetive foi irresistivelmente atraído à imagem de uma toupeira, piscando para uma espada pendente que esperava para esmagá-la.

– Quando soube que você esteve naquela reunião, supus que investigasse Knight e alguma sujeira dele. Cheguei à conclusão de que o único jeito de sair desta situação diabólica é descobrir algo que eu possa usar contra cada um deles, antes que eles coloquem as mãos naquelas fotografias. Combater fogo com fogo.

– A chantagem com chantagem? – disse Strike.

– Não quero nada deles, apenas que me deixem em paz – vociferou Chiswell. – Moeda de troca, é só o que quero. Eu agi dentro da lei – disse ele com firmeza – e de acordo com minha consciência.

Chiswell não era um homem particularmente agradável, mas Strike podia muito bem imaginar que o suspense contínuo de esperar pela exposição pública seria uma tortura, em particular para um homem que já suportara sua parcela justa de escândalos. A escassa pesquisa de Strike sobre seu potencial cliente na noite anterior desenterrou relatos alegres do caso que acabou com seu primeiro casamento, do fato de que sua segunda esposa passou uma semana em uma clínica para "estafa" e do acidente de carro medonho e induzido por drogas em que o filho mais novo matou uma jovem mãe.

– Este é um trabalho muito grande, sr. Chiswell – disse Strike. – Terei de colocar outras duas pessoas para investigar completamente Knight e Winn, em particular se existe a pressão do tempo.

– Não me importa quanto isso custe – retrucou Chiswell. – Não me importa se você tiver de colocar toda a agência no caso.

"Recuso-me a acreditar que não haja nada de duvidoso em Winn, sendo ele o sapo astuto que é. Há algo estranho nos dois como casal. Ela, o anjo cego de luz", o lábio de Chiswell se torceu, "e ele, seu capataz barrigudo, sempre tramando, apunhalando pelas costas e arrebanhando cada brinde que consegue. Deve haver algo ali. Deve haver.

"Quanto a Knight, um baderneiro comunista, deve haver algo que a polícia ainda não pegou. Ele sempre foi um desordeiro, um completo inútil."

– O senhor conhecia Jimmy Knight antes de ele tentar chantageá-lo? – perguntou Strike.

– Ah, sim – afirmou Chiswell. – Os Knight são de minha circunscrição eleitoral. O pai era um biscateiro que fez alguns trabalhos para nossa família. Não conheci a mãe. Acredito que ela morreu antes que os três tenham se mudado para o Steda Cottage.

– Entendo – disse Strike.

Ele se recordou das palavras angustiadas de Billy, *"Eu vi uma criança estrangulada e ninguém acredita em mim"*, o movimento nervoso do nariz ao peito enquanto ele fazia seu sinal da cruz desleixado e o detalhe prosaico e exato do cobertor rosa com que a criança morta foi enterrada.

– Acho que preciso lhe dizer uma coisa antes de discutirmos os termos, sr. Chiswell – disse Strike. – Estive na reunião da ROCOM porque tentava localizar o irmão mais novo de Knight. O nome dele é Billy.

O vinco entre os olhos míopes de Chiswell se aprofundou uma fração.

– Sim, lembro-me de que eles eram dois, mas Jimmy era consideravelmente mais velho... uma década ou mais, eu diria. Não vejo... Billy, não é isso?... há muitos anos.

– Bom, ele tem uma doença mental grave – disse Strike. – Procurou-me na segunda-feira passada com uma história peculiar, depois fugiu.

Chiswell esperou, e Strike estava certo de ter detectado a tensão.

— Billy alega — disse Strike — ter testemunhado o estrangulamento de uma criança pequena quando ele era muito novo.

Chiswell não se retraiu, apavorado; não veio com bravatas, nem explodiu. Não exigiu saber se estava sendo acusado, nem perguntou que diabos isso tinha a ver com ele. Reagiu sem nenhuma das defesas extravagantes do homem culpado, entretanto Strike podia jurar que, para Chiswell, esta história não era uma novidade.

— E quem ele alega ter estrangulado a criança? — perguntou ele, passando o dedo na borda da taça de vinho.

— Ele não me disse... nem me diria.

— Acha que é por isso que Knight está me chantageando? Infanticídio? — perguntou grosseiramente Chiswell.

— Achei que o senhor devia saber por que fui procurar Jimmy — disse Strike.

— Não tenho nenhuma morte em minha consciência — disse Jasper Chiswell com vigor. Ele bebeu o que restava da água. — Não se pode — acrescentou ele, recolocando o copo vazio na mesa — ser considerado responsável por consequências imprevistas.

10

Acreditei que nós dois, juntos, estaríamos à altura.

Henrik Ibsen, *Rosmersholm*

O detetive e o ministro saíram do número 14 de Park Place uma hora depois e andaram os poucos metros que os levaram de volta à St. James's Street. Chiswell tinha se tornado menos rabugento e sentencioso durante o café, aliviado, Strike suspeitava, por ter dado início a alguma ação que talvez o livrasse do que claramente se tornava um peso quase insuportável de pavor e suspense. Eles concordaram com os termos e Strike ficou satisfeito com o acordo, porque este prometia ser um trabalho mais bem remunerado e mais desafiador do que a agência tinha já havia algum tempo.

– Bom, obrigado, sr. Strike – disse Chiswell, olhando a St. James's, enquanto ambos paravam na esquina. – Devo deixá-lo aqui. Tenho um compromisso com meu filho.

Entretanto, ele não se mexeu.

– Você investigou a morte de Freddie – disse ele abruptamente, e olhou para Strike pelo canto do olho.

Strike não esperava que Chiswell levantasse o assunto, especialmente não ali, como quem pensa melhor, depois da intensidade de sua conversa no porão.

– Sim – respondeu ele. – Eu sinto muito.

Os olhos de Chiswell ficaram fixos em uma galeria de arte distante.

– Lembro-me de seu nome no relatório – disse Chiswell. – É um nome incomum.

Ele engoliu em seco, ainda de olhos estreitos para a galeria. Parecia estranhamente indisposto em partir para seu compromisso.

— Um menino maravilhoso, o Freddie – disse ele. – Maravilhoso. Entrou para meu velho regimento... bem, tão bom quanto. O Regimento dos Hussardos da Rainha amalgamado com o Regimento Real Irlandês em 93, como deve saber. Assim, foi no Regimento Real dos Hussardos da Rainha que ele ingressou.

"Cheio de um futuro promissor. Cheio de vida. Mas é claro que você não o conheceu."

— Não – disse Strike.

Parecia necessário algum comentário educado.

— Era seu filho mais velho, não?

— De quatro filhos – disse Chiswell, assentindo. – Duas meninas – e, pela inflexão, ele as desprezava, meras mulheres, o joio para o trigo – e este outro menino – acrescentou ele, num tom sombrio. – Ele foi preso. Viu nos jornais?

— Não – Strike mentiu, porque sabia como era ter informações pessoais espalhadas pelos jornais. Era mais gentil, embora não de todo crível, fingir que você não leu nada, mais educado deixar as pessoas contarem sua própria história.

— Meteu-se em problemas a vida toda, o Raff – disse Chiswell. – Consegui um emprego para ele ali.

Ele apontou um dedo grosso para a vitrine distante da galeria.

— Largou a faculdade de história da arte – disse Chiswell. – Um amigo meu é dono do lugar, concordou em admiti-lo. Minha mulher o considera uma causa perdida. Ele matou uma jovem mãe em um carro. Estava alterado.

Strike ficou calado.

— Bom, adeus. – Chiswell parecia ter saído de um transe melancólico. Estendeu a mão suada mais uma vez, que Strike apertou, depois se afastou, enrolado no grosso casaco tão inadequado para aquele lindo dia de junho.

Strike seguiu pela St. James's Street na direção contrária e pegou o celular enquanto andava. Robin atendeu no terceiro toque.

— Preciso me reunir com você – disse Strike, sem preâmbulos. – Temos um novo trabalho, dos grandes.

— Droga! – disse ela. – Estou na Harley Street. Não queria te incomodar, sabendo que você estava com Chiswell, mas a mulher de Andy quebrou o pulso ao cair de uma escada. Eu disse que cobriria o Duvidoso enquanto Andy a levava ao hospital.

— Merda. Onde está Barclay?

— Ainda no Webster.

— O Duvidoso está no consultório?

— Sim.

— Vamos arriscar – disse Strike. — Em geral, ele vai direto para casa às sextas-feiras. Isto é urgente. Preciso lhe falar pessoalmente. Pode me encontrar no Red Lion, na Duke of York Street?

Depois de ter rejeitado todo álcool durante sua refeição com Chiswell, Strike queria uma cerveja em vez de voltar ao escritório. Se ele tivesse metido seu terno no White Horse em East Ham, estaria perfeitamente vestido para Mayfair e, dois minutos depois, ele entrou no Red Lion na Duke of York Street, um pub confortável e vitoriano com ferragens de bronze e vidro gravado que lhe lembrava o Tottenham. Levando um caneco de London Pride a uma mesa do canto, ele procurou Della Winn e seu marido no telefone e começou a ler um artigo sobre a Paralimpíada iminente, em que Della era extensamente citada.

— Oi – disse Robin, 25 minutos depois, deixando a bolsa na cadeira de frente para ele.

— Quer uma bebida? – perguntou ele.

— Vou pegar – disse Robin. – E então? – Ela se reuniu a ele alguns minutos depois, segurando um suco de laranja. Strike sorriu para a impaciência mal contida de Robin. – Do que se trata? O que Chiswell queria?

O pub, que compreendia apenas um espaço em ferradura contornando um único balcão, já estava lotado de homens e mulheres vestidos com elegância, que davam início ao fim de semana cedo ou, como Strike e Robin, terminavam o trabalho com uma bebida. Baixando a voz, Strike contou o que havia se passado entre ele e Chiswell.

— Ah – disse Robin inexpressivamente, quando por fim Strike terminou de dar as informações. – Então vamos... vamos tentar levantar os podres de Della Winn?

— Do marido dela – Strike a corrigiu –, e Chiswell prefere a expressão "moeda de troca".

Robin não disse nada e bebeu o suco de laranja.

— Chantagem é ilegal, Robin. — Strike interpretou corretamente a expressão intranquila dela. — Knight tenta arrancar 40 mil de Chiswell e Winn quer obrigá-lo a deixar o cargo.

— Então ele vai chantagear os dois também e vamos ajudar a fazer isso?

— Levantamos os podres das pessoas todo dia — disse Strike rudemente. — É meio tarde para começar a ter a consciência pesada com isso.

Ele tomou um longo gole da cerveja, irritado não só com a atitude dela, mas com o fato de ter deixado transparecer o próprio ressentimento. Ela vivia com o marido em uma casa aprazível de janelas de guilhotina na Albury Street, enquanto ele continuava no conjugado cheio de correntes de ar, do qual logo poderia ser expulso pela reforma na rua. A agência jamais recebera uma tarefa que desse pleno trabalho a três pessoas, possivelmente por meses. Strike não ia pedir desculpas por estar disposto a aceitá-lo. Estava cansado, depois de anos de trabalho, de ser jogado no vermelho sempre que a agência vivia um período de vacas magras. Tinha ambições para seus negócios que não podiam ser realizadas sem a formação de uma conta bancária muito mais saudável. Todavia, ele se sentiu compelido a defender sua posição.

— Somos como os advogados, Robin. Ficamos do lado do cliente.

— Você rejeitou aquele banqueiro de investimento outro dia, que queria descobrir onde a mulher dele...

— ... porque ficou evidente que ele faria mal a ela se descobrisse.

— Bom — disse Robin, com um olhar de desafio —, e se a coisa que descobrirmos sobre Chiswell...

Mas antes que pudesse terminar a frase, um homem alto, imerso em uma conversa com um colega, esbarrou na cadeira de Robin, jogando-a para a mesa e derrubando seu suco de laranja.

— Ei! — gritou Strike, enquanto Robin tentava limpar o suco do vestido molhado. — Que tal pedir desculpas?

— Ah, meu Deus — disse o homem numa voz arrastada, vendo Robin ensopada de suco enquanto várias pessoas se viravam para olhar. — Eu fiz isso?

— Sim, você fez, merda. — Strike se levantou e contornou a mesa. — E isso não é um pedido de desculpas!

— Cormoran! — disse Robin num tom de alerta.

– Bom, peço desculpas – disse o homem, como se fizesse uma enorme concessão, mas, ao olhar o tamanho de Strike, seu arrependimento se tornou mais sincero. – É sério, eu peço des...

– Levanta daí – rosnou Strike. – Vamos trocar de lugar – disse ele a Robin. – Assim, se algum outro palerma desajeitado esbarrar, vai ser em mim, não em você.

Meio constrangida e meio comovida, ela pegou a bolsa, que também estava molhada, e fez o que ele pediu. Strike voltou à mesa segurando um punhado de guardanapos de papel, que entregou a ela.

– Obrigada.

Era difícil manter uma atitude combativa porque ele estava se sentando voluntariamente em uma cadeira coberta de suco de laranja a fim de poupá-la. Ainda limpando o suco, Robin curvou-se e falou em voz baixa:

– Sabe com o que eu me preocupo. Aquilo que Billy falou.

O vestido fino de algodão grudava em todo o seu corpo: Strike manteve o olhar resolutamente nos olhos dela.

– Perguntei a Chiswell sobre isso.

– Perguntou?

– É claro que sim. O que mais eu ia pensar, quando ele disse que estava sendo chantageado pelo irmão de Billy?

– E o que ele disse?

– Ele disse que não tinha nenhuma morte nas mãos, mas "não se pode ser considerado responsável por consequências imprevistas".

– Mas o que é que *isto* significa?

– Eu perguntei. Ele me veio com o exemplo hipotético de um homem dando uma balinha com que uma criança pequena depois morre por asfixia.

– *Como é?*

– Sua conjectura é tão boa quanto a minha. Imagino que Billy não tenha ligado de novo.

Robin negou com a cabeça.

– Olha, a probabilidade mais forte é de que Billy esteja delirante – disse Strike. – Quando contei a Chiswell o que foi dito por Billy, não percebi nenhuma culpa ou medo...

Ao dizer isso, ele se lembrou da sombra que tinha passado pelo rosto de Chiswell e da impressão que ele teve de que a história, para Chiswell, não era inteiramente nova.

— Então, por que estão chantageando Chiswell? – perguntou Robin.

— Sei lá. Ele disse que aconteceu seis anos atrás, o que não bate com a história de Billy, porque ele não seria um garotinho seis anos atrás. Chiswell disse que algumas pessoas pensariam que o que ele fez foi imoral, mas não era ilegal. Ele parecia sugerir que não tinha infringido a lei quando fez, mas agora infringiria.

Strike reprimiu um bocejo. A cerveja e o calor da tarde o deixavam sonolento. Ele tinha de ir à casa de Lorelei mais tarde.

— Então, você confia nele? – perguntou Robin.

— Se eu confio em Chiswell? – Strike perguntou-se em voz alta, com os olhos no extravagante espelho decorativo atrás de Robin. – Se tivesse de apostar, diria que ele foi sincero comigo hoje porque está desesperado. Se eu acho que ele é digno de confiança de modo geral? Provavelmente não mais do que qualquer outro.

— Você *não gostou* dele, não foi? – perguntou Robin, sem acreditar. – Estive lendo a respeito deste homem.

— E?

— A favor da forca, contra a imigração, votou contra a extensão da licença-maternidade...

Ela não percebeu o olhar involuntário de Strike para seu corpo enquanto continuava:

— ... batendo na tecla dos valores da família, depois abandonou a mulher por uma jornalista...

— Tudo bem, eu não o escolheria como um companheiro para beber, mas há algo meio lastimável nele. Ele perdeu um filho, o outro acaba de matar uma mulher...

— Bom, sim, aí é que está – disse Robin. – Ele defende trancafiar criminosos insignificantes e jogar as chaves fora, e então um filho atropela a mãe de alguém e ele faz de tudo para conseguir uma sentença curt...

Ela se interrompeu de súbito quando uma voz alta de mulher disse: "Robin! Que maravilha!"

Sarah Shadlock tinha entrado no pub com dois homens.

— Ah, meu Deus – resmungou Robin, antes que pudesse se conter, e depois, mais alto: – Oi, Sarah!

Ela teria dado tudo para evitar este encontro. Sarah ficaria extasiada de contar a Matthew que tinha encontrado Robin e Strike num *tête-à-tête* em um pub de Mayfair, quando ela própria dissera a Matthew por telefone uma hora antes que estava sozinha na Harley Street.

Sarah insistiu em se espremer em volta da mesa para abraçar Robin, algo que esta última tinha certeza de que ela não teria feito se não estivesse com homens.

– Querida, o que aconteceu com você? Está toda pegajosa!

Ela estava um pouco mais elegante ali, em Mayfair, do que em qualquer outro lugar que Robin a tenha encontrado, e vários graus mais calorosa com Robin.

– Nada – disse Robin em voz baixa. – Suco de laranja derramado, é só isso.

– Cormoran! – disse Sarah alegremente, mergulhando para um beijo em seu rosto. Strike, Robin ficou satisfeita em notar, continuou sentado, impassível, e não reagiu. – Descanso e diversão? – disse Sarah, envolvendo os dois em seu sorriso malicioso.

– Trabalho – disse Strike com secura.

Sem receber estímulo para ficar, Sarah foi ao balcão, levando os colegas.

– Esqueci que a Christie's fica aqui na esquina – disse Robin em voz baixa.

Strike olhou o relógio. Ele não queria ter de usar seu terno na casa de Lorelei e, na verdade, agora estava manchado de suco de laranja por ter tomado a cadeira de Robin.

– Precisamos discutir como vamos fazer este trabalho, porque começa amanhã.

– Tudo bem – disse Robin com certa apreensão, porque já fazia muito tempo que não trabalhava em um fim de semana. Matthew tinha se acostumado a tê-la em casa.

– Está tudo bem – disse Strike, aparentemente lendo os pensamentos dela –, só vou precisar de você na segunda.

"O trabalho vai exigir no mínimo três pessoas. Calculo que já temos o bastante sobre Webster para manter o cliente satisfeito, e assim vamos colocar Andy o tempo todo no Doutor Duvidoso, informar os dois clientes da lista de espera que não vamos poder cuidar do caso deles este mês e Barclay pode entrar conosco no caso Chiswell.

"Na segunda-feira, você vai à Câmara dos Comuns."

— Eu vou o quê? – disse Robin, assustada.

— Você vai entrar fingindo ser uma afilhada de Chiswell que está interessada em uma carreira no Parlamento, e começar com Geraint, que cuida do gabinete do eleitorado de Della no mesmo corredor, de frente para a sala de Chiswell. Converse com ele...

Ele tomou um gole da cerveja, franzindo o cenho para ela por cima do copo.

— Que foi? – disse Robin, sem saber o que viria pela frente.

— Como você se sentiria – disse Strike, tão baixo que ela precisou se curvar para ouvir – se tivesse de infringir a lei?

— Bom, tenho a tendência de ser contra. – Robin não sabia se achava divertido ou preocupante. – Esse é um dos motivos para eu querer fazer trabalho investigativo.

— E se a lei é uma área cinzenta e não podemos obter informações de nenhum outro jeito? Lembra que Winn sem dúvida infringiu a lei, tentando chantagear um ministro da Coroa para retirá-lo do cargo?

— Você está falando de grampear o gabinete de Winn?

— Exato – disse Strike. Interpretando corretamente a expressão de dúvida de Robin, ele continuou. – Escute, segundo disse Chiswell, Winn é um linguarudo descuidado e é por isso que está preso no gabinete do eleitorado, mantido bem afastado do trabalho da esposa no Departamento de Esportes. Ao que parece, ele deixa a porta do escritório aberta na maior parte do tempo, grita sobre assuntos confidenciais dos eleitores e deixa documentos privativos por ali, na copa comunitária. Há uma boa possibilidade de você conseguir induzir indiscrições dele sem precisar do grampo, mas acho que não podemos contar com isso.

Robin tomou o que restava do suco de laranja no copo, deliberando, depois falou:

— Tudo bem, vou fazer.

— Tem certeza? Muito bem, você não vai conseguir levar dispositivos, porque terá de passar por um detector de metais. Eu vou entregar alguns a Chiswell amanhã. Ele vai lhe passar depois que você estiver lá dentro.

"Você vai precisar de um codinome. Mande para mim por torpedo quando pensar em algum, para eu informar a Chiswell. Pode usar 'Venetia Hall' de novo, na verdade. Chiswell é o tipo de cara que teria uma afilhada chamada Venetia."

"Venetia" é o nome do meio de Robin, mas ela estava cheia demais de apreensão e empolgação para se importar que Strike, por seu sorriso malicioso, continuasse a achar isso divertido.

– Você terá também de trabalhar disfarçada – disse Strike. – Nada muito grande, mas Chiswell lembrou-se de como você era pela cobertura do Estripador, assim temos de supor que Winn pode se lembrar também.

– Vai fazer calor demais para uma peruca – disse ela. – Posso experimentar lentes de contato coloridas. Posso comprar agora. Talvez óculos de lentes sem grau por cima. – O sorriso que ela não conseguia reprimir veio à tona de novo. – A Câmara dos Comuns! – repetiu ela, toda animada.

O sorriso empolgado de Robin desapareceu quando a cabeça de cabelo louro claro de Sarah Shadlock se intrometeu na periferia de sua visão, do outro lado do balcão. Sarah tinha acabado de se reposicionar para manter Robin e Strike à vista.

– Vamos embora – disse Robin a Strike.

Enquanto eles voltavam a pé para o metrô, Strike explicou que Barclay ia seguir Jimmy Knight.

– Não posso fazer isso – disse Strike, com pesar. – Estraguei meu disfarce com ele e seus companheiros da ROCOM.

– Então, o que você vai fazer?

– Preencher lacunas, seguir pistas, cobrir as noites, se precisarmos delas – disse Strike.

– Coitada da Lorelei – comentou Robin.

Escapuliu antes que ela pudesse se conter. O trânsito cada vez mais pesado passava por eles e, como Strike não respondeu, Robin torceu para ele não ter ouvido.

– Chiswell mencionou o filho dele que morreu no Iraque? – perguntou ela, como alguém que tosse apressadamente para esconder um riso que já escapou.

– Sim – respondeu Strike. – Freddie claramente era seu filho preferido, o que não diz grande coisa de sua capacidade crítica.

– Como assim?

— Freddie Chiswell era um belo de um merda. Investiguei muito dos Mortos em Combate e nunca tive tanta gente me perguntando se o oficial morto tinha sido baleado nas costas pelos próprios homens.

Robin demonstrou choque.

— *De mortuis nil nisi bonum?* – perguntou Strike.

Robin aprendeu muito de latim, trabalhando com Strike.

— Bom – disse ela em voz baixa, pela primeira vez encontrando em seu coração alguma compaixão por Jasper Chiswell –, não se pode esperar que o pai fale mal dele.

Eles partiram para o início da rua, Robin para comprar lentes de contato coloridas, Strike em direção ao metrô.

Ele se sentia alegre, o que era incomum, depois da conversa com Robin: enquanto eles pensavam em seu trabalho desafiador, os contornos conhecidos de sua amizade de repente vieram à superfície. Ele gostou do ânimo de Robin ante a perspectiva de entrar na Câmara dos Comuns; gostou de ser aquele que lhe ofereceu essa chance. Até gostou do jeito como Robin testou seus pressupostos a respeito da história de Chiswell.

Quando quase entrava na estação, Strike virou-se de repente de lado, enfurecendo o executivo irado que caminhava a uma curta distância atrás dele. Num muxoxo furioso, o homem por pouco evitou uma colisão e partiu de mau humor para o metrô enquanto Strike, indiferente, encostava-se na parede banhada de sol, desfrutando da sensação do calor que permeava o paletó do terno enquanto telefonava para o inspetor-detetive Eric Wardle.

Strike dissera a verdade a Robin. Ele não acreditava que Chiswell tivesse estrangulado uma criança, entretanto havia algo inegavelmente estranho na reação dele à história de Billy. Graças à revelação do ministro de que a família Knight morava perto da casa de sua família, Strike agora sabia que Billy tinha sido um "garotinho" em Oxfordshire. O primeiro passo lógico para aliviar seu desconforto constante com o cobertor cor-de-rosa era descobrir se alguma criança na região tinha desaparecido duas décadas atrás sem jamais ter sido encontrada.

11

*... vamos sufocar todas as lembranças em nosso sentido
de liberdade, em alegria, em paixão.*

Henrik Ibsen, *Rosmersholm*

Lorelei Bevan morava em um apartamento mobiliado de forma eclética, no mesmo prédio de sua próspera loja de roupas vintage em Camden. Strike chegou naquela noite às sete e meia, com uma garrafa de Pinot Noir numa das mãos e seu celular preso ao ouvido pela outra. Lorelei abriu a porta, sorriu amavelmente para a figura familiar dele ao telefone, deu-lhe um beijo na boca, aliviou-o de seu vinho e voltou à cozinha, que exalava um cheiro acolhedor de Pad Thai.

— ... ou tente entrar para a própria ROCOM — disse Strike a Barclay, fechando a porta e indo para a sala de estar de Lorelei, dominada por uma grande reprodução de várias Elizabeth Taylor, obra de Warhol. — Mandarei a você tudo que tenho sobre Jimmy. Ele está envolvido com alguns grupos diferentes. Não sei se está trabalhando. Ele faz ponto no White Horse, em East Ham. Acho que é torcedor dos Hammers.

— Podia ser pior — disse Barclay, que falava em voz baixa, porque tinha acabado de colocar para dormir o filho com a dentição brotando. — Podia ser o Chelsea.

— Você terá de admitir que foi do exército. — Strike afundou em uma poltrona e apoiou a perna em um pufe quadrado convenientemente posicionado. — Você parece um soldado.

— Não tem problema — disse Barclay. — Eu serei o pobre camaradinha que não sabe no que está se metendo. A esquerda radical adora essa merda. Deixa eles me paternalizarem.

Sorrindo, Strike pegou seus cigarros. Apesar de todas as dúvidas iniciais, começava a pensar que Barclay poderia ter sido uma boa contratação.

– Tudo bem, suspenda fogo até ter notícias minhas de novo. Deve ser em algum momento no domingo.

Strike desligou e Lorelei apareceu com uma taça de vinho tinto para ele.

– Quer alguma ajuda na cozinha? – perguntou Strike, embora não tivesse se mexido.

– Não, fique aí. Não vai demorar muito – respondeu ela, sorrindo. Ele gostou do avental estilo anos 1950 que ela usava.

Enquanto ela voltava à cozinha, ele acendeu um cigarro. Apesar de Lorelei não fumar, não tinha objeções aos Benson & Hedges de Strike, desde que ele usasse o cinzeiro kitsch, decorado com poodles brincando, que ela providenciara para este fim.

Fumando, ele admitiu para si mesmo que invejava Barclay por se infiltrar com Knight e seu bando de colegas da extrema esquerda. Era o tipo de trabalho que agradava a Strike na Polícia Militar. Ele se lembrou dos quatro soldados na Alemanha que ficaram encantados com um grupo local de extrema direita. Strike conseguira convencê-los de que partilhava de sua crença em um grande Estado branco e nacionalista étnico, infiltrou-se em uma reunião e garantiu quatro prisões e processos que lhe deram particular satisfação.

Ele ligou a televisão e assistiu ao noticiário do Channel 4 por algum tempo, bebendo o vinho, fumando na expectativa agradável do Pad Thai e de outros prazeres sensuais, e pela primeira vez desfrutando do que tantos de seus companheiros trabalhadores achavam natural, mas que ele raras vezes experimentava: o alívio e a libertação de uma noite de sexta-feira.

Strike e Lorelei se conheceram na festa de aniversário de Eric Wardle. Foi uma noite constrangedora de várias maneiras, porque Strike tinha visto Coco ali pela primeira vez desde que disse a ela, por telefone, que não tinha interesse em outro encontro. Coco ficou muito embriagada; à uma da madrugada, enquanto ele estava sentado no sofá, envolvido numa conversa com Lorelei, ela andou a passos firmes pela sala, jogou uma taça de vinho nos dois e saiu intempestivamente na noite. Strike não sabia que Coco e Lorelei eram velhas amigas, soube apenas na manhã seguinte, depois de acordar na cama de Lorelei. Ele considerava que na realidade este era um problema mais de Lorelei do que dele. Parecia que ela achava a troca, pois Coco não queria mais nada com ela, mais do que justa.

— Como você faz isso? — perguntara Wardle, na vez seguinte em que ele se encontraram, genuinamente confuso. — Puxa vida, gostaria de conhecer seu...

Strike ergueu as sobrancelhas pesadas e Wardle pareceu reprimir o que chegara perigosamente perto de um elogio.

— Não tem segredo nenhum — disse Strike. — Algumas mulheres só gostam de homens gordos, de uma perna só e cabeça de pentelho com o nariz quebrado.

— Bom, é uma triste crítica a nossos serviços de saúde mental que elas estejam à solta pelas ruas — dissera Wardle, e Strike riu.

Lorelei era seu nome verdadeiro, saído não da sereia mítica do Reno, mas do personagem de Marilyn Monroe em *Os homens preferem as louras*, o filme preferido da mãe dela. Os olhos dos homens se viravam quando ela passava por eles na rua, mas ela não evocava nem o desejo profundo, nem a dor lancinante que Charlotte causou em Strike. Quer fosse assim porque Charlotte tinha atrofiado sua capacidade de sentir tão intensamente, ou porque faltava a Lorelei alguma magia essencial, ele não sabia. Nem Strike, nem Lorelei tinham dito "eu te amo". No caso de Strike, isto foi porque ele não podia ter falado com sinceridade, embora a achasse desejável e divertida. Era conveniente para ele supor que Lorelei sentia o mesmo.

Ela havia terminado recentemente uma relação de cinco anos em coabitação quando, depois de vários olhares sedutores através da sala escura de Wardle, ele se aproximou para falar com ela. Ele quis acreditar quando ela lhe falou da glória que era ter seu apartamento só para si e sua liberdade restaurada, mas ultimamente sentira manchas mínimas de desprazer quando ele lhe dizia que precisava trabalhar nos fins de semana, como as primeiras gotas pesadas de chuva que pressagiam uma tempestade. Ela negava quando contestada: *Não, não, claro que não, se você precisa trabalhar...*

Mas Strike tinha estabelecido no início da relação seus termos de não se comprometer: seu trabalho era imprevisível e as finanças, fracas. A cama de Lorelei era a única que ele pretendia visitar, mas se ela procurava previsibilidade ou permanência, ele não era o homem para ela. Lorelei parece ter ficado satisfeita com o acordo e se ela, durante os dez meses, estava menos contente, Strike estava pronto para encerrar as coisas sem ressentimentos. Talvez ela sentisse isso, porque não forçou nenhuma discussão. Isto agradava a ele, e não apenas porque podia passar sem dissabores. Ele gostava de Lorelei, gostava de dormir com ela e achava desejável – por um motivo que não se incomodou em examinar, sendo perfeitamente consciente do que era – estar em uma relação justamente agora.

O Pad Thai estava excelente, a conversa dos dois era leve e divertida. Strike não contou a Lorelei nada a respeito do novo caso, exceto que ele torcia para que fosse lucrativo e interessante. Depois de lavarem os pratos, eles regressaram ao quarto, com suas paredes rosa chiclete e as cortinas com estampa de vaqueiras e cavalos de desenho animado.

Lorelei gostava de se produzir. Para a cama, naquela noite, usou meias e um corpete preto. Tinha o talento, de forma alguma comum, de fazer uma cena erótica sem resvalar na paródia. Talvez, por sua única perna e o nariz quebrado, Strike devesse se sentir ridículo neste *boudoir*, que era todo frivolidade e formosura, mas ela representava a Afrodite para seu Hefesto com tal habilidade que às vezes Robin e Matthew eram inteiramente eliminados de sua cabeça.

Afinal, havia pouco prazer em comparar o que se tinha com uma mulher que realmente queria você, pensou ele no dia seguinte à hora do almoço, enquanto os dois estavam sentados, lado a lado em um café na calçada, lendo jornais separados, Strike fumando, as unhas perfeitamente pintadas de Lorelei raspando distraidamente o dorso de sua mão. Então, por que ele já havia dito a ela que precisava trabalhar esta tarde? Era verdade que tinha de deixar os dispositivos de escuta no apartamento de Chiswell em Belgravia, mas ele podia tranquilamente ter passado outra noite com ela, voltado a seu quarto, às meias e ao corpete. A perspectiva certamente era tentadora.

Mas algo implacável dentro dele recusava-se a ceder. Duas noites seguidas seriam uma ruptura no padrão; a partir daí, seria uma escorregadela para a verdadeira intimidade. Bem em seu íntimo, Strike não podia imaginar um futuro em que morasse com uma mulher, casado ou pai de filhos. Tinha planejado algumas dessas coisas com Charlotte, nos dias em que ele esteve se readaptando à vida sem metade da perna. Um dispositivo explosivo improvisado em uma estrada de terra no Afeganistão arrancou Strike da vida que ele tinha escolhido para um corpo inteiramente novo e uma nova realidade. Às vezes ele via sua proposta a Charlotte como a manifestação mais extrema de sua desorientação temporária depois da amputação. Ele precisava reaprender a andar e, quase igualmente difícil, a ter uma vida fora do serviço militar. De uma distância de dois anos, ele se via tentando se segurar a uma parte do passado enquanto todo o resto escapulia. A lealdade que dedicara ao exército, ele transferiu para um futuro com Charlotte.

"Uma medida positiva", dissera seu velho amigo Dave Polworth sem pestanejar, quando Strike lhe falou do noivado. "Uma pena desperdiçar todo aquele treinamento em combate. Mas é um risco ligeiramente maior de ser morto, amigo."

Se ele realmente pensou que o casamento aconteceria? Se ele verdadeiramente imaginava Charlotte acomodando-se à vida que ele podia dar? Depois de tudo por que eles passaram, será que ele acreditava que eles podiam chegar à redenção juntos, cada um deles prejudicado na sua própria maneira descuidada, pessoal e peculiar? Parecia ao Strike sentado ao sol com Lorelei que durante alguns meses ele ao mesmo tempo acreditava de todo coração e sabia que era impossível, jamais planejando mais do que algumas semanas à frente, abraçando Charlotte à noite como se ela fosse a última humana na Terra, como se só o Armagedom pudesse separar os dois.

– Quer outro café? – perguntou Lorelei em voz baixa.

– É melhor ir andando – disse Strike.

– Quando verei você? – perguntou ela, enquanto Strike pagava ao garçom.

– Eu já te falei, tenho um trabalho novo e grande – disse ele. – Durante algum tempo, os horários ficarão meio imprevisíveis. Ligo para você amanhã. Vamos sair assim que tiver uma noite livre.

– Tudo bem – concordou ela, sorrindo, e acrescentou suavemente: – Me beija.

Ele beijou. Ela apertou os lábios cheios nos dele, lembrando irresistivelmente alguns pontos altos no início da manhã. Eles se afastaram. Strike sorriu, acenou sua despedida e a deixou sentada ao sol com seu jornal.

O ministro da Cultura não convidou Strike para entrar quando abriu a porta de sua casa na Ebury Street. Chiswell, na verdade, parecia querer que o detetive saísse o mais rapidamente possível. Depois de pegar a caixa com os dispositivos de escuta, ele falou em voz baixa:

— Bom, ótimo, cuidarei para que ela receba — e estava a ponto de fechar a porta quando de súbito chamou Strike: — Qual é o nome dela?

— Venetia Hall — disse Strike.

Chiswell fechou a porta e Strike voltou seus passos cansados para a rua de casas douradas e tranquilas, na direção do metrô e da Denmark Street.

Seu escritório parecia austero e melancólico depois do apartamento de Lorelei. Strike abriu as janelas para deixar entrar o barulho da Denmark Street, onde amantes da música continuavam a visitar a loja de instrumentos e lojas de discos antigos que Strike temia que estivessem condenadas pela iminente revitalização urbana. O barulho de motores e buzinas, de conversas e passos, de riffs de guitarra tocados por possíveis compradores e os bongôs distantes de outro músico de rua eram agradáveis para Strike enquanto ele se acomodava para trabalhar, sabendo que tinha horas pela frente na cadeira do computador, se quisesse arrancar da internet o essencial sobre a vida de seus alvos.

Se você soubesse onde procurar e tivesse tempo e perícia, podia desenterrar do ciberespaço o contorno de muitas existências: exoesqueletos espectrais, às vezes parciais, às vezes enervantes de completos, das vidas levadas por suas contrapartes de carne e osso. Strike aprendera muitos truques e segredos, tornara-se perito em perscrutar mesmo os cantos mais sombrios da internet, mas com frequência as redes sociais mais inocentes traziam uma riqueza inaudita, uma quantidade menor de referências cruzadas que ajudavam a compilar histórias privadas e detalhadas que seus donos descuidados nunca pretendiam partilhar com o mundo.

Strike primeiro consultou o Google Maps para examinar o local onde Jimmy e Billy foram criados. O Steda Cottage evidentemente era pequeno e insignificante demais para ser citado, mas a Chiswell House estava marcada com clareza, a uma curta distância do vilarejo de Woolstone. Strike passou cinco minutos infrutíferos correndo os olhos pelos trechos de bosque em torno da Chiswell House, notando dois quadrados mínimos que podiam ser chalés da propriedade — *eles enterraram no vale perto da casa de meu pai* —, antes de voltar a sua investigação do irmão mais velho e mais saudável.

A ROCOM tinha um site em que Strike encontrou, espremida entre longas polêmicas sobre a celebração do capitalismo e do neoliberalismo, uma útil programação de protestos em que Jimmy estaria presente ou falaria, que o detetive imprimiu e acrescentou a seu arquivo. Logo depois, ele seguiu um link para o site do Partido do Real Socialismo, que era ainda mais movimentado e atulhado do que a página da ROCOM. Ali, ele encontrou outro longo artigo de Jimmy, defendendo a dissolução do "Estado de apartheid" de Israel e a derrota do "lobby sionista" que tinha um monopólio no establishment capitalista ocidental. Strike notou que Jasper Chiswell estava entre a "elite política ocidental" listada no final deste artigo como um "sionista publicamente declarado".

A namorada de Jimmy, Flick, aparecia em duas fotos do site do Real Socialismo, exibindo cabelo preto numa passeata contra o sistema Trident e louro com tons rosados enquanto animava Jimmy, que falava em um palco ao ar livre em um comício do Partido do Real Socialismo. Seguindo um link para o Twitter de Flick, ele espiou sua linha do tempo, que era uma mistura estranha do ridículo e do vituperativo. "Espero que você tenha uma merda de câncer no cu, seu tory escroto", bem acima de um videoclipe de um gatinho espirrando com tanta força que caiu de seu cesto.

Pelo que Strike podia dizer, nem Jimmy, nem Flick eram donos de alguma propriedade, algo que ele tinha em comum com os dois. Ele não encontrou nenhuma indicação na internet de como eles se sustentavam, a não ser que escrever para sites de esquerda pagasse mais do que ele imaginava. Jimmy alugava o apartamento miserável na Charlemont Road de um homem chamado Kasturi Kumar e embora Flick fizesse uma menção fortuita nas redes sociais sobre morar em Hackney, Strike não conseguiu encontrar um endereço para ele em nenhum lugar online.

Pesquisando mais fundo nos registros na internet, Strike descobriu um James Knight da idade certa que parecia ter morado por cinco anos com uma mulher chamada Dawn Clancy, e, investigando a página muito informativa e tomada de emojis de Dawn no Facebook, Strike descobriu que eles foram casados. Dawn era cabeleireira e tinha um negócio de sucesso em Londres antes de voltar a sua Manchester natal. Treze anos mais velha do que Jimmy, ela parecia não ter filhos, nem nenhum contato atual com o ex-marido. Porém, o comentário que ela fizera no post de uma amiga abandonada, "Todos os homens são um lixo", chamou a atenção de Strike: "É, ele é um merda, mas pelo menos não processou você! Eu ganhei (de novo)!"

Intrigado, Strike voltou a atenção para registros de tribunal e, depois de cavar um pouco, encontrou várias informações úteis. Jimmy fora acusado de desordem duas vezes, uma em uma passeata anticapitalista, outra em um protesto anti-Trident, mas isto Strike esperava. Muito mais interessante foi descobrir que Jimmy tinha uma lista abusiva de litigantes no site do serviço judiciário. Devido a um antigo hábito de entrar com processos judiciais levianos, Knight agora estava "proibido de dar entrada em casos cíveis em tribunais sem permissão".

Certamente Jimmy fez valer seu dinheiro, ou o do Estado. Na última década ele entrara com processos cíveis contra indivíduos e organizações diversas. A lei ficou do seu lado apenas uma vez, em 2007, quando ele ganhou uma indenização das Zanet Industries, que descobriram não ter seguido o devido processo quando o demitiram.

Jimmy representou a si mesmo no tribunal contra a Zanet e, presumivelmente extasiado com sua vitória, passou a se representar em processos a vários outros, entre eles o dono de uma oficina, dois vizinhos, um jornalista que ele alegava tê-lo difamado, dois policiais da Metropolitana que ele alegava terem-no atacado, outros dois funcionários públicos e, por fim, a ex-mulher, que ele disse que o assediava e lhe provocou perda material.

Segundo a experiência de Strike, aqueles que desdenhavam do uso de representação no tribunal ou eram desequilibrados, ou tão arrogantes, que dava no mesmo. A história litigiosa de Jimmy sugeria que ele era ganancioso e inescrupuloso, astuto sem ser sensato. Era sempre útil ter ideia das vulnerabilidades de um homem quando se tentava descobrir seus segredos. Strike acrescentou os nomes de todas as pessoas que Jimmy tentou processar, além do endereço atual da ex-mulher, ao arquivo ao lado dele.

Perto da meia-noite, Strike retirou-se para seu apartamento para o sono muito necessário, levantou cedo no domingo e transferiu a atenção para Geraint Winn, ainda recurvado ao computador até a luz começar a sumir de novo, e neste momento havia uma nova pasta de papelão com a etiqueta CHISWELL a seu lado, repleta de uma miscelânea de informações verificadas sobre os dois chantagistas de Chiswell.

Espreguiçando-se e bocejando, de repente ele teve consciência dos barulhos que lhe chegavam pelas janelas abertas. As lojas de música enfim tinham fechado, os bongôs tinham cessado, mas o trânsito ainda zunia e roncava pela Charing Cross Road. Strike se levantou, apoiando-se na mesa porque o tornozelo que lhe restava estava dormente depois de horas na cadeira do computador, e curvou-se para ver pela janela do escritório um céu tangerina que se abria para além dos telhados.

Era o anoitecer de domingo e em menos de duas horas a Inglaterra estaria jogando com a Itália nas quartas de final do Campeonato Europeu de Futebol em Kiev. Uma das poucas indulgências pessoais que Strike se permitia era uma assinatura da Sky, para ver futebol. O pequeno televisor portátil, só o que seu apartamento ali em cima podia acomodar confortavelmente, podia não ser o meio ideal para assistir a um jogo tão importante, mas ele não podia justificar uma noite em um pub já que precisava começar cedo na segunda, cobrindo o Doutor Duvidoso de novo, uma perspectiva que lhe dava pouco prazer.

Ele consultou o relógio. Tinha tempo para uma comida chinesa delivery antes do jogo, mas ainda precisava ligar para Barclay e Robin com instruções para os próximos dias. Quando estava prestes a pegar o telefone, um alerta musical lhe disse que tinha recebido um e-mail.

O assunto dizia: "Crianças desaparecidas em Oxfordshire". Strike recolocou o celular e as chaves na mesa e abriu a mensagem.

> Strike
>
> O melhor que pude fazer numa busca rápida. Evidente que, sem o período de tempo exato, complica. 2 casos de crianças desaparecidas em Oxfordshire/Wiltshire do início a meados dos anos 1990, não solucionados, pelo que posso dizer. Suki Lewis, 12, desapareceu do lar adotivo em outubro de 1992. E também Immamu Ibrahim, 5 anos, desapareceu em 1996. O pai desapareceu na mesma época, acredita-se que esteja na Argélia. Sem maiores informações, não pude fazer grande coisa.
> Abraços, E

12

A atmosfera que respiramos está pesada de tempestades.

Henrik Ibsen, *Rosmersholm*

O sol poente lança um brilho avermelhado pelo edredom atrás de Robin enquanto ela está sentada à penteadeira no espaçoso quarto novo dela e de Matthew. O churrasco do vizinho agora solta fumaça no ar que mais cedo era fragrante de madressilvas. Ela havia acabado de deixar Matthew no primeiro andar, deitado no sofá, vendo o aquecimento para a partida entre Inglaterra e Itália, com uma garrafa gelada de Peroni na mão.

Ela abriu a gaveta da penteadeira e pegou um par de lentes de contato coloridas que tinha escondido ali. Depois de tentativa e erro na véspera, decidiu que as castanhas pareciam ficar mais naturais com seu cabelo louro-arruivado. Cautelosamente, ela retirou primeiro uma, depois a outra, colocando-as sobre suas íris cinza-azuladas e hidratadas. Era essencial que se acostumasse com seu uso. O ideal seria que ela ficasse com elas todo o fim de semana, mas a reação de Matthew quando a viu com as lentes a havia dissuadido.

"Seus olhos!", dissera ele, depois de encará-la, perplexo, por alguns segundos. "Mas que droga, ficou horrível, tire isso agora!"

Como o sábado já fora arruinado por uma de suas discordâncias tensas a respeito do trabalho dela, Robin decidiu não usar as lentes o fim de semana todo, porque serviriam como um lembrete constante a Matthew sobre o que ela ia fazer na semana seguinte. Ele parecia pensar que trabalhar disfarçada na Câmara dos Comuns equivalia a traição, e a recusa de Robin de contar a ele quem eram o cliente ou seus alvos o irritara ainda mais.

Robin ficava dizendo a si mesma que Matthew estava preocupado com sua segurança e que ele não podia ser culpado por isso. Este passou a ser um exercício mental que ela realizava como uma penitência: *você não pode culpá-lo por ficar preocupado, você quase foi morta no ano passado, ele quer que você esteja segura*. Porém, o fato de ela ter ido tomar uma bebida com Strike na sexta-feira parece ter preocupado muito mais Matthew do que qualquer possível assassino.

– Não acha que você está sendo muito hipócrita? – disse ele.

Sempre que ele se enfurecia, a pele em volta do nariz e do lábio superior se retesava. Robin tinha notado isso anos atrás, mas ultimamente lhe dava uma sensação próxima da repulsa. Ela nunca falou nisso com a terapeuta. Parecia desagradável demais, visceral demais.

– Como eu sou hipócrita?

– Saindo para umas bebidinhas aconchegantes com ele...

– Matt, eu trabalho com...

– ... depois reclama quando vou almoçar com Sarah.

– Pois almoce com ela! – retrucou Robin com a pulsação se acelerando de fúria. – Vá almoçar! Na verdade, encontrei-me com ela no Red Lion, estava com uns homens do trabalho. Quer ligar para Tom e dizer que a noiva dele está bebendo com colegas? Ou eu sou a única que não tem permissão para fazer isso?

A pele em volta do nariz e da boca de Matthew parecia um focinho quando se retesava, pensou Robin: o focinho branco de um cachorro que rosnava.

– Você teria me contado que foi beber com ele se Sarah não tivesse te visto?

– Sim – disse Robin, a raiva estourando –, e contaria sabendo que você seria um babaca a respeito disso também.

O tenso resultado desta discussão, de forma alguma a mais grave do último mês, perdurou por todo o domingo. Só nas últimas duas horas, com a perspectiva do jogo da Inglaterra para animá-lo, foi que Matthew voltou a ficar afável. Robin até se ofereceu para pegar uma Peroni para ele na cozinha e lhe deu um beijo na testa antes de deixá-lo, com a sensação de uma libertação para suas lentes de contato coloridas e seus preparativos para o dia seguinte.

Aos poucos seus olhos ficavam menos desconfortáveis com as piscadas repetidas. Robin passou à cama, onde estava o laptop. Puxando-o para si, viu que um e-mail de Strike tinha acabado de chegar.

Robin
Parte da pesquisa sobre os Winn em anexo. Depois te ligo para uma instrução rápida antes de amanhã.
CS

Robin ficou irritada. Strike devia estar "preenchendo lacunas" e em noites de trabalho. Será que ele pensa que ela não precisou também fazer pesquisa no fim de semana? Ainda assim, ela clicou no primeiro dos vários anexos, que resumia os frutos do trabalho de Strike na internet.

Geraint Winn
Geraint Ifon Winn, nascido em 15 de julho de 1950. Nascido Cardiff. Pai mineiro. Com escolaridade média, conheceu Della na Universidade de Cardiff. Era "consultor imobiliário" antes de agir como seu cabo eleitoral e administrar seu gabinete parlamentar depois da eleição. Nenhuma informação sobre a carreira anterior disponível na internet. Nenhuma empresa registrada em seu nome. Mora com Della, Southwark Park Road, Bermondsey.

Strike conseguiu desencavar duas fotos de má qualidade de Geraint com a mulher famosa, ambas que Robin já havia encontrado e salvado no laptop. Ela entendeu a dificuldade de Strike para encontrar uma imagem de Geraint, porque ela levou muito tempo na noite anterior, enquanto Matthew dormia, para achá-las. Parecia que os fotógrafos da imprensa não pensavam que ele dava boas fotos. Um careca magro, que usava óculos de armação pesada, ele tinha uma boca sem lábios, um queixo fraco e prognatismo acentuado que, reunidos, faziam Robin pensar em uma lagartixa gorda.

Strike também tinha anexado informações sobre a ministra dos Esportes.

Della Winn

Nascida em 8 de agosto de 1947. Nascida Jones. Nascida e criada no Vale of Glamorgan, País de Gales. Pai e mãe professores. Cega de nascença devido a microftalmia bilateral. Foi aluna da St. Enodoch Royal School for the Blind dos cinco aos 18 anos. Ganhou vários prêmios de natação quando adolescente. (Ver no anexo artigos para maiores detalhes, também da organização filantrópica The Playing Field.)

Embora Robin tenha lido o máximo que pôde sobre Della no fim de semana, ela leu diligentemente os dois artigos. Pouco falavam do que ela já não soubesse. Della havia trabalhado para uma organização de direitos humanos importante antes de se candidatar, com sucesso, na eleição para a circunscrição do País de Gales, onde nasceu. Há muito tempo defendia o benefício dos esportes em áreas empobrecidas e era uma defensora de atletas deficientes que dava apoio a projetos que usavam o esporte para reabilitar veteranos feridos. A fundação de sua organização filantrópica, a Level Playing Field, para apoiar jovens atletas e esportistas que enfrentavam desafios, fosse pela pobreza ou por deficiência física, recebeu muita cobertura da imprensa. Muitos esportistas famosos concederam seu tempo a eventos de arrecadação de fundos.

Os artigos que Strike tinha anexado mencionavam algo que Robin já sabia pela sua própria pesquisa: os Winn, como os Chiswell, tinham perdido um filho. A filha de Della e Geraint, única, matou-se aos dezesseis anos, um ano antes de Della concorrer ao Parlamento. A tragédia era mencionada em cada perfil que Robin leu sobre Della Winn, até aqueles que enalteciam suas consideráveis realizações. Seu discurso inaugural no Parlamento deu apoio à proposta de uma central de atendimento para casos de bullying, mas, tirando isso, ela nunca discutiu o suicídio da filha.

O celular de Robin tocou. Depois de ver se a porta do quarto estava fechada, ela atendeu.

– Essa foi rápida – disse Strike com a voz embargada e a boca cheia de macarrão chinês. – Desculpe-me... me pegou de surpresa... acabo de pegar uma comida.

– Li seu e-mail – disse Robin. Ela ouviu um estalo metálico e estava certa de que ele abria uma lata de cerveja. – Muito útil, obrigada.

— Arrumou seu disfarce? — perguntou Strike.

— Sim. — Robin se virou para se examinar no espelho. Era estranho o quanto uma mudança na cor dos olhos transformava seu rosto. Ela pretendia usar óculos de lentes sem grau por cima dos olhos castanhos.

— E você sabe o bastante a respeito de Chiswell para fingir ser afilhada dele?

— Claro que sim — disse Robin.

— Então, vamos lá — disse Strike —, me impressione.

— Nascido em 1944 — disse Robin de imediato, sem ler as anotações. — Estudou literatura clássica no Merton College, Oxford, depois ingressou no Regimento dos Hussardos da Rainha, operando em Aden e Cingapura.

"Primeira esposa, lady Patricia Fleetwood, três filhos: Sophia, Isabella e Freddie. Sophia é casada e mora em Northumberland, Isabella cuida do gabinete parlamentar de Chiswell..."

— Ela cuida? — disse Strike, parecendo um tanto surpreso, e Robin ficou satisfeita ao ver que tinha descoberto algo que ele desconhecia.

— É a filha que você conheceu? — perguntou ela, lembrando-se do que Strike havia dito no escritório.

— Eu não diria que "conheci". Eu a encontrei algumas vezes com Charlotte. Todo mundo a chamava de "Izzy Chizzy". Um daqueles apelidos da alta roda.

— Lady Patricia se divorciou de Chiswell depois de ele engravidar uma jornalista política...

— ... o que resultou no filho decepcionante da galeria de arte.

— Exatamente...

Robin mexeu no mouse para puxar uma foto gravada, desta vez de um jovem moreno e muito bonito em um terno cor de carvão, subindo a escada do tribunal, acompanhado por uma mulher estilosa de cabelos pretos e óculos de sol com quem ele era muito parecido, embora ela não desse a impressão de ter idade suficiente para ser sua mãe.

— ... mas Chiswell e a jornalista se separaram logo depois de Raphael nascer — disse Robin.

— A família o chama de "Raff" — disse Strike — e a segunda mulher não gosta dele, acha que Chiswell deveria tê-lo deserdado depois do acidente de carro.

Robin fez outra anotação.

– Ótimo, obrigada. A esposa atual de Chiswell, Kinvara, não esteve bem no ano passado – continuou Robin, puxando uma foto de Kinvara, uma ruiva curvilínea com um vestido preto justo e um pesado colar de diamantes. Era uns trinta anos mais nova que Chiswell e fazia beicinho para a câmera. Se não soubesse, Robin teria imaginado que eram pai e filha, em vez de casados.

– De estafa – disse Strike, chegando antes dela. – Sei. Bebida ou drogas, o que você acha?

Robin ouviu um tinido e supôs que Strike tivesse jogado uma lata vazia de Tennent's na lixeira da sala. Então, ele estava sozinho. Lorelei nunca ficava no minúsculo apartamento do sótão.

– Quem sabe? – disse Robin, com os olhos ainda em Kinvara Chiswell.

– Uma última coisa – disse Strike. – Pelo sim, pelo não. Duas crianças desapareceram em Oxfordshire mais ou menos na mesma época correspondente à história de Billy.

Houve uma breve pausa.

– Ainda está aí? – perguntou Strike.

– Estou... achei que você não acreditasse que Chiswell tinha estrangulado uma criança.

– Não acredito. A escala de tempo não bate, e se Jimmy conhecia um ministro conservador que estrangulou uma criança, ele não teria esperado vinte anos para tentar tirar proveito financeiro. Ainda assim, gostaria de saber se Billy estava imaginando ter visto alguém estrangulado. Vou pesquisar um pouco os nomes que Wardle me deu e, se um deles parecer crível, posso pedir a você para sondar Izzy. Talvez ela se lembre de alguma coisa sobre uma criança desaparecida nos arredores da Chiswell House.

Robin não disse nada.

– Como eu disse no pub, Billy é muito doente. Não deve ser nada – disse Strike, com certo caráter defensivo. Como ele e Robin estavam bem conscientes, antes ele havia descartado casos pagos e clientes ricos para perseguir mistérios que os outros podiam deixar de lado. – Eu só...

– ...não pode descansar antes de dar uma olhada nisso – concluiu Robin. – Tudo bem. Eu entendo.

Invisível para ela, Strike sorriu e esfregou os olhos cansados.

– Bom, boa sorte amanhã – disse ele. – Estarei no celular, se precisar de mim.

– O que você vai fazer?

– Papelada. A ex de Jimmy Knight não trabalha às segundas-feiras. Vou a Manchester para encontrá-la na terça.

Robin viveu uma onda repentina de nostalgia pelo ano anterior, quando ela e Strike fizeram uma viagem de carro junto para interrogar mulheres que ficaram na esteira de homens perigosos. Ela se perguntou se ele havia pensado nisso enquanto planejava esta viagem.

– Vendo o jogo Inglaterra e Itália? – perguntou ela.

– Estou – afirmou Strike. – Não tem mais nada, tem?

– Não – disse Robin, apressadamente. Ela não pretendia dar a impressão de que queria prendê-lo. – Então, a gente se fala em breve.

Ela interrompeu a ligação na despedida dele e jogou o celular de lado na cama.

13

*Não me deixarei ser completamente derrotado pelo medo
do que possa acontecer.*

Henrik Ibsen, *Rosmersholm*

Na manhã seguinte Robin acordou, ofegante, com os dedos no próprio pescoço, tentando afrouxar um aperto inexistente. Já estava na porta do quarto quando Matthew despertou, confuso.

— Não é nada, estou bem — disse ela em voz baixa, antes que ele pudesse articular uma pergunta, e tateou em busca da maçaneta que a colocaria fora do quarto.

A surpresa foi que isso não acontecia mais com frequência desde que ela soube da história da criança estrangulada. Robin sabia exatamente como era ter dedos se fechando estreitamente em seu pescoço, sentir o cérebro se inundar da escuridão, saber que você estava a segundos de ser eliminada da existência. Ela havia entrado em terapia devido a fragmentos afiados de recordações que eram diferentes de lembranças normais e tinham o poder de arrastá-la subitamente para fora de seu corpo e fazê-la mergulhar em um passado em que sentia o cheiro dos dedos manchados de nicotina do estrangulador e sentia a barriga mole do esfaqueador de camiseta junto de suas costas.

Ela trancou a porta do banheiro e se sentou no chão, com a camiseta larga que usara para dormir, concentrada na respiração, na sensação dos ladrilhos frios abaixo das pernas despidas, observando, como foi ensinada, o batimento acelerado do coração, a adrenalina disparada pelas veias, sem combater o pânico, mas o observando. Depois de um tempo, notou conscientemente o leve cheiro de sabonete corporal de lavanda que usara na noite anterior e ouviu a passagem distante de um avião.

Você está a salvo. É só um sonho. Só um sonho.

Pelas duas portas fechadas, ela ouviu o despertador de Matthew. Alguns minutos depois, ele bateu na porta.

– Está tudo bem com você?

– Tudo bem – respondeu Robin com a torneira aberta.

Ela abriu a porta.

– Tudo bem? – perguntou ele, observando-a atentamente.

– Eu só precisava fazer xixi – disse Robin alegremente, voltando ao quarto em busca de suas lentes de contato coloridas.

Antes de começar a trabalhar com Strike, Robin se inscreveu em uma agência chamada Temporary Solutions. Os escritórios para onde a enviaram agora se embaralhavam em sua memória, e assim só permaneceram as anomalias, excentricidades e esquisitices. Ela se lembrava do chefe alcoólatra cujas cartas ditadas ela reescrevia por gentileza, a gaveta da mesa que ela abriu, encontrando um jogo completo de dentaduras e uma cueca manchada, de um jovem esperançoso que lhe deu o apelido de "Bobbie" e tentou, ineptamente, dar em cima dela por sobre os monitores unidos pela parte traseira, da mulher que tinha coberto o interior de seu cubículo de trabalho com fotos do ator Ian McShane e da garota que terminara com o namorado por telefone no meio de um escritório aberto, indiferente ao silêncio lascivo que caiu no resto do ambiente. Robin duvidava que alguma pessoa com quem ela teve um contato rápido se lembrasse dela melhor do que ela se lembrava deles, até o tímido conquistador que a chamava de "Bobbie".

Porém, desde o momento em que chegou ao Palácio de Westminster, Robin sabia que o que acontecesse ali viveria em suas lembranças para sempre. Sentiu uma onda de prazer simplesmente por deixar os turistas para trás e passar pelo portão, onde um policial montava guarda. Ao se aproximar do palácio, com suas complexas molduras douradas fortemente sombreadas no sol do início da manhã, a famosa torre do relógio em silhueta no céu, seu nervosismo e sua empolgação cresceram.

Strike tinha dito que porta lateral usar. Levava a um hall de pedra longo e mal-iluminado, mas primeiro ela devia passar por um detector de metais e aparelho de raios X do tipo usado em aeroportos. Assim que tirou a bolsa do ombro para a varredura, Robin notou uma loura natural alta e ligeiramente despenteada, de uns trinta anos, esperando a uma curta distância, segurando um pequeno pacote embrulhado em papel pardo. A mulher olhava enquanto Robin parava para uma foto automática que apareceria em um crachá de papel a ser usado em um cordão pendurado no pescoço, e quando o homem da segurança gesticulou para Robin entrar, ela avançou alguns passos.

– Venetia?

– Sim – confirmou Robin.

– Izzy – disse a outra, sorrindo e estendendo a mão. Ela vestia uma blusa larga com estampa espalhafatosa de flores enormes e calça de pernas largas. – Isto é de meu pai. – Ela colocou nas mãos de Robin o pacote que segurava. – Eu sinto *messsmo*, temos de correr... que bom que você chegou a tempo...

Ela partiu numa caminhada acelerada e Robin apressou-se para acompanhá-la.

– ... estou no meio da impressão de uma papelada para entregar a meu pai no Departamento de Cultura... estou *atolada* agora. Sendo papai ministro da Cultura, com a aproximação da Olimpíada, simplesmente está uma loucura...

Ela levou Robin a praticamente uma corrida pelo hall, que tinha vitrais em sua extremidade, e por um labirinto de corredores, falando o tempo todo com um sotaque de alta classe confiante, deixando Robin impressionada com sua capacidade pulmonar.

– É, vou sair no recesso de verão... criando uma empresa de decoração com minha amiga Jacks... estou aqui há cinco anos... meu pai não está satisfeito... ele precisa de alguém que seja bom *messsmo* e a única candidata que agradou a ele nos rejeitou.

Ela falava por cima do ombro e Robin corria para acompanhá-la.

– Acho que você não conhece nenhum assistente pessoal *incrível*, não é?

– Infelizmente não – disse Robin, que não conservou nenhum amigo de sua carreira de temporária.

– Estamos quase lá – disse Izzy, levando Robin por um número desconcertante de corredores estreitos, todos acarpetados no mesmo verde-mata dos assentos de couro que Robin tinha visto na Câmara dos Comuns pela televisão. Enfim chegaram a uma passagem lateral que levava a várias portas de madeira pesadas, em arco, no estilo gótico.

– Esta – disse Izzy aos sussurros, apontando ao passarem pela primeira porta à direita – é de Winn. Esta – disse ela, andando a passos firmes para a última porta à esquerda – é nossa.

Ela deu um passo de lado para permitir que Robin entrasse primeiro na sala.

O escritório era abarrotado e apertado. As janelas de pedra arqueadas tinham cortinas de renda, para além das quais ficava o bar na varanda, onde vultos obscuros se mexiam contra a luminosidade deslumbrante do Tâmisa. Havia duas mesas, uma multiplicidade de estantes e uma poltrona verde e arriada. Cortinas verdes pendiam das estantes abarrotadas que cobriam uma parede, uma escondendo parcialmente as pilhas desarrumadas de pastas guardadas ali. No alto de um arquivo havia um monitor de TV, mostrando o interior agora vazio da Câmara dos Comuns, seus assentos verdes desertos. Uma chaleira estava ao lado de canecas desiguais em uma prateleira baixa e tinha manchado o papel de parede acima. A impressora de mesa zumbia ofegante em um canto. Alguns papéis que ela expulsava tinham escorregado para o carpete puído.

– Ah, merda – disse Izzy, correndo para apanhá-los, enquanto Robin fechava a porta. Batendo os papéis caídos em uma pilha arrumada em sua mesa, Izzy falou: – Estou *emocionada* por papai ter trazido você. Ele está sob *tanta* pressão que sinceramente não precisa de tudo que acontece agora, mas você e Strike vão dar um jeito, não é? Winn é um homenzinho horrível – disse Izzy, pegando uma pasta de couro. – Sabe como, *inadequado*. Há quanto tempo trabalha com Strike?

– Há dois anos – disse Robin, abrindo o pacote que Izzy lhe entregara.

– Eu o conheci, ele contou a você? Sim... fui colega de escola da ex dele, Charlie Campbell. Linda, mas problemática, a Charlie. Você a conheceu?

– Não – respondeu Robin. Uma quase colisão muito tempo atrás na frente da sala de Strike foi seu único contato com Charlotte.

– Eu sempre gostei bastante de Strike – disse Izzy.

Surpresa, Robin se voltou, mas Izzy inseria despreocupadamente papéis na pasta.

– É, as pessoas não podiam ver, mas *eu* via. Ele era tão durão e tão... bem... impenitente.

– Impenitente? – repetiu Robin.

— Sim. Ele nunca aceitava merda nenhuma de ninguém. Não dava a mínima para as pessoas que achavam que ele não era, sabe o que...

— Bom para ela?

Assim que as palavras lhe escaparam, Robin ficou constrangida. De súbito, sentiu-se estranhamente protetora de Strike. É claro que isto era um absurdo: se havia alguém que sabia se cuidar, era ele.

— Acho que sim — disse Izzy, ainda esperando a impressão de seus documentos. — Foram pavorosos para papai, esses últimos dois meses. E até parece que o que ele fez foi errado! — disse ela intensamente. — Num minuto é permitido, no outro não é. Isto não é culpa de meu pai.

— O que não era permitido? — perguntou Robin com inocência.

— Desculpe-me — respondeu Izzy, simpática, mas com firmeza. — Papai disse que quanto menos pessoas souberem, melhor.

Ela olhou o céu pelas cortinas de renda.

— Não vou precisar de um casaco, vou? Não... desculpe-me pela pressa, mas papai precisa disto e ele vai sair para se reunir com patrocinadores da Olimpíada às três. Boa sorte.

E em uma onda de tecido florido e cabelo despenteado, ela se foi, deixando Robin curiosa, mas estranhamente tranquilizada. Se Izzy podia assumir esta visão firme da infração do pai, certamente não podia ser nada pavoroso — sempre supondo, naturalmente, que Chiswell tivesse contado a verdade à filha.

Robin rasgou o último pedaço do papel de embrulho do pequeno pacote que Izzy lhe dera. Continha, como sabia, a meia dúzia de dispositivos de escuta que Strike entregara a Jasper Chiswell no fim de semana. Como ministro da Coroa, Chiswell não precisava passar pela varredura de segurança toda manhã, como Robin. Ela examinou atentamente os grampos. Tinham a aparência de tomadas de eletricidade normais, de plástico, e foram projetados para se encaixar a tomadas autênticas, permitindo que estas últimas funcionassem normalmente. Começariam a gravar apenas quando alguém falasse por perto. Ela podia ouvir o próprio coração batendo no silêncio deixado pela partida de Izzy. Só agora caía a ficha da dificuldade de sua tarefa.

Ela tirou o casaco, pendurou, depois retirou da bolsa uma caixa grande de Tampax, trazida com o propósito de esconder os dispositivos de escuta que não estivesse usando. Depois de esconder todos dentro da caixa, exceto um dos grampos, ela a colocou na última gaveta de sua mesa. Em seguida, procurou pelas prateleiras abarrotadas até encontrar uma caixa de arquivo vazia, em que escondeu o dispositivo restante abaixo de um punhado de cartas com erros de digitação que ela retirou de uma pilha com a etiqueta "para picotar". Assim equipada, Robin respirou fundo e saiu da sala.

A porta de Winn ficou aberta desde sua chegada. Ao passar por ali, Robin viu um asiático jovem e alto usando óculos de lentes grossas, enchendo uma chaleira.

– Oi! – disse Robin prontamente, imitando a abordagem atrevida e animada de Izzy. – Meu nome é Venetia Hall, somos vizinhos! E você, quem é?

– Aamir – resmungou o outro com um sotaque londrino da classe trabalhadora. – Mallik.

– Você trabalha para Della Winn? – perguntou Robin.

– Trabalho.

– Ah, ela é *tão* inspiradora, – Robin foi efusiva. – Na verdade é uma de minhas heroínas.

Aamir não respondeu, mas irradiou o desejo de ficar em paz. Robin se sentiu um terrier tentando importunar um cavalo de corrida.

– Trabalha aqui há muito tempo?

– Seis meses.

– Vai ao café?

– Não – disse Aamir, como se ela tivesse se declarado a ele, e se virou bruscamente para o banheiro.

Robin continuou andando, segurando sua caixa de arquivo, perguntando-se se tinha imaginado animosidade em lugar da timidez no comportamento do jovem. Teria sido útil fazer um amigo no escritório de Winn. Ter de fingir ser a afilhada izzyesca de Jasper Chiswell a atrapalhava. Ela não podia deixar de sentir que Robin Ellacott, de Yorkshire, teria feito amizade mais facilmente com Aamir.

Depois de ter saído com um propósito falso, ela decidiu explorar por um tempo antes de voltar à sala de Izzy.

As salas de Chiswell e Winn ficavam no próprio Palácio de Westminster que, com seus tetos abobadados, bibliotecas, salas de chá e um ar de grandeza confortável, podia ser uma antiga universidade.

Uma passagem semicoberta, vigiada por grandes estátuas de pedra representando um unicórnio e um leão, levava a uma escada rolante até o Portcullis House. Este era um moderno palácio de cristal, com teto de vidro inclinado, as vidraças triangulares sustentadas por grossas escoras pretas. Abaixo, havia uma ampla área aberta que incluía uma cafeteria, onde se misturavam os membros do Parlamento e servidores públicos. Flanqueadas por árvores altas, fontes grandes consistindo em blocos longos de espelhos d'água tornavam-se faixas deslumbrantes de mercúrio ao sol de junho.

Havia um estremecimento de ambição no ar vibrante e a sensação de fazer parte de um mundo fundamental. Abaixo do teto de vidro artisticamente fragmentado, Robin passou por jornalistas políticos empoleirados em bancos de couro, todos dedicados a verificar o celular ou falar nele, digitar em laptops ou interceptar políticos em busca de comentários. Robin se perguntou se poderia gostar de trabalhar ali, se nunca tivesse sido enviada a Strike.

Suas explorações terminaram na terceira, mais sombria e menos interessante das construções que abrigavam os gabinetes dos parlamentares, que se assemelhava um pouco com um hotel três estrelas, com carpetes gastos, paredes creme e uma fila depois da outra de portas idênticas. Robin deu meia-volta, ainda segurando a caixa de arquivo, e voltou a passar pela porta de Winn cinquenta minutos depois de tê-la visto pela última vez. Verificando rapidamente se o corredor estava deserto, ela encostou a orelha no carvalho grosso e pensou ouvir movimento ali dentro.

— Como está indo? – perguntou Izzy quando Robin voltou a sua sala, alguns minutos depois.

— Ainda não vi Winn.

— Talvez esteja no DCME. Ele vai ver Della por qualquer desculpa – disse Izzy. – Quer um café?

Mas antes que pudesse deixar a mesa, seu telefone tocou.

Enquanto Izzy atendia ao telefonema de uma eleitora irada que tinha sido incapaz de garantir ingressos para o mergulho olímpico – "Sim, também gosto de Tom Daley", disse ela, revirando os olhos para Robin, "mas é um *sorteio*, senhora" – Robin pegou uma colherada de café instantâneo e serviu leite UHT, perguntando-se quantas vezes tinha feito isto em escritórios que detestava e sentindo-se de súbito extraordinariamente agradecida por ter escapado daquela vida para sempre.

– Espere um pouco – disse Izzy com indiferença, baixando o fone. – Do que estávamos falando mesmo? Ah, Geraint, isso. Ele está furioso porque Della não fez dele um SPAD.

– O que é um SPAD? – perguntou Robin, baixando o café de Izzy e se sentando a outra mesa.

– Consultor especial. São como funcionários públicos temporários. Muito mais prestígio, mas você não dá os cargos a familiares, não se faz isso. De todo modo, Geraint é um caso perdido, ela não ia querê-lo mesmo que fosse possível.

– Acabo de conhecer o homem que trabalha com Winn – disse Robin. – Aamir. Ele não foi muito simpático.

– Ah, ele é estranho – disse Izzy com desprezo. – Nem me parece civilizado. Provavelmente porque Geraint e Della odeiam papai. Na verdade nunca fui a fundo no motivo, mas parece que eles odeiam todos nós... ah, o que me lembra uma coisa: papai mandou uma mensagem de texto há um minuto. Meu irmão Raff vai chegar no final desta semana, para ajudar por aqui. Talvez – acrescentou Izzy, mas ela não parecia particularmente esperançosa –, se Raff servir, ele possa me substituir. Mas Raff não sabe nada sobre a chantagem, nem quem você realmente é, então não diga nada, está bem? Papai tem uns catorze afilhados. Raff nunca vai saber a diferença.

Izzy tomou o café novamente e depois, subitamente moderada, falou:

– Acho que você sabe a respeito de Raff. Saiu em todos os jornais. Aquela pobre mulher... foi horrível. Tinha uma filha de quatro anos...

– Vi qualquer coisa. – Robin foi evasiva.

– Eu fui a única da família que o visitou na prisão – disse Izzy. – Todo mundo ficou muito revoltado com o que ele fez. Kinvara... a esposa de papai... disse que ele devia pegar perpétua, mas ela não faz ideia – continuou ela – do quanto foi *pavoroso* estar lá... as pessoas não sabem como são as prisões... quer dizer, eu *sei* que ele fez uma coisa terrível, mas...

Suas palavras falharam. Robin perguntou se Izzy, talvez sem nenhuma generosidade, sugeria que a prisão não era lugar para um jovem tão refinado como o meio-irmão. Sem dúvida *foi* uma experiência horrível, pensou

Robin, mas afinal ele se drogou, entrou em um carro e triturou uma jovem mãe.

— Pensei que ele estivesse trabalhando em uma galeria de arte – disse Robin.

— Ele estragou tudo na Drummond's. – Izzy suspirou. – Na verdade, papai o está contratando para ficar de olho nele.

O dinheiro público pagava por esses salários, pensou Robin, lembrando-se de novo da sentença de prisão anormalmente curta que o filho do ministro cumpriu por aquele acidente fatal induzido por drogas.

— Como ele estragou tudo na galeria?

Para grande surpresa sua, a expressão pesarosa de Izzy desapareceu em uma gargalhada repentina.

— Ah, meu Deus, desculpe-me, eu não devia rir. Ele transou com outra assistente de vendas no banheiro – disse ela, tremendo de risadinhas. – Sei que não é engraçado... mas ele tinha acabado de sair da prisão e Raff é muito bonito e sempre consegue quem quer. Eles o meteram em um terno e o colocaram muito próximo de uma formanda em arte, uma lourinha bonita, o que achavam que ia acontecer? Mas, como você pode imaginar, o dono da galeria não ficou tão satisfeito. Ele os ouviu e fez uma última advertência a Raff. E aí Raff e a garota fizeram de novo, e assim meu pai teve um ataque total e disse que, em vez disso, ele vem para cá.

Robin não achou nenhuma graça em particular, mas Izzy não pareceu notar, perdida nos próprios pensamentos.

— Nunca se sabe, pode ser a oportunidade dos dois, papai e Raff – disse ela com esperança, depois olhou o relógio.

— É melhor retornar alguns telefonemas. – Ela suspirou, baixou a caneca de café, mas, ao estender a mão para o telefone, ficou petrificada, com os dedos no fone enquanto uma voz cantarolada de homem soava no corredor, do outro lado da porta fechada.

— É ele! Winn!

— Bom, lá vou eu. – Robin voltou a pegar sua caixa de arquivo.

— Boa sorte – cochichou Izzy.

No corredor, Robin viu Winn parado na soleira de seu escritório, aparentemente falando com Aamir, que estava dentro da sala. Winn segurava uma pasta com caracteres laranja que diziam "The Level Playing Field". Ao ouvir os passos de Robin, ele se virou de frente para ela.

— Ora, ora, olá para você – disse ele com um cantarolar de Cardiff, voltando ao corredor.

Seu olhar se derreteu pelo pescoço de Robin, caiu em seus seios, depois subiu novamente a sua boca e seus olhos. Robin o conheceu por aquele único olhar. Recebera muitos deles em escritórios, do tipo que se voltava para você de um jeito que a fazia se sentir desajeitada e constrangida, que colocaria a mão na base de suas costas enquanto ia atrás de você ou a conduzia através de portas, que espiava por cima de seu ombro com a desculpa de ler seu monitor e fazia comentários casuais a respeito de suas roupas, progredindo para comentários sobre seu corpo durante os drinques depois do trabalho. Eles exclamavam "É brincadeira!" se você se irritava e ficavam agressivos diante das queixas.

— E então, onde você se encaixa? – perguntou Geraint, fazendo a pergunta parecer obscena.

— Estou estagiando para o tio Jasper – disse Robin, com um sorriso luminoso.

— *Tio* Jasper?

— Jasper Chiswell, sim. – Robin pronunciou o nome como faziam os próprios Chiswell, "Chizzle". – Ele é meu padrinho. Venetia Hall – disse Robin, estendendo a mão.

Tudo em Winn parecia levemente anfíbio, até a palma da mão úmida. Pessoalmente, ele era menos parecido com uma lagartixa, pensou ela, e mais parecia um sapo, com uma barriga pronunciada e braços e pernas finos, o cabelo ralo bastante gorduroso.

— E como você pode ser afilhada de Jasper?

— Ah, o tio Jasper e papai são velhos amigos – disse Robin, que tinha toda uma história preparada.

— Exército?

— Gestão fundiária – disse Robin, prendendo-se a sua história combinada de antemão.

— Ah – disse Geraint; depois: – Lindo cabelo. É natural?

— Sim – disse Robin.

Os olhos dele desceram por seu corpo novamente. Foi um esforço para Robin continuar sorrindo. Por fim, efusiva e rindo até que os músculos das faces doeram, concordando que ela chamaria por ele se precisasse de alguma ajuda, Robin continuou pelo corredor. Ela o sentiu olhando até sair de vista.

Como Strike tinha sentido depois de descobrir os hábitos litigiosos de Jimmy Knight, Robin tinha certeza de ter adquirido um discernimento valioso sobre um ponto fraco de Winn. Segundo sua experiência, homens como Geraint eram espantosamente propensos a acreditar que seus avanços sexuais sem foco eram apreciados e até correspondidos. Ela passou uma parte considerável de sua carreira de temporária tentando repelir e evitar homens assim, porque todos viam convites lascivos na mais simples amabilidade e para eles a juventude e a inexperiência eram uma tentação irresistível.

Ela se perguntou até que ponto estava disposta a ir em sua busca para descobrir coisas para descrédito de Winn. Andando com falso propósito pelos corredores intermináveis em apoio a sua desculpa de ter documentos a entregar, Robin se imaginou curvada sobre a mesa dele, enquanto o inconveniente Aamir estava em outro lugar, com os seios no nível dos olhos, pedindo ajuda e conselhos, rindo de piadas sujas.

E então, com uma guinada súbita na imaginação, ela viu, com clareza, Winn investir, viu o rosto suarento mergulhando para ela, sua boca sem lábios aberta, sentiu mãos que seguravam seus braços, prendendo-os a seu lado, sentiu a barriga pressionar a dela, espremendo-a de costas em um arquivo...

O verde interminável do carpete e das cadeiras, os arcos de madeira escura e as vidraças quadradas pareceram se dobrar e contrair enquanto a cantada imaginária de Winn se transformava em uma crise. Ela passou pela porta à frente como se pudesse se obrigar fisicamente a vencer o pânico...

Respire. Respire. Respire.

– Meio impressionante na primeira vez que você vê, não?

O homem parecia gentil e não muito jovem.

– Sim – disse Robin, mal sabendo o que falara. *Respire.*

– Temporária, não? – E depois: – Você está bem, querida?

– Asma – disse Robin.

Ela já havia usado essa desculpa. Dava um motivo para parar, para respirar fundo, voltar a se ancorar na realidade.

— Tem um inalador? — perguntou o funcionário idoso, preocupado.

Ele usava sobrecasaca, gravata branca e fraque com um distintivo ornamentado. Em sua grandeza inesperada, Robin pensou loucamente no coelho branco, aparecendo no meio da loucura.

— Deixei em minha sala. Vou ficar bem. Só preciso de um minuto...

Ela deu com um resplendor de ouro e cores que aumentavam a opressão que sentia. O Members' Lobby, aquela conhecida câmara gótico-vitoriana e ornada que tinha visto na televisão, ficava junto da Câmara dos Comuns e, na periferia de sua visão, assomavam quatro esculturas gigantescas de bronze de primeiros-ministros anteriores — Thatcher, Atlee, Lloyd George e Churchill —, enquanto bustos de todos os outros ladeavam as paredes. Pareciam a Robin cabeças decepadas e o trabalho em ouro, com seus enfeites intrincados e adornos de cores fortes, dançava em volta dela, zombava de sua incapacidade de lidar com a beleza ornamentada.

Ela ouviu o arrastar das pernas de uma cadeira. O funcionário tinha lhe trazido onde se sentar e pedia a um colega para pegar um copo de água.

— Muito obrigada... obrigada... — disse Robin num torpor, sentindo-se inadequada, envergonhada e constrangida. Strike nunca devia saber sobre isso. Ele a mandaria para casa, diria que ela não estava apta para o trabalho. Ela também não devia contar a Matthew, que tratava esses episódios como consequências vergonhosas e inevitáveis de sua estupidez por continuar o trabalho de vigilância.

O funcionário falava com ela com gentileza enquanto ela se recuperava, e minutos depois ela foi capaz de responder adequadamente a seus tapinhas bem-intencionados. Enquanto sua respiração voltava ao normal, ele contou a história de que o busto de Edward Heath tinha começado a ficar verde com a chegada da escultura de corpo inteiro de Thatcher ao lado dele, e que teve de ser tratado para voltar a seu bronze escuro.

Robin riu com educação, levantou-se e lhe entregou o copo vazio, com agradecimentos renovados.

Que tratamento seria necessário, ela se perguntou ao partir novamente, para devolvê-la ao que fora no passado?

14

... que felicidade eu sentiria se pudesse trazer alguma luz a toda essa fealdade tenebrosa.

Henrik Ibsen, *Rosmersholm*

Strike levantou-se cedo na manhã de terça-feira. Depois do banho, de colocar a prótese e se vestir, e encher uma garrafa térmica com chá forte, pegou na geladeira os sanduíches que tinha preparado na noite anterior, acondicionou em uma sacola plástica junto com dois pacotes de biscoitos Club, chicletes e alguns pacotes de batata frita com vinagre e sal, depois saiu para o sol e o estacionamento onde guardava a BMW. Tinha hora marcada para cortar o cabelo ao meio-dia e meia com a ex-mulher de Jimmy Knight, em Manchester.

Depois de se acomodar no carro, com a bolsa de provisões ao alcance, Strike calçou os tênis que mantinha no veículo, que davam ao pé postiço um melhor controle do freio. Depois pegou o celular e escreveu uma mensagem de texto a Robin.

Começando pelos nomes que Wardle havia lhe dado, Strike passou grande parte da segunda-feira pesquisando, o máximo que pôde, as duas crianças que os policiais disseram terem desaparecido na região de Oxfordshire vinte anos antes. Wardle tinha escrito errado o nome de batismo do menino, o que custou tempo a Strike, mas este enfim desencavou arquivos da imprensa sobre Imamu Ibrahim, em que a mãe de Imamu afirmava que o marido que a abandonou tinha raptado o menino e levado para a Argélia. Strike enfim desenterrou duas linhas sobre Imamu e sua mãe no site de uma organização que trabalhava para resolver questões internacionais de custódia. A partir daí,

Strike teve de concluir que Imamu foi encontrado vivo e passava bem com o pai.

O destino de Suki Lewis, a fugitiva de doze anos de um lar adotivo, era mais misterioso. Strike finalmente encontrou uma foto dela, meio oculta em uma antiga matéria de jornal. Suki desapareceu de seu lar adotivo em Swindon em 1992 e Strike não encontrou outra menção a ela desde então. Sua foto desfocada mostrava uma criança bem dentuça e baixinha, de feições finas e cabelo preto e curto.

Era uma garotinha, mas depois eles disseram que era um menino.

Assim, uma criança vulnerável e andrógina pode ter desaparecido da face da terra na mesma época e na região aproximada que Billy Knight alegou ter testemunhado o estrangulamento de um menino-menina.

No carro, ele escreveu uma mensagem a Robin.

Se puder fazer com que soe natural, pergunte a Izzy se ela se lembra de alguma coisa sobre uma menina de 12 anos chamada Suki Lewis. Ela fugiu de um lar adotivo 20 anos atrás, perto da casa da família deles.

A sujeira em seu para-brisa refulgia e embaçava no sol nascente enquanto ele deixava Londres. Dirigir não era mais o prazer que fora no passado. Strike não podia pagar por um veículo adaptado especialmente, e neste BMW, embora automático, a operação dos pedais ainda era um desafio para sua prótese. Em condições desafiadoras, ele às vezes invertia e operava freio e acelerador com o pé esquerdo.

Quando enfim entrou na M6, Strike teve esperanças de manter uns 100 quilômetros por hora, mas algum imbecil em um Vauxhall Corsa decidiu colar na traseira dele.

— Passa por cima, porra — rosnou Strike. Ele não estava disposto a alterar a própria velocidade, tendo se acomodado confortavelmente sem precisar usar o pé postiço mais do que o necessário e, por algum tempo, olhou carrancudo o espelho retrovisor até que o motorista do Vauxhall entendeu a dica e foi embora.

Relaxando ao volante no nível que era possível ultimamente, Strike abriu a janela para permitir a entrada do lindo dia fresco de verão, e seus pensamentos voltaram a Billy e à desaparecida Suki Lewis.

Ela não me deixaria cavar, dissera ele no escritório, batendo compulsivamente no nariz e no peito, *mas você ela ia deixar.*

Quem, perguntou-se Strike, seria "ela"? Talvez a nova proprietária do Steda Cottage? Eles podiam muito bem ter objeções a Billy pedindo para cavar canteiros de flores em busca de corpos.

Depois de apalpar com a mão esquerda sua bolsa de provisões, de lá retirando e abrindo com os dentes um saco de batatas fritas, Strike lembrou-se pela enésima vez de que toda a história de Billy podia ser uma quimera. Suki Lewis podia estar em qualquer lugar. Nem toda criança perdida estava morta. Talvez Suki também tivesse sido roubada por um genitor errante. Vinte anos antes, na infância da internet, a comunicação imperfeita entre as forças policiais regionais podia ser explorada por aqueles que desejavam reinventar a si mesmos ou a terceiros. E mesmo que Suki não estivesse mais viva, não havia nada que sugerisse ter sido estrangulada, ainda menos que Billy Knight tenha testemunhado isso. A maioria das pessoas certamente chegaria à conclusão de que este foi um caso de muita fumaça, porém sem fogo.

Mastigando fritas aos punhados, Strike refletiu que sempre que se chegava a uma questão do que "a maioria das pessoas" pensaria, em geral ele imaginava a meia-irmã Lucy, a única dos sete meios-irmãos com quem ele dividiu sua infância caótica e peripatética. Para ele, Lucy representava o apogeu de tudo que era convencional e pouco imaginativo, embora ambos tenham sido criados na intimidade com o macabro, o perigoso e o assustador.

Antes de Lucy ter ido morar permanentemente com a tia e o tio na Cornualha, aos catorze anos, a mãe dos dois arrastou Lucy e Strike do imóvel abandonado que ocuparam para uma casa comunal, depois para um apartamento alugado e o apartamento de uma amiga, raras vezes ficando no mesmo lugar por mais de seis meses, expondo os filhos a um desfile de seres humanos excêntricos, perturbados e viciados pelo caminho. Com a mão direita no volante, a mão esquerda agora tateando em busca dos biscoitos, Strike se lembrou de alguns espetáculos de pesadelo que ele e Lucy testemunharam quando crianças: o jovem psicótico lutando com um demônio invisível em um apartamento de subsolo em Shoreditch, o adolescente literalmente sendo açoitado em uma comunidade quase mística em Norfolk (ainda, Strike apostava, o pior lugar a que Leda já os levara) e Shayla, uma das mais frágeis amigas de Leda e prostituta em tempo parcial, chorando pelos danos cerebrais infligidos a seu filho pequeno por um namorado violento.

Esta infância imprevisível e às vezes apavorante deixou Lucy com um anseio por estabilidade e conformismo. Casada com um analista de custos que Strike detestava, com três filhos que ele mal conhecia, ela provavelmente consideraria com desprezo a história de Billy do menino-menina estrangulado, como o fruto de uma mente destruída, varrendo tudo rapidamente para o canto com todas as outras coisas em que ela não suportava pensar. Lucy precisava fingir que a violência e a estranheza tinham desaparecido no passado, tão mortos quanto a mãe dos dois; que, com a morte de Leda, a vida ficara inabalavelmente segura.

Strike compreendia. Embora eles fossem profundamente diferentes, apesar de frequentemente ela o deixar exasperado, ele amava Lucy. Entretanto, não podia deixar de compará-la com Robin enquanto rodava para Manchester. Robin fora criada no que parecia a Strike a própria epítome da estabilidade de classe média, mas ela era corajosa de um jeito que Lucy não era. As duas mulheres foram tocadas pela violência e pelo sadismo. Lucy reagiu enterrando-se onde torcia para que a violência nunca mais a alcançasse; Robin, enfrentando-a quase diariamente, investigando e resolvendo outros crimes e traumas, impelida a fazer isso pelo mesmo impulso de ativamente desvendar complicações e desenterrar verdades que Strike reconhecia em si mesmo.

À medida que o sol ficava mais alto, ainda se refletindo no para-brisa sujo, ele experimentou um forte remorso por ela não estar ali com ele. Ela era a melhor pessoa que ele conhecia para analisar uma teoria. Ela teria aberto a garrafa térmica para ele e lhe servido chá. *Nós estaríamos rindo*.

Eles tinham resvalado em suas antigas implicâncias algumas vezes ultimamente, desde que Billy entrou no escritório com uma história perturbadora o bastante para romper a reserva que endureceu, ao longo de um ano, para um obstáculo permanente na amizade deles... *ou no que fosse*, pensou Strike e por alguns segundos ele a sentiu novamente em seus braços na escada, respirou o aroma de rosas brancas e o perfume que perdurava no escritório quando Robin estava a sua mesa...

Com uma espécie de careta mental, ele pegou outro cigarro, acendeu e obrigou a mente a se voltar para Manchester e à linha de interrogatório que pretendia tomar com Dawn Clancy que, por cinco anos, foi a sra. Jimmy Knight.

15

Sim, ela é uma pessoa estranha, de fato é. Ela sempre foi muito convencida...

Henrik Ibsen, *Rosmersholm*

Enquanto Strike acelerava para o norte, Robin foi convocada sem explicações a uma reunião com o ministro da Cultura em pessoa.

Andando ao sol para o Departamento de Cultura, Mídia e Esportes, que ficava em um grande prédio branco eduardiano a alguns minutos do Palácio de Westminster, Robin se viu quase desejando ser uma turista entre os muitos que lotavam a calçada, porque Chiswell parecia de mau humor ao telefone.

Robin gostaria de ter algo de útil para dizer ao ministro sobre seu chantagista, mas como havia apenas um dia e meio que estava no trabalho, só o que podia dizer com alguma certeza era que suas primeiras impressões de Geraint Winn agora foram confirmadas: ele era preguiçoso, devasso, presunçoso e indiscreto. A porta de sua sala ficava aberta na maior parte do tempo e sua voz cantarolada soava pelo corredor enquanto ele falava com uma leveza imprudente sobre as preocupações menores de seu eleitorado, lançava nomes de celebridades e políticos importantes no meio de uma conversa e em geral procurava dar a impressão de um homem para quem era um servicinho insignificante administrar um mero gabinete de circunscrição eleitoral.

Ele chamava Robin com jovialidade de sua mesa sempre que ela passava por sua porta aberta, demonstrava acentuada avidez por um contato maior. Porém, fosse por acaso ou desígnio, Aamir Mallik ainda frustrava as tentativas de Robin de transformar esses encontros em conversas, fosse interrompendo com perguntas a Winn ou, como ele acabara de fazer uma hora antes, simplesmente fechando a porta na cara de Robin.

O exterior do grandioso bloco que abrigava o Departamento de Cultura, com suas grinaldas de pedra, suas colunas e a fachada neoclássica, não era tranquilizador. O interior fora modernizado e continha arte contemporânea, inclusive uma escultura de vidro abstrata pendurada na cúpula acima da escadaria central, pela qual Robin foi levada por uma jovem de aparência eficiente. Acreditando ser ela a afilhada do ministro, sua acompanhante esforçou-se muito para mostrar seus pontos de interesse.

— A Sala Churchill — disse ela, apontando para a esquerda quando viravam à direita. — Foi desta sacada que ele fez seu discurso no Dia da Vitória. A sala do ministro fica logo ali...

Ela levou Robin por um corredor largo e curvo que fazia as vezes de espaço aberto de trabalho. Jovens elegantes estavam sentados a um leque de mesas na frente de janelas longas à direita, que davam para um quadrângulo que tinha a aparência, em tamanho e escala, de um coliseu, com suas paredes brancas, elevadas e com janelas. Era tudo muito diferente da sala apertada onde Izzy preparava seu café instantâneo em uma chaleira. Na verdade, para este fim, havia em uma mesa uma máquina grande e cara, completa, com cápsulas.

As salas à esquerda eram separadas desse espaço curvo por paredes e portas de vidro. Robin localizou de longe o ministro da Cultura, sentado a sua mesa, abaixo de uma pintura contemporânea da rainha, falando ao telefone. Com um gesto brusco, ele indicou que sua acompanhante devia levar Robin para dentro do escritório e continuou ao telefone enquanto Robin esperava, um tanto sem jeito, que ele terminasse o telefonema. Uma voz de mulher era emitida do fone, aguda e, para Robin, mesmo à distância de quase dois metros e meio, histérica.

— Preciso ir, Kinvara! — gritou Chiswell no bocal. — Sim... vamos falar sobre isso mais tarde. *Eu preciso ir.*

Baixando o fone com mais força do que o necessário, ele apontou para Robin uma cadeira de frente para ele. Seu cabelo grisalho, liso e grosso ficava na cabeça como um halo rijo, o gordo lábio inferior dava-lhe um ar de petulância furiosa.

— Os jornais estão xeretando — ele rosnou. — Esta era minha esposa. O *Sun* telefonou esta manhã, perguntou se os boatos eram verdadeiros. Ela disse "que boatos?", mas o sujeito não especificou. Obviamente estava jogando verde. Tentavam arrancar alguma coisa dela pelo susto.

Ele franziu a testa para Robin, cuja aparência ele parecia achar insuficiente.

– Quantos anos você tem?

– Vinte e sete – disse ela.

– Você parece mais nova.

Isso não soou como um elogio.

– Conseguiu plantar o dispositivo de vigilância?

– Infelizmente, não – disse Robin.

– Onde está Strike?

– Em Manchester, entrevistando a ex-mulher de Jimmy Knight – disse Robin.

Chiswell soltou um ruído raivoso e furtivo em geral proferido como "humpf", depois se levantou. Robin também se levantou de um salto.

– Bom, é melhor você voltar e continuar com isso – disse Chiswell. – O Serviço Nacional de Saúde – acrescentou ele, sem mudar de tom enquanto ia para a porta. – As pessoas vão pensar que estamos loucos.

– Como disse? – falou Robin, inteiramente confusa.

Chiswell abriu a porta de vidro e indicou que Robin devia passar à frente para a área aberta, onde todos os jovens refinados estavam sentados e trabalhavam ao lado de sua máquina de café elegante.

– A cerimônia de abertura dos Jogos Olímpicos – explicou ele, indo atrás dela. – Uma besteira da esquerda. Ganhamos duas malditas guerras mundiais, mas não devemos comemorar isto.

– Que absurdo, Jasper – disse uma voz grave, melodiosa e galesa por perto. – Comemoramos vitórias militares o tempo todo. Este é um tipo de celebração diferente.

Della Winn, a ministra dos Esportes, estava do outro lado da porta de Chiswell, segurando a trela de seu labrador quase branco. Uma mulher de aparência imponente, com o cabelo grisalho afastado da testa larga, ela usava óculos tão escuros que Robin não conseguia divisar nada por trás das lentes. Sua cegueira, Robin sabia pela pesquisa que fez, devia-se a um raro problema em que nenhum dos globos oculares tinha se desenvolvido *in utero*. Às vezes ela usava olhos protéticos, em particular quando estava para ser fotografada. Della exibia uma quantidade de joias pesadas e palpáveis de ouro, com um grande colar com entalhes, e se vestia da cabeça aos pés de azul-

-celeste. Robin tinha lido em um dos perfis de políticos impressos por Strike que Geraint arrumava as roupas de Della toda manhã e que era mais simples para ele, sem ter muita sensibilidade para a moda, escolher peças da mesma cor. Robin achou isto verdadeiramente tocante quando leu.

Aparentemente, Chiswell não gostou do repentino aparecimento de sua colega e, de fato, uma vez que o marido dela o chantageava, Robin supôs que isto fosse uma grande surpresa. Della, por outro lado, não mostrava sinais de constrangimento.

– Achei que podíamos dividir o carro para Greenwich – disse ela a Chiswell, enquanto o labrador claro farejava delicadamente a bainha da saia de Robin. – Teremos a oportunidade de repassar os planos para o dia 12. O que está fazendo, Gwynn? – acrescentou ela, sentindo o puxão da cabeça do labrador.

– Ela está me farejando – disse Robin, nervosa, acariciando o animal.

– Esta é minha afilhada, humm...

– Venetia – disse Robin porque Chiswell evidentemente se esforçava para se lembrar do nome.

– Como vai? – disse Della, estendendo a mão. – Visitando Jasper?

– Não, sou estagiária no gabinete do eleitorado – disse Robin, apertando a mão quente e cheia de anéis, enquanto Chiswell se afastava para examinar o documento estendido por um jovem de terno que pairava por ali.

– Venetia – repetiu Della, com o rosto ainda voltado para Robin. Um leve franzido apareceu no rosto bonito, meio oculto pelas lentes escuras e impenetráveis. – Qual é o seu sobrenome?

– Hall – disse Robin.

Ela sentiu uma ridícula palpitação de pânico, como se Della estivesse prestes a desmascará-la. Ainda debruçado sobre o documento que lhe mostravam, Chiswell se afastou, deixando Robin inteiramente à mercê de Della, ou assim parecia.

– Você é a espadachim – disse Della.

– Como disse? – perguntou Robin, mais uma vez totalmente confusa. Alguns jovens em volta da máquina de café da era espacial voltaram-se para ouvir, com expressões de interesse educado.

– Sim – disse Della. – Sim, lembro-me de você. Você estava na seleção inglesa com Freddie.

Sua expressão amistosa tinha endurecido. Chiswell agora se recurvava sobre uma mesa enquanto eliminava frases no documento.

– Não, eu nunca fiz isso – disse Robin, completamente perdida. Ela percebeu, à menção da palavra "seleção", que a conversa era sobre esgrima.

– Certamente estava – disse Della categoricamente. – Eu me lembro de você. A afilhada de Jasper, da equipe de Freddie.

Era uma exibição um tanto enervante de arrogância, de completa autoconfiança. Robin se sentiu inadequada para a tarefa de continuar a protestar, porque agora havia vários ouvintes. Em vez disso, limitou-se a dizer:

– Bom, foi um prazer conhecê-la – e se afastou.

– Quer dizer *de novo* – disse Della bruscamente, mas Robin não respondeu.

16

... um homem com um histórico sujo como esse!... este é o tipo de homem que posa como líder do povo! E ainda por cima com sucesso!

Henrik Ibsen, *Rosmersholm*

Depois de quatro horas e meia no banco do motorista, a saída de Strike do BMW em Manchester não foi nada elegante. Ele parou por um tempo na Burton Road, uma rua ampla e agradável com sua mistura de lojas e casas, recostado no carro, esticando a perna e as costas, agradecido por ter conseguido encontrar uma vaga a uma curta distância do "Stylz". A fachada rosa-choque destacava-se entre uma cafeteria e uma Tesco Express, trazendo na vitrine fotos de modelos taciturnas de cabelo tingido artificialmente.

Com seu piso de ladrilhos pretos e brancos e paredes cor-de-rosa que lembravam a Strike o quarto de Lorelei, o interior da pequena loja era decididamente moderno, mas não parecia atender a uma clientela particularmente jovem ou aventurosa. No momento havia apenas duas clientes, uma delas uma mulher avantajada de pelo menos sessenta anos, que lia *Good Housekeeping* na frente de um espelho, seu cabelo uma massa de papel de alumínio. Ao entrar, Strike apostou consigo mesmo que Dawn seria a loura oxigenada e magra de costas para ele, conversando animadamente com uma senhora idosa em cujo cabelo azul ela fazia uma permanente.

— Tenho hora marcada com Dawn — disse Strike à jovem recepcionista, que pareceu ligeiramente assustada ao ver algo tão grande e masculino naquela atmosfera abafada de amônia perfumada. A loura oxigenada virou-se ao ouvir seu nome. Tinha a pele enrugada com manchas de envelhecimento de uma usuária contumaz de bronzeamento artificial.

– Pego você em um minuto, garoto – disse ela, sorrindo. Ele se sentou para esperar em um banco junto da vitrine.

Cinco minutos depois, ela o levava a uma cadeira estofada rosa no fundo da loja.

– O que você procura, então? – perguntou ela, convidando-o com um gesto a se sentar.

– Não vim cortar o cabelo – disse Strike, ainda de pé. – Pagaria tranquilamente por um corte, não quero desperdiçar seu tempo, mas... – ele tirou um cartão e sua carteira de motorista do bolso –, meu nome é Cormoran Strike. Sou detetive particular e tinha esperanças de conversar com você sobre seu ex-marido, Jimmy Knight.

Ela ficou perplexa, como deveria, mas depois fascinada.

– Strike? – repetiu ela, boquiaberta. – Não foi você que apanhou aquele Estripador?

– Eu mesmo.

– Meu Deus, o que Jimmy fez?

– Nada de mais – falou Strike tranquilamente. – Só estou procurando antecedentes.

Ela não acreditou nele, naturalmente. Seu rosto, ele suspeitava, estava cheio de silicone, a testa era suspeitosamente lisa e brilhava abaixo das sobrancelhas pintadas com esmero. Só o pescoço marcado traía a idade.

– Isto acabou. Acabou anos atrás. Eu nunca falo sobre Jimmy. Quanto menos se fala, melhor, não é o que dizem?

Mas ele sentia a curiosidade e a empolgação irradiando-se dela como calor. A Radio 2 chiava ao fundo. Ela olhou as duas mulheres sentadas diante dos espelhos.

– Sian! – disse ela em voz alta, e a recepcionista tomou um susto e se virou. – Tire o alumínio dela e fique de olho na permanente para mim, querida. – Ela hesitou, ainda segurando o cartão de Strike. – Não sei se eu devia – disse ela, querendo ser convencida a falar.

– É apenas pelos antecedentes – disse ele. – Sem compromisso.

Cinco minutos depois, ela entregava a ele um café com leite em uma sala dos funcionários mínima nos fundos da loja, falando alegremente, um tanto fatigada na lâmpada fluorescente do teto, mas ainda bonita o bastante para explicar por que Jimmy mostrara interesse em uma mulher treze anos mais velha.

— ... é, uma manifestação contra armas nucleares. Fui com uma amiga minha, Wendy, ela se interessava por essas coisas. Vegetariana – acrescentou ela, fechando a porta da loja com um cutucão do pé e pegando um maço de Silk Cut. – Conhece o gênero.

— Tenho o meu – disse Strike, quando ela estendeu o maço. Ele acendeu o cigarro para ela, depois um de seus Benson & Hedges. Eles sopraram jatos de fumaça simultaneamente. Ela cruzou as pernas para ele e continuou.

— ... pois é, então Jimmy fez um discurso. Armas e o quanto podíamos salvar, dar ao NHS e tudo, que sentido tinha... ele fala bem, sabia? – disse Dawn.

— Fala mesmo – concordou Strike –, já o ouvi.

— É, e eu caí feito uma pata. Achei que ele era uma espécie de Robin Hood.

Strike ouviu a piada chegar antes que ela fizesse. Ele sabia que não era a primeira vez.

— Mais parece um *Roubo* Hood – disse ela.

Ela já estava divorciada quando conheceu Jimmy. Seu primeiro marido a trocou por outra no salão de Londres que eles tinham juntos. Dawn saiu-se bem do divórcio e conseguiu manter a empresa. Jimmy parecia uma figura romântica depois de seu primeiro marido polivalente e, no rebote, ela ficou muito caída por ele.

— Mas sempre havia garotas – disse ela. – De esquerda, sabe como é. Algumas eram muito novas. Ele era como um pop star para elas ou coisa assim. Só fui descobrir quantas eram bem mais tarde, depois de ele pegar e usar meus cartões.

Dawn contou extensamente a Strike como Jimmy a havia convencido a bancar um processo contra seu ex-empregador, a Zanet Industries, que o demitiu sem cumprir as formalidades legais.

— Muito ciente de seus direitos, o Jimmy. Mas ele não é burro, sabe? Ele conseguiu uma indenização de dez mil da Zanet. Nunca vi um centavo desse dinheiro. Ele estragou tudo, tentando processar outras pessoas. Tentou me levar ao tribunal, depois que nos separamos. Queria uma indenização por lucros cessantes, que piada. Eu o sustentei por cinco anos e ele alegou que estava trabalhando comigo, melhorando os negócios sem pagamento nenhum e ficou com asma ocupacional das substâncias químicas... falou muita merda... eles arquivaram o processo, graças a Deus. Depois ele tentou me acusar de assédio. Disse que eu tinha riscado seu carro.

Ela apagou o cigarro e estendeu a mão para pegar outro.

– E risquei mesmo – disse ela, com um repentino sorriso malicioso. – Sabia que agora ele entrou para uma lista? Não pode processar ninguém sem permissão.

– Sim, eu sabia – disse Strike. – Alguma vez ele se envolveu em uma atividade criminosa enquanto vocês estavam juntos, Dawn?

Ela acendeu outro cigarro, observando Strike por cima dos dedos, ainda na esperança de ouvir o que Jimmy deveria ter feito para Strike estar atrás dele. Por fim, falou:

– Não estou certa se ele teve o cuidado de verificar se todas as garotas com quem andava tinham dezesseis anos. Eu soube depois que uma delas... mas na época estávamos separados. Não era mais problema meu – disse Dawn, enquanto Strike tomava nota.

– E eu não confiaria nele se isso tiver alguma coisa relacionada com judeus. Ele não gosta deles. Israel é a raiz de todo o mal, segundo Jimmy. Sionismo: fico enjoada só de ouvir a palavra. É de se pensar que eles já sofreram o bastante – disse Dawn, vagamente. – É, o gerente dele na Zanet era judeu e eles se odiavam.

– Qual era o nome dele?

– Como era mesmo? – De cenho franzido, Dawn tirou um forte trago do cigarro. – Paul qualquer coisa... Lobstein, é isso. Paul Lobstein. Ainda deve estar na Zanet.

– Ainda tem algum contato com Jimmy ou com alguém da família dele?

– Meu Deus, não. Já foi tarde. O único da família dele que conheci foi o pequeno Billy, irmão dele.

Ela suavizou um pouco ao dizer o nome.

– Ele não era certo. Ficou conosco por um tempo numa determinada época. Ele era um amor, de verdade, mas não era certo da cabeça. Jimmy disse que era por causa do pai deles. Bebum violento. Criou os dois sozinhos e dava surras neles, pelo que os meninos disseram, usava o cinto e tudo. Jimmy foi embora para Londres e o coitadinho do Billy ficou sozinho com ele. Não surpreende que ele fosse daquele jeito.

– O que quer dizer?

— Ele tem um... um tique, não é assim que chamam?

Ela imitou com uma precisão perfeita a batida do nariz ao peito que Strike tinha testemunhado em seu escritório.

— Deram medicamentos a ele, sei disso. Depois ele nos deixou, foi dividir um apartamento com outros caras por um tempo. Nunca o vi de novo depois que Jimmy e eu nos separamos. Ele era um amor de garoto, é verdade, mas irritava Jimmy.

— De que jeito? – perguntou Strike.

— Jimmy não gostava que ele falasse da infância dos dois. Sei lá, acho que Jimmy se sentia culpado por ter deixado Billy sozinho naquela casa. Tinha alguma coisa estranha na história toda...

Strike sabia que ela não pensava nisso havia algum tempo.

— Estranha? – ele a estimulou.

— Algumas vezes, quando tomava umas e outras, Jimmy falava que o pai queimaria no inferno pelo modo como ganhava a vida.

— Pensei que ele fosse um biscateiro.

— Ele era? Eles me disseram que era carpinteiro. Trabalhava para a família daquele político, qual o nome mesmo? Aquele do cabelo.

Ela imitou cerdas duras saindo de sua cabeça.

— Jasper Chiswell? – sugeriu Strike, pronunciando o nome como era falado.

— Ele mesmo. O velho sr. Knight morava de graça em um chalé na propriedade da família. Os meninos foram criados ali.

— E ele disse que o pai iria para o inferno pelo que fazia para viver? – repetiu Strike.

— Foi. Provavelmente só porque ele trabalhava para conservadores. Com Jimmy, tudo era política. Não caio nessa – disse Dawn, impaciente. – A gente precisa viver. Imagine eu perguntar a minha clientela em quem eles votam antes de eu...

"Mas que droga", ela ofegou de repente, apagou o cigarro e se lavantou de um salto, "é melhor que Sian tenha tirado os bobes da sra. Horridge, ou ela vai ficar careca."

17

Vejo que ele é inteiramente incorrigível.

Henrik Ibsen, *Rosmersholm*

Em busca de uma oportunidade de plantar o grampo no gabinete de Winn, Robin passou a maior parte da tarde andando pelo corredor tranquilo em que ficavam as salas dele e de Izzy, mas seus esforços foram infrutíferos. Embora Winn tivesse saído para uma reunião no horário de almoço, Aamir continuou dentro da sala. Robin andou de um lado para o outro, com a caixa de arquivo nos braços, esperando pelo momento em que Aamir fosse ao banheiro e voltando à sala de Izzy sempre que alguém de passagem tentava entabular conversa com ela.

Finalmente, às quatro e dez, sua sorte mudou. Geraint Winn vinha gingando pelo canto, bastante embriagado depois do que parece ter sido um almoço prolongado e, em forte contraste com a esposa, ficou deliciado ao encontrar Robin enquanto ela partia para ele.

— Aí está ela! — disse ele, alto demais. — Eu queria dar uma palavrinha com você! Entre aqui, entre!

Ele abriu a porta de sua sala. Confusa, mas ansiosa demais para ver o interior da sala que esperava grampear, Robin o acompanhou.

Aamir trabalhava em mangas de camisa a sua mesa, que formava um oásis de ordem minúsculo na bagunça geral. Pilhas de pastas se espalhavam pela mesa de Winn. Robin notou o logotipo laranja do Level Playing Field em uma pilha de cartas na frente dele. Havia uma tomada elétrica bem abaixo da mesa de Geraint que seria uma posição ideal para um dispositivo de escuta.

— Vocês já foram apresentados? – perguntou Geraint com jovialidade. – Venetia, Aamir.

Ele se sentou e convidou Robin a ocupar a cadeira de braços em que havia uma pilha escorregadia de pastas de cartolina.

— Redgrave retornou a ligação? – perguntou Winn a Aamir, esforçando-se para tirar o paletó do terno.

— Quem? – disse Aamir.

— Sir Steve Redgrave! – disse Winn, com a suspeita de um revirar de olhos na direção de Robin. Ela se sentiu constrangida por ele, em particular porque o "não" resmungado de Aamir foi frio.

— Level Playing Field – disse Winn a Robin.

Ele havia conseguido tirar o paletó. Com a tentativa de um floreio, ele o jogou no encosto da cadeira. O paletó escorregou suavemente para o chão, mas parece que Geraint não notou e, em vez disso, deu um tapinha no logotipo laranja na carta acima da pilha, diante dele. – Nossa orga... – ele arrotou. – Desculpe... nossa organização filantrópica. Atletas desfavorecidos e portadores de deficiência. Muitos que apoiam são de alto nível. Sir Steve quer... – ele arrotou de novo – ... desculpe... ajudar. Bom, agora vejamos. Quero pedir desculpas. Por minha pobre esposa.

Ele parecia estar se divertindo imensamente. Pelo canto do olho, Robin viu Aamir lançar um olhar afiado a Geraint, como o lampejo de uma garra, rapidamente retraída.

— Não entendo – disse Robin.

— Confundiu os nomes. Faz isso o tempo todo. Se eu não ficasse de olho nela, aconteceria todo tipo de coisas, cartas erradas indo para as pessoas erradas... ela achou que você fosse outra pessoa. Falei com ela por telefone na hora do almoço, ela insistindo que você era alguém com quem nossa filha competiu anos atrás. Verity Pulham. Outra afilhada de seu padrinho. Disse a ela de cara que não era você, que eu transmitiria suas desculpas. Ela é uma tolinha. Muito teimosa quando pensa que tem razão, mas... – ele revirou os olhos de novo e deu um tapinha na testa, o marido que sofre há muito com uma esposa enervante – no fim eu consegui convencê-la.

— Bom – disse Robin com cautela –, fico feliz por ela saber que estava enganada, porque tive a impressão de que ela não gostava muito de Verity.

— Para falar a verdade, Verity *era mesmo* uma cretina – disse Winn, ainda radiante. Robin viu que ele costumava usar a palavra. – Desagradável com nossa filha, entenda.

— Ah, meu Deus – disse Robin, com uma pancada de pavor abaixo das costelas ao se lembrar de que Rhiannon Winn tinha se matado. – Eu sinto muito. Que coisa horrível.

— Sabe de uma coisa – disse Winn, sentando-se e reclinando-se na parede, com as mãos na nuca –, você é meiga demais para uma garota associada com a família Chiswell. – Sem dúvida ele estava meio embriagado. Robin sentia um leve sedimento de vinho em seu hálito e Aamir lançou outro daqueles olhares afiados e severos. – O que você fazia antes disso, Venetia?

— RP – disse Robin –, mas gostaria de fazer algo mais proveitoso. Política, ou talvez filantropia. Eu estava lendo sobre a Level Playing Field – disse ela, falando a verdade. – Parece maravilhoso. Vocês trabalham muito com veteranos também, não é? Vi uma entrevista com Terry Byrne ontem. O ciclista paralímpico?

A atenção dela foi atraída pelo fato de Byrne ter a mesma amputação abaixo do joelho de Strike.

— É claro que você terá interesse pessoal por veteranos – disse Winn.

O estômago de Robin voou e voltou a cair.

— Como disse?

— Freddie Chiswell? – Winn a exortou.

— Ah, sim, claro – disse Robin. – Mas não conheci Freddie muito bem. Ele era um pouco mais velho do que eu. Evidentemente foi horrível quando ele... quando ele foi morto.

— Ah, sim, horrível – disse Winn, embora aparentasse indiferença. – Della se posicionou contrariamente à Guerra do Iraque. Muito contrariamente. Seu tio Jasper deu todo apoio, veja bem.

Por um momento, o ar pareceu vibrar com a implicação não expressa de Winn de que Chiswell teve o que mereceu por seu entusiasmo.

— Bom, disso eu não sei – disse Robin com cautela. – O tio Jasper pensava que a ação militar se justificava, com as evidências que tínhamos na época. De todo modo – disse ela corajosamente –, ninguém pode acusá-lo de agir por interesse próprio, pode, quando o filho dele teve de ir combater?

— Ah, se você vai seguir essa linha, quem pode discutir? — Winn ergueu as mãos, fingindo rendição, sua cadeira escorregou um pouco na parede e por alguns segundos ele se esforçou para manter o equilíbrio, segurando-se na mesa e puxando a si mesmo e a cadeira para que ficassem retos. Com um esforço considerável, Robin conseguiu não rir.

— Geraint — disse Aamir —, precisamos daquelas cartas assinadas, se quisermos que cheguem a eles às cinco.

— Só meia hora — disse Winn, olhando o relógio. — Sim, Rhiannon foi da equipe juvenil britânica de esgrima.

— Que maravilha — disse Robin.

— Esportista, como a mãe. Esgrima no juvenil do País de Gales aos catorze anos. Eu a levava de carro para os torneios em toda parte. Horas na estrada juntos! Ela entrou para o juvenil britânico aos dezesseis.

"Mas o grupo inglês era muito altivo para ela", disse Winn, com um lampejo de ressentimento celta. "Ela não foi de uma de suas grandes escolas particulares, veja bem. Para eles, as conexões eram tudo. Verity Pulham, ela não tinha a capacidade, de forma alguma. Na realidade, foi só quando Verity quebrou o tornozelo que Rhiannon, que era uma esgrimista muito melhor, entrou para a equipe britânica."

— Entendo — disse Robin, tentando equilibrar a solidariedade com uma falsa aliança com os Chiswell. Certamente não podia ser este o rancor que Winn guardava contra a família, não? Todavia, o tom fanático de Geraint falava de um antigo ressentimento. — Bom, essas coisas deviam se limitar à capacidade, é claro.

— É bem verdade — disse Winn. — Deviam. Agora olhe só isto...

Ele procurou na carteira e tirou dela uma antiga fotografia. Robin estendeu a mão, mas Geraint, segurando firmemente a foto, levantou-se desajeitado, derrubou uma pilha de livros que estava ao lado de sua cadeira, contornou a mesa, chegou tão perto que Robin sentiu seu hálito no pescoço e mostrou a ela a imagem de sua filha.

Vestida no uniforme de esgrima, Rhiannon Winn sorria radiante e erguia a medalha de ouro no pescoço. Ela era branca e de feições miúdas, e Robin pouco podia ver de seus pais no rosto, embora talvez houvesse uma sugestão de Della na testa larga e inteligente. Mas com a respiração ruidosa de Geraint em seu ouvido, tentando não se afastar dele, Robin teve uma visão súbita de

Geraint Winn andando, com seu sorriso largo e sem lábios, através de um grande corredor de adolescentes suadas. Não era vergonhoso se perguntar se foi por devoção paterna que ele foi o motorista da filha por todo o país?

— O que você fez consigo mesma, hein? — perguntou Geraint, seu hálito quente na orelha de Robin. Curvando-se, ele tocou a cicatriz púrpura da facada no braço exposto.

Incapaz de se conter, Robin retirou o braço rapidamente. Os nervos em volta da cicatriz ainda não tinham se curado plenamente: ela detestava que alguém tocasse ali.

— Eu caí por uma porta de vidro quando tinha nove anos — disse ela, mas a atmosfera confidencial e confidente se dispersou como fumaça de cigarro.

Aamir pairava à margem de sua visão, rígido e silencioso a sua mesa. O sorriso de Geraint agora era forçado. Ela trabalhou por muito tempo em escritórios para não saber que uma transferência sutil de poder tinha acabado de acontecer naquela sala. Agora ela estava armada da pequena inadequação de bêbado dele e Geraint estava ressentido e meio preocupado. Ela desejou não ter se afastado dele.

— Eu me perguntava, sr. Winn — disse ela, esbaforida —, se o senhor se importaria de me dar alguns conselhos sobre o mundo filantrópico. Simplesmente não consigo me decidir, política... filantropia... e não conheço mais ninguém que faça as duas coisas.

— Ah — disse Geraint, piscando por trás das lentes grossas dos óculos. — Ah, bom... sim, eu diria que posso...

— Geraint — disse Aamir novamente —, realmente precisamos resolver aquelas cartas...

— Sim, tudo bem, tudo bem — disse Geraint em voz alta. — Vamos conversar mais tarde — disse ele a Robin, com uma piscadela.

— Maravilhoso — disse ela, com um sorriso.

Ao sair, Robin lançou um leve sorriso a Aamir, que ele não retribuiu.

18

Então a questão já chegou a esse ponto!

Henrik Ibsen, *Rosmersholm*

Depois de quase nove horas ao volante, o pescoço, as costas e as pernas de Strike estavam rígidos e doloridos e sua bolsa de provisões há muito tinha se esvaziado. A primeira estrela brilhava no céu claro e desbotado quando seu celular tocou. Era a hora de costume para sua irmã, Lucy, telefonar "para bater um papo"; ele ignorou três de quatro de suas chamadas porque, por mais que a amasse, não conseguiu criar interesse pela vida escolar dos filhos dela, pelas querelas das reuniões de pais e mestres ou pelas complexidades da carreira do marido como analista de custos. Porém, vendo que era Barclay na linha, Strike entrou em um acostamento rudimentar, na verdade a saída para uma fazenda, desligou o motor e atendeu.

— Tô dentro — disse Barclay laconicamente. — Com Jimmy.

— Já? — disse Strike, seriamente impressionado. — Como?

— Pub — disse Barclay. — Eu o interrompi. Ele falava um monte de besteira sobre a independência da Escócia. O que tem de bom na esquerda inglesa é que eles adoram ouvir a merda que é a Inglaterra. Tive de pagar cerveja a tarde toda.

— Caramba, Barclay — disse Strike, acendendo outro cigarro além dos vinte que tinha fumado naquele dia —, esse foi um bom trabalho.

— Isto foi só o começo — disse Barclay. — Você devia ouvi-los quando eu disse o que entendia como o erro do imperialismo do exército. Puta merda, eles são ingênuos. Vou a uma reunião da ROCOM amanhã.

— Como Knight se sustenta? Alguma ideia?

— Ele me disse que é jornalista de alguns sites de esquerda e que vende camisetas da ROCOM e alguma droga. Cara, o bagulho dele não vale nada. Voltamos para a casa dele, depois do pub. É melhor você fumar a merda de uns cubos de caldo de carne. Eu disse que podia arrumar a da boa para ele. Podemos colocar isso nas despesas de representação, né?

— Vou colocar na seção "diversos" — disse Strike. — Tudo bem, mantenha-me informado.

Barclay desligou. Decidindo aproveitar a oportunidade para esticar as pernas, Strike saiu do carro, ainda fumando, recostou-se no portão de grade que dava para um campo largo e escuro e ligou para Robin.

— É Vanessa — Robin mentiu quando viu o número de Strike aparecer em seu telefone.

Ela e Matthew tinham acabado de comer um curry delivery no sofá enquanto assistiam ao noticiário. Ele tinha chegado em casa tarde e cansado; ela não precisava de outra discussão.

Pegando o celular, ela saiu pelas portas francesas para o pátio que servira de área de fumantes na festa. Depois de certificar-se de que as portas estivessem completamente fechadas, ela atendeu.

— Oi. Tudo bem?

— Tudo ótimo. Pode conversar por um momento?

— Sim — disse Robin, recostando-se na parede do jardim e observando uma mariposa bater infrutiferamente no vidro iluminado, tentando entrar na casa. — Como foi com Dawn Clancy?

— Nada de aproveitável — disse Strike. — Pensei que tivesse uma pista, um antigo chefe judeu contra quem Jimmy tivesse alguma vendeta, mas telefonei para a empresa e o coitado morreu de um derrame em setembro passado. E recebi um telefonema de Chiswell logo depois de sair de lá. Ele disse que o *Sun* está xeretando.

— Sim — confirmou Robin. — Telefonaram para a mulher dele.

— Podíamos passar sem essa — disse Strike, com o que Robin sentiu ser um eufemismo considerável. — Quem será que deu a dica aos jornais?

— Aposto que foi Winn — disse Robin, lembrando-se do jeito como Geraint tinha falado naquela tarde, mencionando nomes importantes, sua presunção. – Ele é bem do tipo de sugerir a um jornalista que existe uma matéria quente sobre Chiswell, mesmo que ainda não tenha provas disso. Sério – disse ela de novo, sem nenhuma esperança verdadeira de resposta –, o que você acha que Chiswell fez?

– Seria bom saber, mas na verdade isso não importa – disse Strike, que parecia cansado. – Não estamos sendo pagos para saber os podres *dele*. E por falar nisso...

– Ainda não consegui plantar o grampo – disse Robin, prevendo a pergunta. – Fiquei por lá o mais tarde possível, mas Aamir trancou a porta depois que os dois foram embora.

Strike suspirou.

– Bom, não fique ansiosa demais para estragar tudo – disse ele –, mas estamos com a corda no pescoço se o *Sun* estiver envolvido. Qualquer coisa que você possa fazer. Chegue mais cedo ou algo assim.

– Vou tentar. Mas consegui uma coisa estranha sobre os Winn hoje. – E Robin lhe contou sobre a confusão que Della fez entre ela e uma das verdadeiras afilhadas de Chiswell, e a história de Rhiannon na equipe de esgrima. Strike demonstrou um vago interesse.

– Duvido que isso explique o desejo dos Winn de ver Chiswell fora do gabinete. De qualquer forma...

– ... os meios antes do motivo – disse ela, citando as palavras que Strike repetia com frequência.

– Exatamente. Escute, pode se encontrar comigo depois do trabalho amanhã para fazermos uma reunião adequada?

– Tudo bem – disse Robin.

– Mas Barclay está fazendo um bom trabalho – disse Strike, como se essa ideia o animasse. – Ele já está se dando bem com Jimmy.

– Ah – disse Robin. – Ótimo.

Depois de contar a ela que mandaria por torpedo o nome de um pub conveniente, Strike desligou, deixando Robin sozinha e pensativa no escuro silencioso do pátio, enquanto as estrelas viravam alfinetes brilhantes no céu.

Mas Barclay está fazendo um bom trabalho.

Ao contrário de Robin, que não descobriu nada além de uma irrelevância a respeito de Rhiannon Winn.

A mariposa ainda esvoaçava desesperadamente contra as portas de correr, frenética para chegar à luz.

Idiota, pensou Robin. *Aqui fora é melhor.*

Ela refletiu que a tranquilidade com que a mentira sobre Vanessa ao telefone tinha escapado de sua boca devia ter feito com que se sentisse culpada, mas Robin estava apenas feliz por ter se safado com essa. Enquanto observava a mariposa bater continuamente as asas em desespero no vidro iluminado, Robin se lembrou do que sua terapeuta tinha dito durante uma das sessões, quando Robin se demorou longamente na necessidade de discernir onde terminava o verdadeiro Matthew e começavam as ilusões a respeito dele.

"As pessoas mudam em dez anos", respondera a terapeuta. "Por que tem de ser um problema de você estar enganada sobre Matthew? Talvez simplesmente vocês dois tenham mudado."

A segunda-feira seguinte marcaria seu primeiro aniversário de casamento. Por sugestão de Matthew, eles iam passar o próximo fim de semana em um hotel elegante perto de Oxford. De um jeito estranho, Robin estava ansiosa por isso, porque parecia que ela e Matthew se entendiam melhor ultimamente com a mudança de cenário. Estar cercados de estranhos os dissuadia de sua tendência a brigar. Ela contou a história do busto de Ted Heath ficando verde, junto com vários outros fatos interessantes (para ela) sobre a Câmara dos Comuns. Ele sustentou uma expressão entediada durante todas as histórias, decidido a indicar sua reprovação de todo o empreendimento.

Chegando a uma decisão, ela abriu a janela francesa e a mariposa voou alegremente para dentro.

— O que Vanessa queria? — perguntou Matthew, com os olhos no noticiário enquanto Robin voltava a se sentar. Os lírios Stargazer de Sarah Shadlock estavam em uma mesa ao lado dela, ainda em flor, dez dias depois de terem chegado a casa, e Robin podia sentir seu forte aroma mesmo com o curry.

— Eu peguei os óculos de sol dela por engano da última vez que saímos — disse Robin, fingindo exasperação. — Ela quer de volta, são óculos Chanel. Eu disse que vou me encontrar com ela depois do trabalho.

— Chanel, é? — Matthew tinha um sorriso que Robin achou paternalista. Ela sabia que ele pensava ter descoberto um ponto fraco em Vanessa, mas talvez gostasse mais dela por pensar que ela valorizava grifes, e queria ter certeza de tê-las devolvidas.

— Vou ter de sair às seis — disse Robin.

— Seis? — disse ele, irritado. — Meu Deus, eu estou arrasado, não quero acordar às...

— Proponho dormir no quarto de hóspedes — disse Robin.

— Ah. — Matthew amoleceu. — Tá, tudo bem. Obrigado.

19

Não faço isso de boa vontade – mas, enfin *– quando a necessidade pede...*

Henrik Ibsen, *Rosmersholm*

Robin saiu de casa às quinze para as seis na manhã seguinte. O céu era de um rosa pálido e a manhã já esquentava, justificando a falta do casaco. Seus olhos piscaram para o único cisne entalhado enquanto ela passava pelo pub do bairro, mas ela obrigou os pensamentos a se voltarem para o dia que tinha pela frente e não ao homem que deixara para trás.

Ao chegar ao corredor de Izzy uma hora depois, Robin viu que a porta da sala de Geraint já estava aberta. Uma espiada rápida para dentro lhe mostrou uma sala vazia, mas o paletó de Aamir estava pendurado nas costas de sua cadeira.

Correndo para o escritório de Izzy, Robin o destrancou, correu a sua mesa, pegou um dos dispositivos de escuta na caixa de Tampax, apanhou uma pilha de agendas ultrapassadas como álibi e disparou de volta ao corredor.

Ao se aproximar da sala de Geraint, ela deixou escorregar a pulseira dourada que usava para este fim e a jogou de leve para que rolasse para dentro da sala de Geraint.

– Ah, que droga – disse em voz alta.

Ninguém respondeu de dentro da sala. Robin bateu na porta aberta, disse "Olá?" e colocou a cabeça para dentro. A sala ainda estava vazia.

Robin atravessou a sala às pressas até a tomada de força dupla pouco acima do rodapé ao lado da mesa de Geraint. Ajoelhada, pegou o dispositivo de escuta na bolsa, desplugou o ventilador da mesa dele, encaixou o dispositivo no lugar por cima da tomada dupla, reinseriu a tomada do ventilador, verificou se funcionava e depois, ofegante como se tivesse acabado de correr cem metros, procurou sua pulseira em volta.

– O que está fazendo aí?

Aamir estava parado na soleira em mangas de camisa, com um chá fresco na mão.

– Eu bati na porta – disse Robin, certa de que estava de um cor-de-rosa vivo. – Deixei cair minha pulseira e ela rolou... ah, ali está.

Estava caída bem abaixo da cadeira do computador de Aamir. Robin foi pegá-la.

– É de minha mãe – ela mentiu. – Eu ficaria mal com ela se isto desaparecesse.

Ela recolocou a pulseira, pegou os papéis que tinha deixado na mesa de Geraint, sorriu com a despreocupação que pôde invocar, depois saiu da sala, passando por Aamir, cujos olhos, ela viu pelo canto do olho, estavam estreitos de desconfiança.

Em júbilo, Robin voltou a entrar na sala de Izzy. Pelo menos teria uma boa notícia para Strike quando eles se encontrassem no pub aquela noite. Barclay não era mais o único a fazer um bom trabalho. Robin estava tão absorta em seus pensamentos que não percebeu que havia outra pessoa na sala até um homem falar, bem atrás dela: "Quem é você?"

O presente se dissolveu. Seus dois agressores tinham atacado pelas costas. Com um grito, Robin girou o corpo, pronta para lutar por sua vida: os papéis voaram e a bolsa escorregou do ombro, caiu no chão e se abriu, espalhando o conteúdo para todo lado.

– Desculpe-me! – disse o homem. – Meu Deus, me desculpe!

Mas Robin tinha dificuldade para puxar o ar. Havia um martelar em seus ouvidos e o suor brotava por todo o corpo. Ela se abaixou para pegar tudo de volta, tremendo tanto que ainda deixava as coisas caírem.

Agora não. Agora não.

Ele falava com ela, mas Robin não conseguia entender uma palavra que fosse. O mundo se fragmentava novamente, cheio de terror e perigo, e ele era um borrão enquanto lhe passava o delineador e um frasco de gotas para umedecer as lentes de contato.

– Oh – Robin ofegava ao acaso. – Que bom. Com licença. Banheiro.

Ela andou vacilante para a porta. Duas pessoas vinham na direção dela no corredor, suas vozes confusas e indistintas que a cumprimentaram. Mal sabendo o que tinha respondido, ela passou às pressas na direção do toalete feminino.

Uma mulher do gabinete do ministro da Saúde a cumprimentou da pia, onde passava batom. Robin passou aos tropeços e às cegas, trancando a porta do cubículo com dedos atrapalhados.

De nada adiantava tentar reprimir o pânico: isto só fazia com que ele revidasse, tentando curvá-la a sua vontade. Ela devia deixar passar, como se o medo fosse um cavalo desembestado, acalmado a um curso que pudesse ser controlado. Assim, ela ficou imóvel, com as palmas pressionadas nas divisórias, falando consigo mesma intimamente como se fosse um tratador de animais e seu corpo, em seu teor irracional, uma presa frenética.

Você está a salvo, você está a salvo, você está a salvo...

Lentamente, o pânico começou a refluir, mas seu coração ainda dava saltos erráticos. Por fim, Robin retirou as mãos dormentes das paredes do cubículo e abriu os olhos, piscando nas luzes severas. O banheiro estava em silêncio.

Robin deu uma olhada para fora do cubículo. A mulher tinha saído. Não havia ninguém ali, apenas seu próprio reflexo pálido no espelho. Depois de jogar água fria no rosto e se enxugar com toalhas de papel, ela ajeitou os óculos de lentes sem grau e saiu do banheiro.

Uma discussão parecia estar em andamento na sala que ela acabara de deixar. Respirando fundo, ela voltou para dentro do escritório.

Jasper Chiswell virou-se para olhar feio para ela, sua massa dura de cabelo grisalho saía espetada do rosto cor-de-rosa. Izzy estava de pé atrás de sua mesa. O estranho ainda estava ali. Em seu estado abalado, Robin teria preferido não ser o foco de três pares de olhos curiosos.

— O que aconteceu agora? — Chiswell exigiu saber de Robin.

— Nada — disse Robin, sentindo o suor frio brotar novamente embaixo do vestido.

— Você saiu correndo da sala. Ele... — Chiswell apontou o homem moreno — ... fez alguma coisa com você? Deu em cima de você?

— O q...? Não! Eu não tinha percebido que ele estava aqui, é só isso... ele falou e eu tomei um susto. E — ela podia se sentir ruborizando mais do que nunca —, precisei usar o banheiro.

Chiswell se voltou para o moreno.

– Então, por que está aqui tão cedo, hein?

Agora, enfim, Robin percebia que aquele era Raphael. Ela sabia pelas fotos que tinha encontrado na internet que este meio italiano era um exótico em uma família uniformemente loura e muito inglesa na aparência, mas estava inteiramente despreparada para o quanto ele era bonito pessoalmente. O terno cinza-carvão, a camisa branca e uma gravata azul-escura e convencional de bolinhas eram usados com um ar que não podia ser invocado por nenhum dos outros homens no corredor. De pele muito morena, ele tinha as maçãs do rosto pronunciadas, olhos quase pretos, cabelo preto comprido e solto e uma boca larga que, ao contrário do pai, tinha o lábio superior cheio que dava um toque de vulnerabilidade a seu rosto.

– Pensei que você gostasse de pontualidade, pai – disse ele, levantando os braços e deixando que eles caíssem em um gesto ligeiramente desesperado.

Seu pai se virou para Izzy.

– Dê alguma coisa para ele fazer.

Chiswell saiu a passos firmes. Mortificada, Robin foi para sua mesa. Ninguém falou até os passos de Chiswell esmorecerem, depois Izzy se manifestou.

– No momento ele sofre todo tipo de estresse, Raff, querido. Não é você. Ele sinceramente está perdendo a cabeça com as mínimas coisas.

– Eu sinto muito – Robin se obrigou a dizer a Raphael. – Minha reação foi completamente exagerada.

– Não tem problema – respondeu ele, no tipo de sotaque que é rotineiramente descrito como de "escola pública". – Para sua informação, na verdade eu não sou um criminoso sexual.

Robin riu, nervosa.

– Você é a afilhada que eu não conhecia? Ninguém me conta nada. Venetia, não é? Eu sou Raff.

– Humm... sim... oi.

Eles trocaram um aperto de mãos e Robin voltou a sua cadeira, ocupando-se com uma papelada sem sentido. Ela podia sentir sua cor flutuando.

– Está simplesmente uma loucura no momento – disse Izzy, e Robin sabia que ela tentava, por motivos não inteiramente altruístas, convencer Raphael de que não era tão ruim trabalhar com o pai como ele fazia parecer.

– Temos pouco pessoal, a Olimpíada está se aproximando, TS está constantemente enlouquecendo papai...

– *O que o está* enlouquecendo? – perguntou Raphael, deixando-se baixar na poltrona arriada, afrouxando a gravata e cruzando as pernas compridas.

– TS – repetiu Izzy. – Vire-se e coloque a chaleira para ferver enquanto está aqui, Raff, estou louca por um café. TS. Significa Tinky Segunda. É como Fizz e eu chamamos Kinvara.

Os muitos apelidos da família Chiswell tinham sido explicados a Robin durante seus interlúdios no escritório com Izzy. A irmã mais velha de Izzy, Sophia, era "Fizzy", enquanto os três filhos de Sophia gozavam dos apelidos de "Pringle", "Flopsy" e "Pong".

– Por que "Tinky Segunda"? – perguntou Raff, abrindo a tampa de um vidro de café instantâneo com os dedos longos. Robin ainda estava muito consciente de todos os movimentos dele, embora mantivesse os olhos em seu suposto trabalho. – Quem foi a Tinky Primeira?

– Ah, sem essa, Raff, você deve ter ouvido falar de Tinky – disse Izzy. – Aquela enfermeira australiana pavorosa com quem vovô se casou da última vez, quando estava ficando senil. Ele gastou a maior parte do dinheiro com ela. Ele era o segundo velho tolo e rabugento com quem ela se casou. Vovô comprou para ela um cavalo de corrida inútil e um monte de joias horríveis. Papai quase teve de ir aos tribunais para tirá-la da casa quando vovô morreu. Ela caiu morta de câncer de mama antes que tudo ficasse muito caro, graças a Deus.

Sobressaltada por esta súbita insensibilidade, Robin levantou a cabeça.

– Como você prefere, Venetia? – Raphael colocava o café nas canecas.

– Puro, sem açúcar, por favor – disse Robin. Ela pensou que era melhor se mantivesse discrição por algum tempo, depois de sua recente incursão no escritório de Winn.

– TS se casou com papai pela grana – Izzy prosseguia –, *e* ela é louca por cavalos, como Tinky. Sabia que agora ela tem nove? Nove!

– Nove o quê? – perguntou Raphael.

– Cavalos, Raff! – disse Izzy com impaciência. – Cavalos incontroláveis, indisciplinados e de sangue quente que ela paparica e tem como substitutos de filhos e com os quais gasta todo o dinheiro! *Meu Deus*, eu queria que papai a deixasse – disse Izzy. – Me passe a lata de biscoito, querido.

Ele assim o fez. Robin, que podia sentir que ele a olhava, manteve o teatro da absorção no trabalho.

O telefone tocou.

– Escritório de Jasper Chiswell – disse Izzy, tentando abrir a tampa da lata de biscoitos com uma só mão, com o fone embaixo do queixo. – Ah – disse ela, de repente fria. – Olá, Kinvara. Você perdeu papai por pouco...

Sorrindo para a expressão da meia-irmã, Raphael pegou a lata de biscoitos dela, abriu e a ofereceu a Robin, que negou com a cabeça. Uma torrente de palavras indistinguíveis era despejada do fone de Izzy.

– Não... não, ele saiu... ele só passou para cumprimentar Raff...

A voz do outro lado da linha parece ter ficado mais estridente.

– Voltou ao Departamento de Cultura, ele tem uma reunião às dez – disse Izzy. – Não posso... bom, porque ele está muito ocupado, sabe, a Olimp... sim... até logo.

Izzy bateu o fone e lutou para tirar o casaco.

– Ela devia fazer outra *terapia do sono*. A última parece não ter surtido resultado.

– Izzy não acredita em doença mental – disse Raphael a Robin.

Ele a olhava, ainda um tanto curioso e, ela imaginava, tentando atraí-la.

– É claro que eu acredito em doença mental, Raff! – falou Izzy, aparentemente magoada. – É claro que acredito! Lamentei por ela quando aconteceu... eu *lamentei*, Raff... Kinvara teve um natimorto dois anos atrás – explicou Izzy – e *é claro* que isso é triste, *claro* que é, e é bem compreensível que ela ficasse meio, sabe como é, depois, mais... não, eu sinto muito – disse ela com irritação, dirigindo-se a Raphael –, mas ela usa isso. Ela *usa*, Raff. Ela acha que isso lhe dá o direito a tudo que quer e... bom, de todo modo ela seria uma mãe terrível – disse Izzy, em desafio. – Ela não suporta não ser o centro das atenções. Quando não consegue o suficiente, começa seu teatro de garotinha... *Não me deixe sozinha, Jasper, tenho medo quando você não está aqui à noite.* Contando mentiras estúpidas... telefonemas estranhos para casa, homens escondidos nos canteiros de flores, mexendo com os cavalos.

– O quê? – disse Raphael, rindo um pouco, mas Izzy o interrompeu.

– Ah, meu Deus, olha, papai deixou os documentos da reunião.

Ela saiu às pressas de trás da mesa, pegou uma pasta de couro em cima do radiador e falou por cima do ombro:

– Raff, você pode ouvir os recados telefônicos e transcrever para mim enquanto estou fora, está bem?

A pesada porta de madeira bateu depois de sua passagem, deixando Robin sozinha com Raphael. Se antes da saída de Izzy ela já estava superconsciente da presença de Raphael, agora parecia a Robin que ele enchia toda a sala, seus olhos escuros nela.

Ele tomou Ecstasy e atropelou com seu carro a mãe de uma criança de quatro anos. Ele mal cumpriu um terço da sentença e agora o pai o colocou na folha de pagamento dos contribuintes.

– E aí, como eu faço isso? – perguntou Raphael, indo para trás da mesa de Izzy.

– É só apertar play, espero. – Robin falou em voz baixa, bebeu seu café e fingiu tomar notas em um bloco.

Recados enlatados começaram a ser emitidos da secretária eletrônica, tragando o leve zumbido de conversas da varanda depois da janela com cortina de renda.

Um homem chamado Rupert pedia a Izzy para ligar para ele sobre "a assembleia geral".

Uma eleitora de nome sra. Ricketts falou por dois minutos inteiros sobre o trânsito na Banbury Road.

Uma mulher furiosa disse, irritada, que devia ter esperado uma secretária eletrônica e que os representantes deviam atender ao público pessoalmente, depois falou até ser interrompida pelo aparelho a respeito dos vizinhos que não podavam os galhos de uma árvore, apesar dos repetidos pedidos da prefeitura.

E então uma voz arrastada de homem, quase teatralmente ameaçadora, encheu a sala silenciosa:

"Dizem que eles se mijam enquanto morrem, Chiswell, é verdade? Quarenta mil, ou vou descobrir quanto os jornais vão pagar."

20

Nós dois temos progredido em completo companheirismo.
Henrik Ibsen, *Rosmersholm*

Strike tinha escolhido o Two Chairmen para atualizar a conversa com Robin na noite de quarta-feira devido a sua proximidade do Palácio de Westminster. O pub ficava escondido em um cruzamento de ruas secundárias seculares – Old Queen Street, Cockpit Steps –, em meio a um sortimento de construções pitorescas e pacatas em ângulos oblíquos, uma em relação a outra. Somente enquanto ele mancava pela rua e via a placa de metal pendurada acima da porta de entrada foi que Strike percebeu que os "dois *chairmen*" que davam nome ao pub não eram, como ele havia suposto, presidentes de um conselho, mas criados humildes carregando a carga pesada de uma liteira. Cansado e dolorido, para Strike a imagem parecia adequada, embora quem ocupasse a liteira na placa do pub fosse uma dama refinada de branco, e não um ministro antipático e parrudo de cabelo grosso e gênio ruim.

O bar estava lotado de clientes depois do horário de trabalho e Strike teve uma apreensão súbita de que talvez não conseguisse um lugar ali dentro, uma perspectiva indesejável, porque a perna, as costas e o pescoço estavam tensos e doloridos depois da longa viagem de carro da véspera e das horas que passara na Harley Street no dia de hoje, vigiando o Doutor Duvidoso.

Strike tinha acabado de comprar um caneco de London Pride quando a mesa perto da janela vagou. Com uma guinada de velocidade nascida da necessidade, ele pegou a banqueta com o encosto voltado para a rua antes que o grupo mais próximo de mulheres e homens de terno pudesse apoderar-se dela. Ninguém questionou seu direito a ser o único ocupante de uma mesa para quatro. Strike era grandalhão e de cara amarrada o suficiente para fazer até este grupo de servidores públicos duvidar de sua capacidade de negociar uma solução conciliatória.

O bar com piso de madeira era o que Strike classificava mentalmente como "utilitário de luxo". Um mural desbotado na parede dos fundos retratava homens de peruca do século XVIII fofocando, mas, tirando isso, tudo era madeira de demolição e gravuras monocromáticas. Ele olhou pela janela para ver se Robin estava à vista, mas como não havia sinal dela, bebeu sua cerveja, leu as notícias do dia no telefone e tentou ignorar o cardápio disposto na mesa diante dele, que o tentava com uma foto de peixe com fritas.

Robin, que devia chegar às seis, ainda estava ausente meia hora depois. Incapaz de resistir por mais tempo à foto no cardápio, Strike pediu peixe e fritas e uma segunda cerveja, e leu um longo artigo no *The Times* sobre a iminente cerimônia de abertura dos Jogos Olímpicos, que na realidade era uma longa lista de como o jornalista temia que pudesse desvirtuar e humilhar a nação.

Às quinze para as sete, Strike já se preocupava com Robin. Tinha decidido ligar quando ela chegou correndo pela porta, ruborizada, usando óculos que Strike sabia que não precisava e com uma expressão que ele reconhecia que mal continha a empolgação de alguém que tinha algo digno de contar.

– Olhos castanhos – ele observou enquanto ela se sentava de frente para ele. – Boa. Muda todo seu visual. O que você tem?

– Como você sabe que eu...? Bom, na verdade, muita coisa. – Ela concluiu que não valia a pena brincar com ele. – Eu quase liguei para você mais cedo, mas teve gente por perto o dia todo e por muito pouco não consigo colocar o dispositivo de escuta esta manhã.

– Você colocou? Caramba, muito bem!

– Obrigada. Na verdade eu quero uma bebida, espere um pouco.

Ela voltou com uma taça de vinho tinto e se lançou imediatamente em um relato do recado que Raphael encontrara na secretária eletrônica naquela manhã.

– Não tive a chance de pegar o número de quem ligou, porque havia quatro recados depois dele. O sistema telefônico é antiquado.

De cenho franzido, Strike perguntou:

– Como a pessoa que ligou pronunciou "Chiswell", você se lembra?

— Disse do jeito certo. *Chizzle.*

— Bate com Jimmy — disse Strike. — O que aconteceu depois da ligação?

— Raff contou a Izzy quando ela voltou ao escritório — disse Robin, e Strike pensou ter detectado certo constrangimento enquanto ela dizia o nome de Raff. — Ele não entendeu o recado que estava passando, evidentemente. Izzy ligou para o pai de imediato e ele enlouqueceu. Dava para ouvi-lo gritar do outro lado da linha, mas não se compreendia muito do que dizia.

Strike coçou o queixo, pensando.

— Como parecia o anônimo que telefonou?

— Sotaque de Londres — disse Robin. — Ameaçador.

— "Eles se mijam enquanto morrem" — repetiu Strike em voz baixa.

Havia algo que Robin queria dizer, mas uma lembrança pessoal brutal dificultou que ela articulasse.

— Vítimas de estrangulamento...

— É — disse Strike, interrompendo-a. — Eu sei.

Os dois beberam.

— Bom, supondo-se que quem ligou foi Jimmy — Robin continuou —, ele telefonou para o departamento duas vezes hoje.

Ela abriu sua bolsa e mostrou a Strike o dispositivo de escuta escondido dentro dela.

— Você o apanhou? — perguntou ele, surpreso.

— E substituí por outro — disse Robin, incapaz de reprimir um sorriso triunfante. — Por isso cheguei atrasada. Aproveitei uma chance. Aamir, que trabalha com Winn, saiu e Geraint entrou em nossa sala enquanto eu estava guardando minhas coisas, para me levar no papo.

— Ele levou mesmo, não foi? — perguntou Strike, irônico.

— Que bom que você acha engraçado — disse Robin com frieza. — Ele não é um cara legal.

— Desculpe — disse Strike. — De que jeito ele não é um cara legal?

— Vai por mim — disse Robin. — Conheci muitos em escritórios. É um pervertido, mas com uns recursos de arrepiar. Ele simplesmente me disse — e a indignação dela transpareceu no seu rosto cada vez mais vermelho — que eu o fazia lembrar de sua filha morta. Depois pegou no meu cabelo.

— Pegou no seu cabelo? — repetiu Strike, sem achar graça.

— Tirou uma mecha de meu ombro e correu entre os dedos. Depois acho que ele notou o que eu pensava dele e tentou fazer com que parecesse paternal. Aí eu disse que precisava ir ao banheiro, mas pedi a ele que ficasse, para podermos continuar a conversa sobre filantropia. Fui até o corredor e troquei os dispositivos.

— Foi um trabalho danado de bom, Robin.

— Ouvi no caminho para cá — disse Robin, tirando fones de ouvido do bolso — e...

Robin entregou os fones a Strike.

— ... ajustei na parte interessante.

Strike obedientemente inseriu os fones no ouvido e Robin ligou a gravação em sua bolsa.

"... às três e meia, Aamir".

A voz masculina e galesa foi interrompida por um celular tocando. Pés se mexeram perto da tomada elétrica, o toque telefônico cessou e Geraint disse:

"Ah, oi, Jimmy... Espere um minu... Aamir, feche essa porta."

Mais farfalhar, passos.

"Sim, Jimmy...?"

Seguiu-se um longo trecho em que Geraint parecia tentar conter o fluxo de um discurso crescente.

"Nossa... agora espe... Jimmy, escu... Jimmy, escute... *escute!* Sei que você sofreu, Jimmy, eu entendo sua amargura... *Jimmy, por favor!* Entendo seus sentimentos... é injusto, Jimmy, nem Della nem eu fomos criados na riqueza... meu pai era um mineiro de carvão, Jimmy! Agora escute, por favor! *Estamos perto de conseguir as fotos!*"

Seguiu-se um trecho em que Strike pensou ter ouvido, muito de leve, a ascensão e queda do discurso fluente de Jimmy Knight do outro lado da linha.

"Entendo seu argumento", disse por fim Geraint, "mas insisto que você não faça nada precipitado, Jimmy. Ele não vai dar a você... Jimmy, escute! Ele não vai te dar o dinheiro, ele deixou isso inteiramente claro. Agora são os jornais ou nada, então... provas, Jimmy! Provas!"

Seguiu-se outro período mais curto de frases ininteligíveis.

"Foi o que eu te disse agora, não foi? Sim... não, mas o Ministério das Relações Exteriores... bom, dificilmente... não, Aamir tem um contato... sim... sim... tudo bem, então... eu vou, Jimmy. Ótimo... sim, tudo bem. Sim. Até logo."

O baque de um celular sendo baixado foi seguido pela voz de Geraint.

"Cretino idiota", disse ele.

Houve mais passos. Strike olhou para Robin, que, com um gesto de rotação da mão, indicou que ele devia continuar ouvindo. Depois de talvez trinta segundos, Aamir falou, tímido e tenso.

"Geraint, Christopher não prometeu nada sobre as fotos."

Mesmo naquela gravação minúscula, com o farfalhar próximo de papéis na mesa de Geraint, o silêncio parecia carregado.

"Geraint, você me ouv...?"

"Sim, eu ouvi!", vociferou Winn. "Meu Deus do céu, garoto, um material de primeira e você não consegue pensar num jeito de convencer esse filho da puta a lhe dar fotos? Não estou te pedindo para retirar do ministério, só para conseguir cópias. Isto não devia estar além da perspicácia humana."

"Não quero mais problemas", disse Aamir em voz baixa.

"Bom, eu devia ter pensado", disse Geraint, "depois de tudo que Della particularmente fez por você..."

"E eu sou grato", disse Aamir rapidamente. "Sabe que eu sou... muito bem, eu vou... vou tentar."

No minuto seguinte, não houve som algum, além de passos e papéis, seguidos por um estalo mecânico. O dispositivo se desligou automaticamente depois de um minuto sem ninguém falando, reativado quando alguém falou. A voz seguinte era de um homem diferente perguntando se Della ia comparecer "ao subcomitê" naquela tarde.

Strike retirou os fones do ouvido.

– Pegou tudo? – perguntou Robin.

– Acho que sim – disse Strike.

Ela se recostou, olhando com expectativa para Strike.

– O Ministério das Relações Exteriores? – repetiu ele em voz baixa. – Que diabos ele pode ter feito para insinuar que o *Ministério das Relações Exteriores* tenha fotos?

– Pensei que não devíamos estar interessados no que ele fez – disse Robin de sobrancelhas erguidas.

– Eu nunca disse que não estava interessado. Só que não estou sendo pago para descobrir.

O peixe com fritas de Strike chegou. Ele agradeceu ao garçom e passou a acrescentar uma quantidade generosa de ketchup ao prato.

— Izzy foi totalmente franca a respeito de seja o que for isso – disse Robin, pensando bem agora. — Ela não podia ter falado nisso como fez, se ele... sabe como é... assassinou alguém.

Ela deliberadamente evitou a palavra "estrangulou". Três crises de pânico em três dias já bastavam.

— Tenho de dizer – disse Strike, agora mastigando batata frita – que você ganhou o dia com o telefonema anônimo... a não ser – disse ele, tendo uma ideia – que Jimmy tivesse a brilhante ideia de tentar arrastar Chiswell para a questão de Billy além de qualquer outra coisa que ele verdadeiramente tenha feito. O assassinato de uma criança não precisa ser verídico para criar problemas para um ministro do governo que já tem a imprensa na cola. Você conhece a internet. Muita gente por aí pensa que ser um conservador equivale a ser assassino de crianças. Esta pode ser a ideia de Jimmy de aumentar a pressão.

Strike meteu o garfo em algumas fritas, taciturno.

— Gostaria de saber onde Billy está, se temos alguém livre para procurar por ele. Barclay não viu nenhum sinal dele e disse que Jimmy nem falou que tinha um irmão.

— Billy disse que estava em cativeiro – Robin falou, hesitante.

— Para ser franco, não acho que podemos dar muito crédito a qualquer coisa que Billy esteja dizendo agora. Conheci um sujeito nos Shiners que teve um episódio psicótico durante exercícios. Achava que tinha baratas vivendo embaixo da pele.

— Nos o quê?

— Shiners. Os fuzileiros. Quer uma batata?

— Melhor não. — Robin suspirou, embora estivesse com fome. Matthew, a quem ela avisou por mensagem de texto que chegaria tarde, disse que ia esperar por ela em casa, assim eles poderiam jantar juntos. — Escute, eu não te contei tudo.

— Suki Lewis? – perguntou Strike, esperançoso.

— Ainda não consegui trabalhar essa conversa com ela. Não, é que a esposa de Chiswell alega que homens estiveram à espreita nos canteiros de flores e mexendo com seus cavalos.

— Homens? – repetiu Strike. – No plural?

— Foi o que disse Izzy... mas ela também disse que Kinvara é histérica e procura atenção.

— Está virando um tema, não é verdade? Gente que se supõe ser louca por saber o que viu.

— Você acha que pode ter sido Jimmy também? No jardim?

Strike pensou enquanto mastigava.

— Não consigo ver o que ele tem a ganhar ficando de tocaia no jardim ou mexendo com os cavalos, a não ser que ele esteja num ponto em que simplesmente queira assustar Chiswell. Vou verificar com Barclay e ver se Jimmy tem carro ou se falou em ir a Oxfordshire. Kinvara chamou a polícia?

— Raff perguntou isso, quando Izzy voltou – disse Robin e, mais uma vez, Strike pensou ter detectado certo constrangimento quando ela falava o nome do homem. – Kinvara alega que os cachorros latiram, ela viu a sombra de um homem no jardim, mas ele fugiu. Disse que havia pegadas no campo dos cavalos na manhã seguinte e que um dos animais foi cortado com uma faca.

— Ela chamou um veterinário?

— Não sei. É difícil fazer perguntas com Raff na sala. Não quero parecer enxerida demais, porque ele não sabe quem eu sou.

Strike afastou o prato e procurou seus cigarros às apalpadelas.

— Fotos – ele refletiu, voltando ao ponto central. – Fotos no Ministério das Relações Exteriores. Mas o que elas podem mostrar que incriminariam Chiswell? Ele nunca trabalhou nas Relações Exteriores, trabalhou?

— Não – disse Robin. – O cargo mais alto que já teve foi de ministro do Comércio. Teve de renunciar devido ao caso com a mãe de Raff.

O relógio de madeira acima da lareira dizia a ela que era hora de ir embora. Ela não se mexeu.

— Está gostando de Raff, então? – disse Strike de repente, pegando-a de guarda baixa.

— O quê?

Robin receou ter ficado vermelha.

— O que quer dizer com estou "gostando" dele?

— Só uma impressão que eu tive – disse Strike. – Você o reprovava antes de conhecê-lo.

— Você quer que eu me antagonize com ele quando devo ser a afilhada do pai do cara? – Robin quis saber.

— Não, claro que não – disse Strike, mas Robin teve a sensação de que ele ria dela, e se ressentiu disso.

— É melhor eu ir andando. — Ela pegou os fones de ouvido na mesa e recolocou na bolsa. — Eu disse a Matt que estaria em casa para o jantar.

Ela se levantou, acenou uma despedida a Strike e saiu do pub.

Strike a observou ir embora, lamentando um pouco ter comentado sobre suas maneiras quando falava em Raphael Chiswell. Depois de alguns minutos de consumo solitário da cerveja, ele pagou pela comida e foi para a calçada, onde acendeu um cigarro e telefonou para o ministro da Cultura, que atendeu no segundo toque.

— Espere aí – disse Chiswell. Strike ouvia uma multidão murmurando atrás dele. — Sala lotada.

O estalo de uma porta se fechando e o barulho da multidão foi abafado.

— Estou em um jantar – disse Chiswell. — Alguma coisa para mim?

— Infelizmente, não são boas notícias – disse Strike, afastando-se do pub, subindo a Queen Anne Street, entre prédios pintados de branco que reluziam no crepúsculo. — Minha sócia conseguiu plantar o dispositivo de escuta na sala do sr. Winn esta manhã. Temos uma gravação dele falando com Jimmy Knight. O assistente de Winn... Aamir, não é isso?... está tentando obter cópias daquelas fotografias de que o senhor me falou. Nas Relações Exteriores.

O silêncio que se seguiu durou tanto que Strike se perguntou se a ligação fora interrompida.

— Minist...?

— Estou aqui! – rosnou Chiswell. — Aquele rapaz, Mallik, não é? Cretininho sujo. *Que cretininho sujo.* Ele já perdeu um emprego... deixe que ele tente, só isso. Que ele tente! Ele acha que eu não... sei de coisas sobre Aamir Mallik – disse ele. — Ah, sim.

Strike esperou, com certa surpresa, pelo esclarecimento destas observações, mas não veio nada. Chiswell apenas soltou o ar pesadamente ao telefone. Pancadas suaves e abafadas disseram a Strike que Chiswell andava de um lado a outro no carpete.

— É só isso que tem a me dizer? – exigiu por fim o ministro.

— Há mais uma coisa – disse Strike. — Minha sócia disse que sua esposa viu um homem ou homens invadindo sua propriedade à noite.

— Ah – disse Chiswell –, sim. — Ele não parecia particularmente preocupado. — Minha esposa tem cavalos e ela leva muito a sério a segurança deles.

– O senhor não acha que existe alguma ligação com...?

– Nem a mais leve, nem a mais leve ligação. Às vezes Kinvara... bem, para ser franco – disse Chiswell –, ela pode ser uma histérica. Tem um monte de cavalos, sempre se queixa de que eles vão ser roubados. Não quero que você desperdice tempo perseguindo sombras pelo mato em Oxfordshire. Meus problemas estão em Londres. É tudo?

Strike disse que sim e, depois de uma despedida ríspida, Chiswell desligou, deixando o detetive para mancar até a estação de St. James's Park.

Acomodado em um assento do canto no metrô dez minutos depois, Strike cruzou os braços, esticou as pernas e passou a olhar sem ver a janela do outro lado.

A natureza desta investigação era muito incomum. Ele nunca tivera um caso de chantagem em que o cliente fosse tão reticente a respeito de seu crime – mas, Strike raciocinou consigo mesmo, ele nunca havia tido um ministro do governo como cliente. Do mesmo modo, não era todo dia que um jovem possivelmente psicótico irrompia no seu escritório e insistia em ter testemunhado o assassinato de uma criança, embora Strike certamente tenha recebido sua justa parcela de comunicações incomuns e desequilibradas desde que chegou aos jornais: o que ele certa vez chamou, para ocasionais protestos de Robin, de "a gaveta dos malucos", que agora ocupa metade de um arquivo.

Era a relação precisa entre a criança estrangulada e o caso de chantagem de Chiswell que preocupava Strike, embora, diante disso, a ligação fosse evidente: estava no fato de que Jimmy e Billy eram irmãos. Agora alguém (e Strike pensou que era tremendamente provável ser Jimmy, a julgar pelo relato que Robin fez do telefonema) parece ter decidido ligar a história de Billy a Chiswell, embora seja possível que o objeto de chantagem que levou Chiswell a Strike não tenha sido infanticídio, ou Geraint Winn teria procurado a polícia. Como uma língua sondando duas aftas, os pensamentos de Strike insistiam em voltar infrutiferamente aos irmãos Knight: Jimmy, carismático, articulado, de boa aparência, meio violento, um oportunista e cabeça-quente, e Billy, perturbado, sujo, inquestionavelmente doente, atormentado por uma lembrança não menos pavorosa pelo fato de poder ser falsa.

Eles se mijam enquanto morrem.

Quem? De novo, Strike parecia ouvir Billy Knight.

Eles a enterraram com um cobertor cor-de-rosa, no vale perto da casa de meu pai. Mas depois disseram que era um menino...

Ele acaba de ser especificamente instruído por seu cliente a restringir suas investigações a Londres, e não a Oxfordshire.

Enquanto olhava o nome da estação a qual tinha acabado de chegar, Strike se lembrou do constrangimento de Robin quando falava de Raphael Chiswell. Bocejando, ele pegou o celular novamente e conseguiu localizar no Google o filho mais novo de seu cliente, de quem havia muitas fotos subindo a escada do tribunal para seu julgamento por homicídio culposo.

Enquanto rolava por várias fotos de Raphael, Strike sentiu uma crescente antipatia pelo jovem bonito com seu terno escuro. Deixando de lado o fato de que o filho de Chiswell mais parecia um modelo italiano do que alguém britânico, as imagens provocaram um ressentimento latente, com origem em traumas de classe e pessoais, brilhando um pouco mais vermelhas no peito de Strike. Raphael era do mesmo tipo de Jago Ross, o homem com quem Charlotte se casou depois de se separar de Strike: classe alta, vestido com roupas caras e instruído, seus pecadilhos tratados com mais leniência por ser capaz de pagar por advogados melhores, por se assemelhar aos filhos dos juízes que decidiam seu destino.

O metrô partiu novamente e Strike, perdendo a conexão, recolocou o telefone no bolso, cruzou os braços e voltou a olhar vagamente pela janela escura, tentando negar uma desagradável ideia, mas ela metia o focinho nele como um cachorro exigindo comida, era impossível ignorar.

Ele agora percebia que nunca tinha imaginado Robin interessada em qualquer outro homem que não fosse Matthew, exceto, é claro, por aquele momento em que ele próprio a abraçou na escada em seu casamento, quando, brevemente...

Furioso consigo mesmo, ele chutou de lado o pensamento inútil e obrigou a mente errante a voltar ao curioso caso de um ministro do governo, cavalos cortados e um corpo enterrado com um cobertor cor-de-rosa lá no vale.

21

... alguns jogos acontecem pelas suas costas nesta casa.

Henrik Ibsen, *Rosmersholm*

– Por que você está tão ocupada e eu não tenho porcaria nenhuma para fazer? – perguntou Raphael a Robin, no final da manhã de sexta-feira.

Ela havia acabado de voltar, depois de seguir Geraint até o Portcullis House. Observando de longe, ela viu os sorrisos educados de muitas jovens que ele cumprimentava se transformarem em expressões de desprazer quando ele passava. Geraint tinha desaparecido numa sala de reuniões no primeiro andar, e assim Robin voltou ao escritório de Izzy. Ao se aproximar da sala de Geraint, ela torceu para poder entrar furtivamente e pegar o segundo dispositivo de escuta, mas pela porta aberta viu Aamir trabalhando em seu computador.

– Raff, darei a você algo para fazer daqui a pouco, querido – resmungou uma tensa Izzy, que martelava em seu teclado. – Preciso acabar isto, é para a presidente local do partido. Papai vem assinar em cinco minutos.

Ela lançou um olhar apressado ao irmão, que estava esparramado na poltrona, as pernas compridas esticadas, as mangas da camisa arregaçadas, a gravata frouxa, brincando com o crachá de visitante que tinha pendurado no pescoço.

– Por que você não vai tomar um café na varanda? – sugeriu Izzy. Robin entendeu que ela queria o irmão longe dali quando Chiswell aparecesse.

– Quer vir para um café, Venetia? – perguntou Raphael.

– Não posso – disse Robin. – Ocupada.

O ventilador na mesa de Izzy virou para o lado de Robin e ela desfrutou de alguns segundos de uma brisa fria. A janela com cortina de renda dava uma impressão enevoada ao glorioso dia de junho. Parlamentares truncados apareciam como espectros brilhantes na varanda depois do vidro. Estava abafado na sala apertada. Robin usava um vestido de algodão, o cabelo preso num rabo de cavalo, mas de vez em quando ainda cobria o lábio superior com as costas da mão, como quem finge trabalhar.

Ter Raphael no escritório era, como Robin havia dito a Strike, uma desvantagem. Não havia necessidade de inventar desculpas para rondar o corredor quando ela estava sozinha com Izzy. Além de tudo, Raphael a olhava muito, de um jeito inteiramente diferente dos olhares lascivos de cima a baixo de Geraint. Ela não aprovava Raphael, mas de vez em quando se via chegando perigosamente perto de sentir pena dele. Ele ficava nervoso perto do pai, e depois – bom, *qualquer um* o acharia bonito. Este era o principal motivo para ela não querer olhá-lo: era melhor não, para quem quisesse preservar alguma objetividade.

Ele ainda procurava fomentar um relacionamento mais próximo com ela, que tentava desestimular. Na véspera mesmo ele a havia interrompido enquanto ela pairava perto da porta de Geraint e Aamir, escutando com toda atenção uma conversa que Aamir tinha ao telefone sobre um "inquérito". Pelos poucos detalhes que Robin ouvira até agora, ela estava convencida de que o Level Playing Field era objeto de discussão.

"Mas isto não é um inquérito *regulamentar?*", perguntava Aamir, parecendo preocupado. "Não é oficial? Pensei que fosse só uma rotina... mas o sr. Winn entendeu que a carta dele ao regulador de arrecadação de fundos tinha respondido a todas as suas preocupações."

Robin não pôde desperdiçar a oportunidade de ouvir, mas sabia que sua situação era arriscada. O que ela não esperava era ser surpreendida por Raphael, e não por Winn.

– O que você está fazendo, escondida por aqui? – perguntara ele, rindo.

Robin afastou-se apressadamente, mas ouviu a porta de Aamir bater a suas costas e suspeitou de que ele, pelo menos, cuidaria para que ela ficasse fechada no futuro.

– Você é sempre tão nervosa assim, ou isso é só comigo? – perguntara Raphael, apressando-se atrás dela. – Vamos tomar um café, vem, estou muito entediado.

Robin tinha declinado bruscamente, mas enquanto fingia estar ocupada de novo, tinha de admitir que parte dela – uma parte mínima – estava lisonjeada com as atenções dele.

Houve uma batida na porta e, para surpresa de Robin, Aamir Mallik entrou na sala, segurando uma lista de nomes. Nervoso, mas decidido, ele se dirigiu a Izzy.

– É, humm, oi. Geraint gostaria de acrescentar os curadores do Level Playing Field na recepção paralímpica no dia 12 de julho – disse ele.

– Não tenho nada a ver com essa recepção – explodiu Izzy. – O DCME está organizando, não eu. *Por que* – ela explodiu, tirando a franja molhada da testa – todo mundo procura *por mim*?

– Geraint precisa que eles compareçam – disse Aamir. A lista de nomes tremia em sua mão.

Robin se perguntou se agora teria o atrevimento de entrar de mansinho na sala vazia de Aamir e trocar os dispositivos de escuta. Ela se levantou em silêncio, tentando não chamar atenção.

– Por que ele não pede para Della? – perguntou Izzy.

– Della está ocupada. São só oito pessoas – disse Aamir. – Ele realmente precisa...

– *"Esta é a palavra de Lachesis, filha da Necessidade!*

Os tons estrondosos do ministro da Cultura o precederam na sala. Chiswell parou na soleira, usando um terno amarrotado e bloqueando a saída de Robin. Ela voltou a se sentar discretamente. Aamir, ou assim pareceu a Robin, ficou tenso.

– Sabe quem foi Lachesis, sr. Mallik? – perguntou Chiswell.

– Não posso afirmar que sim – disse Aamir.

– Não? Não estudam os gregos lá em Harringay? Você parece ter tempo sobrando, Raff. Ensine sobre Lachesis ao sr. Mallik.

– Eu também não sei – disse Raphael, espiando o pai através dos cílios grossos e escuros.

– Fazendo-se de burro, é? Lachesis – disse Chiswell – foi uma das Moiras. Ela media o fio da vida de cada homem. Sabia quanto cabia a cada um. Não é um admirador de Platão, sr. Mallik? Catulo faz mais o seu gênero, imagino. Ele produziu uma poesia refinada sobre homens de seus hábitos. *Pedicabo ego vos et irrumabo, Aurelia pathice et cinaede Furi*, hein? Poema 16, dê uma olhada, você vai gostar.

Raphael e Izzy olhavam fixamente o pai. Aamir ficou parado por alguns segundos como se tivesse esquecido o que o levara ali, depois saiu da sala.

— Um pouco de educação em literatura clássica para todos — disse Chiswell, virando-se com o que parecia uma satisfação maliciosa para vê-lo partir. — Nunca se é velho demais para aprender, não, Raff?

O celular de Robin vibrou em sua mesa. Strike tinha mandado uma mensagem de texto. Eles concordaram em não entrar em contato durante o horário de trabalho, a não ser que fosse urgente. Ela colocou o telefone na bolsa.

— Onde está a pilha para eu assinar? — perguntou Chiswell a Izzy. — Você terminou aquela carta para a maldita Brenda Bailey?

— Imprimindo agora — disse Izzy.

Enquanto Chiswell colocava sua assinatura em uma pilha de cartas, respirando como um buldogue na sala sempre silenciosa, Robin disse em voz baixa que precisava sair e foi apressada para o corredor.

Querendo ler a mensagem de Strike sem medo de interrupções, ela seguiu uma placa de madeira para a cripta, desceu às pressas a estreita escada de pedra indicada e encontrou, ao fundo, uma capela deserta.

A cripta era decorada como uma caixa de joias medieval, cada centímetro de parede dourada embelezada com motivos e símbolos heráldicos e religiosos. Havia pinturas de santos brilhantes como joias acima do altar e o órgão azul-celeste era envolto em fita dourada e *fleurs-de-lys* escarlate. Robin foi às pressas a um banco de veludo vermelho e abriu a mensagem de Strike.

Preciso de um favor. Barclay termina um período de dez dias com Jimmy Knight, mas ele acaba de descobrir que a esposa vai trabalhar no fim de semana e não consegue mais ninguém para cuidar do bebê. Andy parte para uma semana em Alicante com a família esta noite. Não posso seguir Jimmy, ele me conhece. A ROCOM vai participar de uma passeata antimísseis amanhã. Começa às 2, em Bow. Pode fazer isso?

Robin olhou a mensagem por vários segundos, depois soltou um gemido que teve eco pela cripta.

Era a primeira vez em mais de um ano que Strike lhe pedia para fazer hora extra com tão pouca antecedência, mas este era o fim de semana de seu aniversário de casamento. O hotel caro fora reservado, as malas preparadas e guardadas no carro. Ela devia se encontrar com Matthew depois do trabalho, em duas horas. Eles iam de carro diretamente a Le Manoir aux Quat'Saisons. Matthew ficaria furioso se ela dissesse que não podia ir.

No silêncio dourado da cripta, voltaram-lhe as palavras que Strike tinha dito quando concordou em lhe dar o treinamento de detetive.

Preciso de alguém que possa trabalhar por longos períodos, fins de semana... você tem muita aptidão para o trabalho, mas vai se casar com alguém que detesta que faça isso...

E ela havia lhe dito que não importava o que pensasse Matthew, que cabia a ela decidir o que fazer.

Onde estava sua lealdade agora? Ela dissera que ficaria no casamento, prometeu que lhe daria uma chance. E Strike tirou dela muitas horas de trabalho não remunerado. Ele não podia alegar que ela era preguiçosa.

Lentamente, deletando palavras, substituindo-as, pensando melhor em cada sílaba, ela digitou uma resposta.

Eu sinto muito, mas será o fim de semana de meu aniversário de casamento. Temos reserva em um hotel, partimos esta noite.

Ela queria escrever mais, mas o que havia para dizer? "Meu casamento não vai bem, então é importante que seja comemorado"? "Eu gostaria muito de me disfarçar de manifestante e seguir Jimmy Knight"? Ela pressionou "Enviar".

Sentada ali, esperando pela resposta dele, com a sensação de que estava prestes a obter os resultados de exames médicos, os olhos de Robin acompanharam o curso de trepadeiras retorcidas que cobriam o teto. Rostos estranhos a espiavam da moldura, como o selvagem Homem Verde do mito. Imagens heráldicas e pagãs se misturavam com anjos e crucifixos. Era mais do que um lugar de Deus, esta capela. Remontava a uma época de superstição, magia e poder feudal.

Os minutos se passavam e Strike ainda não tinha respondido. Robin se levantou e andou pela capela. Bem no fundo, encontrou um armário. Ao abrir, viu uma placa comemorativa à sufragista Emily Davison. Ao que parecia, ela havia passado a noite ali para dar como residência a Câmara dos

Comuns no recenseamento de 1911, sete anos antes de as mulheres terem o direito de votar. Emily Davison, Robin não pôde deixar de sentir, não teria apoiado a decisão de Robin de colocar um casamento falido acima da liberdade de trabalhar.

O celular de Robin zumbiu de novo. Ela baixou os olhos, temerosa do que estava prestes a ler. Strike tinha respondido com duas letras:

OK

Um peso de chumbo parecia ter escorregado de seu peito para o estômago. Strike, como Robin sabia bem, ainda morava num conjugado acima do escritório e trabalhava nos fins de semana. O único solteiro na agência, o limite entre sua vida profissional e privada era, se não exatamente inexistente, flexível e poroso, enquanto o dela, de Barclay e de Hutchins não era assim. E o pior era que Robin não conseguia pensar em um jeito de dizer a Strike que ela lamentava, que entendia, que desejava que as coisas fossem diferentes sem lembrar aos dois aquele abraço na escada em seu casamento, agora há tanto tempo sem ser mencionado que ela se perguntava se ele ainda se lembrava do fato.

Sentindo-se inteiramente infeliz, ela refez os passos ao sair da cripta, ainda segurando os papéis que tinha fingido entregar.

Raphael estava sozinho no escritório quando ela voltou, sentado ao PC de Izzy, digitando a um terço da velocidade da irmã.

— Izzy foi com papai fazer uma coisa tão chata que simplesmente bateu no meu cérebro e saiu – disse ele. – Vão voltar daqui a pouco.

Robin abriu um sorriso forçado e voltou a sua mesa, com a mente em Strike.

— Meio estranho, aquele poema, não foi? – perguntou Raphael.

— O quê? Ah... ah, aquilo em latim? Sim – disse Robin. – Foi, um pouco.

— É como se ele tivesse decorado para usar com Mallik. Ninguém tem aquilo na ponta da língua.

Refletindo que também Strike parecia conhecer de cor trechos estranhos de latim, Robin falou.

— Não, é de se pensar que não.

— Ele guardou para aquele Mallik ou coisa parecida?

— Sinceramente não sei — Robin mentiu.

Esgotando o jeito de se ocupar à mesa, ela mexeu nos papéis de novo.

— Quanto tempo você vai ficar, Venetia?

— Não sei bem. Até o Parlamento entrar em recesso, provavelmente.

— É sério que você quer trabalhar aqui? Permanentemente?

— Sim — disse ela. — Acho interessante.

— O que você fazia antes disso?

— RP — disse Robin. — Era bem divertido, mas eu queria variar.

— Espera pegar um parlamentar? — disse ele com um leve sorriso.

— Não posso dizer que tenha visto alguém por aqui com quem gostaria de me casar — disse Robin.

— Magoei. — Raphael soltou um suspiro fingido.

Com medo de ter ficado vermelha, Robin tentou encobrir, curvando-se para abrir uma gaveta e pegando alguns objetos ao acaso.

— E aí, Venetia Hall tem alguém? — Ele insistiu enquanto ela endireitava o corpo.

— Sim — disse ela. — O nome dele é Tim. Já estamos juntos há um ano.

— Ah, é? E Tim faz o quê?

— Trabalha na Christie's — disse Robin.

Ela teve a ideia inspirada nos homens que tinha visto com Sarah Shadlock no Red Lion: tipos imaculados, de terno, de escola particular, do gênero que ela imaginava que a afilhada de Chiswell conheceria.

— E você? — perguntou ela. — Izzy disse alguma coisa...

— Na galeria? — Raphael a interrompeu. — Aquilo não foi nada. Ela era nova demais para mim. Os pais dela a mandaram para Florença, de qualquer forma.

Ele tinha virado a cadeira de frente para ela, com uma expressão grave e investigativa, contemplando como se quisesse saber algo que a conversa comum não produziria. Robin rompeu o olhar mútuo. Sustentar um olhar com aquela intensidade não correspondia à namorada feliz do imaginário Tim.

— Você acredita em redenção?

A pergunta apanhou Robin totalmente de surpresa. Tinha certa gravidade e beleza, como a joia reluzente da capela aos pés de uma escada em caracol.

— Eu... sim, acredito — disse ela.

Ele havia apanhado um lápis na mesa de Izzy. Seus dedos longos o viravam sem parar enquanto ele a olhava intensamente. Parecia que a avaliava.

– Sabe o que eu fiz? No carro?

– Sei – respondeu ela.

O silêncio que se desenrolou entre eles pareceu a Robin povoado de luzes faiscantes e figuras nas sombras. Ela podia imaginar Raphael sanguinário ao volante e a figura alquebrada da jovem mãe na rua, e as viaturas policiais, a gravação do incidente e as pessoas boquiabertas nos carros que passavam. Ele a observava intensamente, na esperança, pensou ela, de algum tipo de bênção, como se importasse seu perdão. E às vezes, ela sabia, a gentileza de um estranho, ou mesmo de um conhecido casual, podia ser transformadora, algo a que se agarrar enquanto os mais próximos de você o arrastavam para baixo em sua tentativa de ajudar. Ela pensou no funcionário idoso no Salão dos Parlamentares, sem intervir, mas imensamente reconfortante, suas palavras gentis e roucas uma corda a que se agarrar, que a levaria de volta à sanidade mental.

A porta se abriu de novo. Robin e Raphael tomaram um susto enquanto uma ruiva curvilínea entrava na sala, com um crachá de visitante pendurado no pescoço por um cordão. Robin a reconheceu imediatamente de fotografias na internet como a esposa de Jasper Chiswell, Kinvara.

– Olá – disse Robin, porque Kinvara apenas encarava vagamente Raphael, que tinha se virado apressadamente para o computador e recomeçava a digitar.

– Você deve ser Venetia – disse Kinvara, voltando seus olhos dourados e claros para Robin. Tinha uma voz aguda, de menina. Seus olhos eram felinos em um rosto ligeiramente roliço. – Mas não é que você é bonita? Ninguém me disse que você era tão bonita.

Robin não sabia o que responder a isto. Kinvara abaixou na poltrona arriada em que Raff costumava se sentar, tirou os óculos escuros de grife que afastavam o cabelo ruivo e comprido do rosto e o sacudiu. Seus braços e pernas expostos tinham muitas sardas. Os primeiros botões do vestido verde sem mangas estavam repuxados pelo busto avantajado.

– Você é filha *de quem*? – perguntou Kinvara com certa petulância. – Jasper não me disse. Ele não me conta nada que não *precisa* contar, na verdade. Estou acostumada com isso. Ele só disse que você era uma afilhada.

Ninguém tinha alertado Robin de que Kinvara não sabia quem ela realmente era. Talvez Izzy e Chiswell não esperassem que as duas ficassem cara a cara.

– Sou filha de Jonathan Hall – disse Robin, nervosa. Ela havia inventado uma formação rudimentar para Venetia-a-afilhada, mas nunca esperava ter de explicar isso à própria esposa de Chiswell, que presumivelmente conhecia todos os amigos e conhecidos de Chiswell.

– Quem é ele? – perguntou Kinvara. – Eu devia saber, Jasper vai ficar irritado se não prestei atenção...

– Ele lida com gestão fundiária em...

– Ah, na propriedade de Northumberland? – Kinvara a interrompeu, seu interesse não parecia particularmente profundo. – Isso foi antes do meu tempo.

Graças a Deus, pensou Robin.

Kinvara cruzou as pernas, e os braços sobre o peito largo. Seu pé se balançava para cima e para baixo. Ela disparou a Raphael um olhar duro, quase rancoroso.

– Não vai dizer oi, Raphael?

– Oi – disse ele.

– Jasper me disse que encontraria você aqui, mas se prefere que eu espere no corredor, posso fazer isso – disse Kinvara em sua voz aguda e tensa.

– É claro que não – respondeu Raphael em voz baixa, franzindo o cenho com determinação para o monitor.

– Bom, eu não queria interromper nada – disse Kinvara, virando-se de Raphael para Robin. A história da loura no banheiro da galeria de arte voltou à mente de Robin. Pela segunda vez, ela fingiu procurar alguma coisa em uma gaveta e foi com alívio que ouviu o barulho de Chiswell e Izzy vindo pelo corredor.

– ... e às três horas, no máximo, ou não terei tempo de ler toda essa porcaria. E diga a Haines que *ele terá* de falar com a BBC, não tenho tempo para um bando de idiotas falando sobre inclu... Kinvara.

Chiswell estacou na porta do escritório e disse, sem nenhum vestígio de afeto:

– Eu disse para você me encontrar no DCME, não aqui.

– E também é ótimo ver você, Jasper, depois de três dias longe – disse Kinvara, levantando-se e ajeitando o vestido amarrotado.

— Oi, Kinvara – disse Izzy.

— Esqueci que você falou DCME – disse Kinvara a Chiswell, ignorando a enteada. – Estive tentando te ligar a manhã toda...

— Eu te falei – rosnou Chiswell –, estaria em reuniões até às 13 horas e se é sobre aqueles malditos cruzamentos de novo...

— Não, não é sobre os cruzamentos, Jasper, *sinceramente*, e eu preferia falar com você em particular, mas se você quer que eu diga na frente de seus filhos, vou falar!

— Ah, pelo amor de Deus! – Chiswell gritou. – Venha, então, vamos encontrar uma sala privativa...

— Teve um homem ontem à noite – disse Kinvara –, que... *não me olhe desse jeito, Isabella!*

A expressão de Izzy de fato transmitia um ceticismo escancarado. Ela ergueu as sobrancelhas e entrou na sala, agindo como se Kinvara tivesse ficado invisível para ela.

— Eu disse que você pode me contar em uma sala privativa! – rosnou Chiswell, mas Kinvara recusou-se a ser dissuadida.

— Eu vi um homem na mata perto da casa ontem à noite, Jasper! – disse ela, em uma voz alta e aguda que Robin sabia que tinha eco por todo o corredor estreito. – *Não estou* imaginando coisas... tinha um homem com uma pá na mata, eu vi, e ele fugiu quando os cães o perseguiram! Pode continuar me dizendo para não fazer estardalhaço, mas eu fico sozinha naquela casa à noite e se *você não vai* fazer alguma coisa a respeito disso, Jasper, *eu vou* chamar a polícia!

22

... não sente o chamado para realizá-lo, por uma boa causa?
Henrik Ibsen, *Rosmersholm*

Strike estava de péssimo humor.

Mas que merda, ele se perguntou, enquanto mancava para Mile End Park na manhã seguinte, por que *ele*, o sócio majoritário e fundador da agência, tinha de vigiar uma marcha de protesto em uma manhã quente de sábado, quando tinha três empregados e uma perna estourada? Porque, ele próprio respondeu, *ele* não tinha um filho de berço que precisava de cuidados, nem uma esposa que arranjava passagens de avião ou quebrava o pulso, nem a porra de um fim de semana de aniversário de casamento planejado. *Ele* não era casado, portanto era sua folga que precisava ser sacrificada, *seu* fim de semana que se transformava em outros dois dias de trabalho.

Tudo que Robin temia Strike estar pensando dela, ele de fato pensava: em sua casa na Albury Street pavimentada com pedras comparada ao apartamento de dois cômodos e correntes de ar em um sótão convertido, nos direitos e no status conferidos pela pequena aliança de ouro no dedo dela, comparados à decepção de Lorelei quando ele explicou que o almoço e possivelmente o jantar agora seriam impossíveis, nas promessas de Robin de igual responsabilidade quando ele a aceitou como sócia em contraste com a realidade dela correndo para o marido em casa.

Sim, Robin trabalhou muitas horas além do expediente, sem receber, em dois anos na agência. Sim, ele sabia que ela fora bem além do dever para com ele. Sim, ele estava, em tese, agradecido a ela. Mas permanecia o fato de que hoje, enquanto ele mancava pela rua para horas de uma vigilância provavelmente infrutífera, ela e o babaca do marido aceleravam para um fim de semana em um hotel rural, uma ideia que não o ajudava a suportar a perna e as costas doloridas.

Com a barba por fazer, vestindo uma velha calça jeans, um moletom de capuz desbotado e tênis antigos, com uma bolsa de viagem pendurada na mão, Strike entrou no parque. Ele via os manifestantes se reunindo de longe. O risco de Jimmy reconhecê-lo quase tinha feito Strike decidir deixar a marcha sem vigilância, mas a mensagem de texto mais recente de Robin (que ele, por puro mau humor, deixou sem resposta) o fez mudar de ideia.

> **Kinvara Chiswell veio ao escritório. Ela alega ter visto um homem com uma pá na mata perto de sua casa ontem à noite. Pelo que ela disse, Chiswell vem dizendo a ela para não chamar a polícia por esses invasores, mas ela disse que vai fazer isso se ele não tomar alguma providência. Kinvara não sabia que Chiswell tinha nos chamado, aliás, ela pensou que eu era realmente Venetia Hall. E também existe a possibilidade de uma comissão de filantropia investigar a Level Playing Field. Estou tentando obter mais detalhes.**

Esta comunicação só serviu para irritar Strike. Agora ele só ficaria satisfeito com provas concretas contra Geraint Winn, com o *Sun* no caso de Chiswell e seus clientes tão irritados e estressados.

De acordo com Barclay, Jimmy Knight era dono de um Suzuki Alto de dez anos, mas não passou na vistoria e atualmente estava proibido de circular. Barclay não garantia de forma alguma que Jimmy não escapulisse sob o manto da escuridão para invadir os jardins e o bosque de Chiswell a 112 quilômetros de distância, mas Strike achava improvável.

Por outro lado, ele pensou que era possível que Jimmy mandasse um substituto para intimidar a esposa de Chiswell. Provavelmente ainda tinha amigos ou conhecidos na região onde foi criado. Uma ideia ainda mais perturbadora era a de que Billy tenha escapado da prisão, real ou imaginária, em que ele disse a Strike ser cativo, e decidido cavar em busca de provas da criança colocada em um cobertor rosa perto do antigo chalé do pai ou, dominado por quem sabia dessa fantasia paranoica, ter cortado um dos cavalos de Kinvara.

Preocupado com esses elementos inexplicáveis do caso, com o interesse do *Sun* no ministro e consciente de que a agência não estava mais perto de garantir uma "moeda de troca" contra qualquer um dos chantagistas de Chiswell, não mais do que no dia em que Strike aceitou o ministro como cliente, ele sentiu que tinha poucas opções além de não deixar pedra sobre pedra. Apesar do cansaço, dos músculos doloridos e da forte suspeita de que o protesto não produziria nada de útil, ele se arrastou para fora da cama na manhã de sábado, prendeu a prótese ao coto já meio inchado e, incapaz de pensar no tanto que gostaria de fazer menos do que andar por duas horas, partiu para Mile End Park.

Depois de se aproximar o bastante da multidão de manifestantes para distinguir cada um deles, Strike tirou da sacola pendurada na mão uma máscara plástica de Guy Fawkes, branca, com sobrancelhas e bigode curvos, e agora associada principalmente com a organização de hackers Anonymous, e a colocou. Embolando o saco plástico, ele o colocou em uma lixeira conveniente, depois se arrastou para o grupo de cartazes e faixas: "Mísseis nas casas não!" "Atiradores nas ruas não!" "Não brinquem com a nossa vida!" e vários cartazes "Ele precisa sair!" exibindo o rosto do primeiro-ministro. O pé postiço de Strike sempre achava a grama uma das superfícies mais difíceis de percorrer. Ele estava transpirando quando finalmente localizou as faixas laranja da ROCOM, com seu logotipo dos anéis olímpicos quebrados.

Havia cerca de uma dúzia deles. Escondido atrás de um grupo de jovens que conversavam, Strike ajeitou a máscara de plástico escorregadia, que não foi feita para um homem cujo nariz fora quebrado, e localizou Jimmy Knight, que falava com duas jovens. Ambas tinham acabado de jogar a cabeça para trás, rindo deliciadas de algo que Knight acabara de dizer. Prendendo a máscara ao rosto para garantir que as frestas ficassem alinhadas com os olhos, Strike correu o resto dos integrantes da ROCOM e concluiu que a ausência do cabelo vermelho-tomate não se devia a Flick ter tingido de outra cor, mas ao fato de que ela não estava ali.

Agora seguranças começavam a conduzir a multidão para algo semelhante a uma fila. Strike andou para a massa de manifestantes, uma figura silenciosa e desajeitada, agindo de forma um tanto obtusa para que os organizadores jovens, intimidados por seu tamanho, o tratassem como uma pedra que a correnteza devia contornar enquanto ele assumia uma posição bem atrás da ROCOM. Um garoto magricela que também usava uma máscara do Anonymous mostrou os polegares para cima a Strike enquanto manobrava para o final da fila. Strike retribuiu.

Agora fumando um cigarro artesanal, Jimmy continuava a brincar com as duas jovens ao seu lado, que disputavam sua atenção. A mais morena das duas, particularmente atraente, segurava uma faixa de frente e verso que trazia uma pintura muito detalhada de David Cameron como Hitler olhando de cima o Estádio Olímpico de 1936. Era uma obra de arte bem impressionante e Strike teve tempo para admirá-la enquanto a procissão finalmente partia em um ritmo firme, flanqueada pela polícia e seguranças com coletes de alta visibilidade, saindo aos poucos do parque e pegando a longa e reta Roman Road.

O asfalto liso era um pouco mais fácil para a prótese de Strike, mas seu coto ainda latejava. Depois de alguns minutos, levantou-se uma palavra de ordem: "Mísseis NÃO! Mísseis NÃO!"

Dois fotógrafos da imprensa andavam de costas na rua, mais à frente, tirando fotos da vanguarda da passeata.

– Ei, Libby – disse Jimmy à garota com a faixa do Hitler pintado à mão. – Quer subir nos meus ombros?

Strike notou a inveja mal disfarçada da amiga enquanto Jimmy se agachava para que Libby montasse em seu pescoço e fosse erguida acima da multidão, a faixa agora elevada o bastante para que os fotógrafos da frente vissem.

– Mostra os peitos pra eles, vamos parar na primeira página! – disse Jimmy a ela.

– *Jimmy!* – ela deu um gritinho, fingindo-se ofendida. O sorriso da amiga era forçado. As câmeras clicavam e Strike, fazendo uma careta de dor atrás da máscara de plástico, tentou não mancar tão visivelmente.

– O cara da câmera maior ficou com o foco em você o tempo todo – disse Jimmy quando finalmente baixou a garota ao chão.

– Porra, se eu aparecer nos jornais, minha mãe vai ficar uma fera – disse a garota toda animada, pisando no chão do outro lado de Jimmy, aproveitando qualquer oportunidade para lhe dar um cutucão ou um tapa enquanto ele implicava com ela por ter medo do que os pais diriam. Strike julgou que ela teria pelo menos quinze anos a menos do que ele.

— Está curtindo, Jimmy?

A máscara limitava a visão periférica de Strike, e, assim, foi só quando o cabelo vermelho-tomate despenteado apareceu bem diante dele que Strike viu Flick se unindo à passeata. Seu aparecimento repentino também pegou Jimmy de surpresa.

— Aí está você! – disse ele, numa fraca exibição de prazer.

Flick olhou feio para a garota de nome Libby, que acelerou o passo, intimidada. Jimmy tentou passar o braço em volta de Flick, mas ela se livrou dele.

— Ei – disse ele, fingindo uma indignação inocente. – O que é que tá pegando?

— Tem três chances de adivinhar – rosnou Flick.

Strike sabia que Jimmy se debatia sobre que tática assumir com ela. Seu rosto bonito e meio rude mostrava irritação, mas também, Strike pensou, certa preocupação. Por uma segunda vez, ele tentou passar o braço por ela. Desta vez, ela o afastou com um tapa.

— Ei – repetiu ele, agora com agressividade. – Mas que merda é essa?

— Fico fora fazendo seu trabalho sujo e você está andando por aí com *ela*? Que merda de idiota você acha que eu sou, Jimmy?

"Mísseis NÃO!", berrou um dos organizadores com um megafone, e a multidão voltou a entoar mais uma vez. Os gritos da mulher de cabelo moicano ao lado de Strike eram estridentes e ruidosos como os de um pavão. A única vantagem da gritaria renovada era que deixava Strike com liberdade para rosnar de dor sempre que colocava o pé postiço na rua, o que era uma espécie de alívio e fazia a máscara de plástico reverberar e fazer cócegas em seu rosto suado. Estreitando os olhos pelas frestas, ele observou Jimmy e Flick discutindo, mas não conseguiu ouvir uma palavra com o barulho da multidão. Só quando enfim o coro diminuiu, ele distinguiu um pouco do que eles se diziam.

— Estou enjoado disso, merda – dizia Jimmy. – Não fui *eu* que peguei estudantes em bares quando...

— Você tinha me largado! – disse Flick, numa espécie de grito aos sussurros. – Você tinha me largado, merda! Você me disse que não queria nada exclusivo...

– No calor do momento, não foi? – disse Jimmy grosseiramente. – Eu estava estressado. Billy me dava dor de cabeça. Eu não esperava que você fosse direto para um bar e pegasse uns merdas de...

– Você me disse que estava enjoado de...

– Mas que merda, eu perdi a cabeça e disse um monte de asneiras que não queria. Se eu fosse transar com outra mulher sempre que você me aborrecesse...

– É, bom, às vezes eu acho que o único motivo para você continuar comigo é Chis...

– *Fala baixo, porra!*

– ... e hoje, você acha que foi divertido na casa daquele anormal...

– Eu disse que estava agradecido, mas que merda, nós discutimos isso, não foi? Eu tinha de imprimir aqueles panfletos ou teria ido com você...

– *E* eu fiz aquela faxina – disse ela, com um choro súbito – e é nojento, e depois hoje você me mandou... foi horrível, Jimmy, ele devia estar no hospital, ele está mal...

Jimmy olhou em volta. Entrando brevemente na linha de visão de Jimmy, Strike tentou andar com naturalidade, mas sempre que pedia ao coto para suportar todo o seu peso, sentia que o estava pressionando para mil formigas quentes.

– Vamos levá-lo para o hospital depois – disse Jimmy. – Nós vamos, mas ele vai estragar tudo se o deixarmos solto agora, você sabe como ele é... depois que Winn conseguir aquelas fotos... ei – disse Jimmy com gentileza, passando o braço por ela pela terceira vez. – Escute. Estou agradecido pra caralho a você.

– Tá – Flick falou, sufocada, enxugando o nariz com as costas da mão –, por causa do dinheiro. Porque você nem mesmo sabe o que Chiswell fez se...

Jimmy a puxou rudemente para si e a beijou. Por um segundo ela resistiu, depois abriu a boca. O beijo continuou indefinidamente enquanto eles andavam. Strike podia ver a língua dos dois se mexendo na boca do outro. Eles cambaleavam um pouco ao andar, agarrados, enquanto outros membros da ROCOM sorriam e a garota que Jimmy tinha erguido no ar ficava abatida.

– Jimmy – disse Flick em voz baixa por fim, quando o beijo terminou, mas o braço dele ainda estava em volta dela. Ela agora estava de olhos caídos de desejo e tinha a fala mansa. – Acho que você deve ir falar com ele, é sério. Ele fica falando naquele merda de detetive.

– O quê? – disse Jimmy, embora Strike soubesse que ele tinha ouvido.

– Strike. O soldado filho da puta com uma perna só. Billy tem fixação nele. Acha que vai resgatá-lo.

Enfim o local final da passeata estava à vista: Bow Quarter, na Fairfield Road, onde a torre quadrada de tijolos aparentes de uma antiga fábrica de fósforos, local proposto para alguns mísseis planejados, perfurava a silhueta dos prédios.

– "Resgatá-lo"? – repetiu Jimmy com desprezo. – Mas que merda. Até parece que ele está sendo torturado, porra.

Agora os manifestantes rompiam as fileiras, dissolvendo-se em uma multidão amorfa que se reunia em volta de um lago verde-escuro em frente do local proposto dos mísseis. Strike daria tudo para se sentar em um banco ou se recostar em uma árvore, como muitos manifestantes faziam, para tirar o peso do coto. A ponta, onde a pele que não devia suportar seu peso estava irritada e inflamada, e os tendões do joelho imploravam por gelo e repouso. Em vez disso, ele mancou atrás de Jimmy e Flick enquanto eles contornavam a beira da multidão, afastando-se de seus colegas da ROCOM.

– Ele queria te ver e eu disse que você estava ocupado – ele ouviu Flick dizer. – Ele chorou. Foi horrível, Jimmy.

Fingindo olhar o jovem negro com um microfone que subia em um palanque na frente da multidão, Strike se aproximou um pouco mais de Jimmy e Flick.

– Vou cuidar de Billy quando conseguir o dinheiro – dizia Jimmy a Flick. Ele parecia se sentir culpado e em conflito. – É evidente que vou cuidar dele... e de você. Não vou me esquecer do que você fez.

Agradou a ela ouvir isso. Pelo canto do olho, Strike viu seu rosto sujo ficar vermelho de empolgação. Jimmy pegou um pacote de tabaco e papel de cigarro Rizla no bolso da calça jeans e passou a enrolar outro cigarro.

– Ainda falando daquela merda de detetive, é?

– É.

Jimmy acendeu e fumou em silêncio por algum tempo, os olhos correndo distraidamente a multidão.

– Vou te dizer uma coisa – ele falou de repente –, vou vê-lo agora. Acalmar um pouco o garoto. Só precisamos que ele fique quietinho um pouco mais. Você vem?

Ele estendeu a mão e Flick a segurou, sorrindo. Eles se afastaram.

Strike deixou que eles tomassem uma curta dianteira, depois tirou a máscara do rosto e o moletom cinza e velho, substituiu a primeira pelos óculos escuros que colocara no bolso para esta eventualidade e partiu atrás deles, largando a máscara e o moletom por cima das faixas do grupo.

O ritmo que Jimmy assumia agora era inteiramente diferente da marcha indolente. De tantas em tantas passadas, Flick precisava correr para acompanhá-lo e Strike logo estava cerrando os dentes enquanto as terminações nervosas da pele inflamada na ponta de seu coto se esfregavam na prótese, os músculos sobrecarregados da coxa gemendo, em protesto.

Ele transpirava muito, seu andar ficava cada vez mais estranho. Quem passava começava a olhar. Ele podia sentir sua curiosidade e a pena ao arrastar a perna protética. Sabia que devia ter feito os malditos exercícios de fisioterapia, que devia ter respeitado a regra de não comer batata frita, que em um mundo ideal ele teria tirado o dia de folga e descansado, sem a prótese, com uma bolsa de gelo no coto. Ele continuou mancando, recusando-se a ouvir as súplicas do corpo para que parasse, a distância entre ele, Jimmy e Flick era cada vez maior, o movimento de compensação da parte superior do corpo e dos braços ficava grotesco. Ele só podia rezar para que Jimmy ou Flick não se virassem e olhassem para trás, porque de forma alguma Strike podia continuar incógnito se o vissem andando daquele jeito. Eles praticamente desapareciam na pequena caixa de tijolos aparentes que era a estação Bow enquanto Strike ofegava e suava do outro lado da rua.

Ao descer do meio-fio, uma dor torturante disparou pela parte de trás da coxa direita, como se uma faca tivesse cortado um músculo. A perna vergou e ele caiu, sua mão estendida raspou no asfalto, batendo quadril, ombro e cabeça em plena rua. Em algum lugar na vizinhança uma mulher gritou, de choque. Quem visse pensaria que ele estava bêbado. Já aconteceu antes, quando ele tinha caído. Humilhado, furioso, rosnando de agonia, Strike se arrastou de volta para a calçada, tirando a perna direita do caminho do trânsito. Uma jovem se aproximou, nervosa, para ver se ele precisava de ajuda, ele gritou com ela, depois se sentiu culpado.

– Desculpe – ele falou com a voz rouca, mas ela se foi, saindo às pressas com duas amigas.

Ele se arrastou para as grades que limitavam a calçada e se sentou ali, com as costas no metal, suando e sangrando. Duvidava que fosse capaz de se levantar sem a ajuda de alguém. Passando as mãos pela parte de trás do coto, ele sentiu um ovo inchar e, com um gemido, deduziu que tinha rompido um tendão. A dor era tanta que o deixou nauseado.

Ele tirou o celular do bolso. A tela estava rachada, ele havia caído em cima do aparelho.

– Foda-se. Tudo – ele resmungou, fechando os olhos e apoiando a cabeça no metal frio.

Ficou sentado e imóvel por vários minutos, descartado como um vagabundo ou um bêbado pelas pessoas que passavam a sua volta, enquanto avaliava em silêncio suas opções limitadas. Por fim, sentindo estar completamente encurralado, ele abriu os olhos, enxugou o rosto com o braço e ligou para o número de Lorelei.

23

... angustiada e definhando na melancolia de um casamento desses...

Henrik Ibsen, *Rosmersholm*

Pensando bem, Robin sabia que seu fim de semana de aniversário de casamento estava condenado antes mesmo de ter começado, já na cripta da Câmara dos Comuns, onde havia rejeitado o pedido de Strike de seguir Jimmy.

Tentando se livrar da culpa que sentia, ela confidenciou o pedido de Strike a Matthew quando ele a buscou depois do trabalho. Já tenso devido às exigências de percorrer o trânsito da noite de sexta-feira no Land Rover, que ele detestava, Matthew partiu para a ofensiva, exigindo saber por que ela se sentia mal depois de todo o trabalho escravo que Strike a obrigara a fazer nos últimos dois anos, e continuou falando mal de Strike com tanta crueldade que Robin se sentiu compelida a defendê-lo. Eles ainda estavam discutindo sobre seu trabalho uma hora depois, quando Matthew percebeu que não havia nem aliança de noivado, nem de casamento na mão esquerda de Robin, que gesticulava. Ela nunca as usava quando bancava a solteira Venetia Hall, e tinha esquecido completamente de pegá-las na Albury Street antes de partir para o hotel.

— É a porcaria de nosso aniversário de casamento e você nem consegue se lembrar de recolocar a aliança? — Matthew tinha gritado.

Uma hora e meia depois, eles encostaram na frente do hotel de tijolos aparentes de um dourado claro. Um homem uniformizado e com um sorriso radiante abriu a porta para Robin. Seu "obrigada" foi quase inaudível devido ao bolo duro e furioso que tinha na garganta.

Eles quase não se falaram durante o jantar estrelado pelo Michelin. Robin, que podia muito bem estar comendo isopor com terra, olhava as mesas em volta. Ela e Matthew eram, de longe, o casal mais novo no lugar e ela se perguntou se algum daqueles maridos e esposas tinha passado por esse tipo de depressão em seus casamentos e se sobreviveram a isso.

Naquela noite, eles dormiram de costas um para o outro.

Robin acordou no sábado com a consciência de que cada momento no hotel, cada passo pelos jardins belamente cultivados, com o caminho de alfazema, o jardim japonês, o pomar e a horta orgânica, estavam lhes custando uma pequena fortuna. Talvez Matthew pensasse o mesmo, porque assumiu um tom conciliatório durante o café da manhã. Todavia, a conversa dos dois era arriscada, resvalava constantemente em terreno perigoso, do qual eles se retiravam precipitadamente. Uma dor de cabeça de tensão agora martelava por trás da têmpora de Robin, mas ela não quis pedir analgésicos aos funcionários do hotel, porque qualquer sinal de insatisfação podia levar a outra discussão. Robin se perguntou como seria ter um dia de casamento e lua de mel do qual fosse seguro se recordar. Por fim, eles se acomodaram em uma conversa sobre o trabalho de Matthew enquanto andavam pelos jardins.

Aconteceria uma partida de críquete com fins beneficentes entre a empresa dele e outra no sábado seguinte. Matthew, tão bom no críquete como tinha sido no rúgbi, ansiava muito pelo jogo. Robin ouviu-o se vangloriar da própria perícia e piadas sobre o boliche inadequado de Tom, riu nos momentos certos, soltou ruídos de concordância e o tempo todo uma parte gelada e infeliz dela se perguntava o que estava acontecendo agora em Bow, se Strike tinha ido à passeata, se ele conseguira alguma coisa de útil sobre Jimmy e se perguntou como ela própria, Robin, tinha acabado com o homem pomposo e egocêntrico a seu lado, que lhe lembrava um garoto bonito que antigamente ela amou.

Naquela noite, pela primeira vez na vida, Robin fez sexo com Matthew puramente porque não podia enfrentar a briga que se seguiria se recusasse. Era o aniversário de casamento, então eles tinham de fazer sexo, como um selo de tabelião sobre o fim de semana, e igualmente tão agradável. Lágrimas arderam em seus olhos enquanto Matthew chegava ao clímax, e aquela pessoa fria e infeliz enterrada bem no fundo de seu corpo submisso se perguntou por que ele não conseguia sentir a infelicidade dela, embora ela se esforçasse tanto para dissimular, e como ele podia imaginar que o casamento era um sucesso.

Ela cobriu os olhos molhados com o braço no escuro depois de ele ter rolado de cima dela e disse todas as coisas que se deviam dizer. Pela primeira vez, quando falou "eu também te amo", ela sabia, sem sombra de dúvida, que estava mentindo.

Com todo cuidado, depois de Matthew dormir, Robin procurou por seu telefone no escuro, na mesa de cabeceira, e viu as mensagens de texto. Não havia nada de Strike. Ela procurou fotos no Google da passeata em Bow e pensou ter reconhecido, no meio da multidão, um homem alto de cabelo crespo familiar, com uma máscara de Guy Fawkes. Robin virou o celular para baixo na mesa de cabeceira para apagar sua luz e fechou os olhos.

24

... suas crises incontroláveis e desvairadas de paixão – que ela esperava de mim que fossem recíprocas...

Henrik Ibsen, *Rosmersholm*

Strike voltou a seu conjugado no sótão na Denmark Street seis dias depois, no início da manhã de sexta-feira. Apoiando-se em muletas, a prótese em um saco no ombro e a perna direita da calça dobrada e presa, sua expressão tendia a repelir os olhares de solidariedade lançados de banda por transeuntes enquanto ele se balançava pela curta rua até o número 24.

Ele não procurou um médico. Lorelei tinha ligado para seu clínico depois que ela e o taxista, que recebeu uma gorjeta generosa, conseguiram escorar Strike até o apartamento dela, mas o clínico pediu a Strike que fosse a seu consultório para um exame.

– O que você quer que eu faça, que vá pulando até lá? É meu tendão, posso sentir – vociferou ele ao telefone. – Eu conheço a rotina: repouso, gelo e toda essa besteira. Já fiz isso.

Ele foi obrigado a infringir sua regra de nenhuma noite consecutiva na casa de uma mulher e passou quatro dias e cinco noites inteiros no apartamento de Lorelei. Agora se arrependia disso, mas que alternativa tinha? Ele foi apanhado, como teria colocado Chiswell, *a fronte praecipitium, a tergo lupi*. Ele e Lorelei iam jantar no sábado à noite. Tendo escolhido contar a ela a verdade em vez de dar uma desculpa para não se encontrar, ele foi obrigado a deixar que ela ajudasse. Agora desejava ter telefonado para os velhos amigos Nick e Ilsa, ou até para Shanker, mas era tarde demais. O estrago já havia sido feito.

O conhecimento de que ele estava sendo injusto e ingrato não foi calculado para melhorar o estado de espírito de Strike enquanto ele se arrastava com seu saco escada acima. Apesar de partes da estada no apartamento de Lorelei terem sido inteiramente agradáveis, tudo foi arruinado pelo que aconteceu na noite anterior, e inteiramente por culpa dele. Ele deixou acontecer, a coisa da qual tentou se proteger desde que abandonou Charlotte, deixou acontecer porque baixou a guarda e aceitou xícaras de chá, refeições caseiras e o afeto gentil até que por fim, na noite anterior e no escuro, ela sussurrou em seu peito despido, "Eu te amo".

Com outra careta do esforço de equilibrar-se nas muletas ao destrancar a porta de entrada, Strike quase caiu em seu apartamento. Batendo a porta, ele largou o saco, foi até a pequena cadeira à mesa de fórmica em sua sala e cozinha, jogou-se nela e lançou as muletas de lado. Era um alívio estar em casa e sozinho, embora fosse difícil aguentar com a perna neste estado. É claro que ele devia ter voltado antes, mas sem condições de seguir ninguém e com um desconforto considerável, foi mais fácil continuar em uma poltrona confortável, com o coto descansando em um grande pufe quadrado, mandando mensagens a Robin e Barclay com instruções enquanto Lorelei pegava comida e bebida para ele.

Strike acendeu um cigarro e pensou em todas as mulheres que passaram por sua vida desde que ele deixara Charlotte. Primeiro, Ciara Parker, uma linda noitada, sem remorsos de ambos os lados. Algumas semanas depois de ele ganhar a imprensa por resolver o caso Landry, Ciara lhe telefonara. Ele cresceu na mente da modelo de uma transa fortuita a possível material para namorado graças a seu valor para a mídia, mas Strike rejeitara outros encontros com ela. Namoradas que queriam ser fotografadas com ele não faziam bem a sua linha de trabalho.

Em seguida veio Nina, que trabalhava em uma editora e que ele usou para obter informações em um caso. Ele gostou dela, mas não o suficiente, como agora refletia, para tratá-la com igual consideração. Strike feriu os sentimentos de Nina. Não tinha orgulho disso, mas também não o fazia perder o sono à noite.

Elin foi diferente, bonita e, o melhor de tudo, conveniente, e foi por isso que ele ficou. Ela estava no processo de divórcio de um homem rico e sua necessidade de discrição e compartimentalização era no mínimo tão grande quanto a dele. Eles conseguiram passar alguns meses juntos antes de ele derramar vinho nela e sair do restaurante onde jantavam. Strike telefonara para ela depois pedindo desculpas e ela deu o fora nele antes que ele terminasse a frase. Em vista do fato de tê-la deixado humilhada no Le Gavroche com uma pesada conta de lavanderia, ele sentiu que teria sido de mau gosto responder com um "era isso que eu ia dizer agora".

Depois de Elin veio Coco, em quem ele preferia não pensar muito, e agora Lorelei. Ele gostava mais dela do que de qualquer uma das outras, e por isso lamentava que tenha sido ela a dizer "eu te amo".

Strike fez um juramento para si mesmo dois anos antes e fazia muito poucos juramentos, porque confiava que ele próprio cumpriria. Nunca tendo dito "eu te amo" a nenhuma mulher além de Charlotte, ele não diria isso a outra a não ser que soubesse, sem nenhuma dúvida razoável, que queria ficar com esta mulher e ter uma vida com ela. Seria uma zombaria do que ele passou com Charlotte se dissesse isso em qualquer circunstância menos séria. Só o amor pode ter justificado o caos que eles viveram juntos, ou as muitas vezes em que ele retomou a relação, mesmo sabendo, no fundo de sua alma, que não podia dar certo. O amor, para Strike, era dor e sofrimento procurados, aceitos, suportados. Não estava no quarto de Lorelei, com as vaqueiras nas cortinas.

E assim ele não disse nada depois da declaração sussurrada e então, quando ela perguntou se ele tinha ouvido, ele falou, "É, eu ouvi".

Strike pegou os cigarros. *É, eu ouvi*. Bom, isso foi franco, na melhor das hipóteses. Não havia nada de errado com sua audição. Depois disso, houve um longo silêncio, em seguida Lorelei saiu da cama, foi ao banheiro e ficou ali por trinta minutos. Strike supôs que ela tenha ido lá para chorar, embora ela tenha tido a gentileza de fazer isso em silêncio, para ele não ouvir. Ele ficou deitado na cama, perguntando-se o que podia dizer que fosse ao mesmo tempo gentil e verdadeiro, mas sabia que nada além de "eu também te amo" seria aceitável, e o fato era que ele não a amava e não ia mentir.

Quando ela voltou para a cama, ele lhe estendeu a mão. Ela deixou que ele acariciasse seu ombro por um tempo, depois disse que estava cansada e precisava dormir um pouco.

O que eu devia fazer, porra?, ele quis saber de uma inquisidora imaginária que tinha uma forte semelhança com sua irmã, Lucy.

Podia tentar não aceitar chá e boquetes, veio a resposta cínica, a que Strike, com o coto latejando, respondeu, *vá se foder*.

Seu celular tocou. Ele havia colado a tela quebrada com fita adesiva e viu um número desconhecido através desta carapaça distorcida.

– Strike.

– Oi, Strike, aqui é Culpepper.

Dominic Culpepper, que havia trabalhado para o *News of the World* até seu fechamento, anteriormente dera trabalho a Strike. As relações entre os dois, que nunca foram pessoalmente calorosas, tornaram-se um tanto antagônicas quando Strike não deu a Culpepper a exclusiva sobre seus dois casos de homicídio mais recentes. Agora trabalhando para o *Sun*, Culpepper era um daqueles jornalistas que tinham fuçado com mais entusiasmo a vida pessoal de Strike depois da prisão do Estripador de Shacklewell.

– Estava me perguntando se você está livre para fazer um trabalho para nós – disse Culpepper.

Você tem uma coragem do caralho.

– Que tipo de coisa vocês procuram?

– Desencavar sujeira sobre um ministro do governo.

– Qual deles?

– Você vai saber se aceitar o trabalho.

– Estou muito atolado agora. De que sujeira estamos falando?

– É o que precisamos que você descubra.

– Como você sabe que tem sujeira ali?

– Uma fonte bem situada – disse Culpepper.

– Por que você precisa de mim, se tem uma fonte bem situada?

– Ele não está disposto a falar. Só sugeriu que nesse mato tem coelho. E muito.

– Lamento, não posso fazer, Culpepper – disse Strike. – Estou com a agenda lotada.

– Tem certeza? Pagamos uma boa grana, Strike.

– Não estou indo tão mal ultimamente – disse o detetive, acendendo um segundo cigarro com a ponta do primeiro.

– Não, aposto que não está, seu filho da puta sortudo – disse Culpepper. – Tudo bem, vai ter de ser Patterson. Conhece o homem?

– O cara que foi da Metropolitana? Esbarrei com ele algumas vezes – disse Strike.

O telefonema se encerrou com amabilidades mutuamente insinceras, deixando Strike com um mau pressentimento maior. Ele procurou pelo nome de Culpepper no Google e encontrou sua assinatura em uma matéria sobre o Level Playing Field, de duas semanas antes.

É claro que era possível que atualmente mais de um ministro do governo corresse o risco de ser exposto pelo *Sun* por uma ofensa contra a moral ou o bom gosto público, mas o fato de Culpepper recentemente ter estado próximo dos Winn sugeria fortemente que Robin tinha razão em suspeitar que Geraint dera a dica ao *Sun*, e que era Chiswell que Patterson logo estaria investigando.

Strike se perguntou se Culpepper sabia que ele, Strike, já trabalhava para Chiswell, se o telefonema fora planejado para arrancar informações do detetive, mas isto parecia improvável. O jornalista teria de ser muito burro para dizer a Strike quem ia contratar, se tinha consciência de que Strike já estava sendo pago pelo ministro.

Strike conhecia Mitch Patterson de fama: por duas vezes, eles foram contratados por diferentes partes de casais em divórcio no ano anterior. Antes um agente graduado da Polícia Metropolitana que "se aposentara cedo", Patterson tinha o cabelo prematuramente branco e o rosto de um pug furioso. Embora pessoalmente desagradável, ou assim Eric Wardle teria dito a Strike, Patterson era um homem que "conseguia resultados".

– É claro, ele não conseguiria dar uma surra em ninguém em sua nova carreira – havia comentado Wardle –, então esta ferramenta útil de seu arsenal se foi.

Não agradou muito a Strike pensar que Patterson logo estaria no caso. Ao pegar o celular novamente, ele notou que nem Robin, nem Barclay tinham ligado com uma atualização nas últimas doze horas. No dia anterior mesmo, ele teve de tranquilizar Chiswell, que telefonou para expressar suas dúvidas a respeito de Robin, em vista de sua falta de resultados até então.

Frustrado com seus empregados e com a própria incapacidade, Strike mandou a mesma mensagem de texto a Robin e Barclay:

O *Sun* acaba de tentar me contratar para investigar Chiswell. Liguem logo com atualizações. Preciso de informações que possa usar AGORA.

Puxando as muletas de volta, ele se levantou para examinar o conteúdo da geladeira e dos armários da cozinha e descobriu que não tinha nada para comer pelas próximas quatro refeições além de sopa em lata, a não ser que fosse ao supermercado. Depois de derramar o leite estragado na pia, ele preparou uma caneca de chá forte e voltou à mesa de fórmica, onde acendeu um terceiro cigarro e contemplou, sem prazer nenhum, a perspectiva de fazer seu alongamento do tendão.

O telefone tocou de novo. Ao ver que era Lucy, ele deixou cair na caixa postal. A última coisa de que precisava agora eram novidades sobre a mais recente reunião de pais e mestres.

Alguns minutos depois, quando Strike estava no banheiro, ela ligou novamente. Ele tinha pulado de volta à cozinha com a calça a meio mastro na esperança de que fosse Robin ou Barclay. Quando viu o número da irmã pela segunda vez, limitou-se a xingar em voz alta e voltou ao banheiro.

O terceiro telefonema lhe disse que ela não ia desistir. Batendo a lata de sopa que tinha aberto, Strike pegou o celular.

— Lucy, estou ocupado, o que foi? — disse ele rispidamente.

— É Barclay.

— Ah, já estava na hora. Alguma novidade?

— Um pouco sobre a garota de Jimmy, se isso ajuda. Flick.

— Tudo ajuda — disse Strike. — Por que não me informou antes?

— Só descobri dez minutos atrás — disse Barclay, sem se abalar. — Ouvi há pouco ela falar com Jimmy na cozinha. Ela andou roubando dinheiro do trabalho.

— Que trabalho?

— Não me contou. O problema é que Jimmy não está tão a fim dela, pelo que vi. Não sei se ele ia se importar se ela fosse demitida.

A distração de um bip soou no ouvido de Strike. Outra pessoa tentava falar com ele ao telefone. Olhando o aparelho, ele viu que era Lucy de novo.

— Mas vou te contar outra coisa que consegui dele — prosseguiu Barclay. — Ontem à noite, quando ele estava doidão. Ele disse que conhecia um ministro do governo que tinha sangue nas mãos.

Bip. Bip. Bip.

— Strike? Está aí?

— Sim, estou.

Strike nunca contou a história de Billy a Barclay.

— O que ele disse exatamente, Barclay?

— Ficou tagarelando sobre o governo, os conservadores, que bando de filhos da puta eles são. Depois, do nada, ele disse "e uns merdas de assassinos". Eu falei, como assim? E ele, "conheço um que tem sangue na porra das mãos. Crianças".

Bip. Bip. Bip.

— Olha só, eles são um bando de maconheiros, a ROCOM. Ele podia estar falando de cortes na aposentadoria. Para essa turma, vale tanto quanto homicídio. Mas eu mesmo não tenho grande consideração pela política de Chiswell, Strike.

— Viu algum sinal de Billy? O irmão de Jimmy?

— Nada. E ninguém falou nele também.

Bip. Bip. Bip.

— E nenhum sinal de Jimmy dando um pulo em Oxfordshire?

— Não que eu tenha visto.

Bip. Bip. Bip.

— Tudo bem – disse Strike. – Continue cavando. Me informe se conseguir alguma coisa.

Ele desligou, bateu na tela do telefone e capturou o telefonema de Lucy.

— Oi, Lucy – disse ele com impaciência. – Meio ocupado agora, eu posso...?

Mas ela começou a falar e a expressão dele ficou vaga. Antes que Lucy tivesse terminado de soltar o motivo do telefonema, ele tinha apanhado as chaves da porta e lutava para pegar as muletas.

25

Tentaremos, se não conseguirmos que você perca a capacidade de causar algum dano.

Henrik Ibsen, *Rosmersholm*

A mensagem de texto de Strike exigindo uma atualização alcançou Robin às dez para as nove, enquanto ela chegava ao corredor onde ficavam os escritórios de Izzy e Winn. Ela ficou tão ansiosa para ver o que ele tinha a dizer que estacou no meio da passagem deserta a fim de ler.

— Ah, merda — resmungou, lendo que o *Sun* ficava cada vez mais interessado em Chiswell. Recostada na parede do corredor com seus batentes curvos de pedra, cada porta de carvalho fechada, ela se preparou para telefonar a Strike.

Eles não se falavam desde que ela se recusara a seguir Jimmy. Quando ela lhe telefonou na segunda-feira para se desculpar diretamente, Lorelei atendeu.

— Ah, oi, Robin, sou eu!

Uma das coisas horríveis em Lorelei era que ela era agradável. Por motivos que Robin preferia não explorar, ela teria preferido muito mais que Lorelei fosse antipática.

— Ele está no banho, lamento! Passou o fim de semana todo aqui, machucou o joelho seguindo alguém. Não me contou os detalhes, mas acho que você sabe! Ele teve de me ligar da rua, foi horrível, ele não conseguia se levantar. Consegui que um taxista me levasse até lá e paguei a ele para ajudar a subir a escada com Corm. Ele não pode usar a prótese, está de muletas...

— Só diga a ele que eu liguei para saber como está — disse Robin, com o estômago feito gelo. — Não é nada importante.

Desde então, Robin havia repassado a conversa mentalmente várias vezes. Havia um tom de propriedade inconfundível na voz de Lorelei ao falar a respeito de Strike. Foi para Lorelei que ele telefonou quando teve problemas (*bom, é claro que foi. O que ele ia fazer, ligar para você em Oxfordshire?*), era Lorelei que estava cuidando dele, consolando-o, talvez, unindo-se com ele contra Robin, sem a qual este ferimento talvez não tivesse acontecido.

E agora ela precisava ligar para Strike e contar a ele que, passados cinco dias, não tinha nenhuma informação útil. O escritório de Winn, que fora tão convenientemente acessível quando ela começou a trabalhar duas semanas antes, agora ficava bem trancado sempre que Geraint e Aamir precisavam sair. Robin estava certa de que isto era obra de Aamir, que ele ficou desconfiado dela depois dos incidentes da pulseira caída e de Raphael chamando a atenção de Robin em voz alta quando ela ouvia o telefonema de Aamir.

– Correio.

Robin se virou e viu o carrinho girando na direção dela, empurrado por um homem grisalho e cordial.

– Vou levar tudo para Chiswell e Winn. Estamos em uma reunião – Robin se ouviu dizer. O carteiro entregou um pacote de cartas, junto com uma caixa com uma janela de celofane transparente, através da qual Robin viu um feto de plástico em tamanho natural e muito realista. A legenda no alto dizia: *A Lei Permite que me Assassinem.*

– Ah, meu Deus, isso é horrível – comentou Robin.

O carteiro riu.

– Não é nada se comparado com algumas coisas que eles recebem – disse ele num tom reconfortante. – Lembra o pó branco que esteve nos noticiários? Antrax, foi o que alegaram. Um alvoroço à toa, isso é que foi. Ah, e certa vez entreguei um cocô em uma caixa. Não saía cheiro nenhum através de toda a embalagem. O bebê é para Winn, e não Chiswell. Ela defende o direito ao aborto. Está gostando daqui? – disse ele, mostrando disposição para bater papo.

– Adorando. – A atenção de Robin foi atraída a um dos envelopes que ela apanhou bem apressadamente. – Com licença.

Voltando as costas para a sala de Izzy, ela passou às pressas pelo carteiro e cinco minutos depois saiu no Terrace Café, que ficava na margem do Tâmisa. Era separado do rio por uma mureta de pedra, pontuada de luminárias de ferro preto. À esquerda e à direita ficavam respectivamente as pontes de Westminster e Lambeth, a primeira pintada no verde dos assentos da Câmara dos Comuns, a última, escarlate como aqueles da Câmara dos Lordes. Na margem oposta, elevava-se a fachada branca da Prefeitura, enquanto entre o palácio e a Prefeitura corria o largo Tâmisa, sua superfície oleosa luzindo cinza acima das profundezas lodosas.

Sentada fora do alcance de alguns poucos que tomavam café de manhã cedo, Robin voltou a atenção para uma das cartas endereçadas a Geraint Winn que ela havia retirado do carteiro com tanta imprudência. O nome e o endereço do remetente foram cuidadosamente escritos no verso do envelope em uma letra trêmula: sir Kevin Rodgers, 16 The Elms, Fleetwood, Kent, e por acaso ela sabia, devido a sua extensa leitura em busca de informações sobre a filantropia dos Winn, que o idoso sir Kevin, ganhador de uma medalha de prata na corrida com barreiras na Olimpíada de 1956, era um dos curadores do Level Playing Fields.

Por que, Robin se perguntou, as pessoas sentiam a necessidade de colocar por escrito hoje em dia, quando telefonemas e e-mail eram muito mais fáceis e mais rápidos?

Usando o celular, ela encontrou o número de sir Kevin e lady Rodgers pelo endereço correto. Eles eram bem velhos, pensou ela, para ainda usar uma linha fixa. Tomando um gole fortificante de café, ela respondeu a Strike com uma mensagem de texto:

Seguindo uma pista, ligarei logo.

Depois desativou o identificador de chamadas do celular, pegou uma caneta e o bloco em que tinha escrito o número de sir Kevin e entrou com os dígitos.

Uma idosa atendeu depois de três toques. Robin fingiu o que receava ser um sotaque galês ruim.

– Posso falar com sir Kevin, por favor?
– É Della?
– Sir Kevin está? – perguntou Robin de novo, um pouco mais alto. Esperava não ter de alegar ser uma ministra do governo.
– Kevin! – A mulher chamou. – Kevin! É Della!

Houve um arrastar de pés que fez Robin pensar em chinelos de tartã.

– Alô?

– Kevin, Geraint acaba de receber sua carta – disse Robin, estremecendo enquanto seu sotaque oscilava em algum lugar entre Cardiff e Lahore.

– Desculpe-me, Della, o que disse? – falou o homem numa voz fraca.

Ele parecia surdo, o que era ao mesmo tempo útil e um estorvo. Robin falou mais alto, enunciando com a maior clareza que pôde. Sir Kevin pegou o que ela estava dizendo em sua terceira tentativa.

– Eu disse a Geraint que eu teria de renunciar, a não ser que ele tomasse medidas urgentes – disse ele num tom infeliz. – Você é uma velha amiga, Della, e foi... é... uma causa digna, mas preciso pensar em minha própria posição. Eu avisei a ele.

– Mas por quê, Kevin? – disse Robin, pegando a caneta.

– Ele não mostrou a carta a você?

– Não. – Robin falava a verdade, de caneta posicionada.

– Ah, meu Deus. – A voz de sir Kevin era fraca. – Bom, para começar... vinte e cinco mil libras não contabilizadas são um problema grave.

– O que mais? – perguntou Robin, tomando nota rapidamente.

– Como assim?

– Você disse "para começar". O que mais o preocupou?

Robin ouvia falar ao fundo a mulher que tinha atendido ao telefone. Sua voz era colérica.

– Della, eu prefiro não entrar neste assunto por telefone – disse sir Kevin, demonstrando constrangimento.

– Bom, é uma decepção – disse Robin, com o que torcia que fosse um toque da grandiosidade melíflua de Della. – Era minha esperança que você pelo menos me dissesse por quê, Kevin.

– Bom, tem a questão de Mo Farah...

– Mo Farah? – Robin fingiu surpresa.

– O que foi aquilo?

– *Mo... Farah?*

– Você não sabe? – disse sir Kevin. – Ah, meu Deus. Ah, meu Deus...

Robin ouviu passos e a mulher voltou a entrar na linha, primeiro com a voz abafada, depois nítida.

– Deixa eu falar com ela... Kevin, deixa... olha, Della, Kevin está muito aborrecido com tudo isso. Ele desconfiou de que você não sabia o que estava acontecendo e, bom, aí está, ele tinha razão. Ninguém jamais quer preocupar você, Della – disse ela, dando a impressão de que considerava isto uma proteção equivocada –, mas o fato é que... não, ela precisa saber, Kevin... Geraint anda prometendo às pessoas coisas que não pode cumprir. Crianças deficientes e suas famílias ouviram que vão receber visitas de David Beckham e Mo Farah e não sei quem mais. Tudo virá à luz, Della, agora que a Comissão de Filantropia se envolveu, e não quero o nome de Kevin arrastado na lama. Ele é um homem consciencioso e fez o melhor que pôde. Ele esteve insistindo com Geraint para acertar a contabilidade há meses, e depois tem o que Elspeth... não, Kevin, *não* estou, só digo a ela... bom, pode ficar muito feio, Della. Ainda pode chegar à polícia e também à imprensa e eu sinto muito, mas estou pensando na saúde de Kevin.

– Que história de Elspeth? – disse Robin, ainda escrevendo rapidamente.

Sir Kevin disse alguma coisa queixosa ao fundo.

– Não vou entrar neste assunto por telefone – disse lady Rodgers num tom repressor. – Terá de perguntar a Elspeth.

Houve mais um arrastar de pés e sir Kevin pegou o fone novamente. Ele parecia quase às lágrimas.

– Della, você sabe o quanto a admiro. Queria que fosse possível de outra forma.

– Sim – disse Robin –, bom, então terei de falar com Elspeth.

– Como disse?

– Vou... ligar para... Elspeth.

– Ah, meu Deus – disse sir Kevin. – Mas, sabe, pode não haver nada aí.

Robin se perguntou se teria o atrevimento de pedir o número de Elspeth, mas decidiu pelo contrário. Della certamente o teria.

– Queria que você me contasse qual é a história de Elspeth – disse ela, com a caneta posicionada sobre o bloco.

– Eu não gostaria – disse sir Kevin, ofegante. – Os danos que esse tipo de boato fazem à reputação de um homem...

Lady Rodgers voltou a entrar na linha.

– É só o que temos a dizer. Toda essa história tem sido muito difícil para Kevin, muito estressante. Desculpe-me, mas esta é nossa última palavra sobre o assunto, Della. Adeus.

Robin baixou o celular na mesa e verificou se alguém a olhava. Pegou o celular novamente e correu a lista dos curadores do Level Playing Field. Entre os nomes estava a dra. Elspeth Curtis-Lacey, mas seu número pessoal não estava listado no site filantrópico e não aparecia na lista telefônica, pela busca que deu.

Robin telefonou para Strike. A ligação caiu direto na caixa postal. Ela esperou alguns minutos e tentou de novo, com o mesmo resultado. Depois de sua terceira tentativa fracassada de falar com ele, ela mandou um torpedo:

Consegui alguma coisa sobre GW. Me liga.

A sombra abafada que tinha caído na varanda quando ela chegou avançava cada vez mais para trás. O sol quente deslizou pela mesa de Robin enquanto ela prolongava o café, esperando que Strike telefonasse. Por fim seu telefone vibrou, mostrando que tinha uma mensagem de texto: com o coração aos saltos, ela o apanhou, mas era apenas Matthew.

Que tal uns drinques com Tom e Sarah esta noite depois do trabalho?

Robin olhou a mensagem com uma mistura de lassidão e pavor. Amanhã era a partida de críquete beneficente que empolgava tanto Matthew. Beber depois do trabalho com Tom e Sarah certamente significaria muitas provocações sobre o assunto. Ela já imaginava os quatro no bar: Sarah, com sua atitude eternamente sedutora em relação a Matthew, Tom defendendo-se das piadas de Matthew sobre seu péssimo boliche com réplicas cada vez mais atrapalhadas e irritadas, e Robin, como vinha acontecendo cada vez mais ultimamente, fingindo interesse e diversão, porque era este o custo de não ouvir a arenga de Matthew por aparentar tédio, ou se sentir superior a sua companhia, ou (como aconteceu em suas piores brigas) desejando estar bebendo com Strike, em vez deles. Pelo menos, ela se consolou, não seria uma noite de bêbados ou que se estenderia até tarde, porque Matthew, que levava muito a sério todas as questões esportivas, ia querer um sono decente antes da partida. Assim, ela respondeu:

Ok, onde?

E continuou a esperar que Strike ligasse para ela.

Depois de quarenta minutos, Robin já se perguntava se Strike estava em algum lugar em que não pudesse ligar, o que deixava em aberto a questão de se ela devia informar Chiswell do que havia descoberto. Será que Strike consideraria isto uma liberdade, ou ficaria mais irritado se ela não desse a Chiswell sua moeda de troca, em vista da pressão do tempo?

Depois de debater intimamente a questão por mais algum tempo, ela ligou para Izzy, cuja metade superior da janela do escritório podia ver de onde estava.

– Izzy, sou eu. Venetia. Estou ligando porque não posso dizer isso na frente de Raphael. Acho que tenho algumas informações sobre Winn para seu pai...

– Ah, fabuloso! – disse Izzy, e Robin ouviu Raphael ao fundo dizendo, "É Venetia? Onde ela está?" e o bater de teclas de computador.

– Deixa ver a agenda, Venetia... ele ficará no DCME até as onze, mas depois terá reuniões a tarde toda. Quer que eu ligue para ele? Provavelmente ele a receberá agora, se você correr.

Assim, Robin recolocou na bolsa o celular, o bloco e a caneta, engoliu o que restava do café e foi às pressas para o Departamento de Cultura, Mídia e Esportes.

Chiswell andava de um lado a outro de sua sala, falando ao telefone, quando Robin chegou do lado de fora da divisória de vidro. Ele gesticulou para ela entrar, apontou um sofá de couro baixo a uma curta distância de sua mesa e continuou a falar com alguém que parecia desagradá-lo.

– Foi um presente – dizia ele claramente ao telefone – de meu filho mais velho. Ouro 24 quilates, com a inscrição *Nec Aspera Terrent*. Mas que maldição! – gritou ele de repente, e Robin viu as cabeças dos jovens brilhantes do lado de fora da sala se virando para Chiswell. – É latim! Passe para alguém que saiba falar *inglês*! *Jasper Chiswell*, sou o *ministro da Cultura*. Eu lhe dei até o dia de hoje... não, você não pode... eu não tenho o dia todo, maldição...

Robin entendeu, pelo lado da conversa que podia ouvir, que Chiswell tinha perdido um prendedor de notas de valor sentimental, que ele pensava ter deixado em um hotel onde ele e Kinvara passaram a noite do aniversário dela. Pelo que pôde escutar, os funcionários do hotel não só não encontraram o prendedor, como também mostravam uma deferência insuficiente para com Chiswell por ter se dignado a ficar em um de seus hotéis.

— Quero que alguém me telefone. Malditos inúteis – resmungou Chiswell, depois desligou e olhou para Robin como se tivesse se esquecido de quem ela era. Ainda respirando pesadamente, ele se deixou cair no sofá de frente para Robin. – Tenho dez minutos, então é melhor que isto valha a pena.

— Tenho algumas informações sobre o sr. Winn – disse Robin, pegando o bloco. Sem esperar pela resposta dele, ela deu um resumo sucinto das informações que tinha colhido de sir Kevin.

— ... e – concluiu ela, um minuto e meio depois – pode haver outras impropriedades por parte do sr. Winn, mas esta informação, supostamente, quem tem é a dra. Elspeth Curtis-Lacey, cujo número não está na lista. Não levaria muito tempo para descobrirmos um jeito de entrar em contato com ela, mas eu pensei – disse Robin com apreensão, porque os olhos pequenos de Chiswell estavam estreitos no que poderia ser desagrado – que devia trazer isto ao senhor imediatamente.

Por alguns segundos ele simplesmente a encarou, sua expressão petulante como sempre, mas depois ele deu um tapa na coxa com o que claramente era prazer.

— Ora, ora, ora – disse ele. – Ele me falou que você era a melhor da agência. Sim, disse isso.

Pegando um lenço amarrotado no bolso, ele enxugou o rosto, que ficou suado durante o telefonema ao desafortunado hotel.

— Ora, ora, ora – repetiu –, este dia está se transformando em um dos bons. Um por um, eles fazem suas trapalhadas... então Winn é um ladrão, um mentiroso e talvez mais?

— Bom – disse Robin com cautela –, ele não contabilizou 25 mil libras e certamente prometeu coisas que não podia cumprir...

— Dra. Elspeth Curtis-Lacey – disse Chiswell, seguindo a própria linha de raciocínio. – O nome não me é estranho...

— Ela foi vereadora pelo Liberal Democrata de Northumberland – disse Robin, que tinha acabado de ler isto no site do Level Playing Field.

— Maus-tratos a menores – disse Chiswell de súbito. – É como a conheço. Maus-tratos a menores. Ela foi de algum comitê. É uma maluca com isso, vê o problema em toda parte. É claro, está cheio de malucos este Liberal Democrata. É assim que eles crescem. Transbordando de gente esquisita.

Ele se levantou, deixando caspa espalhada no sofá preto, e andou de um lado a outro, de cenho franzido.

— Toda essa história de caridade vem à tona mais cedo ou mais tarde — disse ele, fazendo eco à esposa de sir Kevin. — Mas, meu Deus do céu, eles não iam querer que estourasse agora, não com Della até o pescoço na Paralimpíada. Winn vai entrar em pânico quando descobrir que eu sei. Sim. Acho que isto pode neutralizá-lo... pelo menos, no curto prazo. Mas se ele esteve mexendo com crianças...

— Não existe prova nenhuma disso — disse Robin.

— ... isso o frustraria para sempre — disse Chiswell, voltando a andar. — Ora, ora, ora. Isso explica por que Winn queria seus curadores em nossa recepção paralímpica na próxima quinta-feira, não é? Ele claramente está tentando contentar a todos, impedir que mais alguém abandone um barco que afunda. O príncipe Harry estará lá. Essa gente da caridade adora uma realeza. O único motivo para metade deles se meter nisso.

Ele coçou a cabeleira grisalha, revelando grandes manchas de suor na axila.

— Vamos fazer o seguinte — disse ele. — Vamos colocar os curadores dele na lista de convidados e você pode ir também. E então você vai acuar essa Curtis-Lacey, descobrir o que ela tem. Tudo bem? Na noite do dia 12?

— Sim — disse Robin, tomando nota —, ótimo.

— Nesse meio-tempo, vou informar a Winn que eu sei que ele meteu a mão onde não devia.

Robin estava quase na porta quando Chiswell disse abruptamente:

— Você não quer um emprego de assistente pessoal, imagino?

— Como disse?

— Assumir o lugar de Izzy? Quanto o detetive paga a você? Provavelmente posso cobrir. Preciso de alguém com miolos e alguma coragem.

— Eu... estou satisfeita onde estou — disse Robin.

Chiswell grunhiu.

— Humm. Bom, talvez seja melhor assim. É bem possível que eu tenha um pouco mais de trabalho para você, depois que nos livrarmos de Winn e Knight. Pode ir, então.

Ele deu as costas para ela, a mão já estava no telefone.

Do lado de fora, ao sol, Robin pegou novamente o celular. Strike ainda não tinha ligado, mas Matthew mandara por torpedo o nome de um pub em Mayfair, convenientemente perto do trabalho de Sarah. Entretanto, Robin agora podia contemplar a noite com um ânimo um pouco maior do que tinha sentido antes de sua reunião com Chiswell. Ela até começou a cantarolar Bob Marley enquanto voltava ao Parlamento.

Ele me disse que você era a melhor da agência. Sim, disse isso.

26

Não estou inteiramente sozinho, nem mesmo agora. Dois de nós suportam juntos a solidão por aqui.

Henrik Ibsen, *Rosmersholm*

Eram quatro da manhã, a hora desesperadora em que os insones trêmulos habitam um mundo de sombras ocas e a existência parece frágil e estranha. Strike, que tinha caído em um cochilo, despertou abruptamente na cadeira de hospital. Por um segundo, só o que sentiu foi seu corpo dolorido e a fome que rasgava o estômago. Depois viu o sobrinho de nove anos, Jack, deitado imóvel na cama ao lado dele, com almofadas de gel cobrindo os olhos, um tubo descendo pela garganta, fios que saíam do pescoço e do pulso. Um saco de urina estava pendurado ao lado do leito, enquanto três intravenosas separadas despejavam seu conteúdo em um corpo que parecia minúsculo e vulnerável em meio aos aparelhos que zumbiam suavemente, no espaço silencioso e enorme da unidade de terapia intensiva.

Ele podia ouvir o bater dos sapatos macios de uma enfermeira em algum lugar depois da cortina que cercava o leito de Jack. Eles não queriam que Strike passasse a noite na cadeira, mas ele tinha insistido e sua celebridade, por menor que fosse, combinada com a incapacidade, funcionou a seu favor. As muletas estavam encostadas no armário ao lado da cama. A ala era aquecida demais, como sempre eram os hospitais. Strike havia passado muitas semanas em uma série de leitos de ferro depois que sua perna foi estourada. O cheiro o transportava de volta a uma época de dor e readaptação brutal, quando ele foi obrigado a recalibrar a vida contra um pano de fundo de obstáculos, indignidades e privações intermináveis.

A cortina farfalhou e uma enfermeira entrou no cubículo, impassível e prática com seu avental. Vendo que ele estava acordado, ela abriu um sorriso breve e profissional a Strike, depois retirou a prancheta da extremidade do leito de Jack e passou a fazer leituras das telas que monitoravam sua pressão sanguínea e os níveis de oxigênio. Quando terminou, perguntou aos sussurros:

– Quer uma xícara de chá?

– Está tudo bem com ele? – indagou Strike, sem se incomodar em disfarçar a súplica na voz. – Como vai tudo?

– Ele está estável. Não precisa se preocupar. É o que se espera nesta fase. Chá?

– Sim, seria ótimo. Muito obrigado.

Ele percebeu que sua bexiga estava cheia depois que a cortina se fechou com a saída da enfermeira. Desejando ter pedido a ela para lhe passar as muletas, Strike se impeliu para cima, segurando o braço da cadeira para se firmar, pulou até a parede e as pegou, depois saiu gingando de trás da cortina na direção do retângulo fortemente iluminado do outro lado da ala escurecida.

Depois de se aliviar em um mictório abaixo de uma luz azul que devia frustrar a capacidade de localizar veias de viciados em drogas, ele entrou na sala de espera junto da ala onde estivera sentado, no final da tarde de ontem, esperando que Jack saísse da cirurgia de emergência. O pai de um dos amigos da escola de Jack, com quem o menino ia passar a noite quando seu apêndice supurou, fez companhia a ele. O homem esteve decidido a não deixar Strike sozinho até que eles tivessem "visto o camaradinha fora de perigo" e falou, nervoso, o tempo todo em que Jack esteve em cirurgia, dizendo coisas como "eles quicam nesta idade", "ele é um sacaninha durão", "sorte que só moramos a cinco minutos da escola" e, sem parar, "Greg e Lucy vão ficar desesperados". Strike não dizia nada, mal escutava, preparando-se para a pior notícia, mandando a Lucy uma atualização a cada trinta minutos por mensagem de texto.

Ainda não saiu da cirurgia.
Ainda nenhuma novidade.

Por fim, o cirurgião veio dizer a eles que Jack, que teve de ser ressuscitado ao chegar ao hospital, passou pela cirurgia, que ele teve "um episódio terrível de sepse" e logo estaria chegando à unidade de terapia intensiva.

– Vou levar os amigos dele para vê-lo – disse o amigo de Lucy e Greg, todo empolgado. – Para animá-lo... cards de Pokémon...

– Ele não estará preparado para isso – disse o cirurgião num tom repressor. – Estará sob fortes sedativos e ficará em um ventilador pelas próximas 24 horas, pelo menos. Você é parente próximo dele?

– Não, sou eu – disse Strike numa voz rouca, enfim falando, com uma boca seca. – Sou tio dele. Os pais estão em Roma para o aniversário de casamento. Estão agora tentando pegar um avião de volta.

– Ah, entendo. Bom, ele ainda não está inteiramente fora de perigo, mas a cirurgia foi um sucesso. Limpamos seu abdome e colocamos um dreno. Ele será trazido para baixo em breve.

– Eu te falei – disse o amigo de Lucy e Greg, radiante, para Strike, com lágrimas nos olhos –, eu te disse que eles quicam!

– É – disse Strike. – É melhor eu contar a Lucy.

Mas em uma calamidade de erros, os pais de Jack, tomados pelo pânico, tinham chegado ao aeroporto, percebendo então que Lucy de algum jeito perdera o passaporte entre o quarto de hotel e o portão de embarque. No desespero infrutífero, eles refizeram seus passos, tentando explicar o dilema a todos os funcionários do hotel, à polícia e à embaixada britânica, e como resultado perderam o último voo da noite.

Às quatro e dez da madrugada, a sala de espera estava misericordiosamente deserta. Strike ligou o celular que manteve desligado na UTI e viu uma dezena de ligações perdidas de Robin e uma de Lorelei. Ignorando-as, mandou um torpedo para Lucy que, ele sabia, estaria acordada no hotel de Roma no qual, logo depois da meia-noite, seu passaporte havia sido entregue por um motorista de táxi que o encontrou. Lucy tinha implorado a Strike para mandar uma foto de Jack quando ele saísse da cirurgia. Strike fingiu que a foto não carregava. Depois do estresse do dia, Lucy não precisava ver o filho na ventilação, com os olhos cobertos por almofadas, o corpo sugado pela roupa larga de hospital.

Tudo parece bem, ele digitou. **Ainda sedado, mas enfermeira confiante.**

Ele apertou Enviar e aguardou. Como esperado, ela respondeu dois minutos depois.

Você deve estar exausto. Eles te deram uma cama no hospital?

Não, estou sentado ao lado dele, respondeu Strike. **Vou ficar aqui até vocês voltarem. Procure dormir um pouco e não se preocupe bjs.**

Strike desligou o celular, arrastou-se de volta sobre o único pé, rearranjou as muletas e voltou à UTI.

O chá esperava por ele, claro e leitoso como qualquer coisa que Denise tivesse feito, mas depois de esvaziar dois sachês de açúcar ali, ele o bebeu em alguns goles, com os olhos entre Jack e os aparelhos que ao mesmo tempo o monitoravam e davam suporte. Ele nunca havia examinado o menino tão atentamente. Na verdade, nunca teve muita relação com ele, apesar dos desenhos que ele fazia para Strike, que Lucy lhe passava.

"Ele venera você como um herói", dissera Lucy a Strike várias vezes. "Ele quer ser soldado."

Strike, porém, evitava reuniões familiares, em parte porque não gostava do pai de Jack, Greg, e em parte porque o desejo de Lucy de convencer o irmão a ter um modo de existência mais convencional era enervante mesmo sem a presença de seus filhos, o mais velho Strike achava especialmente parecido com o pai. Strike não desejava ter filhos e, embora concordasse que algumas crianças eram simpáticas – estava preparado para admitir, na verdade, que sentia alguma ternura por Jack, apesar de distante, graças às histórias de Lucy de sua ambição de ingressar nos Boinas Vermelhas –, ele tinha resistido firmemente a festas de aniversário e reuniões de Natal em que pudesse ter forjado uma ligação mais próxima.

Mas agora, enquanto o amanhecer se arrastava pelas finas cortinas que bloqueavam o leito de Jack do resto da unidade, Strike viu pela primeira vez a semelhança do menino com a avó materna, a mãe de Strike, Leda. Tinha o mesmo cabelo muito escuro, a pele clara e a boca finamente desenhada. Na verdade, ele teria dado uma bela menina, mas o filho de Leda sabia o que a puberdade estava prestes a fazer com o maxilar e o pescoço do garoto... se ele sobrevivesse.

Porque ele vai viver. A enfermeira disse...

Ele está na porra da UTI. Não colocam você ali por ter soluços.

Ele é durão. Quer ser militar. Ele vai ficar bem.

É melhor que fique, porra. Nunca nem mesmo mandei um torpedo a ele para agradecer por seus desenhos.

Strike levou algum tempo para voltar a um cochilo intranquilo.

Ele estava acordado quando o sol do início da manhã penetrou suas pálpebras. Estreitando os olhos contra a luz, ouviu passos guinchando no chão. Em seguida o barulho alto da cortina puxada, abrindo novamente o leito de Jack para a ala e revelando mais figuras imóveis, deitadas em leitos, em torno deles. Outra enfermeira sorriu radiante para ele, mais nova, com um rabo de cavalo preto e comprido.

— Oi! — disse ela alegremente, pegando a prancheta de Jack. — Não é a toda a hora que temos alguém famoso por aqui! Sei tudo sobre você, li tudo de como você apanhou aquele assassino...

— Este é meu sobrinho, Jack — disse ele com frieza. A ideia de discutir o Estripador de Shacklewell agora lhe era repugnante. O sorriso da enfermeira falhou.

— Poderia esperar do lado de fora da cortina? Precisamos coletar sangue, trocar as intravenosas dele e o cateter.

Strike se arrastou de volta às muletas e percorreu laboriosamente o caminho para fora da UTI mais uma vez, tentando não se concentrar em nenhuma das outras figuras inertes e ligadas a suas próprias máquinas com seus zumbidos.

A cantina já estava com metade da lotação quando ele chegou. Com a barba por fazer e olhos pesados, ele deslizou a bandeja até o caixa e pagou, e só então percebeu que não podia carregá-la e manusear as muletas. Uma jovem que limpava as mesas notou sua dificuldade e veio ajudar.

— Valeu — disse Strike grosseiramente, quando ela colocou a bandeja em uma mesa junto de uma janela.

— Tudo bem — disse a garota. — Deixe aqui depois, eu vou pegar.

A pequena gentileza fez Strike se sentir desproporcionalmente emotivo. Ignorando a fritura que tinha acabado de comprar, ele pegou o telefone e mandou outro torpedo para Lucy.

Tudo bem, enfermeira trocando a intravenosa, volto para ele em breve. Bjs

Como Strike de certo modo esperava, o telefone tocou assim que ele cortou seu ovo frito.

— Conseguimos um voo — disse Lucy sem preâmbulos —, mas só às onze horas.

— Está tudo bem — ele lhe disse. — Eu não vou a lugar nenhum.

— Ele já acordou?

— Não, ainda sedado.

— Ele vai ficar tão contente ao ver você, se acordar antes de... antes de...

Ela caiu em prantos. Strike a ouvia ainda tentando falar com os soluços.

— ... só quero ir para casa... quero vê-lo...

Pela primeira vez na vida, Strike ficou feliz ao ouvir Greg, que agora tirava o telefone da esposa.

— Estamos muito agradecidos, Corm. É nosso primeiro fim de semana fora em cinco anos, dá para acreditar?

— É a lei divina.

— É. Ele disse que sentia dor na barriga, mas pensei que fosse manha dele. Pensei que ele não quisesse que a gente saísse. Agora me sinto um tremendo cretino, vou te contar.

— Não se preocupe — disse Strike e, mais uma vez: — Não vou a lugar nenhum.

Depois de mais algum diálogo e uma despedida chorosa de Lucy, Strike ficou com seu café da manhã inglês completo. Comeu metodicamente e sem prazer em meio ao barulho e chiado da cantina, cercado por outras pessoas infelizes e ansiosas que devoravam comida gordurosa e carregada de açúcar.

Quando terminava o último bacon, chegou uma mensagem de texto de Robin.

Estive tentando ligar com uma atualização sobre Winn. Me diga quando for conveniente conversar.

Naquele momento, o caso Chiswell parecia uma coisa remota para Strike, mas ao ler o torpedo ele teve um súbito desejo simultâneo de nicotina e de ouvir a voz de Robin. Abandonando a bandeja com agradecimentos à garota gentil que o ajudou até sua mesa, ele partiu novamente nas muletas.

Havia um grupo de fumantes em torno da entrada do hospital, de ombros arriados como hienas no ar limpo da manhã. Strike acendeu um cigarro, puxou um trago fundo e ligou para Robin.

– Oi – disse ele, quando ela atendeu. – Desculpe não ter entrado em contato, estive em um hospital...

– O que houve? Você está bem?

– Sim, estou bem. É meu sobrinho, Jack. Seu apêndice supurou ontem e ele... ele foi...

Para humilhação de Strike, sua voz falhou. Enquanto se esforçava para se controlar, ele se perguntou quanto tempo fazia que não chorava. Talvez desde as lágrimas de dor e fúria que derramara no hospital na Alemanha ao qual foi levado de helicóptero do trecho de terra ensanguentada onde o explosivo improvisado arrancara sua perna.

– Merda – resmungou ele por fim, as únicas sílabas que parecia capaz de pronunciar.

– Cormoran, o que aconteceu?

– Ele está... ele foi colocado na UTI – disse Strike, com o rosto torcido no esforço de se conter, de falar normalmente. – A mãe dele... Lucy e Greg estão presos em Roma, então eles me pediram...

– Quem está com você? Lorelei está aí?

– Meu Deus, não.

Lorelei dizendo "eu te amo" parecia pertencer a semanas no passado, embora agora só fizesse duas noites.

– O que os médicos disseram?

– Eles acham que ele vai ficar bem, mas, sabe como é, ele está... está na UTI. Merda – Strike tinha a voz rouca, enxugando os olhos. – Desculpe-me. Foi uma noite complicada.

– Qual é o hospital?

Ele disse. Abruptamente, ela se despediu e desligou. Strike ficou ali terminando o cigarro, intermitentemente enxugando o rosto e o nariz na manga da camisa.

A UTI silenciosa brilhava do sol quando ele voltou. Ele encostou as muletas na parede, sentou-se de novo ao lado do leito de Jack com o jornal da véspera, que tinha afanado da sala de espera, e leu um artigo de como o Arsenal logo podia perder Robin van Persie para o Manchester United.

Uma hora depois, o cirurgião e o anestesista encarregados da UTI chegaram ao pé do leito de Jack para examiná-lo, enquanto Strike ouvia, indócil, sua conversa aos murmúrios.

– ... não conseguiu levar o nível de oxigênio abaixo de 50%... pirexia persistente... a urina diminuiu nas últimas quatro horas...

– ... raios X do peito, veja se não há nada entrando nos pulmões...

Frustrado, Strike esperou que alguém lhe desse informações de fácil digestão. Por fim, o cirurgião virou-se para falar com ele.

– Vamos continuar com a sedação. Ele não está pronto para sair do oxigênio e precisamos de seu equilíbrio correto de fluidos.

– O que isto quer dizer? Ele piorou?

– Não, costuma acontecer assim. Tivemos uma infecção muito grave. Precisamos lavar o peritônio completamente. Gostaria de fazer raios X do peito por precaução, para saber se não perfuramos nada durante a ressuscitação. Mais tarde passo aqui de novo para vê-lo.

Eles foram até uma adolescente com muitos curativos, coberta de mais tubos e fios do que Jack, deixando Strike ansioso e desestabilizado. Durante a noite, Strike tinha passado a ver os aparelhos como essencialmente amistosos, ajudando seu sobrinho a se recuperar. Agora eles pareciam juízes implacáveis mostrando números que indicavam que Jack fracassava.

– Merda – resmungou Strike de novo, levando a cadeira para mais perto do leito. – Jack... sua mãe e seu pai... – Ele sentia uma ferroada traidora atrás das pálpebras. Duas enfermeiras passaram por ali. – ... merda...

Com um tremendo esforço, ele se controlou e deu um pigarro.

– ... desculpe, Jack, sua mãe não ia gostar de me ver xingando no seu ouvido... aqui é o tio Cormoran, a propósito, se você não... mas então, mamãe e papai já estão voltando, está bem? E vou ficar com você até que eles...

Ele parou no meio da frase. Robin estava emoldurada na porta distante da UTI. Ele a viu pedir informações a uma freira daquela ala, depois veio andando na direção dele, de jeans e camiseta, seus olhos no cinza-azulado habitual e o cabelo solto, segurando dois copos de isopor.

Vendo a expressão vulnerável de felicidade e gratidão de Strike, Robin se sentiu amplamente recompensada pela discussão contundente com Matthew, as duas trocas de ônibus e o táxi que pegou para chegar ali. Depois, a figura pequena e suscetível ao lado de Strike entrou em seu campo de visão.

— Ah, não — disse ela baixinho, parando ao pé do leito.

— Robin, você não precisava...

— Eu sei que não — disse Robin. Ela colocou uma cadeira ao lado da de Strike. — Mas eu não ia querer lidar com isto sozinha. Cuidado, está quente — acrescentou ela, passando-lhe um chá.

Ele pegou o copo, colocou no armário ao lado da cama, depois apertou sua mão com uma força dolorosa. Ele a soltou antes que ela pudesse retribuir o aperto. Depois os dois ficaram sentados olhando fixamente para Jack por alguns segundos, até que Robin, com os dedos latejando, perguntou:

— Quais são as últimas notícias?

— Ele ainda precisa do oxigênio e não está urinando o bastante — disse Strike. — Não sei o que isto significa. Prefiro ter uma pontuação de 0 a 10 ou... não sei, porra. Ah, e eles querem fazer raios X do peito para saber se perfuraram os pulmões quando colocaram esse tubo.

— Quando foi a operação?

— Ontem à tarde. Ele desmaiou praticando corrida na escola. Um amigo de Greg e Lucy que mora perto da escola veio com ele na ambulância e eu os encontrei aqui.

Nenhum dos dois falou por algum tempo, com os olhos em Jack.

E então Strike disse:

— Tenho sido um tio horrível. Não sei o aniversário de nenhum deles. Não poderia dizer a você quantos anos ele tem. O pai do amigo dele, que o trouxe, sabia mais do que eu. Jack quer ser soldado, Luce diz que ele fala de mim e faz desenhos para mim e eu nunca agradeci a ele, merda.

— Bom — disse Robin, fingindo não ver que Strike enxugava rudemente os olhos com a manga da camisa —, você está aqui por ele agora, quando ele precisa de você, e você tem muito tempo para compensar.

— É — disse Strike, piscando rapidamente. — Sabe o que vou fazer se ele...? Vou levar o garoto ao Museu Imperial da Guerra. Um passeio de um dia inteiro.

— Boa ideia — disse Robin com gentileza.

— Já esteve lá?

— Não — respondeu Robin.

— Bom museu.

Dois enfermeiros, um homem e a mulher que Strike tinha esnobado mais cedo, agora se aproximaram.

— Precisamos fazer novo exame nele — disse a garota, dirigindo-se a Robin e não a Strike. — Poderiam esperar fora da UTI?

— Quanto tempo vão levar? — quis saber Strike.

— Meia hora, no máximo quarenta minutos.

E assim Robin pegou as muletas de Strike e eles foram para a cantina.

— É muita bondade sua, Robin — disse Strike com mais dois chás pálidos e alguns biscoitos de gengibre —, mas se você tem coisas a fazer...

— Vou ficar até a chegada de Greg e Lucy — disse Robin. — Vai ser horrível para eles, estando tão longe. Matt tem 27 anos e o pai dele ainda morreu de preocupação quando Matt ficou muito doente nas Maldivas.

— Ele ficou?

— Foi, sabe como é, quando ele... ah, claro. Eu nunca te contei, não é?

— Me contou o quê?

— Ele teve uma infecção grave em nossa lua de mel. Se arranhou em algum coral. A certa altura, falaram em levá-lo de helicóptero para o hospital, mas foi tudo bem. Não era tão feia como pensaram no início.

Enquanto falava, ela se lembrou de ter aberto a porta de madeira ainda quente do sol de um dia, com a garganta apertada de medo enquanto se preparava para dizer a Matthew que queria a anulação, sem saber o que estava prestes a enfrentar.

— Sabe, a mãe de Matt morreu não faz muito tempo, então Geoffrey ficou com muito medo por Matt... mas correu tudo bem — repetiu Robin, tomando um gole do chá morno, seus olhos na mulher atrás do balcão, que servia feijão no prato de um adolescente magricela.

Strike a observou. Ele sentiu omissões em sua história. *Ponha a culpa em bactérias marinhas.*

— Deve ter sido assustador — disse ele.

— Bom, não foi divertido. — Robin examinou as unhas curtas e limpas, depois olhou o relógio. — Se quiser um cigarro, vamos agora, ele vai voltar logo.

Um dos fumantes a que eles se juntaram do lado de fora estava de pijama. Tinha trazido a intravenosa e a segurava com força, como um cajado de pastor, para se manter equilibrado. Strike acendeu um cigarro e soprou a fumaça para o céu azul-claro.

— Não perguntei sobre seu fim de semana de aniversário de casamento.

— Lamento não ter podido trabalhar – disse Robin rapidamente. – Estava agendado e...

— Não é por isso que estou perguntando.

Ela hesitou.

— Para ser franca, não foi ótimo.

— Ah, bom. Às vezes, quando existe a pressão para se divertir...

— Sim, exatamente – disse Robin.

Depois de outra curta pausa, ela perguntou:

— Lorelei está trabalhando hoje?

— Provavelmente – disse Strike. – Hoje é o quê, sábado? Sim, acho que sim.

Eles ficaram em silêncio enquanto o cigarro de Strike encolhia, milímetro por milímetro, vendo visitantes e a chegada de ambulâncias. Não havia constrangimento entre eles, mas o ar parecia carregado, de algum modo, de coisas imaginadas e não ditas. Por fim, Strike apagou o cigarro em um grande cinzeiro aberto que a maioria dos fumantes ignorava e verificou o telefone.

— Eles embarcaram vinte minutos atrás – disse ele, lendo a última mensagem de Lucy. – Devem chegar aqui lá pelas três horas.

— O que houve com seu celular? – perguntou Robin, vendo a tela coberta de fita adesiva.

— Caí em cima dele – disse Strike. – Vou comprar um novo quando Chiswell nos pagar.

Eles passaram pelo aparelho de raios X sendo rodado para fora da UTI ao voltarem.

— O peito está ótimo! – disse o técnico que empurrava o aparelho.

Eles se sentaram ao lado de Jack falando em voz baixa por mais uma hora, até que Robin foi até máquinas automáticas próximas para comprar mais chá e barras de chocolate, que eles consumiram na sala de espera enquanto Robin informava Strike sobre tudo que tinha descoberto a respeito da organização de caridade de Winn.

— Você se superou – comentou Strike, devorando sua segunda barra de Mars. – Foi um excelente trabalho, Robin.

— Não se importa de eu ter falado com Chiswell?

— Não, você precisava. Estamos correndo contra o tempo, com Mitch Patterson xeretando por aí. Esta mulher, Curtis-Lacey, aceitou o convite para a recepção?

— Vou descobrir na segunda-feira. E Barclay? Como está indo com Jimmy Knight?

— Ainda nada que possamos usar. – Strike suspirou, passando a mão na barba por fazer, que rapidamente crescia –, mas tenho esperanças. Ele é bom, o Barclay. É como você. Tem instinto para essas coisas.

Uma família entrou na sala de espera, o pai fungava e a mãe chorava. O filho, que mal parecia ter mais de seis anos, olhou a perna ausente de Strike como se fosse apenas mais um detalhe horrível no mundo de pesadelo em que ele subitamente entrou. Strike e Robin se olharam e saíram, Robin levando o chá de Strike enquanto ele gingava nas muletas.

Depois de se acomodar ao lado de Jack novamente, Strike perguntou:

— Como Chiswell reagiu quando você contou tudo que tinha sobre Winn?

— Ele ficou deliciado. Na realidade, me ofereceu um emprego.

— Sempre me surpreendeu que isto não acontecesse com mais frequência – disse Strike, sem se perturbar.

Neste momento, o anestesista e o cirurgião convergiram novamente ao pé do leito de Jack.

— Bom, as coisas estão melhorando – disse o anestesista. – Ele está limpo e sua temperatura está baixando. É isso que acontece com as crianças – disse ele, sorrindo para Robin. – Elas vão rapidamente para os dois lados. Vamos ver como ele lida com um pouco menos de oxigênio, mas acho que estamos no comando.

— Ah, graças a Deus – disse Robin.

— Ele vai sobreviver? – perguntou Strike.

— Ah, sim, acho que sim – disse o cirurgião, com certo paternalismo. – Nós sabemos o que fazemos por aqui, compreende?

— Vou contar a Lucy – disse Strike em voz baixa, tentando sem sucesso se levantar, sentindo-se mais fraco com a boa notícia do que se sentiria com a má. Robin pegou as muletas e o ajudou a ficar de pé. Enquanto o observava balançando-se para a sala de espera, ela voltou a se sentar, soltou o ar ruidosamente e por um breve momento pôs o rosto entre as mãos.

— É sempre pior para as mães — disse com gentileza o anestesista.

Ela não se deu ao trabalho de corrigi-lo.

Strike ficou ausente por vinte minutos. Quando voltou, falou:

— Eles acabaram de pousar. Avisei como ele está, assim eles ficam preparados. Devem chegar daqui a uma hora.

— Ótimo — disse Robin.

— Você pode ir embora, Robin. Eu não pretendia estragar o seu sábado.

— Ah — disse Robin, sentindo-se estranhamente murcha. — Tudo bem.

Ela se levantou, pegou o casaco no encosto da cadeira e sua bolsa.

— Tem certeza?

— Sim, sim, devo tentar tirar um cochilo, agora que sabemos que ele vai ficar bem. Acompanho você até lá fora.

— Não precisa...

— Eu quero. Posso fumar outro cigarro.

Mas quando eles chegaram à saída, Strike andou com ela, afastou-se dos fumantes reunidos, passou pelas ambulâncias e o estacionamento que parecia se estender por quilômetros, os tetos reluzindo como o dorso de criaturas marinhas, vindo à tona por uma névoa empoeirada.

— Como chegou aqui? — perguntou ele, depois que estavam longe das pessoas, ao lado de um gramado cercado por goivos cujo cheiro se misturava com o odor de asfalto quente.

— Ônibus, depois táxi.

— Vou te dar o dinheiro do táxi...

— Não seja ridículo. É sério, não.

— Bom... obrigado, Robin. Fez toda a diferença do mundo.

Ela sorriu para ele.

— É para isso que servem os amigos.

Sem jeito, apoiado nas muletas, ele se curvou para ela. O abraço foi breve e ela o rompeu primeiro, com medo de que ele perdesse o equilíbrio. O beijo que ele pretendia plantar em seu rosto caiu em sua boca enquanto ela virava o rosto para ele.

— Desculpe — disse ele em voz baixa.

— Deixa de ser bobo. — Ela ruborizou.

— Bom, é melhor eu voltar.

— Sim, é claro.

Ele se afastou.

– Me conte como ele está – ela disse às costas dele e ele levantou uma das mãos, reconhecendo ter ouvido.

Robin se afastou sem olhar para trás. Ainda sentia o formato da boca de Strike na dela, sua pele formigando onde a barba por fazer a havia arranhado, mas ela não quis se livrar da sensação.

Strike tinha se esquecido de que pretendia fumar outro cigarro. Fosse porque agora tinha confiança de que poderia levar o sobrinho ao Museu Imperial da Guerra, ou por alguma outra razão, sua exaustão era pontilhada por uma despreocupação louca, como se ele tivesse acabado de tomar um trago de uma bebida forte. A terra e o calor de uma tarde de Londres, com o cheiro de goivo no ar, de súbito pareciam cheios de beleza.

Era glorioso receber esperanças, quando tudo parecia perdido.

27

Há muito tempo que eles se apegam aos seus mortos em Rosmersholm.

Henrik Ibsen, *Rosmersholm*

Quando Robin atravessou Londres e encontrou um caminho ao desconhecido campo de críquete, eram cinco da tarde e a partida beneficente de Matthew tinha acabado. Ela o encontrou em suas roupas normais no bar, furioso, mal falando com ela. O time de Matthew tinha perdido. A outra equipe cantava.

Diante de uma noite sendo ignorada pelo marido e sem ter amigos entre os colegas dele, Robin decidiu não ir ao restaurante com as duas equipes e suas parceiras e foi para casa sozinha.

Na manhã seguinte, ela encontrou Matthew totalmente vestido no sofá, roncando, bêbado. Eles discutiram quando ele acordou, uma briga que durou horas e nada resolveu. Matthew queria saber por que era trabalho de Robin sair correndo para segurar a mão de Strike, uma vez que ele tinha namorada. Robin sustentou que uma pessoa era horrível se deixava um amigo sozinho para lidar com uma criança possivelmente moribunda.

A briga cresceu, alcançando níveis de rancor nunca antes atingidos em um ano de querelas conjugais. Robin perdeu o controle e perguntou se não merecia uma folga por bom comportamento, depois de uma década vendo Matthew se pavonear por vários campos esportivos. Ele ficou verdadeiramente magoado.

— Bom, se você não gosta, devia ter falado!

— Nunca ocorreu a você que talvez não gostasse, não é? Porque eu devia ver todas as suas vitórias como minhas, não é, Matt? Enquanto *as minhas* realizações...

— Desculpe-me, pode me lembrar quais são mesmo? — disse Matthew, um golpe baixo que ele nunca lhe dera antes. — Ou estamos contando as realizações *dele* como suas?

Três dias se passaram e eles não se perdoaram. Robin dormiu no quarto de hóspedes toda noite desde a briga dos dois e levantava cedo toda manhã para deixar a casa antes de Matthew ter saído do banho. Sentia uma dor constante por trás dos olhos, uma infelicidade que não era mais fácil de ignorar no trabalho, mas que caía sobre ela como uma fase de baixa pressão depois que refazia os passos para casa toda noite. A raiva silenciosa de Matthew pressionava as paredes da casa que parecia mais escura e mais apertada, embora tivesse o dobro do tamanho de qualquer espaço que eles já tivessem dividido.

Ele era o marido dela. Ela havia prometido tentar. Cansada, furiosa, sentindo-se culpada e infeliz, Robin teve a impressão de que esperavam pelo acontecimento definitivo, algo que libertaria os dois com honra, sem outras brigas podres, com racionalidade. Mais uma vez, seus pensamentos voltaram ao dia do casamento, quando ela descobriu que Matthew tinha apagado as mensagens de Strike. De todo coração, ela se arrependeu de não ter ido embora naquele dia, antes que ele pudesse se arranhar no coral, antes que ela fosse aprisionada, como agora via, pela covardia disfarçada de compaixão.

Enquanto Robin se aproximava da Câmara dos Comuns na manhã de quarta-feira, ainda não concentrada no dia que tinha pela frente, mas refletindo sobre seus problemas conjugais, um homem musculoso de sobretudo se afastou da grade onde estivera misturado com os primeiros turistas do dia e andou na direção dela. Era alto, de ombros largos, cabelos bastos e grisalhos e tinha um rosto amassado e profundamente esburacado e enrugado. Robin só percebeu que era o alvo quando ele parou bem diante dela, com os pés grandes firmemente plantados nos ângulos certos, bloqueando seu progresso.

— Venetia? Posso dar uma palavrinha, meu bem?

Ela recuou um meio passo, em pânico, olhando a cara achatada e dura, pontilhada de poros abertos. Ele tinha de ser da imprensa. Será que a reconhecera? As lentes de contato castanhas eram um pouco mais discerníveis de perto, apesar dos óculos de lentes transparentes.

– Começou a trabalhar há pouco tempo para Jasper Chiswell, não foi, meu bem? Eu estava me perguntando como isso aconteceu. Quanto ele paga a você? Você o conhece há muito tempo?

– Sem comentários – disse Robin, tentando se desviar dele. Ele se mexeu junto com ela. Reprimindo o pânico crescente, Robin falou com firmeza: – Saia do meu caminho. Preciso ir trabalhar.

Dois jovens escandinavos e altos, de mochila, observavam o encontro com uma preocupação evidente.

– Só estou dando a você a chance de contar o seu lado da história, querida – disse o homem que a abordou, em voz baixa. – Pense nisso. Pode ser sua única chance.

Ele deu um passo para o lado. Robin esbarrou em seus possíveis salvadores ao passar aos empurrões por eles. *Merda, merda, merda... quem era ele?*

Depois de atravessar a salvo a varredura de segurança, ela ficou num canto do hall de pedra ecoante em que os trabalhadores passavam e telefonou para Strike. Ele não atendeu.

– Ligue para mim com urgência, por favor – disse ela em voz baixa em sua caixa postal.

Em vez de ir para a sala de Izzy ou o amplo espaço com eco do Portcullis House, ela se refugiou em uma das menores salas de chá, que sem seu balcão e caixa registradora teria parecido um salão de mafiosos, revestida de madeira escura e acarpetada no ubíquo verde-mata. Um pesado painel de carvalho dividia o espaço, os parlamentares do outro lado, longe dos funcionários inferiores. Ela comprou uma xícara de café, pegou uma mesa junto da janela, pendurou o casaco no encosto da cadeira e esperou pelo telefonema de Strike. O espaço silencioso e pacato foi de pouca ajuda para acalmar os nervos de Robin.

Passaram-se quase 45 minutos até Strike telefonar.

– Desculpe-me, perdi sua ligação, eu estava no metrô – disse ele, ofegante. – E depois Chiswell ligou. Ele desligou agora mesmo. Temos problemas.

– Ah, meu Deus, o que é agora? – Robin baixou o café com o estômago contraído de pânico.

– O *Sun* acha que a história é você.

E de pronto Robin entendeu quem tinha acabado de encontrar na frente do Parlamento: Mitch Patterson, o detetive particular contratado pelo jornal.

— Eles andaram cavando em busca de qualquer novidade na vida de Chiswell e aí está você, uma mulher nova e bonita em seu escritório, é claro que eles vão te checar. O primeiro casamento de Chiswell terminou porque ele teve um caso no trabalho. A questão é que eles não vão demorar muito para descobrir que você na realidade não é afilhada dele. *Ai*... porra...

— O que foi?

— Primeiro dia sobre as duas pernas e o Doutor Duvidoso enfim decidiu encontrar uma garota na surdina. Chelsea Physic Garden, metrô até a Sloane Square e uma droga de caminhada. Mas então – ele ofegou – qual é a *sua* má notícia?

— É mais do mesmo – disse Robin. — Mitch Patterson acaba de me abordar na frente do Parlamento.

— Merda. Acha que ele te reconheceu?

— Parece que não, mas eu não sei. Eu devia dar o fora, não é? – disse Robin, contemplando o teto creme, que tinha estuque em um padrão de círculos sobrepostos. — Podemos colocar outra pessoa aqui. Andy ou Barclay?

— Ainda não – determinou Strike. — Se você sair no momento em que encontrou Mitch Patterson, vai parecer que certamente é a história. De todo modo, Chiswell quer que você vá àquela recepção amanhã à noite, para tentar levantar os outros podres de Winn com aquela outra curadora... qual era mesmo o nome, Elspeth? *Droga*... desculpe... problemas aqui, é uma porcaria de passeio de madeira. O Duvidoso está levando a garota para uma caminhada pelos arbustos. Ela parece ter uns dezessete anos.

— Não precisa de seu telefone para tirar fotos?

— Estou com aqueles óculos com câmera embutida... ah, lá vamos nós – acrescentou ele em voz baixa. — O Duvidoso está apalpando em uns arbustos.

Robin esperou. Ouvia estalos leves.

— E lá vão verdadeiros horticultores – disse Strike em voz baixa. — E isso os levou de volta a espaço aberto...

"Escute", ele continuou, "encontre-me no escritório amanhã depois do trabalho, antes de ir àquela recepção. Vamos fazer um balanço de tudo que conseguimos até agora e tomar uma decisão sobre o que fazer. Procure ao máximo recuperar o segundo dispositivo de escuta, mas não o substitua, pode ser que a gente precise dar o fora daí."

– Tudo bem – disse Robin, cheia de maus pressentimentos –, mas vai ser difícil. Tenho certeza de que Aamir está desconf... Cormoran, preciso desligar.

Izzy e Raphael tinham acabado de entrar na sala de chá. Raphael trazia o braço em volta da meia-irmã que, Robin viu prontamente, estava aflita e quase às lágrimas. Ele viu Robin, que dispensou apressadamente Strike, fez uma careta indicando que Izzy estava mal, depois murmurou algo para a irmã, que assentiu e foi para a mesa de Robin, deixando Raphael comprar as bebidas.

– Izzy! – disse Robin, puxando uma cadeira para ela. – Você está bem?

Enquanto Izzy se sentava, as lágrimas escorreram de seus olhos. Robin lhe passou seu guardanapo de papel.

– Obrigada, Venetia – disse ela aos sussurros. – Eu sinto muito. Criando um escarcéu. Que boba.

Ela respirou fundo, tremendo, e se sentou reta, com a postura de uma garota que durante anos ouviu para se sentar direito e se recompor.

– Que boba – ela repetiu, o choro aparecendo de novo.

– Papai foi um completo cretino com ela. – Raphael chegou com uma bandeja.

– Não diga isso, Raff – Izzy soluçou, com outra lágrima escorrendo pelo nariz. – Sei que não foi a intenção dele. Ele estava aborrecido quando eu cheguei, depois eu piorei tudo. Sabia que ele perdeu o prendedor de notas de ouro de Freddie?

– Não – disse Raphael, sem grande interesse.

– Ele acha que deixou em algum hotel no aniversário de Kinvara. Tinham acabado de ligar para ele quando eu cheguei. Não encontraram. Sabe como papai é a respeito de Freddie, mesmo agora.

Uma estranha expressão passou pelo rosto de Raphael, como se tivesse lhe ocorrido um pensamento desagradável.

– E depois – disse Izzy, trêmula –, eu datei errado uma carta e ele perdeu as estribeiras...

Izzy torceu o guardanapo molhado entre as mãos.

– Cinco anos – ela desabafou. – Cinco anos que trabalhei para ele e posso contar nos dedos de uma só mão quantas vezes ele me agradeceu por alguma coisa. Quando eu disse que pensava em sair, ele falou "só depois da

Olimpíada" – a voz dela tremeu –, "porque não quero ter de preparar alguém novo antes disso".

Raphael xingou em voz baixa.

– Ah, mas na verdade ele não é assim tão ruim – disse rapidamente Izzy, em uma reviravolta quase cômica. Robin entendeu que ela acabara de se lembrar de sua esperança de Raphael assumir seu emprego. – Só estou chateada, faço com que a coisa pareça pior do que é...

Seu celular tocou. Ela leu o nome no identificador de chamadas e soltou um gemido.

– TS não, agora não, não posso. Raff, fale você com ela.

Ela estendeu o celular a ele, mas Raphael se retraiu como se lhe pedissem para segurar uma tarântula.

– Por favor, Raff... *por favor*...

Com extrema relutância, Raphael pegou o telefone.

– Oi, Kinvara. Aqui é o Raff, Izzy está fora do escritório. Não... Venetia não está aqui... não... estou no escritório, é claro, peguei agora o telefone de Izzy... ele foi ao parque olímpico. Não... não, eu não... não sei onde está Venetia, só sei que ela não está aqui... sim... sim... tudo bem... então, tchau... – Ele ergueu as sobrancelhas. – Desligou.

Ele empurrou o telefone pela mesa de volta a Izzy, que perguntou:

– Por que ela está tão interessada no paradeiro de Venetia?

– Tem três chances de adivinhar – disse Raphael, com ironia. Entendendo a sugestão dele, Robin olhou pela janela, sentindo o rosto ruborizar. Ela se perguntou se Mitch Patterson tinha telefonado a Kinvara e plantado esta ideia na cabeça dela.

– Ah, sem essa – disse Izzy. – Ela acha que papai está...? Venetia tem idade para ser filha dele!

– Se você ainda não notou, a mulher dele também – disse Raphael – e você sabe como é ela. Quanto mais o casamento entra pelo cano, mais ciumenta ela fica. Papai não está atendendo aos telefonemas dela, então ela chega a conclusões paranoicas.

– Papai não atende porque ela o deixa louco – disse Izzy, seu ressentimento para com o pai de súbito submerso pela antipatia que sentia pela madrasta. – Nos últimos dois anos, ela se recusou a sair de casa ou deixar seus malditos cavalos. De repente a Olimpíada está quase chegando e Londres se enche de celebridades e só o que ela quer é vir à cidade, toda produzida, e bancar a esposa do ministro.

Ela respirou fundo outra vez, enxugou de novo o rosto e se levantou.

– É melhor eu voltar, estamos ocupados demais. Obrigada, Raff – disse ela, com um leve soco em seu ombro.

Ela se afastou. Raphael a observou, depois se virou para Robin.

– Izzy foi a única que se deu ao trabalho de me visitar quando eu estava lá dentro, sabia?

– Sim – disse Robin. – Ela me contou.

– E quando eu ia à porcaria da Chiswell House quando era criança, ela era a única que falava comigo. Eu era o pequeno bastardo que desmanchou a família deles, então todos me odiavam mortalmente, mas Izzy me deixava cuidar do cavalo dela.

Ele tomou o café da xícara, taciturno.

– Imagino que você ficou cheia de amores pelo valente Freddie, não foi, como todas as outras garotas? Ele me odiava. Costumava me chamar de "Raphaela" e fingia que meu pai tinha contado à família que eu era outra menina.

– Que coisa horrível – disse Robin, e a carranca de Raphael se transformou em um sorriso relutante.

– Você é um amor de pessoa.

Parecia que ele tinha dúvidas em relação a dizer ou não alguma coisa. De súbito, perguntou:

– Conheceu Jack o'Kent quando esteve de visita?

– Quem?

– O velho que trabalhava para papai. Morava na propriedade da Chiswell House. Me matava de medo quando eu era criança. Tinha uma cara afundada e olhos loucos e costumava surgir do nada quando eu estava no jardim. Nunca dizia uma palavra, só para me xingar se eu me metesse em seu caminho.

– Eu... me lembro vagamente de alguém assim – Robin mentiu.

– Jack o'Kent foi o apelido que papai deu a ele. Quem *era* Jack o'Kent? Ele tinha alguma relação com o demônio? Mas então, eu tinha literalmente pesadelos com o velho. Uma vez ele me apanhou tentando entrar em um celeiro e me deu uma bronca. Colocou a cara bem perto da minha e disse coisas do tipo, eu não ia gostar do que veria ali dentro, ou que era perigoso para garotinhos, ou... não me lembro exatamente. Eu era só uma criança.

– Parece assustador – Robin concordou, agora com o interesse despertado. – O que ele fazia ali, você descobriu?

– Provavelmente só guardava as máquinas da fazenda – disse Raphael –, mas ele fez parecer que realizava rituais satânicos.

"Era um bom carpinteiro, veja só. Ele fez o caixão de Freddie. Um carvalho inglês tinha caído... papai queria que Freddie fosse enterrado com madeira da propriedade..."

Mais uma vez, ele dava a impressão de se perguntar se devia dizer o que lhe passava pela cabeça. Ele a examinou atentamente através dos cílios escuros e por fim disse:

– Papai parece... bom, normal para você no momento?

– Como assim?

– Você não acha que ele está agindo de um jeito meio estranho? Por que ele está gritando com Izzy por nada?

– Pressão do trabalho? – sugeriu Robin.

– É... talvez – disse Raphael. Depois, de cenho franzido: – Ele me telefonou outra noite, o que em si é estranho, porque normalmente nem suporta me ver. Só para conversar, disse ele, e isso nunca aconteceu. Veja bem, ele tinha bebido umas e outras, percebi assim que ele falou.

"Mas então, ele começou a tagarelar sobre Jack o'Kent. Eu não conseguia entender aonde ele queria chegar. Ele falou em Freddie morrendo, no filho de Kinvara morrendo e depois – Raphael curvou-se para mais perto. Robin sentiu os joelhos dele tocando os dela embaixo da mesa –, lembra aquele telefonema que recebemos, no meu primeiro dia aqui? Aquela mensagem assustadora sobre as pessoas se mijarem enquanto morrem?

– Lembro – disse Robin.

– Ele falou, "é tudo castigo. Aquele era Jack o'Kent no telefone. Ele vem atrás de mim".

Robin o olhou fixamente.

– Mas quem quer que fosse ao telefone – disse Raphael –, não pode ter sido Jack o'Kent. Ele morreu anos atrás.

Robin não falou nada. De repente se lembrou do delírio de Matthew, a profundidade daquela noite subtropical, quando ele pensou que ela era sua mãe morta. Parecia que os joelhos de Raphael pressionavam com mais força os dela. Ela empurrou a cadeira ligeiramente para trás.

– Fiquei acordado metade da noite me perguntando se ele está enlouquecendo. Não podemos ter meu pai pirando também, podemos? Já temos Kinvara alucinada com gente cortando cavalos e profanando túmulos...

– Profanando túmulos? – Robin repetiu bruscamente.

– Eu disse isso? – Rafael falou, inquieto. – Bom, sabe o que quero dizer. Homens com pás na mata.

– Acha que é imaginação dela? – perguntou Robin.

– Não sei. Izzy e os outros acham que sim, mas eles a vêm tratando como uma histérica desde que ela perdeu o filho. Ela teve de passar pelo trabalho de parto, apesar de saberem que o bebê tinha morrido, sabia? Ela não ficou bem depois disso, mas quando você é uma Chiswell, deve aguentar esse tipo de coisa. Colocar um chapéu e sair para uma festa ou coisa assim.

Ele parece ter lido os pensamentos de Robin em seu rosto, porque falou:

– Você achava que eu a odeio, só porque os outros a detestam? Ela é um pé no saco e acha que sou um completo desperdício de espaço, mas eu não passei a minha vida subtraindo mentalmente da herança de meus sobrinhos tudo que ela gasta com os cavalos. Ela não deu o golpe do baú, pensem Izzy e *Fizzy* o que quiserem – disse ele, dando ênfase ao apelido da outra irmã. – Elas também achavam que minha mãe tinha dado o golpe do baú. É a única motivação que elas entendem. Eu devia saber que elas não têm apelidos carinhosos da família Chiswell para mim e minha mãe também... – Sua pele morena ficou vermelha. – Ao contrário do que pode parecer, Kinvara de fato gostou de papai, eu sei disso. Ela podia ter se dado bem melhor se estivesse atrás de dinheiro. Ele está duro.

Robin, cuja definição de "duro" não compreendia ser dono de uma casa enorme em Oxfordshire, nove cavalos, um apartamento em Londres ou o pesado colar de diamante que ela vira no pescoço de Kinvara em fotografias, manteve a expressão impassível.

– Tem ido à Chiswell House ultimamente?

– Ultimamente, não – disse Robin.

– Está desmoronando. Tudo roído pelas traças e deprimente.

– Na única vez em que me lembro realmente de estar na Chiswell House, os adultos falavam de uma garotinha que tinha desaparecido.

— É mesmo? — disse Raphael, surpreso.

— É, não consigo me lembrar do nome dela. Eu era nova. Susan? Suki? Alguma coisa assim.

— Não me lembra nada — disse Raphael. Os joelhos dele roçaram os dela de novo. — Me diga uma coisa, todo mundo confidencia os segredos sombrios da família a você cinco minutos depois de conhecê-la, ou isso é coisa minha?

— Tim sempre diz que eu pareço solidária — disse Robin. — Talvez deva esquecer a política e partir para a psicologia.

— É, talvez deva mesmo — disse ele, olhando nos olhos dela. — Esse grau não é muito forte. Por que usar os óculos? Por que não usa lentes de contato?

— Ah, eu... acho que eles são mais confortáveis — disse Robin, empurrando os óculos pelo nariz e pegando suas coisas. — Olha, eu sinceramente preciso ir.

Raphael recostou-se na cadeira com um sorriso tristonho.

— Mensagem recebida... é um homem de sorte, esse seu Tim. Diga isso a ele, de minha parte.

Robin abriu um meio sorriso e se levantou, prendendo-se no canto da mesa ao fazer isso. Constrangida e um tanto agitada, ela saiu da sala de chá.

Ao voltar ao escritório de Izzy, ela meditou sobre o comportamento do ministro da Cultura. Explosões de mau humor e conversas paranoicas, segundo ela pensava, não surpreendiam em um homem que hoje estava à mercê de dois chantagistas, mas a sugestão de Chiswell de que um morto tinha telefonado para ele era inegavelmente estranha. Ele não pareceu a ela em nenhum dos dois encontros que tiveram o tipo de homem que acreditasse em fantasmas ou represália divina, mas, Robin refletiu, a bebida desperta coisas estranhas nas pessoas... E de repente ela se lembrou da cara furiosa de Matthew enquanto gritava pela sala de estar no domingo.

Ela estava quase na porta de Winn quando registrou o fato de que estava entreaberta de novo. Robin espiou a sala. Parecia vazia. Ela bateu duas vezes. Ninguém atendeu.

Robin precisou de menos de cinco segundos para alcançar a tomada de força abaixo da mesa de Geraint. Desplugando o ventilador, ela soltou o dispositivo de gravação e tinha acabado de abrir a bolsa quando a voz de Aamir falou:

– Mas que diabos você pensa que está fazendo?

Robin arquejou, tentou se levantar, bateu a cabeça com força na mesa e gritou de dor. Aamir tinha acabado de sair de uma poltrona afastada da porta, retirava fones de ouvido da cabeça. Parecia ter tirado alguns minutos só para si, enquanto ouvia um iPod.

– Eu bati na porta! – disse Robin, com os olhos lacrimejando enquanto esfregava o alto da cabeça. O dispositivo de gravação ainda estava em sua mão e ela o deslizou para as costas. – Pensei que não tivesse ninguém aqui!

– O que – ele repetiu, avançando para ela – você está *fazendo*?

Antes que ela pudesse responder, a porta foi totalmente aberta. Geraint entrou.

Esta manhã não havia sorriso sem lábios, nenhum ar de arrogância frenética, nenhum comentário depravado ao encontrar Robin no chão de seu escritório. Winn de algum modo parecia menor do que o habitual, com sombras arroxeadas abaixo dos olhos diminuídos pelas lentes. Perplexo, ele se virou de Robin para Aamir, e enquanto Aamir lhe dizia que Robin tinha entrado sem ser convidada, esta última conseguiu colocar o dispositivo de gravação dentro da bolsa.

– Eu sinto muito – disse ela, levantando-se, transpirando profusamente. O pânico avançou para a margem de seu pensamento, mas uma ideia eclodiu como um bote salva-vidas. – Sinceramente, peço desculpas. Eu ia deixar um bilhete. Só ia pegar emprestado.

Os dois homens a olhavam de testa franzida e ela gesticulou para o ventilador desplugado.

– O nosso pifou. Nossa sala parece um forno. Achei que vocês não iam se importar – disse ela, apelando a Geraint. – Só ia pegar emprestado por meia hora. – Ela abriu um sorriso desventurado. – Sinceramente, eu quase desmaiei mais cedo.

Ela puxou a frente da blusa, afastando da pele, que estava de fato pegajosa. O olhar dele caiu em seu peito e o habitual sorriso lascivo voltou à superfície.

– Acho que não devia dizer isso, mas o calor combina com você – disse Winn, com o fantasma de um sorriso malicioso, e Robin soltou uma risadinha forçada.

– Ora, ora, podemos ficar sem ele por meia hora, não é? – disse ele, virando-se para Aamir. Este último não disse nada, ficou de pé feito uma vara, encarando Robin com indisfarçada desconfiança. Geraint tirou o ventilador com cuidado da mesa e passou a Robin. Enquanto ela se virava para sair, ele lhe deu um leve tapinha na base das costas.

– Aproveite bem.

– Ah, eu vou aproveitar – disse ela, com o corpo fervilhando. – Muito obrigada, sr. Winn.

28

Devo levar a sério, ver-me tão prejudicado e frustrado na obra de minha vida?

Henrik Ibsen, *Romersholm*

A longa caminhada pelo Chelsea Physic Garden no dia anterior não foi benéfica para a lesão no tendão de Strike. Como seu estômago vinha dando trabalho por conta de uma dieta constante de Ibuprofeno, ele tinha evitado analgésicos nas últimas 24 horas e o resultado era que sentia o que os médicos gostavam de descrever como "algum desconforto", sentado com sua perna e meia para cima no sofá do escritório na tarde de quinta-feira, a prótese encostada na parede ali perto enquanto ele analisava o arquivo Chiswell.

Em silhueta como um vigia sem cabeça contra a janela de sua sala interna estava o melhor terno de Strike, mais uma camisa e gravata, pendurados no trilho da cortina, sapatos e meias limpas colocados abaixo das pernas flácidas da calça. Ele ia jantar com Lorelei esta noite e tinha se organizado de modo a não precisar subir a escada para o apartamento do sótão antes de dormir.

Lorelei foi compreensiva, como era típico, com relação à falta de comunicação durante a hospitalização de Jack, dizendo apenas com uma mínima tensão na voz como deve ter sido horrível passar por aquilo sozinho. Strike teve senso suficiente para lhe dizer que Robin esteve lá também. Lorelei então o convidou, com doçura e sem rancor, para jantar, "para falar de algumas coisas".

Eles estavam namorando havia pouco mais de dez meses, e ela já cuidara dele durante cinco dias de incapacidade. Strike sentia que não era justo, nem decente, pedir a ela que dissesse o que queria por telefone. Como o terno pendurado, a perspectiva de ter de encontrar uma resposta à pergunta inevitável "aonde você acha que vai esta relação?" assomava, ameaçadora, na periferia da consciência de Strike.

Dominando seus pensamentos, porém, estava o que ele entendia como o estado perigoso do caso Chiswell, do qual, até agora, ele não tinha visto um centavo de pagamento, mas que estava lhe custando um montante significativo em salários e despesas. Robin pode ter conseguido neutralizar a ameaça imediata de Geraint Winn, mas Barclay, depois de um começo promissor, não tinha nada mais para usar contra o primeiro chantagista de Chiswell e Strike previa consequências desastrosas se o jornal *Sun* encontrasse Jimmy Knight. Tirando as misteriosas fotografias no Ministério das Relações Exteriores que Winn tinha prometido a ele e apesar da afirmativa de Chiswell de que Jimmy não ia querer a história na imprensa, Strike pensou que um Jimmy furioso e frustrado muito provavelmente tentaria lucrar com a oportunidade que parecia escapulir por entre seus dedos. O histórico que ele tinha de litígios contava sua própria história: Jimmy era um homem que tendia a prejudicar os próprios interesses.

Para piorar o mau humor de Strike, depois de vários dias e noites seguidos andando com Jimmy e seus parceiros, Barclay havia dito a Strike que, se não fosse para casa logo, a esposa daria entrada no processo de divórcio. Strike, que devia as despesas de Barclay, disse a ele para ir ao escritório pegar um cheque, e que depois disso podia tirar alguns dias de folga. Para sua extrema irritação, o normalmente confiável Hutchins tinha então feito objeções a ter de assumir a vigilância de Jimmy Knight tão de repente, em vez de zanzar pela Harley Street onde o Doutor Duvidoso mais uma vez dava consultas a pacientes.

– Qual é o problema? – perguntou Strike bruscamente, com o coto latejando. Por mais que gostasse de Hutchins, não tinha se esquecido de que o ex-policial recentemente havia tirado uma folga para férias em família e para levar a esposa ao hospital quando ela quebrou o pulso. – Estou pedindo a você para trocar de alvo, é só isso. Não posso seguir Knight, ele me conhece.

– Tá, tudo bem, vou fazer isso.

– É digno de sua parte – disse Strike, com raiva. – Obrigado.

O barulho de Robin e Barclay subindo a escada de metal até o escritório às cinco e meia foi uma distração bem-vinda ao estado de espírito cada vez mais sombrio de Strike.

– Oi – disse Robin, entrando no escritório com uma bolsa de viagem no ombro. Respondendo ao olhar indagativo de Strike, ela explicou: – Roupas para a recepção paralímpica. Vou me trocar no banheiro, não teria tempo de ir em casa.

Barclay entrou na sala atrás de Robin e fechou a porta.

– Nós nos conhecemos lá embaixo – disse ele a Strike, alegremente. – Só agora.

– Sam estava me contando quanta droga teve de fumar para acompanhar Jimmy – disse Robin, rindo.

– Eu não traguei – disse Barclay, inexpressivamente. – Seria desleixo, em um trabalho.

O fato de que os dois pareciam ter se dado bem era perversamente irritante para Strike, que agora passava pela dificuldade de se impelir das almofadas de couro falso, que produziam seus habituais barulhos de peido.

– É o sofá – ele vociferou para Barclay, que tinha se virado, sorrindo. – Vou pegar seu dinheiro.

– Fique aí, eu faço isso – disse Robin, baixando a bolsa de viagem e pegando o talão de cheques na última gaveta da mesa, que ela entregou a Strike, com uma caneta. – Quer um chá, Cormoran? Sam?

– Sim, vou nessa, então – disse Barclay.

– Vocês dois estão muito animados – disse Strike com amargura, preenchendo o cheque de Barclay –, considerando que estamos prestes a perder o trabalho que mantém a todos no emprego. Se um de vocês não tiver informações que eu não saiba, é claro.

– A única coisa animadora que aconteceu em Knightópolis esta semana foi Flick ter uma briga das grandes com uma das colegas de apartamento – disse Barclay. – A garota se chama Laura. Ela achou que Jimmy tinha roubado um cartão de crédito de sua bolsa.

– Ele roubou? – perguntou Strike bruscamente.

– Eu diria que é mais provável ter sido a própria Flick. Já te contei que ela esteve se gabando de se servir do dinheiro no trabalho, não foi?

– É, contou.

– Tudo começou no pub. A garota, Laura, se encheu. Ela e Flick entraram em uma briga sobre quem era mais classe média.

Apesar da dor que sentia e do humor rabugento, Strike sorriu.

— É, ficou feio. Entraram cavalos e férias no exterior na história. Depois disso Laura disse que achava que Jimmy tinha afanado o novo cartão de crédito dela, meses antes. Jimmy ficou agressivo, disse que era difamação...

— Que pena que está proibido, ou ele podia processá-la – disse Strike, retirando o cheque do talão.

— ... e Laura fugiu pela noite, gritando. Ela deixou o apartamento.

— Tem o sobrenome dela?

— Vou tentar descobrir.

— Qual é a história de Flick, Barclay? – perguntou Strike enquanto Barclay colocava o cheque na carteira.

— Bom, ela me contou que largou a universidade – disse Barclay. – Tomou bomba nas provas do primeiro ano e desistiu.

— Alguns dos melhores largam – disse Robin, trazendo duas canecas de chá. Ela e Strike tinham abandonado o curso superior, sem um diploma.

— Valeu – disse Barclay, aceitando uma caneca de Robin. – Os pais dela são divorciados – continuou – e ela não fala de nenhum dos dois. Eles não gostam de Jimmy. Até entendo os dois. Se minha filha um dia ficar com um escroto como Knight, vou saber o que fazer a respeito. Quando ela não está por perto, ele conta aos caras o que faz com garotas novas. Todas pensam estar trepando com um grande revolucionário, fazendo isso pela causa. Flick não sabe a metade do que ele apronta.

— Alguma menor de idade? A mulher dele sugeriu que ele foi condenado por isso. Seria uma moeda de troca.

— Até onde sei, todas maiores de dezesseis.

— Que pena – disse Strike. Ele percebeu o olhar de Robin enquanto ela voltava a eles com o próprio chá. – Você entendeu o que eu quis dizer. – Ele se voltou para Barclay de novo. – Pelo que ouvi naquela passeata, ela própria não é tão monógama.

— É, uma das amigas dela fez uma piada sobre um garçom indiano.

— Um garçom? Ouvi falar de um estudante.

— Não tem por que não ser as duas coisas – disse Barclay. – Eu diria que ela é uma...

Ao notar o olhar de Robin, Barclay decidiu não pronunciar a palavra e em vez disso bebeu seu chá.

— Alguma coisa nova do seu lado? – perguntou Strike a Robin.

– Sim. Peguei o segundo dispositivo de escuta.

– Tá brincando – disse Strike, sentando-se mais reto.

– Acabei de transcrever tudo, tem horas de material ali. A maior parte é inútil, mas...

Ela baixou o chá, abriu o fecho da bolsa e retirou o dispositivo de gravação.

– ... tem uma parte estranha. Escutem isso.

Barclay se sentou no braço do sofá. Robin sentou-se reta na cadeira da mesa e ligou a chave do dispositivo.

O sotaque cadenciado de Geraint encheu a sala.

"... que eles fiquem felizes, cuide para que eu apresente Elspeth ao príncipe Harry", disse Geraint. "Tudo bem, vou embora, vejo você amanhã."

"Boa noite", disse Aamir.

Robin balançou a cabeça para Strike e Barclay e murmurou, "Esperem".

Eles ouviram a porta se fechar. Depois do habitual silêncio de trinta segundos, ouviu-se um estalo, onde a gravação tinha parado e recomeçado. Uma voz feminina, grave e galesa, falou.

"Está aí, querido?"

Strike ergueu as sobrancelhas. Barclay parou de mascar.

– Sim – disse Aamir, com seu monótono sotaque londrino.

"Venha me dar um beijo", disse Della.

Barclay fez um barulho de quem engasga com o chá. O som de lábios se chocando emanou do grampo. Pés se arrastaram. Uma cadeira foi deslocada. Ouviu-se uma batida fraca e ritmada.

– O que é isso? – disse Strike em voz baixa.

– O cão-guia abanando o rabo – disse Robin.

"Me deixa segurar sua mão", disse Della. "Geraint não vai voltar, não se preocupe, eu o mandei a Chiswick. Assim. Obrigada. Agora, eu precisava dar uma palavrinha particular com você. O caso, querido, é que seus vizinhos reclamaram. Disseram que estão ouvindo barulhos estranhos pelas paredes."

"O quê, por exemplo?" Ele parecia apreensivo.

"Bom, eles pensaram que *podiam* ser de um animal", disse Della. "Um cachorro ganindo ou gemendo. Você não tem...?"

"É claro que não", disse Aamir. "Deve ter sido a televisão. Por que eu teria um cachorro? Fico no trabalho o dia todo."

"Pensei que seria bem a sua cara levar para casa algum coitadinho abandonado", disse ela. "Seu coração mole..."

"Bom, eu não tenho", disse Aamir. Ele parecia tenso. "Não precisa se fiar só na minha palavra. Pode ir lá e verificar, se quiser, você tem uma chave."

"Querido, não fique assim", disse Della. "Eu nem sonharia em entrar lá sem a sua permissão. Não sou xereta."

"Está em seu direito", disse ele, e Strike teve a impressão de que ele parecia amargurado. "É a sua casa."

"Você está aborrecido. Eu sabia que ficaria. Precisava falar nisso, porque se Geraint atender ao telefonema deles da próxima vez... foi a mais pura sorte o vizinho ter me apanhado..."

"De agora em diante, vou manter o volume baixo", disse Aamir. "Tudo bem? Vou tomar cuidado."

"Você entende, meu amor, que para mim você é livre para fazer o que..."

"Olha, eu estive pensando", Aamir a interrompeu. "Sinceramente acho que devia pagar algum aluguel a você. E se..."

"Já discutimos isso. Não seja bobo, não quero seu dinheiro."

"Mas..."

"Além de tudo", disse ela, "você não pode pagar. Uma casa de três quartos, só para você?"

"Mas..."

"Já conversamos sobre isso. Você parecia feliz quando se mudou para lá... pensei que você gostasse..."

"É claro que gosto. Foi muita generosidade sua", disse ele rigidamente.

"Generosidade... não é questão de generosidade, pelo amor de Deus... agora, escute: quer sair para comer um curry? Tenho uma última votação, e eu ia comer no Kennington Tandoori. Eu convido."

"Desculpe, não posso", disse Aamir. Ele parecia estressado. "Tenho de ir para casa."

"Oh", disse Della, com muito menos calor humano. "Oh... que decepção. É uma pena."

"Desculpe", repetiu ele. "Eu disse que ia encontrar um amigo. Um amigo da universidade."

"Ah. Entendo. Bom, da próxima, vou telefonar com antecedência. Encontrar uma vaga na sua agenda."

"Della, eu..."

"Não seja bobo, só estou brincando. Pode pelo menos me acompanhar até lá fora?"

"Sim. Sim, é claro."

Houve mais arrastar de pés, depois o barulho da porta se abrindo. Robin desligou a gravação.

– Eles estão *trepando*? – disse Barclay em voz alta.

– Não necessariamente – disse Robin. – O beijo pode ter sido no rosto.

– "Me deixa segurar sua mão"? – repetiu Barclay. – Desde quando isso é procedimento normal no trabalho?

– Quantos anos tem esse sujeito, esse Aamir? – perguntou Strike.

– Acho que uns 25, por aí – disse Robin.

– E ela, quanto tem...?

– Mais de sessenta – disse Robin.

– E ela providenciou uma casa para ele. Ele não é parente dela, é?

– Até onde eu sei, não existe nenhuma ligação familiar – disse Robin. – Mas Jasper Chiswell sabe de alguma coisa pessoal sobre ele. Citou um poema em latim para Aamir quando eles se encontraram em nosso escritório.

– Você não me contou isso.

– Desculpe – disse Robin, lembrando-se de que isto tinha acontecido pouco antes de ela se recusar a seguir Jimmy na passeata. – Esqueci. Sim, Chiswell citou alguma coisa em latim, depois falou em "um homem de seus hábitos".

– Qual era o poema?

– Não sei, nunca estudei latim.

Ela olhou o relógio.

– É melhor eu me trocar, preciso chegar ao DCME em quarenta minutos.

– Sim, preciso ir embora também, Strike – disse Barclay.

– Dois dias, Barclay – disse Strike, enquanto o outro ia para a porta –, depois você volta para Knight.

– Não se preocupe – disse Barclay –, a essa altura, vou querer uma folga do pirralho.

– Gostei dele – disse Robin enquanto os passos de Barclay esmoreciam escada de metal abaixo.

– É – grunhiu Strike ao pegar a prótese. – Ele é legal.

Ele e Lorelei iam se encontrar cedo, a pedido dele. Era hora de começar o oneroso processo de se colocar apresentável. Robin foi ao banheiro apertado no patamar para trocar de roupa e Strike, tendo recolocado a prótese, retirou-se para sua sala.

Ele tinha vestido a calça do terno quando seu celular tocou. Com certa esperança de que fosse Lorelei para dizer que não podia ir jantar, ele pegou o telefone e viu, com um mau pressentimento inexplicável, que era Hutchins.

– Strike?

– Qual é o problema?

– Strike... eu fodi tudo.

Hutchins parecia fraco.

– O que aconteceu?

– Knight com alguns amigos. Eu os segui até um pub. Eles planejavam alguma coisa. Tinham um cartaz com a cara de Chiswell...

– E? – disse Strike em voz alta.

– Strike, me desculpe... fiquei sem equilíbrio... eu os perdi.

– Seu babaca idiota! – gritou Strike, perdendo completamente o controle. – Por que não me disse que estava doente?

– Tive muito tempo de folga ultimamente... sabia que você estava atolado...

Strike passou Hutchins para o viva-voz, colocou o telefone na mesa, tirou a camisa do cabide e se vestiu o mais rápido possível.

– Parceiro, eu sinto muito... tive dificuldade de andar...

– Eu conheço a merda da sensação!

Furioso, Strike interrompeu a ligação.

– Cormoran? – Robin chamou pela porta. – Está tudo bem?

– Não, merda, não está!

Ele abriu a porta da sala.

Em uma parte do cérebro, ele registrou que Robin usava o vestido verde que ele tinha lhe comprado dois anos antes, como agradecimento por ajudá-lo a pegar o primeiro assassino dos dois. Ela estava deslumbrante.

— Knight leva um cartaz com a cara de Chiswell. Está planejando alguma coisa com um bando de parceiros. Eu *sabia*, porra, eu *sabia* que isso ia acontecer, agora que Winn deixou ele na mão... aposto qualquer coisa com você que ele vai para a sua recepção. Merda – disse Strike, percebendo que estava sem sapatos e voltou. – E Hutchins os perdeu – gritou ele por cima do ombro. – Aquele babaca idiota não me contou que está doente.

— Não pode conseguir Barclay de volta? – sugeriu Robin.

— A essa altura ele já está no metrô. Eu é que vou ter de fazer essa merda, não é? – disse Strike. Ele se jogou no sofá e calçou os sapatos. – A imprensa estará em toda parte nesse lugar hoje, se Harry estiver presente. Um jornalista só precisa saber o que significa a merda do cartaz idiota de Jimmy e Chiswell perde o emprego e nós também. – Ele se colocou de pé novamente. – Onde vai ser esse negócio, hoje?

— Lancaster House – disse Robin. – Pátio das cavalariças.

— Tudo bem – disse Strike, indo para a porta. – Fique atenta. Talvez você precise me resgatar. Há uma boa chance de eu ter de dar um murro nele.

29

Para mim, ficou impossível continuar um espectador inativo por mais tempo.

Henrik Ibsen, *Rosmersholm*

O táxi que Strike pegou na Charing Cross Road entrou na St. James's Street vinte minutos depois, enquanto ele ainda falava ao celular com o ministro da Cultura.

— Um cartaz? O que tem nele?

— Seu rosto – disse Strike. – É só o que eu sei.

— E ele está indo para a recepção? Bom, já chega, não é? – gritou Chiswell, tão alto que Strike estremeceu e retirou o telefone do ouvido. – Se a imprensa vir isto, está tudo acabado! Você devia impedir que uma coisa dessas acontecesse!

— E eu vou tentar – disse Strike –, mas, no seu lugar, eu desejaria ser alertado. Eu aconselharia...

— Eu não pago por seus conselhos!

— Farei o que puder – prometeu Strike, mas Chiswell já havia desligado.

— Não vou conseguir avançar mais, amigo – disse o taxista, dirigindo-se a Strike pelo retrovisor do qual estava pendurado um móbile, traçado em tufos de algodão multicolorido e com um Ganesha dourado em relevo. O final da St. James's Street tinha sido bloqueado. Uma multidão crescente de espectadores reais e fãs olímpicos, muitos segurando pequenas bandeiras britânicas, se reunia atrás das barreiras portáteis, esperando pela chegada dos atletas paralímpicos e do príncipe Harry.

— Tudo bem, vou saltar aqui. – Strike procurou pela carteira.

Mais uma vez, ele estava diante da fachada em ameias do palácio de St. James, seu relógio dourado em formato losangular brilhando no sol do anoitecer. Strike mancou de novo pela ladeira na direção da multidão, passando pela transversal onde ficava o Pratt, enquanto transeuntes vestidos com elegância, trabalhadores e clientes de galerias e mercados de vinho se afastavam com cortesia porque seu andar irregular era progressivamente mais pronunciado.

– *Porra, porra, porra* – ele resmungava, a dor disparando para a virilha sempre que ele colocava o peso sobre a prótese ao se aproximar dos fãs de esporte e espectadores da realeza. Ele não via nenhum cartaz ou faixa de natureza política, mas ao se juntar ao fundo da multidão e olhar a Cleveland Row, localizou o espaço da imprensa e uma fileira de fotógrafos, que esperavam pelo príncipe e atletas famosos. Foi só quando um carro passou deslizando, levando nele uma morena de cabelo brilhante que Strike reconheceu vagamente da televisão, que ele se lembrou de não ter telefonado a Lorelei para avisar que chegaria atrasado ao jantar. Apressadamente, discou seu número.

– Oi, Corm.

Ela parecia apreensiva. Ele deduziu que ela pensava que ele fosse cancelar.

– Oi – disse ele, com os olhos ainda disparando em busca de algum sinal de Jimmy. – Eu sinto muito, mas aconteceu uma coisa. Talvez eu me atrase.

– Ah, está tudo bem – disse ela, e ele sabia que ela havia ficado aliviada por ele ainda pretender ir. – Devo mudar o horário da reserva?

– Sim... talvez às oito, em vez das sete?

Virando-se pela terceira vez para olhar Pall Mall atrás dele, Strike localizou o cabelo vermelho-tomate de Flick. Oito integrantes da ROCOM encaminhavam-se para a multidão, inclusive um homem baixo, troncudo e jovem com dreadlocks louros, que parecia um segurança. Flick era a única mulher. Todos, menos Jimmy, seguravam cartazes com os anéis olímpicos partidos e slogans como "Fair Play É Fair Play" e "Casas Sim, Bombas Não". Jimmy segurava seu próprio cartaz virado para baixo, a imagem invertida, em paralelo com a perna.

– Lorelei, preciso ir. Falo com você depois.

A polícia uniformizada andava pela cerca do perímetro contendo a multidão, de walkie-talkie na mão, os olhos percorrendo constantemente os espectadores animados. Eles também tinham localizado a ROCOM, que tentava chegar a um lugar de frente para a imprensa.

Cerrando os dentes, Strike abriu caminho pela pressão da multidão, de olho em Jimmy.

30

Não há como negar que teria sido mais favorável se tivéssemos conseguido ver antes onde essa corrente ia dar.

Henrik Ibsen, *Rosmersholm*

Meio constrangida com seu vestido verde justo e os saltos altos, Robin atraiu um número considerável de olhares de apreciação de homens que passavam ao sair do táxi junto à entrada do Departamento de Cultura, Mídia e Esportes. Ao chegar à porta, ela viu se aproximar a 50 metros Izzy, que vestia laranja berrante, e Kinvara, no que parecia ser o vestido preto justo e o pesado colar de diamantes que tinha usado na fotografia vista por Robin na internet.

Com uma ansiedade aguda a respeito do que estava acontecendo com Jimmy e Strike, Robin ainda assim registrou que Kinvara parecia aborrecida. Izzy revirou os olhos para Robin enquanto elas se aproximavam. Kinvara olhou Robin de cima a baixo de um jeito que sugeria ter achado o vestido verde inadequado, se não indecente.

— Nós devíamos — ribombou uma voz de homem na vizinhança próxima de Robin — nos encontrar *aqui*.

Jasper Chiswell tinha acabado de sair do prédio, trazendo três convites impressos, um dos quais ele estendeu a Robin.

— Sim, eu sei disso agora, Jasper, obrigada — disse Kinvara, um tanto esbaforida ao se aproximar. — Sinto muito por ter entendido errado de novo. Ninguém se deu ao trabalho de verificar se eu sabia o que estava combinado.

Transeuntes olharam para Chiswell, achando-o vagamente familiar com seu cabelo de escova de chaminé. Robin viu um homem de terno dar um cutucão em quem o acompanhava e apontar. Uma Mercedes preta e reluzente encostou junto ao meio-fio. O motorista saiu; Kinvara deu a volta pela traseira do carro para se sentar atrás dele. Izzy se espremeu no meio do banco traseiro, deixando Robin assumir o lugar na traseira bem atrás de Chiswell.

O carro arrancou do meio-fio, a atmosfera em seu interior desagradável. Robin virou a cabeça para olhar os que bebiam depois do trabalho e faziam compras no fim da tarde, perguntando-se se Strike já havia encontrado Knight, com medo do que poderia acontecer quando encontrasse e desejando poder mandar o carro diretamente a Lancaster House.

– Então você não convidou Raphael? – Kinvara disparou para a nuca do marido.

– Não – disse Chiswell. – Ele tentou conseguir um convite, mas só porque está encantado com Venetia.

Robin sentiu o rosto se inundar de vermelho.

– Venetia parece ter uma bela base de fãs – disse Kinvara concisamente.

– Terei uma conversinha com Raphael amanhã – disse Chiswell. – Eu o estou vendo de forma bem diferente ultimamente, posso lhe dizer.

Pelo canto do olho, Robin viu as mãos de Kinvara torcerem a corrente de sua feia bolsa de noite, que exibia uma cabeça de cavalo salientada em cristais. Um silêncio tenso se instalou no interior do carro enquanto ele roncava pela cidade morna.

31

... o resultado foi que ele levou uma surra...
Henrik Ibsen, *Rosmersholm*

A adrenalina facilitava para Strike bloquear a dor crescente na perna. Ele se aproximava de Jimmy e seus companheiros, que eram frustrados em seu desejo de se mostrar claramente à imprensa, porque a multidão exaltada tinha avançado quando começaram a passar os primeiros carros oficiais, na esperança de ver alguma celebridade. Atrasada para a festa, agora a ROCOM se via diante de uma massa impenetrável.

Passavam num silvo Mercedes e Bentleys, angariando os olhares da multidão aos famosos e não-tão-famosos. Um comediante ganhou uma gritaria ao acenar. Alguns flashes estouraram.

Claramente decidido que não podia ter esperanças de um local mais destacado, Jimmy começou a arrastar seu cartaz caseiro do emaranhado de pernas em volta dele, preparando-se para erguê-lo bem no alto.

Uma mulher à frente de Strike soltou um gritinho de indignação quando ele a empurrou do caminho. Em três passadas, Strike tinha fechado a grande mão esquerda no pulso direito de Jimmy, impedindo que ele levantasse o cartaz acima da cintura, forçando-o a voltar para o chão. Strike teve tempo de ver o reconhecimento nos olhos antes de o punho de Jimmy se arremessar para seu pescoço. Uma segunda mulher viu o soco chegando e gritou.

Strike se esquivou dele e baixou o pé esquerdo com força no cartaz, quebrando o suporte de madeira, mas sua perna amputada não estava capacitada para aguentar todo seu peso, especialmente quando o segundo soco de Jimmy acertou o alvo. Enquanto se dobrava, Strike atingiu o saco de Jimmy.

Knight soltou um leve grito de dor, curvou-se, bateu no detetive que caía e ambos tombaram, derrubando espectadores para o lado, todos gritando sua indignação. Enquanto Strike batia no chão, um dos companheiros de Jimmy apontou um chute para sua cabeça. Strike agarrou o pé e o torceu. Pelo furor crescente, ele ouviu uma terceira mulher gritar:

– Eles estão atacando aquele homem!

Strike estava preocupado demais em apanhar aquele cartaz de papelão destruído de Jimmy para se importar se era considerado vítima ou agressor. Puxando o cartaz, que, como ele mesmo, era pisoteado, ele conseguiu rasgá-lo. Um dos pedaços grudou no salto agulha de uma mulher em pânico que tentava se afastar da briga e foi carregado para longe.

Dedos se fecharam em volta de seu pescoço, por trás. Strike mirou um cotovelo na cara de Jimmy e as mãos se afrouxaram, mas depois alguém deu um chute na barriga de Strike e outro golpe o atingiu na parte de trás da cabeça. Pontos vermelhos pipocaram em seus olhos.

Mais gritos, um apito e a multidão de súbito rareou em volta deles. Strike sentia gosto de sangue, mas, pelo que podia ver, os restos quebrados e rasgados do cartaz de Jimmy tinham sido espalhados pela confusão. As mãos de Jimmy ainda arranhavam o pescoço de Strike, mas então Jimmy foi arrancado dali, xingando fluentemente a plenos pulmões. O Strike sem fôlego foi apanhado e colocado de pé também. Ele não impôs nenhuma resistência. Duvidava que pudesse se levantar sem alguma ajuda.

32

... e agora podemos entrar para jantar. Você vem, sr. Kroll?

Henrik Ibsen, *Rosmersholm*

A Mercedes de Chiswell virou a esquina da St. James's Street para Pall Mall e partiu pela Cleveland Row.

— O que está acontecendo? – rosnou Chiswell, enquanto o carro reduzia, depois parava.

A gritaria à frente não era do tipo entusiasmado e animado que a realeza ou as celebridades podiam esperar. Vários policiais uniformizados convergiam para a multidão do lado esquerdo da rua, que estava aos empurrões ao tentar se afastar do que parecia um confronto entre policiais e manifestantes. Dois homens desgrenhados de jeans e camiseta saíram da refrega, ambos contidos pelos braços por policiais uniformizados: Jimmy Knight e um jovem manco de dreadlocks louros.

Então Robin reprimiu um grito de consternação quando apareceu um Strike coxo e ensanguentado, também sendo levado pela polícia. Atrás deles, a altercação na multidão não diminuía, mas aumentava. Uma barreira se balançou.

— Pare o carro, PARE O CARRO! – gritou Chiswell ao motorista, que tinha acabado de voltar a acelerar. Chiswell abriu sua janela. – Porta aberta... Venetia, abra sua porta!... Aquele homem! – Chiswell gritou para um policial próximo que se virou, sobressaltado, ao ver o ministro da Cultura gritando para ele e apontando para Strike. – Ele é meu convidado... aquele homem... maldição, soltem este homem!

Confrontado por um carro oficial, um ministro do governo, a voz aristocrática e dura, brandindo um grosso convite em alto-relevo, o policial obedeceu. A atenção da maioria das pessoas estava concentrada na briga cada vez mais violenta entre a polícia e a ROCOM, e o consequente atropelo e os empurrões da multidão que tentava se afastar dela. Alguns cinegrafistas tinham saído da área da imprensa mais à frente e corriam para a rixa.

– Izzy, chega pra lá... entra, ENTRA! – Chiswell rosnou pela janela para Strike.

Robin se espremeu na traseira, meio sentada no colo de Izzy para acomodar Strike enquanto ele subia no banco. A porta bateu. O carro rodou.

– Quem é você? – Foi o gritinho da assustada Kinvara, que agora estava presa contra a porta oposta por Izzy. – O que está acontecendo?

– Ele é detetive particular – rosnou Chiswell. Sua decisão de trazer Strike para o carro parece ter surgido do pânico. Virando-se em seu banco para olhar feio para Strike, ele falou: – Como isso ia me ajudar se você fosse preso?

– Eles não iam me prender – disse Strike, limpando o nariz com as costas da mão. – Queriam tomar um depoimento. Knight me atacou quando eu investi para o seu cartaz. Valeu – acrescentou ele enquanto Robin, com dificuldade porque todos estavam muito espremidos ali, passou-lhe uma caixa de lenços que estava no porta-treco atrás do banco traseiro. Ele pressionou um lenço no nariz. – Eu me livrei do cartaz – acrescentou Strike, através do lenço sujo de sangue, mas ninguém lhe deu os parabéns.

– Jasper – disse Kinvara –, o que está...?

– Cale a boca – Chiswell vociferou, sem olhar para ela. – Não posso deixar você aí fora, na frente de toda essa gente – ele disse a Strike com raiva, como se este último tivesse sugerido isso. – Há mais fotógrafos... você terá de entrar conosco. Vou ajeitar isso.

O carro agora avançava para uma barreira em que a polícia e a segurança verificavam identidades e convites.

– Ninguém fala nada – instruiu Chiswell. – *Boca fechada* – acrescentou ele preventivamente a Kinvara, que tinha aberto a boca.

Um Bentley à frente foi admitido e a Mercedes avançou.

Sentindo dor, porque suportava boa parte do peso de Strike no quadril e na perna esquerda, Robin ouviu gritos estridentes atrás do carro. Virando-se, ela viu uma jovem correndo atrás do carro e uma policial em sua perseguição. A garota tinha cabelo vermelho-tomate, uma camiseta com um logotipo dos anéis olímpicos partidos e gritava para o carro de Chiswell:

— Ele botava a porra do cavalo neles, Chiswell! Ele botava o cavalo neles, seu filho da puta ladrão e traidor, seu *assassino*...

— Tenho um convidado aqui que não trouxe seu convite — gritava Chiswell pela janela aberta ao policial armado na barreira. — Cormoran Strike, o amputado. Ele esteve nos jornais. Houve uma confusão em meu departamento, o convite dele não saiu. O príncipe — disse ele, com uma ousadia impressionante — pediu especificamente para conhecê-lo!

Strike e Robin observavam o que acontecia da traseira do carro. Dois policiais tinham apanhado Flick, que lutava, e a escoltavam dali. Mais algumas câmeras espocaram. Cedendo sob o peso da pressão ministerial, o policial armado solicitou a identidade de Strike. Strike, que sempre portava algumas formas de identificação, mas não necessariamente no próprio nome, entregou-lhe sua carteira de habilitação verdadeira. Uma fila de carros parados crescia atrás deles. O príncipe devia chegar em quinze minutos. Por fim, o policial acenou para eles passarem.

— Não devia ter feito isso — disse Strike a meia-voz para Robin. — Não devia me colocar para dentro. Frouxo.

A Mercedes contornou o pátio interno e chegou, enfim, ao pé da escada de degraus curtos e tapete vermelho, na frente de um enorme prédio cor de mel que parecia uma mansão. Rampas para cadeiras de rodas foram instaladas dos dois lados do tapete e um celebrado jogador de basquete cadeirante já manobrava para subir.

Strike abriu a porta, saiu do carro, depois se virou e estendeu o braço para dentro a fim de ajudar Robin. Ela aceitou a oferta de ajuda. Sua perna esquerda estava quase completamente dormente, onde ele ficou sentado em cima dela.

— É um prazer ver você de novo, Corm — disse Izzy, radiante, ao sair atrás de Robin.

— Oi, Izzy — disse Strike.

Agora com o fardo de Strike, querendo ou não, Chiswell apressou-se pela escada para explicar a um dos homens de libré na frente da porta de entrada que Strike devia ser admitido sem o convite. Eles ouviram uma recorrência da palavra "amputado". Em volta deles, outros carros deixavam seus passageiros elegantemente vestidos.

— Do que se trata? – quis saber Kinvara, que tinha andado a passos firmes, contornando a traseira da Mercedes, para se dirigir a Strike. – O que está havendo? Para que meu marido precisa de um detetive particular?

— *Você pode ficar calada, sua vaca estúpida?*

Embora sem dúvida Chiswell estivesse estressado e perturbado, sua hostilidade franca foi um choque para Robin. *Ele a detesta*, pensou ela. *Ele verdadeiramente a detesta.*

— Vocês duas – disse o ministro, apontando a esposa e a filha –, entrem.

— Me dê um bom motivo para eu continuar pagando a você – acrescentou ele, virando-se para Strike enquanto outras pessoas passavam. – Você se dá conta – disse Chiswell e, em sua fúria necessariamente controlada, a saliva voava de sua boca para a gravata de Strike – de que fui chamado de maldito assassino na frente de vinte pessoas, inclusive a imprensa?

— Eles vão pensar que ela é maluca – disse Strike.

Se a sugestão foi de algum conforto para Chiswell, não pareceu.

— Quero ver você amanhã, às dez da manhã – ele disse a Strike. – Não em meu gabinete. Vá ao apartamento da Ebury Street. – Ele se virou e depois, pensando melhor, voltou-se de novo. – Você também – gritou ele para Robin.

Lado a lado, eles o observaram subir a escada.

— Vamos ser demitidos, não é? – cochichou Robin.

— Eu diria que é provável – disse Strike que, agora que estava sobre os próprios pés, sentia uma dor considerável.

— Cormoran, o que tinha no cartaz? – perguntou Robin.

Strike permitiu a passagem de uma mulher de chiffon pêssego, depois falou em voz baixa:

— Uma imagem de Chiswell pendurado de uma forca e, abaixo dele, um monte de crianças mortas. Mas tinha uma coisa estranha.

— O quê?

— Todas as crianças eram negras.

Ainda limpando o nariz, Strike pegou no bolso interno um cigarro, depois lembrou onde estava e deixou que a mão caísse de lado.

— Escute, se aquela Elspeth estiver aqui, você pode muito bem tentar descobrir o que mais ela sabe a respeito de Winn. Vai ajudar a justificar nossa última conta.

– Tudo bem – disse Robin. – A propósito, sua nuca está sangrando.

Strike a limpou, sem sucesso, com os lenços de papel que tinha colocado no bolso e começou a mancar escada acima ao lado de Robin.

– Não devíamos ser vistos juntos outra vez esta noite – disse ele, passando pela soleira e entrando em um resplendor de ocre, escarlate e ouro. – Tem uma cafeteria na Ebury Street, não fica longe da casa de Chiswell. Encontro-me com você ali às nove horas amanhã e podemos enfrentar o esquadrão de fuzilamento juntos. Ande, vá na frente.

Mas enquanto ela se afastava dele, para a escadaria, ele a chamou:

– A propósito, bonito vestido.

33

> *Acredito que você pode enfeitiçar qualquer um – se você se dispuser a isto.*
>
> Henrik Ibsen, *Rosmersholm*

O grandioso hall da mansão constituía um vasto bloco de espaço vazio. Uma escadaria central atapetada de vermelho e dourado levava a uma galeria superior e se dividia para a esquerda e a direita. As paredes, que pareciam ser de mármore, eram ocre, verde ácido e rosa. Paralímpicos variados eram levados ao elevador à esquerda da entrada, mas Strike, mancando, subiu laboriosamente a escada e se impeliu para cima com o uso generoso do corrimão. O céu visível por uma enorme claraboia decorada, escorada por colunas, escurecia pelas variações em tecnicolor que intensificavam as cores das enormes pinturas venezianas de temas clássicos penduradas em cada parede.

Fazendo o máximo para andar com naturalidade, porque receava ser confundido com algum paralímpico veterano e talvez solicitado a expor os triunfos do passado, Strike seguiu a multidão pela escada da direita, deu a volta na galeria e entrou em uma pequena antessala que dava para o pátio, onde estavam estacionados os carros oficiais. Dali, os convidados foram conduzidos a uma longa e espaçosa galeria de pinturas, onde o tapete era verde-mata, decorado com uma estampa de rosetas.

Havia janelas altas dos dois lados da sala e praticamente cada centímetro da parede branca era coberto de telas.

– Bebida, senhor? – ofereceu um garçom logo depois da entrada.

– É champanhe? – perguntou Strike.

– Espumante inglês, senhor – disse o garçom.

Strike se serviu, mas sem entusiasmo, e continuou pela multidão, passando por Chiswell e Kinvara, que ouvia (ou, Strike pensou, fingia ouvir) um atleta preso a uma cadeira de rodas. Kinvara lançou um olhar de lado rápido e desconfiado a Strike enquanto ele passava, rumo à outra parede, onde tinha esperanças de encontrar ou uma cadeira, ou algo em que pudesse se recostar convenientemente. Para sua infelicidade, as paredes da galeria eram tão densamente abarrotadas de telas que era impossível se recostar, nem havia onde se sentar, e assim Strike foi descansar ao lado de um quadro enorme pintado pelo conde d'Orsay, da rainha Vitória montada em um cavalo cinza. Enquanto bebia o espumante, ele tentou discretamente estancar o sangue que ainda saía do nariz e limpar o pior da sujeira na calça de seu terno.

Garçons circulavam com bandejas de canapés. Strike conseguiu pegar dois bolinhos de siri mínimos enquanto passavam, depois passou a examinar o ambiente, notando outra claraboia espetacular, esta escorada por várias palmeiras douradas.

O salão tinha uma energia peculiar. A chegada do príncipe era iminente e a alegria dos convidados aparecia e sumia em surtos nervosos, com olhares cada vez mais frequentes para as portas. De seu ponto de observação ao lado da rainha Vitória, Strike localizou uma figura imponente de vestido amarelo-prímula parada quase diretamente de frente para ele, bem perto de uma ornamentada lareira preta e dourada. Uma das mãos segurava delicadamente a trela de um labrador amarelo-claro, que estava sentado e ofegava de leve a seus pés na sala abarrotada. Strike não reconheceu de imediato Della, porque ela não estava de óculos escuros, mas de olhos postiços. Seu olhar azul-porcelana, opaco e um tanto afundado lhe conferia uma estranha inocência. Geraint estava a uma curta distância da esposa, falando com uma mulher magra e tímida, cujos olhos disparavam em volta, procurando quem a resgatasse.

Um silêncio repentino caiu perto das portas pelas quais Strike tinha entrado. Strike viu o alto de uma cabeça ruiva e uma enxurrada de ternos. A inibição se espalhou pelo salão lotado como uma brisa petrificante. Strike viu o alto da cabeça ruiva se afastar, para o outro lado do salão. Ainda bebendo seu espumante inglês e se perguntando qual das mulheres no salão era a curadora que tinha podres de Geraint Winn, sua atenção foi subitamente atraída por uma mulher alta ali perto, de costas para ele.

Seu cabelo escuro e comprido estava preso em um coque desarrumado e, ao contrário de todas as outras mulheres presentes, seus trajes não sugeriam gala. O vestido preto e reto na altura dos joelhos era tão simples que chegava a ser severo e, embora de pernas expostas, ela usava um par de botas de cano curto e salto agulha, aberto nos dedos. Por uma fração de segundo, Strike pensou que devia estar enganado, mas então ela se mexeu e ele teve certeza de que era ela. Antes que pudesse se afastar de sua vizinhança, ela se virou e olhou diretamente em seus olhos.

O rubor tomou seu rosto, que, como ele sabia, normalmente era cor de camafeu. Ela estava numa gravidez avançada. Seu estado não alterou nada dela, além da barriga crescida. Como sempre, tinha os ossos finos no rosto, e nos braços e pernas. Menos enfeitada do que qualquer outra mulher no salão, ela era tranquilamente a mais bonita. Por alguns segundos, eles se olharam, depois ela avançou alguns passos hesitantes, com a cor refluindo do rosto na mesma velocidade com que tinha chegado.

– Corm?

– Olá, Charlotte.

Se ela pensou em lhe dar um beijo, a fisionomia pétrea dele a dissuadiu.

– Mas que diabos está fazendo aqui?

– Convidado. – Strike mentiu. – Celebridade amputada. E você?

Ela parecia atordoada.

– A sobrinha de Jago é paralímpica. Ela está...

Charlotte olhou em volta, aparentemente tentando localizar a sobrinha e tomou um gole de água. Sua mão tremia. Algumas gotas foram derramadas do copo. Ele as viu se romper como contas de vidro em sua barriga inchada.

– ... bom, ela está aqui em algum lugar – disse ela, com um riso nervoso. – Ela teve paralisia cerebral e é extraordinária, uma amazona incrível. O pai está em Hong Kong, então a mãe dela me convidou.

O silêncio dele a deixava nervosa. Ela tagarelou:

– A família de Jago gosta que eu saia e faça coisas, só minha cunhada se irrita porque eu confundo as datas. Pensei que esta noite fosse um jantar no Shard e esse negócio seria sexta-feira, amanhã, quer dizer, não estou vestida adequadamente para a realeza, mas eu estava atrasada e não tive tempo de me trocar.

Ela gesticulou, perdida, para o vestido preto e simples e os sapatos de saltos agulha.

– Jago não veio?

Seus olhos verdes salpicados de dourado vacilaram ligeiramente.

– Não, está na América.

Seu foco passou ao lábio superior dele.

– Você se meteu em uma briga?

– Não – disse ele, limpando o nariz com as costas da mão de novo. Ele se endireitou, baixando o peso com cuidado na prótese, pronto para sair dali.

– Bom, foi um prazer...

– Corm, não vá – disse ela, estendendo a mão. Seus dedos não chegaram a fazer contato com a manga dele; ela deixou que a mão caísse ao lado do corpo. – Não vá, ainda não, eu... você fez coisas incríveis. Li sobre elas nos jornais.

Da última vez que eles se viram, ele também estava sangrando, por causa do cinzeiro voador que o havia apanhado no rosto enquanto ele a deixava. Ele se lembra da mensagem de texto, "Era seu", enviada na véspera de seu casamento com Ross, referindo-se ao outro filho que ela alegava trazer, que desapareceu antes mesmo que ele visse provas de sua existência. Ele se lembrou também da foto que ela mandou, dela mesma, a seu escritório, minutos depois de dizer "aceito" a Jago Ross, linda e abatida, como a vítima de um sacrifício.

– Meus parabéns – disse ele, mantendo os olhos no rosto dela.

– Estou enorme porque são gêmeos.

Ela não tocou a barriga ao falar dos bebês, como ele vira outras grávidas fazerem, mas baixou os olhos como se estivesse um tanto surpresa ao ver seu corpo mudado. Ela jamais quis ter filhos quando eles estavam juntos. Era uma das coisas que eles tinham em comum. O filho que ela havia alegado ser dele foi uma surpresa indesejada para os dois.

Na imaginação de Strike, a progênie de Jago Ross estava enroscada embaixo do vestido preto como uma dupla de filhotes brancos, não inteiramente humanos, emissários do pai, que parecia uma raposa dissoluta do Ártico. Ele estava feliz por eles estarem ali, se tal emoção alegre podia ser chamada de felicidade. Todos os obstáculos, todos os impedimentos eram bem-vindos, porque agora ficava evidente para ele que a atração gravitacional exercida por Charlotte sobre ele por tanto tempo, mesmo depois de centenas de brigas, cenas e mil mentiras, ainda não tinha passado. Como sempre, ele teve a sensação de que por trás dos olhos verdes pontilhados de dourado ela sabia exatamente o que ele pensava.

– São para daqui a séculos. Fiz um exame, são um menino e uma menina. Jago ficou contente com o menino. Está aqui com alguém?

– Não.

Ao dizer isso, ele teve um lampejo de verde sobre o ombro de Charlotte. Robin, que agora conversava animadamente com a mulher tímida de brocado roxo que finalmente tinha escapado de Geraint.

– Bonita – disse Charlotte, que olhou para ver o que havia chamado a atenção dele. Ela sempre teve uma capacidade sobrenatural de detectar o mais leve lampejo de interesse por outras mulheres. – Não, espere aí – disse ela lentamente –, não é aquela garota que trabalha com você? Ela apareceu em todos os jornais... qual é o nome dela, Rob...?

– Não – disse Strike –, não é ela.

Ele não ficou nem remotamente surpreso que Charlotte soubesse o nome de Robin, ou que ela a reconhecesse, mesmo com as lentes de contato castanhas. Ele sabia que Charlotte iria ficar de olho nele.

– Você sempre gostou de mulheres com essa coloração, não é? – disse Charlotte com certa alegria sintética. – Aquela americana baixinha que você começou a namorar depois que fingiu que tínhamos terminado na Alemanha tinha o mesmo tipo de...

Houve uma espécie de grito baixo na vizinhança deles.

– Aimeudeus, *Charlie*!

Izzy Chiswell se precipitava para eles, radiante, o rosto rosado contrastando com o vestido laranja. Strike desconfiou que ela não estava na primeira taça de vinho.

– Oi, Izz – disse Charlotte, abrindo um sorriso forçado. Strike quase podia sentir o esforço que custava a ela se libertar daquele emaranhado de ressentimentos e mágoas antigas em que sua relação foi aos poucos morta por estrangulamento.

Novamente, ele se preparou para se afastar, mas a multidão se separou e o príncipe Harry de repente foi revelado em toda sua familiaridade hiper--real, a cerca de três metros de onde Strike e as duas mulheres estavam, e assim sair da área seria se colocar sob o exame atento de metade do salão. Aprisionado, Strike assustou um garçom que passava estendendo o braço comprido e apanhando outra taça de vinho na bandeja. Por alguns segundos, Charlotte e Izzy olharam o príncipe. Depois, quando ficou evidente que ele não ia se aproximar deles tão cedo, voltaram-se uma para a outra.

– Já está aparecendo! – disse Izzy, admirando a barriga de Charlotte. – Fez uma ultrassom? Sabe o que é?

– Gêmeos – disse Charlotte, sem entusiasmo. Ela apontou para Strike. – Você se lembra...?

– Corm, é claro, nós o trouxemos para cá! – disse Izzy, com um sorriso radiante e claramente inconsciente de alguma indiscrição.

Charlotte virou-se da antiga colega de escola para seu ex e Strike sentiu que ela farejava o ar em busca do motivo para que Strike e Izzy estivessem no mesmo carro. Ela se mexeu muito ligeiramente, aparentemente permitindo que Izzy entrasse na conversa, porém fechando Strike de tal modo que ele não podia sair dali sem pedir licença a uma delas.

– Ah, espere, é claro. Você investigou a morte de Freddie em combate, não foi? – disse ela. – Lembro-me de você me contar sobre isso. O pobre Freddie.

Izzy reconheceu este tributo ao irmão com uma virada de leve na taça, depois olhou o príncipe Harry por cima do ombro.

– Ele fica mais sexy a cada dia que passa, não é? – cochichou ela.

– Mas pelos pubianos ruivos, querida – disse Charlotte, irônica.

A contragosto, Strike sorriu. Izzy sufocou o riso.

– E por falar nisso – disse Charlotte (ela nunca reconhecia que tinha sido engraçada) –, não é Kinvara Hanratty bem ali?

– Minha madrasta pavorosa? Sim – confirmou Izzy. – Você a conhece?

– Minha irmã vendeu um cavalo a ela.

Durante os dezesseis anos da relação intermitente de Strike com Charlotte, ele privou de incontáveis conversas como esta. Todas as pessoas da classe de Charlotte pareciam se conhecer. Mesmo que nunca tivessem se encontrado, conheciam irmãos, primos, amigos ou colegas de turma, ou seus pais conheciam os pais de alguém: tudo estava relacionado, formando uma espécie de teia que constituía um habitat hostil para quem era de fora. Raras vezes os habitantes dessa teia saíam para procurar companhia ou amor em meio ao resto da sociedade. Charlotte foi singular em seu círculo ao escolher alguém tão inclassificável como Strike, cujo apelo invisível e status inferior, ele sabia, foram objeto de um debate perene e horrorizado entre a maioria dos amigos e familiares dela.

— Bom, espero que não tenha sido um cavalo de que Amelia gostasse – disse Izzy –, porque Kinvara vai acabar com ele. Mãos medonhas e uma montaria horrível, mas ela se acha Charlotte Dujardin. Você monta, Cormoran? – perguntou Izzy.

— Não – disse Strike.

— Ele não confia em cavalos – disse Charlotte, sorrindo para ele.

Mas ele não respondeu. Não desejava tocar em antigas piadas ou lembranças compartilhadas.

— Kinvara está furiosa, olhe para ela – disse Izzy, com certa satisfação. – Papai sugeriu fortemente que vai tentar convencer meu irmão Raff a assumir o meu lugar, o que é *fabuloso*, e eu torço para que aconteça. Papai costumava deixar Kinvara mandar nele a respeito de Raff, mas ultimamente ele está se impondo.

— Acho que conheci Raphael – disse Charlotte. – Ele não estava trabalhando na galeria de arte de Henry Drummond uns dois meses atrás?

Strike olhou o relógio, depois o salão. O príncipe se afastava de sua parte do ambiente e Robin não estava à vista. Com alguma sorte, ela seguira a curadora que tinha sujeiras sobre Winn até o banheiro e induzia confidências junto à pia.

— Ah, meu Deus – disse Izzy. – Olha só. O maldito Geraint... Oi, Geraint!

O alvo de Geraint, logo ficou claro, era Charlotte.

— Olá, olá – disse ele, espiando através dos óculos muito sujos, com seu sorriso sem lábios e um olhar de banda. – Você foi apontada agora mesmo para mim por sua sobrinha. Que jovem extraordinária ela é, extraordinária. Nossa organização beneficente se envolveu no apoio da equipe de hipismo. Geraint Winn – disse ele, estendendo a mão –, o "Level Playing Field".

— Ah – disse Charlotte. – Oi.

Strike a vira repelir homens devassos durante anos. Tendo reconhecido a presença dele, ela encarou friamente Geraint, como se quisesse saber por que ele ainda estava ali por perto.

O celular de Strike vibrou no bolso. Pegando-o, ele viu um número desconhecido. Foi a sua desculpa para sair.

– Preciso ir andando, desculpem-me. Com licença, Izzy.

– Ah, que pena – disse Izzy, fazendo beicinho. – Queria perguntar a você tudo sobre o Estripador de Shacklewell!

Strike viu os olhos de Geraint se arregalarem. Xingando-a por dentro, ele disse:

– Boa noite, tchau. – Ele se dirigia a Charlotte.

Mancando dali o mais rápido que pôde, ele aceitou a ligação, mas quando levou o telefone ao ouvido, o interlocutor tinha desligado.

– Corm.

Alguém tocou de leve em seu braço. Ele se virou. Charlotte o havia seguido.

– Estou saindo também.

– E a sua sobrinha?

– Ela conheceu Harry, deve estar emocionada. Na verdade, ela não gosta muito de mim. Nenhum deles gosta. O que houve com seu celular?

– Eu caí em cima dele.

Ele seguiu adiante, mas, como tinha pernas longas, ela o alcançou.

– Acho que não vou para o mesmo lado que você, Charlotte.

– Bom, a não ser que você cave um túnel, temos de andar duzentos metros juntos.

Ele mancou sem responder. A sua esquerda, pegou outro lampejo de verde. Enquanto eles chegavam à escadaria no hall, Charlotte estendeu a mão e segurou de leve em seu braço, vacilando nos saltos que eram muito inadequados para uma gestante. Ele resistiu ao impulso de se desvencilhar dela.

Seu celular tocou de novo. O mesmo número desconhecido apareceu na tela. Charlotte parou ao lado dele, observando seu rosto enquanto ele atendia.

No momento em que o celular tocou seu ouvido, ele escutou um grito desesperado e assombrado.

"*Eles vão me matar, sr. Strike, socorro, me ajude, por favor, me ajude...*"

34

Mas quem de fato podia prever o que estava por vir?
Eu certamente não.

Henrik Ibsen, *Rosmersholm*

A promessa de céu sem nuvens e embaçado de outro dia de verão ainda não tinha se traduzido no calor real quando Robin chegou na manhã seguinte à cafeteria mais próxima da casa de Chiswell. Ela podia ter escolhido uma das mesas circulares na calçada, mas, em vez disso, se encolheu em um canto da cafeteria onde ia encontrar Strike, com as mãos em volta do latte para ter conforto, seu reflexo pálido e de olhos pesados na máquina de expresso.

De algum modo, ela sabia que Strike não estaria ali quando ela chegasse. Seu estado de espírito era ao mesmo tempo deprimido e nervoso. Ela preferia não ter ficado sozinha com seus pensamentos, mas ali estava, apenas com o silvo da cafeteira como companhia, sentindo frio apesar do casaco que tinha apanhado na saída de casa e ansiosa a respeito do confronto iminente com Chiswell, que poderia questionar sua conta, depois da catastrófica briga de Strike com Jimmy Knight.

Mas não era só isso que preocupava Robin. Ela acordara naquela manhã de um sonho confuso em que apareceu a figura escura com calçados de salto agulha de Charlotte Ross. Robin reconheceu Charlotte imediatamente quando a viu na recepção. Ela tentou não olhar o casal de ex-noivos enquanto eles conversavam, furiosa consigo mesma por ter um interesse tão agudo no que se passava entre eles, entretanto, mesmo enquanto se deslocava de um grupo a outro, descaradamente se insinuando nas conversas na esperança de encontrar a esquiva Elspeth Curtis-Lacey, seus olhos procuravam Strike e Charlotte e ela teve uma sensação desagradável no estômago, semelhante à queda de um elevador, quando eles saíram da recepção juntos.

Robin chegou em casa incapaz de pensar em outra coisa, o que a fez se sentir culpada quando Matthew saiu da cozinha, comendo um sanduíche. Ela teve a impressão de que ele não estava em casa havia muito tempo. Ele submeteu o vestido verde a um olhar de cima a baixo muito parecido com o que ela recebeu de Kinvara. Ela quis passar por ele para subir, mas ele bloqueou seu caminho.

— Robin, para com isso. Por favor. Vamos conversar.

E assim eles foram para a sala de estar e conversaram. Cansada de conflitos, ela pediu desculpas por ferir os sentimentos de Matthew ao faltar à partida de críquete e por esquecer a aliança de casada no fim de semana do aniversário de casamento. Por sua vez, Matthew expressou arrependimento pelas coisas que dissera durante a briga do domingo e, particularmente, pela observação sobre sua falta de realizações.

Robin sentia como se eles deslocassem peças de xadrez em um tabuleiro que vibrava nos tremores preliminares de um terremoto. *É tarde demais. Você não sabe, claro que sabe, que nada disso importa mais?*

Mas quando a conversa terminou, Matthew disse, "Então, tudo bem para você?"

— Sim — ela respondeu. — Estamos bem.

Ele se levantou, estendeu a mão e a ajudou a sair da cadeira. Ela abriu um sorriso forçado, depois ele a beijou, com força, na boca, e começou a puxar o vestido verde. Ela ouviu o tecido em volta do fecho se rasgar e quando começou a protestar, ele cobriu sua boca com a dele de novo.

Ela sabia que podia impedi-lo, sabia que ele esperava que ela o impedisse, que estava sendo testada de um jeito desagradável e dissimulado, que ele negaria o que realmente fazia, que ele alegaria ser a vítima. Ela o detestou por agir desse jeito e parte dela queria ser o tipo de mulher que podia ter se desligado da própria repulsa e de sua própria carne relutante, mas ela lutara por tempo demais e com esforço demais para recuperar a posse do próprio corpo para barganhá-lo desse jeito.

— Não — disse ela, afastando-o com um empurrão. — Eu não quero.

Ele a soltou prontamente, como Robin sabia que faria, com uma expressão que era um misto de raiva e triunfo. De súbito, ela entendeu que não o havia enganado quando eles fizeram sexo no fim de semana do aniversário de casamento e, paradoxalmente, isto a fez sentir ternura por ele.

— Me desculpe — disse ela. — Estou cansada.

— É — disse Matthew. — Também estou.

E ele saiu da sala, deixando Robin com um arrepio nas costas, onde tinha sido rasgado o vestido verde.

Mas onde estava Strike? Eram nove e cinco e ela queria companhia. Ela também queria saber o que tinha acontecido depois que ele saiu da recepção com Charlotte. Qualquer coisa seria preferível a ficar sentada ali, pensando em Matthew.

Como se o pensamento o tivesse invocado, seu telefone tocou.

— Desculpe-me — disse ele, antes que ela pudesse falar. — Pacote suspeito no maldito Green Park. Fiquei preso no metrô por vinte minutos e só agora consegui sinal. Vou chegar o mais rápido que puder, mas talvez você tenha de começar sem mim.

— Ah, meu Deus — disse Robin, fechando os olhos cansados.

— Eu sinto muito — disse Strike —, estou a caminho. Tenho algo para te contar. Aconteceu uma coisa estranha ontem à noite... ah, espere, estamos andando. Vejo você logo.

Ele desligou, deixando Robin com a perspectiva de ter de lidar sozinha com as primeiras efusões da cólera de Jasper Chiswell, e ainda se debater com os sentimentos amorfos de medo e infelicidade que giravam em torno de uma mulher elegante e morena que tinha dezesseis anos de conhecimento e lembranças à frente dela quando se tratava de Cormoran Strike, o que, Robin disse a si mesma, *não devia importar, pelo amor de Deus, você já tem problemas suficientes sem se preocupar com a vida amorosa de Strike, não tem absolutamente nada a ver com você...*

Ela sentiu uma súbita ferroada de culpa em volta dos lábios, onde o beijo errado de Strike tinha caído, na frente do hospital. Como se pudesse se livrar dele, ela bebeu o que restava do café, levantou-se e saiu da cafeteria para a rua larga e reta, que compreendia duas linhas simétricas de casas idênticas do século XIX.

Ela andou rapidamente, não porque tivesse alguma pressa para suportar o peso da fúria e da decepção de Chiswell, mas porque a atividade ajudava a dissipar seus pensamentos desagradáveis.

Chegando exatamente no horário na frente da casa de Chiswell, ela se demorou alguns segundos esperançosos ao lado da porta de entrada preta e reluzente, para o caso de Strike aparecer na última hora. Ele não apareceu. Robin, então, se controlou, subiu os três degraus brancos e limpos da calçada e bateu na porta, que estava apenas encostada e se abriu alguns centímetros. Uma voz abafada de homem gritou alguma coisa que podia ser um "entre".

Robin passou por um hall pequeno e sombrio dominado por uma escada vertiginosa. O papel de parede verde-oliva estava opaco e descascava em certos pontos. Deixando a porta de entrada como a havia encontrado, ela chamou:

– Ministro?

Ele não respondeu. Robin bateu delicadamente na porta à direita e a abriu.

O tempo congelou. Parecia que a cena se desdobrava sobre ela, atravessando suas retinas e invadindo uma mente despreparada para aquilo, e o choque a manteve parada à porta, com a mão ainda na maçaneta e a boca ligeiramente aberta, tentando compreender o que via.

Um homem estava sentado em uma cadeira Queen Anne, de pernas abertas, os braços pendurados, e parecia ter um nabo cinza e brilhante no lugar da cabeça, em que uma boca foi entalhada aberta, mas sem olhos.

Lutando para compreender, Robin enfim apreendeu o fato de que não era um nabo, mas uma cabeça humana embalada por um saco plástico transparente, em que penetrava um tubo saído de uma lata grande. O homem dava a impressão de ter sufocado. Seu pé esquerdo estava de lado no tapete, revelando um pequeno buraco na sola, os dedos grossos pendurados, quase tocando o carpete, e havia uma mancha em sua virilha, onde a bexiga fora esvaziada.

E em seguida ela entendeu que era o próprio Chiswell que estava sentado na cadeira e que sua massa espessa de cabelo grisalho se achatava no rosto, no vácuo criado pelo plástico, e que a boca aberta tinha sugado o plástico para dentro, e era por isso que se abria de modo tão sombrio.

35

... o Cavalo Branco! Em plena luz do dia!
Henrik Ibsen, *Rosmersholm*

Em algum lugar, longe, fora da casa, um homem gritou. Parecia um trabalhador, e em alguma parte do cérebro Robin entendeu que foi isso que ela ouviu quando esperava escutar "entre". Ninguém a convidou a entrar na casa. A porta simplesmente foi deixada entreaberta.

Agora, quando era de se esperar, ela não entrou em pânico. Não havia ameaça ali, e por mais apavorante que fosse a visão daquele boneco medonho, com a cabeça de nabo e o tubo, aquela pobre figura sem vida não podia machucá-la. Sabendo que devia verificar se a vida estava extinta, Robin se aproximou de Chiswell e gentilmente tocou seu ombro. Era mais fácil, sem conseguir enxergar seus olhos, devido ao cabelo grosso que os cobria como uma crina de cavalo. A carne estava dura sob a camisa listrada e mais fria do que ela esperava.

Mas então ela imaginou a boca aberta falando e deu vários passos rápidos para trás, até que seu pé triturou alguma coisa dura no carpete e ela escorregou. Havia rachado um frasco plástico azul-claro de comprimidos que estava no chão. Ela os reconheceu como o tipo de comprimidos homeopáticos vendidos na farmácia de seu bairro.

Pegando o celular, Robin ligou para a emergência e pediu a presença da polícia. Depois de explicar que tinha encontrado um corpo e dado o endereço, disseram-lhe que alguém estaria com ela em breve.

Tentando não focalizar em Chiswell, ela olhou as cortinas desgastadas, que eram de um pardo indefinido, adornadas com tristes e pequenos pompons, a tevê antiquada em seu gabinete de madeira falsa, o trecho de papel de parede mais escuro acima da lareira, em que uma pintura antes estivera pendurada, e as fotografias em porta-retratos de prata. Mas aquela cabeça embalada, o tubo de borracha e o brilho frio da lata pareciam transformar toda esta normalidade cotidiana em papelão. O pesadelo, sozinho, era real.

E assim Robin acionou a função câmera no celular e passou a tirar fotos. Interpor uma lente entre ela e a cena atenuava o horror. Lenta e metodicamente, ela documentou a cena.

Havia um copo na mesa de centro na frente do corpo, com alguns milímetros do que parecia suco de laranja. Livros e papéis espalhados ao lado. Havia uma folha de papel de carta creme e grossa com uma rosa vermelha Tudor no timbre, como uma gota de sangue, e o endereço impresso da casa em que Robin estava. Alguém havia escrito em uma letra redonda e feminina.

> *Esta noite foi a gota d'água. Que idiota pensa que eu sou, colocando aquela garota em seu escritório bem debaixo do meu nariz? Espero que você perceba o quanto fica ridículo, o quanto as pessoas estão rindo de você, perseguindo uma menina que é mais nova do que suas filhas.*
>
> *Para mim, chega. Pode se fazer de tolo, não me importo mais, acabou.*
>
> *Vou voltar para Woolstone. Depois de cuidar da questão dos cavalos, vou embora para sempre. Seus malditos filhos horríveis ficarão felizes, mas e você, Jasper? Duvido disso, mas é tarde demais.*
>
> *K*

Ao se curvar para tirar uma foto do bilhete, Robin ouviu a porta da frente se fechar e, com um arquejar, virou-se. Strike estava parado na soleira, grande, com a barba por fazer, ainda no terno que tinha usado na recepção. Olhava fixamente a figura na cadeira.

— A polícia já está a caminho – disse Robin. – Acabei de chamar.

Strike andou cuidadosamente pela sala.

— Puta merda.

Ele localizou o frasco rachado de comprimidos no chão, passou por cima e examinou o tubo e o rosto coberto com o plástico.

– Raff comentou que ele tinha o comportamento estranho – disse Robin –, mas não acho que ele sequer sonhasse com...

Strike não disse nada. Ainda examinava o corpo.

– Isto foi na noite de ontem?

– O quê?

– Isto – disse Strike, apontando.

Havia uma marca semicircular nas costas da mão de Chiswell, vermelho-escura contra a pele pálida e áspera.

– Não consigo me lembrar – disse Robin.

O choque completo do que havia acontecido começava a atingi-la e Robin tinha dificuldades para organizar o pensamento que flutuava, sem amarras e desconectado, por sua cabeça: Chiswell gritando pela janela do carro para convencer o policial a deixar Strike entrar na última recepção da noite, Chiswell chamando Kinvara de vaca estúpida, Chiswell exigindo que eles se reunissem com ele ali, esta manhã. Era irracional esperar que ela se lembrasse das costas das mãos dele.

– Humm – disse Strike. Ele notou o celular na mão de Robin. – Tirou fotos de tudo?

Ela assentiu.

– De tudo isso? – perguntou ele, gesticulando para a mesa. – Aquilo? – Acrescentou ele, apontando os comprimidos no frasco rachado no carpete.

– Sim. Isso foi culpa minha. Eu pisei nele.

– Como você entrou?

– A porta estava aberta. Pensei que ele tivesse deixado encostada para nós – disse Robin. – Um trabalhador gritou da rua e achei que era Chiswell dizendo "entre". Eu estava esperando...

– Fique aqui – disse Strike.

Ele saiu da sala. Ela o ouviu subir a escada, depois seus passos pesados no teto, mas sabia que não havia ninguém. Ela sentia a falta de vida essencial da casa, sua irrealidade frágil de papelão e, como esperado, Strike voltou menos de cinco minutos depois, meneando a cabeça em negativa.

– Ninguém.

Ele passou por ela e por uma porta que saía da sala e, ouvindo seus passos baterem em ladrilho, Robin entendeu que era a cozinha.

— Completamente vazia – disse Strike, retornando.

— O que aconteceu ontem à noite? – perguntou Robin. – Você disse que aconteceu uma coisa estranha.

Ela queria falar de um assunto que não fosse a forma pavorosa que dominava a sala em sua falta grotesca de vida.

— Billy me ligou. Disse que tinha gente tentando matá-lo... perseguindo-o. Alegou estar em uma cabine telefônica da Trafalgar Square. Fui até lá à procura dele, mas ele não estava.

— Oh – disse Robin.

Então ele não esteve com Charlotte. Mesmo neste momento crítico, Robin registrou o fato e ficou feliz.

— Mas o quê...? – disse Strike em voz baixa, olhando para além dela, a um canto da sala.

Uma espada torta estava encostada na parede em um canto escuro. Parecia ter sido forçada ou pisada e recurvada de propósito. Strike contornou cautelosamente o corpo para examiná-la, mas então eles ouviram a viatura policial encostando na frente da casa e ele endireitou as costas.

— É óbvio que vamos contar tudo a eles – disse Strike.

— Sim – disse Robin.

— Exceto pelos dispositivos de vigilância. Merda... eles vão encontrá-los em sua sala...

— Não vão – disse Robin. – Levei para casa ontem, caso decidíssemos que eu precisava dar o fora por causa do *Sun*.

Antes que Strike pudesse expressar admiração por esta previdência pragmática, alguém bateu com força na porta da frente.

— Bom, foi bom enquanto durou, não foi? – disse Strike, com um sorriso triste, indo para o hall. – Ficar fora dos jornais?

PARTE DOIS

36

O que aconteceu pode ser ocultado – ou, para todos os efeitos, pode ser explicado...

Henrik Ibsen, *Rosmersholm*

O caso Chiswell manteve seu caráter singular, mesmo quando o cliente dos dois o havia perdido.

Enquanto os procedimentos e formalidades incômodos e habituais envolviam o corpo, Strike e Robin foram acompanhados da Ebury Street para a Scotland Yard, onde foram interrogados separadamente. Strike sabia que o tornado de especulações estaria rodopiando pelas redações dos jornais de Londres com a morte de um ministro do governo e, como esperado, quando eles saíram da Scotland Yard seis horas depois, os detalhes pitorescos da vida particular de Chiswell eram transmitidos pela televisão e pelo rádio, enquanto a abertura dos navegadores da internet em seus telefones revelou breves notas de sites de notícias e um emaranhado de teorias barrocas se espalhava por blogs e redes sociais, em que uma multiplicidade de charges de Chiswell morria na mão de uma miríade de inimigos nebulosos. Em um táxi de volta à Denmark Street, Strike leu que Chiswell, o capitalista corrupto, tinha sido assassinado pela máfia russa depois de deixar de pagar os juros sobre alguma transação ilegal e sórdida, enquanto Chiswell, o defensor de sólidos valores ingleses, certamente fora despachado por muçulmanos vingativos depois de suas tentativas de resistir à ascensão da lei da sharia.

Strike voltou ao apartamento no sótão só para pegar seus pertences e acampou na casa dos velhos amigos Nick e Ilsa, respectivamente um gastroenterologista e uma advogada. Robin, que por insistência de Strike tinha apanhado um táxi diretamente para casa na Albury Street, recebeu um abraço formal de Matthew, cuja solidariedade muito mal disfarçada era pior, Robin sentiu, do que a fúria absoluta.

Quando soube que Robin tinha sido convocada a voltar à Scotland Yard para outro interrogatório no dia seguinte, o autocontrole de Matthew virou farelo.

– Qualquer um sabia que isso ia acontecer!

– Que engraçado, parece ter apanhado a maioria das pessoas de surpresa – disse Robin. Ela simplesmente ignorou o quarto telefonema que a mãe dava de manhã.

– Eu não quis dizer Chiswell se matar...

– ... pronuncia-se "Chizzle"...

– ... eu quis dizer você se metendo em problemas por xeretar no Parlamento!

– Não se preocupe, Matt. Vou cuidar para que a polícia saiba que você foi contra. Não ia querer sua perspectiva de promoção comprometida.

Mas ela não sabia se seu segundo interrogatório era feito por um policial. O homem de fala mansa em um terno cinza-escuro não revelou para quem trabalhava. Robin achou este cavalheiro muito mais intimidador do que a polícia da véspera, embora às vezes eles tivessem sido enérgicos, quase agressivos. Robin contou a seu novo interrogador o que tinha visto e ouvido na Câmara dos Comuns, omitindo apenas a estranha conversa entre Della Winn e Aamir Mallik, que foi capturada pelo segundo dispositivo de escuta. Como a interação aconteceu atrás de uma porta fechada depois do horário normal de trabalho, ela só poderia ter ouvido usando equipamento de vigilância. Robin tranquilizou sua consciência dizendo a si mesma que esta conversa poderia não ter nenhuma relação com a morte de Chiswell, mas sentimentos de culpa e terror incômodos a perseguiram enquanto ela saía do prédio pela segunda vez. Estava tão consumida pelo que esperava ser paranoia por seu encontro com o serviço secreto, que telefonou a Strike de um telefone público perto do metrô, em vez de usar o celular.

– Acabo de passar por outro interrogatório. Tenho certeza de que era o MI5.

– Era inevitável – disse Strike, e ela encontrou alívio em seu tom objetivo. – Eles têm de verificar você, para saber se é quem alega ser. Não há algum lugar aonde você possa ir, além de sua casa? Não acredito que a imprensa ainda não esteja em cima da gente, mas isto deve ser iminente.

– Acho que posso voltar a Masham – disse Robin –, mas é provável que eles tentem por lá, se quiserem me encontrar. Foi onde procuraram por informações do Estripador.

Ao contrário de Strike, Robin não tinha amigos dela em cujas casas anônimas ela sentisse que podia desaparecer. Todos os amigos eram de Matthew também e ela não tinha dúvida de que eles, como o marido, teriam medo de abrigar alguém que era do interesse dos serviços de segurança. Perdida sobre o que fazer, ela voltou à Albury Street.

Mas a imprensa não procurou por ela, embora os jornais não conseguissem se conter sobre o tema de Chiswell. O *Mail* já havia publicado uma matéria em página dupla sobre as várias tribulações e os escândalos que infestaram a vida de Jasper Chiswell. "*Antes mencionado como um possível primeiro-ministro*", "*a italiana sensual Ornella Serafin, com quem ele teve o caso que deu um fim a seu primeiro casamento*", "*a voluptuosa Kinvara Hanratty, trinta anos mais nova do que ele*", "*o tenente Freddie Chiswell, filho mais velho, morreu na Guerra do Iraque, que seu pai apoiou firmemente*", "*o filho mais novo, Raphael, cujo alegre passeio cheio de drogas terminou na morte de uma jovem mãe*".

Os jornais continham tributos de amigos e colegas: "*um intelecto refinado, um ministro sumamente capaz, um dos jovens brilhantes de Thatcher*", "*apesar de uma vida privada um tanto tumultuada, não havia um patamar que ele não pudesse ter alcançado*", "*a persona pública era irascível, até ríspida, mas o Jasper Chiswell que conheci em Harrow era um rapaz inteligente e espirituoso*".

Passaram-se cinco dias de cobertura sensacionalista da imprensa e a misteriosa moderação da mídia sobre o assunto do envolvimento de Strike e Robin continuava e, ainda assim, ninguém tinha impresso uma palavra sobre chantagem.

Na manhã de sexta-feira depois da descoberta do corpo de Chiswell, Strike estava sentado em silêncio à mesa da cozinha de Nick e Ilsa, com o sol entrando pela janela atrás dele.

Seus anfitriões estavam no trabalho. Nick e Ilsa, que durante anos tentaram ter um filho, recentemente tinham adotado dois gatinhos que Nick insistiu em chamar de Ossie e Ricky, nomes dos dois jogadores do Tottenham que ele venerava na adolescência. Os gatos, que só há pouco tempo consentiram em se sentar nos joelhos dos pais adotivos, não apreciaram a chegada do Strike grandalhão e desconhecido. Vendo-se sozinhos com ele, os dois procuravam refúgio no alto do armário de parede da cozinha. Agora ele estava consciente do exame de quatro olhos verde-claros, que acompanhavam do alto cada movimento seu.

Mas no momento Strike não se mexia muito. Na verdade, pela maior parte da última meia hora, ele tinha ficado quase imóvel, enquanto examinava as fotografias que Robin tinha tirado na Ebury Street, que ele imprimiu no escritório de Nick, por questão de conveniência. Por fim, fazendo Ricky dar um salto em um turbilhão de pelos eriçados, Strike isolou nove das fotografias e colocou o restante em uma pilha. Enquanto examinava as imagens selecionadas, Ricky voltou a se acomodar, com a ponta de um rabo preto se balançando, no aguardo do próximo movimento do detetive.

A primeira foto que Strike escolhera mostrava um close da marca de perfuração pequena e semicircular na mão esquerda de Chiswell.

As fotos dois e três mostravam ângulos diferentes do copo na mesa de centro diante de Chiswell. Um resíduo de pó era visível nas laterais, acima de uns três centímetros de suco de laranja.

A quarta, a quinta e a sexta fotografias Strike colocou juntas, lado a lado. Cada uma delas mostrava um ângulo ligeiramente diferente do corpo, com partes do ambiente apanhados no enquadramento. Mais uma vez, Strike examinou o contorno espectral da espada torta no canto, o trecho escuro acima do consolo da lareira em que antes uma imagem estivera pendurada e, abaixo disto, mal sendo visível contra o papel de parede escuro, dois ganchos de bronze a um metro de distância um do outro.

A sétima e a oitava fotografias, quando colocadas lado a lado, mostravam a totalidade da mesa de centro. A carta de despedida de Kinvara estava em cima de vários papéis e livros, dos quais só era visível uma lasca de uma carta, assinada por "Brenda Bailey". Dos livros, Strike não conseguia ver nada além de parte do título de uma antiga edição encadernada em tecido – "CATUL" e a parte inferior de uma brochura da Penguin. Também na foto estava o canto virado do tapete puído abaixo da mesa.

A nona e última foto, que Strike tinha ampliado de outra fotografia do corpo, mostrava o bolso aberto da calça de Chiswell, em que algo brilhante e dourado foi apanhado no flash da câmera de Robin. Enquanto ainda contemplava este objeto reluzente, o celular de Strike tocou. Era sua anfitriã, Ilsa.

— Oi — disse ele, levantando-se e pegando o maço de Benson & Hedges e o isqueiro que estavam ao lado. Com uma explosão de garras na madeira, Ossie e Ricky atravessaram o alto dos armários da cozinha, caso Strike estivesse prestes a começar a jogar coisas neles. Vendo se eles estavam longe o bastante para não fugirem ao jardim, Strike saiu e rapidamente fechou a porta dos fundos. — Alguma novidade?

— Sim. Parece que vocês tinham razão.

Strike se sentou em uma cadeira externa de ferro batido e acendeu o cigarro.

— Pode falar.

— Acabo de tomar um café com meu contato. Ele não pode falar livremente, em vista da natureza do que estamos discutindo, mas apresentei sua teoria e ele disse, "Isto parece *muito* plausível". Depois eu falei, "Um colega político?" E ele disse que parecia muito provável também, e eu falei que supunha que, nesta situação, a imprensa entraria com um recurso e ele disse sim, ele também pensava assim.

Strike soltou o ar.

— Eu te devo essa, Ilsa, obrigado. A boa notícia é que vou poder largar do pé de vocês.

— Corm, você sabe que não nos importamos de você ficar.

— Os gatos não gostam de mim.

— Nick disse que eles sabem que você torce pelo Arsenal.

— O circuito da comédia perdeu um luminar quando seu marido decidiu pela medicina. Jantar por minha conta esta noite e depois vou dar o fora.

Strike então ligou para Robin. Ela atendeu no segundo toque.

— Está tudo bem?

— Descobri por que a imprensa não caiu em cima da gente. Della conseguiu uma superinjunção na justiça. Os jornais não têm permissão de publicar que Chiswell nos contratou, para não estourar a história da chantagem. Ilsa se encontrou com seu contato da Suprema Corte e ele confirmou isso.

Houve uma pausa, enquanto Robin digeria esta informação.

– Então Della convenceu um juiz de que Chiswell inventou a chantagem?

– Exatamente, que ele estava nos usando para desencavar sujeira dos inimigos. Não me surpreende que o juiz tenha engolido essa. O mundo todo acha Della exemplar.

– Mas Izzy sabia por que eu estava lá – protestou Robin. – A família vai confirmar que ele estava sendo chantageado.

Strike bateu a cinza distraidamente no vaso de alecrim de Ilsa.

– Vai mesmo? Ou vai querer que tudo seja abafado, agora que ele morreu?

Ele tomou o silêncio dela como uma concordância relutante.

– A imprensa vai recorrer da superinjunção, não vai?

– Eles já estão tentando, de acordo com Ilsa. Se eu fosse editor de um tabloide, estaria nos vigiando, então acho melhor ter cuidado. Vou voltar ao escritório esta noite, mas acho que você deve ficar em casa.

– Por quanto tempo? – perguntou Robin.

Ele ouviu a tensão em sua voz e se perguntou se ela se devia inteiramente ao estresse do caso.

– Vamos deixar rolar. Robin, eles sabem que foi você quem ficou dentro do Parlamento. Você se tornou a história enquanto ele estava vivo e certamente é a história agora que eles sabem quem você realmente é, e ele morreu.

Ela não disse nada.

– Como você está indo com a contabilidade? – perguntou ele.

Ela havia insistido em receber esta tarefa, embora nenhum dos dois gostasse dela.

– Ia parecer muito mais rica se Chiswell tivesse pagado a conta.

– Vou tentar espremer a família – disse Strike, esfregando os olhos –, mas parece de mau gosto pedir dinheiro antes do enterro.

– Estive olhando as fotos de novo – disse Robin. No contato diário desde a descoberta do corpo, cada uma de suas conversas voltava às fotografias do cadáver de Chiswell e da sala em que o encontraram.

– Eu também. Notou alguma coisa nova?

– Sim, dois ganchos de bronze na parede. Acho que a espada costumava ficar...

– ... exibida abaixo da tela desaparecida?

— Exatamente. Acha que era de Chiswell, do exército?

— É bem possível. Ou de algum antepassado.

— Por que será que foi retirada? E como ficou torta?

— Você acha que Chiswell retirou da parede para tentar se defender do assassino?

— Esta é a primeira vez – disse Robin em voz baixa – que você diz isto. "Assassino."

Uma vespa voou baixo perto de Strike, mas, repelida pela fumaça do cigarro, afastou-se zumbindo.

— Eu estava brincando.

— Estava?

Strike esticou as pernas, olhando os pés. Preso na casa, que era aquecida, ele não se preocupava com sapatos nem meias. Seu pé descalço, que raras vezes via a luz do sol, era branco e cabeludo. O pé postiço, uma peça única de fibra de carbono sem dedos, tinha um brilho fraco ao sol.

— Tem uns elementos estranhos – Strike mexia os dedos do pé restante –, mas já faz uma semana e não houve nenhuma prisão. A polícia terá notado tudo que notamos.

— Será que Wardle soube de alguma coisa? O pai de Vanessa está doente. Ela está de licença solidária, ou eu perguntaria a ela.

— Wardle está mergulhado em coisas antiterroristas para a Olimpíada. Mas, por consideração, reservou tempo para ligar para minha caixa postal e se mijou de rir por meu cliente morrer na minha mão.

— Cormoran, você notou o nome daqueles comprimidos homeopáticos em que eu pisei?

— Não – disse Strike. Não era uma das fotos que ele havia separado. – Qual era?

— Lachesis. Eu vi quando ampliei a imagem.

— Por que isto é importante?

— Quando Chiswell entrou em nosso escritório e recitou aquele poema em latim para Aamir, e disse alguma coisa sobre um homem de seus hábitos, ele mencionou Lachesis. Disse que ela era...

— Uma das Moiras.

— ... exatamente. Aquela que "sabia quanto cabia a cada um".

Strike fumou em silêncio por alguns segundos.

— Parece uma ameaça.

— Eu sei.

— Você definitivamente não consegue lembrar que poema era? Talvez o autor?

— Eu estive tentando, mas, não... espere aí... – disse Robin de repente. – Ele deu um número.

— Catulo – disse Strike, sentando-se mais reto na cadeira de ferro do jardim.

— Como você sabia?

— Porque os poemas de Catulo são numerados, não têm título, e havia um antigo exemplar na mesa de centro de Chiswell. Catulo descreveu muitos hábitos interessantes: incesto, sodomia, estupro de crianças... ele pode ter deixado de fora a zoofilia. Tem um famoso sobre um pardal, mas ninguém sacaneia o bicho.

— Estranha coincidência, não? – disse Robin, ignorando o chiste.

— Talvez Chiswell tivesse a receita dos comprimidos e isso deu o que pensar às Moiras?

— Ele lhe parecia o tipo de homem que confia na homeopatia?

— Não – confessou Strike –, mas se está sugerindo que o assassino deixou cair um frasco de lachesis como um floreio artístico...

Ele ouviu o trinado distante de sinos.

— Tem alguém na porta – disse Robin –, é melhor eu...

— Verifique quem é, antes de abrir – disse Strike. Ele teve um súbito pressentimento.

Os passos dela foram abafados pelo que ele sabia que era carpete.

— Ai, meu Deus.

— Quem é?

— Mitch Patterson.

— Ele te viu?

— Não, estou no segundo andar.

— Então, não atenda.

— Não vou atender.

Mas sua respiração ficou barulhenta e entrecortada.

— Você está bem?

— Ótima – disse ela, com a voz contraída.

– O que ele está...?

– Preciso ir. Ligo para você depois.

A linha ficou muda.

Strike baixou o celular. Sentiu um calor repentino nos dedos da mão que não segurava o telefone e notou que o cigarro tinha queimado até o filtro. Apagando no calçamento quente de pedra, ele o jogou com um peteleco no muro do jardim de um vizinho de quem Nick e Ilsa não gostavam e imediatamente acendeu outro, pensando em Robin.

Estava preocupado com ela. Era de se esperar, naturalmente, que ela vivesse ansiedade e estresse depois de encontrar um corpo e ser interrogada pelos serviços de segurança, mas ele havia notado lapsos de concentração pelo telefone, em que ela fazia a ele a mesma pergunta duas ou três vezes. Também havia o que ele considerava sua ansiedade nada saudável de voltar ao escritório, ou ir para a rua.

Convencido de que ela devia tirar algum tempo de folga, Strike não contou a Robin sobre uma linha de investigação que ele agora seguia, porque tinha certeza de que ela insistiria em ter permissão para ajudar.

O fato era que, para Strike, o caso Chiswell tinha começado não com a história de chantagem do morto, mas com a história de Billy Knight sobre uma criança estrangulada e enrolada em um cobertor cor-de-rosa debaixo da terra. Desde o último pedido de socorro de Billy, Strike vinha ligando para o número telefônico do qual foi feita a ligação. Por fim, na manhã anterior, ele foi atendido por um transeunte curioso, que confirmou a posição da cabine telefônica na margem de Trafalgar Square.

Strike. Aquele soldado filho da puta de uma perna só. Billy tem fixação nele. Acha que ele vai resgatá-lo.

Será que havia uma possibilidade, embora mínima, de que Billy gravitasse de volta ao local onde procurou ajuda pela última vez? Strike passou algumas horas andando pela Trafalgar Square na tarde anterior, sabendo como era remota a possibilidade de Billy aparecer, entretanto sentindo-se compelido a fazer alguma coisa, mesmo sendo inútil.

Outra decisão de Strike, ainda mais difícil de ser justificada, porque custava à agência um dinheiro que ela não podia pagar, foi manter Barclay com Jimmy e Flick.

– O dinheiro é seu – disse o escocês de Glasgow, quando o detetive lhe deu esta instrução –, mas o que vou procurar?

– Billy – disse Strike – e, na ausência de Billy, qualquer coisa estranha.

É claro que o próximo lote de contas mostraria a Robin exatamente o que Barclay estava fazendo.

Strike teve uma sensação repentina de que era observado. Ossie, o mais atrevido dos gatos de Nick e Ilsa, estava sentado na janela da cozinha, ao lado das torneiras, olhando pela vidraça com olhos de jade claro. Seu olhar parecia criticá-lo.

37

Jamais derrotarei completamente isso. Sempre haverá uma dúvida me confrontando – uma pergunta.

Henrik Ibsen, *Rosmersholm*

Receosos de infringir as condições da superinjunção, os fotógrafos mantiveram-se longe do funeral de Chiswell em Woolstone. As organizações de notícias limitaram-se a anúncios breves e concretos de que o serviço fúnebre tinha acontecido. Strike, que havia pensado em mandar flores, decidiu pelo contrário porque o gesto podia ser tomado como um lembrete de mau gosto de que sua conta ainda não fora paga. Enquanto isso, o inquérito sobre a morte de Chiswell estava aberto e em suspenso, aguardando maiores investigações.

E então, muito subitamente, ninguém estava mais interessado em Jasper Chiswell. Era como se o corpo que boiou por uma semana em uma onda de notícias, fofocas e boatos agora afundasse sob as histórias de atletas homens e mulheres, dos preparativos e previsões olímpicos, o país dominado por uma preocupação quase universal, pois nem mesmo quem aprovava ou reprovava o evento conseguia ignorá-lo ou evitá-lo.

Robin ainda telefonava a Strike diariamente, pressionando-o a deixar que ela voltasse ao trabalho, mas Strike continuava recusando. Não só Mitch Patterson tinha aparecido outras duas vezes em sua rua, como um jovem músico de rua desconhecido passou a semana toda tocando na calçada do outro lado do escritório de Strike, errava as mudanças de acorde toda vez que via o detetive e regularmente interrompia músicas pela metade para atender ao celular. A imprensa, ao que parecia, não tinha se esquecido de que os Jogos Olímpicos um dia acabariam e que ainda havia uma história picante sobre o motivo para Jasper Chiswell ter contratado detetives particulares.

Nenhum dos contatos de Strike na polícia sabia alguma coisa sobre o progresso da investigação por seus colegas no caso. Em geral capaz de dormir mesmo nas condições mais desfavoráveis, Strike se viu anormalmente indócil e acordado à noite, ouvindo o barulho crescente da Londres agora repleta de visitantes para a Olimpíada. A última vez que passara por um período tão longo de insônia foi em sua primeira semana de consciência depois de a perna ser explodida pelo dispositivo improvisado no Afeganistão. Na época, ele conseguia ficar acordado devido a uma coceira torturante impossível de resolver, porque era sentida no pé ausente.

Strike não via Lorelei desde a noite da recepção paralímpica. Depois de deixar Charlotte na rua, ele partiu para a Trafalgar Square numa tentativa de localizar Billy, e como resultado chegou ainda mais atrasado do que esperava ao jantar com Lorelei. Cansado, machucado, frustrado com seu fracasso na busca por Billy e abalado pelo encontro inesperado com a ex, ele chegou ao restaurante de curry na expectativa, e talvez esperança, de que Lorelei tivesse ido embora.

Porém, ela não só ficou esperando pacientemente à mesa, como de imediato o pegou no contrapé com o que ele mentalmente caracterizou como uma retirada estratégica. Longe de forçar uma discussão sobre o futuro da relação dos dois, ela pediu desculpas pelo que alegou ter sido uma declaração de amor tola e precipitada na cama, que ela sabia que o havia constrangido e da qual sinceramente se arrependia.

Strike, que tinha bebido a maior parte de uma cerveja ao se sentar e se fortalecia, como ele imaginara, para a tarefa desagradável de explicar que não queria que a relação ficasse mais séria, nem permanente, ficou frustrado. A alegação de que ela havia dito "eu te amo" como uma espécie de *cri de joie* inutilizou seu discurso preparado e, como Lorelei estava linda no restaurante iluminado por luminárias, foi mais fácil e mais agradável aceitar sua explicação sem questionar em vez de forçar um movimento que claramente nenhum dos dois queria. Eles trocaram mensagens de texto e se falaram algumas vezes durante a semana subsequente em que estiveram separados, mas de forma alguma com a frequência com que ele falava com Robin. Lorelei foi inteiramente compreensiva com sua necessidade de se manter discreto por algum tempo depois de ele explicar que o último cliente era um ministro do governo que fora asfixiado em um saco plástico.

Lorelei nem se abalou quando ele recusou seu convite para assistir à cerimônia de abertura da Olimpíada com ela, porque ele já havia combinado de passar a noite com Lucy e Greg. A irmã de Strike ainda não estava disposta a deixar o filho Jack fora de vista e, portanto, declinou da oferta de Strike de levá-lo ao Museu Imperial da Guerra no fim de semana, em vez disso oferecendo um jantar. Quando ele explicou a Lorelei como estava a questão, Strike entendeu que ela alimentava esperanças de que ele a convidasse a acompanhá-lo para conhecer parte de sua família. Ele disse, com sinceridade, que seu motivo para ir sozinho era dedicar tempo ao sobrinho que ele sentia ter negligenciado, e Lorelei aceitou esta explicação amavelmente, perguntando apenas se ele estaria livre na noite seguinte.

Enquanto o táxi o levava da estação Bromley South para a casa de Lucy e Greg, Strike se viu remoendo a situação com Lorelei, porque Lucy costumava exigir um boletim de sua vida amorosa. Este era um dos motivos para ele evitar esse tipo de reunião. Incomodava Lucy que o irmão, com quase 38 anos, ainda não tivesse se casado. Em uma ocasião constrangedora, ela chegou ao extremo de convidar para jantar uma mulher que imaginava que agradaria a ele, o que só lhe ensinou que a irmã julgava grosseiramente mal seu gosto e suas necessidades.

O táxi o levava cada vez mais para dentro dos subúrbios de classe média, e Strike se viu cara a cara com a verdade desconfortável, a de que a disposição de Lorelei de aceitar a informalidade de seu arranjo atual não vinha de um senso compartilhado de descomprometimento, mas de um desespero para mantê-lo praticamente em quaisquer termos.

Olhando pela janela as casas espaçosas com garagens para dois carros e gramados bem cuidados, seus pensamentos vagaram para Robin, que ligava para ele diariamente quando o marido estava fora, depois para Charlotte, segurando-se de leve em seu braço ao descer a escadaria da Lancaster House em suas botas de salto agulha. Foi conveniente e agradável ter Lorelei em sua vida nos últimos dez meses e meio, afetivamente pouco exigente, eroticamente talentosa e fingindo não estar apaixonada por ele. Strike podia deixar que a relação continuasse, dizer a si mesmo que ele, naquela expressão que nada significa, "via como as coisas iam rolar", ou podia enfrentar a realidade de que apenas adiava o que devia ser feito e, quanto mais tempo deixava as coisas à deriva, mais confusão e dor acabariam por advir.

Estas reflexões não foram calculadas para animá-lo e, enquanto o táxi parava na frente da casa de Lucy, com a magnólia no jardim e a cortina de renda tremulando animadamente, ele sentiu um ressentimento irracional para com a irmã, como se tudo isso fosse culpa dela.

Jack abriu a porta antes que Strike sequer conseguisse bater. Considerando seu estado da última vez em que Strike o vira, Jack parecia extraordinariamente bem e o detetive ficou dividido entre o prazer com sua recuperação e a irritação por não terem lhe permitido levar o sobrinho para sair, em vez de fazer a longa e inconveniente jornada a Bromley.

Porém, o prazer de Jack com a chegada do tio, suas perguntas ávidas sobre tudo que Strike se lembrava do tempo que passaram juntos no hospital, porque ele próprio ficou glamourosamente inconsciente, eram comoventes, como o fato de que Jack insistiu em se sentar ao lado do tio no jantar e monopolizou completamente sua atenção. Estava claro que Jack sentia que eles tinham adquirido um vínculo mais estreito por cada um deles ter passado pelo tormento da cirurgia de emergência. Ele pediu tantos detalhes sobre a amputação de Strike que Greg baixou a faca e o garfo e empurrou o prato com uma expressão nauseada. Antes Strike tinha a impressão de que Jack, o filho do meio, era aquele de que Greg menos gostava. Ele teve um prazer um tanto maldoso em satisfazer a curiosidade do sobrinho, em particular porque sabia que Greg, que em geral encerrava a conversa, exercia um autocontrole incomum em vista da convalescença do garoto. Sem ter noção de todas as implicações, Lucy estava completamente radiante, seus olhos quase não deixavam Strike e Jack. Não perguntou nada sobre a vida particular de Strike. Só parecia pedir que ele fosse gentil e paciente com o filho.

Tio e sobrinho deixaram a mesa de jantar em excelentes termos e Jack escolheu um lugar ao lado de Strike no sofá para ver a cerimônia de abertura dos Jogos Olímpicos, falando sem parar enquanto eles esperavam pelo início da transmissão ao vivo, expressando a esperança, entre outras coisas, de que houvesse armas, canhões e soldados.

Esta observação inocente lembrou Strike de Jasper Chiswell e sua irritação, contada por Robin, de que a bravura militar britânica não seria celebrada no maior dos palcos nacionais. Isto fez Strike se perguntar se Jimmy Knight estaria sentado diante de uma televisão em algum lugar, preparando-se para escarnecer do que ele criticava como um carnaval do capitalismo.

Greg passou a Strike uma garrafa de Heineken.

— Vai começar! — disse Lucy, toda animada.

A transmissão ao vivo começou com uma contagem regressiva. Alguns segundos depois, um balão deixou de estourar. *Tomara que não seja uma merda*, pensou Strike, subitamente esquecendo-se de todo o resto em uma explosão de paranoia patriótica.

Mas a cerimônia de abertura foi tão o contrário de uma merda que Strike ficou para assistir a tudo, perdendo voluntariamente seu último trem, e aceitou a oferta do sofá-cama e de um café da manhã no sábado com a família.

— A agência está indo bem, não é? — perguntou-lhe Greg, que comia a fritada preparada por Lucy.

— Não vai mal — disse Strike.

Em geral, ele evitava falar de seus negócios com Greg, que parecia ter sido enganado pelo sucesso de Strike. O cunhado sempre deu a impressão de se irritar com a notável carreira militar de Strike. Enquanto respondia às perguntas de Greg sobre a estrutura dos negócios, os direitos e as responsabilidades dos contratados autônomos, o status especial de Robin como sócia assalariada e o potencial para expansão, Strike detectou, e não pela primeira vez, que Greg não disfarçava a esperança de que pudesse haver algo que Strike tivesse se esquecido ou ignorado, era por demais um soldado para navegar facilmente pelo mundo civil dos negócios.

— Mas qual é a meta definitiva? — perguntou ele, com Jack sentado pacientemente ao lado de Strike, claramente torcendo para falar mais dos militares. — Suponho que você queira aumentar os negócios, para que não precise sair às ruas, não? Dirigi-los do escritório?

— Não — disse Strike. — Se eu quisesse um trabalho burocrático, tinha ficado no exército. A meta é aumentar o número de funcionários confiáveis para que possamos manter uma carga de trabalho estável e ganhar um dinheiro decente. No curto prazo, quero aumentar o saldo bancário o suficiente para passarmos pelos tempos de vacas magras.

– Parece de pouca ambição – disse Greg. – Com a publicidade gratuita que você conseguiu depois do caso do Estripador...

– Não vamos falar deste caso agora – disse Lucy incisivamente ao lado da frigideira e, com um olhar para o filho, Greg se calou, permitindo que Jack voltasse à conversa com uma pergunta sobre campos de treino.

Lucy, que tinha adorado cada momento da visita do irmão, brilhava de prazer ao abraçá-lo numa despedida depois do café da manhã.

– Me diga quando eu puder levar Jack para passear – disse Strike, enquanto o sobrinho sorria radiante para ele.

– Vou avisar, e muito obrigada, Stick. Nunca vou me esquecer o que você...

– Eu não fiz nada. – Strike deu um tapinha delicado nas costas da irmã. – Ele próprio fez. Ele é durão, não é, Jack? Obrigado por uma noite agradável, Luce.

Strike achou que tinha saído bem a tempo. Terminando o cigarro na frente da estação, com dez minutos para matar antes do próximo trem ao centro de Londres, ele refletiu que Greg tinha retomado, durante o café da manhã, aquela combinação de vivacidade e sinceridade com que costumava tratar o cunhado, ao passo que as perguntas de Lucy sobre Robin enquanto ele vestia o casaco mostravam sinais de se transformar em um amplo inquérito sobre suas relações com as mulheres em geral. Seus pensamentos tinham se voltado com desânimo para Lorelei quando o celular tocou.

– Alô?

– É Cormoran? – disse uma voz feminina e aristocrática que ele não reconheceu de imediato.

– Sim. Quem fala?

– Izzy Chiswell – disse ela, dando a impressão de estar resfriada.

– Izzy! – Strike repetiu, surpreso. – Humm... como você está?

– Ah, vou levando. Nós, ah, recebemos sua conta.

– Tudo bem. – Strike se perguntou se ela estava prestes a contestar o total, que era alto. – Seria um prazer entregar seu pagamento imediatamente, se você pudesse... será que você pode vir me ver? Hoje, se for conveniente? Como você está de tempo?

Strike consultou o relógio. Pela primeira vez em semanas não tinha nada a fazer exceto ir jantar mais tarde com Lorelei, e a perspectiva de recolher um cheque polpudo certamente era bem-vinda.

– Sim, não há problema nenhum – disse ele. – Onde você estará, Izzy?

Ela lhe deu seu endereço em Chelsea.

– Chegarei em cerca de uma hora.

– Perfeito. – Ela parecia aliviada. – A gente se vê então.

38

Oh, esta dúvida mortal!

Henrik Ibsen, *Rosmersholm*

Era quase meio-dia quando Strike chegou à casa de Izzy na Upper Cheyne Row, em Chelsea, um trecho sossegado e caro de casas que eram diferentes, mas de bom gosto, ao contrário daquelas da Ebury Street. A casa de Izzy era pequena e pintada de branco, com um lampião de carruagem junto da porta de entrada, e quando Strike tocou a campainha, ela atendeu em poucos segundos.

Com sua calça preta larga e um suéter preto quente demais para um dia de verão, Izzy lembrou Strike de quando ele conheceu o pai dela, que exibia um sobretudo em junho. Uma cruz de safira estava pendurada em seu pescoço. Strike pensou que ela atingira o máximo do luto oficial permitido pelas sensibilidades e vestimentas dos dias de hoje.

— Entre, entre — disse ela, nervosa, sem o olhar nos olhos e, recuando, gesticulou para ele entrar em uma arejada área de estar com cozinha americana, de paredes brancas, sofás de estampa forte e uma lareira *art nouveau* escorada por figuras femininas sinuosas. As amplas janelas de trás davam para um pequeno pátio privativo, com caros móveis de ferro batido em meio à topiaria bem cuidada.

— Sente-se. — Izzy gesticulou para um dos sofás coloridos. — Chá? Café?

— Chá seria ótimo, obrigado.

Strike se sentou, retirou discretamente algumas desconfortáveis almofadas de contas debaixo dele e olhou a sala. Apesar do tecido moderno alegre, predominava um gosto inglês mais tradicional. Havia duas gravuras acima de uma mesa carregada de fotografias em porta-retratos de prata, inclusive um grande estudo em preto e branco dos pais de Izzy no dia de seu casamento, Jasper Chiswell vestido com o uniforme do Regimento Real dos Hussardos da rainha, lady Patricia dentuça e loura em uma nuvem de tule. Acima do consolo da lareira estava uma aquarela grande de três crianças louras, que Strike supôs representar Izzy e os dois irmãos mais velhos, o falecido Freddie e a desconhecida Fizzy.

Izzy fez barulho, deixou cair colheres de chá e abriu e fechou armários sem encontrar o que procurava. Por fim, rejeitando a oferta de ajuda de Strike, trouxe uma bandeja com um bule, xícaras de porcelana fina e biscoitos na curta distância entre a pequena cozinha e a mesa de centro, e a baixou.

– Assistiu à cerimônia de abertura? – perguntou ela educadamente, ocupada com o bule de chá e o filtro.

– Sim, assisti – disse Strike. – Foi ótima, não foi?

– Bom, gostei da primeira parte – disse Izzy –, toda a parte da Revolução Industrial, mas achei que ficou, sei lá, meio politicamente correto depois disso. Não sei se os estrangeiros realmente entendem por que falamos do Serviço Nacional de Saúde e, devo dizer, eu podia ter feito isso sem o rap. Sirva-se de leite e açúcar.

– Obrigado.

Houve um breve silêncio, interrompido apenas pelo tilintar de prata e porcelana; aquele silêncio luxuoso que só pode ser conseguido em Londres pelas pessoas que têm muito dinheiro. Mesmo no inverno, o apartamento do sótão de Strike nunca ficava completamente silencioso: música, passos e vozes enchiam a rua do Soho e quando pedestres deixavam a área, o trânsito roncava pela noite e a mais leve lufada de vento chocalhava suas janelas mal instaladas.

– Ah, seu cheque – disse Izzy num arquejar, colocando-se de pé novamente para pegar um envelope no lado da cozinha. – Aqui está.

– Muito obrigado. – Strike o pegou.

Izzy sentou-se de novo, pegou um biscoito, mudou de ideia sobre comê-lo e o colocou no prato. Strike bebeu o chá que ele suspeitava ser da melhor qualidade, mas que, para ele, tinha um sabor desagradável de flores mortas.

– Humm – disse Izzy por fim –, é bem complicado saber por onde começar.

Ela examinou os dedos, cujas unhas não estavam pintadas.

— Tenho medo de que você vá pensar que eu enlouqueci — disse ela em voz baixa, olhando através dos cílios claros.

— Duvido disso. — Strike baixou o chá e adotou o que esperava ser uma expressão de estímulo.

— Soube o que eles encontraram no suco de laranja de papai?

— Não — disse Strike.

— Comprimidos de amitriptilina, triturados em um pó. Não sei se você... são antidepressivos. A polícia disse que é um método suicida eficiente e indolor. Uma espécie de... mecanismo de segurança, os comprimidos e o... o saco.

Ela tomou um gole descuidado de chá.

— Eles foram muito gentis, mesmo, os policiais. Bom, eles têm treinamento, não é? Disseram que se o hélio está bastante concentrado, uma respiração e você... você dorme.

Ela franziu os lábios.

— O caso — disse ela em voz alta, em uma súbita onda de palavras — é que *tenho certeza absoluta* de que papai nunca teria se matado, porque era algo que ele detestava, ele sempre dizia que era a saída dos covardes, medonha para a família e todo mundo que ficava.

"E uma coisa estranha: não havia nenhuma embalagem de amitriptilina em nenhum lugar da casa. Nenhuma caixa vazia, nenhuma cartela, nada. É claro que uma caixa teria o nome de Kinvara. Era Kinvara que tinha receita de amitriptilina. Ela estava tomando há mais de um ano."

Izzy olhou para Strike para ver que efeito teriam suas palavras. Como ele não disse nada, ela continuou.

— Papai e Kinvara brigaram na noite anterior, na recepção, pouco antes de eu falar com você e Charlie. Papai simplesmente nos disse que tinha pedido a Raff para ir à casa da Ebury Street na manhã seguinte. Kinvara ficou furiosa. Perguntou por quê, e papai não disse, apenas sorriu, e isto a enfureceu.

— Por que será que...?

— Porque ela odeia todos nós — disse Izzy, prevendo corretamente a pergunta de Strike. Suas mãos estavam entrelaçadas, os nós dos dedos, brancos. — Ela sempre odiou tudo e todos que competiam com ela pela atenção de papai ou por seu afeto, e ela odeia *particularmente* Raff, porque ele é parecido com a mãe e Kinvara sempre foi insegura com relação a Ornella, porque ela ainda é muito glamourosa, mas Kinvara também não gosta que Raff seja homem. Ela sempre teve medo de que ele substituísse Freddie e talvez fosse recolocado no testamento. Kinvara se casou com meu pai por dinheiro. Ela nunca o amou.

– Quando você diz "recolocado" é...

– Papai excluiu Raff do testamento quando ele atropelou... quando ele fez aquela coisa... no carro. Kinvara estava por trás disso, é claro, ela instigava papai a não ter mais nenhuma relação com Raff... mas então, papai nos disse na Lancaster House que tinha convidado Raff para o dia seguinte e Kinvara ficou em silêncio e alguns minutos depois, de repente, anunciou que ia embora e partiu. Ela alega que voltou à Ebury Street, escreveu um bilhete de despedida a papai... mas você esteve lá. Talvez tenha visto.

– Sim – disse Strike. – Vi.

– Sim, então, ela alega que escreveu aquele bilhete, fez as malas, depois pegou o trem de volta a Woolstone.

"Pelo jeito como a polícia esteve nos interrogando, parece que eles pensam que a partida de Kinvara teria feito papai se matar, mas isto é ridículo demais até para ser mencionado! O casamento deles tinha problemas há séculos. Acho que ele conseguiu enxergar quem ela era meses e meses antes disso. Ela esteve contando mentiras malucas e fazendo todo tipo de coisas melodramáticas para manter o interesse de papai. Eu garanto a você, se papai acreditasse que ela estava prestes a deixá-lo, teria ficado aliviado, e não suicida, mas é claro que ele não teria levado aquele bilhete a sério, ele saberia muito bem que era mais teatro. Kinvara tem nove cavalos e renda nenhuma. Ela terá de ser arrastada para fora da Chiswell House, exatamente como Tinky Primeira... a terceira esposa de meu avô", explicou Izzy. "Parece que os homens Chiswell têm uma queda por mulheres com peitos grandes e cavalos."

Ruborizada por baixo das sardas, Izzy puxou o ar e falou:

– Acho que Kinvara matou meu pai. Não consigo tirar isso da cabeça, não consigo me concentrar, nem pensar em mais nada. Ela estava convencida de que havia algo entre papai e Venetia... ficou desconfiada desde o momento em que viu Venetia e depois, com o *Sun* xeretando, convenceu-se de que tinha razão em ficar preocupada... e ela provavelmente achava que papai reintegrar Raff provava que ele se preparava para uma nova era e acho que ela triturou seus antidepressivos e os colocou no suco de laranja quando ele não estava vendo... ele sempre tomava primeiro um copo de suco, era a rotina dele... depois, quando ele ficou sonolento e sem poder lutar, ela colocou o saco em sua cabeça e *só então*, depois de tê-lo matado, escreveu aquele bilhete para fazer parecer que ela é que estava se divorciando *dele* e acho que ela escapuliu da casa depois de ter feito isso, foi para Woolstone e fingiu que estava lá quando papai morreu.

Perdendo o fôlego, Izzy procurou a cruz em seu pescoço e brincou com ela, indócil, observando a reação de Strike, com uma expressão ao mesmo tempo nervosa e desafiadora.

Strike, que tinha lidado com vários suicídios militares, sabia que os sobreviventes quase sempre ficavam com uma forma particularmente nociva de luto, uma ferida envenenada que infeccionava muito mais do que aquela dos parentes que foram despachados por balas do inimigo. Ele podia ter as próprias dúvidas a respeito de como Chiswell encontrara seu fim, mas não ia compartilhar com a mulher desorientada e tomada de tristeza ao lado dele. O que mais chamou a sua atenção na diatribe de Izzy foi o ódio que ela parecia sentir pela madrasta. Não era uma acusação banal que ela fazia contra Kinvara, e Strike se perguntou o que convenceu Izzy de que a mulher imatura e amuada com quem ele dividiu cinco minutos em um carro podia ser capaz de planejar o que acabou por ser uma execução metódica.

— A polícia — disse ele por fim — deve estar investigando os movimentos de Kinvara, Izzy. Em um caso como este, em geral o cônjuge é o primeiro a ser investigado.

— Mas eles estão aceitando a história dela — disse Izzy, febril. — Eu sei que estão.

Então é verdade, pensou Strike. Ele tinha a Metropolitana em alta conta para imaginar que seriam descuidados na confirmação dos movimentos da esposa que tinha acesso fácil à cena do crime e à receita das drogas que foram encontradas no corpo.

— Quem mais sabia que papai sempre tomava suco de laranja de manhã? Quem mais tinha acesso à amitriptilina e ao hélio...?

— Ela admite ter comprado o hélio? — perguntou Strike.

— Não — disse Izzy —, mas ela não ia admitir, não é? Só fica sentada lá, fazendo seu papel de garotinha histérica. — Izzy imitou uma voz aguda. — "Não sei como ele entrou na casa! Por que vocês estão todos me incomodando, me deixem em paz, eu fiquei viúva!"

"Eu contei à polícia que ela atacou papai com um martelo, mais de um ano atrás."

Strike ficou paralisado no ato de levar aos lábios o chá nada apetitoso.

— Como é?

— Ela atacou papai com um martelo — disse Izzy, seus olhos azul-claros cravados em Strike, querendo que ele entendesse. — Eles tiveram uma briga feia porque... bom, não importa o porquê, mas eles estavam nos estábulos... isto foi em casa, na Chiswell House, evidentemente... e Kinvara pegou o martelo no alto de uma caixa de ferramentas e bateu na cabeça de papai. Ela teve muita sorte por não tê-lo matado *ali*. Ele ficou com uma disfunção olfativa. Depois disso, não conseguiu mais sentir cheiro nem gosto, e ficava irritado com as menores coisas, mas insistiu em abafar tudo. Ele a isolou em alguma clínica de repouso e disse a todos que ela estava doente, "estafa".

"Mas a tratadora de animais testemunhou tudo e nos contou o que realmente aconteceu. Ela teve de chamar o médico local porque papai sangrava muito. Tudo teria chegado aos jornais se meu pai não tivesse colocado Kinvara em uma ala psiquiátrica e afastado a imprensa."

Izzy pegou seu chá, mas agora a mão tremia tanto que foi obrigada a baixá-lo de novo.

— Ela não é o que os homens pensam — disse Izzy com veemência. — Todos engolem o absurdo da garotinha, até Raff. "Ela *perdeu* um filho, Izzy..." Mas se ele ouvisse *um quarto* do que Kinvara fala dele pelas costas, logo mudaria de tom.

"E a porta da frente aberta?", disse Izzy, mudando de assunto. "Você sabe de tudo isso, foi como você e Venetia entraram, não foi? Aquela porta nunca fechava direito, só se você batesse. Papai sabia disso. Ele teria o cuidado de fechá-la direito, se estivesse em casa sozinho, não teria? Mas se Kinvara escapuliu de manhã cedo sem querer ser ouvida, teria de puxar a porta e deixar assim, não é?

"Sabe, ela não é muito inteligente. Ela teria sumido com todas as embalagens de amitriptilina, pensando que a incriminariam se deixasse lá. Sei que a polícia acha estranha a ausência de embalagens, mas posso dizer que todos estão inclinados na tese do suicídio e foi por isso que eu quis falar com você, Cormoran", concluiu Izzy, chegando um pouco para a frente em sua poltrona. "Quero contratar você. Quero que você investigue a morte de meu pai."

Strike soube que o pedido estava chegando quase no momento em que recebeu o chá. Naturalmente era convidativa a perspectiva de ser pago para investigar o que, de qualquer modo, preocupava Strike ao ponto da obsessão. Porém, clientes que não procuravam nada além de confirmação de suas próprias teorias eram sempre problemáticos. Ele não podia aceitar o caso nos termos de Izzy, mas a compaixão por seu luto o levou a buscar um modo mais gentil de recusar.

— A polícia não vai me querer na cola deles, Izzy.

— Eles não precisam saber que é a morte de papai que você está investigando — disse Izzy com ansiedade. — Podemos fingir que queremos que você investigue todas as invasões estúpidas ao jardim que Kinvara alega terem acontecido. Seria bem feito para ela se a levássemos a sério agora.

— O resto da família sabe que você se reuniu comigo?

— Ah, sim — disse Izzy, ansiosa. — Sobretudo Fizzy.

— Ela sabe? Ela também suspeita de Kinvara?

— Bom, não — disse Izzy, parecendo um tanto frustrada —, mas ela concorda inteiramente que papai não pode ter se matado.

— Quem ela pensa que fez isso, se não foi Kinvara?

— Bom — Izzy parecia pouco à vontade com esta linha de interrogatório —, na verdade Fizz tem a ideia louca de que Jimmy Knight esteve envolvido de algum modo, mas é evidente que é ridículo. Jimmy estava preso quando papai morreu, não é? Você e eu o vimos ser levado pela polícia na noite anterior, mas Fizz nem quer saber, tem *fixação* em Jimmy! Eu disse a ela, "Como Jimmy Knight sabia onde estavam a amitriptilina e o hélio?", mas ela não deu ouvidos, continuou dizendo que Knight queria vingança...

— Vingança pelo quê?

— O quê? — disse Izzy inquieta, embora Strike soubesse que ela o havia escutado. — Ah... isso agora não importa. Está tudo acabado.

Pegando o bule de chá, Izzy andou a passos firmes para a área da cozinha, onde acrescentou mais água quente da chaleira.

— Fizz é irracional a respeito de Jimmy – disse ela, voltando com o bule completado, que baixou com uma pancada na mesa. – Ela nunca o suportou, desde que éramos adolescentes.

Ela se serviu de uma segunda xícara de chá, e estava mais ruborizada. Como Strike não falou nada, ela repetiu, nervosa:

— A história da chantagem pode não ter nada a ver com a morte de papai. Tudo isso acabou.

— Você não falou com a polícia sobre isso, falou? – perguntou Strike em voz baixa.

Houve uma pausa. Izzy ficou de um cor-de-rosa mais firme. Bebeu o chá, depois falou:

— Não.

E então ela disse apressadamente:

— Desculpe, não consigo imaginar o que você e Venetia sentem a respeito disso, mas estamos mais preocupados com o legado de meu pai. Não vamos tolerar que tudo isso chegue à imprensa, Cormoran. O único jeito de a chantagem ter alguma relação com sua morte é se ela o levou ao suicídio e eu simplesmente não acredito que ele tenha se matado por isso, ou por qualquer outra coisa.

— Della deve ter achado fácil conseguir a superinjunção – disse Strike –, se a própria família de Chiswell lhe dava apoio, dizendo que ninguém o estava chantageando.

— É mais importante para nós como papai será lembrado. A chantagem... tudo isso é assunto encerrado.

— Mas Fizzy ainda pensa que Jimmy pode ter alguma coisa a ver com a morte de seu pai.

— Isso não é... isto seria outra questão, a partir da qual ele fazia a chantagem – disse Izzy de um jeito incoerente. – Jimmy tinha um ressentimento... é difícil de explicar... é tolice de Fizzy a respeito de Jimmy.

— O que o resto da família acha de me trazer para dentro do caso de novo?

— Bom... Raff não está amando, mas não tem nada a ver com ele. Eu pagaria a você.

— Por que ele não está amando?

— Porque — disse Izzy —, bom, porque a polícia interrogou Raff mais do que qualquer um de nós, porque... olha, Raff não importa — repetiu ela. — Eu serei a cliente, sou eu que quero você. É só destruir o álibi de Kinvara, sei que você pode fazer isso.

— Infelizmente — disse Strike — não posso assumir o trabalho nesses termos, Izzy.

— E por que não?

— O cliente não tem que me dizer o que posso e não posso investigar. Se não quiser toda a verdade, não sou o homem certo para você.

— Você *é*, sei que é o melhor, por isso papai o contratou e é por isso que eu quero você.

— Então você vai precisar responder a perguntas quando eu as fizer, em vez de me dizer o que importa e o que não importa.

Ela o olhou feio por cima da borda da xícara de chá e depois, para surpresa dele, deu uma risada frágil.

— Não sei por que estou surpresa. Eu sabia que você era assim. Lembra quando você discutiu com Jamie Maugham no Nam Long Le Shaker? Ah, você deve se lembrar. Você não voltava atrás... àquela altura, a mesa toda estava em cima de você... sobre o que era a discussão, você...?

— A pena de morte — disse Strike, apanhado desprevenido. — É, eu me lembro.

Pelo espaço de um piscar de olhos, ele parecia ver não a sala de estar clean e iluminada de Izzy, com suas relíquias de um passado inglês rico, mas o interior mal-iluminado e sórdido de um restaurante vietnamita em Chelsea onde, doze anos antes, ele e uma dúzia de amigos de Charlotte entraram em uma discussão durante o jantar. A cara de Jamie Maugham era um tanto suína em sua memória. Ele quis aparecer para o chato que Charlotte insistira em trazer para jantar em vez de o velho amigo de Jamie, Jago Ross.

— ... e Jamie ficou muuuito, mas muuuito zangado com você — disse Izzy. — Ele agora é um conselheiro real de muito sucesso, sabia?

— Então deve ter aprendido a manter o controle em uma discussão — disse Strike, e Izzy deu outra risadinha. — Izzy — disse ele, voltando à questão principal —, se você falou sério sobre o que disse...

— ... eu falei...

– ... então vai responder a minhas perguntas – disse Strike, tirando um bloco do bolso.

Hesitante, ela o viu pegar uma caneta.

– Sou discreto – disse Strike. – Nos últimos dois anos, ouvi os segredos de umas cem famílias e não contei nenhum. Nada de irrelevante para a morte de seu pai sequer será mencionado de novo fora de minha agência. Mas se você não confiar em mim...

– Eu confio – disse Izzy, desesperada, e para leve surpresa de Strike, ela se curvou para a frente e o pegou no joelho. – Eu confio, Cormoran, sinceramente, mas é... é difícil... falar sobre papai...

– Eu entendo isso – disse ele, preparando a caneta. – Então, vamos começar pelo motivo de a polícia ter interrogado muito mais Raphael do que o resto da família.

Ele sabia que ela não queria responder, mas, depois de hesitar por um momento, falou.

– Bom, acho que foi em parte porque papai telefonou para Raff no início da manhã em que morreu. Foi o último telefonema que ele deu.

– O que ele disse?

– Nada que importasse. Não pode ter alguma coisa a ver com a morte de papai. Mas – ela se apressou, como se quisesse extinguir qualquer impressão que suas últimas palavras tivessem criado –, acho que a *principal* razão de Raff não gostar de eu contratar você é que ele se apaixonou por sua Venetia enquanto ela estava no escritório e agora, bom, evidentemente, ele se sente meio idiota por ter aberto o coração para ela.

– Ele se apaixonou por ela? – disse Strike.

– Sim, então não é de surpreender que ele sinta que todos o fizeram de besta.

– Ainda resta o fato de...

– Sei o que você vai dizer, mas...

– ... se quiser que eu investigue, eu é que decidirei o que importa, Izzy. Não você. Então, quero saber – ele contou nos dedos todas as vezes em que ela havia dito que a informação "não importava", enquanto as citava –, por que seu pai ligou para Raphael na manhã em que morreu, por que seu pai e Kinvara estavam brigando quando ela bateu na cabeça dele com um martelo... e por que seu pai estava sendo chantageado.

A cruz de safira piscou sombriamente enquanto o peito de Izzy subia e descia. Quando por fim ela falou, foi aos solavancos.

— Não cabe a mim contar a você o que papai e Raff conversaram, da última v-vez que ele se falaram. Raff é quem tem de dizer.

— Porque é particular?

— Sim — disse ela, com o rosto muito rosado. Ele se perguntou se ela estaria dizendo a verdade.

— Você disse que seu pai tinha pedido a Raphael para ir à casa da Ebury Street no dia em que morreu. Ele estava remarcando a hora? Cancelando?

— Cancelando. Olha, você terá de perguntar a Raff — ela reiterou.

— Tudo bem — disse Strike, tomando nota. — O que levou sua madrasta a bater na cabeça de seu pai com um martelo?

Os olhos de Izzy se encheram de lágrimas. Depois, com um soluço, ela retirou um lenço da manga e o pressionou no rosto:

— Eu n-não quero lhe contar isso p-porque n-não quero que você pense mal de papai, agora que ele está... agora que ele está... veja bem, ele f-fez uma coisa que...

Seus ombros largos se sacudiam enquanto ela emitia roncos nada românticos. Strike, que achava esta angústia franca e barulhenta mais comovente do que teria achado um enxugar delicado dos olhos, ficou sentado em uma solidariedade impotente enquanto ela tentava suspirar suas desculpas.

— Me... me des...

— Deixa de ser boba — disse ele, rabugento. — É claro que você está perturbada.

Mas ela parecia profundamente envergonhada da perda de controle, e sua volta soluçante à calma foi pontuada por outros "me desculpe" envergonhados. Por fim, ela enxugou o rosto com a aspereza de quem limpa uma janela, disse um último "me desculpe", endireitou a coluna e falou com uma contundência que Strike verdadeiramente admirou, em vista das circunstâncias:

— Se você pegar o caso... depois de termos assinado na linha pontilhada... vou contar o que papai fez para Kinvara bater nele.

— Suponho — disse Strike — que aconteça o mesmo para o motivo de Winn e Knight chantagearem o seu pai.

— Olha — disse ela, e as lágrimas surgiam de novo —, você não entende, é a memória de meu pai, agora é seu legado. Não quero que essas coisas sejam o motivo para as pessoas se lembrarem dele... por favor, nos ajude, Corm. *Por favor*. Sei que não foi suicídio, eu *sei* que não foi...

Ele deixou que seu silêncio fizesse o trabalho por ele. Por fim, com uma expressão patética, ela disse com a voz embargada:

– Tudo bem. Vou lhe contar tudo sobre a chantagem, mas só se Fizz e Torks concordarem.

– Quem é Torks? – quis saber Strike.

– Torquil. O primeiro marido de Fizz. Nós juramos que nunca contaríamos a ninguém, mas vou f-falar com eles e, se eles concordarem, c-conto tudo a você.

– Raphael não vai ser consultado?

– Ele nunca soube de nada sobre a história da chantagem. Ele estava preso quando Jimmy apareceu pela primeira vez para ver meu pai e, de todo modo, ele não foi criado conosco, então ele não pode... Raff nunca soube.

– E Kinvara? – perguntou Strike. – Ela sabia?

– Ah, sim – disse Izzy, e uma expressão de maldade endureceu suas feições habitualmente simpáticas –, mas ela *sem dúvida* não vai querer que contemos a você. Ah, não para proteger papai – disse ela, interpretando corretamente a expressão de Strike –, para se proteger. Kinvara se beneficiou, veja bem. Ela não se importava com o que meu pai fazia, desde que auferisse as recompensas.

39

... naturalmente eu falo o mínimo possível sobre isso; é melhor silenciar sobre tais coisas.

Henrik Ibsen, *Rosmersholm*

Robin estava tendo um sábado ruim, depois de uma noite ainda pior.

Acordara com um grito às quatro da madrugada, com a sensação de ainda estar enrolada no pesadelo em que carregava um saco cheio de dispositivos de escuta por ruas escuras, sabendo que era seguida por mascarados. O velho ferimento a faca no braço se abria e era o rastro de seu sangue jorrando que os perseguidores seguiam, e ela sabia que jamais conseguiria chegar ao lugar onde Strike esperava pelo saco de grampos...

– Que foi? – dissera Matthew, grogue, meio adormecido.

– Nada – respondera Robin, antes de ficar deitada insone até as sete, quando se sentiu no direito de se levantar.

Um jovem louro e desgrenhado esteve à espreita na Albury Street nos últimos dois dias. Nem se incomodou em esconder o fato de que mantinha a casa deles sob observação. Robin discutiu o assunto com Strike, que tinha certeza de que era um jornalista, e não detetive particular, provavelmente um novato, despachado para ficar de olho nela porque os honorários de Mitch Patterson, cobrados por hora, tinham se tornado uma despesa injustificável.

Ela e Matthew se mudaram para a Albury Street para escapar do local onde se escondia o Estripador de Shacklewell. Devia ser um lugar de segurança, entretanto ele também foi contaminado pelo contato com a morte por causas não naturais. No meio da manhã, Robin se refugiou no banheiro antes que Matthew percebesse que ela estava ofegante de novo. Sentada no chão, ela recorreu à técnica que havia aprendido em terapia, a reestruturação cognitiva, em que se procuravam identificar os pensamentos automáticos de perseguição, dor e perigo que se espalhavam por sua mente, dependendo de determinados gatilhos. *Ele é só um idiota que trabalha para o* Sun. *Ele quer uma história, é só isso. Você está a salvo. Ele não pode atingi-la. Você está em completa segurança.*

Quando saiu do banheiro e desceu a escada, Robin encontrou o marido batendo portas e gavetas na cozinha para preparar um sanduíche. Ele não se ofereceu para fazer um para Robin.

– O que vamos dizer a Tom e Sarah, com esse filho da puta olhando pelas janelas?

– Por que diríamos alguma coisa a Tom e Sarah? – perguntou Robin vagamente.

– Vamos jantar na casa deles esta noite!

– Ah, não – Robin gemeu. – Quer dizer, sim. Desculpe-me. Eu me esqueci.

– Bom, e se a merda do jornalista nos seguir?

– Nós o ignoramos – disse Robin. – O que mais podemos fazer?

Ela ouviu o celular tocar no segundo andar e, feliz pela desculpa de sair de perto de Matthew, foi atender.

– Oi – disse Strike. – Boas novas. Izzy nos contratou para investigar a morte de Chiswell. Bom – ele se corrigiu –, o que ela realmente quer é que a gente prove que foi Kinvara, mas eu consegui ampliar a missão.

– Isso é incrível! – sussurrou Robin, fechando cautelosamente a porta do quarto e se sentando na cama.

– Achei que você ficaria satisfeita – disse Strike. – Agora, o que precisamos, para começar, é uma ponte com a investigação policial, especialmente a perícia. Tentei Wardle, mas ele foi alertado para não falar conosco. Parece que eles adivinharam que eu ainda estaria farejando. Depois tentei Anstis, mas não consegui nada, ele está em tempo integral na Olimpíada e não sabe nada sobre o caso. Então eu ia perguntar, Vanessa já voltou da licença solidária?

– Sim! – disse Robin, de repente animada. Era a primeira vez que tinha o contato útil, em vez de Strike. – Mas melhor ainda que Vanessa... ela está namorando um cara da perícia, Oliver, ainda não o conheci, mas...

— Se Oliver concordasse em conversar conosco – disse Strike –, seria fantástico. Vou te dizer uma coisa, vou ligar para Shanker, ver se ele pode me vender algo que possamos oferecer em troca. Ligo para você depois.

Ele desligou. Embora com fome, Robin não voltou ao térreo, estendeu-se na elegante cama de mogno, um presente de casamento do pai de Matthew. Era tão desajeitada e pesada que exigiu toda a equipe dos homens da mudança, suando e xingando em voz baixa, para levá-la escada acima desmontada e remontá-la no quarto. A penteadeira de Robin, por outro lado, era velha e barata. Leve como um caixote de laranjas sem as gavetas, exigiu apenas um homem para pegá-la e colocá-la entre as janelas do quarto.

Dez minutos depois, seu celular voltou a tocar.

— Essa foi rápida.

— É, estamos com sorte. Shanker está em um dia de folga. Nossos interesses por acaso coincidem. Tem alguém que ele não se importaria que a polícia pegasse. Diga a Vanessa que estamos oferecendo informações sobre Ian Nash.

— Ian Nash? – Robin repetiu, sentando-se para pegar caneta e papel e tomar nota do nome. – Quem é exatamente...?

— Gângster. Vanessa vai saber quem é – disse Strike.

— Quanto isso custou? – perguntou Robin. O laço pessoal entre Strike e Shanker, profundo a sua maneira, nunca interferia nas regras de negócios de Shanker.

— Metade dos honorários da primeira semana – disse Strike –, mas será um dinheiro bem gasto se Oliver aparecer com material bom. Como você está?

— O quê? – Robin ficou desconcertada. – Estou bem. Por que pergunta?

— Nunca lhe ocorreu que eu tenho o dever de me preocupar, como seu empregador?

— Somos sócios.

— Você é uma sócia assalariada. Pode processar por condições de trabalho inadequadas.

— Você não acha – disse Robin, pálida, examinando o braço em que ainda se destacava a cicatriz roxa de 20 centímetros, em sua pele clara – que eu já teria feito isso, se quisesse? Mas se está se oferecendo para arrumar o banheiro no patamar...

– Só estou dizendo – insistiu Strike – que seria natural se você tivesse alguma reação. Encontrar um corpo não é a ideia de diversão de muita gente.

– Eu estou ótima. – Robin mentiu.

Preciso estar ótima, pensou ela, depois que eles se despediram. *Não vou perder tudo, mais uma vez.*

40

Veja bem, o seu ponto de partida é distante demais do dele.
Henrik Ibsen, *Rosmersholm*

Às seis horas da manhã de quarta-feira, Robin, que tinha dormido no quarto de hóspedes, levantou-se e vestiu jeans, camiseta, moletom e tênis. Sua mochila continha uma peruca escura que ela havia comprado pela internet e que tinha sido entregue na manhã anterior, bem debaixo do nariz do jornalista esquivo. Ela desceu a escada em silêncio e furtivamente, para não acordar Matthew, com quem não havia discutido seu plano. Sabia que ele reprovaria.

Havia uma paz precária entre eles, embora o jantar na noite de sábado com Tom e Sarah tenha sido pavoroso: na verdade, precisamente porque o jantar foi tão medonho. Começou de um jeito pouco auspicioso porque o jornalista de fato os seguiu pela rua. Eles conseguiram se livrar dele, em grande parte devido ao treinamento em contravigilância de Robin, que os levou a fugirem, sem serem vistos, de um compartimento lotado do metrô pouco antes de as portas se fecharem, deixando Matthew irritado pelo que ele considerava truques indignos e infantis. Mas nem mesmo Matthew podia colocar em Robin a culpa pelo resto da noite.

O que durante o jantar começou como uma análise superficial de seu fracasso na partida de críquete beneficente de súbito tornou-se desagradável e agressiva. De repente Tom, bêbado, atacou Matthew, dizendo-lhe que ele não tinha nem metade da competência que pensava ter, que sua arrogância tinha irritado o resto do time, que, na verdade, ele não era popular no trabalho, que ele enfurecia as pessoas, que as incomodava. Abalado pelo ataque repentino, Matthew tentou perguntar o que havia feito de errado no trabalho, mas Tom, tão embriagado que Robin achou que deve ter começado no vinho muito antes da chegada deles, tomou a incredulidade magoada de Matthew como uma provocação.

– Não me venha bancar a merda do inocente! – gritou Tom. – Não vou suportar mais isso! Fica me menosprezando e me alfinetando, porra...

– Eu fiz isso? – Matthew perguntou a Robin, abalado, enquanto eles voltavam para o metrô no escuro.

– Não – disse Robin com sinceridade. – Você não disse nada de desagradável a ele.

Ela acrescentou "esta noite" só mentalmente. Foi um alívio levar um Matthew magoado e desnorteado para casa, em vez de o homem com quem ela geralmente vivia, e sua solidariedade e apoio conquistaram para ela dois dias de cessar-fogo. Robin não ia colocar em risco a trégua entre os dois dizendo a Matthew que pretendia, esta manhã, tirar de seu rastro o jornalista ainda à espreita. Não podia ser seguida a uma reunião com um patologista forense, em particular porque Oliver, de acordo com Vanessa, precisou de muita persuasão para se reunir com Strike e Robin.

Saindo em silêncio pelas janelas francesas do pátio nos fundos da casa, Robin usou uma das cadeiras do jardim para subir no alto do muro que separava o jardim deles daquele da casa bem atrás, cujas cortinas, felizmente, estavam fechadas. Com um baque abafado e terroso, ela deslizou do muro para o gramado dos vizinhos.

A parte seguinte de sua fuga foi um pouco mais espinhosa. Primeiro teve de arrastar um pesado banco ornamental no jardim dos vizinhos por uma boa distância, até que ele se alinhou com a cerca e depois, equilibrando-se no encosto, ela subiu no alto do painel creosotado, que oscilou, instável, enquanto Robin baixava em um canteiro de flores do outro lado, onde cambaleou e caiu. Levantando-se, ela correu pelo gramado novo até a cerca oposta, em que havia uma porta para o estacionamento do outro lado.

Para alívio de Robin, a tranca abriu com facilidade. Ao fechar o portão do jardim depois de passar, ela pensou, arrependida, nas pegadas que tinha acabado de deixar nos gramados cobertos de orvalho. Se os vizinhos acordassem cedo, seria muito fácil descobrir de onde tinha vindo o intruso que invadiu seus jardins, mudou de lugar os móveis e esmagou as begônias. O assassino de Chiswell, se houve mesmo um assassino, foi muito mais hábil para encobrir seus rastros.

Agachando-se atrás de um Skoda no estacionamento deserto que servia à rua sem garagens, Robin usou o retrovisor para ajeitar a peruca escura que tirara da mochila, depois andou rapidamente pela rua que corria paralela à Albury Street, até virar à direita na Deptford High Street.

Além de dois furgões fazendo entregas matinais cedo e o dono de uma banca de jornal levantando a porta metálica de segurança na frente de sua loja, quase não havia ninguém por perto. Olhando por cima do ombro, Robin sentiu uma onda súbita, não de pânico, mas de júbilo: ninguém a seguia. Mesmo assim, ela só retirou a peruca quando estava na segurança do metrô, provocando certa surpresa num jovem que a estivera olhando disfarçadamente por cima de seu Kindle.

Strike tinha escolhido o Corner Café na Lambeth Road por sua proximidade do laboratório da perícia onde trabalhava Oliver Bargate. Quando chegou, Robin encontrou Strike de pé do lado de fora, fumando. O olhar dele caiu nos joelhos sujos de lama de sua calça jeans.

– Um pouso complicado em um canteiro de flores – explicou ela, ao chegar ao alcance dos ouvidos dele. – Aquele jornalista ainda está zanzando por lá.

– Matthew fez escadinha para você?

– Não, usei um móvel do jardim.

Strike apagou o cigarro na parede a seu lado e a acompanhou para dentro da cafeteria, que tinha um cheiro agradável de fritura. Na opinião de Strike, Robin parecia mais pálida e mais magra do que o habitual, mas sua atitude era animada enquanto ela pedia café e dois pãezinhos de bacon.

– Um – Strike a corrigiu. – Um – repetiu ele com pesar ao homem atrás do balcão. – Tentando emagrecer – disse ele a Robin, enquanto eles pegavam uma mesa recentemente vaga. – Melhor para minha perna.

– Ah – disse Robin. – Tudo bem.

Enquanto varria farelos da mesa com a manga, Strike refletiu, e não pela primeira vez, que Robin era a única mulher que ele conhecera na vida que não mostrava interesse em aperfeiçoá-lo. Ele sabia que podia mudar de ideia agora e pedir cinco pãezinhos de bacon e ela simplesmente abriria um sorriso e os entregaria a ele. Este pensamento o fez se sentir particularmente afetuoso para com ela enquanto Robin se juntava a ele à mesa com seu jeans enlameado.

– Está tudo bem? – perguntou ele, salivando ao vê-la colocar ketchup no pão.

– Sim – Robin mentiu –, tudo bem. Como *está* a sua perna?

– Melhor do que antes. Como é esse sujeito que vamos encontrar?

– Alto, negro, óculos. – A voz de Robin soou grossa pela boca cheia de pão e bacon. Sua atividade no início da manhã a deixou com mais fome do que sentia em dias.

– Vanessa voltou a trabalhar na Olimpíada?

– Sim – disse Robin. – Ela atormentou Oliver para se encontrar conosco. Acho que ele não estava tão disposto, mas ela quer uma promoção.

– Os podres de Ian Nash sem dúvida vão ajudar – disse Strike. – Pelo que Shanker me contou, a Metropolitana esteve tentando...

– Acho que é ele – cochichou Robin.

Strike se virou e viu um negro magro de aparência preocupada com óculos sem aro parado na soleira. Ele segurava uma pasta. Strike levantou a mão em saudação e Robin deslizou seu sanduíche e o café para o lado da cadeira vizinha, permitindo que Oliver se sentasse de frente para Strike.

Robin não sabia o que esperar: ele era bonito, com um corte de cabelo alto e uma camisa branca imaculada, mas parecia desconfiado e reprovador, características que ela não associava com Vanessa. Entretanto, ele apertou a mão que Strike estendia e, virando-se para Robin, falou:

– Você é Robin? Estamos sempre deixando de nos encontrar.

– Sim – confirmou Robin, apertando sua mão também. A aparência imaculada de Oliver a deixava constrangida em relação ao cabelo desgrenhado e à calça suja de lama. – Enfim é um prazer conhecer você. O serviço é no balcão, quer que eu pegue um chá ou um café?

– Humm... café, sim, seria bom – disse Oliver. – Obrigado.

Enquanto Robin ia ao balcão, Oliver se virou para Strike.

– Vanessa disse que você tinha algumas informações para ela.

– Posso ter – disse Strike. – Tudo depende do que você tiver para nós, Oliver.

– Gostaria de saber exatamente o que você está oferecendo antes de levarmos isso adiante.

Strike retirou um envelope do bolso do casaco e o ergueu.

– O número da placa de um carro e um mapa desenhado à mão.

Ao que parecia, isto significava alguma coisa para Oliver.

– Posso perguntar de onde isto saiu?

– Pode perguntar – disse Strike alegremente –, mas esta informação não está incluída no acordo. Porém Eric Wardle lhe dirá que meu contato tem um histórico de completa confiabilidade.

Um grupo de trabalhadores entrou na cafeteria, falando alto.

– Tudo isto ficará *off the record* – disse Strike em voz baixa. – Ninguém jamais saberá que você conversou conosco.

Oliver suspirou, depois se curvou, abriu a pasta e pegou um bloco grande. Enquanto Robin voltava com uma xícara de café para Oliver e se sentava à mesa, Strike se preparou para tomar notas.

– Falei com um dos caras da equipe que fez a perícia – disse Oliver, olhando os trabalhadores que agora estavam numa galhofa barulhenta na mesa ao lado – e Vanessa deu uma palavra com alguém que sabe aonde vai a investigação geral. – Ele se dirigiu a Robin. – Eles não sabem que Vanessa é sua amiga. Se vazar que nós ajudamos...

– Eles não vão ouvir isso de nós – Robin garantiu a ele.

De cenho um tanto franzido, Oliver abriu o bloco e consultou as informações que escrevera ali em uma letra pequena, porém legível.

– Bom, a perícia tem muitas evidências. Não sei quantos detalhes técnicos vocês querem...

– O mínimo – disse Strike. – Nos dê o principal.

– Chiswell ingeriu cerca de 500 mg de amitriptilina, dissolvida em suco de laranja, de estômago vazio.

– É uma dose considerável, não? – perguntou Strike.

– Sozinha pode ser fatal, mesmo sem o hélio, mas não teria sido tão rápida. Por outro lado, ele tinha doença cardíaca, o que o tornava mais suscetível. A superdosagem de amitriptilina provoca disritmia e parada cardíaca.

– É um método de suicídio popular?

– Sim – disse Oliver –, mas nem sempre é indolor como as pessoas esperam. A maior parte ainda estava no estômago dele. Vestígios muito pequenos no duodeno. Foi a asfixia que realmente o matou, pela análise do tecido pulmonar e encefálico. Presumivelmente, a amitriptilina foi um reforço.

– Impressões no copo e na embalagem do suco de laranja?

Oliver virou uma página no bloco.

— O copo só tinha as impressões de Chiswell. Eles encontraram a embalagem na lixeira, vazia, também com as impressões de Chiswell e de outros. Nada suspeito. Só o que se espera se ela foi manuseada durante a compra. O suco dentro da caixa deu negativo para drogas. A droga estava diretamente no copo.

— A lata de hélio?

— Esta tinha impressões de Chiswell e algumas outras. Nada suspeito. O mesmo da embalagem de suco, do manuseio durante a compra.

— A amitriptilina tem sabor? – perguntou Robin.

— Sim, é amarga – disse Oliver.

— Disfunção olfativa – Strike lembrou a Robin. – Depois do ferimento na cabeça. Ele pode não ter sentido o gosto.

— Ela não o teria deixado grogue? – perguntou Robin a Oliver.

— Provavelmente, em particular se ele não estava acostumado a tomar, mas as pessoas podem ter reações inesperadas. Ele pode ter ficado agitado.

— Algum sinal de como ou onde os comprimidos foram esmagados? – perguntou Strike.

— Na cozinha. Havia vestígios de pó no pilão ali.

— Impressões?

— Dele.

— Sabe se eles testaram os comprimidos homeopáticos? – perguntou Robin.

— O quê? – disse Oliver.

— Havia um frasco de comprimidos homeopáticos no chão. Eu pisei nele – explicou Robin. – Lachesis.

— Não sei nada a respeito deles – disse Oliver e Robin se sentiu meio tola por falar no assunto.

— Havia uma marca nas costas da mão esquerda.

— Sim – disse Oliver, voltando-se para suas anotações. – Abrasões no rosto e uma marca pequena na mão.

— No rosto também? – Robin parou com o sanduíche na mão.

— Sim – disse Oliver.

— Alguma explicação? – perguntou Strike.

— Você está se perguntando se o saco foi forçado na cabeça dele – disse Oliver; era uma declaração, e não uma pergunta. – O MI5 também se perguntou. Eles sabem que ele não fez as marcas sozinho. Nada embaixo das unhas. Por outro lado, não havia hematomas no corpo para mostrar força, nada desarrumado na sala, nenhum sinal de luta...

— Além da espada torta – disse Strike.

— Eu sempre me esqueço de que você esteve lá – disse Oliver. – Você sabe de tudo isso.

— Marcas na espada?

— Foi limpa recentemente, mas as impressões de Chiswell estavam no punho.

— Estamos falando de que hora da morte?

— Entre seis e sete da manhã – disse Oliver.

— Mas ele estava totalmente vestido – Robin refletiu.

— Pelo que soube a respeito dele, era literalmente o tipo que não teria sido apanhado morto de pijama – disse Oliver com secura.

— Então, a Metropolitana está inclinada ao suicídio? – perguntou Strike.

— Extraoficialmente, acho muito provável um veredito aberto. Existem algumas discrepâncias que precisam de explicação. É claro que você sabe sobre a porta de entrada aberta. Está empenada. Só fecha se bater com força, mas às vezes volta a abrir se você usar força demais. Então pode ter sido acidental, o fato de que estava aberta. Chiswell pode não ter percebido que deixou entreaberta, mas, do mesmo modo, um assassino podia não saber do truque para fechá-la.

— Você por acaso sabe quantas chaves existiam daquela porta? – perguntou Strike.

— Não – disse Oliver. – Como sei que você vai apreciar, Van e eu tivemos de aparentar um interesse despreocupado ao fazer todas essas perguntas.

— Ele é um ministro morto do governo – disse Strike. – Certamente vocês não tiveram de ser despreocupados demais.

— De uma coisa eu sei – disse Oliver. – Ele tinha muitos motivos para se matar.

— Por exemplo? – Strike tinha a caneta posicionada sobre o bloco.

— Sua esposa o estava abandonando...

— Supostamente – disse Strike, escrevendo.

— ... eles tinham perdido o filho, o filho mais velho morreu no Iraque, a família disse que ele agia estranhamente, bebendo muito e essas coisas, e ele tinha graves problemas de dinheiro.

— É? – disse Strike. – Tipo o quê?

— Ele quase faliu no crash de 2008 – disse Oliver. – E depois houve... bom, aquele negócio que vocês dois estavam investigando.

— Sabe onde estavam os chantagistas na hora do...?

Oliver fez um movimento rápido e convulsivo que quase derrubou seu café. Curvando-se para Strike, ele sibilou:

— Há uma superinjunção, caso você não...

— É, ouvi falar – disse Strike.

— Bom, por acaso gosto de meu emprego.

— Tudo bem – disse Strike, sem se perturbar, mas baixando a voz. – Vou reformular minha pergunta. Eles verificaram os movimentos de Geraint Winn e Jimmy...?

— Sim – disse Oliver rispidamente – e os dois têm álibi.

— Quais?

— O primeiro estava em Bermondsey com...

— Não com Della? – Robin soltou, antes que pudesse se conter. A ideia de que a esposa cega era o álibi de Geraint lhe pareceu, de algum modo, indecente. Ela havia formado a impressão, fosse ou não ingênua, de que Della ficava à margem da atividade criminosa de Geraint.

— Não – disse Oliver concisamente – e vocês precisam usar os nomes?

— Quem, então? – perguntou Strike.

— Um funcionário. Ele alega que estava com o funcionário e o sujeito confirmou.

— Havia outras testemunhas?

— Não sei – disse Oliver com certa frustração. – Suponho que sim. Eles ficaram satisfeitos com o álibi.

— E quanto a Ji... o outro homem?

— Estava em East Ham com a namorada.

— Estava? – disse Strike, tomando nota disso. – Eu o vi ser levado a um furgão da polícia, na noite antes da morte de Chiswell.

— Ele foi solto com uma advertência. Mas – disse Oliver em voz baixa –, os chantagistas não costumam matar suas vítimas, não é?

— Não se estão arrancando dinheiro delas – disse Strike, ainda escrevendo. – Só que Knight não estava.

Oliver olhou o relógio.

— Mais duas coisas – disse Strike no mesmo tom, com o cotovelo ainda plantado no envelope que continha as informações sobre Ian Nash. – Vanessa sabe alguma coisa sobre um telefonema ao filho que Chiswell deu na manhã de sua morte?

— Sim, ela falou alguma coisa a respeito – disse Oliver, folheando as páginas do bloco para a frente e para trás, em busca da informação. – Sim, ele deu dois telefonemas pouco depois das seis da manhã. Primeiro para a esposa, depois para o filho.

Strike e Robin se olharam novamente.

— Sabíamos sobre o telefonema a Raphael. Ele ligou para a esposa também?

— É, ligou para ela primeiro.

Oliver parece ter interpretado a reação deles corretamente, porque disse:

— A esposa está totalmente limpa. Foi a primeira pessoa que investigaram, depois de eles se convencerem de que não houve motivação política, obviamente.

"Um vizinho a viu entrar na casa da Ebury Street na noite anterior e sair logo depois com uma bolsa, duas horas antes de o marido voltar. Um taxista a pegou a meio caminho da rua e a levou a Paddington. Ela foi apanhada na câmera do trem de volta aonde mora... é Oxfordshire?... e aparentemente havia alguém na casa quando ela chegou, que pode confirmar que ela chegou lá antes da meia-noite e só voltou a sair quando a polícia apareceu para lhe dizer que Chiswell estava morto. Várias testemunhas de toda a viagem.

— Quem estava na casa com ela?

— Isto eu não sei. – Os olhos de Oliver foram ao envelope ainda embaixo do cotovelo de Strike. – E sinceramente isso é tudo que tenho.

Strike tinha perguntado tudo que queria saber e ganhou algumas informações que não esperava, inclusive as abrasões no rosto de Chiswell, suas finanças ruins e o telefonema a Kinvara de manhã cedo.

— Você foi de grande ajuda – disse ele a Oliver, deslizando o envelope pela mesa. – Fico muito agradecido.

Oliver parece ter ficado aliviado pelo fim do encontro. Levantou-se e, com um aperto de mão mais apressado e um gesto de cabeça para Robin, partiu da cafeteria. Depois que Oliver estava fora de vista, Robin voltou a se sentar em sua cadeira e suspirou.

— Por que essa carranca? – perguntou Strike, terminando sua xícara de chá.

— Vai ser o trabalho mais curto da história. Izzy quer que a gente prove que foi Kinvara.

— Ela quer a verdade sobre a morte do pai – disse Strike, mas sorriu para a expressão cética de Robin – e, sim, ela torce para que tenha sido Kinvara. Bom, teremos de ver se podemos destruir todos esses álibis, não é? Vou a Woolstone no sábado. Izzy me convidou a Chiswell House, assim posso conhecer sua irmã. Você vai? Prefiro não dirigir, o estado de minha perna no momento.

— Sim, claro – disse Robin imediatamente.

A ideia de sair de Londres com Strike, mesmo que por um dia, era tão atraente que ela nem se incomodou em considerar se ela e Matthew tinham algum plano, mas, certamente, no brilho da reaproximação inesperada dos dois, ele não criaria problemas. Afinal, ela não trabalhava há uma semana e meia.

— Podemos usar o Land Rover. Será melhor nas estradas rurais do que o seu BMW.

— Você pode precisar de táticas de distração se aquele incompetente ainda estiver te vigiando – disse Strike.

— Acho que talvez possa me livrar deles com mais facilidade de carro do que a pé.

— É, deve poder mesmo – disse Strike.

Robin tinha qualificação em direção avançada. Embora ele nunca lhe tivesse dito isso, ela era a única pessoa que ele se dispunha a deixar que o levasse de carro.

— A que horas devemos chegar a Chiswell House?

— Onze – disse Strike –, mas planeje para ficar fora o dia todo. Gostaria de dar uma olhada na antiga casa dos Knight enquanto estivermos lá. – Ele hesitou. – Não consigo me lembrar se contei a você... mantive Barclay disfarçado com Jimmy e Flick.

Ele estava preparado para a irritação por ele não ter discutido isso com ela, o ressentimento por Barclay ter estado trabalhando quando ela não esteve ou, talvez com mais razão, uma exigência para saber o que ele andava fazendo, em vista do estado das finanças da agência, mas ela disse simplesmente, com mais ironia do que rancor:

– Você sabe que não me contou. Por que o manteve lá?

– Porque tive uma sensação instintiva de que há muito mais nos irmãos Knight do que aparenta.

– Você sempre me diz para não confiar nos instintos.

– Mas nunca aleguei não ser hipócrita. E prepare-se – acrescentou Strike, enquanto se levantava da mesa –, Raphael não está feliz com você.

– Por que não?

– Izzy disse que ele se apaixonou por você. Muito aborrecido por você se revelar uma detetive disfarçada.

– Ah – disse Robin. Um leve rosado se espalhou por seu rosto. – Bom, sei que ele vai se recuperar bem rápido. Ele é desse tipo.

41

Eu estava pensando no que nos uniu desde o início, o que nos liga tão estreitamente um ao outro...

Henrik Ibsen, *Rosmersholm*

Strike passara muitas horas na vida tentando adivinhar o que havia feito para provocar o silêncio carrancudo de uma mulher a seu lado. O melhor que podia ser dito para o prolongado mau humor em que Lorelei passou a maior parte da noite de sexta-feira era que ele sabia exatamente como a havia ofendido, e estava até preparado para admitir que seu desprazer, até certo ponto, se justificava.

Cinco minutos depois de sua chegada ao apartamento dela em Camden, Izzy ligou para o celular dele, em parte para falar de uma carta que tinha recebido de Geraint Winn, mas principalmente, ele sabia, para conversar. Ela não era a primeira de seus clientes a supor que tinha comprado, junto com os serviços de detetive, um misto de padre confessor e terapeuta. Izzy dava todos os sinais de quem se preparava para passar toda a noite de sexta-feira falando com Strike, e a sedução que tinha sido evidente no toque no joelho em seu último encontro era ainda mais pronunciada por telefone.

Uma tendência a avaliar Strike como um possível amante não era incomum nas mulheres às vezes frágeis e solitárias com que ele lidava na vida profissional. Ele nunca dormiu com uma cliente, apesar da tentação ocasional. A agência significava muito para ele, mas mesmo que Izzy sentisse atração por Strike, ele precisava ter cuidado para manter seu comportamento assepticamente profissional, porque ela estaria maculada para sempre em sua mente pela associação com Charlotte.

Apesar do desejo genuíno de Strike de interromper logo o telefonema – Lorelei havia cozinhado e estava particularmente bonita em um vestido azul safira sedoso que parecia uma camisola –, Izzy exibia o persistente grau de aderência de um carrapicho. E Strike precisou de quase 45 minutos para se desvencilhar da cliente, que ria alto e longamente das piadas mais fracas que ele fazia, para que Lorelei não tivesse como deixar de saber que era uma mulher que estava do outro lado da linha. Ele mal havia se livrado de Izzy e começava a explicar a Lorelei que era uma cliente afetada pelo luto, quando Barclay telefonou com uma atualização sobre Jimmy Knight. O simples fato de ele receber o segundo telefonema, embora consideravelmente mais curto, agravou sua ofensa original aos olhos de Lorelei.

Esta era a primeira vez que ele e Lorelei se encontravam desde que ela se retratara de sua declaração de amor. A atitude dela, de magoada e ofendida durante o jantar, confirmou a Strike a crença indesejada de que ela, longe de querer a continuação de seu arranjo sem compromisso, tinha se apegado à esperança de que, se parasse de pressioná-lo, ele ficaria livre para perceber que, na verdade, estava profundamente apaixonado por ela. Falar ao telefone por quase uma hora, enquanto o jantar lentamente encolhia no forno, tinha frustrado as esperanças dela de uma noite perfeita e o reinício de sua relação.

Se Lorelei tivesse apenas aceitado as sinceras desculpas de Strike, ele podia ter sentido desejo sexual. Porém, às duas e meia da madrugada, hora em que ela enfim caiu aos prantos num misto de recriminação e justificação pessoais, ele estava cansado e de muito mau humor para aceitar investidas físicas que assumiriam, ele temia, uma importância na mente de Lorelei que ele não queria dar.

Isto precisa terminar, pensou ele, enquanto se levantava, de olhos fundos e barba por fazer, às seis horas, movimentando-se no maior silêncio possível na esperança de que ela não acordasse antes de ele sair do apartamento. Renunciando ao café da manhã, porque Lorelei tinha substituído a porta da cozinha por uma cortina de contas retrô e engraçada que chocalhava alto, Strike estava no patamar da escada e ia para a rua quando Lorelei saiu do quarto escuro, despenteada, triste e desejável em um quimono curto.

– Você nem mesmo ia se despedir?

Não chore. Por favor, merda, não chore.

– Você estava dormindo tão tranquila. Eu preciso ir, Robin vai me pegar na...

– Ah – disse Lorelei. – Não, você não ia querer deixar Robin esperando.
– Eu te ligo – disse Strike.

Ele pensou ter ouvido um soluço ao chegar à porta da rua, mas ao fazer barulho quando a abriu, podia alegar de forma crível não ter ouvido.

Com muito tempo de sobra, Strike fez um desvio a um oportuno McDonald's para comer um Egg McMuffin e tomar um café grande, que ele consumiu em uma mesa que ninguém limpou, cercado por outros que levantavam cedo aos sábados. Um jovem com um abscesso na nuca lia o *Independent* bem à frente de Strike, que leu as palavras "*Ministra dos Esportes Separada do Marido*" por cima do ombro do jovem antes de ele virar a página.

Pegando o telefone, Strike procurou no Google "casamento dos Winn". A notícia pipocou imediatamente: "*Ministra dos Esportes se Separa do Marido: Separação 'Amigável'*", "*Della Winn Encerra Casamento*", "*Ministra Paralímpica e Cega se Divorcia*".

As matérias dos principais jornais eram todas objetivas e resumidas, algumas recheadas de detalhes da impressionante carreira de Della na política e fora dela. É claro que os advogados dos jornais estariam particularmente cuidadosos com os Winn neste momento, com a superinjunção ainda em vigor. Strike terminou o McMuffin em duas dentadas, colocou um cigarro apagado na boca e saiu mancando da lanchonete. Na calçada, acendeu o cigarro, depois usou o telefone para entrar no site de um blogueiro político famoso e difamatório.

O breve parágrafo tinha sido escrito apenas algumas horas antes.

> **Que casal bizarro de Westminster, conhecido por partilhar a mesma predileção por funcionários jovens, enfim é alvo de boatos de separação? Ele está prestes a perder acesso às núbeis aspirantes à política que caçava há tanto tempo, mas ela já encontrou um "assessor" bonito e jovem para aliviar a dor da separação.**

Menos de quarenta minutos depois, Strike saiu da estação Barons Court do metrô para se encostar em uma caixa de correio na frente da entrada. Formando uma figura solitária abaixo do letreiro art nouveau e o frontão aberto e segmentado da grande estação atrás, ele pegou novamente o telefone e continuou a ler sobre a separação dos Winn. Eles ficaram casados mais de trinta anos. O único casal que ele conhecia que ficou junto por tanto tempo era dos tios na Cornualha, que serviram como pais substitutos para Strike e sua irmã durante aqueles intervalos regulares em que a mãe não estava disposta a cuidar deles, ou era incapaz disso.

Um ronco alto e um chocalhar conhecidos fizeram Strike levantar a cabeça. O antigo Land Rover que Robin tinha tirado das mãos dos pais vinha na direção dele. A visão da cabeça dourada e brilhante de Robin ao volante pegou de guarda baixa o cansado e um tanto deprimido Strike. Ele sentiu uma onda de felicidade inesperada.

– Bom dia – disse Robin, pensando que Strike parecia péssimo enquanto abria a porta e colocava para dentro a bolsa de viagem. – Ah, vai te catar – acrescentou ela, enquanto um motorista atrás buzinava, irritado pelo tempo que Strike levava para entrar no carro.

– Desculpe... a perna está me criando problemas. Foi colocada às pressas.

– Está tudo bem... *você também!* – Robin gritou para o motorista que agora os ultrapassava, gesticulava e lhe dizia obscenidades.

Enfim baixando no banco do carona, Strike bateu a porta e Robin arrancou do meio-fio.

– Algum problema para sair? – perguntou ele.

– O que você...?

– O jornalista.

– Ah – disse ela. – Não... ele sumiu. Desistiu.

Strike perguntou que dificuldade teria criado Matthew por Robin trocar um sábado pelo trabalho.

– Soube dos Winn? – ele perguntou.

– Não, o que houve?

– Eles se separaram.

– *Não!*

– Foi. E está em todos os jornais. Escute só isso...

Ele leu em voz alta o boato no site político.

– Meu Deus – disse Robin em voz baixa.

– Recebi dois telefonemas interessantes ontem à noite – disse Strike, enquanto eles aceleravam para a M4.

– De quem?

– Um de Izzy, o outro de Barclay. Izzy recebeu uma carta de Geraint ontem – disse Strike.

– Sério?

– É. Foi enviada a Chiswell House alguns dias atrás, não ao apartamento dela em Londres, então ela só a abriu quando voltou para Woolstone. Pedi a ela para digitalizar e mandar para mim por e-mail. Quer ouvir?

– Pode falar – disse Robin.

– "Minha queridíssima Isabella..."

– Ai – disse Robin, com um leve estremecimento.

– "Como espero que vá entender" – leu Strike –, "Della e eu não sentimos ser adequado entrar em contato com você logo depois da chocante morte de seu pai. Fazemos isto agora em um espírito de amizade e compaixão."

– Se precisa chamar a atenção para isso...

– "Della e eu podíamos ter diferenças pessoais e políticas com Jasper, mas espero nunca termos nos esquecido de que ele era um homem de família e temos consciência de que sua perda pessoal será grave. Você cuidou de seu gabinete com cortesia e eficiência e nosso pequeno corredor ficará mais pobre com sua ausência."

– Ele sempre fingiu que Izzy nem existia! – disse Robin.

– Exatamente o que Izzy disse ao telefone ontem à noite – comentou Strike. – Espere, você está prestes a ser mencionada.

– "'Nem acredito que você tivesse alguma relação com as atividades quase certamente ilegais da jovem que se chamava *Venetia*. Achamos que é questão de justiça informar a você que atualmente estamos investigando a possibilidade de ela ter tido acesso a dados confidenciais nas várias ocasiões em que entrou neste escritório sem consentimento.'"

– Nunca olhei nada, exceto a tomada elétrica – disse Robin – e não tive acesso ao escritório em "várias ocasiões". Três. Isto significa "algumas", no máximo.

– "Como você sabe, a tragédia do suicídio comoveu nossa própria família. Sabemos que haverá uma fase extremamente difícil e dolorosa para você. Nossas famílias certamente parecem destinadas a se encontrar nas horas mais sombrias.

– "'Com nossos cumprimentos, nossos pensamentos estão com todos vocês etc. etc.'"

Strike fechou a carta em seu telefone.

— Isto não é uma carta de pêsames — disse Robin.

— Não, é uma ameaça. Se os Chiswell abrirem o verbo sobre qualquer coisa que você tenha descoberto de Geraint ou da organização filantrópica, ele vai atrás deles, pesado, usando você.

Ela entrou na rodovia.

— Quando você disse que a carta foi enviada?

— Cinco, seis dias atrás — disse Strike, verificando.

— Não parece que ele já soubesse a essa hora que seu casamento estava acabado, não é? Toda essa balela de "nosso corredor ficará mais pobre com sua ausência". Ele perde o emprego com a separação de Della, não é verdade?

— É de se pensar que sim — concordou Strike. — Você diria que Aamir Mallik é bonito até que ponto?

— O quê? — disse Robin, sobressaltada. — Ah... o "jovem assessor"? Bom, ele é bonito, mas não é material para modelo.

— Deve ser ele. Quantas outras mãos de jovens ela está segurando e chamando de querido?

— Nem consigo imaginá-lo como amante dela — disse Robin.

— "Um homem de seus hábitos" — citou Strike. — Pena que você não consegue se lembrar do número do poema.

— Tem algum sobre dormir com uma mulher mais velha?

— Os mais conhecidos são exatamente sobre este tema — disse Strike. — Catulo era apaixonado por uma mulher mais velha.

— Aamir não está apaixonado — disse Robin. — Você ouviu a gravação.

— Ele não parecia encantado, garanto a você. Mas eu não me importaria de saber o que provoca os barulhos de animal que ele faz à noite. Aqueles que foram motivo de reclamação dos vizinhos.

Sua perna latejava. Estendendo a mão para apalpar a junção entre a prótese e o coto, ele sabia que parte do problema era ter colocado a prótese apressadamente, no escuro.

— Você se importa se eu ajeitar...?

— Vá em frente — disse Robin.

Strike enrolou a perna da calça e passou a retirar a prótese. Desde que foi obrigado a passar duas semanas sem usá-la, a pele na extremidade do coto mostrava uma tendência a rejeitar o atrito renovado. Pegando o creme E45 na bolsa de viagem, ele o passou generosamente na pele avermelhada.

– Eu devia ter feito isso mais cedo – disse ele num tom de desculpas.

Deduzindo pela presença da bolsa de viagem que Strike tinha vindo da casa de Lorelei, Robin se viu perguntando se ele tinha estado agradavelmente ocupado demais para se preocupar com a perna. Ela e Matthew não faziam sexo desde seu aniversário de casamento.

– Vou ficar sem ela um pouco – disse Strike, colocando a prótese e a bolsa na traseira do Land Rover, que ele agora via que não continha nada além de um frasco tartã e dois copos plásticos. Isto foi uma decepção. Sempre havia uma sacola cheia de comida nas ocasiões anteriores em que eles se aventuraram de carro para fora de Londres.

– Não tem biscoitos?

– Achei que você estivesse tentando emagrecer.

– Não conta o que se come em uma viagem de carro, qualquer nutricionista competente lhe dirá isso.

Robin sorriu.

– "Calorias São Balela: A Dieta de Cormoran Strike."

– "Strike Faminto: Viagens de Carro em que Passei Fome."

– Bom, devia ter tomado café da manhã – disse Robin e, para sua própria irritação, ela se perguntou pela segunda vez se ele tinha estado envolvido em outra coisa.

– Eu tomei o café da manhã. Agora quero um biscoito.

– Podemos parar em algum lugar, se está com fome – disse Robin. – Vamos ter muito tempo.

Enquanto Robin acelerava suavemente para ultrapassar dois carros lentos, Strike experimentou uma tranquilidade e uma paz que não podiam ser inteiramente atribuídas a seu alívio pela remoção da prótese, nem por ter escapado do apartamento de Lorelei, com sua decoração kitsch e sua moradora magoada. O próprio fato de ele ter retirado a perna enquanto Robin dirigia, e não estar sentado com todos os músculos contraídos, era muito incomum. Não só ele teve de se esforçar muito para vencer a ansiedade de ser levado de carro por outras pessoas depois da explosão que arrancara sua perna, como tinha uma aversão secreta, porém muito arraigada, a mulheres ao volante, um preconceito que ele atribuía em grande parte a experiências anteriores e estressantes com todas as parentes mulheres. Entretanto, não foi apenas uma apreciação prosaica da competência de Robin que provocou esta repentina leveza no coração quando ele a vira dirigindo na direção dele esta manhã. Agora, olhando a estrada, ele vivia um espasmo de memória, agudo de prazer e dor; suas narinas pareciam se encher novamente do cheiro de rosas brancas, enquanto ele a abraçava na escada em seu casamento, e ele sentiu a boca abaixo da dele no bafo quente de um estacionamento de hospital.

– Pode me passar meus óculos escuros? – perguntou Robin. – Em minha bolsa, ali.

Ele os entregou a ela.

– Quer um chá?

– Vou esperar – disse Robin –, pode pegar para você.

Ele estendeu o braço para a garrafa térmica e se serviu de um copo plástico cheio. O chá estava exatamente como ele gostava.

– Perguntei a Izzy sobre o testamento de Chiswell ontem à noite – disse Strike a Robin.

– Ele deixou muita coisa? – Robin se lembrou do interior desgastado da casa na Ebury Street.

– Muito menos do que se poderia pensar – disse Strike, pegando o bloco em que tinha anotado tudo que Izzy lhe contara. – Oliver tinha razão. Os Chiswell estão no limite... no sentido relativo, obviamente – acrescentou ele.

"Aparentemente o pai de Chiswell gastou a maior parte do capital com mulheres e cavalos. Chiswell teve um divórcio muito complicado de lady Patricia. A família dela era rica e pôde pagar por advogados melhores. Izzy e a irmã estão bem de dinheiro, graças à família da mãe delas. Têm um fundo fiduciário, o que explica o apartamento elegante de Izzy em Chelsea.

"A mãe de Raphael saiu com uma pensão polpuda para o filho, que parece que quase zerou Chiswell. Depois disso, ele meteu o pouco que lhe restava em alguns títulos de risco, aconselhado pelo cunhado corretor de ações. 'Torks' se sente muito mal com isso, ao que parece. Izzy prefere que não falemos nisso hoje. O crash de 2008 praticamente faliu Chiswell.

"Ele tentou fazer algum planejamento contra impostos sobre herança. Logo depois de perder a maior parte de seu dinheiro, algumas relíquias valiosas de família e a própria Chiswell House foram transferidas ao neto mais velho..."

— Pringle — disse Robin.

— O quê?

— Pringle. É assim que eles chamam o neto mais velho. Fizzy teve três filhos — explicou Robin —, Izzy estava sempre falando deles: Pringle, Flopsy e Pong.

— Meu Deus do céu — disse Strike em voz baixa. — É como interrogar os Teletubbies.

Robin riu.

— ... e além disso, Chiswell parece ter tido a esperança de poder se ajeitar vendendo terras em volta da Chiswell House e objetos de menor valor sentimental. A casa na Ebury Street teve a hipoteca renovada.

— Então Kinvara e todos os seus cavalos estão vivendo na casa do sogro dela? — disse Robin, trocando de marcha para ultrapassar um caminhão.

— É, Chiswell deixou uma carta de últimos desejos com seu testamento, pedindo que Kinvara tivesse o direito de continuar na casa a vida toda, ou até se casar de novo. Que idade tem esse Pringle?

— Acho que uns dez anos.

— Bom, será interessante ver se a família vai honrar o pedido de Chiswell, porque uma delas pensa que Kinvara o matou. Veja bem, é discutível se ela terá dinheiro suficiente para conservar o lugar, pelo que Izzy me contou ontem à noite. Izzy e a irmã receberam cada uma 50 mil, e os netos 10 mil cada um, e não há dinheiro suficiente para honrar esses legados. Isso deixa Kinvara com o que restar da casa na Ebury Street depois que for vendida e todos os outros pertences pessoais, menos as coisas valiosas que já foram colocadas no nome do neto. Basicamente, ele deixa para ela o lixo que não tem valor de venda e qualquer presente pessoal que lhe deu durante o casamento.

— E Raphael não recebe nada?

— Eu não sentiria muita pena dele. De acordo com Izzy, sua mãe glamourosa fez carreira espoliando homens ricos. Ele está na linha de herança de um apartamento em Chelsea que pertence a ela.

"Então, no fim das contas, é difícil defender a ideia de Chiswell sendo morto por dinheiro", disse Strike. "Qual *é mesmo* o nome da outra irmã? Não vou chamá-la de Fizzy."

— Sophia — disse Robin, com ironia.

– Muito bem, podemos excluí-la. Eu verifiquei, ela estava tendo uma aula de equitação para deficientes em Northumberland na manhã em que ele morreu. Raphael não tem nada a ganhar com a morte do pai e Izzy pensa que ele sabe disso, mas precisamos verificar. A própria Izzy se encontrava num estado que ela chamou de "meio alta" na Lancaster House e se sentiu meio fraca no dia seguinte. O vizinho afirmou que ela tomava chá no pátio compartilhado atrás de seus apartamentos na hora da morte. Ela me contou isso com muita naturalidade ontem à noite.

– E assim resta Kinvara – disse Robin.

– É verdade. Agora, se Chiswell não confiou a ela a informação de que tinha chamado um detetive particular, talvez ele não tenha sido honesto sobre o estado das finanças da família também. É possível que ela pensasse que ia receber muito mais dinheiro do que ganhou, mas...

– ... ela tem o melhor álibi da família – disse Robin.

– Exatamente – concordou Strike.

Eles agora tinham deixado para trás os arbustos limítrofes claramente feitos pelo homem que ladeavam a rodovia enquanto passavam por Windsor e Maidenhead. Havia árvores antigas de verdade à esquerda e à direita, árvores que precederam a estrada e que teriam visto suas companheiras caírem para abrir espaço para ela.

– O telefonema de Barclay foi interessante – Strike continuou, virando duas páginas do bloco. – Knight ficou de péssimo humor desde a morte de Chiswell, mas não contou o motivo a Barclay. Na noite de quarta-feira, ele ficou provocando Flick, aparentemente, disse que concordava com a ex-colega de apartamento que Flick tinha instintos burgueses... você se importa se eu fumar? Vou abrir a janela.

A brisa era revigorante, embora fizesse lacrimejar seus olhos cansados. Segurando o cigarro aceso fora do carro entre um trago e outro, ele prosseguiu:

– Então Flick ficou furiosa de verdade, disse que ela esteve fazendo "aquele trabalho de merda para você", depois disse que não era culpa dela que eles não tivessem recebido 40 mil, no que Jimmy ficou, nas palavras de Barclay, "puto da vida". Flick saiu intempestivamente e na manhã de quinta--feira Jimmy mandou uma mensagem de texto a Barclay e disse que ia voltar para onde tinha sido criado, para visitar o irmão.

— Billy está em Woolstone? – perguntou Robin, num sobressalto. Ela percebeu que tinha passado a pensar no irmão Knight mais novo como uma pessoa quase mítica.

— Jimmy pode estar usando o irmão como disfarce. Quem sabe aonde ele realmente foi... mas então, Jimmy e Flick reapareceram ontem à noite no pub, todo sorrisos. Barclay disse que evidentemente eles fizeram as pazes por telefone e nos dois dias em que ele ficou fora, ela conseguiu encontrar um bom emprego não burguês.

— Essa foi boa – disse Robin.

— O que você acharia de trabalhar numa loja?

— Fiz um pouco na adolescência – disse Robin. – Por quê?

— Flick conseguiu um emprego de meio período em uma joalheria em Camden. Disse a Barclay que a dona é uma wicca louca. É salário mínimo e a chefe parece totalmente pirada, então estão com problemas para encontrar alguém.

— Você não acha que eles podem me reconhecer?

— A turma do Knight nunca viu você pessoalmente – disse Strike. – Se fizer alguma coisa drástica com seu cabelo, voltar a usar a lente de contato colorida... tenho a sensação – disse ele, puxando um trago fundo no cigarro – de que Flick está escondendo muita coisa. Como sabia qual era o crime digno de chantagear Chiswell? Foi ela que disse a Jimmy, não se esqueça, o que é estranho.

— Espere aí – disse Robin. – Como é?

— É, ela disse, quando eu estava seguindo os dois na passeata – falou Strike. – Eu não te contei?

— Não – respondeu Robin.

Enquanto ela dizia isso, Strike se lembrou de que ele havia passado a semana depois da passeata na casa de Lorelei com a perna para cima, quando ainda estava tão zangado com Robin por se recusar a trabalhar que mal falou com ela. Depois eles se encontraram no hospital e ele ficou distraído e preocupado demais para passar informações da maneira metódica com que o fazia.

— Desculpe – disse ele. – Foi naquela semana depois do...

— Sim – disse ela, interrompendo-o. Ela também preferia não pensar no fim de semana da passeata. – E então, o que exatamente ela disse?

— Que ele não saberia o que Chiswell fez se não fosse por ela.

— Que esquisito — disse Robin —, sabendo que ele é que foi criado bem ao lado deles.

— Mas o caso é que eles o estavam chantageando por uma coisa que aconteceu só seis anos atrás, depois de Jimmy ter saído de casa — Strike lembrou a ela. — Se quer minha opinião, Jimmy tem ficado com Flick porque ela sabe demais. Ele pode ter medo de terminar, para ela não começar a falar.

"Se não conseguir tirar nada de útil dela, você pode fingir que vender brincos não serve para você e ir embora, mas pelo estado da relação dos dois, acho que Flick pode estar no clima para trocar confidências com uma estranha simpática. Não se esqueça", disse ele, jogando o que restava do cigarro pela janela e fechando o vidro, "ela também é o álibi de Jimmy para a hora da morte."

Animada com a perspectiva de voltar a se disfarçar, Robin falou:
— Eu não me esqueci.

Ela se perguntou como Matthew reagiria se ela raspasse as laterais da cabeça, ou tingisse o cabelo de azul. Ele não demonstrou muito ressentimento por ela passar o sábado com Strike. Seus longos dias de prisão domiciliar vigente e sua solidariedade na discussão com Tom parecem ter aumentado seu crédito.

Logo depois das dez e meia, eles saíram da rodovia e entraram em uma estrada rural que corria sinuosa no vale que aninhava o pequeno vilarejo de Woolstone. Robin estacionou ao lado de uma sebe cheia de cipó-do-reino para Strike poder repor a prótese. Recolocando os óculos escuros na bolsa, Robin notou duas mensagens de texto de Matthew. Tinham chegado duas horas antes, mas o alerta de seu celular deve ter sido abafado pelo barulho do Land Rover. A primeira dizia:

O dia todo. E Tom?

A segunda, enviada dez minutos depois, dizia:

Ignore a última, era sobre trabalho.

Robin relia as mensagens quando Strike falou.
— Merda.

Ele já havia recolocado a prótese e olhava pela janela algo que ela não conseguia enxergar.

– O que foi?

– Olhe só aquilo.

Strike apontou para o alto da colina pela qual eles tinham acabado de passar. Robin abaixou a cabeça para ver o que tinha chamado a atenção dele.

Uma figura gigantesca e pré-histórica em giz branco tinha sido recortada na encosta do morro. Para Robin, parecia um leopardo estilizado, mas ela já havia percebido o que devia ser quando Strike disse:

– "Lá em cima, no cavalo. A criança foi estrangulada no cavalo."

42

Em uma família, uma coisa ou outra sempre sai errada...
Henrik Ibsen, *Rosmersholm*

Uma placa de madeira descamando marcava a entrada para a Chiswell House. O acesso, tomado de mato e todo esburacado, era limitado à esquerda por um trecho denso de mata e, à direita, por um longo campo que tinha sido separado em *paddocks* por cercas elétricas e continha vários cavalos. Enquanto o Land Rover avançava e roncava para a casa fora de vista, dois dos cavalos maiores, assustados com o barulho e o carro desconhecido, correram. Então houve uma reação em cadeia, quando a maioria de seus companheiros começou a galopar também e a dupla original passou a se escoicear.

— Nossa — disse Robin, olhando os cavalos enquanto o Land Rover se sacudia no terreno acidentado. — Ela coloca os garanhões juntos.

— E isso é ruim? — perguntou Strike, enquanto uma criatura peluda da cor de azeviche atacou com os dentes e as pernas traseiras um animal igualmente grande que ele teria classificado como castanho, embora sem dúvida a cor da pelagem tivesse algum nome equino exclusivo.

— Não costuma ser feito assim. — Robin estremeceu ao ver as pernas traseiras do garanhão preto baterem no flanco do companheiro.

Eles viraram em um canto e viram uma casa neoclássica de fachada simples e pedra amarela encardida. O pátio de cascalho, como a entrada de carros, tinha vários buracos e era tomado de mato, as janelas estavam sujas e havia um grande cocho inadequado ao lado da porta de entrada. Três carros já estavam ali: um Audi Q3 vermelho, um Range Rover verde e um antigo e enlameado Grand Vitara. À direita da casa havia um estábulo e, à esquerda, um amplo gramado de croqué que há muito tempo dera lugar a margaridas. Mais mata densa ficava mais além.

Enquanto Robin pisava no freio, um labrador preto e gordo e um terrier pelo-de-arame saíram em disparada da porta da frente, os dois latindo. O labrador parecia querer fazer amigos, mas o Norfolk terrier, que tinha a cara de um macaco malévolo, latiu e rosnou até que um homem de cabelos claros, numa camisa listrada e calça de veludo cotelê mostarda, apareceu à porta e gritou:

– CALA A BOCA, RATTENBURY!

Intimidado, o cachorro diminuiu para rosnados baixos, todos dirigidos a Strike.

– Torquil D'Amery – disse numa voz arrastada o homem de cabelos claros, aproximando-se de Strike com a mão estendida. Havia bolsas fundas abaixo dos olhos azul-claros e seu rosto cor-de-rosa e brilhante dava a impressão de nunca precisar de um barbeador. – Ignore o cachorro, ele não é ameaça nenhuma.

– Cormoran Strike. Esta é...

Robin tinha acabado de estender a mão quando Kinvara explodiu para fora da casa, vestindo uma antiga calça de equitação e uma camiseta desbotada, o cabelo ruivo solto caindo por todo lado.

– Pelo *amor de Deus...* vocês não entendem *nada* de cavalos? – ela gritou para Strike e Robin. – Por que vieram pela entrada tão rápido?

– Você deve usar um capacete, se vai lá, Kinvara! – disse Torquil à figura que se retirava, mas ela foi embora sem dar nenhum sinal de tê-lo ouvido. – Não é culpa de vocês – garantiu ele a Strike e Robin, revirando os olhos. – Precisa pegar a entrada com velocidade, ou você fica preso em um dos malditos buracos, ha ha. Vamos entrar... ah, lá está Izzy.

Izzy saiu da casa com um vestido abotoado azul-marinho, a cruz de safira ainda pendurada no pescoço. Para leve surpresa de Robin, ela abraçou Strike como se ele fosse um velho amigo que veio dar seus pêsames.

– Oi, Izzy – disse ele, dando meio passo para trás para se desvencilhar do abraço. – Evidentemente, você conhece Robin.

– Ah, sim, agora vou ter de me acostumar a te chamar de "Robin" – disse Izzy, sorrindo e dando dois beijos no rosto de Robin. – Me desculpe se eu cometer um lapso e chamar você de Venetia... provavelmente vou, é como ainda penso em você.

"Soube dos Winn?", perguntou ela, quase no mesmo fôlego.

Eles assentiram.

— Homenzinho horrível, *horrível* — disse Izzy. — Estou feliz por Della ter dado o fora nele.

"Mas então, vamos entrar na... onde está Kinvara?", ela perguntou ao cunhado enquanto os levava para dentro da casa, que parecia lúgubre depois da luminosidade do lado de fora.

— Os malditos cavalos estão agitados de novo — disse Torquil, junto com os latidos renovados do Norfolk terrier. — Não, merda, Rattenbury, você fica do lado de fora.

Ele bateu a porta na cara do terrier, que começou a ganir e a arranhar. O labrador andava em silêncio atrás de Izzy, que os levou por um hall escuro com uma escada larga de pedra, para uma sala de estar à direita.

Janelas compridas davam para o gramado de croqué e a mata. Enquanto entravam, três crianças de cabelo louro-claro correram pela grama crescida do lado de fora com gritos estridentes, depois sumiram de vista. Não havia nada de modernidade nelas. Com as roupas e os cortes de cabelo, podiam ter saído direto dos anos 1940.

— São de Torquil e Fizzy — disse Izzy com carinho.

— Culpado da acusação — disse Torquil com orgulho. — Minha esposa está lá em cima, vou buscá-la.

Ao se afastar da janela, Robin pegou o sopro de um cheiro forte e inebriante que lhe deu uma tensão inexplicável até que ela viu o vaso de lírios Stargazer em uma mesa atrás de um sofá. Combinavam com as cortinas, antes escarlate e agora de um rosa-claro desbotado, e o tecido puído das paredes, onde dois trechos de carmim mais escuro mostravam que foram retiradas pinturas. Tudo era puído e gasto. Acima da lareira, estava pendurada uma das poucas pinturas restantes, que mostrava um cavalo em uma baia com uma pelagem branca e castanha vistosa, seu focinho tocando um potro totalmente branco, enroscado na palha.

Abaixo desta tela, e tão quieto que eles não o notaram imediatamente, estava Raphael. De costas para a lareira vazia, as mãos nos bolsos da calça jeans, ele parecia mais italiano do que nunca nesta sala muito inglesa, com suas almofadas de tapeçaria desbotadas, seus livros de jardinagem empilhados em uma mesa pequena e as luminárias orientais lascadas.

— Oi, Raff — disse Robin.

— Olá, Robin — disse ele, sem sorrir.

— Este é Cormoran Strike, Raff – disse Izzy. Raphael não se mexeu, então Strike se aproximou dele para um aperto de mãos, que Raphael aceitou com relutância, devolvendo a mão imediatamente ao jeans depois disso.

— É, então, Fizz e eu estávamos agora mesmo falando de Winn – disse Izzy, que parecia muito preocupada com a notícia da separação dos Winn. – Estamos torcendo muito para que ele continue de boca fechada, porque, agora que papai se foi, ele pode dizer o que quiser a respeito dele e não sofrer nada, não é verdade?

— Você tem informações sobre Winn, se ele tentar – Strike lembrou a ela. Ela lhe lançou um olhar de gratidão radiante.

— Tem razão, é claro, e não teríamos isso se não fosse por você... e Venetia... quer dizer, Robin – acrescentou ela, pensando melhor.

— Torks, estou aqui embaixo! – Veio um grito feminino do lado de fora da sala e uma mulher que era inconfundivelmente a irmã de Izzy entrou na sala trazendo uma bandeja carregada. Era mais velha, muito sardenta e maltratada pelo sol, o cabelo louro raiado de prata, e usava uma camisa listrada muito parecida com a do marido, embora ela tivesse combinado sua roupa com pérolas. – TORKS! – ela gritou para o teto, dando um susto em Robin. – ESTOU AQUI EMBAIXO!

Com barulho, ela colocou a bandeja no pufe de tapeçaria que estava na frente de Raff e da lareira.

— Oi, eu sou a Fizzy. Aonde foi Kinvara?

— Perdendo tempo com os cavalos – disse Izzy, contornando o sofá e se sentando. – Desculpa para não estar aqui, eu acho. Sentem-se, vocês dois.

Strike e Robin pegaram duas poltronas arriadas que ficavam lado a lado, em ângulo reto com relação ao sofá. As molas abaixo deles pareciam gastas há décadas. Robin sentiu os olhos de Raphael nela.

— Izz me disse que você conhece Charlie Campbell – disse Fizzy a Strike, servindo chá para todos.

— É verdade – disse Strike.

— Sujeito de sorte – disse Torquil, que tinha acabado de voltar à sala.

Strike não deu sinais de ter ouvido isso.

— Chegou a conhecer Jonty Peters? – continuou Fizzy. – Amigo dos Campbell? Ele tinha alguma coisa a ver com a polícia... não, Bager, isso não é para você... Torks, o que Jonty Peters fazia?

— Magistrado – disse prontamente Torquil.

— Sim, é claro – disse Fizzy –, magistrado. Chegou a conhecer Jonty, Cormoran?

— Não – disse Strike –, infelizmente não.

— Ele era casado com aquela garota bonita, qual o nome mesmo, Annabel. Fez muito pelo Save the Children, conseguiu seu título de Comendador do Império Britânico no ano passado, muito bem merecido. Ah, mas se você conhecia os Campbell, deve ter conhecido Rory Moncrieff?

— Acho que não – respondeu Strike com paciência, perguntando-se o que Fizzy diria se ele contasse que os Campbell o mantinham o mais longe possível dos amigos e familiares. Talvez ela se saísse com essa: *Ah, mas então você deve ter encontrado Basil Plumley. Eles o odiavam, sim, alcoólatra violento, mas a mulher dele escalou o Kilimanjaro para o Dogs Trust...*

Torquil empurrou o labrador gordo para longe dos biscoitos e ele foi para um canto, onde arriou para um cochilo. Fizzy se sentou entre o marido e Izzy no sofá.

— Não sei se Kinvara pretende voltar – disse Izzy. – Podemos muito bem começar.

Strike perguntou se a família sabia de mais algum progresso na investigação da polícia. Houve uma pausa ligeira, durante a qual os gritos distantes de crianças tiveram eco no gramado crescido demais.

— Não sabemos muito mais do que eu disse a você – falou Izzy –, mas acho que todos temos a sensação... não temos? – ela apelou aos outros familiares – de que a polícia pensa ter sido suicídio. Por outro lado, eles claramente acham que precisam investigar minuciosamente...

— E isto se deve ao que ele era, Izz – interrompeu Torquil. – Ministro da Coroa, é evidente que vão olhar mais fundo do que fariam para um sujeito comum. Você deve saber, Cormoran – disse ele portentosamente, ajeitando seu peso substancial no sofá –, desculpem-me, meninas, mas vou dizer... pessoalmente, acho que *foi* suicídio.

"Eu entendo, é claro que entendo, que é difícil suportar esta ideia e não pensem que estou satisfeito por você ter sido trazido para isto!", ele garantiu a Strike. "Se isso trouxer paz de espírito às garotas, está tudo muito bem. Mas o, humm, contingente masculino da família... hein, Raff?... pensa que não é nada mais do que, bom, meu sogro sentiu que não dava para continuar.

Acontece. Não estava em seu juízo perfeito, naturalmente. Hein, Raff?", repetiu Torquil.

Raphael pareceu não ter gostado da ordem implícita. Ignorando o cunhado, ele se dirigiu diretamente a Strike.

– Meu pai estava agindo de um jeito estranho nas últimas duas semanas. Na época, não entendi por quê. Ninguém me contou que ele estava sendo chantagea...

– Não vamos entrar neste assunto – disse Torquil rapidamente. – Nós combinamos. Decisão da família.

Izzy falou com ansiedade:

– Cormoran, sei que você quer saber por que papai estava sendo chantageado...

– Jasper não infringiu lei nenhuma – disse Torquil com firmeza – e isto encerra a questão. Tenho certeza de que você é discreto – disse ele a Strike –, mas estas coisas vazam, sempre vazam. Não queremos os jornais rastejando atrás de nós de novo. Nós concordamos, não foi? – ele quis saber da esposa.

– Acho que sim – disse Fizzy, que parecia estar em conflito. – Não, é claro que não queremos tudo isso nos jornais, mas Jimmy Knight tinha bons motivos para querer prejudicar papai, Torks, e acho que é importante que Cormoran saiba disso, pelo menos. Sabia que ele esteve *aqui*, em Woolstone, esta semana?

– Não – disse Torquil –, não sabia.

– Sim, a sra. Ankill o viu – disse Fizz. – Ele perguntou se ela havia visto o irmão dele.

– Coitadinho do Billy – disse Izzy vagamente. – Ele não era muito certo. Bom, não dá para ser, não é, se você é criado por Jack o'Kent? Papai saiu com os cachorros uma noite anos atrás – disse ela a Strike e Robin – e viu Jack *chutando* Billy, literalmente o *chutava*, por todo o jardim deles. O menino estava nu. Quando viu papai, Jack o'Kent parou, é claro.

A ideia de que este incidente devia ter sido denunciado ou à polícia, ou à assistência social não parece ter ocorrido a Izzy, nem ao pai dela. Era como se Jack o'Kent e seu filho fossem criaturas selvagens da mata, comportando-se, lamentavelmente, como tais animais se comportavam naturalmente.

– Acho que quanto menos se disser sobre Jack o'Kent – disse Torquil –, melhor. E você disse que Jimmy não tinha motivos para querer prejudicar seu pai, Fizz, mas o que ele realmente queria era dinheiro e matar seu pai certamente não ia...

— Mas ele estava furioso com papai — disse Fizzy, determinada. — Talvez, quando ele percebeu que papai não ia pagar, tenha ficado uma fera. Ele era um terror quando adolescente — disse ela a Strike. — Entrou cedo na política de esquerda. Costumava ir ao pub local com os irmãos Butcher, dizendo a todo mundo que os conservadores deviam ser enforcados, arrastados e esquartejados, tentando vender o *Socialist Worker* às pessoas...

Fizzy olhou de lado a irmã mais nova, que, com bastante determinação, pensou Strike, a ignorou.

— Ele era problema, sempre problema — disse Fizzy. — As garotas gostavam dele, mas...

A porta da sala de estar se abriu e, para evidente surpresa do resto da família, Kinvara entrou, corada e agitada. Depois de alguma dificuldade para se desembaraçar da poltrona arriada, Strike conseguiu se levantar e estendeu a mão.

— Cormoran Strike. Como vai?

Kinvara deu a impressão de que gostaria de ignorar a investida simpática dele, mas apertou a mão estendida com pouca elegância. Torquil puxou outra cadeira para o lado do pufe e Fizzy serviu outra xícara de chá.

— Tudo bem com os cavalos, Kinvara? — perguntou Torquil com cordialidade.

— Bom, Mystic tirou outro naco de Romano — disse ela com um olhar feio a Robin —, assim tive de chamar o veterinário de novo. Ele fica irritado sempre que alguém aparece na entrada rápido demais, caso contrário, fica inteiramente bem.

— Não sei por que você coloca os machos juntos, Kinvara — disse Fizzy.

— É um mito o de que eles não podem se entender — Kinvara rebateu. — Os bandos de solteiros são perfeitamente comuns no meio selvagem. Houve um estudo na Suíça que provou que eles podem coexistir pacificamente desde que tenham estabelecido a hierarquia entre eles.

Ela falava num tom dogmático, quase fanático.

— Estávamos agora falando a Cormoran sobre Jimmy Knight — disse Fizzy a Kinvara.

— Pensei que vocês não quisessem entrar no...?

— Não a chantagem – disse Torquil apressadamente –, mas o horror que ele era quando mais novo.

— Ah – disse Kinvara. – Entendo.

— Suas enteadas receiam que ele possa ter alguma relação com a morte de seu marido – disse Strike, observando a reação dela.

— Eu sei – disse Kinvara com aparente indiferença, seus olhos seguindo Raphael, que tinha se afastado da lareira para pegar um maço de Marlboro Light ao lado de uma luminária de mesa. – Nunca conheci Jimmy Knight. A primeira vez em que pus os olhos nele foi quando apareceu na casa um ano atrás para falar com Jasper. Tem um cinzeiro embaixo dessa revista, Raphael.

O enteado acendeu o cigarro e retornou, levando o cinzeiro, que colocou em uma mesa ao lado de Robin, antes de voltar a sua posição na frente da lareira vazia.

— Isto foi o começo – continuou Kinvara. – Da chantagem. Jasper na realidade não estava naquela noite, então Jimmy falou comigo. Jasper ficou furioso quando chegou em casa e eu contei a ele.

Strike esperou. Suspeitava de que não fosse o único na sala que pensava que Kinvara podia romper o juramento de *omertà* da família e soltar o que Jimmy viera dizer. Porém, ela se conteve, então Strike pegou seu bloco.

— Se importaria se fizesse algumas perguntas de rotina? Duvido que vá haver mais alguma coisa que já não tenha sido indagada pela polícia. Só alguns pontos que gostaria de esclarecer, se não se importa.

"Quantas chaves existem da casa na Ebury Street?"

— Três, até onde *eu* sei – disse Kinvara. A ênfase sugeria que o resto da família podia estar escondendo chaves dela.

— E quem tem essas chaves? – perguntou Strike.

— Bom, Jasper tinha a dele – disse ela –, eu tinha uma e havia uma de sobra que Jasper dava à faxineira.

— Qual é o nome dela?

— Não faço ideia. Jasper a dispensou duas semanas antes de ele... ele morrer.

— Por que ele a demitiu? – perguntou Strike.

— Bom, se precisa saber, nós nos livrarmos dela porque estávamos apertando os cintos.

– Ela veio de uma agência?

– Ah, não. Jasper era antiquado. Colocou um cartão em uma loja local e ela se candidatou. Acho que ela era romena, polonesa ou coisa assim.

– Tem as informações de contato dela?

– Não. Jasper a contratou e demitiu. Eu nem mesmo a conheci.

– O que aconteceu com a chave dela?

– *Estava* na gaveta da cozinha da Ebury Street, mas depois que ele morreu, descobrimos que Jasper a havia retirado e trancado em sua mesa no trabalho – disse Kinvara. – Foi devolvida pelo Ministério, com todos os outros pertences pessoais dele.

– Isso é estranho – disse Strike. – Alguém sabe por que ele teria feito isso?

O resto da família ficou inexpressivo, mas Kinvara falou:

– Ele sempre foi consciente da segurança e ultimamente andava paranoico... exceto quando se tratava dos cavalos, é claro. Todas as chaves da Ebury Street são de um tipo especial. Restritas. É impossível fazer cópia.

– É complicado fazer cópia – disse Strike, tomando nota –, mas não impossível, se você conhecer as pessoas certas. Onde estavam as outras duas chaves na hora da morte?

– A de Jasper estava no bolso de seu casaco e a minha estava aqui, em minha bolsa – disse Kinvara.

– A lata de hélio – disse Strike, prosseguindo. – Alguém sabe quando foi comprada?

Um completo silêncio recebeu estas palavras.

– Houve alguma festa – perguntou Strike –, talvez para uma das crianças...?

– Nunca – disse Fizzy. – A Ebury Street era o lugar que papai usava para trabalhar. Ele nunca deu uma festa ali, pelo que me lembro.

– Sra. Chiswell – Strike perguntou a Kinvara. – Consegue se lembrar de alguma ocasião...?

– Não – disse ela, interrompendo-o com irritação. – Já disse isso à polícia. O próprio Jasper deve ter comprado, não existe outra explicação.

– Encontraram algum recibo? Uma fatura de cartão de crédito?

– Ele deve ter pagado em dinheiro – disse Torquil, prestativo.

– Outra coisa que gostaria de esclarecer – disse Strike, correndo a lista que havia preparado – é esta questão dos telefonemas que o ministro deu na manhã de sua morte. Ao que parece, ele ligou para a senhora, sra. Chiswell, depois para você, Raphael.

Raphael concordou com a cabeça. Kinvara falou:

– Ele queria saber se eu falei sério quando disse que estava indo embora e eu disse que sim, era sério. Não foi uma conversa longa. Eu não sabia... eu não sabia quem era realmente a assistente dele. Ela apareceu do nada e Jasper ficou com um comportamento estranho quando eu perguntava sobre ela e eu... eu fiquei muito aborrecida. Achei que estivesse acontecendo alguma coisa.

– Ficou surpresa por seu marido esperar até de manhã para telefonar sobre o bilhete que a senhora deixou? – perguntou Strike.

– Ele me disse que não tinha visto quando entrou.

– Onde a senhora o deixou?

– Em sua mesa de cabeceira. Ele devia estar embriagado quando voltou. Ele tem... ele *vinha*... bebendo muito. Desde que começou a história da chantagem.

O Norfolk terrier que tinha se calado do lado de fora da casa de repente apareceu em uma das janelas longas e recomeçou a latir para eles.

– Maldito cachorro – disse Torquil.

– Ele sente falta de Jasper – disse Kinvara. – Ele era o cachorro de J-Jasper...

Ela se levantou abruptamente e foi pegar alguns lenços de papel em uma caixa que estava em cima dos livros de jardinagem. Todo mundo ficou pouco à vontade. O terrier latia sem parar. O labrador adormecido acordou e soltou um único latido grave, antes de uma das crianças louras reaparecer no gramado, gritando para o Norfolk terrier ir jogar bola. Ele correu dali de novo.

– Boa, Pringle! – gritou Torquil.

Na ausência dos latidos, os pequenos soluços de Kinvara e os barulhos do labrador arriando para dormir encheram a sala. Izzy, Fizzy e Torquil trocaram olhares embaraçosos, enquanto Raphael olhava fixamente à frente, como uma pedra. Por menos que gostasse de Kinvara, Robin achou a inércia da família impiedosa.

– De onde veio aquele quadro? – perguntou Torquil, com um ar artificial de interesse, estreitando os olhos para a pintura equina acima da cabeça de Raphael. – É novo, não é?

— Era um dos quadros de Tinky – disse Fizzy, de olhos estreitos para ele. – Ela trouxe da Irlanda um monte de lixo sobre cavalos.

— Está vendo o potro? – disse Torquil, olhando criticamente a pintura. – Sabe o que parece? Síndrome do branco letal. Já ouviram falar? – perguntou ele à esposa e à cunhada. – *Você deve saber* sobre isso, Kinvara – disse ele, claramente com a impressão de que oferecia, por cortesia, um jeito de voltar à conversa educada. – Potro puramente branco, parece saudável ao nascer, mas tem o intestino defeituoso. Não consegue passar as fezes. Meu pai criava cavalos – explicou ele a Strike. – Eles não conseguem sobreviver, os brancos letais. A tragédia é que eles nascem vivos, e assim a fêmea os alimenta, se apega a eles e depois...

— Torks – disse Fizzy, tensa, mas era tarde demais. Kinvara saiu de rompante da sala. A porta bateu.

— Que foi? – disse Torquil, surpreso. – O que eu...?

— *Bebê* – sussurrou Fizzy.

— Ah, meu Deus, esqueci completamente.

Ele se levantou, puxou a calça mostarda, constrangido e na defensiva.

— Ah, vamos lá – disse ele, a toda a sala. – Eu não esperava que ela levasse para esse lado. Cavalos numa droga de pintura!

— Você sabe como é ela – disse Fizzy – a respeito de *qualquer coisa* relacionada com o parto. Desculpem – disse ela a Strike e Robin. – Ela teve um filho que não sobreviveu, sabe. Muito sensível com o assunto.

Torquil se aproximou da tela e estreitou os olhos por cima da cabeça de Raphael, para as palavras gravadas em uma pequena placa engastada na moldura.

— "O Lamento da Égua" – ele leu. – Aí está, veja só – disse ele, com um ar de triunfo. – O potro *está mesmo* morto.

— Kinvara gosta dele – disse Raphael inesperadamente –, porque a égua é parecida com a Lady dela.

— Com quem? – disse Torquil.

— A égua que tem laminite.

— O que é laminite? – quis saber Strike.

— Uma doença do casco – Robin disse a ele.

— Ah, você monta? – perguntou Fizzy com ardor.

— Montava antigamente.

— A laminite é grave – disse Fizzy a Strike. – Pode deixar o animal aleijado. Eles precisam de muito cuidado e às vezes não se pode fazer nada, assim é mais generoso...

— Minha madrasta cuidou desta égua durante semanas – disse Raphael a Strike –, levantando-se no meio da noite e tudo. Meu pai esperou...

— Raff, isso não tem nada a ver com nada – disse Izzy.

— ... esperou – continuou Raphael teimosamente – até Kinvara sair um dia, ligou para o veterinário sem contar a ela e mandou sacrificar o animal.

— Lady estava sofrendo – disse Izzy. – Papai me contou o estado em que ela se encontrava. Era puro egoísmo mantê-la viva.

— É, bom – disse Raphael, com os olhos no gramado depois das janelas –, se eu tivesse saído e na volta encontrado o corpo de um animal que eu amava, também podia pegar a ferramenta rombuda mais próxima de mim.

— Raff – disse Izzy –, por favor!

— Foi você que quis isso, Izzy – disse ele, com uma satisfação cruel. – Você acha realmente que o sr. Strike e sua assistente glamourosa não vão descobrir Tegan e falar com ela? Logo eles vão saber que merda papai podia...

— Raff! – disse Fizzy incisivamente.

— Calma aí, meu chapa – disse Torquil, algo que Robin nunca pensou que ouviria fora de um livro. – Toda essa história foi perturbadora, mas não há necessidade disso.

Ignorando a todos, Raphael voltou-se para Strike.

— Suponho que sua próxima pergunta será, o que meu pai disse *a mim*, quando me telefonou naquela manhã.

— É verdade – disse Strike.

— Ele me ordenou que viesse para cá – disse Raphael.

— Para cá? – repetiu Strike. – A Woolstone?

— *Para cá* – disse Raphael. – A esta casa. Ele disse pensar que Kinvara ia fazer alguma besteira. Ele parecia confuso. Meio estranho. Como se tivesse uma forte ressaca.

— O que você entende por "uma besteira"? – perguntou Strike, com a caneta posicionada sobre o bloco.

— Bom, ela já ameaçou tentar se matar – disse Raff –, então é isso, acho. Ou ele podia ter medo de que ela fosse torrar o pouco que restava a ele. – Ele gesticulou para a sala surrada. – Como pode ver, não era muita coisa.

— Ele contou a você que ela o estava abandonando?

— Tive a impressão de que as coisas estavam ruins entre eles, mas não consigo me lembrar do que ele disse exatamente. Ele não estava muito coerente.

— Você fez o que ele pediu? – perguntou Strike.

— Fiz – disse Raphael. – Entrei em meu carro, como um filho obediente, fiz toda a viagem até aqui e encontrei Kinvara viva e passando bem na cozinha, enfurecida por causa de Venetia... quer dizer, Robin – ele se corrigiu. – Como você pode ter deduzido, Kinvara achava que papai estava trepando com ela.

— Raff! – disse Fizzy, parecendo ofendida.

— Não há necessidade desse linguajar – disse Torquil.

Todos tiveram o cuidado de evitar o olhar de Robin. Ela sabia que ficara vermelha.

— É estranho, não é? – perguntou Strike. – Seu pai pedir a você para vir a Oxfordshire, quando havia pessoas muito mais próximas a quem ele podia ter pedido para ficar de olho na esposa? Eu não soube que havia alguém aqui durante a noite?

Izzy intrometeu-se antes que Raphael pudesse responder.

— Tegan *estava* aqui naquela noite... a tratadora... porque Kinvara não deixava os cavalos sem uma babá – disse ela e depois, prevendo corretamente a pergunta seguinte de Strike –, infelizmente ninguém tem informações sobre ela, porque Kinvara teve uma briga com ela pouco depois de papai morrer e Tegan foi embora. Na realidade não sei onde ela trabalha agora. Mas não se esqueça – disse Izzy, curvando-se para a frente e se dirigindo vivamente a Strike –, Tegan provavelmente estava dormindo quando Kinvara alega ter chegado aqui. Esta é uma casa grande. Kinvara pode ter alegado ter voltado a qualquer hora e Tegan não teria como saber.

— Se Kinvara esteve lá com ele na Ebury Street, por que ele me diria para vir me encontrar com ela aqui? – perguntou Raphael, exasperado. – E como você explica o fato de ela ter chegado aqui antes de mim?

Izzy dava a impressão de que gostaria de fazer uma boa réplica a isto, mas parecia incapaz de pensar em alguma. Strike agora sabia por que Izzy tinha dito que o teor do telefonema de Chiswell ao filho "não importava": solapava ainda mais o caso de Kinvara como assassina.

– Qual é o sobrenome de Tegan? – perguntou ele.

– Butcher – disse Izzy.

– Alguma relação com os irmãos Butcher com quem Jimmy Knight costumava andar? – perguntou Strike.

Robin pensou que os três no sofá pareciam evitar os olhos uns dos outros. Fizzy então respondeu.

– Sim, na verdade, mas...

– Suponho que posso tentar entrar em contato com a família, ver se eles me darão o número de Tegan – disse Izzy. – Sim, farei isto, Cormoran, e conto a você quando conseguir.

Strike virou-se para Raphael.

– Então, você partiu imediatamente depois de seu pai pedir para procurar Kinvara?

– Não, comi alguma coisa primeiro e tomei um banho – disse Raphael. – Eu não estava exatamente ansioso para lidar com ela. Ela e eu não somos o favorito um do outro. Cheguei aqui lá pelas nove.

– Quanto tempo você ficou?

– Bom, no fim, fiquei aqui durante horas – falou Raphael em voz baixa. – Dois policiais chegaram para dar a notícia de que papai tinha morrido. Eu não podia sair depois disso, podia? Kinvara quase desm...

A porta voltou a se abrir e Kinvara entrou, retornou a sua cadeira de espaldar duro, com o rosto composto, os lenços de papel na mão.

– Só tenho cinco minutos – disse ela. – O veterinário ligou agora, ele está na região, então vai passar aqui para ver Romano. Não posso ficar.

– Posso perguntar uma coisa? – Robin perguntou a Strike. – Sei que pode não ser nada – disse ela a toda a sala –, mas havia um pequeno frasco azul de comprimidos homeopáticos no chão ao lado do ministro quando eu o encontrei. A homeopatia não parece ser o tipo de coisa que ele...

– Que comprimidos? – perguntou Kinvara abruptamente, para surpresa de Robin.

– Lachesis – disse Robin.

– Em um frasco azul e pequeno?

– Sim. Era seu?

– Sim, era!

– Você o deixou na Ebury Street? – perguntou Strike.

— Não, eu perdi semanas atrás... mas nunca o vi *lá* – disse ela, de cenho franzido, falando mais consigo mesma do que com a sala. – Eu comprei em Londres, porque a farmácia de Woolstone não tinha.

Ela franziu a testa, claramente reconstruindo mentalmente os acontecimentos.

— Eu me lembro, eu provei alguns na frente da farmácia, porque queria saber se ele notaria em sua comida...

— Com licença, o quê? – perguntou Robin, sem saber se tinha ouvido corretamente.

— A comida de Mystic – disse Kinvara. – Eu ia dar a Mystic.

— Você ia dar homeopatia a um *cavalo*? – disse Torquil, convidando todos os outros a concordar que isso era engraçado.

— Jasper também achou a ideia ridícula – disse Kinvara vagamente, ainda perdida na recordação. – Sim, eu os abri logo depois de pagar por eles, peguei dois e – ela imitou o ato – coloquei o frasco no bolso de meu casaco, mas, quando cheguei em casa, não estava mais ali. Achei que tinha deixado cair de algum modo...

Em seguida, ela soltou um leve arquejar e ficou vermelha. Parecia espantada com alguma percepção íntima e particular. Depois, notando que todos ainda a olhavam, falou:

— Naquele dia, vim de Londres para casa com Jasper. Nós nos encontramos na estação, pegamos o trem juntos... ele os tirou do meu bolso! Ele os roubou para eu não dar a Mystic!

— Kinvara, não seja tão completamente ridícula! – disse Fizzy, com uma risada curta.

De súbito, Raphael apagou seu cigarro no cinzeiro de porcelana junto do cotovelo de Robin. Parecia reprimir com dificuldade algum comentário.

— Você comprou mais? – perguntou Robin a Kinvara.

— Sim – disse Kinvara, que parecia quase desorientada de choque, mas Robin achou muito estranha sua conclusão sobre o que aconteceu com os comprimidos. – Mas estavam em um frasco diferente. Este frasco azul foi o que comprei primeiro.

— A homeopatia não tem só efeito placebo? – indagou Torquil a toda a sala. – Como pode um *cavalo*...?

— Torks – disse Fizzy em voz baixa, entredentes. – Cale a boca.

— Por que seu marido teria roubado um frasco de comprimidos homeopáticos da senhora? – perguntou Strike com curiosidade. – Parece...

— Despropositadamente maldoso? – perguntou Raphael, de braços cruzados, abaixo da pintura do potro morto. – Por que vocês estão tão convencidos de que têm razão e que os outros estão errados, que não tem problema impedi-los de fazer algo inofensivo?

— Raff – disse Izzy prontamente –, sei que você está chateado...

— Não estou chateado, Izz – retrucou Raphael. – Na verdade é muito libertador rever todas as merdas que papai fez quando estava vivo...

— Já chega, menino! – disse Torquil.

— Não me chame de "menino" – disse Raphael, tirando outro cigarro do maço. – Entendeu? Não me chame de "menino", porra.

— Terá de desculpar Raff – disse Torquil em voz alta a Strike –, ele está chateado com meu falecido sogro por causa do testamento.

— Eu já sabia que tinha sido excluído do testamento! – vociferou Raphael, apontando para Kinvara. – *Ela* cuidou disso!

— Seu pai não precisou de nenhuma persuasão de minha parte, garanto a você! – disse Kinvara, agora com o rosto escarlate. – De qualquer modo, você tem muito dinheiro, sua mãe mimou demais você. – Ela se virou para Robin. – A mãe dele trocou Jasper por um negociante de diamantes, depois de tirar de Jasper tudo em que pôde colocar as mãos...

— Posso fazer mais algumas perguntas? – disse Strike, alto, antes que um Raphael claramente furioso pudesse falar.

— O veterinário chegará para ver Romano a qualquer minuto – disse Kinvara. – Preciso voltar ao estábulo.

— Só duas e vou acabar – Strike garantiu a ela. – Alguma vez a senhora sentiu falta de algum comprimido de amitriptilina? Acho que a receita era para a senhora, não era?

— A polícia me perguntou isso. Posso ter perdido alguns – disse Kinvara com uma vagueza irritante –, mas não tenho certeza. Tinha uma caixa que pensei ter perdido, depois encontrei e não tinha tantos comprimidos como eu me lembrava, e eu sei que pretendia deixar uma caixa na Ebury Street, para o caso de um dia eu me esquecer quando fosse a Londres, mas quando a polícia me perguntou eu não consegui me lembrar se realmente fiz isso ou não.

— Então a senhora não pode jurar que tinha comprimidos faltando?

— Não – disse Kinvara. – Jasper pode ter roubado alguns, mas não posso jurar.

— A senhora teve mais algum invasor em seu jardim desde a morte de seu marido? – perguntou Strike.

— Não – disse Kinvara. – Nada.

— Soube que um amigo de seu marido tentou ligar para ele de manhã cedo quando ele morreu, mas não conseguiu. Por acaso sabe que amigo era?

— Ah... sim. Foi Henry Drummond – disse Kinvara.

— E quem é...?

— É um marchand, um velho amigo de papai – interrompeu Izzy. – Raphael trabalhou para ele um tempinho... não foi, Raff?... até ir ajudar papai na Câmara dos Comuns.

— Não entendo que relação Henry tem com tudo isso – disse Torquil, com uma risadinha zangada.

— Bom, acho que é tudo – disse Strike, ignorando este comentário enquanto fechava o bloco –, só gostaria de saber se a senhora acha que a morte de seu marido foi suicídio, sra. Chiswell.

A mão que segurava o lenço se contraiu firmemente.

— Ninguém está interessado no que eu penso – disse ela.

— Eu estou, posso lhe garantir – disse Strike.

Os olhos de Kinvara foram rapidamente de Raphael, que olhava de cara feia o gramado do lado de fora, para Torquil.

— Bom, se quer minha opinião, Jasper tinha feito uma coisa muito estúpida, pouco antes de ele...

— Kinvara – disse Torquil bruscamente –, você foi aconselhada...

— Não estou interessada em seus conselhos! – Kinvara virou-se subitamente para ele de olhos estreitos. – Afinal, foram seus conselhos que trouxeram a ruína financeira a esta família!

Fizzy lançou ao marido um olhar passando por Izzy, avisando-o para não responder. Kinvara voltou-se para Strike.

— Meu marido provocou alguém, alguém que eu avisei que ele não devia aborrecer, pouco antes de ele morrer...

— Quer dizer Geraint Winn? – perguntou Strike.

— Não – disse Kinvara –, mas você chegou perto. Torquil não quer que eu fale nada sobre isso, porque envolve seu bom amigo Christopher...

— Maldição! – Torquil explodiu. Ele se levantou, de novo puxando a calça de veludo mostarda, e ficou furioso. – Meu Deus, agora vamos arrastar gente totalmente de fora para esta fantasia? Que merda Christopher tem a ver com isso? Meu sogro se matou! – ele disse alto a Strike, antes de se voltar para a esposa e a cunhada. – Eu tolerei este absurdo porque vocês, garotas, queriam paz de espírito, mas francamente, se é a isto que vai levar...

Izzy e Fizzy desataram a protestar, ambas tentando apaziguá-lo e se justificar, e no meio desta confusão Kinvara se levantou, jogou para trás o cabelo ruivo e comprido e foi para a porta, deixando Robin com a forte impressão de que ela havia atirado de propósito esta granada na conversa. Na porta, ela parou e os outros viraram a cabeça, como se ela tivesse chamado. Em sua voz aguda, nítida e infantil, Kinvara disse:

— Vocês todos voltam para cá e tratam esta casa como se fossem os verdadeiros donos e eu uma hóspede, mas Jasper disse que eu podia morar aqui pelo tempo que vivesse. Agora preciso ver o veterinário e quando eu voltar, gostaria que vocês todos tivessem ido embora. Não são mais bem-vindos aqui.

43

... receio que não tardará muito para ouvirmos algo do fantasma da família.

Henrik Ibsen, *Rosmersholm*

Robin perguntou se podia usar o banheiro antes de eles partirem da Chiswell House e foi conduzida pelo corredor por Fizzy, que ainda estava furiosa com Kinvara.

– Que audácia a dela – disse Fizzy, enquanto elas atravessavam o corredor. – *Que audácia!* Esta casa é de Pringle, não dela. – E, no fôlego seguinte –, *Por favor,* não preste nenhuma atenção ao que ela disse sobre Christopher, ela simplesmente está tentando irritar Torks, foi uma coisa repulsiva, ele está simplesmente *furioso.*

– Quem é Christopher? – perguntou Robin.

– Bom... não sei se eu devia dizer – respondeu Fizzy. – Mas suponho, se você... é claro, ele não pode ter nada a ver com isso. É só despeito de Kinvara. Ela está falando de sir Christopher Barrowclough-Burns. Velho amigo da família de Torks. Christopher é um servidor público importante e foi o mentor daquele rapaz Mallik no Ministério das Relações Exteriores.

O banheiro era frio e antiquado. Enquanto trancava a porta, Robin ouviu Fizzy voltar para a sala de estar, sem dúvida para acalmar o colérico Torquil. Ela olhou em volta: as paredes de pedra pintada e lascada eram nuas, a não ser por muitos buracos escuros e pequenos em que um prego ou outro ainda se projetava. Robin presumiu que Kinvara fosse a responsável pela retirada de um grande número de molduras de acrílico da parede, que agora estavam empilhadas no chão, de frente para a privada. Continham uma mistura de fotografias da família em colagens desordenadas.

Depois de enxugar as mãos em uma toalha úmida que cheirava a cachorro, Robin agachou-se para ver as fotos. Izzy e Fizzy eram quase indistinguíveis quando crianças, tornando impossível saber qual delas dava cambalhotas no gramado de croqué, ou saltava com um cavalo em uma gincana local, dançava na frente de uma árvore de Natal no hall ou abraçava o jovem Jasper Chiswell em um piquenique de caça, todos os homens de tweed e casacos Barbour.

Freddie, porém, podia ser reconhecido de imediato, porque, ao contrário das irmãs, herdara o lábio inferior protuberante do pai. Tão louro na juventude como os sobrinhos, ele aparecia frequentemente, sorrindo radiante para a câmera quando bebê, de cara amarrada quando criança no uniforme de uma nova escola preparatória, sujo de lama e triunfante em um uniforme de rúgbi.

Robin parou para examinar a foto de um grupo de adolescentes, todos vestidos dos pés à cabeça no traje branco de esgrima, a bandeira britânica descendo pelas laterais dos calções de todos. Ela reconheceu Freddie, que estava no meio do grupo, segurando uma grande taça de prata. Em uma extremidade do grupo estava uma garota de aparência infeliz que Robin reconheceu de imediato como Rhiannon Winn, mais velha e mais magra do que ela havia visto na fotografia que o pai da menina lhe mostrara, seu ar ligeiramente retraído destoando dos sorrisos orgulhosos em todos os outros rostos.

Continuando a busca pelas fotos, Robin parou para examinar a foto desbotada de uma grande festa.

Acontecia em uma tenda, do que parecia ser um palco. Muitos balões de hélio de um azul vivo no formato do número dezoito dançavam acima da cabeça da multidão. Mais ou menos uns cem adolescentes haviam nitidamente sido instruídos a olhar para a câmera. Robin percorreu a cena com atenção e encontrou Freddie com muita facilidade, cercado por um grande grupo de meninos e meninas, cujos braços estavam nos ombros uns dos outros, radiantes e, em alguns casos, às gargalhadas. Depois de quase um minuto, Robin localizou o rosto que, por instinto, procurava: Rhiannon Winn, magra, pálida e sem sorrir, ao lado da mesa de bebidas. Perto, atrás dela, meio escondidos na sombra, estavam dois meninos que não vestiam black-tie, mas jeans e camiseta. Um, em particular, era de uma beleza sombria, tinha cabelos compridos, e na camiseta trazia uma foto da banda The Clash.

Robin pegou o celular e tirou uma foto das fotografias da equipe de esgrima e da festa de dezoito anos, recolocou cuidadosamente a pilha de placas de acrílico como a havia encontrado e saiu do banheiro.

Por um segundo, pensou que o hall silencioso estivesse deserto. Depois viu que Raphael estava recostado em uma mesa, de braços cruzados.

– Bom, adeus – disse Robin, partindo para a porta da casa.

– Espere um minuto.

Enquanto ela parava, ele se despregou da mesa e se aproximou dela.

– Fiquei com muita raiva de você, sabia?

– Posso entender o porquê – disse Robin em voz baixa –, mas eu estava fazendo o que seu pai me contratou para fazer.

Ele se aproximou mais, parando abaixo de um antigo lustre de vidro pendurado no teto. Faltava metade das lâmpadas.

– Eu diria que você é boa pra cacete nisso, não é? Conseguir que as pessoas confiem em você?

– Meu trabalho é este – disse Robin.

– Você é casada – disse ele, com os olhos em sua mão esquerda.

– Sim – disse ela.

– Com Tim?

– Não... não existe nenhum Tim.

– Você não é casada com *ele*? – disse Raphael rapidamente, apontando para fora.

– Não. Só trabalhamos juntos.

– E este é seu verdadeiro sotaque – disse Raphael. – Yorkshire.

– É – disse ela. – É este.

Ela pensou que ele fosse dizer algum insulto. Os olhos oliva-escuros deslocaram-se por seu rosto, depois ele meneou a cabeça de leve.

– Gosto muito da voz, mas eu preferia "Venetia". Me fazia pensar em orgias de máscara.

Ele se virou e se afastou, deixando Robin sair apressada ao sol e se juntar a Strike, que ela presumira que estivesse esperando com impaciência no Land Rover.

Estava enganada. Ele ainda estava de pé ao lado do capô do carro, enquanto Izzy, parada muito perto dele, falava rapidamente em voz baixa. Quando ouviu os pés de Robin no cascalho, Izzy deu um passo para trás com o que, para Robin, pareceu um jeito um tanto culpado e constrangido.

– Foi ótimo ver você de novo – disse Izzy, dando dois beijos no rosto de Robin, como se aquela fosse uma simples ocasião social. – E você vai me telefonar, não vai? – disse ela a Strike.

– Vou, manterei você informada – disse ele, dando a volta ao banco do carona.

Nem Strike, nem Robin falaram enquanto ela manobrava o carro. Izzy acenou uma despedida para eles, uma figura um tanto patética com seu vestido solto. Strike levantou a mão para ela enquanto eles pegavam a curva na entrada que a escondeu de vista.

Tentando não incomodar os garanhões assustadiços, Robin dirigiu a passo de lesma. Olhando para a esquerda, Strike viu que o cavalo ferido tinha sido retirado do campo, mas apesar das melhores intenções de Robin, enquanto o carro velho e barulhento passava por ali, o macho preto correu de novo.

– Quem você acha – disse Strike, vendo o cavalo saltar e dar pinotes – que veria um coisa dessas e pensaria, "eu devia tirá-los daí"?

– Tem um antigo ditado – disse Robin, tentando dirigir pelo pior dos buracos –, "o cavalo é seu espelho". As pessoas dizem que os cachorros se parecem com seus donos, mas acho que é mais verdadeiro para os cavalos.

– Deixar Kinvara altamente tensa e propensa a atacar à menor provocação? Parece certo. Vire à direita aqui. Quero dar uma olhada no Steda Cottage.

Quase dois minutos depois, ele disse:

– Aqui. Suba aqui.

O mato estava tão crescido no caminho para o Steda Cottage que Robin quase o perdeu inteiramente na primeira vez que passaram por ele. Entrava fundo na mata que ficava junto dos jardins da Chiswell House, mas infelizmente o Land Rover só conseguiu avançar dez metros, a trilha ficou intransitável para o carro. Robin desligou o motor, no fundo preocupada com Strike, como ele ia passar por um caminho que mal podia ser discernido, de terra e folhas caídas, com mato crescido com espinheiros e urtiga, mas enquanto ele já estava saindo, ela o acompanhou, batendo a porta do motorista.

O chão era escorregadio, as copas das árvores tão densas que o caminho estava em uma sombra escura, úmida e molhada. Um cheiro pungente, verdejante e acre encheu as narinas dos dois e o ar estava vivo do farfalhar de aves e pequenas criaturas cujo habitat era grosseiramente invadido.

– E então – disse Strike, enquanto eles voltavam para passar pelos arbustos e pelo mato. – Christopher Barrowclough-Burns. É um nome novo.

– Não, não é – disse Robin.

Strike a olhou de lado, sorrindo, e de imediato tropeçou em uma raiz, permanecendo de pé a certo custo do joelho inflamado.

– *Merda...* eu me perguntei se você se lembrava.

– "Christopher não prometeu nada com relação às fotos" – Robin citou prontamente. – Ele é um funcionário público que foi mentor de Aamir Mallik no Ministério das Relações Exteriores. Fizzy me contou agora há pouco.

– Estamos de volta ao "homem de seus hábitos", não estamos?

Nenhum dos dois disse nada por um curto período de tempo, concentrados em um trecho particularmente traiçoeiro do caminho em que galhos como chicotes agarravam-se voluntariamente ao tecido e à pele. A pele de Robin era de um verde-claro matizado no sol filtrado pelo teto de folhas acima deles.

– Viu Raphael de novo, depois que eu fui lá para fora?

– Hm... sim, na verdade sim – disse Robin, sentindo-se meio constrangida. – Ele saiu da sala de estar enquanto eu saía do banheiro.

– Não achei que ele deixaria passar outra chance de falar com você – comentou Strike.

– Não foi nada disso – retrucou Robin, faltando com a verdade, lembrando-se da observação sobre orgias de máscara. – Izzy cochichava alguma coisa interessante, lá atrás? – perguntou ela.

Divertindo-se com a troca de golpes, Strike tirou os olhos do caminho, deixando de ver um toco lamacento. Ele tropeçou pela segunda vez, desta feita salvando-se de uma queda dolorosa ao se segurar em uma árvore coberta de uma trepadeira espinhosa.

– *Porra...*

– Você está...?

– Estou bem – disse ele, zangado consigo mesmo, examinando a palma da mão, agora estava cheia de espinhos, e os tirando com os dentes. Ele ouviu um estalo alto de madeira atrás e se virou, vendo Robin segurando um galho caído, que ela quebrou para fazer uma bengala rudimentar.

– Use isto.

– Eu não... – ele começou a falar, mas ao ver a expressão severa de Robin, cedeu. – Obrigado.

Eles partiram de novo, Strike achando a bengala mais útil do que queria admitir.

– Izzy só tentava me convencer de que Kinvara pode ter escapulido para Oxfordshire, depois de matar Chiswell entre as seis e as sete da manhã. Não sei se ela percebe que existem várias testemunhas para cada passo da viagem de Kinvara a partir da Ebury Street. A polícia provavelmente ainda não entrou em detalhes com a família, mas acho que depois que cair a ficha de que Kinvara não pode ter feito isso pessoalmente, Izzy passará a sugerir que ela contratou um assassino. O que você deduz das várias explosões de Raphael?

– Bom – disse Robin, percorrendo um trecho de urtiga –, eu até o entendo, ficando irritado com Torquil.

– Sim – concordou Strike –, acho que o velho Torks também estava me dando nos nervos.

– Raphael parece ter muita raiva do pai, não é? Ele não *precisava* nos falar de Chiswell sacrificando aquela égua. Achei que ele estava quase retratando o pai como... bom...

– Um merda – Strike concordou. – Ele também achava que Chiswell tinha roubado aqueles comprimidos de Kinvara por maldade. Todo esse episódio foi muito estranho. O que deixou você tão interessada naqueles comprimidos?

– Pareciam muito deslocados para Chiswell.

– Bom, foi bem pensado. Ninguém mais parece ter feito perguntas sobre eles. E então, o que a psicóloga deduz de Raphael depreciar o pai morto?

Robin meneou a cabeça, sorrindo, como costumava fazer quando Strike se referia a ela desse jeito. Ela abandonara o curso de psicologia na universidade, como ele bem sabia.

– Eu falo sério – disse Strike, que fez uma careta enquanto seu pé postiço escorregava em folhas caídas e ele se salvava, desta vez com a ajuda da bengala de Robin. – *Droga*... diga. Por que você acha que ele hostilizou Chiswell?

– Bom, acho que ele está magoado e furioso – disse Robin, pesando as palavras. – Ele e o pai estavam se entendendo melhor do que nunca, pelo que ele me disse quando eu estava na Câmara dos Comuns, mas agora Chiswell está morto e Raphael jamais conseguirá voltar a ter boas relações com ele, não é? Restou a ele o fato de que foi excluído do testamento e nenhuma ideia de como Chiswell realmente se sentia com relação a ele. Chiswell era muito incoerente com Raphael. Quando estava bêbado e deprimido, parecia confiar nele, caso contrário era muito grosseiro. Mas não posso dizer com sinceridade que vi Chiswell ser gentil com alguém, exceto talvez...

Ela se calou de súbito.

– Pode falar – disse Strike.

– Bom, na verdade – disse Robin –, eu ia dizer que ele foi muito gentil comigo, no dia em que descobri tudo sobre o Level Playing Field.

– Foi quando ele lhe ofereceu um emprego?

– Sim, ele disse que talvez tivesse um pouco mais de trabalho para mim, depois que eu me livrasse de Winn e Knight.

– Ele disse? – falou Strike, curioso. – Você nunca me contou isso.

– Não contei? Não, acho que não.

E, como Strike, ela se lembrou da semana em que ele ficou na casa de Lorelei, seguida pelas horas no hospital com Jack.

– Eu fui ao gabinete dele, como contei a você, e ele estava ao telefone falando com algum hotel sobre um prendedor de notas que tinha perdido. Tinha sido de Freddie. Depois que Chiswell desligou o telefone, contei sobre o Level Playing Field e ele ficou mais feliz do que jamais vi. "Um por um, eles fazem suas trapalhadas", foi o que ele disse.

– Interessante – Strike ofegava, a perna agora o estava matando. – Então você acha que Raphael está magoado pelo testamento?

Robin, que pensou ter percebido um tom sarcástico na voz de Strike, falou:

– Não é só o dinheiro...

– As pessoas sempre dizem isso – ele resmungou. – É o dinheiro e não é. Porque, o que é o dinheiro? Liberdade, segurança, prazer, uma nova oportunidade... acho que existe mais a extrair de Raphael – disse Strike – e acho que quem vai ter de fazer isso é você.

– O que mais ele pode nos dizer?

– Gostaria de um esclarecimento um pouco maior sobre aquele telefonema que Chiswell deu a ele, pouco antes de aquele saco parar em sua cabeça. – Strike ofegou, agora sentia uma dor considerável. – Não faz muito sentido para mim, porque mesmo que Chiswell soubesse que estava prestes a se matar, existia gente muito mais bem situada para fazer companhia a Kinvara do que um enteado de quem ela não gostava e estava a quilômetros, em Londres.

"O problema é que o telefonema faz ainda menos sentido se foi assassinato. Tem uma coisa", disse Strike, "não estamos sendo... ah. Graças a Deus."

O Steda Cottage tinha acabado de entrar no campo de visão em uma clareira à frente deles. O jardim, que tinha uma cerca arruinada, agora estava quase todo tomado de mato, como suas cercanias. A construção era baixa, feita de pedra escura e claramente decrépita, com um buraco enorme no teto e rachaduras na maioria das janelas.

– Sente-se – Robin aconselhou a Strike, apontando um toco de árvore grande junto da cerca do chalé. Sentindo muita dor para discutir, ele fez o que ela instruiu, enquanto Robin ia para a porta da frente e dava um leve empurrão, mas descobriu que estava trancada. Andando pela grama na altura do joelho, ela espiou por cada uma das janelas sujas. Os cômodos tinham uma grossa camada de poeira e estavam vazios. O único sinal de algum ocupante anterior era a cozinha, onde uma caneca imunda com uma foto de Johnny Cash pousava solitária em uma superfície suja.

– Parece que ninguém mora aqui há anos e não há sinal de ninguém dormindo ali – ela informou a Strike, surgindo do outro lado do chalé.

Strike, que tinha acabado de acender um cigarro, não respondeu. Olhava um grande buraco no chão da mata, de cerca de dois metros quadrados, margeado por árvores e cheio de urtiga, espinhos enrolados e mato alto.

– Você chamaria isso de um vale? – perguntou ele a Robin.

Robin olhou a marca parecida com uma bacia.

– Diria que é mais parecido com um vale do que qualquer outra coisa por que passamos – disse ela.

– "Ele estrangulou a criança e eles a enterraram, lá no vale perto da casa de nosso pai" – Strike citou.

– Vou dar uma olhada – disse Robin. – Você fique aqui.

– Não – disse Strike, levantando a mão para impedi-la –, você não vai achar nada...

Mas Robin já escorregava pela borda íngreme do "vale", os espinhos se prendendo em sua calça jeans enquanto ela descia.

Foi extremamente difícil andar depois que ela chegou ao fundo. A urtiga alcançava sua cintura e ela levantou as mãos para não se arranhar e para evitar espinhos. Umbelíferas e erva-benta pontilhavam de branco e amarelo o verde-escuro. Os longos galhos espinhosos de roseiras silvestres se enroscavam como arame farpado aonde quer que ela fosse.

– Cuidado – disse Strike, sentindo-se impotente enquanto a observava avançar com dificuldade, arranhando-se ou furando-se em um ou outro passo.

– Estou bem – disse Robin, olhando o chão abaixo da vegetação silvestre. Se alguma coisa foi enterrada ali, já foi há muito tempo coberta por plantas e cavar seria uma tarefa muito difícil. Ela disse isso a Strike, quando se abaixou para ver o que estava embaixo de um denso trecho de espinheiros.

– Duvido que Kinvara ficasse feliz em nos ver cavando, de todo modo – disse Strike e, ao dizer isso, ele se lembrou das palavras de Billy: *Ela não me deixaria cavar, mas você ela deixa.*

– Espere aí – disse Robin, parecendo tensa.

Apesar de saber muito bem que ela não poderia ter encontrado nada, Strike se retesou.

– Que foi?

– Tem alguma coisa ali. – Robin mexeu a cabeça de um lado para outro, tentando enxergar melhor um trecho denso de urtiga, bem no meio do vale. – Ah, meu Deus.

– Que foi? – repetiu Strike. Embora muito mais alto do que ela, ele não conseguiu divisar nada naquele trecho de urtiga. – O que você consegue enxergar?

– Eu não sei... pode ser imaginação minha. – Ela hesitou. – Você não tem luvas, tem?

– Não. Robin, não...

Mas ela já entrava no trecho de urtigas, de mãos erguidas, pisando nelas na base sempre que podia, achatando-as o máximo possível. Strike viu que ela se abaixava e pegava alguma coisa no chão. Endireitando o corpo, ela ficou imóvel, a cabeça loura-arruivada abaixada para o que tinha encontrado, até que Strike perguntou com impaciência:

– O que é?

O cabelo de Robin se afastou de um rosto que parecia pálido contra o atoleiro de verde-escuro em que ela estava enquanto ela erguia uma pequena cruz de madeira.

– Não, fique aí – ela ordenou a ele, porque ele avançava automaticamente para a beira do vale para ajudá-la a subir. – Estou bem.

Na verdade ela estava coberta de arranhões e espinhos de urtiga, mas, decidindo que mais alguns não fariam diferença, Robin fez um esforço maior para sair do vale, usando as mãos para se impelir pela margem íngreme até que chegou perto o bastante de Strike para estender a mão e ele a ajudar pelos últimos passos.

– Obrigada – disse ela sem fôlego. – Parece que estava ali há anos – disse ela, limpando a terra da base, que era pontuda, o melhor para ser presa no chão. A madeira estava úmida e manchada.

– Tem alguma coisa escrita aí. – Strike tirou dela e estreitou os olhos para a superfície viscosa.

– Onde? – disse Robin. Seu cabelo roçou o rosto dele enquanto eles ficavam bem perto, lado a lado, olhando o resíduo muito fraco do que parecia uma caneta hidrográfica, há muito tempo desbotado pela chuva e pelo orvalho.

– Parece a letra de uma criança – disse Robin em voz baixa.

– Isto é um "S" – disse Strike – e no final... é um "g" ou um "y"?

– Não sei – sussurrou Robin.

Eles ficaram ali em silêncio, olhando a cruz, até que os latidos fracos e ecoantes de Rattenbury, o Norfolk terrier, penetraram seu devaneio.

– Ainda estamos na propriedade de Kinvara – disse Robin, nervosa.

– É. – Strike ficou com a cruz ao partir para o caminho por onde vieram, de dentes trincados contra a dor na perna. – Vamos procurar um pub. Estou morto de fome.

44

*Mas existem tantos tipos de cavalo branco neste mundo,
sra. Helseth...*

Henrik Ibsen, *Rosmersholm*

– É claro – disse Robin, enquanto eles seguiam para o vilarejo – que uma cruz fincada no chão não significa que tenha alguma coisa enterrada por baixo.

– É verdade – disse Strike, que precisou mais de seu fôlego na caminhada de volta para os frequentes palavrões que pronunciou enquanto cambaleava e derrapava no chão da mata –, mas é de se pensar, não é?

Robin não disse nada. As mãos no volante estavam cobertas de espinhos de urtiga que irritavam e ardiam.

A estalagem rural a que eles chegaram cinco minutos depois era a verdadeira imagem da Inglaterra de cartão-postal, uma construção branca de toras de madeira com janelas salientes chumbadas, ardósia coberta de musgo no telhado e rosas-trepadeiras vermelhas em volta da porta. Uma área externa com para-sóis completava o quadro. Robin entrou com o Land Rover no pequeno estacionamento do outro lado.

– Isto está ficando idiota – resmungou Strike, que tinha deixado a cruz no painel e agora saía do carro e olhava fixamente o pub.

– O quê? – Robin contornou a traseira do carro para se juntar a ele.

– O nome é White Horse, cavalo branco.

– Por causa daquele no alto do morro – disse Robin, enquanto eles partiam pelo caminho juntos. – Olha só a placa.

Pintada em uma chapa no alto de um poste de madeira estava a estranha figura de giz que eles tinham visto antes.

– O pub onde conheci Jimmy Knight se chamava White Horse também – disse Strike.

– O White Horse – disse Robin enquanto eles subiam a escada para a área externa, Strike agora mancando de forma mais pronunciada do que nunca – é um dos dez nomes mais populares de pubs na Grã-Bretanha. Li isso em algum artigo. Rápido, aquelas pessoas estão saindo... pegue a mesa delas, vou buscar as bebidas.

O pub de teto baixo estava movimentado. Robin foi primeiro ao banheiro das mulheres, onde tirou o casaco, amarrou na cintura e lavou as mãos ardidas. Queria ter conseguido encontrar folhas de labaça na jornada de volta do Steda Cottage, mas grande parte de sua atenção na caminhada de volta foi dispensada a Strike, que quase caiu outras duas vezes e mancou, furioso consigo mesmo, rejeitou ofertas de ajuda com grosseria e se apoiou muito na bengala improvisada que ela havia feito com um galho.

O espelho mostrou a Robin que ela estava despenteada e suja se comparada com as prósperas pessoas de meia-idade que acabara de ver no bar, mas, com pressa para voltar a Strike e analisar as atividades da manhã, ela apenas passou uma escova no cabelo, limpou uma mancha verde no pescoço e voltou para a fila das bebidas.

– Valeu, Robin – disse Strike agradecido, quando ela voltou a ele com um caneco de Arkell's Wiltshire Gold, empurrando o cardápio pela mesa para ela. – Ah, essa é boa. – Ele suspirou depois de beber um gole. – E então, qual é o mais popular?

– Como assim?

– O nome mais popular de pubs. Você disse que White Horse está entre os dez mais.

– Ah, sim... ou é Red Lion, ou Crown, não consigo me lembrar.

– O Victory's é o pub de minha cidade. – Strike teve suas reminiscências.

Ele não voltava à Cornualha havia dois anos. Agora via o pub em seu olho mental, uma construção baixa de pedra caiada da Cornualha, a escada ao lado descendo sinuosa à baía. Foi o pub em que ele conseguiu ser servido pela primeira vez sem documento de identidade, com dezesseis anos e largado na casa dos tios por algumas semanas, enquanto a vida da mãe passava por outros de seus surtos constantes de agitação.

— O nosso é o Bay Horse. — E Robin também teve uma visão repentina de um pub que sempre pensaria como um lar, também branco, em uma rua que saía da praça do mercado em Masham. Foi ali que ela comemorou seus resultados de nota máxima com os amigos, na mesma noite em que teve uma briga boba com Matthew, ele foi embora, ela se recusou a ir também e continuou com os amigos.

— Por que "bay"? – perguntou Strike, agora na metade da cerveja e descansando ao sol, com a perna inflamada estendida. – Por que o cavalo baio não pode ser simplesmente chamado de "castanho"?

— Bom, eles *são* cavalos castanhos – disse Robin –, mas baio significa uma coisa diferente. Extremidades pretas: pernas, crina e rabo.

— De que cor era o seu pônei... Angus, não era esse o nome?

— Como você se lembra disso? – perguntou Robin, surpresa.

— Sei lá. Do mesmo jeito que você se lembra de nomes de pubs. Algumas coisas pegam, não é?

— Ele era cinza.

— Significa branco. Isso tudo é só jargão para confundir a plebe que não anda de cavalo.

— Não. – Robin riu. – Os cavalos cinza têm a pele preta por baixo do pelo branco. Os brancos verdadeiros...

— ... morrem jovens – disse Strike, enquanto uma garçonete chegava para pegar os pedidos. Pedindo um hambúrguer, Strike acendeu outro cigarro e sentiu uma onda de algo próximo da euforia quando a nicotina chegou ao cérebro. Uma cerveja, um dia quente de agosto, um trabalho bem remunerado, comida a caminho e Robin, sentada diante dele, a amizade dos dois restaurada, embora não inteiramente ao que era antes da lua de mel de Robin, mas talvez o mais próximo possível, agora que ela estava casada. Naquele momento, na área externa ensolarada e apesar da dor que sentia na perna, do cansaço e da confusão não resolvida que era sua relação com Lorelei, a vida parecia simples e cheia de esperanças.

— As entrevistas em grupo nunca são uma boa ideia – disse ele, soltando a fumaça longe do rosto de Robin –, mas tivemos umas interessantes tendências conflitantes entre os Chiswell, não foi? Vou continuar trabalhando em Izzy. Acho que ela pode ser um pouco mais comunicativa sem a família por perto.

Izzy vai gostar de ser trabalhada, pensou Robin ao pegar o celular.

– Tenho uma coisa para te mostrar. Veja.

Ela mostrou a fotografia da festa de aniversário de Freddie Chiswell.

– Esta – disse ela, apontando o rosto infeliz da garota pálida – é Rhiannon Winn. Ela estava na festa de dezoito anos de Freddie Chiswell. Por acaso – ela rolou uma foto, mostrando o grupo de traje branco – eles eram da mesma seleção britânica de esgrima.

– Meu Deus, é claro. – Strike pegou o telefone da mão de Robin. – A espada... a espada na Ebury Street. Aposto que foi de Freddie!

– É claro! – Robin fez eco, perguntando-se por que não tinha percebido isso antes.

– Isso não deve ter sido muito antes de ela se matar. – Strike examinou mais atentamente a figura infeliz de Rhiannon Winn na festa de aniversário. – E... mas que droga, é Jimmy Knight atrás dela. O que ele está fazendo numa festa de dezoito anos de um garoto de escola particular?

– Boca-livre? – sugeriu Robin.

Strike soltou um leve bufo de ironia ao devolver o telefone.

– Às vezes a resposta óbvia é a correta. Será que foi imaginação minha Izzy ter ficado constrangida quando surgiu a história do sex appeal adolescente de Jimmy?

– Não – disse Robin –, também notei isso.

– E também ninguém quer falar dos velhos amigos de Jimmy, os irmãos Butcher.

– Porque eles sabem mais do que o local de trabalho da irmã?

Strike bebeu sua cerveja, pensando no que Chiswell tinha dito quando eles se conheceram.

– Chiswell disse que outras pessoas estavam envolvidas no que ele fez para ser chantageado, mas elas tinham muito a perder se a questão viesse a público.

Ele pegou o bloco e contemplou a própria letra pontuda e difícil de entender, enquanto Robin ficou sentada tranquilamente desfrutando das conversas em voz baixa na área externa. Uma abelha indolente zumbiu por ali, lembrando a ela o caminho de alfazema no Le Manoir aux Quat'Saisons, onde passara o aniversário de casamento com Matthew. Era melhor não comparar o que sentia agora com o que sentiu naqueles dias.

— Talvez — Strike bateu a caneta no bloco aberto — os irmãos Butcher tenham concordado em assumir os deveres de cortar cavalos de Jimmy enquanto ele estava em Londres. Sempre pensei que ele podia ter amigos por aqui que cuidassem desse lado das coisas. Mas vamos deixar Izzy obter o paradeiro de Tegan com eles antes de procurá-los. Não quero aborrecer a cliente, a não ser que seja absolutamente necessário.

— Não — Robin concordou. — Estou imaginando... você acha que Jimmy os encontrou quando veio aqui procurando por Billy?

— Pode muito bem ter feito isso. — Strike assentiu para as anotações. — Isso é muito interessante. Pelo que eles disseram naquela passeata, Jimmy e Flick sabiam onde Billy estava naquela hora. Eles partiram para vê-lo quando meu tendão se rompeu. Agora o perderam novamente... sabe de uma coisa, eu daria muito para encontrar Billy. É onde tudo isso começou e ainda estamos...

Ele se interrompeu com a chegada da comida: um hambúrguer com queijo azul para Strike e uma tigela de chilli para Robin.

— Ainda estamos? — Robin o estimulou, enquanto a garçonete se afastava.

— ... sem saber de nada — disse Strike — sobre a criança que ele alega ter visto morrer. Não quero perguntar aos Chiswell sobre Suki Lewis, pelo menos ainda não. É melhor não sugerir que estou interessado em alguém além da morte de Chiswell.

Ele pegou o hambúrguer e deu uma dentada enorme, de olhos desfocados, encarando a estrada. Depois de destruir metade do hambúrguer, Strike voltou-se para as anotações.

— Coisas a fazer — ele anunciou, pegando de novo a caneta. — Quero encontrar esta faxineira demitida por Jasper Chiswell. Ela teve a chave por algum tempo e talvez possa nos dizer como e quando o hélio entrou na casa.

"Se tivermos sorte, Izzy vai localizar Tegan Butcher para nós e Tegan poderá lançar alguma luz sobre a vinda de Raphael aqui na manhã da morte de seu pai, porque ainda não engoli essa história.

"Por enquanto vamos deixar de lado os irmãos de Tegan, porque claramente os Chiswell não querem que a gente fale com eles, mas eu posso tentar dar uma palavrinha com Henry Drummond, o marchand."

— Por quê? — perguntou Robin.

– Ele era um velho amigo, fez um favor a Chiswell quando contratou Raphael. Eles deviam ser razoavelmente próximos. Nunca se sabe, Chiswell pode ter contado a ele que estava sendo chantageado. E ele tentou falar com Chiswell de manhã cedo, quando Chiswell morreu. Gostaria de saber o motivo.

"Então, daqui para a frente: você terá uma festinha com Flick na joalheria, Barclay pode ficar com Jimmy e Flick, e eu vou atacar Geraint Winn e Aamir Mallik."

– Eles nunca vão falar com você – disse Robin prontamente. – Nunca.

– Quer apostar?

– Dez libras como não vão.

– Não pago o bastante para você jogar dez libras fora – disse Strike. – Você pode me comprar uma cerveja.

Strike ficou com a conta e eles voltaram ao carro, Robin no fundo desejando que houvesse mais algum lugar aonde precisassem ir, porque a perspectiva de voltar a Albury Street era deprimente.

– Talvez seja melhor voltarmos pela M40. – Strike consultava um mapa no telefone. – Teve um acidente na M4.

– Tudo bem – disse Robin. Isto os faria passar por Le Manoir aux Quat'Saisons. Ao dar a ré no estacionamento, de súbito Robin se lembrou das mensagens de texto de Matthew mais cedo. Ele havia alegado ter mandado as mensagens sobre o trabalho, mas ela não conseguia se lembrar de ele um dia entrar em contato com o escritório em um fim de semana. Uma de suas queixas constantes a respeito do trabalho dela era que seu horário e suas responsabilidades entravam pelo fim de semana adentro, ao contrário do emprego dele.

– O quê? – disse ela, agora consciente de que Strike acabara de falar.

– Eu disse que eles deviam dar azar, não é? – Strike repetiu, enquanto eles se afastavam do pub.

– Eles quem?

– Os cavalos brancos. Não existe uma peça em que cavalos brancos aparecem como presságio da morte?

– Eu não sei. – Robin trocou de marcha. – Mas a morte cavalga um cavalo branco no Apocalipse.

– Um cavalo rosado – Strike a corrigiu, abrindo a janela a fim de fumar novamente.

– Que pedantismo.

– Fala a mulher que não chamaria um cavalo castanho de "castanho" – disse Strike.

Ele pegou a cruz de madeira suja, que escorregava pelo painel. Robin ficou de olho na estrada à frente, resolutamente concentrada em qualquer coisa que não fosse a imagem nítida que havia lhe ocorrido quando ela a localizou, quase escondida nos caules grossos e barbados da urtiga: de uma criança, apodrecendo na terra, no fundo daquela bacia escura na mata, morta e esquecida por todos, exceto por um homem que diziam ser louco.

45

*Para mim, é uma necessidade abandonar uma posição falsa
e equívoca.*

Henrik Ibsen, *Rosmersholm*

Na manhã seguinte, Strike pagou com a dor a caminhada pela mata na Chiswell House. Sua vontade de sair da cama e descer a escada para trabalhar naquele domingo era tão pouca que ele foi obrigado a se lembrar de que tinha escolhido este ofício de livre vontade, como o personagem de Hyman Roth em um de seus filmes preferidos. Se, como a Máfia, a investigação particular fazia exigências extraordinárias, determinadas consequências tinham de ser aceitas junto com as recompensas.

Afinal, ele teve alternativas. O exército se dispôs a mantê-lo, mesmo tendo perdido metade da perna. Amigos de amigos ofereceram de tudo, de cargos de gerência no setor da segurança privada à sociedade em empresas, mas a comichão para investigar, resolver e restaurar a ordem no universo moral não parou e ele duvidava que um dia sumiria. O trabalho burocrático, os clientes frequentemente intratáveis, a contratação e demissão de subordinados não lhe davam satisfação intrínseca – mas as longas horas de trabalho, as privações físicas e os riscos ocasionais de seu ofício eram aceitos com estoicismo e com o ocasional júbilo. Assim, ele tomou um banho, colocou a prótese e, bocejando, desceu dolorosamente a escada, lembrando-se da sugestão do cunhado de que sua meta definitiva deveria ser ficar sentado em um escritório enquanto os outros literalmente batiam perna, fazendo o trabalho de campo.

Os pensamentos de Strike vagaram até Robin quando ele se sentou ao computador dela. Ele nunca lhe perguntou qual era sua ambição fundamental na agência, pressupondo, talvez com arrogância, ser a mesma que a dele: acumular saldo bancário suficiente para garantir aos dois uma renda decente enquanto pegavam um trabalho que fosse mais interessante, sem medo de dissipar tudo no momento em que perdessem um cliente. Mas talvez Robin esperasse dele a iniciativa de uma conversa na linha sugerida por Greg. Ele tentou imaginar a reação dela, se ele a convidasse a se sentar no sofá de peido enquanto a submetia a uma apresentação em PowerPoint que determinava os objetivos de longo prazo e sugestões de *branding*.

Ao dar início ao trabalho, os pensamentos em Robin se metamorfosearam em recordações de Charlotte. Ele se lembrou de como era em dias como este, quando eles estavam juntos e ele precisava de horas ininterruptas, sozinho ao computador. Às vezes Charlotte saía sozinha, em geral fazendo um mistério desnecessário sobre aonde ia, ou inventava motivos para interrompê-lo, ou criava uma briga que o mantinha encurralado enquanto as preciosas horas lhe escapavam. E ele sabia que estava lembrando a si mesmo de como esse comportamento era complicado e cansativo, porque desde que a vira na Lancaster House, Charlotte entrava e saía de sua mente distraída como um gato de rua.

Pouco menos de oito horas, sete canecas de chá, três idas ao banheiro, quatro sanduíches de queijo, três sacos de fritas, uma maçã e 22 cigarros depois, Strike tinha reembolsado as despesas de todos os terceirizados, garantido que a contabilidade tivesse os mais recentes recibos da firma, lido o relatório atualizado de Hutchins sobre o Doutor Duvidoso e localizado vários Aamir Malliks no ciberespaço em busca daquele que queria entrevistar. Às cinco horas, ele pensou tê-lo encontrado, mas a fotografia estava tão longe do "bonito", como Mallik era descrito em fofocas anônimas na internet, que ele achou melhor mandar a Robin por e-mail uma cópia das fotos que encontrou no Google Imagens, para confirmar se era o Mallik que ele procurava.

Strike se espreguiçou, bocejando, ouvindo um solo de bateria que um possível cliente tocava em uma loja na Denmark Street. Ansioso para voltar para cima e assistir aos destaques do dia na Olimpíada, que incluiriam Usain Bolt nos cem metros, ele estava a ponto de desligar o computador quando um pequeno sinal sonoro o alertou para a chegada de um e-mail de Lorelei@vintagevamps.com. O assunto dizia simplesmente: "Você e eu."

Strike esfregou os olhos com a base das palmas das mãos, como se a visão do novo e-mail fosse uma aberração temporária. Porém, estava ali, no alto de sua caixa de entrada, quando ele ergueu a cabeça e abriu os olhos.

— Ah, merda — resmungou. Concluindo que podia muito bem esperar pelo pior, ele clicou na mensagem.

O e-mail tinha quase mil palavras e dava a impressão de ter sido cuidadosamente elaborado. Era uma dissecação metódica do caráter de Strike, parecida com anotações de um caso psiquiátrico que, embora não fosse irremediável, exigia intervenção urgente. Segundo a análise de Lorelei, Cormoran Strike era uma criatura fundamentalmente devastada e disfuncional que sabotava a própria felicidade. Ele fazia os outros sofrer devido à desonestidade essencial de suas questões emocionais. Sem nunca ter vivido uma relação saudável, fugia delas quando apareciam. Não dava valor aos que gostavam dele e provavelmente só perceberia isto quando chegasse ao fundo do poço, sozinho, sem amor e torturado pelos remorsos.

Esta previsão foi seguida por uma descrição do exame de consciência e das dúvidas que tinham antecedido a decisão de Lorelei de mandar o e-mail, em vez de simplesmente dizer a Strike que o relacionamento sem compromisso deles estava no fim. Ela concluiu ser mais justo explicar por escrito por que ela, e por implicação qualquer outra mulher do mundo, o acharia inaceitável se ele não mudasse de comportamento. Pedia a ele que lesse e pensasse no que ela dissera "entender que isto não vem da raiva, mas da tristeza", e solicitava um encontro para que eles pudessem "decidir se você quer esta relação o bastante para tentar de um jeito diferente".

Depois de chegar ao final da mensagem, Strike continuou onde estava, encarando a tela, não porque pensasse numa resposta, mas porque se preparava para a dor física que previa depois de se levantar. Por fim se impeliu para a posição vertical, retraindo-se ao baixar o peso na prótese, desligou o computador e trancou a sala.

Por que não podemos terminar por telefone?, pensou ele, subindo a escada apoiado no corrimão. *É evidente que a merda acabou, não é? Por que precisamos fazer uma autópsia?*

De volta ao apartamento, ele acendeu outro cigarro, jogou-se em uma cadeira da cozinha e ligou para Robin, que atendeu quase de imediato.

— Oi — disse ela em voz baixa. — Só um minuto.

Ele ouviu uma porta se fechar, passos, e outra porta se fechar.

— Recebeu meu e-mail? Agora mesmo mandei umas fotos para você.

— Não – disse Robin, ainda em voz baixa. – Fotos do quê?

— Acho que descobri que Mallik mora em Battersea. Um cara gorducho com monocelha.

— Não é ele. Ele é alto e magro, de óculos.

— Então desperdicei uma hora – disse Strike, frustrado. – Por acaso ele deixou escapar onde mora? O que gostava de fazer nos fins de semana? O número da previdência social?

— Não, nós mal conversávamos. Eu já te disse isso.

— Como está saindo o disfarce?

Robin já havia dito a Strike, por mensagem de texto, que teria uma entrevista na quinta-feira com a "wicca louca" dona da joalheria em Camden.

— Nada mau – disse Robin. – Estive experimentando com...

Houve um grito abafado ao fundo.

— Desculpe, preciso ir – disse Robin às pressas.

— Está tudo bem?

— Tudo bem, a gente se fala amanhã.

Ela desligou. Strike continuou com o celular no ouvido. Deduziu que tinha telefonado em um momento difícil para Robin, possivelmente até uma briga, e baixou o telefone com uma leve decepção por não ter uma conversa mais longa. Por um ou dois minutos, contemplou o celular em sua mão. Lorelei esperava que ele telefonasse assim que lesse o e-mail. Concluindo que podia alegar de forma crível ainda não tê-lo visto, Strike baixou o telefone e, em vez disso, pegou o controle remoto da televisão.

46

... eu deveria ter lidado com o caso de forma mais judiciosa.
Henrik Ibsen, *Rosmersholm*

Quatro dias depois, na hora do almoço, Strike podia ser encontrado recostado no balcão de uma pequena pizzaria delivery, a mais convenientemente situada para vigiar uma casa bem do outro lado da rua. A casa compunha uma dupla geminada de tijolos aparentes marrons, o nome "Ivy Cottages" gravado na pedra acima das portas idênticas, que parecia a Strike combinar mais com habitações mais humildes do que com aquelas casas, que tinham janelas elegantemente arqueadas e pilares com cornija.

Mastigando uma fatia de pizza, Strike sentiu o telefone vibrar no bolso. Procurou saber quem estava ligando antes de atender, porque já havia tido uma conversa tensa com Lorelei naquele dia. Vendo que era Robin, ele atendeu.

– Estou dentro – disse Robin. Ela parecia animada. – Acabo de sair da entrevista. A dona é medonha, não me surpreende que ninguém queira trabalhar para ela. É um contrato precário. Basicamente, ela quer duas pessoas para tapar buraco sempre que ela não quiser trabalhar.

– Flick ainda está lá?

– Sim, ela cuidava do balcão enquanto eu falava com a dona da loja. A mulher quer me treinar amanhã.

– Você não foi seguida?

– Não, acho que aquele jornalista desistiu. Também não estava aqui ontem. Mas olha, provavelmente ele não teria me reconhecido mesmo que me visse. Devia ver o meu cabelo.

– Por quê? O que você fez com ele?

– *Hair chalk*.

– O quê?

– Giz pastel – disse Robin. – Um tingimento temporário para os cabelos. Escolhi preto e azul. E estou usando muita maquiagem nos olhos e algumas tatuagens temporárias.

– Manda um selfie, bem que estou precisando de uma distração.

– Arrume uma você mesmo. O que está acontecendo do seu lado?

– Droga nenhuma. Mallik saiu da casa de Della, com ela, esta manhã...

– Meu Deus, eles estão *morando* juntos?

– Não faço ideia. Eles foram a algum lugar de táxi com o cão-guia. Voltaram uma hora atrás e estou esperando para ver o que vai acontecer. Mas tem uma coisa interessante: eu já vi Mallik. Reconheci no momento em que o vi esta manhã.

– É mesmo?

– É, ele estava na reunião da ROCOM de Jimmy. Aquela a que eu fui, para procurar por Billy.

– Que estranho... acha que ele agia como um intermediário para Geraint?

– Talvez – disse Strike –, mas não entendo por que o telefone não teria servido, se eles quisessem manter contato. Sabe de uma coisa, tem algo muito esquisito nesse Mallik de modo geral.

– Não creio – disse Robin rapidamente. – Ele não gosta de mim, mas foi porque ficou desconfiado. Isto só quer dizer que é mais afiado do que a maioria dos outros.

– Você não o vê como um assassino?

– Por causa do que disse Kinvara?

– "Meu marido provocou alguém, alguém que eu avisei que ele não devia aborrecer" – Strike citou.

– E por que alguém ficaria particularmente preocupado em aborrecer Aamir? Porque ele é moreno? Eu lamento por ele, de verdade, ter de trabalhar com...

– Espere aí. – Strike deixou o último pedaço de pizza cair no prato.

A porta da casa de Della voltou a se abrir.

– Estamos saindo – disse Strike, enquanto Mallik deixava a casa sozinho, fechava a porta, andava rapidamente pelo caminho do jardim e partia pela rua. Strike saiu da pizzaria, seguindo-o.

— Agora tem o andar animado. Ele parece feliz por se afastar dela...

— Como está a sua perna?

— Já esteve pior. Espere, ele entrou à esquerda... Robin, preciso ir, tenho de acelerar um pouco.

— Boa sorte.

— Valeu.

Strike atravessou a Southwark Park Road com a rapidez que a perna permitia, depois entrou na Alma Grove, uma longa rua residencial com plátanos plantados a intervalos regulares e casas geminadas vitorianas dos dois lados. Para surpresa de Strike, Mallik parou em uma casa à direita, com uma porta turquesa, e entrou por conta própria. A distância entre sua residência e a dos Winn era de no máximo cinco minutos de caminhada.

As casas na Alma Grove eram estreitas e Strike podia muito bem imaginar os barulhos viajando facilmente entre as paredes. Uma vez que Mallik teve o que ele julgava ser tempo suficiente para tirar o casaco e os sapatos, Strike se aproximou da porta turquesa e bateu.

Depois de alguns segundos de espera, Aamir abriu. Sua expressão passou da indagação agradável para o choque. Evidentemente, Aamir sabia exatamente quem era Strike.

— Aamir Mallik?

No início o homem mais novo não falou nada, ficou petrificado com a mão na porta e a outra na parede do hall, encarando Strike com olhos escuros diminuídos pela espessura das lentes dos óculos.

— O que você quer?

— Bater um papo — disse Strike.

— Por quê? Para quê?

— A família de Jasper Chiswell me contratou. Eles não estão certos de ele ter cometido suicídio.

Parecendo temporariamente paralisado, Aamir não se mexeu, nem falou. Por fim, recuou da porta.

— Tudo bem, entre.

No lugar de Aamir, Strike também ia querer saber o que o detetive sabia ou de que suspeitava, em vez de vagar pelas noites angustiado, sem saber por que tinha sido procurado. Strike entrou e limpou os pés no capacho.

A casa era maior por dentro do que aparentava por fora. Aamir levou Strike por uma porta à esquerda e eles entraram em uma sala de estar. A decoração, obviamente, era do gosto de uma pessoa muito mais velha do que Aamir. Um carpete grosso e estampado de espirais rosa e verde, várias poltronas cobertas de chita, uma mesa de centro de madeira com um pano de renda por cima e um espelho ornamental acima da lareira, tudo falava de ocupantes geriátricos, enquanto um feio aquecedor elétrico tinha sido instalado no ferro batido da lareira. As prateleiras estavam vazias, as superfícies desnudas de qualquer enfeite ou outros objetos. Havia um livro de Stieg Larsson no braço de uma poltrona.

Aamir virou-se de frente para Strike, com as mãos nos bolsos do jeans.

– Você é Cormoran Strike – disse ele.

– Isso mesmo.

– Foi sua sócia que fingiu ser Venetia, na Câmara dos Comuns.

– Está certo de novo.

– O que você quer? – perguntou Aamir pela segunda vez.

– Fazer algumas perguntas a você.

– Sobre o quê?

– Algum problema se eu me sentar? – Strike sentou-se sem esperar pela permissão. Notou os olhos de Aamir caindo em sua perna e estendeu a prótese de forma ostentosa, de modo que uma centelha do tornozelo de metal pudesse ser vista acima da meia. Para um homem tão gentil com a deficiência de Della, isto podia ser motivo suficiente para não pedir a Strike que se levantasse. – Como eu disse, a família não acha que Jasper Chiswell se matou.

– Você pensa que eu tenho alguma coisa a ver com a morte dele? – Aamir tentou demonstrar incredulidade e conseguiu apenas aparentar medo.

– Não – disse Strike –, mas se você quiser soltar uma confissão, fique à vontade. Vai me poupar muito trabalho.

Aamir não sorriu.

– A única coisa que sei a seu respeito, Aamir – disse Strike –, é que você estava ajudando Geraint Winn a chantagear Chiswell.

– Eu não estava – disse prontamente Aamir.

Foi a negação automática e irrefletida de um homem em pânico.

– Não tentou pôr as mãos em fotografias incriminadoras para usar contra ele?

– Não sei do que você está falando.

– A imprensa agora tenta suspender a superinjunção de sua chefe. Depois que a chantagem for de domínio público, seu papel nela não continuará oculto por muito tempo. Você e seu amigo Christopher...

– *Ele não é meu amigo!*

A veemência de Aamir interessou a Strike.

– Você é dono desta casa, Aamir?

– O quê?

– Parece um lugar grande para alguém de 24 anos que não pode receber um bom salário...

– Não é da sua conta quem é dono desta...

– Pessoalmente, eu não ligo – disse Strike, curvando-se para a frente –, mas os jornais vão se importar. Vai parecer que você está em dívida com os proprietários se não estiver pagando um aluguel justo. Pode dar a impressão de que deve alguma coisa a eles, como se estivesse no bolso deles. A receita federal também vai considerar isto um benefício em espécie, se não é de propriedade de seus empregadores, o que pode criar problemas para ambos...

– Como você soube onde me encontrar? – Aamir exigiu saber.

– Bom, não foi fácil – Strike admitiu. – Você não tem muita vida online, não é? Mas, no fim – ele pegou no bolso interno do casaco um maço de papéis dobrados e o abriu – encontrei a página de sua irmã no Facebook. Esta *é* sua irmã, não é?

Ele colocou na mesa de centro a folha de papel em que imprimira o post do Facebook. Uma mulher bonita e roliça de *hijab* sorria radiante na reprodução ruim de sua fotografia, cercada de quatro crianças novas. Tomando o silêncio de Aamir por consentimento, Strike falou:

– Voltei alguns anos pelos posts. Este é você – disse ele, colocando uma segunda página impressa por cima da primeira. Um Aamir muito mais novo sorria em uma beca acadêmica, flanqueado pelos pais. – Você se formou com louvor em política e economia na London School of Economics. Deveras impressionante...

"Você entrou no programa de pós-graduação no Ministério das Relações Exteriores", continuou Strike, colocando uma terceira folha de papel por cima das outras duas. Esta mostrava uma fotografia posada e oficial de um pequeno grupo de jovens elegantemente vestidos, homens e mulheres, todos negros ou de outras minorias étnicas, em torno de um homem careca e corado. "Aqui está você", disse Strike, "com o importante servidor público sir Christopher Barrowclough-Burns, que na época cuidava de um programa de recrutamento de diversidade."

O olho de Aamir teve um repuxão.

– E aqui está você de novo – Strike baixou a última de suas quatro páginas impressas do Facebook –, só um mês atrás, com sua irmã naquela pizzaria na frente da casa de Della. Depois de eu identificar onde era e perceber como era perto da casa dos Winn, pensei que talvez valesse a pena vir a Bermondsey para ver se conseguia localizar você na vizinhança.

Aamir olhava fixamente a foto dele e da irmã. Ela que havia tirado o selfie. A Southwark Park Road era claramente visível atrás deles, pela janela.

– Onde você estava às seis horas da manhã do dia 13 de julho? – perguntou Strike a Aamir.

– Aqui.

– Alguém pode corroborar isto?

– Sim. Geraint Winn.

– Ele passou a noite aqui?

Aamir avançou alguns passos, de punhos erguidos. Podia não ser evidente que ele nunca tivesse lutado boxe, mas ainda assim Strike ficou tenso. Aamir parecia à beira de um colapso.

– Só o que estou dizendo – Strike falou e levantou as mãos pacificamente – é que seis horas da manhã é um horário estranho para Geraint Winn estar na sua casa.

Aamir lentamente baixou os punhos e depois, como se não soubesse mais o que fazer de si mesmo, recuou para se sentar na beira da poltrona mais próxima.

– Geraint veio me dizer que Della tinha sofrido uma queda.

– Ele não podia ter telefonado?

– Acho que sim, mas não telefonou – disse Aamir. – Ele queria a minha ajuda para convencer Della a ir ao pronto-socorro. Ela escorregou nos últimos degraus da escada e seu pulso inchava. Fui até lá... eles moram depois da esquina... mas não consegui convencê-la. Ela é teimosa. De qualquer forma, no fim era só uma torção, e não uma fratura. Ela estava bem.

— Então você é o álibi de Geraint para a hora da morte de Jasper Chiswell?

— Acho que sim.

— E ele é o seu.

— Por que eu ia querer Jasper Chiswell morto? — perguntou Aamir.

— Boa pergunta — disse Strike.

— Eu mal conhecia o homem — disse Aamir.

— É mesmo?

— Sim, é mesmo.

— Então, o que o fez citar Catulo para você e mencionar as Moiras, e sugerir na frente de uma sala cheia de gente que ele sabia coisas a respeito de sua vida particular?

Houve uma longa pausa. Mais uma vez, o olho de Aamir sofreu um repuxão.

— Isto não aconteceu — disse ele.

— Sério? Minha sócia...

— Ela está mentindo. Chiswell não sabia nada de minha vida particular. Nada.

Strike ouviu o barulho abafado de um aspirador de pó na casa ao lado. Ele tinha razão. As paredes não eram grossas.

— Já vi você antes — disse Strike a Mallik, que parecia mais assustado do que nunca. — Na reunião de Jimmy Knight em East Ham, dois meses atrás.

— Não sei do que você está falando — disse Mallik. — Está me confundindo com outra pessoa. — Depois, sem convencer: — Quem é Jimmy Knight?

— Tudo bem, Aamir, se é assim que você quer jogar, não tem sentido continuar. Posso usar seu banheiro?

— O quê?

— Preciso urinar. Depois vou embora, deixarei você em paz.

Era evidente que Mallik queria recusar, mas pareceu incapaz de encontrar um motivo para tanto.

— Tudo bem — disse Aamir. — Mas...

Algo parecia ter ocorrido a ele.

— ... espere. Preciso tirar... eu estava lavando umas meias na pia. Fique aqui.

— Tudo bem — disse Strike.

Aamir saiu da sala. Strike queria uma desculpa para fuçar o segundo andar em busca de pistas da entidade ou atividade que pode ter causado barulhos animais altos o bastante para perturbar os vizinhos, mas os passos de Aamir lhe disseram que o banheiro ficava depois da cozinha, no andar térreo.

Alguns minutos depois, Aamir voltou.

– É por aqui.

Ele levou Strike pelo corredor, passou por uma cozinha despojada e comum e apontou o banheiro para ele.

Strike entrou, fechou e trancou a porta, depois colocou a mão no fundo da pia. Estava seca. As paredes do banheiro eram cor-de-rosa e combinavam com o quarto rosa. Suportes ao lado da privada e uma grade do chão ao teto no fundo do boxe sugeriam que este, em algum momento do passado recente, tinha sido o lar de uma pessoa frágil ou deficiente.

O que Aamir queria retirar ou esconder antes da entrada do detetive? Strike abriu o armário do banheiro. Continha muito pouca coisa além das necessidades básicas de um jovem: kit para fazer a barba, desodorante e loção pós-barba.

Depois de fechar o armário, Strike viu o próprio reflexo virar-se para ele e, por cima do ombro, a porta, onde um grosso roupão azul-marinho atoalhado tinha sido pendurado de qualquer jeito, suspenso pelo buraco do braço e não pela alça projetada para este fim.

Depois de acionar a descarga para sustentar a ficção de que estava ocupado demais para xeretar, Strike se aproximou do roupão e apalpou os bolsos vazios. Ao fazer isso, o roupão colocado precariamente escorregou do gancho.

Strike deu alguns passos para trás, para apreciar melhor o que agora se revelava. Alguém tinha recortado uma figura rudimentar de quatro pernas no chão do banheiro, lascando a madeira e a pintura. Strike abriu a torneira de água fria, para o caso de Aamir estar ouvindo, tirou uma foto do entalhe com o celular, fechou a torneira e recolocou o roupão como o havia encontrado.

Aamir esperava no fundo da cozinha.

– Tudo bem se eu levar aqueles papéis? – perguntou Strike e, sem esperar por uma resposta, voltou à sala de estar e pegou as páginas do Facebook.

— O que fez você deixar mesmo o Ministério das Relações Exteriores? — perguntou ele despreocupadamente.

— Eu... não gostei de lá.

— E como aconteceu de você trabalhar para os Winn?

— Nós nos conhecemos – disse Aamir. – Della me ofereceu um emprego. Eu aceitei.

Acontecia, muito de vez em quando, de Strike ter escrúpulos em relação ao que era levado a perguntar durante uma entrevista.

— Não pude deixar de notar – disse ele, erguendo o maço de material impresso – que parece que você perdeu o contato com sua família por muito tempo depois de sair do Ministério das Relações Exteriores. Não aparece mais em fotos dos grupos, nem mesmo no aniversário de setenta anos de sua mãe. Sua irmã parou de falar em você há um bom tempo.

Aamir não disse nada.

— É como se você tivesse sido deserdado – disse Strike.

— Você pode sair agora – disse Aamir, mas Strike não se mexeu.

— Quando sua irmã postou esta foto de vocês dois na pizzaria – continuou Strike, abrindo novamente a última folha de papel – as reações foram...

— Quero que você vá embora – repetiu Aamir, mais alto.

— "O que está fazendo com esse canalha?" "Seu pai sabe que você ainda o vê?" – Strike leu as mensagens abaixo da foto de Aamir com a irmã. – "Se meu irmão permitisse *sodomia*..."

Aamir investiu para ele, desferiu um soco desvairado de mão direita na lateral da cabeça de Strike, de que o detetive se esquivou. Mas o Aamir de jeito estudado estava tomado da fúria cega que fazia de praticamente qualquer homem um adversário perigoso. Arrancando uma luminária próxima da tomada, ele a baixou com tal violência que se Strike não tivesse se esquivado a tempo, a base da luminária podia ter se quebrado, não na parede que dividia a sala de estar, mas em seu rosto.

— Chega! – gritou Strike, enquanto Aamir largava o que restava da luminária e partia para ele de novo. Strike defendeu-se dos punhos que giravam como pás de moinho, enganchou a perna postiça atrás da perna de Aamir e o jogou no chão. Xingando em voz baixa, porque este ato não fez bem nenhum a seu coto dolorido, Strike endireitou o corpo, ofegante, e falou:

— Mais uma e eu acabo com você, porra.

Aamir rolou para fora do alcance de Strike e se levantou. Seus óculos estavam pendurados de uma orelha só. Com as mãos trêmulas, ele os tirou e examinou a armação quebrada. De súbito, seus olhos ficaram imensos.

— Aamir, não estou interessado em sua vida particular — disse Strike, ofegante —, o que me interessa é quem você está acobertando por...

— Saia daqui — sussurrou Aamir.

— ... porque se a polícia concluir que foi assassinato, tudo que você tenta esconder virá à tona. Os inquéritos de homicídio não respeitam a privacidade de ninguém.

— *Saia daqui!*

— Tudo bem. Não diga que eu não avisei.

À porta, Strike virou-se uma última vez para Aamir, que o havia seguido no hall e se retesou quando Strike parou.

— Quem entalhou aquela marca do lado de dentro da porta de seu banheiro, Aamir?

— *Fora!*

Strike sabia que não tinha sentido insistir. Assim que atravessou a soleira, a porta bateu a suas costas.

A várias casas de distância, um Strike estremecido recostou-se em uma árvore para tirar o peso da prótese e mandou para Robin a foto que havia acabado de tirar, junto com a mensagem:

Lembra alguma coisa a você?

Ele acendeu um cigarro e esperou pela resposta de Robin, feliz por ter uma desculpa para continuar estacionário, porque, além da dor no coto, a lateral da cabeça latejava. Ao se esquivar da luminária, ele bateu a cabeça na parede e suas costas doíam devido ao esforço necessário para jogar o homem mais jovem no chão.

Strike olhou a porta turquesa. Para ser sincero, algo além estava doendo: sua consciência. Ele entrou na casa de Mallik com a intenção de chocar ou intimidar o homem a falar a verdade sobre sua relação com Chiswell e os Winn. Embora o detetive particular não pudesse sustentar o aforismo médico "acima de tudo, não causar danos", em geral Strike tentava arrancar a verdade sem provocar danos desnecessários ao anfitrião. Ler os comentários embaixo daquele post do Facebook foi um golpe baixo. Fulgurante, infeliz, sem dúvida ligado aos Winn por algo além da escolha, a explosão violenta de Aamir Mallik foi a reação de um homem desesperado. Strike não precisava consultar os papéis no bolso para se lembrar da foto de Mallik orgulhosamente parado no Ministério das Relações Exteriores, prestes a embarcar em uma carreira estelar com seu diploma de primeira classe e seu mentor, sir Christopher Barrowclough-Burns, a seu lado.

O celular tocou.

– Mas de onde foi que você tirou este entalhe? – perguntou Robin.

– Atrás da porta do banheiro de Aamir, escondido embaixo de um roupão.

– Está brincando.

– Não. O que parece para você?

– O cavalo branco no morro acima de Woolstone – disse Robin.

– Bom, que alívio. – Com o cotovelo, Strike se despregou da árvore que o escorava e mancou novamente pela rua. – Tive medo de estar com alucinações.

47

... quero tentar fazer meu humilde papel nas lutas da vida.
Henrik Ibsen, *Rosmersholm*

Robin saiu da estação de Camden Town às oito e meia da manhã de sexta-feira e partiu para a joalheria onde teria seu treinamento de um dia, olhando furtivamente sua aparência em cada vitrine por que passava.

Nos meses depois do julgamento do Estripador de Shacklewell, ela adquiriu habilidades em técnicas de maquiagem, como alterar o formato das sobrancelhas ou pintar exageradamente os lábios de vermelho, o que fazia uma diferença considerável na aparência, quando combinava com perucas e lentes de contato coloridas, mas jamais havia usado tanta maquiagem como hoje. Seus olhos, em que tinha colocado lentes de contato castanho-escuras, estavam fortemente contornados de kohl preto, os lábios pintados de rosa-claro, as unhas de um cinza metálico. Como tinha apenas um furo convencional em cada lóbulo de orelha, comprou um par de brincos de pressão baratos para simular uma abordagem mais aventurosa ao piercing. O vestido preto e curto de segunda mão que comprara na Oxfam local, em Deptford, ainda tinha um leve cheiro de velho, embora ela tivesse lavado na máquina no dia anterior e o usasse com legging preta e grossa e um par de botas com cadarços pretos e sem salto, apesar do calor da manhã. Assim trajada, esperava se assemelhar às outras góticas e emos que frequentavam Camden, uma área de Londres que Robin raras vezes visitava e que associava principalmente com Lorelei e sua loja de roupas vintage.

Ela batizou seu novo alter ego de Bobbi Cunliffe. Quando disfarçada, era melhor assumir nomes com uma associação pessoal, à qual se reagisse por instinto. Bobbi era parecido com Robin e, de fato, as pessoas tentaram abreviar seu nome desta forma, mais notadamente um paquera tempos atrás em um escritório temporário, e seu irmão, Martin, quando queria irritá-la. Cunliffe era o sobrenome de Matthew.

Para seu alívio, naquele dia ele saiu cedo para trabalhar porque faria uma auditoria em um escritório em Barnet, deixando Robin livre para completar a transformação física sem observações prejudiciais e desagradáveis por ela, mais uma vez, sair disfarçada. Na verdade, Robin achou que obteria certo prazer usando o nome de casada – era a primeira vez que o apresentava como dela – enquanto incorporava uma garota que Matthew desprezaria por instinto. Quanto mais velho ficava, mais Matthew se irritava e era desdenhoso com as pessoas que não se vestiam, pensavam ou viviam como ele.

A joalheria da wicca, a Triquetra, ficava metida em Camden Market. Chegando à calçada às quinze para as nove, Robin encontrou os comerciantes de Camden Lock Place já se movimentando, mas a loja trancada e vazia. Depois de uma espera de cinco minutos, chegou a empregadora, um tanto esbaforida. Uma mulher grande que Robin imaginava estar no final dos cinquenta anos com o cabelo embaraçado tingido de preto e mostrando cerca de um centímetro de raiz prateada, a mesma abordagem selvagem ao delineador de Bobbi Cunliffe e usava um vestido de veludo verde comprido.

Durante a entrevista superficial que a levou ao treinamento de hoje, a dona da loja fizera poucas perguntas, em vez disso falara extensamente do marido de trinta anos que tinha acabado de deixá-la para morar na Tailândia, do vizinho que a estava processando por uma disputa de limites de terreno e do fluxo de funcionárias insatisfatórias e ingratas que saíram da Triquetra para assumir outros empregos. Seu desejo indisfarçado de extrair o máximo de trabalho pelo mínimo de pagamento, combinado com as efusões de autopiedade, fez Robin se perguntar por que alguém ia querer trabalhar para ela, antes de mais nada.

– Você é pontual – observou ela, quando chegou a seu alcance. – Ótimo. Onde está a outra?

– Não sei – disse Robin.

– Eu *não preciso disso* – disse a proprietária, com uma leve histeria. – Não no dia em que tenho de me reunir com o advogado de Brian!

Ela destrancou a porta e conduziu Robin para a loja, que tinha o tamanho de um quiosque grande e, ao levantar os braços para abrir as venezianas, o cheiro ruim do corpo e o de patchuli misturaram-se ao ar empoeirado com odor de incenso. A luz do dia caiu na loja como algo sólido, tornando tudo ali comparativamente mais insubstancial e surrado. Colares e brincos de prata opaca estavam pendurados em suportes nas paredes de um roxo-escuro, muitos exibindo pentagramas, símbolos da paz e folhas de marijuana, enquanto narguilés de vidro misturavam-se com cartas de tarô, velas pretas, óleos essenciais e adagas cerimoniais em prateleiras pretas atrás do balcão.

– Agora temos *milhões* de turistas a mais andando por Camden – disse a proprietária, agitada no fundo do balcão – e se ela não aparecer... *aí está você* – disse ela enquanto Flick, de jeito emburrado, jogou-se para dentro. Flick vestia uma camiseta verde e amarela do Hezbollah e jeans rasgado e trazia uma grande bolsa de carteiro de couro.

– O metrô atrasou – disse ela.

– Bom, *eu* consegui chegar aqui na hora e Bibi também!

– Bobbi – Robin a corrigiu, propositalmente ampliando seu sotaque de Yorkshire.

Desta vez, ela não queria fingir ser londrina. Era melhor não ter de falar de escolas e lugares que Flick pudesse conhecer.

– ... bom, preciso que vocês duas controlem tudo o... *tempo... todo* – disse a proprietária, marcando as últimas três palavras com palmas. – Muito bem, Bibi...

– ... Bobbi...

– ... sim, venha cá ver como funciona a caixa registradora.

Robin não teve dificuldades para aprender o funcionamento da caixa registradora porque na adolescência teve um emprego aos sábados em uma loja de roupas em Harrogate. E foi bom que ela não precisasse de maiores instruções, porque um fluxo constante de compradores começou a chegar uns dez minutos depois de abrirem a loja. Para leve surpresa de Robin, porque não havia nada ali que ela quisesse comprar, muitos que visitavam Camden pareciam sentir que a viagem seria incompleta sem um par de brincos de estanho, uma vela com um pentagrama gravado, ou um dos pequenos sacos de aniagem que ficavam em um cesto ao lado da caixa, cada um deles supostamente contendo um amuleto mágico.

– Muito bem, preciso sair – anunciou a proprietária às onze, enquanto Flick atendia a uma alemã alta que hesitava entre dois baralhos de tarô.

– Não se esqueçam: uma de vocês precisa se concentrar no estoque o tempo todo, em caso de furto. Meu amigo Eddie vai ficar de olho – disse ela, apontando a barraca de vendas de antigos LPs bem de frente para a loja. – Vinte minutos de almoço para cada uma, separadamente. Não se esqueçam – ela repetiu de um jeito ameaçador –, Eddie está vigiando.

Ela saiu em um turbilhão de veludo e mau cheiro. A cliente alemã partiu com seu baralho de tarô, Flick bateu a gaveta da caixa registradora e o barulho teve eco na loja temporariamente vazia.

– O velho e firme Eddie – disse ela com maldade. – Ele não dá a mínima. Podem roubar a veneziana e não vai se importar. Vaca – acrescentou Flick como reforço.

Robin riu e Flick ficou satisfeita.

– Qual é o teu nome? – perguntou Robin, num forte Yorkshire. – Ela não disse.

– Flick. Você é Bobbi, né?

– É – disse Robin.

Flick pegou o celular na bolsa de carteiro, que havia guardado embaixo do balcão, olhou, deu a impressão de não ver o que esperava, depois o tirou de vista de novo.

– Você deve estar muito desesperada para trabalhar, não é? – ela perguntou a Robin.

– Tive de aceitar o que consegui – respondeu Robin. – Fui demitida.

– É?

– A merda da Amazon – disse Robin.

– Aqueles sonegadores filhos da puta – disse Flick, um pouco mais interessada. – O que aconteceu?

– Não batia minha meta diária.

Robin tinha levantado sua história diretamente de uma reportagem recente sobre as condições de trabalho em um dos depósitos da empresa de varejo: a pressão incansável para atingir metas, empacotar e escanear milhares de produtos por dia sob a coerção implacável dos supervisores. A expressão de Flick oscilava entre a solidariedade e a raiva enquanto Robin falava.

– Isto é ultrajante! – disse ela quando Robin terminou.

– É – disse Robin. – E sem sindicato nem nada, é óbvio. Meu pai era de um grande sindicato de classe lá em Yorkshire.

– Aposto que ele ficou furioso.
– Ele morreu – disse Robin, sem se abalar. – Pulmões. Era mineiro.
– Ah, merda – disse Flick. – Eu sinto muito.
Ela agora olhava para Robin com respeito e interesse.
– Olha só, você precisa ser uma trabalhadora, não uma empregada. É como os filhos da puta se safam.
– E qual é a diferença?
– Menos direitos legais – disse Flick. – Mas você pode abrir um processo contra eles se deduziram dos salários.
– Não sei se posso provar – disse Robin. – Como você sabe de tudo isso?
– Sou muito ativa no movimento dos trabalhadores – disse Flick, dando de ombros. Ela hesitou. – E minha mãe é advogada trabalhista.
– Ah, é? – Robin se permitiu parecer educadamente surpresa.
– É – Flick beliscou as unhas –, mas a gente não se dá bem. Na verdade, nem vejo a minha família. Eles não gostam de meu parceiro. Nem da minha visão política.
Ela alisou a camiseta do Hezbollah e mostrou a Robin.
– Eles são conservadores? – perguntou Robin.
– Bem que podiam ser – disse Flick. – Eles adoraram o merda do Blair.
Robin sentiu o telefone vibrar no bolso do vestido de segunda mão.
– Tem algum banheiro em algum lugar por aqui?
– Por aqui – disse Flick, apontando uma porta pintada de roxo e bem escondida, com mais suportes de joias pregados nela.

Depois da porta roxa, Robin encontrou um cubículo pequeno com uma janela suja e rachada. Havia um cofre ao lado de uma cozinha dilapidada com uma chaleira, alguns produtos de limpeza e um pano de limpeza duro por cima. Não havia espaço para se sentar, mal havia para ficar de pé, porque uma privada suja estava instalada no canto.

Robin se fechou dentro do cubículo de aglomerado, baixou a tampa da privada e se sentou para ler a mensagem extensa que Barclay acabara de mandar a ela e a Strike.

Billy foi encontrado. Foi apanhado na rua 2 semanas atrás. Episódio psicótico, internado, hospital no norte de Londres, ainda não sei qual. Só contou aos médicos de seu parente próximo ontem. A assistência social

falou com Jimmy esta manhã. Jimmy quer que eu vá com ele para convencer Billy a pedir alta. Tem medo que Billy conte aos médicos, disse que ele fala demais. E também Jimmy perdeu um papel com o nome de Billy e ele está puto da vida com isso. Me perguntou se eu tinha visto. Disse que é escrito à mão, sem outros detalhes, não sei por que é tão importante. Jimmy acha que Flick roubou. As coisas ficaram ruins entre eles de novo.

Enquanto Robin lia pela segunda vez, chegou uma resposta de Strike.

Barclay: descubra os horários de visita no hospital, quero ver Billy. Robin: tente procurar na bolsa de Flick.

Obrigada, Robin respondeu à mensagem de texto, exasperada. **Eu nunca teria pensado nisso sozinha.**

Ela se levantou, deu a descarga e voltou à loja, onde uma gangue de góticos vestidos de preto atacava o estoque como corvos. Ao passar espremida por Flick, Robin viu que a bolsa de carteiro estava em uma prateleira abaixo do balcão. Quando o grupo finalmente saiu de posse de óleos essenciais e velas pretas, Flick pegou o telefone para ver de novo e mais uma vez caiu em um silêncio taciturno.

A experiência de Robin em muitos escritórios temporários a havia ensinado que as mulheres comprometidas acabavam por descobrir que não estavam sozinhas em seus infortúnios relacionados com os homens. Pegando o próprio telefone, ela viu outra mensagem de Strike:

É por isso que eu ganho mais. Miolos.

Divertindo-se mesmo a contragosto, Robin reprimiu um sorriso e falou:
– Ele deve achar que sou a merda de uma idiota.
– Que foi?
– Namorado. Mais ou menos. – Robin devolveu o telefone ao bolso. – Achei que tinha se separado da mulher. Adivinha onde ele esteve ontem à noite? Um amigo meu viu que ele saía da casa dela esta manhã. – Ela soltou o ar ruidosamente e arriou no balcão.

— É, meu namorado gosta de mulheres mais velhas e tudo — disse Flick, beliscando as unhas. Robin, que não tinha se esquecido de que Jimmy tinha sido casado com uma mulher treze anos mais velha, torceu para ter mais confidências, porém, antes que pudesse fazer outras perguntas, entrou mais um grupo de garotas, conversando em uma língua que Robin não reconheceu, mas pensou parecer do Leste Europeu. Elas se reuniram em volta do cesto de supostos amuletos.

— *Dziękuję ci* — disse Flick enquanto uma delas lhe entregava o dinheiro e as garotas riram e elogiaram sua pronúncia.

— O que você disse agora? — perguntou Robin, enquanto o grupo partia. — Isso foi russo?

— Polonês. Aprendi um pouco com a faxineira de meus pais. — Flick falou apressadamente, como se tivesse entregado alguma coisa. — É, eu sempre me dei melhor com as faxineiras do que com meus pais, não se pode alegar ser socialista e ter uma faxineira, pode? Ninguém devia viver em uma casa grande demais, devíamos ter expropriações forçadas, redistribuição de terras e moradia para as pessoas que precisam.

— É isso mesmo — disse Robin com entusiasmo e Flick demonstrou se sentir perdoada pelos pais profissionais liberais por Bobbi Cunliffe, filha de um ex-mineiro sindicalista e morto de Yorkshire.

— Quer um chá? — ela ofereceu.

— Quero, seria ótimo — disse Robin.

— Já ouviu falar do Partido do Real Socialismo? — perguntou Flick quando voltou à loja com duas canecas.

— Não — respondeu Robin.

— Não é como os partidos políticos normais — Flick garantiu a ela. — Somos mais como uma campanha baseada na comunidade, tipo os manifestantes de Jarrow, esse tipo de coisa, o verdadeiro espírito do movimento trabalhista, não a enxurrada de merda imperialista e conservadora como o "Novo Trabalhismo". Não queremos fazer o velho jogo político de sempre, queremos mudar as regras do jogo em favor do trabalhador comum...

A versão da "Internacional" de Billy Bragg tocou. Quando Flick alcançava a bolsa, Robin percebeu que era o toque do celular de Flick. Lendo o nome no identificador de chamadas, Flick ficou tensa.

— Tudo bem se você ficar sozinha um pouco?

– Claro – disse Robin.

Flick foi para a sala dos fundos. A porta se fechou e Robin a ouviu dizer:
– O que está havendo? Você o viu?

Assim que a porta estava bem fechada, Robin se apressou onde Flick estivera, agachou-se e passou a mão por baixo da aba de couro da bolsa de carteiro. O interior parecia as profundezas de uma lixeira. Seus dedos tatearam por variados pedaços de papel amassado, embalagens de doces, algo mole e pegajoso que Robin pensou ser chiclete mastigado, várias canetas sem tampa e tubos de maquiagem, uma lata com uma foto de Che Guevara, um pacote de tabaco para enrolar que tinha vazado o resto do conteúdo, algum papel para cigarro, alguns absorventes e uma bola pequena e torcida de tecido que Robin receou ser uma calcinha usada. Tentar abrir, ler e depois voltar a amassar cada folha de papel consumia tempo. A maioria parecia ser de rascunhos de artigos abandonados. E então, através da porta atrás dela, ela ouviu Flick falar alto:

– *Strike?* Mas que inferno...

Robin ficou petrificada, ouvindo.

– ... paranoico... está sozinha agora... diga a eles que ele é...

– Com licença – disse uma mulher que olhava por cima do balcão. Robin deu um salto. A cliente corpulenta de cabelos grisalhos e uma camiseta de batique apontava a prateleira na parede –, posso ver aquele *atame* muito especial?

– Qual? – perguntou Robin, confusa.

– O *atame*. A adaga cerimonial – disse a idosa, apontando.

A voz de Flick se elevou e baixou no cômodo atrás de Robin.

– ... foi, não foi?... lembra que você... me paga... o dinheiro de Chiswell...

– Humm – disse a cliente, pesando a faca com cuidado na mão –, tem algum maior?

– *Você teve, não eu!* – disse Flick alto, atrás da porta.

– Humm – disse Robin, estreitando os olhos para a prateleira –, acho que esse é o único que temos. Este aqui pode ser um pouco maior...

Ela ficou na ponta dos pés para alcançar a faca mais longa, enquanto Flick dizia:

– *Vá se foder, Jimmy!*

– Aqui está – disse Robin, entregando a adaga de dezessete centímetros.

Com um barulho de colares caindo, a porta atrás de Robin se abriu, batendo em suas costas.

– Desculpe. – Flick pegou a bolsa e colocou o celular dentro dela, respirando com dificuldade, de olhos brilhantes.

– Sim, veja bem, gosto da lua tríplice gravada naquela menor – disse a bruxa mais velha, apontando a decoração no cabo da primeira adaga, sem se abalar com o reaparecimento dramático de Flick –, mas prefiro a lâmina mais comprida.

Flick se encontrava naquele estado febril entre a fúria e as lágrimas que Robin sabia ser um dos mais dóceis para a indiscrição e a confissão. Desesperada para se livrar da cansativa cliente, ela disse bruscamente no forte sotaque de Yorkshire de Bobbi:

– Bom, é só isso que temos.

A cliente embromou um pouco mais, pesando as duas facas nas mãos e por fim saiu sem comprar nenhuma das duas.

– Tudo bem com você? – perguntou Robin a Flick de imediato.

– Não – disse Flick. – Preciso fumar.

Ela olhou o relógio.

– Diga a ela que estou no almoço, se ela voltar, tá legal?

Droga, pensou Robin enquanto Flick desaparecia, levando a bolsa e o promissor estado de espírito.

Por mais de uma hora, Robin cuidou da loja sozinha e sua fome era cada vez maior. Por uma ou duas vezes, Eddie, da barraca de discos, espiava vagamente para Robin na loja, mas não mostrou outro interesse em suas atividades. Em um breve intervalo entre outros clientes, Robin foi à sala dos fundos para saber se não havia nenhuma comida ali que ela tivesse deixado passar. Não tinha.

Às dez para uma, Flick voltou a entrar na loja com um homem moreno, bonito e meio abrutalhado com uma camiseta azul apertada. Ele submeteu Robin ao olhar duro e arrogante de certo tipo de mulherengo, misturando apreciação e desdém para indicar que ela podia ser bonita, mas teria de se esforçar um pouco mais para despertar seu interesse. Era uma estratégia que Robin tinha visto funcionar com outras jovens nos escritórios. Nunca dava certo com ela.

– Me desculpe por eu demorar tanto – disse Flick a Robin. Parecia que seu mau humor não tinha se dissipado inteiramente. – Encontrei Jimmy. Jimmy, esta é Bobbi.

– Tudo bem? – Jimmy estendeu a mão.

Robin a apertou.

– Pode sair – disse Flick a Robin. – Vá comer alguma coisa.

– Ah, sim – disse Robin. – Obrigada.

Jimmy e Flick esperaram enquanto Robin, fingindo procurar dinheiro em sua bolsa, agachou-se e, escondida pelo balcão, ligou o gravador no celular e o colocou cuidadosamente no fundo da prateleira escura.

– A gente se vê daqui a pouco, então – disse ela alegremente e foi para o mercado.

48

Mas o que diz de tudo isso, Rebecca?

Henrik Ibsen, *Rosmersholm*

Uma vespa zumbindo ziguezagueou da sala interna para a antessala do escritório de Strike, passando entre as duas janelas que foram abertas para permitir a entrada do ar da noite, carregado de gases. Barclay enxotou o inseto com o cardápio delivery que tinha acabado de chegar com uma grande quantidade de comida chinesa. Robin abriu as tampas das embalagens e as colocou em sua mesa. Perto da chaleira, Strike tentava encontrar um terceiro garfo.

Matthew mostrara-se surpreendentemente complacente quando Robin lhe telefonou da Charing Cross Road 45 minutos antes para dizer que precisava encontrar Strike e Barclay, e provavelmente chegaria tarde.

— Tudo bem — dissera ele. — Tom quer sair para comer um curry. Vejo você em casa.

— Como foi hoje? — perguntou Robin, antes que ele pudesse desligar. — O escritório em...

Ela teve um branco.

— Barnet — disse ele. — Desenvolvem games. É, foi tudo bem. Como foi com você?

— Nada mau — disse Robin.

Matthew estava tão decididamente desinteressado nos detalhes do trabalho para Chiswell depois das muitas discussões que eles tiveram sobre isso, que parecia não ter sentido dizer a ele onde ela esteve, quem ela fingia ser, ou o que aconteceu naquele dia. Depois de eles se despedirem, Robin andou por entre turistas que vagavam e bebedores da noite de sexta-feira, sabendo que um ouvinte casual teria tomado a conversa como de duas pessoas ligadas apenas pela proximidade ou pela circunstância, sem nenhuma ligação em particular entre elas.

– Quer uma cerveja? – perguntou Strike a ela, levantando um pacote de quatro Tennent's.

– Sim, por favor – disse Robin.

Ela ainda estava com o vestido preto e curto e as botas com cadarço, mas tinha prendido o cabelo tingido com giz, tirado a grossa maquiagem do rosto e retirado as lentes de contato. Quando viu a cara de Strike em uma nesga do sol de fim de tarde, ela pensou que ele não parecia bem. Havia rugas mais fundas do que o habitual em volta de sua boca e na testa, linhas que marcavam, ela desconfiava, os dentes trincados pela dor diária. Ele também se movia desajeitado, usando a parte superior do corpo para se virar e tentava disfarçar a coxeadura ao voltar à mesa dela com a cerveja.

– O que você esteve fazendo hoje? – perguntou ela a Strike, enquanto Barclay amontoava comida em seu prato.

– Segui Geraint Winn. Ele se entocou em uma pousada vagabunda a cinco minutos do lar conjugal. Ele me levou ao centro de Londres e depois de volta a Bermondsey.

– É arriscado segui-lo – comentou Robin. – Ele sabe como você é.

– Nós três podíamos estar atrás dele e ele não teria notado. Ele perdeu uns cinco quilos desde a última vez que o vi.

– O que ele fez?

– Foi comer em um lugar perto da Câmara dos Comuns chamado Cellarium. Sem janelas, como uma cripta.

– Que lugar animado – disse Barclay, que baixou no sofá de couro falso e passou a comer seu porco agridoce.

– Ele parece um pombo-correio triste – disse Strike, virando toda a embalagem de macarrão Cingapura no próprio prato –, voltando ao lugar de suas antigas glórias com os turistas. Depois fomos a King's Cross.

Robin parou no ato de se servir de brotos de feijão.

– Um boquete em uma escada escura – disse Strike sem rodeios.

– Argh – disse Robin em voz baixa, ainda se servindo da comida.

– E você viu? – perguntou Barclay com interesse.

– Vi de trás. Entrei pela porta da frente, depois saí com pedidos de desculpas. Ele não estava em condições de me reconhecer. Depois disso, ele comprou umas meias novas na Asda e voltou para a pousada.

— Existem dias piores — disse Barclay, que já havia comido metade da comida no prato. Ao notar o olhar de Robin, ele falou de boca cheia: — A patroa quer que eu chegue em casa às oito e meia.

— Tudo bem, Robin — disse Strike, baixando-se cautelosamente na cadeira de sua própria mesa, que ele tinha trazido para a antessala –, vamos ouvir o que Jimmy e Flick falaram quando pensavam que não tinha ninguém escutando.

Ele abriu um bloco e pegou uma caneta no porta-lápis na mesa dela, deixando a mão esquerda livre para levar o macarrão Cingapura à boca. Ainda mastigando vigorosamente, Barclay curvou-se para a frente no sofá, interessado. Robin colocou o celular virado para cima na mesa e pressionou "play".

Por um momento não houve barulho nenhum exceto passos leves, que eram de Robin, saindo da loja da wicca, em busca do almoço.

"Pensei que você estivesse aqui sozinha", disse a voz de Jimmy, fraca mas nítida.

"Ela está em dia de treinamento", disse Flick. "Onde está Sam?"

"Eu disse que vou me encontrar com ele na sua casa depois. Tudo bem, onde está sua bolsa?"

"Jimmy, eu não..."

"Talvez tenha apanhado por engano."

Mais passos, um raspar de madeira e couro, barulho, pancadas e um farfalhar furtivo.

"Estou avisando, merda."

"Eu não peguei, quantas vezes mais preciso dizer? E você não tem o direito de mexer nisso sem minha..."

"Isto é grave. Estava em minha carteira. Onde foi parar?"

"Você deixou cair em algum lugar, não foi?"

"Ou alguém pegou."

"E por que *eu* pegaria?"

"Apólice de seguro."

"Isso é uma merda de..."

"Mas se é o que você está pensando, vai querer se lembrar, foi você que roubou, então isso incrimina você tanto quanto eu. Mais até."

"Em primeiro lugar, eu só estava lá por sua causa, Jimmy!"

"Ah, a história vai ser *essa*, não é? Ninguém te obrigou, porra. Lembre que foi você que começou tudo isso."

"É, e agora queria não ter começado!"

"Tarde demais para isso. Quero aquele papel de volta e você vai querer também. Ele prova que temos acesso à casa dele."

"Quer dizer que prova uma ligação entre ele e Bill... ai!"

"Ah, que merda, nem doeu! Você se rebaixa a essas mulheres que apanham de verdade, bancando a vítima. Agora, não estou de brincadeira. Se você pegou..."

"Não me ameace..."

"O que vai fazer, fugir para mamãe e papai? O que eles vão pensar quando descobrirem o que a garotinha deles aprontou?"

A respiração acelerada de Flick tinha se transformado em soluços.

"Você roubou dinheiro dele e tudo", disse Jimmy.

"Na época você achou engraçado, disse que ele merecia..."

"Experimente essa defesa no tribunal, para ver aonde vai te levar. Se tentar se salvar puxando o meu tapete, eu não teria problema nenhum para contar aos porcos que você estava nessa *o tempo todo*. Então, se essa folha de papel aparecer em algum lugar que eu não queira..."

"Não está comigo, não sei onde ela está!"

"... você foi avisada, caralho. Me dá a chave da tua casa."

"O quê? Por quê?"

"Porque eu vou naquele buraco que você chama de apartamento agora, dar uma busca com Sam."

"Você não vai lá sem mim..."

"E por que não? Tem outro garçom indiano dormindo para curar a ressaca por lá?"

"Eu nunca..."

"Não estou nem aí", disse Jimmy. "Trepe com quem você quiser. Me dá a chave. *Me dá agora*."

Mais passos; um tilintar de chaves. O som de Jimmy saindo, depois uma cascata de soluços que continuou até Robin pressionar "Pause".

– Ela chorou até a dona da loja voltar – disse Robin –, e isso foi antes de minha volta, e ela quase não falou esta tarde. Tentei andar até o metrô com ela, mas ela se livrou de mim. Espero que esteja mais falante amanhã.

— E então, você e Jimmy deram a busca no apartamento dela? – perguntou Strike a Barclay.

— Foi. Livros, gavetas, embaixo do colchão. Nada.

— O que exatamente ele te disse que estava procurando?

— "Uma folha de papel com o nome de Billy escrito à mão" – disse ele. – "Estava na minha carteira e sumiu." Alega que tem algo a ver com tráfico de drogas. Ele acha que sou algum delinquente que vai acreditar em qualquer coisa.

Strike baixou a caneta, engoliu uma boa porção do macarrão e falou:

— Bom, não sei quanto a vocês dois, mas o que me salta aos olhos é "ela prova que temos acesso".

— Talvez eu saiba um pouco mais sobre isso – disse Robin, que até agora tinha conseguido esconder sua empolgação a respeito do que estava prestes a revelar. – Hoje descobri que Flick sabe um pouco de polonês e sabemos que ela roubou dinheiro do trabalho anterior. E se...?

— "Eu faço aquela faxina" – disse Strike, de repente. – Foi o que ela disse a Jimmy, na passeata, quando eu segui os dois! "Eu faço aquela faxina e é nojento"... mas que droga... acha que ela era...?

— A faxineira polonesa de Chiswell – disse Robin, decidida a não deixar que lhe roubassem seu momento de triunfo. – Sim, acho.

Barclay ainda colocava pedaços de carne de porco na boca, mas seus olhos ficaram adequadamente surpresos.

— Se for verdade, isto muda tudo – disse Strike. – Ela teria acesso, seria capaz de xeretar, colocar coisas na casa...

— Como foi que ela descobriu que ele queria uma faxineira? – perguntou Barclay.

— Deve ter visto o cartão que ele colocou na vitrine de uma banca de jornal.

— Eles moram a quilômetros de distância. Ela mora em Hackney.

— Talvez Jimmy tenha visto, quando bisbilhotava pela Ebury Street, tentando pegar o dinheiro da chantagem – sugeriu Robin, mas Strike agora estava de cenho franzido.

— Mas é o contrário. Se ela descobriu sobre o crime a ser chantageado quando era faxineira, seu emprego deve ter acontecido antes de Jimmy tentar pegar o dinheiro.

— Tudo bem, talvez Jimmy não tenha dado a dica a ela. Talvez eles tenham descoberto que ele queria uma faxineira enquanto tentavam desencavar sujeira dele em geral.

— Assim eles podiam publicar um artigo no site do Partido do Real Socialismo? – sugeriu Barclay. – Isto alcançaria no máximo quatro ou cinco pessoas.

Strike bufou, achando graça.

— A questão principal – disse ele – é que esta folha de papel deixa Jimmy muito preocupado.

Barclay meteu o garfo no último pedaço de porco e o colocou na boca.

— Flick pegou – disse ele de boca cheia. – Eu garanto.

— Por que tem tanta certeza? – perguntou Robin.

— Ela quer alguma coisa contra ele. – Barclay se levantou para levar o prato vazio à pia. – O único motivo para ele ficar com ela é ela saber demais. Ele me disse outro dia que ficaria feliz de se livrar dela, se pudesse. Perguntei por que ele não podia largá-la. Ele não respondeu.

— Quem sabe ela não destruiu, se é tão incriminador? – sugeriu Robin.

— Acho que não – disse Strike. – Ela é filha de uma advogada, não vai destruir provas. Algo como esse papel pode ser valioso, se a merda bater no ventilador e ela decidir que vai colaborar com a polícia.

Barclay voltou ao sofá e pegou sua cerveja.

— Como está Billy? – Robin perguntou a ele, depois de, enfim, começar sua própria refeição, que esfriava.

— Coitado do filho da puta – disse Barclay. – Está pele e ossos. Os agentes de trânsito o pegaram quando ele pulava uma barreira do metrô. Ele tentou bater neles e acabou internado. Os médicos dizem que ele tem delírios persecutórios. No início, ele pensou que era perseguido pelo governo e que a equipe médica fazia parte de alguma conspiração gigantesca, mas agora voltou a tomar os remédios e está um pouco mais racional.

"Jimmy queria levá-lo para casa naquela hora, mas os médicos não deixaram. O que irrita muito Jimmy", disse Barclay, parando para terminar sua lata de Tennent's, "é que Billy ainda está obcecado com Strike. Vive perguntando por ele. Os médicos acham que faz parte dos delírios, que ele se agarra ao detetive famoso como parte de sua fantasia, tipo assim: a única pessoa em quem ele pode confiar. Não pude contar a eles que Billy e Strike se conheceram. Não com Jimmy parado ali, dizendo a eles que era tudo um monte de besteira.

"Os médicos não querem ninguém que não seja da família perto dele e também não estão dispostos a aceitar Jimmy outra vez ali, não depois de ele tentar convencer Billy de que estava bem o bastante para ir para casa."

Barclay amassou a lata de cerveja na mão e olhou o relógio.

– Preciso ir, Strike.

– Tá, tudo bem – disse Strike. – Obrigado por ficar. Achei que seria bom ter uma reunião informativa.

– Sem problema.

Com um aceno para Robin, Barclay foi embora. Strike se abaixou para pegar a própria cerveja no chão e estremeceu.

– Você está bem? – perguntou Robin, que se servia de mais camarão empanado.

– Tudo bem. – Ele endireitou o corpo. – Hoje andei muito de novo e podia passar sem a briga de ontem.

– Briga? Que briga?

– Aamir Mallik.

– O quê?!

– Não se preocupe. Eu não o machuquei. Muito.

– Você não me disse que a discussão chegou a esse ponto!

– Queria contar pessoalmente, assim podia desfrutar de você me olhando como se eu fosse um completo imbecil – disse Strike. – Que tal um pouco de solidariedade para com seu sócio de uma perna só?

– Você já foi pugilista! – disse Robin. – E ele deve pesar uns sessenta quilos, se ensopado!

– Ele partiu pra cima de mim com uma luminária.

– *Aamir* fez isso?

Ela não conseguia imaginar o homem reservado e meticuloso que conheceu na Câmara dos Comuns usando de violência física contra alguém.

– Foi. Eu estava pressionando sobre o comentário de "homem de seus hábitos" feito por Chiswell e ele surtou. Se faz você se sentir melhor, eu não me sinto bem com isso – disse Strike. – Espere um minuto. Preciso ir ao banheiro.

Ele se impeliu da cadeira, desajeitado, e partiu para o banheiro no patamar. Ouvindo a porta se fechar, o celular de Strike, que estava carregando em cima do arquivo ao lado da mesa de Robin, tocou. Ela se levantou para verificar e viu, pela tela rachada e colada com fita adesiva, o nome "Lorelei". Perguntando-se se devia atender, Robin hesitou por tempo demais e a ligação caiu na caixa postal. Justo quando estava prestes a se sentar de novo, um leve sinal sonoro declarou a chegada de uma mensagem de texto.

Se quer uma refeição quente e uma trepada sem o envolvimento de nenhuma emoção humana, existem restaurantes e bordéis.

Robin ouviu a batida da porta do banheiro do lado de fora e voltou apressadamente a sua cadeira. Strike entrou mancando na sala, baixou na cadeira e pegou o macarrão.

– Seu telefone tocou agora mesmo – disse Robin. – Não atendi...

– Passa pra cá – disse Strike.

Ela obedeceu. Ele leu a mensagem sem alterar a expressão, emudeceu o telefone e o colocou no bolso.

– O que estávamos dizendo?

– Que você não se sentiu bem com a briga...

– Eu me sinto bem com a briga – Strike a corrigiu. – Se não tivesse me defendido, estaria com a cara cheia de suturas.

Ele pegou uma garfada de macarrão.

– A parte com que não me sinto bem é de quando disse a ele que sabia que ele foi banido pela família, menos por uma irmã, que ainda fala com ele. Está tudo no Facebook. Foi quando falei que a família o abandonou que quase tive a cabeça arrancada por uma luminária de mesa.

– Quem sabe Mallik está aborrecido porque eles pensam que ele está com Della? – sugeriu Robin enquanto Strike mastigava o macarrão.

Ele deu de ombros e fez uma expressão que indicava um "talvez", engoliu e falou.

– Já ocorreu a você que Aamir é literalmente a única pessoa ligada a este caso que tem um motivo? Chiswell o ameaçou, presumivelmente com exposição. "Um homem de seus hábitos." "Lachesis media o fio da vida de cada homem."

— O que aconteceu com o "esqueça o motivo, concentre-se nos meios"?

— Sim, sim – disse Strike, cansado. Ele colocou o prato de lado, do qual tinha comido quase todo o macarrão, pegou os cigarros e o isqueiro e se sentou um pouco mais reto. – Tudo bem, vamos nos concentrar nos meios.

"Quem teve acesso à casa, a antidepressivos e ao hélio? Quem conhecia os hábitos de Jasper Chiswell o suficiente para saber que ele ia tomar o suco de laranja naquela manhã? Quem tinha uma chave ou quem teria confiança suficiente para entrar nas primeiras horas da manhã?"

— Gente da família dele.

— É verdade – disse Strike, enquanto o isqueiro se acendia –, mas sabemos que Kinvara, Fizzy, Izzy e Torquil não podem ter feito isso, o que nos deixa com Raphael e sua história de receber a ordem de ir a Woolstone naquela manhã.

— Você sinceramente acha que ele pode ter matado o pai e depois dirigido friamente a Woolstone para esperar com Kinvara até a chegada da polícia?

— Esqueça a psicologia ou a probabilidade: estamos considerando a oportunidade – disse Strike, soltando um longo jato de fumaça. – Nada que soube até agora exclui Raphael de estar na Ebury Street às seis da manhã. Sei o que você vai dizer – ele se antecipou a ela –, mas não seria a primeira vez que um telefonema foi forjado por um assassino. Ele pode ter ligado para o próprio celular do telefone de Chiswell para fazer parecer que o pai ordenou que ele fosse a Woolstone.

— O que significa que ou Chiswell não tinha senha em seu celular, ou Raphael sabia dela.

— Bom argumento. Isso precisa ser verificado.

Clicando a ponta de sua caneta, Strike tomou nota no bloco. Ao fazer isso, ele se perguntou se o marido de Robin, que antes havia apagado seu histórico de chamadas sem o conhecimento dela, conhecia sua senha atual. Essas pequenas questões de confiança costumavam ser indicadores poderosos da força de uma relação.

— Tem outro problema logístico, se Raphael foi o assassino – disse Robin. – Ele não tinha uma chave e, se o pai abriu a porta para ele, significaria que Chiswell estava acordado e consciente enquanto Raphael batia antidepressivos na cozinha.

— Outro argumento bom – disse Strike –, mas os comprimidos batidos devem ser explicados para todos os nossos suspeitos.

"Pense em Flick. Se ela se fez de faxineira, provavelmente conhecia a casa da Ebury Street melhor do que a maioria dos familiares. Muitas oportunidades de bisbilhotar e por algum tempo ela ficou com uma chave restrita. É difícil fazer uma cópia, mas digamos que ela tenha conseguido, assim ainda podia entrar e sair da casa sempre que quisesse.

"Ela entra furtivamente nas primeiras horas da manhã para batizar o suco de laranja, mas esmagar comprimidos em um pilão é uma tarefa barulhenta..."

— ... a não ser – disse Robin – que ela já tivesse trazido os comprimidos esmagados, em um saco ou coisa assim, e jogou o pó pelo pilão para fazer parecer que foi feito por Chiswell.

— Tudo bem, mas ainda precisamos explicar por que não havia vestígios de amitriptilina na embalagem vazia de suco de laranja na lixeira. Raphael podia muito bem ter dado um copo de suco ao pai...

— ... só que as únicas digitais no copo eram de Chiswell...

— ... mas Chiswell não acharia estranho descer de manhã para um copo de suco já preparado? *Você* beberia um copo de alguma coisa que não preparou, e que apareceu misteriosamente no que você pensava ser uma casa vazia?

Na Denmark Street, um grupo de vozes femininas jovens se elevou sobre o constante zunido e ronco do trânsito, cantando "Where Have You Been?", de Rihanna.

"*Where have you been? All my life, all my life...*"

— Talvez *tenha sido* suicídio – disse Robin.

— Essa atitude não vai pagar as contas. – Strike bateu a cinza do cigarro no prato. – Vamos lá, quem tinha os meios para entrar na Ebury Street naquele dia: Raphael, Flick...

— ... e Jimmy – disse Robin. – Tudo que se aplica a Flick é válido para ele, porque ela poderia dar a ele todas as informações que tinha sobre os hábitos e a casa de Chiswell, além da cópia da chave.

— Correto. Assim, são três pessoas que sabemos que podem ter entrado naquela manhã – disse Strike –, mas isto requer muito mais do que simplesmente poder passar pela porta. O assassino também precisava saber que antidepressivos Kinvara tomava e arranjar para que a lata de hélio e o tubo de borracha estivessem lá, o que sugere contato próximo com os Chiswell, acesso à casa para colocar as coisas ali dentro, ou informação de dentro de que o hélio e o tubo já estavam lá.

— Pelo que sabemos, Raphael não esteve na Ebury Street ultimamente e não se entendia com Kinvara para saber que comprimidos ela tomava, mas suponho que o pai possa ter mencionado a ele – disse Robin. – A julgar só pela oportunidade, os Winn e Aamir podem ser excluídos... assim, supondo-se que ela *tenha sido* a faxineira, Jimmy e Flick vão para o alto de nossa lista de suspeitos.

Strike soltou um suspiro e fechou os olhos.

— Mas que droga – resmungou ele e passou a mão no rosto –, eu fico rondando em torno do motivo.

Abrindo os olhos, ele apagou o cigarro no prato do jantar e de imediato acendeu outro.

— Não fico surpreso com o interesse do MI5, porque não há ganho evidente aqui. Oliver tinha razão... em geral os chantagistas não matam suas vítimas, é bem o contrário. O ódio é uma ideia pitoresca, mas um assassinato passional por ódio é um martelo ou uma luminária na cabeça, não um falso suicídio meticulosamente planejado. Se foi homicídio, mais pareceu uma execução clínica, planejada em todos os detalhes. Por quê? O que o assassino ganhou com isso? O que também faz com que eu me pergunte, por que *naquele momento*? Por que Chiswell morreu *naquele dia*?

"Certamente era do interesse de Jimmy e Flick que Chiswell continuasse vivo até que eles conseguissem provas que o obrigassem a entregar o dinheiro que eles queriam. O mesmo para Raphael: ele foi excluído do testamento, mas sua relação com o pai mostrava sinais de melhora. Era do interesse dele que o pai continuasse vivo.

"Mas Chiswell tinha ameaçado veladamente Aamir com a exposição de algo inespecífico, provavelmente sexual, em vista da citação de Catulo, e pouco antes tinha tomado posse de informações sobre a filantropia duvidosa dos Winn. Não podemos nos esquecer de que Geraint Winn não era realmente um chantagista: ele não queria dinheiro, queria a exoneração e a desgraça de Chiswell. Está além das possibilidades que Winn e Mallik partissem para uma vingança diferente quando perceberam que o primeiro plano tinha fracassado?"

Strike tragou fundo o cigarro e falou:

– Estamos deixando passar alguma coisa, Robin. A coisa que liga tudo isso.

– Talvez não ligue nada – disse Robin. – A vida é assim, não é? Temos um grupo de pessoas, todas com as próprias tribulações e com seus segredos. Algumas tinham motivos para não gostar de Chiswell, para se ressentir dele, mas isto não quer dizer que tudo se encaixe muito bem. Uma parte deve ser irrelevante.

– Ainda existe algo que não sabemos.

– Tem muita coisa que nós não...

– Não, algo grande, algo... fundamental. Posso até sentir o cheiro. Está quase se mostrando. Por que Chiswell disse que podia ter mais trabalho para nós depois de afundar Winn e Knight?

– Não sei – disse Robin.

– "Um por um, eles fazem suas trapalhadas" – Strike citou. – Quem fez trapalhadas?

– Geraint Winn. Eu tinha acabado de contar a ele sobre o dinheiro desaparecido da filantropia.

– Chiswell estava ao telefone, tentando encontrar um prendedor de notas, pelo que você disse. Um prendedor de notas que pertenceu a Freddie.

– É isso mesmo – disse Robin.

– Freddie – Strike repetiu, coçando o queixo.

E por um momento ele estava de volta à sala de TV comunitária de um hospital militar alemão, com o televisor mudo no canto e exemplares de *Army Times* em uma mesa baixa. O jovem tenente que tinha testemunhado a morte de Freddie Chiswell estava sentado ali sozinho quando Strike o encontrou, numa cadeira de rodas, com uma bala talibã ainda alojada na coluna.

"... o comboio parou, o major Chiswell me disse para sair, ver o que estava acontecendo. Eu disse a ele que via movimento na crista do morro. Ele me disse para fazer a merda que estava mandando.

"Eu não tinha me afastado muito quando levei a bala nas costas. A última coisa de que me lembro foi ele gritando do caminhão para mim. Depois o atirador arrancou o topo da cabeça dele."

O tenente tinha pedido cigarro a Strike. Não devia fumar, mas Strike lhe dera o meio maço que trazia.

"Chiswell era um babaca", disse o jovem na cadeira de rodas.

Na imaginação, Strike viu o alto e louro Freddie se pavoneando em uma estrada rural, passeando com Jimmy Knight e seus amigos. Ele viu Freddie em traje de esgrima, na pista, observado pela figura indistinta de Rhiannon Winn, que talvez já alimentasse ideias suicidas.

Antipatizado por seus soldados, venerado pelo pai: será que Freddie podia ser aquilo que Strike procurava, o elemento que ligava tudo, que conectava dois chantagistas e a história de uma criança estrangulada? Mas a ideia pareceu se dissolver enquanto ele a examinava e os diversos fios da investigação se separaram mais uma vez, obstinadamente desconectados.

– Quero saber o que mostram as fotografias do Ministério das Relações Exteriores – disse Strike em voz alta, com os olhos no céu arroxeado para além da janela do escritório. – Quero saber quem recortou o cavalo branco de Uffington atrás da porta do banheiro de Aamir Mallik e quero saber por que tinha uma cruz no chão no local exato que Billy falou ter uma criança enterrada.

– Bom – disse Robin, levantando-se e passando a limpar os restos da refeição chinesa –, ninguém jamais disse que você não era ambicioso.

– Deixe isso aí. Eu faço. Você precisa ir para casa.

Eu não quero ir para casa.

– Não vai demorar muito. O que vai fazer amanhã?

– Tenho uma hora marcada à tarde com o amigo marchand de Chiswell, Drummond.

Depois de lavar os pratos e os talheres, Robin pegou a bolsa no gancho onde estava pendurada e se virou. Strike tendia a rejeitar expressões de preocupação, mas ela precisava falar.

– Sem querer ofender, você parece péssimo. Não é melhor descansar a perna antes de sair de novo? A gente se vê.

Ela saiu antes que Strike pudesse responder. Ele ficou sentado, perdido em pensamentos, até que por fim entendeu que devia começar a jornada dolorosa escada acima até o apartamento do sótão. Depois de se colocar de pé de novo, ele fechou as janelas, apagou as luzes e trancou o escritório.

Ao colocar o pé postiço no primeiro degrau da escada para o andar acima, seu telefone tocou de novo. Ele sabia, sem olhar, que era Lorelei. Ela não ia deixar que ele fosse embora sem pelo menos tentar magoá-lo tanto quanto ele a magoou. Lenta e cuidadosamente, desviando o peso da prótese da forma mais prática possível, Strike subiu a escada até a cama.

49

Os Rosmer de Rosmersholm – clérigos, soldados, homens que ocuparam altas posições no Estado – homens de honra escrupulosa, cada um deles...

Henrik Ibsen, *Rosmersholm*

Lorelei não desistiu. Queria ver Strike pessoalmente, queria saber por que dera quase um ano de sua vida, no entender dela, a um vampiro emocional.

— Você me deve um encontro — disse ela, quando ele enfim atendeu ao telefone na hora do almoço do dia seguinte. — Quero te ver. Você me deve isso.

— E no que isso vai dar? — perguntou ele. — Li seu e-mail, você deixou claro os seus sentimentos. Eu te disse desde o início o que queria e o que não queria...

— Não me venha com essa história de "eu nunca fingi que queria alguma coisa séria". Para quem você ligou quando não conseguia andar? Você ficou muito feliz comigo por agir como sua esposa quando você estava...

— Então nós dois concordamos que eu sou um filho da puta — disse ele, sentando-se em sua sala e cozinha conjugadas com a perna amputada estendida em uma cadeira à frente. Estava apenas de cueca boxer, mas logo precisaria colocar a prótese e se vestir com elegância suficiente para se misturar na galeria de arte de Henry Drummond. — Vamos desejar o melhor um para o outro e...

— Não — disse ela —, não vai sair dessa com tanta facilidade. Eu estava feliz, estava indo bem...

— Eu jamais quis deixar você infeliz. Gosto de você...

— Você *gosta* de mim — repetiu ela com a voz estridente. — Um ano juntos e você *gosta* de mim...

— O que você quer? — Ele enfim perdia o controle. — Eu mancando por uma merda de nave central, sem sentir o que devia, sem querer isso, desejando estar fora dali? Está me obrigando a dizer o que não quero. Não quero magoar ninguém...

— Mas você magoou! Você *me magoou*! E agora quer sair como se nada tivesse acontecido!

— Enquanto você quer uma cena pública em um restaurante?

— Não quero — disse ela, agora chorando — me sentir como se eu fosse qualquer uma. Quero uma lembrança do fim que não me faça sentir descartável e barata...

— Eu nunca vi você desse jeito. Não vejo você assim agora — disse ele, de olhos fechados, desejando jamais ter atravessado a sala naquela festa de Wardle. — A verdade é que você é boa demais...

— Não me diga que sou boa demais para você. Que nós dois fiquemos com alguma dignidade.

Ela desligou. A emoção dominante de Strike foi o alívio.

Nenhuma investigação jamais levara Strike com tanta confiança de volta ao mesmo trecho pequeno de Londres. O táxi o despejou na calçada levemente íngreme da St. James's Street algumas horas depois, com o palácio de St. James em tijolinhos vermelhos à frente e o Pratt's na Park Place a sua direita. Depois de pagar ao motorista, ele foi para a Drummond's Gallery, que ficava entre um comerciante de vinhos e uma loja de chapéus do lado esquerdo da rua. Embora tivesse conseguido colocar a prótese, Strike andava com a ajuda de uma bengala dobrável que Robin comprara para ele durante outro período em que a perna ficou quase dolorida demais para suportar seu peso.

Mesmo que tivesse assinalado o fim de uma relação da qual ele queria escapar, o telefonema de Lorelei deixou suas marcas. No fundo, Strike sabia que era, em espírito, se não literalmente, culpado de parte das acusações que ela lhe fizera. Embora no início tivesse dito a Lorelei que não procurava nem compromisso, nem permanência, ele sabia perfeitamente que ela entendeu ter ouvido dele "neste momento" em vez de "nunca", e ele não corrigiu esta impressão, porque queria uma distração e uma defesa contra os sentimentos que o perseguiram depois do casamento de Robin.

Porém, a capacidade de se desligar das emoções, da qual Charlotte sempre se queixava, e à qual Lorelei tinha dedicado um extenso parágrafo do e-mail que dissecava sua personalidade, nunca lhe faltou. Ao chegar dois minutos mais cedo para seu compromisso com Henry Drummond, Strike transferiu a atenção tranquilamente para as perguntas que pretendia fazer ao velho amigo do finado Jasper Chiswell.

Parando ao lado do exterior de mármore preto da galeria, ele se viu refletido na vitrine e ajeitou a gravata. Usava seu melhor terno italiano. Atrás do reflexo, iluminada com bom gosto, uma única pintura em uma moldura dourada decorada estava em um cavalete atrás de um vidro imaculado. Retratava uma dupla do que, para Strike, pareciam cavalos irreais com pescoço de girafa e olhos fixos, montados por jóqueis do século XVIII.

A galeria atrás da porta pesada era fria e silenciosa, com um piso de mármore branco muito encerado. Strike andou com cautela com sua bengala em meio a pinturas de esporte e vida selvagem, iluminadas discretamente nas paredes brancas, todas em pesadas molduras douradas, até que uma loura bem trajada em um vestido preto justo saiu de uma porta lateral.

– Ah, boa tarde – disse ela, sem perguntar o nome dele, e foi para o fundo da galeria, os saltos altos produzindo um estalo metálico no piso. – Henry! O sr. Strike está aqui!

Uma porta oculta se abriu e Drummond apareceu: um homem de aparência curiosa, cujas feições ascéticas, de nariz arrebitado e sobrancelhas escuras, eram cercadas por rolos de gordura no queixo e no pescoço, como se um puritano tivesse sido engolfado pelo corpo de um alegre proprietário rural. Com o bigode e costeletas e o terno cinza escuro com colete, ele tinha uma aparência atemporal e irrefutavelmente da classe alta.

– Como vai? – disse ele, estendendo a mão quente e seca. – Vamos para o escritório.

– Henry, a sra. Ross acaba de ligar – disse a loura enquanto Strike entrava na sala pequena atrás da porta discreta, que era ladeada de livros, com estante de mogno e muito arrumada. – Ela gostaria de ver o Munnings antes de fecharmos. Disse a ela que está reservado, mas ela ainda gostaria...

– Me informe quando ela chegar – disse Drummond. – E poderia pegar um chá, Lucinda? Ou café? – ele perguntou a Strike.

– Chá seria ótimo, obrigado.

– Sente-se – disse Drummond, e Strike se sentou, agradecido pela cadeira de couro larga e robusta. A mesa antiga entre eles era despojada, exceto por uma bandeja de papel de carta com timbre, uma caneta-tinteiro e um abridor de cartas de prata e marfim. – E então – disse pesadamente Henry Drummond –, está vendo este assunto terrível para a família?

– É verdade. Importa-se se eu tomar notas?

– Pode anotar.

Strike pegou seu bloco e caneta. Drummond rodava gentilmente de um lado para outro na cadeira giratória.

– Um choque terrível – disse ele suavemente. – É claro que se pensou imediatamente em interferência estrangeira. Ministro do governo, os olhos do mundo em Londres com a Olimpíada e assim por diante...

– O senhor não acha que ele pode ter cometido suicídio? – perguntou Strike.

Drummond soltou um forte suspiro.

– Eu o conhecia havia 45 anos. Sua vida não foi destituída de vicissitudes. Ter passado por tudo... o divórcio de Patricia, a morte de Freddie, a renúncia do governo, o pavoroso acidente de carro de Raphael... para terminar *agora*, quando ele era ministro da Cultura, quando tudo parecia voltar aos trilhos...

"Porque o Partido Conservador era a vida dele, veja bem", disse Drummond. "Ah, sim. Ele era muito dedicado. Detestou sair, ficou feliz ao voltar, ascender a ministro... em nossos tempos de juventude, brincávamos que ele se tornaria primeiro-ministro, é claro, mas este sonho se foi. Jasper sempre dizia, 'Os fiéis conservadores gostam de bastardos ou bufões', e que ele não era nem uma coisa, nem outra."

– Então o senhor diria que ele estava em um bom estado de espírito na época de sua morte?

– Ah... bom, não, não poderia dizer isso. Havia estresse, preocupações... mas suicida? Definitivamente não.

– Quando foi a última vez que o senhor o viu?

– A última vez em que nos encontramos pessoalmente foi aqui, na galeria – disse Drummond. – Posso lhe dizer exatamente que dia era: sexta-feira, 22 de junho.

Este, Strike sabia, foi o dia em que ele conheceu Chiswell. Ele se lembrava do ministro andando para a galeria de Drummond depois de seu almoço no Pratt's.

– E como ele lhe pareceu naquele dia?

– Extremamente zangado – disse Drummond –, mas isto era inevitável, em vista do que ele encontrou aqui.

Drummond pegou o abridor de cartas e o virou delicadamente nos dedos grossos.

– O filho... Raphael... tinha sido apanhado, pela segunda vez... ah...

Drummond hesitou por um segundo.

– ... em flagrante – disse ele – com a outra jovem que eu empregava na época, no banheiro atrás de mim.

Ele indicou uma discreta porta preta.

– Eu já o havia apanhado ali, um mês antes disso. Na primeira vez, não contei a Jasper, porque achei que ele tinha muito com que se preocupar.

– Em que sentido?

Drummond manuseou o marfim decorado, deu um pigarro e falou:

– O casamento de Jasper não é... não era... quero dizer, Kinvara é um prato cheio. Mulher difícil. Ela andava importunando Jasper para colocar uma das éguas para gestar com Totilas na época.

Como Strike ficou inexpressivo, Drummond esclareceu:

– Um garanhão de alto valor. Perto de 10 mil por sêmen.

– Meu Deus – disse Strike.

– De fato – disse Drummond. – E quando Kinvara não consegue o que quer... não se sabe se é por temperamento ou algo mais profundo... alguma instabilidade mental verdadeira... de todo modo, Jasper passava por muita dificuldade com ela.

"Depois ele passou pelo problema pavoroso do, ah, acidente de Raphael... aquela pobre jovem mãe morta... a imprensa e assim por diante, o filho na prisão... como amigo, eu não queria piorar os problemas dele.

"Eu disse a Raphael na primeira vez que aconteceu que eu não informaria a Jasper, mas também disse que era uma última advertência e se ele saísse da linha de novo, seria afastado, sendo ou não um velho amigo do pai dele. Tenho de considerar Francesca também. Ela é minha neta, tem dezoito anos, completamente encantada com ele. Eu não queria ter de contar aos pais dela.

"Assim, quando entrei e os ouvi, não tive alternativa. Pensei que era seguro deixar Raphael encarregado por uma hora porque Francesca não estava no trabalho naquele dia, mas, é claro, ela escapuliu especialmente para vê-lo, em seu dia de folga.

"Jasper chegou e me encontrou batendo na porta. Não havia como esconder o que estava acontecendo. Raphael tentava bloquear minha entrada ao banheiro enquanto Francesca saía pela janela. Ela não conseguiu me encarar. Telefonei aos pais dela, contei tudo. Ela nunca mais voltou.

"Raphael Chiswell", disse pesadamente Drummond, "não é flor que se cheire. Freddie, o filho que morreu... por acaso meu neto também... valia um milhão de... bem...", disse ele, virando o abridor sem parar nos dedos, "sei que não devia dizer isso."

A porta da sala se abriu e a jovem loura de vestido preto entrou com uma bandeja de chá. Strike comparou-o mentalmente ao chá que tinha no escritório enquanto ela baixava dois bules de prata, um contendo água quente, xícaras de porcelana fina com pires e um açucareiro completo com pinça.

— A sra. Ross acaba de chegar, Henry.

— Diga a ela que estou preso mais ou menos pelos próximos vinte minutos. Peça para esperar, se ela tiver tempo.

— Então devo entender – disse Strike, quando Lucinda saiu – que não houve muito tempo para conversar naquele dia?

— Bom, não – disse Drummond, infeliz. – Jasper tinha vindo ver Raphael no trabalho, acreditando que tudo saía de forma esplêndida, e chegar no meio daquela cena... inteiramente a meu favor, é claro, depois que ele entendeu o que acontecia. Na verdade, foi ele que empurrou o garoto do caminho para abrirmos a porta do banheiro. Depois ficou com uma cor estranha. Ele tinha problema cardíaco, sabe, vinha se queixando disso havia anos. De repente, sentou-se no vaso. Fiquei muito preocupado, mas ele não me deixou ligar para Kinvara...

"Raphael, então, teve a decência de sentir vergonha. Tentou ajudar o pai. Jasper disse a ele para dar o fora, me fez fechar a porta, deixando-o ali dentro..."

Agora parecendo rude, Drummond se interrompeu e serviu o chá para os dois. Evidentemente estava um tanto aflito. Enquanto colocava três cubos na própria xícara, a colher de chá bateu na porcelana.

— Peço desculpas. Foi a última vez que vi Jasper, entenda. Ele saiu do banheiro com uma cor horrível, rígido, apertou minha mão, pediu desculpas, disse que tinha decepcionado um velho amigo... tinha me decepcionado.

Drummond tossiu de novo, engoliu e continuou com o que parecia esforço:

— Nada disso foi culpa de Jasper. Raphael aprendeu tal moral com a mãe, e ela é melhor descrita como uma... bem... conhecer Ornella foi de fato o começo de todos os problemas de Jasper. Se ele tivesse ficado com Patricia...

"De todo modo, nunca mais vi Jasper. Tive certa dificuldade para me obrigar a apertar a mão de Raphael no funeral, se quer saber a verdade."

Drummond bebeu um gole de chá e Strike experimentou o dele. Estava fraco demais.

— Parece tudo muito desagradável – disse o detetive.

— Pode-se dizer que sim. – Drummond suspirou.

— O senhor vai me desculpar por ter de fazer algumas perguntas delicadas.

— É claro – disse Drummond.

— O senhor falou com Izzy. Ela lhe disse que Jasper Chiswell estava sendo chantageado?

— Ela falou nisso – disse Drummond, com um olhar para ver se a porta estava fechada. – Ele não ventilou nem uma palavra para mim. Izzy disse que era um dos Knight... lembra uma família na propriedade. O pai era um faz-tudo, não? Quanto aos Winn, bom, não, não creio que houvesse muita ligação entre eles e Jasper. Um estranho casal.

— A filha dos Winn, Rhiannon, era esgrimista – disse Strike. – Era da seleção juvenil britânica de esgrima com Freddie Chiswell...

— Ah, sim, Freddie era tremendamente bom – disse Drummond.

— Rhiannon foi convidada à festa de dezoito anos de Freddie, mas era dois anos mais nova. Tinha apenas dezesseis quando se matou.

— Que coisa pavorosa – disse Drummond.

— Não sabe nada a respeito disso?

— E como eu saberia? – disse Drummond, com um vinco fino entre os olhos escuros.

— O senhor não esteve na festa?

— Na realidade estive. Avô, sabe como é.

— Não se lembra de Rhiannon?

— Meu Deus, não pode esperar que me lembre de todos os nomes! Havia mais de cem jovens ali. Jasper mandou instalar uma tenda no jardim e Patricia promoveu uma caça ao tesouro.

— É mesmo? – disse Strike.

Sua própria festa de dezoito anos, em um pub decrépito em Shoreditch, não incluiu uma caça ao tesouro.

— Só na propriedade, entenda. Freddie sempre gostou de uma competição. Uma taça de champanhe para cada pista, foi muito alegre, deu uma agitada nas coisas. Eu cuidava da pista de número três, perto do que as crianças sempre chamavam de o vale.

— O buraco no chão perto do chalé dos Knight? – perguntou Strike despreocupadamente. – Era cheio de urtiga quando o vi.

— Não colocamos a pista *no* vale, colocamos embaixo do capacho de Jack o'Kent. Não se podia confiar que ele cuidasse do champanhe, porque ele tinha problemas com a bebida. Eu me sentei na beira do vale em uma cadeira de jardim e os observei procurar, e todo mundo que encontrava a pista recebia uma taça de champanhe e partia.

— Refrigerantes para os menores de dezoito anos? – perguntou Strike.

Um tanto exasperado por esta atitude estraga-prazeres, Drummond falou:

— Ninguém *tinha* de beber champanhe. Era uma festa de dezoito anos, uma comemoração.

— Então Jasper Chiswell nunca lhe falou nada que ele não quisesse que chegasse à imprensa? – perguntou Strike, voltando à questão principal.

— Absolutamente nada.

— Quando ele me pediu para achar um jeito de contra-atacar seus chantagistas, disse-me que o que quer que tenha feito aconteceu seis anos atrás. Ele me afirmou que não era ilegal quando fez, mas agora é.

— Não faço ideia do que pode ter sido. Jasper era um sujeito muito cioso das leis, entenda. Toda a família, pilares da comunidade, frequentavam a igreja, eles deram missas para a região...

Seguiu-se uma litania da beneficência dos Chiswell, que continuou por uns dois minutos e não enganou nem um pouco Strike. Drummond tentava confundir, ele tinha certeza, porque Drummond sabia exatamente o que fizera Chiswell. Ele se tornou quase lírico enquanto exaltava a bondade inata de Jasper, e de toda a família, excetuando, sempre, o patife do Raphael.

– ... e sempre mão aberta – concluiu Drummond –, micro-ônibus para os escoteiros locais, reforma do telhado da igreja, mesmo depois que as finanças da família... bem... – disse ele de novo, meio constrangido.

– Um crime digno de chantagem – recomeçou Strike, mas Drummond o interrompeu.

– Não houve crime nenhum. – Ele se conteve. – Você mesmo acabou de dizer. Jasper lhe disse que não fez nada de ilegal. Nenhuma lei foi infringida.

Concluindo que não seria bom pressionar ainda mais Drummond a respeito da chantagem, Strike virou uma página no bloco e pensou ter visto o outro relaxar.

– O senhor telefonou para Chiswell na manhã em que ele morreu – disse Strike.

– Telefonei.

– Teria sido a primeira vez que os dois se falaram desde a demissão de Raphael?

– Na verdade, não. Houve uma conversa duas semanas antes disso. Minha esposa queria convidar Jasper e Kinvara para jantar. Liguei para o DCME para falar com ele, quebrar o gelo, sabe, depois do problema de Raphael. Não foi uma conversa longa, mas bastante amigável. Ele disse que não poderia na noite sugerida. Também me disse... bom, para ser franco, ele me disse que não sabia quanto tempo ele e Kinvara ficariam juntos, que o casamento tinha problemas. Ele parecia cansado, exausto... infeliz.

– O senhor não teve mais contato antes do dia 13?

– Não tivemos contato nenhum desde então. – Drummond lembrou a ele. – Telefonei para Jasper, sim, mas não obtive resposta. Izzy me disse... – Ele se interrompeu. – Ela me disse que provavelmente ele já estava morto.

– Era cedo para um telefonema – disse Strike.

– Eu... tinha informações que pensei que ele deveria receber.

– De que tipo?

– Era pessoal.

Strike esperou. Drummond bebeu o chá.

― Relacionada com as finanças da família, que, como imagino que você saiba, estavam bem ruins quando Jasper morreu.

― Sim.

― Ele vendeu terras e renovou a hipoteca da propriedade de Londres, descarregou todas as boas pinturas por meu intermédio. Ele estava raspando o fundo do tacho, no fim, tentando me vender algumas coisas antigas que sobraram de Tinky. Foi... na verdade foi meio constrangedor.

― Como assim?

― Eu negocio os grandes mestres ― disse Drummond. ― Não compro telas de cavalos malhados de artistas australianos populares e desconhecidos. Como uma cortesia a Jasper, sendo um velho amigo, pedi que algumas fossem avaliadas por meu contato habitual na Christie's. A única coisa de algum valor monetário era uma pintura de uma égua malhada e o potro...

― Acho que essa eu vi ― disse Strike.

― ... mas valia uma ninharia ― disse Drummond. ― Uma ninharia.

― Quanto, uma estimativa?

― De cinco a oito mil, por alto ― disse Drummond com desprezo.

― É uma ninharia grande para algumas pessoas ― disse Strike.

― Meu caro ― disse Henry Drummond ―, isso não teria reformado um décimo do telhado da Chiswell House.

― Mas ele pensava em vender a tela? ― perguntou Strike.

― Junto com outra meia dúzia delas ― respondeu Drummond.

― Tive a impressão de que a sra. Chiswell era particularmente apegada a esta pintura.

― Não creio que, no fim, os desejos da esposa fossem de grande importância para ele... ah, meu Deus ― Drummond suspirou ―, tudo isso é muito difícil. Sinceramente não quero ser responsável por falar da família algo que sei que só causará dor e raiva. Eles já estão sofrendo.

Ele bateu com a unha no dente.

― Garanto a você ― disse ele ― que o motivo para meu telefonema não pode ter nenhuma relação com a morte de Jasper.

Entretanto, ele parecia indeciso.

― Você deve falar com Raphael ― disse ele, claramente escolhendo as palavras com cuidado ― porque creio que... possivelmente... não gosto de Raphael ― disse ele, como se já não tivesse deixado isso inteiramente claro ―, mas creio que ele fez uma coisa louvável na manhã da morte do pai. Pelo menos, não vejo o que ele teve a ganhar pessoalmente com isso e creio que ele guarda silêncio sobre o assunto pelo mesmo motivo que eu. Sendo da família, ele está mais bem situado do que eu para decidir o que fazer. Fale com Raphael.

Strike teve a impressão de que Henry Drummond gostaria que Raphael se tornasse impopular na família.

Houve uma batida na porta da sala. A loura Lucinda colocou a cabeça para dentro.

— A sra. Ross não está se sentindo muito bem, Henry; ela vai embora, mas gostaria de se despedir.

— Sim, muito bem — disse Drummond, levantando-se. — Creio que não posso ser de mais utilidade, infelizmente, sr. Strike.

— Fico muito agradecido por ter me recebido — disse Strike, também se levantando, mas com dificuldade, pegando novamente a bengala. — Posso lhe fazer uma última pergunta?

— Certamente — disse Drummond, parando.

— O senhor entende alguma coisa da expressão "ele botou o cavalo neles"?

Drummond parecia verdadeiramente confuso.

— Quem botou *que* cavalo... onde?

— Não sabe o que isso pode significar?

— Sinceramente não faço ideia. Lamento muito, mas, como ouviu, tenho uma cliente esperando.

Strike não teve alternativa senão acompanhar Drummond de volta à galeria.

No meio da galeria deserta estava Lucinda, agitada junto de uma mulher morena, em gestação avançada, sentada em uma cadeira alta, bebendo água.

Ao reconhecer Charlotte, Strike entendeu que este segundo encontro não podia ser uma coincidência.

50

... você me marcou, de uma vez por todas – marcou-me pela vida inteira.

Henrik Ibsen, *Rosmersholm*

— Corm — disse ela com a voz fraca, boquiaberta para ele por cima da borda do corpo. Ela estava pálida, mas Strike, que não duvidava que ela encenasse uma situação para auferir alguma vantagem, inclusive deixando de comer ou passando base branca, limitou-se a assentir.

— Ah, vocês se conhecem? — disse Drummond, surpreso.

— Preciso ir — Charlotte falou em voz baixa, levantando-se enquanto a preocupada Lucinda adejava por ali. — Estou atrasada, vou encontrar minha irmã.

— Tem certeza de que está bem para isso? — disse Lucinda.

Charlotte abriu um sorriso trêmulo para Strike.

— Pode me acompanhar pela rua? É só uma quadra.

Drummond e Lucinda viraram-se para Strike, claramente deliciados em descarregar dos ombros a responsabilidade por aquela mulher rica e bem relacionada.

— Não sei se sou a melhor pessoa para a tarefa — disse Strike, indicando a bengala.

Ele sentiu a surpresa de Drummond e Lucinda.

— Avisarei a você se pensar que realmente vou dar trabalho — disse Charlotte. — Por favor?

Ele não podia dizer "não". Podia ter dito, "Por que você não pede a sua irmã para encontrá-la aqui?" Uma recusa, como Charlotte sabia bem, faria com que ele parecesse grosseiro na frente de pessoas com quem podia precisar conversar novamente.

— Tudo bem – disse ele, mantendo a voz no mesmo tom de rispidez.

— Muito obrigada, Lucinda – disse Charlotte, saindo da cadeira.

Ela usava um sobretudo de seda bege por cima de uma camiseta preta, jeans de gestante e tênis. Tudo que ela vestia, mesmo essas coisas informais, era da melhor qualidade. Ela sempre preferiu cores monocromáticas, linhas severas ou clássicas, contra as quais sua beleza extraordinária ganhava relevo.

Strike segurou a porta aberta para ela, lembrou-se de sua palidez na ocasião em que Robin ficou branca e pegajosa no fim da viagem, depois de habilidosamente desviar um carro alugado do que podia ter sido um desastroso acidente em gelo fino.

— Obrigado – disse ele a Henry Drummond.

— Foi um prazer – disse formalmente o marchand.

— O restaurante não fica longe. – Charlotte apontou a ladeira enquanto a porta da galeria se fechava.

Eles andaram lado a lado, quem passava talvez supusesse que ele fosse o responsável pela barriga volumosa de Charlotte. Ele sentia o cheiro do que sabia ser Shalimar em sua pele. Ela o usava desde os dezenove anos e ele comprou para ela em algumas ocasiões. Mais uma vez, ele se lembrou de andar por esse caminho para a discussão com o pai dela em um restaurante italiano tantos anos atrás.

— Você acha que eu armei isso.

Strike não disse nada. Não desejava se envolver em discórdias ou reminiscências. Eles tinham caminhado duas quadras até ele falar.

— Onde fica este lugar?

— Jermyn Street. Franco's.

No momento em que ela disse o nome, ele reconheceu ser o mesmo local em que encontraram o pai de Charlotte anos atrás. A briga que se seguiu foi curta, porém extraordinariamente violenta, pois um filão de ressentimento incontinente corria por cada membro da família aristocrática de Charlotte. Mas, na época, ela e Strike voltaram ao apartamento dela e fizeram amor com uma intensidade e urgência que ele agora desejava poder expurgar do cérebro, a lembrança dela chorando ao chegar ao clímax, lágrimas quentes caindo no rosto dele enquanto ela gritava de prazer.

— Ai. Pare – disse ela incisivamente.

Ele se virou. Segurando a barriga com as duas mãos, ela se encostou em uma porta, de cenho franzido.

— Sente-se — disse ele, ressentido até de precisar fazer sugestões para ajudá-la. — No degrau ali.

— Não — disse ela, respirando fundo várias vezes. — É só me levar ao Franco's e você pode ir.

Eles continuaram andando.

O maître d'hôtel ficou todo preocupado: estava claro que Charlotte não se sentia bem.

— Minha irmã chegou? — perguntou Charlotte.

— Ainda não — disse o maître, ansioso, e como Henry Drummond e Lucinda, olhou para Strike para dividir a responsabilidade por aquele problema alarmante e indesejado.

Quase um minuto depois, Strike estava sentado na cadeira de Amelia à mesa para dois ao lado da janela, e o garçom trazia uma garrafa de água, Charlotte ainda respirava fundo e o maître colocava o pão entre os dois, dizendo, inseguro, que Charlotte talvez se sentisse melhor se comesse alguma coisa, mas também sugerindo em voz baixa a Strike que ele podia chamar uma ambulância a qualquer momento, se isto parecesse desejável.

Enfim, eles ficaram a sós. Ainda assim, Strike não falou nada. Pretendia sair no momento em que a cor dela melhorasse ou a irmã chegasse. Todos em volta deles eram comensais prósperos, desfrutando do vinho e da massa em meio a madeira, couro e vidro de bom gosto, com gravuras em preto e branco no papel de parede vermelho e branco geométrico.

— Você acha que eu armei isto — disse Charlotte novamente em voz baixa.

Strike não falou nada. Ainda procurava pela irmã de Charlotte, que ele não via há anos e que sem dúvida ficaria horrorizada ao encontrar os dois sentados juntos. Talvez houvesse outra briga inarticulada, escondida de seus companheiros de restaurante, em que novas calúnias seriam lançadas sobre a personalidade dele, sua história e seus motivos para acompanhar a seu encontro no restaurante a ex-namorada rica, grávida e casada.

Charlotte pegou uma baguete e começou a comer, olhando para ele.

— Sinceramente eu não sabia que você estaria lá hoje, Corm.

Ele não acreditou nisso nem por um segundo. O encontro na Lancaster House foi por acaso: ele viu o choque de Charlotte quando seus olhos se encontraram, mas isto era coincidência demais. Se ele não soubesse que era impossível, teria até suposto que ela sabia que ele tinha terminado com a namorada esta manhã.

— Você não acredita em mim.

— Isso não importa — disse ele, ainda procurando por Amelia na rua.

— Tive um tremendo choque quando Lucinda disse que você estava lá.

Papo furado. Ela não teria contado a você quem estava no escritório. Você já sabia.

— Isto acontece muito ultimamente — insistiu ela. — Chamam de contrações Braxton Hicks. Detesto estar grávida.

Ele sabia que não tinha disfarçado seu pensamento imediato quando ela se curvou para ele e falou em voz baixa:

— Sei o que você está pensando. Eu não me livrei do nosso. Não fiz isso.

— Não comece, Charlotte — disse ele, com a sensação de que o terreno firme embaixo de seus pés começava a rachar e se mexer.

— Eu perdi...

— Não vou fazer isso de novo. — Ele tinha um tom de alerta. — Não vamos voltar a encontros de dois anos atrás. Eu não me importo.

— Fiz um teste na casa de minha mãe...

— *Eu disse que não me importo.*

Ele queria ir embora, mas ela na realidade agora estava mais pálida, os lábios tremiam enquanto ela o olhava com aqueles olhos verdes pontilhados de dourado terrivelmente familiares, agora transbordando de lágrimas. A barriga inchada ainda não parecia fazer parte dela. Ele não teria ficado inteiramente surpreso se ela levantasse a camiseta e mostrasse uma almofada.

— Queria que eles fossem seus.

— Mas que merda, Charlotte...

— Se eles fossem seus, eu ficaria feliz com isso.

— Não me venha com essa. Você não queria filhos mais do que eu.

As lágrimas agora escorriam por seu rosto. Ela as enxugou, os dedos tremendo mais intensamente do que nunca. Um homem na mesa ao lado tentava fingir não olhar. Sempre consciente demais do efeito que produzia naqueles a sua volta, Charlotte lançou ao homem um olhar que o fez voltar apressadamente ao tortellini, depois rasgou um pedaço de pão e colocou na boca, mastigando enquanto chorava. Por fim bebeu água para ajudar a engolir, depois apontou a barriga e sussurrou:

— Eu lamento por eles. É só o que eu tenho: pena. Sinto pena deles, porque eu sou a mãe e Jago é o pai. Que começo na vida. No início, tentei pensar num jeito de morrer sem matá-los.

— Deixe de ser tão autocomplacente, porra – disse Strike grosseiramente. – Eles vão precisar de você, não vão?

— Não quero ser necessária, jamais quis. Quero ser livre.

— Para se matar?

— Sim. Ou para tentar fazer com que você me ame de novo.

Ele se curvou para ela.

— Você é casada. Vai ter seus filhos. Nós terminamos, acabou.

Ela se curvou também, o rosto molhado de lágrimas, o mais bonito que ele já viu. Ele sentia o cheiro de Shalimar em sua pele.

— Sempre vou amar você mais do que qualquer pessoa neste mundo – disse ela, muito branca e deslumbrante. – Você sabe que isto é a verdade. Eu amei você mais do que qualquer um de minha família, vou amar você mais do que meus filhos, vou amar você em meu leito de morte. Penso em você quando Jago e eu...

— Continue com isso e eu vou embora.

Ela se recostou na cadeira e o encarou como se ele fosse um trem se aproximando e ela estivesse amarrada aos trilhos.

— Você sabe que é verdade – disse ela com a voz rouca. – Sabe que é.

— Charlotte...

— Sei o que você vai dizer – disse ela –, que sou uma mentirosa. Eu *sou mesmo*. *Sou* uma mentirosa, mas não nas grandes coisas, nunca nas grandes, Bluey.

— Não me chame desse jeito.

— Você não me amou o bastante...

— Não se atreva a me culpar, caralho – disse ele, a contragosto. Ninguém mais fazia isso com ele: ninguém nem chegava perto. – O fim... a responsabilidade foi toda sua.

— Você não ia se comprometer...

— Ah, eu me comprometi. Fui morar com você, como você queria...

— Você não aceitou o emprego que papai...

— Eu tinha um emprego. Tinha a agência.

— Eu estava errada a respeito da agência, agora sei disso. Você fez coisas incríveis... li tudo sobre você, o tempo todo. Jago descobriu tudo em meu histórico de pesquisa...

— Devia ter encoberto seus rastros, não é? Você era muito mais cuidadosa comigo, quando trepava com ele pelas minhas costas.

— Eu não fui para a cama com Jago quando estava com você...

— Você ficou noiva dele duas semanas depois de termos terminado.

— Aconteceu rápido porque eu quis que fosse rápido – disse ela intensamente. – Você disse que eu estava mentindo sobre o bebê e fiquei magoada, furiosa... você e eu estaríamos casados agora se você não tivesse...

— Menus – disse um garçom de repente, materializando-se ao lado da mesa, estendendo o cardápio para cada um deles. Strike o rejeitou.

— Não vou ficar.

— Pegue para Amelia – Charlotte o instruiu e ele pegou o cardápio na mão do garçom e o bateu na mesa diante dele.

— Temos dois especiais hoje – disse o garçom.

— Parece que nós queremos saber de especiais? – Strike rosnou. O garçom parou por um segundo, petrificado de espanto, depois voltou pelas mesas lotadas, afrontado, visto de costas.

— Toda essa besteira romântica – disse Strike, inclinando-se para Charlotte. – Você queria coisas que eu não podia dar. O tempo todo, merda, você odiava a pobreza.

— Eu agia como uma imbecil mimada – disse ela –, sei que agia, depois me casei com Jago e consegui todas essas coisas que pensei que merecia e tive vontade de morrer.

— Vai além de férias e joias, Charlotte. Você queria acabar comigo.

A expressão dela ficou rígida, como acontecia com tanta frequência antes das piores explosões, as cenas verdadeiramente apavorantes.

— Você queria me impedir de desejar qualquer coisa que não fosse você. Seria a prova de que eu a amava, se eu desistisse do exército, da agência, Dave Polworth, cada maldita coisa que fazia de mim quem eu sou.

— Eu nunca, jamais quis acabar com você, esta é uma coisa horrível de...

— Você queria me destruir porque é isso que você faz. Você precisa destruir, porque, se não fizer, a coisa pode definhar. Você precisa estar no controle. Se você a matar, não precisa vê-la morrer.

– Olhe nos meus olhos e me diga que você amou alguém desde que me amou.

– Não, não amei – disse ele – e muito obrigado por isso, merda.

– Tivemos momentos incríveis juntos...

– Terá de me lembrar quais foram eles.

– Aquela noite no barco de Benjy em Little France...

– ... seu aniversário de trinta anos? Natal na Cornualha? Foram mesmo divertidos pra caralho.

A mão de Charlotte foi à barriga. Strike pensou ter visto movimento através da camiseta preta e fina e novamente pareceu a ele que havia algo alienígena e inumano por baixo de sua pele.

– Dezesseis anos, indo e voltando, eu te dei o melhor que tinha para dar e nunca bastava – disse ele. – Chega uma hora em que você para de tentar salvar a pessoa que está decidida a te arrastar com ela para baixo.

– Ah, *por favor* – disse ela e de súbito a Charlotte vulnerável e desesperada desapareceu, substituída por alguém muito mais dura, de olhos frios e astuta. – Você não queria me salvar, Bluey. Você queria me *resolver*. A diferença é grande.

Ele saudou o reaparecimento desta segunda Charlotte, que era em cada detalhe tão familiar quanto a versão frágil, mas a quem ele tinha muito menos escrúpulos em magoar.

– Pareço bom para você agora porque fiquei famoso e você está casada com um babaca.

Ela absorveu o golpe sem piscar, mas seu rosto ficou um pouco mais rosado. Charlotte sempre gostou de uma briga.

– Você é tão previsível. Sabia que diria que eu voltei porque você ficou famoso.

– Bom, você tende a ressurgir sempre que existe drama, Charlotte – disse Strike. – Acho que me lembro disto da última vez, eu tinha acabado de explodir minha perna.

– Seu filho da puta – disse ela com um sorriso frio. – É como você explica eu cuidando de você, todos aqueles meses depois disso?

O celular dele tocou: Robin.

– Oi – disse ele, afastando-se de Charlotte para olhar pela janela. – Como está indo?

— Oi, só para contar que não posso ir ao encontro hoje à noite — disse Robin, com um sotaque de Yorkshire muito mais forte do que o normal. — Vou sair com uma amiga. Uma festa.

— Imagino que Flick esteja ouvindo — disse Strike.

— É, bom, por que você não liga para a sua mulher, se está se sentindo sozinho? — disse Robin.

— Vou fazer isso — disse Strike, achando graça apesar do olhar frio de Charlotte do outro lado da mesa. — Quer que eu grite com você? Para dar alguma credibilidade?

— Não, vá se foder *você* — disse Robin em voz alta e desligou.

— Quem era? — perguntou Charlotte de olhos estreitos.

— Preciso ir. — Strike colocou o celular no bolso e quis pegar a bengala, que tinha escorregado e caído embaixo da mesa enquanto ele e Charlotte discutiam. Percebendo o que ele procurava, ela se curvou de lado e conseguiu pegá-la antes que ele a alcançasse.

— Onde está a bengala que dei a você? — disse ela. — Aquela de Malaca?

— Você ficou com ela — ele a lembrou.

— Quem comprou esta para você? Robin?

Em meio a todas as acusações paranoicas e frequentemente loucas de Charlotte, de vez em quando ela fazia conjecturas misteriosamente precisas.

— Foi ela, na realidade — disse Strike, mas de imediato se arrependeu de dizer isso. Estava fazendo o jogo de Charlotte e prontamente ela se transformou em uma terceira e rara Charlotte, nem fria, nem frágil, mas sincera ao ponto da imprudência.

— Só o que me faz continuar com esta gravidez é a ideia de que depois que eles nascerem, eu posso ir embora.

— Vai abandonar seus filhos no momento em que eles saírem do útero?

— Por mais três meses, estou presa. Todos eles querem tanto o menino que quase nunca me perdem de vista. Depois que eu der à luz, será diferente. Posso ir embora. Nós dois sabemos que eu serei uma péssima mãe. Eles vão ficar melhor com os Ross. A mãe de Jago já entrou na fila de substituta.

Strike estendeu a mão para a bengala. Ela hesitou, depois entregou a ele. Ele se levantou.

— Dê lembranças minhas a Amelia.

– Ela não vem. Eu menti. Sabia que você estaria no Henry. Tive uma conversa particular com ele ontem. Ele me contou que você ia entrevistá-lo.

– Adeus, Charlotte.

– Você não prefere ser avisado antecipadamente que eu quero voltar com você?

– Mas eu não quero você – disse ele, olhando de cima.

– Deixa de palhaçada, Bluey.

Strike mancou para fora do restaurante, passando pelos garçons que olhavam e todos pareciam saber como ele tinha sido grosseiro com um dos colegas. Enquanto se lançava para a rua, ele teve a sensação de que era seguido, como se Charlotte tivesse projetado atrás dele um súcubo que o acompanharia até que eles se encontrassem de novo.

51

Pode me oferecer um ou dois ideais?

Henrik Ibsen, *Rosmersholm*

– Você sofreu lavagem cerebral para pensar que as coisas têm de ser desse jeito – disse o anarquista. – Olha só, você precisa botar na sua cabeça e aceitar um mundo sem líderes. Nenhum indivíduo investido de mais poder do que qualquer outro.

– Tudo bem – disse Robin. – Então não se vota *nunca*?

O Duke of Wellington em Hackney transbordava nesta noite de sábado, mas a escuridão que se aprofundava ainda era cálida e cerca de uma dezena de camaradas e amigos de Flick do ROCOM se reuniam felizes na calçada da Balls Pond Road, bebendo antes de irem para uma festa na casa de Flick. Muitos no grupo seguravam sacolas de compras contendo vinho barato e cerveja.

O anarquista riu e negou com a cabeça. Ele era magro e musculoso, louro e tinha dreadlocks e muitos piercings, e Robin pensou que o reconhecia da confusão na multidão na noite da recepção paralímpica. Ele já havia mostrado a ela uma bola sebosa de cannabis que tinha comprado para colaborar com a diversão geral da festa. Robin, cuja experiência com drogas se limitava a dois tapas em um baseado muito tempo atrás, em sua carreira interrompida na universidade, fingira um interesse inteligente.

– Você é tão ingênua! – ele lhe dizia agora. – As eleições fazem parte da grande fraude da democracia! Um ritual inútil concebido para fazer com que as massas pensem que têm voz e influência! É um acordo de divisão de poder entre os conservadores radicais e progressistas!

– Qual é a resposta, então, se não é votar? – perguntou Robin, segurando metade da cerveja em que mal havia tocado.

– Organização comunitária, resistência e protestos em massa – disse o anarquista.

– E quem organiza?

– As próprias comunidades. Você sofreu lavagem cerebral demais – repetiu o anarquista, atenuando a severidade da declaração com um leve sorriso, porque ele gostava da franqueza da socialista de Yorkshire Bobbi Cunliffe – para pensar que precisa de líderes, mas as pessoas podem se virar sozinhas depois que despertam.

– E quem vai despertar as pessoas?

– Os ativistas – disse ele, batendo no próprio peito magro – que não entram nessa por dinheiro ou poder, que querem *empoderar* as pessoas, e não *controlar*. Olha só, até os sindicatos, sem querer ofender – disse ele, porque sabia que o pai de Bobbi Cunliffe tinha sido sindicalista –, têm as mesmas estruturas de poder, as lideranças começam imitando a gerência...

– Tudo bem com você, Bobbi? – Flick a puxou de lado pela multidão. – Vamos sair em um minuto, esses foram os últimos pedidos. O que está dizendo a ela, Alf? – acrescentou com certa ansiedade.

Depois de um longo sábado na joalheria e da troca de muitas confidências (no caso de Robin, inteiramente imaginárias) sobre suas vidas amorosas, Flick ficou a tal ponto encantada com Bobbi Cunliffe que seu próprio discurso tornou-se um tanto matizado por um sotaque de Yorkshire. Mais para o fim da tarde, ela havia feito um convite duplo, o primeiro para a festa à noite e, o segundo, dependendo da aprovação de sua amiga Hayley, para dividir o aluguel do quarto recém-desocupado pela ex-colega de apartamento, Laura. Robin aceitou as duas ofertas, deu um telefonema a Strike e concordou com a sugestão de Flick de que, na ausência da wicca, elas fechariam a loja cedo.

– Ele só está me dizendo que meu pai não era melhor que um capitalista – disse Robin.

– Mas que saco, Alf – disse Flick, enquanto o anarquista protestava aos risos.

O grupo seguiu pela calçada, andando pela noite para o apartamento de Flick. Apesar de seu desejo óbvio de continuar instruindo Robin nos rudimentos de um mundo sem líderes, o anarquista foi expulso do lado de Robin pela própria Flick, que queria falar de Jimmy. Dez metros à frente delas, um marxista roliço, barbudo e de pés tortos, que foi apresentado a Robin como Digby, andava sozinho, liderando o grupo para a festa.

— Duvido que Jimmy vá aparecer — disse ela a Robin, que entendeu que Flick estava se armando contra a decepção. — Ele está de mau humor. Preocupado com o irmão.

— Qual é o problema dele?

— Uma doença esquizofrênica aí — disse Flick. Robin tinha certeza de que Flick conhecia o termo correto, mas que achava adequado, na frente de uma legítima integrante da classe trabalhadora, fingir falta de instrução. À tarde, tinha deixado escapar o fato de que começara uma faculdade, pareceu se arrepender disso e desde então pronunciava certas palavras com o sotaque de Bobbi. — Sei lá. Ele tem delírios.

— Tipo o quê?

— Acha que existem conspirações do governo contra ele, essas coisas — disse Flick com uma risadinha.

— Mas que coisa — disse Bobbi.

— É, ele está no hospital. Já causou muitos problemas a Jimmy. — Flick colocou na boca o cigarro enrolado à mão e acendeu. — Já ouviu falar de Cormoran Strike?

Ela falou o nome como se fosse outra doença.

— Quem?

— Um detetive particular — disse Flick. — Apareceu muito nos jornais. Lembra daquela modelo que caiu da janela, Lula Landry?

— Vagamente — disse Robin.

Flick olhou por cima do ombro para ver se Alf, o anarquista, estava fora do alcance da conversa delas.

— Bom, Billy quer ver o cara.

— Mas pra quê?

— Porque Billy é doente mental, entendeu? — disse Flick, com outra risadinha. — Ele acha que viu uma coisa anos atrás...

— Viu o quê? — Robin falou mais rápido do que pretendia.

— Um assassinato — disse Flick.

— Meu Deus.

— É óbvio que ele não viu – disse Flick. – É tudo papo furado. Quer dizer, ele *viu* alguma coisa, mas ninguém morreu. Jimmy estava lá, ele sabe. Mas, então, Billy procurou esse detetive mala e agora não conseguimos nos livrar dele.

— Como assim?

— Ele bateu no Jimmy.

— O detetive?

— Foi. Seguiu Jimmy em uma manifestação que estávamos fazendo, bateu nele, conseguiu a merda da prisão de Jimmy.

— Mas que coisa – disse de novo Bobbi Cunliffe.

— É o Estado profundo, né? – disse Flick. – Ex-militar. A rainha, a bandeira e toda essa merda. Olha só, Jimmy e eu sabemos um lance sobre um ministro conservador...

— É mesmo?

— É – disse Flick. – Não posso te dizer o que é, mas é grande, e aí Billy fodeu com tudo. Mandou Strike xeretar e achamos que ele entrou em contato com o gov...

Ela se interrompeu de repente, os olhos acompanhando um carro pequeno que tinha acabado de passar por eles.

— Por um momento, achei que fosse Jimmy. Não era. Esqueci, o carro não pode circular.

Seu estado de espírito se deprimiu de novo. Durante os períodos de folga na loja naquele dia, Flick contou a Robin a história da relação dela com Jimmy, que com suas brigas, tréguas e renegociações intermináveis podia ser a história de uma disputa territorial. Parece que eles nunca chegaram a um acordo sobre a situação da relação e cada tratado se desintegrava em brigas e traições.

— Se quer minha opinião, você devia dispensar esse cara – disse Robin, que o dia todo, na esperança de extrair confidências, procurou uma política cautelosa de tentar livrar Flick da lealdade que ela claramente sentia dever ao infiel Jimmy.

— Quem dera que fosse assim tão fácil. – Flick caiu no falso sotaque de Yorkshire que tinha adotado mais para o fim do dia. – Não que eu queira me *casar* nem nada... – ela riu da própria ideia – ... ele pode dormir com quem quiser e eu também. O acordo é esse e, por mim, tudo bem.

Na loja, ela já havia explicado a Robin que se identificava ao mesmo tempo como não binária e pansexual, porque a monogamia, em resumo, era um instrumento de opressão do patriarcado, um raciocínio que Robin desconfiava ter se originado de Jimmy. Elas andaram em silêncio por um tempo. Na escuridão mais densa, entraram em uma passagem subterrânea quando Flick falou com uma centelha de ânimo:

– Quer dizer, eu mesma andei me divertindo.

– É bom saber disso – disse Robin.

– Jimmy também não ia gostar se soubesse de todos eles.

O marxista de pés tortos que andava à frente delas virou a cabeça nessa hora e Robin viu, sob a luz do poste, seu leve sorriso malicioso ao olhar para Flick, cujas palavras ele entendeu com clareza. Flick, envolvida em tentar desencavar a chave da porta do fundo de sua bolsa de carteiro abarrotada, nem sequer percebeu.

– Vamos pra lá. – Flick apontou as três janelas iluminadas acima de uma pequena loja de material esportivo. – Hayley já voltou. Merda, espero que ela tenha se lembrado de esconder meu laptop.

Chegava-se ao apartamento por uma entrada dos fundos, subindo uma escada fria e estreita. Mesmo ao pé da escada, eles ouviam o baixo persistente de "Niggas in Paris" e, ao chegarem ao patamar, encontraram a frágil porta aberta e várias pessoas encostadas nas paredes do lado de fora, dividindo um baseado enorme.

"*What's fifty grand to a muh-fucka like me*", dizia o rap de Kanye West, no interior mal-iluminado.

A dezena de recém-chegados encontrou um número considerável de pessoas já dentro do apartamento. Era impressionante quanta gente podia caber em um lugar tão pequeno, que evidentemente compreendia apenas dois quartos, um banheiro minúsculo e uma cozinha do tamanho de um armário.

– Estamos usando o quarto de Hayley pra dançar, é o maior, aquele que você vai dividir – gritou Flick no ouvido de Robin enquanto elas abriam caminho à força para o quarto escuro.

Iluminado apenas por duas fileiras de luzes de Natal e os pequenos retângulos de luz que emanavam dos telefones daqueles que verificavam mensagens de texto e redes sociais, o quarto já estava lotado de gente e infestado pelo cheiro de maconha. Quatro jovens mulheres e um homem conseguiam dançar no meio. Os olhos dela se acostumaram aos poucos com a escuridão e Robin viu a estrutura esquelética de um beliche, já suportando algumas pessoas que dividiam um baseado no colchão de cima. Ela conseguiu distinguir uma bandeira LGBT do arco-íris e um pôster de Tara Thornton em *True Blood* na parede atrás deles.

Jimmy e Barclay já haviam passado um pente-fino neste apartamento em busca da folha de papel que Flick roubara de Chiswell, e não encontraram, Robin lembrou a si mesma, olhando o escuro, procurando por prováveis esconderijos. Ela se perguntou se Flick a guardava permanentemente com ela própria, mas Jimmy certamente teria pensado nisso e, apesar da declarada pansexualidade de Flick, Robin achou que Jimmy estava mais bem situado do que ela própria para convencer Flick a tirar a roupa. Enquanto isso, a escuridão podia ser amiga de Robin enquanto ela passava a mão embaixo de colchões e tapetes, mas a festa estava tão abarrotada de gente que ela duvidava que fosse possível fazer isso sem alertar alguém para seu comportamento estranho.

– ... procurar Hayley – gritou Flick no ouvido de Robin, colocando uma lata de cerveja em sua mão, e elas saíram do quarto maior e entraram no de Flick, que parecia ainda menor do que realmente era porque cada centímetro das paredes e do teto era coberto de panfletos políticos e pôsteres, predominando o laranja do ROCOM e o vermelho e preto do Partido do Real Socialismo. Uma enorme bandeira palestina estava presa por tachas acima do colchão no chão.

Cinco pessoas já estavam dentro deste quarto, iluminado por uma única lâmpada. Duas jovens, uma negra e a outra branca, estavam deitadas entrelaçadas no colchão, enquanto o gorducho e barbudo Digby, sentado no chão, conversava com elas. Dois adolescentes, encostados desajeitadamente na parede, olhavam furtivamente as garotas na cama, as cabeças próximas, enrolando um baseado.

– Hayley, esta é Bobbi – disse Flick. – Ela está interessada na metade do quarto que era de Laura.

As duas garotas na cama olharam: a loura oxigenada alta, de cabeça raspada e olhos sonolentos, respondeu:

– Eu já disse a Shanice que ela pode se mudar pra cá – falou a loura, parecendo chapada, e a garota negra baixinha em seus braços lhe deu um beijo no pescoço.

– Ah. – Flick se virou consternada para Robin. – Merda. Desculpe.

– Tudo bem. – Robin fingiu bravura diante da decepção.

– Flick – alguém chamou do corredor –, Jimmy está lá embaixo.

– Ah, porra – Flick ficou atrapalhada, mas Robin viu o prazer cintilar em seu rosto. – Espere aí – disse ela a Robin e saiu para a prensa de corpos no corredor.

"*Bougie girl, grab her hand*", vinha o som de Jay-Z do outro quarto.

Fingindo estar interessada na conversa entre as garotas na cama e Digby, Robin escorregou pela parede para se sentar no piso laminado, bebeu a cerveja e disfarçadamente avaliou o quarto de Flick. Evidentemente foi arrumado para a festa. Não tinha guarda-roupa, mas em uma arara estavam pendurados casacos e o ocasional vestido, enquanto camisetas e suéteres estavam dobrados de qualquer jeito em um canto escuro. Havia alguns bonecos de pelúcia Beanie Babies em cima da cômoda, junto com um amontoado de maquiagem, enquanto vários cartazes de passeatas se misturavam em um canto. Certamente, Jimmy e Barclay vasculharam completamente este quarto. Robin se perguntou se eles tinham pensado em procurar atrás daqueles panfletos pendurados. Infelizmente, mesmo que não tenham visto, ela não podia soltá-los agora.

– Olha, isso é básico – disse Digby, dirigindo-se às garotas na cama. – Vocês vão concordar que o capitalismo depende em parte da mão de obra mal remunerada de mulheres, não é? Então o feminismo, para ser eficaz, também *precisa* ser marxista, uma coisa implica a outra.

– O patriarcado é mais do que o capitalismo – disse Shanice.

Pelo canto do olho, Robin viu Jimmy lutar para passar pelo corredor estreito, com o braço em volta do pescoço de Flick, que parecia mais feliz do que nunca.

– A opressão às mulheres está inextricavelmente ligada a sua incapacidade de entrar na força de trabalho – anunciou Digby.

A Hayley de olhos sonolentos se desvencilhou de Shanice para estender a mão aos adolescentes vestidos de preto em um pedido silencioso. O baseado deles passou por cima da cabeça de Robin.

— Desculpe pelo quarto — disse Hayley vagamente a Robin, depois de dar um longo tapa. — É uma merda conseguir um canto em Londres, né?

— Uma merda total — concordou Robin.

— ... porque você quer subordinar o feminismo à ideologia maior do marxismo.

— Não existe *subordinação* nenhuma, os objetivos são idênticos! — disse Digby, com uma risadinha incrédula.

Hayley tentou passar o baseado a Shanice, mas a veemente Shanice o rejeitou.

— Onde estavam vocês marxistas quando desafiamos o ideal da família heteronormativa? — ela exigiu saber de Digby.

— Apoiado, apoiado — disse Hayley vagamente, se aconchegando mais perto de Shanice e empurrando o baseado dos adolescentes para Robin, que o passou diretamente aos meninos. Embora eles estivessem interessados nas lésbicas, prontamente saíram do quarto antes que mais alguém fizesse circular seu parco suprimento de drogas.

— Antigamente eu era uma delas — disse Robin em voz alta, levantando-se, mas ninguém ouviu. Digby aproveitou a oportunidade para espiar a saia preta e curta de Robin enquanto ela passava perto dele a caminho da cômoda. Ao abrigo da conversa cada vez mais acalorada sobre feminismo e marxismo e com o ar de um interesse vagamente nostálgico, Robin pegou e baixou cada um dos Beanie Babies de Flick, apalpando a pelúcia fina até as contas de plástico e o recheio. Nenhum deles parecia ter sido aberto e recosturado para esconder uma folha de papel.

Com uma leve desesperança, ela voltou ao corredor escuro, onde as pessoas se espremiam, derramando-se no patamar.

Uma garota batia na porta do banheiro.

— Parem de trepar aí dentro, preciso fazer xixi! — disse ela, para diversão de várias pessoas que estavam por perto.

Isto é inútil.

Robin chegou à cozinha, que era um pouco maior do que duas cabines telefônicas, onde um casal estava sentado na lateral, a garota com as pernas por cima do homem, que subia a mão por sua saia, enquanto os adolescentes de preto agora procuravam com dificuldade alguma coisa para comer. Fingindo buscar outra bebida, Robin esquadrinhou latas e garrafas vazias, observando o progresso dos adolescentes pelos armários e refletindo sobre a insegurança de uma caixa de cereais como esconderijo.

Alf, o anarquista, apareceu na porta da cozinha enquanto Robin saía, agora muito mais doidão do que estivera no pub.

– Aí está ela – ele falou alto, tentando focalizar Robin. – A filha do líder sindical.

– Eu mesma – disse Robin, enquanto D'banj cantava "*Oliver, Oliver, Oliver Twist*" no segundo quarto. Ela tentou passar por baixo do braço de Alf, mas ele o abaixou, bloqueando sua saída da cozinha. O piso laminado barato vibrava com a batida de dançarinos determinados no quarto de Hayley.

– Você é gostosa – disse Alf. – Posso dizer isso? Quis dizer na merda do sentido feminista.

Ele riu.

– Obrigada – disse Robin, conseguindo, em sua segunda tentativa, se esquivar dele e voltar ao hall minúsculo, onde a garota desesperada ainda batia na porta do banheiro. Alf segurou Robin pelo braço, curvou-se e disse algo incompreensível em seu ouvido. Quando endireitou o corpo, parte da tintura de cabelo dela tinha deixado uma mancha escura na ponta de seu nariz suado.

– O quê? – disse Robin.

– Eu disse – ele gritou – "quer encontrar um lugar mais tranquilo para podermos conversar mais?"

Mas então Alf notou alguém parado atrás dela.

– Tudo certo, Jimmy?

Knight tinha chegado ao hall. Ele sorriu para Robin, depois se encostou na parede, fumando e segurando uma lata de cerveja. Era dez anos mais velho do que a maioria das pessoas ali e algumas garotas lançavam olhares de lado a ele, com sua camiseta preta apertada e jeans.

– Também tá esperando pelo banheiro? – ele perguntou a Robin.

– Tô – disse Robin, porque esta parecia a forma mais simples de se livrar tanto de Jimmy como de Alf, o anarquista, se ela precisasse. Pela porta aberta do quarto de Hayley, ela viu Flick dançando, agora claramente de bem com a vida, rindo de algo que disseram a ela.

– Flick disse que seu pai era sindicalista – Jimmy comentou com Robin. – Mineiro, é?

– É – disse Robin.

– Mas que MERDA – disse a garota que estivera esmurrando a porta do banheiro. Por desespero, ela dançou sem sair do lugar por mais alguns segundos, depois abriu caminho para fora do apartamento.

– Tem lixeiras à esquerda! – gritou uma das garotas para ela.

Jimmy se aproximou de Robin, e assim ela podia ouvi-lo apesar da música retumbando. A expressão dele, pelo que ela podia ver, era simpática, até gentil.

– Mas ele morreu, não foi? – perguntou a Robin. – Seu pai. Pulmões, foi o que Flick contou.

– É – disse Robin.

– Eu sinto muito – disse Jimmy em voz baixa. – Eu mesmo passei por algo parecido.

– Sério? – disse Robin.

– É, minha mãe. Pulmões também.

– Relacionado com local de trabalho?

– Amianto. – Jimmy assentiu e tirou um trago do cigarro. – Não ia acontecer agora, foi proibido por lei. Eu tinha doze anos. Meu irmão tinha dois, ele nem se lembra dela. Meu velho morreu de tanto beber sem ela.

– Que parada dura – disse Robin com sinceridade. – Eu sinto muito.

Jimmy soprou a fumaça longe do rosto dela e fez uma careta.

– Somos dois – disse Jimmy, batendo sua lata de cerveja na de Robin. – Veteranos da luta de classes.

Alf, o anarquista, saiu dali, oscilando um pouco, e desapareceu no quarto escuro perfurado pelas luzes de Natal.

– A família recebeu alguma indenização? – perguntou Jimmy.

– Tentou – disse Robin. – Minha mãe ainda está correndo atrás.

– Boa sorte pra ela. – Jimmy ergueu a lata e bebeu. – Muito boa sorte pra ela.

Ele bateu na porta do banheiro.

– Rápido aí dentro, porra, tem gente esperando – ele gritou.

– Quem sabe não tem alguém passando mal? – sugeriu Robin.

– Não, é alguém dando uma rapidinha – disse Jimmy.

Digby saiu do quarto de Flick e parecia chateado.

– Eu sou um instrumento de opressão do patriarcado, pelo visto – anunciou ele em voz alta.

Ninguém riu. Digby coçou a barriga por baixo da camiseta, que Robin agora via trazer uma estampa de Groucho Marx, e entrou no quarto onde Flick dançava.

— Ele é mesmo um instrumento — Jimmy disse em voz baixa a Robin. — Aprendiz de Rudolf Steiner. Não supera o fato de que ninguém mais lhe dá estrelinhas pelo esforço.

Robin riu, mas Jimmy não. Seus olhos se fixaram nos dela por uma fração longa demais, até que a porta do banheiro se abriu um pouco e uma jovem roliça e de cara vermelha olhou para fora. Atrás dela, Robin viu um homem com uma barba grisalha fina recolocar seu boné Mao.

— Larry, seu velho filho da puta sujo — disse Jimmy, sorrindo para a garota de cara vermelha que passava rapidamente por Robin e desaparecia no quarto escuro atrás de Digby.

— Boa noite, Jimmy — disse o velho trotskista, com um sorriso afetado, e ele também saiu do banheiro e recebeu uns gritos dos jovens do lado de fora.

— Entra — disse Jimmy a Robin, mantendo a porta aberta e bloqueando a tentativa de qualquer outro de passar por ela.

— Obrigada — disse ela e passou para dentro do banheiro.

O brilho da lâmpada fluorescente era ofuscante depois da escuridão do resto do apartamento. O banheiro mal tinha espaço para se ficar de pé entre o menor boxe que Robin já vira, com uma cortina transparente e suja solta em metade dos ganchos, e uma privada pequena em que boiavam uma grande quantidade de papel higiênico encharcado e uma guimba de cigarro. Uma camisinha usada brilhava na lixeira.

Acima da pia, havia três prateleiras bambas tomadas de produtos de toalete meio usados e um amontoado de coisas, tão espremidos que bastava tocar um para aparentemente deslocar todos.

Com uma ideia repentina, Robin se aproximou das prateleiras. Ela se lembrou de como contou com a escrupulosa ignorância e evasiva da maioria dos homens com relação à menstruação feminina ao esconder os dispositivos de escuta numa caixa de Tampax. Seus olhos correram rapidamente pelos frascos usados de xampu de supermercado, um frasco antigo de produto de limpeza Vim, uma esponja suja, dois desodorantes baratos e algumas escovas de dente muito gastas dentro de uma caneca lascada. Com muito cuidado, porque tudo estava muito espremido, Robin pegou uma caixa pequena de absorventes íntimos Lil-Lets que revelou conter apenas um tampão lacrado. Ao erguer a mão para recolocar a caixa no lugar, ela avistou a ponta de um pequeno embrulho mole, envolto em plástico e escondido atrás do Vim e de um frasco de sabonete líquido frutado.

Com uma súbita pontada de empolgação, ela puxou cuidadosamente a embalagem plástica branca para retirá-la do lugar em que estava alojada, tentando não derrubar todo o resto.

Alguém bateu na porta.

– Estou explodindo, porra! – gritou outra garota.

– Não vou demorar! – gritou Robin de volta.

Dois volumosos absorventes externos estavam enrolados em sua própria embalagem nada romântica ("para Fluxos Muito Intensos"): o tipo de coisa improvável que uma jovem roubasse, em particular se usasse roupas mínimas. Robin os pegou. Não havia nada de estranho no primeiro. O segundo, porém, emitiu um leve ruído de estalo quando Robin o dobrou. Com um ânimo crescente, Robin o virou de lado e viu que tinha sido cortado, provavelmente com uma lâmina de barbear. Enfiando os dedos no interior da fina espuma, ela sentiu uma folha de papel grossa e dobrada, que retirou e abriu.

O papel de carta era idêntico àquele em que Kinvara tinha escrito seu bilhete de despedida, com o nome "Chiswell" gravado no alto e uma rosa Tudor, como uma gota de sangue, abaixo dele. Algumas palavras e frases desconexas foram escritas na letra característica e espremida que Robin tinha visto com tanta frequência no escritório de Chiswell e no meio do papel uma palavra foi circulada muitas vezes.

Ebury Street, 251
Londres
SW1W

Blanc de blanc
Suzuki ✓
M̶ã̶e̶?̶

Bill (circulado)

Odi et amo, quare id faciam, fortasse requiris? Nescio, sed fieri sentio et excrucior.

Quase sem respirar de empolgação, Robin pegou o celular, tirou várias fotos do bilhete, voltou a dobrá-lo, colocou no absorvente e devolveu o pacote a seu lugar na prateleira. Tentou dar descarga, mas a privada estava entupida e só conseguiu que a água se elevasse, ameaçadora, recusando-se a ceder, a ponta de cigarro subindo e descendo no turbilhão de papel higiênico.

– Desculpe – disse Robin, abrindo a porta. – Privada entupida.

– Tanto faz – disse a garota bêbada e impaciente do lado de fora. – Vou fazer na pia.

Ela passou por Robin aos empurrões e bateu a porta.

Jimmy ainda estava ali, do lado de fora.

– Acho que vou embora – disse Robin a ele. – Eu só vim mesmo para ver se aquele quarto estava vago, mas alguém chegou na minha frente.

– Que pena – disse Jimmy despreocupadamente. – Vá a uma reunião um dia desses. Podemos usar um pouco da alma do Norte.

– Tá, pode ser – disse Robin.

– Pode ser o quê?

Flick tinha chegado, segurando uma garrafa de Budweiser.

– Ir a uma reunião – disse Jimmy, pegando outro cigarro no maço. – Você tinha razão, Flick, a Bobbi aqui é demais.

Jimmy puxou Flick para ele, apertando-a a seu lado, e deu-lhe um beijo no alto da cabeça.

– É, ela é sim – disse Flick, sorrindo com um carinho autêntico ao passar o braço pela cintura de Jimmy. – Vai na próxima, Bobbi.

– Tá, pode ser – disse Bobbi Cunliffe, a filha do sindicalista, e se despediu deles, abriu caminho pelo hall e saiu na escada fria.

Nem mesmo a visão e o cheiro de um dos adolescentes de preto vomitando copiosamente na calçada na frente da porta principal conseguiram diminuir o júbilo de Robin. Incapaz de esperar, ela enviou para Strike a foto do bilhete de Jasper Chiswell enquanto corria até o ponto de ônibus.

52

Posso lhe garantir, esteve seguindo uma pista falsa, srta. West.

Henrik Ibsen, *Rosmersholm*

Strike dormiu completamente vestido, ainda com a prótese, por cima das cobertas em seu quarto no sótão. A pasta de cartolina contendo tudo pertinente ao arquivo Chiswell estava em seu peito, vibrava suavemente com seus roncos, e ele sonhou que andava de mãos dadas com Charlotte por uma Chiswell House deserta, que eles tinham comprado juntos. Alta, magra e linda, ela não estava mais grávida. Deixava um rastro de Shalimar e chiffon preto, mas a felicidade mútua evaporava no frio úmido dos cômodos desgastados por onde andavam. O que pode ter levado à decisão imprudente e quixotesca de comprar esta casa cheia de correntes de ar, com as paredes descascadas e a fiação pendurada do teto?

O zumbido alto da chegada de uma mensagem de texto arrancou Strike do sono com um sobressalto. Por uma fração de segundo, ele registrou o fato de que estava de volta a seu quarto no sótão, sozinho, nem era o dono da Chiswell House, nem o amante de Charlotte Ross, antes de procurar às apalpadelas pelo telefone em que ele estava meio deitado, com toda a expectativa de estar prestes a ver uma mensagem de Charlotte.

Engano dele: foi o nome de Robin que viu quando olhou, grogue, a tela, e era, além de tudo, uma da manhã. Por um momento se esquecendo de que Robin tinha ido a uma festa com Flick, Strike sentou-se apressado e a pasta de cartolina no peito escorregou suavemente, espalhando as várias folhas de papel pelo piso de madeira, enquanto Strike estreitava os olhos baços para a fotografia que Robin acabara de enviar.

— Tá de sacanagem.

Ignorando a confusão de anotações a seus pés, ele telefonou para ela.

— Oi — disse Robin, em júbilo, junto do barulho inconfundível de um ônibus noturno de Londres: o ruído e o ronco do motor, o guincho dos freios, o toque agudo da sineta e o riso embriagado obrigatório do que parecia uma turma de jovens mulheres.

— Mas *como foi* que você conseguiu isso?

— Sou mulher — disse Robin. Ele podia ouvi-la sorrir. — Sei onde escondemos coisas quando não queremos que sejam encontradas. Pensei que você estivesse dormindo.

— Onde você está... num ônibus? Saia e pegue um táxi. Podemos cobrar da conta Chiswell, se você pegar o recibo.

— Não precisa...

— Faça o que estou te dizendo, droga! — repetiu Strike, um pouco mais agressivo do que pretendia, porque embora ela tivesse acabado de realizar um feito impressionante, um ano antes também fora esfaqueada, sozinha na rua depois do anoitecer.

— Tudo bem, tudo bem, vou pegar um táxi — disse Robin. — Leu o bilhete de Chiswell?

— Estou vendo agora. — Strike passou ao viva-voz para ler o bilhete enquanto falava com ela. — Espero que você tenha deixado onde encontrou.

— Sim. Achei que era melhor.

— Sem dúvida. Onde exatamente...?

— Dentro de um absorvente externo.

— Meu Deus — disse Strike, espantado. — Eu nunca teria pensado em...

— Não, nem Jimmy e Barclay — disse Robin, presunçosa. — Consegue entender o que diz embaixo? Em latim?

Estreitando os olhos para a tela, Strike traduziu:

— "*Odeio e amo. Por que razão o faço, talvez te perguntes. Não sei, mas sinto que é assim e dilacero-me...*". É Catulo de novo. Esta é famosa.

— Você fez latim na universidade?

— Não.

— Então como...?

— Uma longa história — disse Strike.

Na verdade, a história de sua capacidade de ler em latim não era longa, apenas (para a maioria das pessoas) inexplicável. Ele não tinha vontade de contar no meio da noite, nem queria explicar que Charlotte estudara Catulo em Oxford.

— "Odeio e amo" — Robin repetiu. — Por que Chiswell teria escrito isto?

— Porque era o que ele sentia? — sugeriu Strike.

Ele tinha a boca seca: havia fumado demais antes de dormir. Levantou-se, sentindo-se dolorido e rígido, e abriu caminho cuidadosamente em volta das anotações caídas, dirigindo-se à pia no outro cômodo, com o telefone na mão.

— Sentia por Kinvara? — perguntou Robin, em dúvida.

— Viu outra mulher por perto enquanto esteve em contato próximo com ele?

— Não. Bom, talvez ele não estivesse se referindo a uma mulher.

— É verdade — admitiu Strike. — Há muito amor entre homens em Catulo. Talvez por isso Chiswell gostasse tanto dele.

Ele encheu uma caneca com água fria da torneira, bebeu toda, depois jogou um saquinho de chá e ligou a chaleira, olhando a tela iluminada de seu telefone no escuro.

— "Mãe", riscado — disse em voz baixa.

— A mãe de Chiswell morreu já tem 22 anos — disse Robin. — Acabei de verificar.

— Humm — disse Strike. — "Bill", circulado.

— Não Billy — observou Robin —, mas se Jimmy e Flick pensaram que era o irmão dele, as pessoas às vezes devem chamar Billy de "Bill".

— Mas Bill também significa "conta" — disse Strike. — Ou um bico de pato, até isso... "Suzuki"... "Blanc de"... espere aí. Jimmy Knight tem um velho Suzuki Alto.

— Proibido de rodar, de acordo com Flick.

— É. Barclay disse que não passou na vistoria.

— Tinha um Grand Vitara estacionado na frente da Chiswell House quando fomos lá também. Deve ser de um dos Chiswell.

— Bem lembrado — disse Strike.

Ele acendeu a luz do teto e foi à mesa perto da janela, onde havia deixado a caneta e o bloco.

— Sabe de uma coisa — disse Robin, pensativa —, acho que vi "Blanc de blanc" em algum lugar recentemente.

— É? Esteve bebendo champanhe? – perguntou Strike, que tinha se sentado para outras anotações.

— Não, mas... é, acho que devo ter visto em um rótulo de vinho, não é? Blanc de blancs... o que isto significa? "Branco dos brancos?"

— Isso – disse Strike.

Nenhum dos dois disse nada por quase um minuto, ambos examinando o bilhete.

— Olha, detesto dizer isso, Robin – falou Strike por fim –, mas acho que o mais interessante é Flick ter a posse dele. Parece uma lista de afazeres. Não consigo ver nada aqui que prove algum delito ou sugira fundamento para chantagem ou homicídio.

— Mãe, riscado. – Robin repetiu, como que decidida a espremer o significado das expressões enigmáticas. – A mãe de Jimmy Knight morreu de asbestose. Ele me disse isso há pouco, na festa de Flick.

Strike bateu de leve a ponta da caneta no bloco, pensando, até Robin verbalizar a pergunta com que ele lutava.

— Vamos ter de contar à polícia sobre isso, não é?

— É, vamos. – Strike suspirou e esfregou os olhos. – Isto prova que ela teve acesso à Ebury Street. Infelizmente, significa que teremos de tirar você da joalheria. Depois que a polícia der a busca no banheiro de Flick, não vai demorar muito para ela deduzir quem passou a dica a eles.

— Droga. Eu sinceramente sinto que estava chegando em algum lugar com ela.

— É. – Strike concordou. – Este é o problema de não ter uma posição oficial em uma investigação. Eu daria muito para ter Flick em uma sala de interrogatório... este maldito caso – disse ele, bocejando. – Repassei o arquivo a noite toda. Este bilhete não lembra nada: levanta mais perguntas do que dá respostas.

— Espere um minuto – disse Robin e ele ouviu barulho de movimento –, desculpe... Cormoran, vou ter de desligar aqui, estou vendo um ponto de táxi...

— Tudo bem. Ótimo trabalho esta noite. Ligo para você amanhã... quer dizer, hoje, mais tarde.

Quando ela desligou, Strike baixou o cigarro no cinzeiro, voltou ao quarto para pegar as anotações espalhadas no chão e as levou para a cozinha.

Ignorando a chaleira que acabara de ferver, pegou uma cerveja na geladeira, sentou-se à mesa com o arquivo e, pensando melhor, abriu em alguns centímetros a janela a seu lado para deixar entrar ar puro no quarto enquanto ele continuava fumando.

A Polícia Militar o havia treinado para organizar interrogatórios e descobertas em três categorias amplas: pessoas, lugares e objetos, e Strike esteve aplicando este princípio antigo e confiável ao arquivo Chiswell antes de dormir. Agora espalhou o conteúdo do arquivo na mesa da cozinha e recomeçou a trabalhar, com uma brisa noturna fria e carregada de vapores de gasolina cujo sopro fazia tremer o canto das fotografias e papéis.

– Pessoas – disse Strike em voz baixa.

Antes de dormir, ele havia escrito uma lista das pessoas que mais o interessavam em relação à morte de Chiswell. Agora viu que tinha classificado os nomes, inconscientemente, de acordo com seu grau de envolvimento na chantagem do morto. O nome de Jimmy Knight era o primeiro da lista, seguido por Geraint Winn, depois pelo que Strike considerava o respectivo ajudante de cada um, Flick Purdue e Aamir Mallik. Em seguida, vinha Kinvara, que sabia que Chiswell era chantageado e por quê; Della Winn, cuja superinjunção manteve a chantagem longe da imprensa, mas cujo grau exato de envolvimento no caso era desconhecido de Strike, depois Raphael, que, segundo o que todos diziam, ignorava o que o pai havia feito e a chantagem em si. No final da lista estava Billy Knight, cuja única ligação conhecida com a chantagem era o laço sanguíneo entre ele e o principal chantagista.

Por que, Strike se perguntou, ele classificou os nomes nesta ordem? Não havia ligação comprovada entre a morte de Chiswell e a chantagem, a não ser, naturalmente, que a ameaça de exposição de seu crime desconhecido tenha pressionado Chiswell a se matar.

E então ocorreu a Strike que uma hierarquia diferente era revelada quando ele virava a lista ao contrário. Neste caso, Billy passava ao topo, numa busca desinteressada, não pelo dinheiro ou por outra desgraça do homem, mas por verdade e justiça. Na ordem contrária, Raphael passava a segundo, com sua história estranha e, para Strike, implausível de ser enviado à madrasta na manhã da morte do pai, que Henry Drummond alegou relutantemente ocultar algum motivo louvável ainda desconhecido. Della ascendia ao terceiro lugar, uma mulher muito admirada, de moral impecável, cujos verdadeiros pensamentos e sentimentos para com o marido chantagista e sua vítima ainda eram inescrutáveis.

Vista de trás para a frente, parecia a Strike que a relação de cada suspeito com o morto tornava-se mais crua, mais comercial, até que a lista terminava com Jimmy Knight e sua exigência furiosa de 40 mil libras.

Strike insistiu no exame da lista de nomes como se subitamente pudesse ver algo surgir de sua letra densa e pontuda, como olhos desfocados podem localizar a imagem tridimensional escondida em uma série de pontos de cores vivas. Porém, só o que lhe ocorreu foi o fato de que havia um número anormal de duplas ligadas à morte de Chiswell: casais – Geraint e Della, Jimmy e Flick; duplas de irmãos – Izzy e Fizzy, Jimmy e Billy: a dupla de colaboradores na chantagem – Jimmy e Geraint; e o subconjunto de cada chantagista e seu ajudante – Flick e Aamir. Havia inclusive a dupla quase parental de Della e Aamir. Com isto, restavam duas pessoas que formavam uma dupla por serem isoladas da família muito unida: a viúva Kinvara e Raphael, o filho rebelde e insatisfatório.

Strike batia inconscientemente a caneta no bloco, pensando. *Duplas*. Toda a história tinha começado com uma dupla de crimes: a chantagem de Chiswell e a alegação de infanticídio de Billy. Ele esteve tentando encontrar a conexão desde o começo, incapaz de acreditar que pudessem ser casos inteiramente isolados, mesmo diante do fato de sua única ligação ser o laço sanguíneo entre os irmãos Knight.

Virando a página, ele examinou as anotações que tinha intitulado de "Lugares". Depois de alguns minutos de exame das próprias anotações relacionadas com o acesso à casa na Ebury Street e a localização, em vários casos desconhecidas, dos suspeitos na hora da morte de Chiswell, ele tomou nota para se lembrar de que ainda não tinha recebido de Izzy as informações de contato de Tegan Butcher, a tratadora de animais que podia confirmar que Kinvara estava em casa, em Woolstone, enquanto Chiswell se asfixiava em um saco plástico em Londres.

Strike virou para a página seguinte, intitulada "Objetos", e agora baixou a caneta e espalhou as fotografias de Robin para que formassem uma colagem da cena da morte. Examinou o brilho de ouro no bolso do morto, depois a espada torta, meio escondida na sombra do canto da sala.

Parecia a Strike que o caso que investigava estava tomado de objetos que foram encontrados em lugares surpreendentes: a espada no canto, os comprimidos de lachesis no chão, a cruz de madeira encontrada em um emaranhado de urtiga no fundo do vale, a lata de hélio e o tubo de borracha em uma casa onde não deram nenhuma festa infantil, mas sua mente cansada não conseguiu encontrar nem respostas, nem nenhum padrão ali.

Por fim, Strike bebeu o resto da cerveja, atirou a lata vazia pela sala e a fez cair na lixeira da cozinha, virou-se para uma página em branco no bloco e passou a escrever uma lista de afazeres para o domingo, do qual já haviam se passado duas horas.

1. <u>Ligar para Wardle</u>
Bilhete encontrado no apartamento de Flick
Atualizar a polícia, se for possível

2. <u>Ligar para Izzy</u>
Mostrar o bilhete roubado
Perguntar: o prendedor de notas de Freddie foi encontrado?
Informações sobre Tegan?
Preciso do número de telefone de Raphael
Também número telefônico, se tiver, de Della Winn

3. <u>Ligar para Barclay</u>
Atualização
Cobrir Jimmy e Flick de novo
Quando Jimmy visitou Billy?

4. <u>Ligar para o hospital</u>
Tentar marcar uma entrevista com Billy quando Jimmy não estiver lá

5. <u>Ligar para Robin</u>
Marcar entrevista com Raphael

6. <u>Ligar para Della</u>
Tentar marcar entrevista

Depois de pensar um pouco mais, ele concluiu a lista com

7. Comprar chá/cerveja/pão

Depois de arrumar o arquivo Chiswell, virar o cinzeiro cheio na lixeira, abrir mais a janela para que entrasse mais ar fresco e frio, Strike foi ao banheiro urinar, escovou os dentes, apagou as luzes e voltou a seu quarto, onde uma única luminária de leitura ainda estava acesa.

Agora, com as defesas enfraquecidas pela cerveja e pelo cansaço, as lembranças que havia procurado enterrar no trabalho abriram caminho à força para o primeiro plano de sua mente. Enquanto tirava a roupa e a prótese, ele se viu voltando a cada palavra dita por Charlotte à mesa para dois no Franco's, lembrou-se da expressão de seus olhos verdes, o cheiro de Shalimar chegando a ele através das emanações de alho do restaurante, os dedos brancos e finos dela brincando com o pão.

Ele se meteu na cama entre os lençóis gelados e ficou deitado, com as mãos na nuca, de olhos fixos no escuro. Queria poder sentir indiferença, mas na verdade seu ego se esticou suntuosamente à ideia de que ela havia lido sobre todos os casos que lhe deram renome e de que Charlotte pensava nele quando estava na cama com o marido. Agora, porém, a razão e a experiência arregaçavam as mangas, prontas para realizar uma autópsia profana da conversa recordada, desenterrando metodicamente os sinais inconfundíveis da eterna vontade de Charlotte de chocar e de sua necessidade aparentemente insaciável de conflito.

O abandono do marido aristocrata e dos filhos recém-nascidos em favor de um detetive famoso de uma perna só certamente constituiria a coroação de uma carreira de rupturas. Dona de um ódio quase patológico pela rotina, pela responsabilidade ou obrigação, ela havia sabotado cada possibilidade de permanência antes de ter de lidar com as ameaças do tédio ou do compromisso. Strike sabia de tudo isso, porque a conhecia melhor do que qualquer outro ser humano, e sabia que sua separação definitiva tinha acontecido no exato momento em que foram necessários sacrifícios verdadeiros e decisões difíceis.

Mas ele também sabia – e este conhecimento parecia uma bactéria inerradicável em um ferimento que teve sua cura interrompida – que ela o amava como nunca amou a ninguém. É claro que as namoradas e esposas céticas dos amigos dele, e nenhuma delas gostava de Charlotte, cansaram de dizer a ele, "Isto não é amor, o que ela faz com você", ou, "Não quero fazer graça, Corm, mas como você sabe se ela não disse exatamente o mesmo a todos os outros que teve?" Essas mulheres viam a confiança dele em que Charlotte o amava como ilusão ou egocentrismo. Elas não estiveram presentes naquelas ocasiões de completa alegria e compreensão mútua que ainda faziam parte do que havia de melhor na vida de Strike. Não partilharam piadas inexplicáveis a qualquer outro ser humano além dele e Charlotte, nem sentiram a necessidade recíproca que os atraiu um para o outro durante dezesseis anos.

Ela deixou Strike diretamente para os braços do homem que pensou que mais magoaria Strike e, de fato, *magoou*, porque Ross era a antítese absoluta dele e tinha namorado Charlotte antes de Strike tê-la conhecido. Entretanto, Strike ainda estava certo de que a fuga de Charlotte para Ross foi autoimolação, feita puramente como um efeito espetacular, uma forma de *sati* charlottiano.

Difficile est longum subito deponere amorem,
Difficile est, verum hoc qua lubet efficias.

É difícil esquecer de súbito um longo amor
Difícil, mas de algum modo deve ser feito.

Strike apagou a luz, fechou os olhos e mais uma vez afundou em sonhos intranquilos com a casa vazia em que quadrados de papel de parede desbotados testemunhavam a retirada de cada objeto de valor, mas desta vez ele andava sozinho, com a estranha sensação de ser observado por olhos ocultos.

53

E então, no fim, o tormento comovente de sua vitória...
Henrik Ibsen, *Rosmersholm*

Robin chegou em casa pouco antes das duas da madrugada. Andava furtivamente pela cozinha, preparando um sanduíche, e notou no calendário que Matthew pretendia jogar futebol de salão naquela mesma manhã. Por conseguinte, quando foi para a cama com ele vinte minutos depois, ajustou o despertador do celular para as oito horas antes de colocá-lo para recarregar. Como parte de seu esforço para manter o clima amigável, ela queria se levantar para vê-lo antes de ele sair.

Matthew parecia feliz por ela ter feito o esforço de se juntar a ele no café da manhã, mas quando Robin perguntou se ele queria que ela fosse torcer das laterais, ou encontrá-lo para almoçar depois, ele declinou das duas ofertas.

— Preciso cuidar de uma papelada hoje à tarde. Não quero beber no almoço. Voltarei direto para cá — disse ele, e então Robin, no fundo feliz porque estava cansada demais, disse a ele para se divertir e lhe deu um beijo de despedida.

Robin tentou não se concentrar em seu coração, que ficou muito mais leve depois de Matthew sair de casa, e se ocupou com a roupa para lavar e outras tarefas essenciais até que, pouco depois do meio-dia, quando trocava os lençóis da cama, Strike telefonou.

— Oi — disse Robin, abandonando feliz sua tarefa —, alguma novidade?

— Muitas. Pronta para escrever algumas coisas?

— Sim. — Robin pegou às pressas bloco e caneta na penteadeira e se sentou na colcha listrada.

— Dei alguns telefonemas. Primeiro, Wardle. Muito impressionado com seu trabalho na obtenção daquele bilhete...

Robin sorriu para seu reflexo no espelho.

— ... mas ele me alertou que a polícia não nos vê com simpatia, como ele colocou, "metendo-se sem pudor nenhum em um caso aberto". Pedi a ele para não dizer onde tinha conseguido a dica sobre o bilhete, mas acho que eles vão somar dois mais dois, uma vez que Wardle e eu somos amigos. Ainda assim, é inevitável. A parte interessante é que a polícia está preocupada com as mesmas características da cena de morte que chamaram nossa atenção e cavaram mais fundo as finanças de Chiswell.

— Procurando por provas de chantagem?

— É, mas eles não conseguiram nada, porque Chiswell nunca pagou. A parte interessante é a seguinte. Chiswell tem uma entrada inexplicável de 40 mil libras, em dinheiro, no ano passado. Ele abriu uma conta bancária separada para isso, depois parece ter gastado tudo em reformas na casa e outras coisas supérfluas.

— Ele *recebeu* 40 mil libras?

— Foi. E Kinvara e o restante da família alegam completa ignorância. Dizem não saber de onde veio o dinheiro, nem por que Chiswell teria aberto uma conta separada para recebê-lo.

— A mesma quantia que Jimmy pediu antes de baixar o valor – disse Robin. – Isso é estranho.

— Certamente. Então, liguei para Izzy.

— Você andou ocupado – disse Robin.

— Você não ouviu nem a metade da história. Izzy nega saber de onde vieram os 40 mil, mas não sei se acredito nela. Depois perguntei sobre o bilhete roubado de Flick. Ela ficou horrorizada que Flick possa ter passado por faxineira do pai. Muito abalada. Acho que pela primeira vez ela pensa na possibilidade de Kinvara não ser a culpada.

— Devo entender que ela não conheceu a suposta polonesa?

— Correto.

— O que ela disse do bilhete?

— Ela também acha que parece uma lista de afazeres. Supõe que "Suzuki" signifique o Grand Vitara, que era de Chiswell. Não faz ideia sobre "mãe". A única coisa de interesse que consegui dela foi em relação a "blanc de blanc".

Chiswell era alérgico a champanhe. Ao que parecia, deixava o homem vermelho e ofegante. O estranho é que havia uma caixa grande e vazia de Moët & Chandon na cozinha quando eu olhei na manhã da morte de Chiswell.

— Você não me contou isso.

— Tínhamos acabado de encontrar o corpo de um ministro do governo. Uma caixa vazia me pareceu relativamente de pouco interesse naquele momento e nunca me ocorreu que podia ser relevante para alguma coisa, só quando falei com Izzy hoje.

— Tinha garrafas dentro dela?

— Nada, pelo que pude ver e, segundo a família, Chiswell não recebia ninguém ali. Se ele não bebia champanhe, por que aquela caixa estava lá?

— Você não acha que...

— É exatamente o que eu acho – disse Strike. – Imagino que foi com a caixa que o hélio e o tubo de borracha entraram na casa, disfarçados.

— Nossa. – Robin se recostou na cama desfeita e olhou o teto.

— Muito engenhoso. O assassino pode ter mandado a ele como um presente, não é, sabendo que era muito improvável que ele abrisse e bebesse?

— Meio descuidado – disse Robin. – O que o impediria de abrir, mesmo assim? Ou de passar o presente adiante?

— Precisamos descobrir quando foi enviada – dizia Strike. – Enquanto isso, um mistério menor foi esclarecido. Encontraram o prendedor de notas de Freddie.

— Onde?

— No bolso de Chiswell. Era aquela faísca dourada na fotografia que você tirou.

— Ah – disse Robin, vagamente. – Então ele deve ter encontrado, antes de morrer?

— Bom, teria sido complicado ele encontrar *depois* de morrer.

— Ha ha – disse Robin com sarcasmo. – *Existe* outra possibilidade.

— O assassino plantou no cadáver? Engraçado você dizer isso. Izzy disse que ficou muita surpresa quando o prendedor apareceu no corpo, porque, se ele encontrou, ela garante que Chiswell contaria a ela. Ao que parece, ele fez muito estardalhaço em torno de sua perda.

— E fez mesmo. – Robin concordou. – Eu o ouvi ao telefone, vociferando a respeito disso. Suponho que tenham procurado digitais.

— Sim. Nada de suspeito. Só as dele... mas, a essa altura, não significa nada. Se houve um assassino, está claro que usava luvas. Também perguntei a Izzy sobre a espada torta, e tínhamos razão. Era o antigo sabre de Freddie. Ninguém sabe como ficou torto, mas as digitais de Chiswell foram as únicas encontradas ali. Imagino que seja possível que Chiswell bêbado e sentimental tenha tirado da parede, e pisado nela por acidente, mas não há nada que refute que um assassino com luvas não a tenha manuseado também.

Robin suspirou. Sua euforia por ter descoberto o bilhete pareceu ter sido prematura.

— E então, ainda não temos nenhuma pista boa?

— Calma aí – disse Strike num tom estimulante. – Estou chegando à parte boa.

"Izzy conseguiu o número novo de telefone daquela tratadora que pode confirmar o álibi de Kinvara, Tegan Butcher. Quero que você ligue para ela. Acho que você vai intimidar menos do que eu."

Robin anotou os dígitos que Strike leu.

— E depois de telefonar para Tegan, quero que você ligue para Raphael – disse Strike, passando a ela o segundo número que pegou com Izzy. – Gostaria de esclarecer de uma vez por todas o que ele estava de fato fazendo na manhã em que o pai morreu.

— Vou ligar – disse Robin, feliz por ter algo de concreto para fazer.

— Barclay vai voltar para Jimmy e Flick – disse Strike – e eu... – Ele fez uma pequena pausa, propositalmente dramática, e Robin riu.

— E você...

— ... vou entrevistar Billy Knight e Della Winn.

— Como é? – Robin ficou espantada. – Como você vai entrar no hosp... e *ela nunca* vai concordar...

— Bom, é aí que você está enganada – disse Strike. – Izzy desencavou o número de Della nos registros de Chiswell para mim. Acabo de ligar para ela. Confesso que esperava que ela me mandasse ao inferno...

— ... em um linguajar um pouco mais altivo, se conheço Della – sugeriu Robin.

— ... e no início ela deu a impressão de que era isso que queria – admitiu Strike –, mas Aamir desapareceu.

— O quê? – disse Robin abruptamente.

— Calma. "Desapareceu" nas palavras de Della. Na realidade, ele pediu demissão anteontem e desocupou a casa, o que não faz dele uma pessoa desaparecida. Ele não está atendendo aos telefonemas dela. Ela está culpando a mim, porque... de novo, nas palavras dela... eu fiz "um ótimo trabalho" nele quando fui interrogá-lo. Ela disse que ele é muito frágil e que será minha culpa se ele acabar se prejudicando. Então...

— Você se ofereceu para encontrá-lo e em troca ela responde a umas perguntas?

— Exatamente – disse Strike. – Ela agarrou a oferta. Disse que eu devo garantir a Aamir que ele não está metido em problemas e que não será passado adiante nada de duvidoso que eu possa ter ouvido a respeito dele.

— Espero que ele esteja bem – disse Robin, preocupada. – Ele *realmente* não gostou de mim, mas isto prova que é mais inteligente do que os outros. Quando vai se encontrar com Della?

— Às sete horas desta noite, em sua casa em Bermondsey. E amanhã à tarde, se tudo sair como planejado, estarei falando com Billy. Chequei com Barclay, e Jimmy não pretende visitá-lo nessa hora, depois liguei para o hospital. Estou esperando que o psiquiatra de Billy retorne a ligação e confirme.

— Acha que eles vão deixar você interrogá-lo?

— Com supervisão, sim, acho que vão. Estão interessados em ver o quanto ele está lúcido, se conseguir falar comigo. Ele voltou a tomar os remédios e melhorou muito, mas ainda conta a história da criança estrangulada. Se a equipe psiquiátrica concordar, farei a visita à ala fechada amanhã.

— Bom, ótimo. É bom ter com que se preocupar. Bem que a gente precisa de um passo à frente... mesmo que seja sobre a morte que não estamos sendo pagos para investigar. – Ela suspirou.

— Talvez não exista morte nenhuma no fundo da história de Billy – disse Strike –, mas isso vai me importunar para sempre se não descobrirmos. Depois conto como foi com Della.

Robin desejou sorte a ele, despediu-se e encerrou a ligação, mas continuou deitada na cama meio desfeita. Depois de alguns segundos, disse em voz alta:

— Blanc de blancs.

Mais uma vez, teve a sensação de que uma lembrança sepultada se mexia, emitia uma lufada de um sentimento ruim. Mas onde foi que ela ouviu esta expressão, enquanto estava infeliz?

– Blanc de blancs – ela repetiu, saindo da cama. – Blanc d... *Ai!*

Ela baixou o pé descalço em algo pequeno e muito afiado. Abaixando-se, pegou um brinco de diamante sem o fecho.

No início, limitou-se a olhar para ele com a pulsação inalterada. O brinco não era dela. Robin não tinha brincos de diamantes. Ela se perguntou por que não havia pisado nele quando subiu na cama com um Matthew adormecido nas primeiras horas da madrugada. Talvez seu pé descalço tenha escapado dele ou, mais provavelmente, o brinco estava na cama e só foi deslocado quando Robin tirou o lençol.

É claro que havia muitos brincos de diamante no mundo. Ainda assim, o par que mais atraíra a atenção de Robin recentemente fora o de Sarah Shadlock. Sarah os usava da última vez que Robin e Matthew saíram para jantar, na noite em que Tom atacou Matthew com uma ferocidade repentina e aparentemente descabida.

Pelo que pareceu um espaço de tempo muito longo, mas que na realidade foi de pouco mais de um minuto, Robin ficou sentada, contemplando o diamante na mão. Depois colocou o brinco com cuidado na mesa de cabeceira, pegou o celular, entrou nas "configurações", desativou o identificador de chamadas e ligou para o celular de Tom.

Ele atendeu depois de dois toques, parecia amuado. Ao fundo, um apresentador se perguntava em voz alta como seria a iminente cerimônia de encerramento da Olimpíada.

– Oi, alô?

Robin desligou. Tom não estava jogando futebol de salão. Ela continuou sentada, imóvel, com o telefone na mão, no leito matrimonial pesado que foi tão difícil de transferir pela escada estreita desta linda casa alugada, enquanto sua mente voltava aos sinais claros que ela, a detetive, tinha ignorado propositalmente.

– Como sou idiota – disse Robin em voz baixa ao quarto vazio e ensolarado. – Uma maldita e completa *idiota*.

54

*Todos conhecem e valorizam sua disposição nobre e íntegra,
o lustro de seu intelecto, sua honra inatacável...*

Henrik Ibsen, *Rosmersholm*

Embora ainda houvesse claridade no início da noite, o jardim de Della estava na sombra, o que lhe conferia uma atmosfera plácida e melancólica em contraste com a rua empoeirada e movimentada que passava atrás dos portões. Ao tocar a campainha, Strike notou dois grandes cocôs de cachorro no gramado imaculado e se perguntou quem ajudava Della nessas tarefas comuns, agora que seu casamento tinha acabado.

A porta se abriu, revelando a ministra dos Esportes com seus óculos escuros impenetráveis. Vestia o que a tia idosa de Strike na Cornualha teria chamado de roupão, um robe de *fleece* roxo na altura dos joelhos, abotoado até o pescoço, dando-lhe um ar vagamente eclesiástico. O cão-guia estava atrás dela, olhava Strike com os olhos escuros e tristes.

— Olá, é Cormoran Strike — disse o detetive, sem se mexer. Uma vez que ela não poderia nem reconhecê-lo de vista, nem examinar nenhuma identificação que ele portasse, o único jeito de ela saber quem recebia em sua casa era pela voz. — Nós nos falamos por telefone antes e a senhora me pediu para vir aqui.

— Sim — disse ela, sem sorrir. — Então, entre.

Ela recuou para deixá-lo passar, com a mão na coleira do labrador. Strike entrou, limpando os pés no capacho. Uma onda de música, instrumentos de corda e de sopro atalhados pela batida de timbales, era emitida do que Strike supunha ser a sala de estar. Strike, que foi criado por uma mãe que ouvia principalmente bandas de metal, conhecia muito pouco de música clássica, mas havia um caráter ameaçador e nefasto nesta música, de que ele não gostou particularmente. O hall era escuro, porque as luzes não foram acesas, e tirando isso era comum, com um carpete de padronagem marrom-escura que, embora fosse prático, era muito feio.

– Preparei um café – disse Della. – Vou precisar que você leve a bandeja para a sala, se não se importar.

– Não há problema nenhum – disse Strike.

Ele seguiu o labrador, que andava nos calcanhares de Della, abanando vagamente o rabo. A sinfonia ficou mais alta quando passaram pela sala, cuja soleira Della tocou de leve, orientando-se por marcadores familiares.

– Isto é Beethoven? – perguntou Strike, para ter o que dizer.

– Brahms. Sinfonia nº 1 em dó menor.

Cada superfície na cozinha tinha a borda arredondada. Os botões de acendimento do fogão, Strike notou, tinham números em relevo. Em um quadro de cortiça, estava uma lista de números telefônicos intitulada EM CASO DE EMERGÊNCIA, que ele imaginava ser para o uso de uma faxineira ou auxiliar doméstica. Enquanto Della ia à bancada oposta, Strike pegou o celular no bolso do paletó e tirou uma foto do número de Geraint Winn. A mão estendida de Della alcançou a borda da pia funda de cerâmica e ela deu um passo de lado, onde uma bandeja já estava carregada com uma caneca e uma cafeteira contendo café fresco. Havia duas garrafas de vinho ao lado. Della tateou as duas, virou-se e as estendeu para Strike, ainda sem sorrir.

– Qual é o quê? – perguntou ela.

– Châteauneuf-du-Pape, 2010, em sua mão esquerda – disse Strike – e Château Musar, 2006, na direita.

– Vou tomar uma taça do Châteauneuf-du-Pape, se não se importar de abrir a garrafa e servir para mim. Suponho que não queira uma bebida, mas, se quiser, pode se servir.

– Obrigado – disse Strike, pegando o saca-rolhas que ela havia colocado ao lado da bandeja –, café está ótimo.

Ela saiu em silêncio para a sala e o deixou para segui-la com a bandeja. Ao entrar na sala, ele sentiu um forte aroma de rosas e, de passagem, lembrou-se de Robin. Enquanto Della roçava a ponta dos dedos pela mobília, sentindo o caminho para uma poltrona com largos braços de madeira, Strike viu quatro grandes buquês de flores posicionados em vasos pela sala, pontuando a monotonia geral com suas cores vivas, vermelho, amarelo e rosa.

Depois de se alinhar encostando a parte de trás das pernas na poltrona, Della se sentou elegantemente e virou o rosto para Strike, que colocava a bandeja na mesa.

– Pode colocar minha taça aqui, no braço direito de minha poltrona? – disse ela, dando um tapinha, e ele obedeceu, e o labrador claro, que tinha arriado ao lado da cadeira de Della, observou-o com olhos gentis e sonolentos.

As cordas dos violinos na sinfonia subiram e desceram enquanto Strike se sentava. Do carpete fulvo à mobília, que poderia ter sido projetada nos anos 1970, tudo tinha diferentes tons de marrom. Metade de uma parede era coberta de prateleiras embutidas contendo o que ele pensava ser pelo menos uma centena de CDs. Em uma mesa no fundo da sala havia uma pilha de manuscritos em braile. Uma fotografia grande de uma adolescente, em um porta-retrato, estava no consolo da lareira. Ocorreu a Strike que a mãe dela talvez jamais tivesse desfrutado do conforto agridoce de olhar para Rhiannon Winn todo dia, e ele se viu tomado de uma compaixão inconveniente.

– Bonitas flores – ele comentou.
– Sim. Foi meu aniversário alguns dias atrás – disse Della.
– Ah. Muitas felicidades.
– Você é do West Country?
– Em parte. Cornualha.
– Dá para ouvir em suas vogais – disse Della.

Ela esperou enquanto ele lidava com a cafeteira e se servia de café. Quando os barulhos de porcelana e do serviço tinham cessado, ela falou:

– Como eu disse ao telefone, estou muito preocupada com Aamir. Ele ainda deve estar em Londres, tenho certeza, porque é só o que ele conhece. Não com a família dele – acrescentou, e Strike pensou ter ouvido um leve desdém. – Estou extremamente preocupada com ele.

Ela tateou cautelosamente em busca da taça de vinho a seu lado e tomou um gole.

– Quando você garantir a Aamir que ele não está envolvido em nenhum problema e que qualquer coisa que Chiswell tenha dito a respeito dele não será passada adiante, deve lhe dizer para entrar em contato comigo... com urgência.

Os violinos ainda guinchavam e gemiam no que, para o Strike ignorante, era uma expressão dissonante agourenta. O cão-guia se coçou, batendo a pata no carpete. Strike pegou seu bloco.

– Tem os nomes ou informações de contato de algum amigo que Mallik possa ter feito?

– Não – disse Della. – Não creio que ele tenha muitos amigos. Recentemente, ele falou de alguém da universidade, mas não me lembro do nome. Duvido que fosse alguém particularmente próximo.

A ideia deste amigo distante parece tê-la deixado intranquila.

– Ele estudou na London School of Economics, então esta é uma área de Londres que ele conhece bem.

– Ele se entendia bem com uma das irmãs, não é verdade?

– Ah, não – disse Della prontamente. – Não, não, todos eles o deserdaram. Não, na verdade ele não tem ninguém além de mim, e é o que torna esta situação tão perigosa.

– A irmã postou uma foto dos dois no Facebook bem recentemente. Foi nesta pizzaria na frente de sua casa.

A expressão de Della traiu não apenas surpresa, mas desagrado.

– Aamir me contou que você esteve bisbilhotando na internet. Que irmã era?

– Eu precisei verif...

– Mas duvido que ele esteja com ela – disse Della, atropelando Strike. – Considerando a forma como a família toda o tratava. Ele *pode* ter entrado em contato com ela, imagino. Você pode ver o que ela sabe.

– Farei isso – disse Strike. – Alguma outra ideia sobre aonde ele teria ido?

– Ele de fato não tem mais ninguém – disse ela. – É isso que me preocupa. Ele é vulnerável. É fundamental encontrá-lo.

– Bom, certamente farei o melhor possível. – Strike prometeu. – Agora, a senhora disse ao telefone que responderia a algumas perguntas.

A expressão dela ficou um pouco mais inacessível.

– Duvido que possa lhe dizer algo de interesse, mas pode falar.

– Podemos começar por Jasper Chiswell, e a relação sua e de seu marido com ele?

Pela expressão, ela conseguiu transmitir que achava a pergunta ao mesmo tempo pertinente e meio ridícula. Com um sorriso frio e as sobrancelhas erguidas, Della respondeu:

— Bom, evidentemente Jasper e eu tínhamos uma relação profissional.

— E como era? — Strike acrescentou açúcar ao café, mexeu e tomou um gole.

— Considerando — disse Della — que Jasper o contratou para descobrir informações desonrosas sobre nós, creio que você já sabe a resposta a esta pergunta.

— A senhora sustenta que seu marido não estava chantageando Chiswell, então?

— É claro que sustento.

Strike sabia que pressionar nesta questão em particular, quando a superinjunção de Della já havia mostrado até que ponto ela iria em sua própria defesa, só a afastaria. O mais indicado seria um recuo temporário.

— E quanto aos demais Chiswell? Conhece algum deles?

— Alguns — disse ela, um tanto cautelosa.

— E como os conheceu?

— Eu mal os conheço. Geraint disse que Izzy trabalhava muito.

— O falecido filho de Chiswell era da seleção juvenil britânica de esgrima com sua filha, não é verdade?

Os músculos de seu rosto se contraíram. O que lembrou a ele uma anêmona fechando-se em si mesma quando sente um predador.

— Sim — disse ela.

— A senhora gostava de Freddie?

— Creio que nem falava com ele. Era Geraint que levava Rhiannon aos torneios. Ele conhecia a equipe.

A sombra dos caules das rosas mais próximas da janela estendia-se como grades pelo carpete. A sinfonia de Brahms despencava como uma tormenta ao fundo. As lentes opacas de Della contribuíam para uma sensação de ameaça insondável e Strike, embora nada intimidado, lembrou-se dos oráculos e videntes cegos que povoavam os mitos antigos, e da aura sobrenatural atribuída pelas pessoas fisicamente capazes a esta deficiência em particular.

— Em sua opinião, o que deixou Jasper Chiswell tão ansioso para descobrir coisas desfavoráveis para a senhora?

— Ele não gostava de mim — disse simplesmente Della. — Discordávamos frequentemente. Ele vinha de uma formação que considera suspeita, antinatural e até perigosa qualquer coisa que fuja de suas próprias convenções e normas. Ele era um homem branco, conservador e rico, sr. Strike, e ele achava melhor que os corredores do poder fossem povoados exclusivamente por homens brancos, conservadores e ricos. Em tudo, ele procurou restaurar o *status quo* de que se recordava na juventude. Em busca deste objetivo, era quase sempre inescrupuloso e certamente hipócrita.

— Em que sentido?

— Pergunte à mulher dele.

— A senhora conhece Kinvara?

— Eu não diria que a "conheço". Tive um encontro com ela algum tempo atrás que decerto foi interessante à luz das declarações públicas de Chiswell sobre a sacralidade do casamento.

Strike teve a impressão de que por baixo do linguajar imponente e apesar de sua angústia autêntica por Aamir, Della tinha prazer em dizer essas coisas.

— O que aconteceu? – perguntou Strike.

— Kinvara apareceu inesperadamente atrasada uma tarde no ministério, mas Jasper já havia partido para Oxfordshire. Creio que o objetivo dela era fazer uma surpresa a ele.

— Quando foi isso?

— Eu diria que... um ano atrás, pelo menos. Pouco antes de o Parlamento entrar em recesso, creio. Seu estado era de grande aflição. Houve um tumulto do lado de fora e fui averiguar o que estava havendo. Pelo silêncio do escritório externo, eu sabia que todos ficaram curiosos. Ela estava muito emotiva, exigia ver o marido. A princípio pensei que ela talvez tivesse recebido notícias terríveis e precisasse de Jasper como fonte de conforto e apoio. Eu a levei até minha sala.

"Depois que ficamos só nós duas, ela desmoronou por completo. Estava quase incoerente, mas, pelo pouco que pude entender, ela acabara de descobrir que havia outra mulher."

— Ela disse quem?

— Creio que não. Pode ter falado, mas ela estava... bom, foi muito perturbador – disse Della com austeridade. – Mais parecia que ela havia sofrido um óbito do que o fim de um casamento. "Eu só fui parte do jogo dele", "Ele nunca me amou" e assim por diante.

— A que jogo a senhora acha que ela se referia? – perguntou Strike.

— O jogo político, suponho. Ela falou de ser humilhada, de ouvir, com todas as letras, que ela servira a seu propósito...

"Veja bem, Jasper Chiswell era um homem muito ambicioso. Ele já havia perdido a carreira uma vez, por motivo de infidelidade. Imagino que ele procurava, quase que impassivelmente, por uma nova esposa que desse lustro a sua imagem. Não havia mais aventuras com italianas, agora que ele tentava voltar ao gabinete. Provavelmente ele pensava que Kinvara cairia muito bem junto aos conservadores do condado. Boa criação. Amante do hipismo.

"Mais tarde soube que Jasper a havia colocado em alguma clínica psiquiátrica, não muito tempo depois disso. É assim que famílias como os Chiswell lidam com a emoção excessiva, suponho eu", disse Della, tomando outro gole de vinho. "Ainda assim, ela ficou com ele. É claro que as pessoas ficam, mesmo quando são tratadas de forma abominável. Ele falava dela, de forma que eu pudesse ouvir, como se ela fosse uma criança carente e deficiente. Lembro-me dele dizendo que a mãe de Kinvara seria sua 'babá' em seu aniversário, porque ele precisava comparecer a uma votação no Parlamento. Ele podia se abster de votar e procurar um parlamentar trabalhista para fechar um acordo. Simplesmente não se deu a esse trabalho.

"Mulheres como Kinvara Chiswell, para quem todo o valor pessoal baseia-se no status e no sucesso do casamento, ficam naturalmente arrasadas quando tudo dá errado. Creio que todos aqueles cavalos dela eram uma válvula de escape, um substituto e... ah, sim", disse Della, "acabo de me lembrar... a *última* coisa que ela me disse naquele dia foi que, além de todo o resto, ela agora precisava ir para casa para sacrificar uma égua muito querida."

Della apalpou a cabeça larga e macia de Gwynn, que se deitava ao lado de sua poltrona.

– Senti muita pena dela. Os animais foram um enorme consolo em minha vida. O conforto que eles nos dão está além de qualquer coisa que dissermos.

A mão que fazia carinho no cachorro ainda exibia uma aliança de casada, Strike notou, junto com um anel de ametista pesado que combinava com seu robe. Alguém, ele supôs Geraint, deve ter dito a ela que era da mesma cor e de novo ele sentiu uma onda indesejada de piedade.

– Kinvara lhe falou como ou quando ela descobriu que o marido era infiel?

– Não, não, ela simplesmente capitulou a uma efusão quase incoerente de fúria e tristeza, como uma criança pequena. Repetia, "Amei este homem e ele nunca me amou, era tudo uma mentira". Nunca ouvi uma explosão tão crua de tristeza, nem mesmo em um funeral ou em um leito de morte. Não voltei a falar com ela, exceto para cumprimentá-la. Ela agiu como se não tivesse lembrança do que se passou entre nós.

Della tomou outro gole do vinho.

– Podemos voltar a Mallik? – perguntou Strike.

– Sim, naturalmente – disse ela de imediato.

– Na manhã em que Jasper Chiswell morreu... no dia 13... onde a senhora estava, em casa?

Houve um longo silêncio.

– Por que me pergunta isso? – Della mudou de tom.

– Porque gostaria de confirmar uma história que ouvi – disse Strike.

– Que Aamir estava aqui comigo, naquela manhã?

– Exatamente.

– Bom, é a verdade. Eu desci a escada e torci o pulso. Chamei Aamir e ele veio. Ele queria me levar ao hospital, mas não havia necessidade. Eu ainda conseguia mexer os dedos. Simplesmente precisava de alguma ajuda no café da manhã, coisas assim.

– *A senhora* chamou Mallik?

– O quê? – disse ela.

Foi aquele velho e transparente "o quê?" de quem receia ter cometido um erro. Strike imaginou que algum raciocínio muito rápido acontecia por trás das lentes escuras.

– *A senhora* chamou Aamir?

– Por quê? O que ele disse que aconteceu?

– Ele disse que seu marido foi pessoalmente buscá-lo em casa.

– Ah – disse Della, e depois: – É claro, sim, eu me esqueci.

– Esqueceu-se? – perguntou Strike com gentileza. – Ou está corroborando a história deles?

– Eu me esqueci. – Della repetiu com firmeza. – Quando disse que o "chamei", não quis dizer ao telefone. Quis dizer que eu o "convidei" a vir aqui. Por intermédio de Geraint.

– Mas se Geraint estava aqui quando a senhora escorregou, ele não podia ter ajudado com seu café da manhã?

– Creio que Geraint queria que Aamir ajudasse a me convencer a ir ao pronto-socorro.

— Muito bem. Então foi ideia de Geraint procurar Aamir, e não sua?

— Agora não consigo me lembrar – disse ela, mas depois, contradizendo-se –, eu sofri uma queda feia. Geraint tem problema nas costas, naturalmente quis ajuda e eu pensei em Aamir, depois os dois insistiram para que eu fosse ao pronto-socorro, mas não havia necessidade. Era uma simples torção.

A luz agora desaparecia atrás das cortinas de renda. As lentes escuras de Della refletiam o vermelho néon do sol poente acima dos telhados.

— Estou extremamente preocupada com Aamir – disse ela mais uma vez, numa voz tensa.

— Só mais algumas perguntas e vou terminar – respondeu Strike. – Jasper Chiswell sugeriu na frente de uma sala cheia de gente que ele sabia algo desonroso sobre Mallik. Pode me dizer alguma coisa a respeito disso?

— Sim, bom, foi essa conversa – disse Della em voz baixa – que fez com que Aamir pensasse em pedir demissão. Senti que ele se afastou de mim depois que isso aconteceu. E então *você* terminou o trabalho, não foi? Você foi à casa dele, para atormentá-lo ainda mais.

— Não houve tormento nenhum, sra. Winn...

— *Liwat*, sr. Strike, nunca aprendeu o que isto significa em todo o tempo que passou no Oriente Médio?

— Sim, sei o que significa – disse Strike categoricamente. – Sodomia. Chiswell parece ter ameaçado Aamir com a exposição...

— Aamir não sofreria com a exposição da verdade, posso lhe garantir! – Della falou com intensidade. – Não que isto importe alguma coisa, mas por acaso ele não é gay!

A sinfonia de Brahms continuava no que, para Strike, era seu curso sombrio e intermitentemente sinistro, sopros e violinos competindo para abalar os nervos.

— Quer a verdade? – disse Della em voz alta. – Aamir recusou-se a ser bolinado e assediado, *apalpado* por um servidor público importante, cujo toque inadequado de jovens que passavam por seu gabinete é um segredo de polichinelo, até uma piada! E quando um muçulmano muito instruído perde a frieza e bate em um servidor público importante, qual dos dois você imagina que se vê difamado e estigmatizado? Qual deles, você acha, passa a ser objeto de boatos pejorativos e é obrigado a sair de um emprego?

— Deduzo que – disse Strike – *não* Sir Christopher Barrowclough-Burns.

— Como você sabia de quem eu estava falando? — disse Della abruptamente.

— Ele ainda está no cargo? — Strike ignorou a pergunta.

— É claro que está! Todo mundo sabe de suas coisinhas *inofensivas*, mas ninguém fará uma declaração pública. Há anos venho tentando conseguir que algo seja feito a respeito de Barrowcough-Burns. Quando soube que Aamir tinha deixado o programa de diversidade em circunstâncias obscuras, tomei em minhas próprias mãos encontrá-lo. Seu estado era deplorável quando falei com ele, completamente deplorável. Além do descarrilamento do que deveria ter sido uma carreira estelar, havia um primo maldoso que ouviu uma fofoca e espalhou o boato de que Aamir havia sido demitido por atividade homossexual no trabalho.

"Bem, o pai de Aamir não é o tipo de homem que vê com gentileza um filho gay. Aamir esteve resistindo à pressão dos pais para se casar com uma garota que eles consideravam adequada. Houve uma briga terrível e um racha completo. Este jovem brilhante perdeu tudo, família, casa e emprego, no intervalo de algumas semanas."

— E então a senhora interveio?

— Geraint e eu tínhamos um imóvel vazio perto daqui. Nossas mães antigamente moravam lá. Nem Geraint, nem eu temos irmãos. Ficou muito difícil administrar os cuidados de nossas mães aqui de Londres, assim nós as trouxemos do País de Gales e elas moraram juntas, perto desta casa. A mãe de Geraint morreu dois anos atrás, a minha este ano, assim a casa estava desocupada. Não precisávamos do aluguel. Simplesmente parecia sensato deixar Aamir morar ali.

— E isto não passou de gentileza desinteressada? — disse Strike. — A senhora não estava pensando em como ele poderia lhe ser útil, quando lhe deu um emprego e uma casa?

— O que quer dizer com "útil"? Ele era um jovem muito inteligente, qualquer escritório ficaria...

— Seu marido pressionava Aamir para obter informações incriminadoras sobre Jasper Chiswell no Ministério das Relações Exteriores, sra. Winn. Fotografias. Ele pressionava Aamir para procurar fotos com sir Christopher.

Della estendeu a mão para a taça de vinho, errou a haste por centímetros e bateu os nós dos dedos na taça. Strike lançou-se para tentar apanhá-la, mas era tarde demais: um rastro de vinho tinto, como um chicote, descreveu uma parábola no ar e respingou no carpete bege, a taça caindo com um baque ao lado. Gwynn levantou-se e se aproximou do vinho derramado com um leve interesse, farejando a mancha que se espalhava.

– Ficou muito ruim? – perguntou Della com urgência, os dedos agarrados nos braços da poltrona, o rosto virado para o chão.

– Nada bom – disse Strike.

– Sal, por favor... coloque sal nisto. No armário à direita do fogão!

Acendendo a luz ao entrar na cozinha, a atenção de Strike foi atraída pela primeira vez para algo estranho que ele tinha deixado de ver em sua ida anterior ao cômodo: um envelope metido no alto de um armário instalado na parede à direita, alto demais para o alcance de Della. Depois de pegar o sal no armário, ele fez um desvio para ler a única palavra escrita nele: *Geraint*.

– À direita do fogão! – Della gritou, meio desesperada, da sala de estar.

– Ah, à direita! – Strike gritou, enquanto puxava o envelope e o abria.

Dentro dele havia uma conta de "Kennedy Bros. Joiners", para a substituição de uma porta de banheiro. Strike lambeu o dedo, umedeceu a aba do envelope, voltando a lacrá-lo o melhor que podia, e o recolocou onde havia encontrado.

– Desculpe-me – disse ele a Della, ao voltar à sala. – Estava bem na minha frente e eu não vi.

Ele abriu a tampa do tubo de papelão e despejou sal generosamente na mancha roxa. A sinfonia de Brahms chegava ao fim enquanto ele endireitava o corpo, duvidando do provável sucesso da solução caseira.

– Já terminou? – Della sussurrou no silêncio.

– Sim – disse Strike, observando o vinho elevar-se para o branco e transformá-lo em um cinza sujo. – Mas acho que a senhora ainda vai precisar mandar limpar o carpete.

– Ah, meu Deus... o carpete estava novo.

Ela parecia profundamente abalada, mas se isto se devia inteiramente ao vinho derramado, Strike pensou, era discutível. Enquanto ele voltava ao sofá e colocava o sal ao lado do café, a música recomeçou, desta vez uma ária húngara que não era mais relaxante do que a sinfonia, mas estranhamente frenética.

– Quer mais vinho? – perguntou Strike a ela.

– Eu... sim, acho que sim – disse ela.

Ele lhe serviu outra taça e colocou diretamente em sua mão. Ela bebeu um pouco, depois disse, trêmula:

– Como pode saber o que acabou de me dizer, sr. Strike?

– Prefiro não responder a isto, mas garanto que é a verdade.

Segurando o vinho com as duas mãos, Della falou:

– Você *precisa* encontrar Aamir para mim. Se ele pensou que *eu* sancionei Geraint dizendo a ele para pedir favores a Barrowclough-Burns, não é de admirar que ele...

Seu autocontrole se desintegrava visivelmente. Ela tentou baixar o vinho no braço da poltrona e precisou apalpar com a outra mão, enquanto meneava a cabeça em leves solavancos de incredulidade.

– Não é de admirar que ele o quê? – perguntou Strike em voz baixa.

– Tenha me acusado de... de sufocar... de controlar... ora, é claro, isso explica tudo... éramos muito próximos... você não entenderia... é difícil de explicar... mas foi extraordinário como logo nos tornamos... bem, como uma família. Às vezes, sabe, há uma afinidade imediata... uma ligação que anos não podem forjar, com outras pessoas...

"Mas nestas últimas semanas, tudo isso mudou... eu senti... começou quando Chiswell fez aquele chiste na frente de todos... Aamir ficou distante. Era como se ele não confiasse mais em mim... eu devia saber... ah, meu Deus, eu devia saber... você precisa encontrá-lo, você tem de..."

Talvez, Strike pensou, a profundidade de sua ardente necessidade fosse de origem sexual e talvez, em algum nível subconsciente, de fato fosse tingida de admiração pela masculinidade juvenil de Aamir. Porém, enquanto Rhiannon Winn os olhava de sua moldura dourada barata, com um sorriso que não alcançava os olhos grandes e ansiosos, os dentes brilhantes do aparelho, Strike pensou que era muito mais provável que Della fosse uma mulher dotada daquilo que faltava tão ostensivamente a Charlotte: um impulso maternal frustrado e ardente maculado, no caso de Della, por um remorso de alívio impossível.

– Isto também – ela sussurrou. – *Isto também*. O que ele não arruinou?

– A senhora está falando de...

– Meu marido! – disse Della num torpor. – Quem mais seria? Minha organização... nossa organização filantrópica... mas você sabe disso, é claro. Foi você quem contou a Chiswell sobre as 25 mil libras que faltavam, não foi? E as mentiras, as mentiras estúpidas, que Geraint contava as pessoas? David Beckham, Mo Farah... todas aquelas promessas impossíveis?

– Minha sócia descobriu.

– Ninguém vai acreditar em mim – disse Della distraidamente –, mas eu não sabia, não tinha a menor ideia. Faltei às últimas quatro reuniões do conselho... preparativos para a Paralimpíada. Geraint só me disse a verdade depois que Chiswell o ameaçou com a imprensa. Mesmo então, ele alegou que era culpa da contabilidade, mas me jurou que as outras coisas não eram verdade. Jurou sobre o túmulo da mãe dele.

Ela torceu a aliança no dedo, aparentemente distraída.

– Suponho que sua sócia desprezível também tenha localizado Elspeth Lacey-Curtis.

– Receio que sim – Strike mentiu, julgando ser indicado fazer uma aposta. – Geraint negou isto também?

– Se ele disse alguma coisa que causou desconforto às mulheres, ele se sentiu péssimo, mas ele jurou que não houve mais nada, nem um toque, só algumas brincadeiras ousadas. Mas neste clima – disse Della furiosamente –, um homem deve pensar muito bem em que piadas fazer a um bando de meninas de quinze anos!

Strike curvou-se para a frente e pegou o vinho de Della, em risco de virar novamente.

– O que está fazendo?

– Colocando sua taça na mesa – disse Strike.

– Ah – disse Della –, obrigada. – Em um esforço visível para se controlar, ela continuou: – Geraint estava representando *a mim* naquele evento e vai acontecer como sempre acontece na imprensa quando tudo se revela: será minha culpa, tudo isso! Porque, em última análise, os crimes dos homens *sempre* são nossos, não são, sr. Strike? A responsabilidade final *sempre* fica com a mulher, que devia ter impedido, que devia ter agido, que *devia saber*. Os seus defeitos na realidade são *os nossos* defeitos, não são? Porque o papel adequado da mulher é o de cuidar e não há nada mais baixo em todo o mundo do que uma mãe ruim.

Respirando com dificuldade, ela pressionou os dedos trêmulos nas têmporas. Para além das cortinas de renda, a noite, de um azul-escuro, aproximava-se como um véu cobrindo o vermelho ofuscante do pôr do sol e, à medida que a sala escurecia ainda mais, as feições de Rhiannon Winn sumiam aos poucos no crepúsculo. Logo só ficaria visível seu sorriso, pontuado pelo feio aparelho odontológico.

– Me dê o vinho, por favor.

Strike assim o fez. Della tomou a maior parte dele de um gole só e ainda segurava a taça ao falar com amargura:

– Há muita gente disposta a pensar todo tipo de bizarrices a respeito de uma mulher cega. É claro que era pior quando eu era mais nova. Costumava haver um interesse lascivo pela vida particular da pessoa. Era o primeiro lugar procurado pela mente de alguns homens. Talvez você tenha vivido isso também, não foi, tendo uma perna só?

Strike descobriu que não se ressentia da menção direta a sua deficiência por parte de Della.

– Sim, tive um pouco disso – ele admitiu. – Um cara que estudava comigo. Eu não o via há anos. Era a primeira vez que voltava à Cornualha desde que havia me ferido na explosão. Depois de cinco cervejas, ele me perguntou em que momento eu avisava às mulheres que minha perna saía junto com a calça. Achou que era engraçado.

Della abriu um leve sorriso.

– Nunca ocorre a algumas pessoas que nós é que devíamos fazer as piadas, não é? Mas será diferente para você, como homem... a maioria das pessoas parece pensar que a mulher sem deficiência, na ordem natural das coisas, deve cuidar do homem deficiente. Geraint teve de lidar com isso durante anos... as pessoas supondo que houvesse algo de peculiar nele, porque ele escolheu uma esposa deficiente. Creio que talvez tenha tentado compensar isso. Eu queria que ele tivesse importância... status... mas teria sido melhor para nós dois, pensando bem agora, se ele tivesse feito alguma coisa sem nenhuma relação comigo.

Strike achou que ela estava meio embriagada. Talvez ela não tivesse comido nada. Ele sentiu um desejo inadequado de olhar a geladeira da casa. Sentado ali com aquela mulher impressionante e vulnerável, era fácil entender como Aamir se envolvera tanto com ela, profissional e pessoalmente, sem jamais pretender que fosse assim.

– As pessoas supõem que me casei com Geraint porque não havia mais ninguém que me quisesse, mas elas estão muito enganadas – disse Della, sentando-se mais reta na cadeira. – Havia um rapaz na escola que era apaixonado por mim, me propôs casamento quando eu tinha dezenove anos. Eu tinha como escolher e escolhi Geraint. Não como um cuidador, ou porque, como às vezes os jornalistas implicaram, minha ambição sem limites exigia um marido... mas porque eu o amava.

Strike se lembrou do dia em que seguiu o marido de Della à escada na King's Cross e das vulgaridades que Robin tinha contado sobre o comportamento de Geraint no trabalho, entretanto nada que Della tivesse acabado de dizer lhe pareceu inacreditável. A vida lhe ensinou que é possível sentir um amor grande e poderoso pelas pessoas de aparência mais indigna, uma circunstância que, afinal, devia dar consolo a todos.

– É casado, sr. Strike?

– Não – respondeu ele.

– Acho que o casamento é quase sempre uma entidade incompreensível, até para quem está dentro dele. Foi preciso isso... toda essa confusão... para me fazer perceber que não posso continuar. Sinceramente não sei quando deixei de amá-lo, mas a certa altura depois que Rhiannon morreu, escapuliu...

Sua voz falhou.

– ... escapuliu de nós. – Ela engoliu em seco. – Por favor, pode me servir outra taça de vinho?

Ele serviu. Agora a sala estava muito escura. A música havia mudado de novo, para um melancólico concerto de violino que enfim, na opinião de Strike, era adequado para a conversa. Della não quis falar com ele, mas agora parecia relutar em deixar que a conversa terminasse.

– Por que seu marido odeia tanto Jasper Chiswell? – perguntou Strike em voz baixa. – Por causa dos conflitos políticos de Chiswell com a senhora, ou...?

– Não, não – disse Della Winn, cansada. – Porque Geraint precisa culpar alguém, além dele mesmo, pelos infortúnios que sucederam a ele.

Strike esperou, mas ela apenas bebeu um pouco mais do vinho e não disse nada.

– O que exatamente...?

– Deixa pra lá – disse ela em voz alta. – Deixa pra lá, isso não importa.

Mas um instante depois, após outro grande gole de vinho, ela falou:

– Na verdade, Rhiannon não queria fazer esgrima. Como a maioria das meninas, o que ela queria era um cavalo, mas nós... Geraint e eu... não viemos de famílias que possuíam cavalos. Não tínhamos a menor ideia do que se faz com eles. Pensando nisto agora, suponho que houvesse um jeito de contornar a questão, mas ambos éramos terrivelmente ocupados e achamos que seria pouco prático, assim ela passou a fazer esgrima e era muito boa nisso também...

"Já respondi bastante as suas perguntas, sr. Strike?", ela perguntou, meio engrolada. "Vai encontrar Aamir?"

– Vou tentar – Strike prometeu a ela. – Pode me dar o número dele? E o seu, para que eu a mantenha informada?

Ela sabia os dois números de cor e ele os anotou, fechou o bloco e se levantou novamente.

– A senhora foi de muita ajuda, sra. Winn. Obrigado.

– Isso parece preocupante – disse ela, com um leve vinco entre as sobrancelhas. – Não sei bem o que pode significar.

– A senhora vai ficar...?

– Muito bem – disse Della, falando com uma clareza exagerada. – Vai me telefonar quando encontrar Aamir, não?

– Se não tiver notícias minhas antes disso, vou atualizá-la semanalmente. – Strike prometeu. – Humm... alguém virá esta noite, ou...?

– Vejo que você não é tão insensível como sugere sua reputação – disse Della. – Não se preocupe comigo. Minha vizinha levará Gwynn para passear daqui a pouco. Ela verifica os botões do fogão, essas coisas.

– Neste caso, não se levante. Boa noite.

O cachorro quase branco ergueu a cabeça, farejando o ar, enquanto Strike ia para a porta. Ele deixou Della sentada no escuro, um pouco bêbada, sem nenhuma outra companhia além da foto da filha morta que ela nunca vira.

Ao fechar a porta da frente, Strike não conseguia se lembrar da última vez em que sentiu uma mistura tão estranha de admiração, solidariedade e suspeita.

55

... pelo menos lutemos com armas honrosas, uma vez que parece que devemos lutar.

Henrik Ibsen, *Rosmersholm*

Matthew, que devia passar fora apenas a parte da manhã, ainda não tinha chegado em casa. Mandara duas mensagens de texto desde então, uma delas às três da tarde:

> **Tom teve problemas no trabalho, quer conversar. Vou ao pub com ele (estou no Cokes). Volto assim que puder.**

Depois, às sete horas:

> **Sinto muito, ele está bêbado, não posso deixá-lo. Vou colocá-lo num táxi, depois voltar. Espero que você tenha comido. Te amo bj**

Ainda com o identificador de chamadas desativado, Robin novamente ligou para o celular de Tom. Ele atendeu de imediato. Não havia o barulho de um pub ao fundo.

— Sim? — disse Tom, irritadiço e aparentemente sóbrio. — Quem é?

Robin desligou.

Duas malas estavam preparadas e esperavam no hall. Ela já havia telefonado a Vanessa e perguntado se podia passar umas duas noites em seu sofá, até conseguir um novo lugar para morar. Ela achou estranho que Vanessa não demonstrasse muita surpresa, mas ao mesmo tempo ficou feliz por não ter de repelir a piedade.

Esperando na sala de estar, vendo a noite cair do lado de fora da janela, Robin se perguntou se um dia teria desconfiado se não tivesse encontrado o brinco. Ultimamente, ela ficava agradecida pelo tempo sem Matthew, quando podia relaxar, sem precisar esconder nada, quer fosse o trabalho que fazia no caso Chiswell, ou as crises de pânico que deviam ser controladas em silêncio, sem escândalos, no chão do banheiro.

Sentada na poltrona elegante pertencente ao senhorio ausente, Robin sentia como se habitasse uma lembrança. Com que frequência temos consciência, durante o fato, de que vivemos uma hora que mudará o rumo de nossa vida para sempre? Ela se lembraria desta sala por um bom tempo e agora a olhava, com o objetivo de fixá-la em sua mente, tentando assim ignorar a tristeza, a vergonha e a dor que ardiam e se contorciam em seu íntimo.

Pouco depois das nove horas ela ouviu, com uma onda de náusea, a chave de Matthew na fechadura e o barulho da porta se abrindo.

– Desculpe – ele exclamou, antes mesmo de fechar a porta –, ele é um bobalhão, deu trabalho convencer o taxista a levar...

Robin ouviu sua pequena exclamação de surpresa quando ele viu as malas. Segura, agora, para discar, ela pressionou o número que tinha no telefone. Ele entrou na sala, confuso, a tempo de ouvi-la pedir um minitáxi. Ela desligou. Eles se olharam.

– Por que as malas?

– Vou embora.

Houve um longo silêncio. Parecia que Matthew não entendia.

– Como assim?

– Não sei como dizer isso com mais clareza, Matt.

– Vai *me deixar*?

– É isso mesmo.

– Por quê?

– Porque – disse Robin – você está dormindo com Sarah.

Ela viu o esforço de Matthew para encontrar as palavras que o salvassem, mas os segundos se passaram e ficou tarde demais para uma incredulidade autêntica, para a inocência estupefata, para a incompreensão verdadeira.

– O quê? – disse ele por fim, com um riso forçado.

– Por favor, não faça isso – disse ela. – Não tem sentido. Acabou.

Ele continuou na soleira da sala de estar e ela pensou que ele parecia cansado, até desgastado.

– Eu ia sair e deixar um bilhete – disse Robin –, mas me pareceu melodramático demais. De todo modo, existem coisas práticas que precisamos discutir.

Ela achou que o via pensando, *Como eu me entreguei? Quem contou a você?*

– Escute – disse ele com urgência, largando a bolsa esportiva a seu lado (sem dúvida com o uniforme passado e limpo) –, sei que as coisas não têm andado boas entre nós, mas é você que eu quero, Robin. Não jogue nós dois fora. Por favor.

Ele avançou, agachou-se ao lado de sua poltrona e tentou segurar sua mão. Ela a afastou, verdadeiramente estarrecida.

– Você está dormindo com Sarah – ela repetiu.

Ele se levantou, foi ao sofá e se sentou, baixou o rosto nas mãos e disse com a voz fraca:

– Me desculpe. Me desculpe. Tem sido uma merda tão grande entre mim e você...

– ... que você teve de dormir com a noiva do seu amigo?

Com essa, ele levantou a cabeça, em um pânico súbito.

– Você falou com Tom? Ele sabe?

De repente incapaz de suportar a proximidade dele, ela se afastou para a janela, tomada de um desprezo que nunca havia sentido.

– Mesmo agora, preocupado com suas perspectivas de promoção, Matt?

– Não... merda... você não entende – disse ele. – Acabou entre mim e Sarah.

– Ah, é mesmo?

– Sim – disse ele. – Sim! Merda... que ironia... conversamos o dia todo. Concordamos que não podia continuar, não depois de... você e Tom... nós terminamos. Uma hora atrás.

– Nossa – disse Robin com um ligeiro sorriso, sentindo-se incorpórea. – *Mas não é mesmo* uma ironia?

Seu celular tocou. Como num sonho, ela atendeu.

– Robin? – disse Strike. – Atualização. Acabo de estar com Della Winn.

– E como foi? – Ela tentou parecer firme e animada, decidida a não abreviar o telefonema. Seu trabalho agora era toda sua vida e Matthew não podia mais interferir nisto. Ela deu as costas ao marido furioso e olhou a rua escura e pavimentada de pedras.

— Muito interessante em dois aspectos – disse Strike. – Primeiro, ela cometeu um lapso. Acho que Geraint não estava com Aamir na manhã da morte de Chiswell.

— Isto *é mesmo* interessante. – Robin obrigou-se a se concentrar, consciente de que Matthew a olhava.

— Consegui o número dele e tentei, mas ele não está atendendo. Pensei em ver se ele ainda está na pousada da rua, enquanto estou nos arredores, mas o proprietário disse que ele se mudou.

— Que pena. Qual é a outra coisa interessante? – perguntou Robin.

— É Strike? – perguntou Matthew em voz alta, atrás dela. Ela o ignorou.

— O que foi isso? – indagou Strike.

— Nada – disse Robin. – Continue.

— Bom, a segunda coisa interessante é que Della conheceu Kinvara no ano passado, histérica porque achava que Chiswell...

O celular de Robin foi arrancado rudemente de sua mão. Ela se virou. Matthew encerrou a ligação com um golpe do dedo.

— Como você *se atreve*? – Robin gritou, estendendo a mão. – Devolva!

— Estamos tentando salvar a porra do nosso casamento e você recebe telefonemas dele?

— Eu não estou tentando salvar este casamento! *Devolva meu telefone!*

Ele hesitou, depois o jogou para ela, só para ficar ofendido quando ela telefonou friamente para Strike.

— Desculpe, Cormoran, fomos interrompidos – disse ela, com os olhos desvairados de Matthew fixos nela.

— Está tudo bem por aí, Robin?

— Tudo ótimo. O que você estava dizendo sobre Chiswell?

— Que ele teve um caso.

— Um caso! – disse Robin com os olhos em Matthew. – Com quem?

— Só Deus sabe. Teve alguma sorte para falar com Raphael? Sabemos que ele não se incomoda em proteger a memória do pai. Ele pode nos contar.

— Deixei um recado para ele e para Tegan. Nenhum dos dois retornou.

— Tá bom, tudo bem, mantenha-me informado. Mas tudo isso lança uma luz interessante na martelada na cabeça, não é?

— Certamente que sim – disse Robin.

— Estou no metrô. Tem certeza de que está tudo bem com você?

— Sim, é claro – disse Robin, com o que torcia que parecesse impaciência cotidiana. – A gente se fala.

Ela desligou.

— "A gente se fala" – Matthew a imitou, na voz aguda e frágil que ele sempre usava quando imitava mulheres. – "A gente se fala, Cormoran. Estou fugindo do meu casamento, assim posso ficar a sua disposição para sempre, Cormoran. Não me importo de trabalhar por salário mínimo, Cormoran, não se eu puder ser sua escrava."

— Vá se foder, Matt – disse Robin calmamente. – Volte para a merda da Sarah. Por falar nisso, o brinco que ela deixou na nossa cama no segundo andar está em minha mesa de cabeceira.

— Robin – disse ele, de repente sério –, podemos superar isso. Se nos amamos, nós podemos.

— Bom, o problema, Matt, é que não amo mais você.

Ela sempre achou que a ideia de olhos escurecendo fosse uma licença poética, mas Robin viu os olhos claros do marido ficarem pretos quando as pupilas se dilataram de choque.

— Sua vaca – disse ele em voz baixa.

Ela sentiu um impulso covarde de mentir, de recuar da declaração absoluta, de se proteger, porém algo mais forte dentro dela a reteve: a necessidade de dizer a verdade nua e crua. Ela já estivera mentindo para ele e para si mesma por muito tempo.

— Não – disse ela. – Não sou. Devíamos ter nos separado na lua de mel. Fiquei porque você estava doente. Senti pena de você. Não – ela se corrigiu, decidida a fazer tudo direito –, na verdade não devíamos nem ter ido à lua de mel. Eu devia ter largado o casamento quando soube que você apagou aquelas ligações de Strike.

Ela queria olhar o relógio para ver quando o táxi chegaria, mas teve medo de tirar os olhos de Matthew. Havia algo na expressão dele que lembrava uma serpente espiando debaixo de uma pedra.

— Como você acha que sua vida parece para os outros? – ele perguntou em voz baixa.

— O que quer dizer?

– Você largou a universidade. Agora está abandonando a nós dois. Você até abandonou sua terapeuta. Você não passa de uma decepção. A única coisa que não abandonou foi esse emprego idiota que quase a está matando e você foi *demitida*. Ele só te aceitou de volta porque quer te levar para a cama. E provavelmente ele não consegue mais ninguém tão barato.

Para ela, foi como se ele a tivesse esmurrado. Sem ar, sua voz saiu fraca.

– Obrigada, Matt – disse ela, e foi para a porta. – Obrigada por facilitar tudo.

Mas ele se deslocou rapidamente para bloquear sua saída.

– Era um emprego temporário. Ele te deu atenção, assim você se iludiu e achou que era uma profissão para você, embora seja a última merda que você devia estar fazendo, com o *seu* histórico...

Ela agora continha o choro, mas decidida a não sucumbir.

– Passei anos e anos querendo fazer trabalho policial...

– Não, você não queria, porra! – Matthew escarneceu dela –, quando foi que você...?

– Eu tinha uma vida antes de você! – Robin gritou. – Tive uma vida em casa, em que dizia coisas que você nunca ouviu! Nunca te contei, Matthew, porque sabia que você ia rir, como os babacas dos meus irmãos! Fiz psicologia na esperança de me levar à perícia...

– Você nunca disse isso, está tentando justificar...

– Não te contei porque sabia que você seria sarcástico...

– Mentira...

– Não é! – ela gritou. – Estou dizendo a verdade, esta é toda a verdade, e você está provando meu argumento, você não acredita em mim! Você gostou quando eu larguei a faculdade...

– Que diabos você quer dizer?

– "Não tem pressa para voltar", "Você não *precisa* ter um diploma..."

– Ah, então agora estou sendo culpado por ser sensível, porra!

– Você gostou, gostou de me ver presa em casa, por que não consegue admitir isso? Sarah Shadlock na universidade e eu uma medíocre em Masham... foi uma compensação por eu conseguir notas melhores do que as suas, passar para minha primeira opção de...

– Oh! – ele riu sem humor nenhum –, bom, você conseguir *notas melhores* do que as minhas? É, isso me tira o sono a noite toda...

— Se eu não tivesse sido estuprada, tínhamos nos separado anos atrás!

— Foi isso que você aprendeu na terapia? A mentir a respeito do passado, para justificar todo o seu papo furado?

— Aprendi a dizer a verdade! — Robin gritou, levada ao ponto da brutalidade. — E tem mais: eu já estava deixando de te amar antes do estupro! Você não se interessava por nada que eu estivesse fazendo... meu curso, meus novos amigos. Só queria saber se algum dos outros caras dava em cima de mim. Mas depois, você foi tão meigo, tão gentil... parecia o homem mais seguro do mundo, o único em que eu podia confiar. Por isso fiquei. Não estaríamos aqui, agora, se não fosse pelo estupro.

Os dois ouviram o carro parar do lado de fora. Robin tentou passar por ele no hall, mas ele a bloqueou novamente.

— Não, você não vai. Não vai sair disso com tanta facilidade. Você ficou porque eu era *seguro*? Vai à merda. Você me amava.

— Pensei que amasse — disse Robin —, mas não amo mais. Saia do caminho. Vou embora.

Ela tentou ultrapassá-lo, mas ele voltou a bloquear a saída.

— Não — ele repetiu e agora avançava, empurrando-a de volta à sala de estar. — Vai ficar aqui. Vamos resolver isso.

O taxista tocou a campainha.

— Estou indo! — Robin gritou, mas Matthew rosnou:

— Desta vez você não vai fugir, vai ficar e consertar sua confusão...

— Não! — gritou Robin, como se fosse com um cachorro. Ela parou, recusou-se a ser empurrada mais para dentro da sala, embora ele estivesse tão perto que ela podia sentir seu hálito no rosto e de súbito ela se lembrou de Geraint Winn, e foi dominada pela repulsa. — Saia da minha frente. *Agora!*

E Matthew, como um cachorro, deu um passo para trás, reagindo não à ordem, mas a algo na voz dela. Ele estava furioso, mas também sentia medo.

— Muito bem — disse Robin. Ela sabia que estava à beira de uma crise de pânico, mas aguentou, cada segundo em que não se dissolvia lhe dava forças e ela se manteve firme. — Vou embora. Tente me impedir, vou retaliar. Lutei com homens maiores e mais cruéis do que você, Matthew. Você nem mesmo tem a merda de uma faca.

Ela viu os olhos dele mais escuros do que nunca e de súbito lembrou que o irmão, Martin, tinha dado um soco na cara de Matthew, no casamento.

Não importa o que viesse, ela jurou, com uma satisfação sombria, ela faria melhor do que Martin. Quebraria a merda do nariz dele, se precisasse.

– Por favor – disse ele, de repente arriando os ombros –, Robin...

– Terá de me machucar, se quiser me impedir de ir embora, mas estou te avisando, vou processar você por agressão, se fizer isso. *E isto* não vai cair bem no escritório, vai?

Ela sustentou o olhar dele por mais alguns segundos, depois voltou a ele, com os punhos já se fechando, esperando que ele a obstruísse ou segurasse, mas ele deu um passo de lado.

– Robin – disse ele com uma voz rouca. – Espere. É sério, espere, você disse que havia coisas que precisávamos discutir...

– Os advogados podem cuidar disso. – Ela chegou à porta e a abriu.

O ar frio da noite a tocou como uma bênção.

Uma mulher atarracada estava sentada ao volante de um Vauxhall Corsa. Vendo a bagagem de Robin, ela saiu para ajudá-la a colocar na mala do carro. Matthew tinha ido atrás e agora estava parado na soleira. Enquanto Robin entrava no carro, ele chamou por ela e as lágrimas de Robin enfim começaram a cair, mas, sem olhar para ele, ela bateu a porta.

– Por favor, vamos – disse ela com a voz embargada à motorista, enquanto Matthew descia a escada e se curvava para falar com ela pelo vidro.

– Eu ainda amo você, merda!

O carro se afastou pelo calçamento da Albury Street, passou pelas fachadas moldadas das belas construções de donos de navios mercantes, um lugar em que Robin nunca se sentiu em casa. No alto da rua, ela entendeu que, se olhasse para trás, veria Matthew parado, vendo o carro desaparecer. Seus olhos encontraram os da motorista pelo retrovisor.

– Desculpe – disse Robin sem qualquer lógica, depois, espantada com o próprio pedido de desculpas, falou: – Eu... acabo de deixar meu marido.

– É? – disse a motorista, ligando a seta. – Eu deixei dois. Fica mais fácil com a prática.

Robin tentou rir, mas o barulho se transformou em um soluço molhado e alto, e ela caiu em pranto enquanto o carro se aproximava do cisne de pedra solitário no alto do pub da esquina.

– Tome – disse gentilmente a motorista e lhe passou um pacote plástico de lenços de papel.

– Obrigada. – Robin soluçou, pegou um lenço e o pressionou nos olhos cansados e ardidos até que o lenço branco ficou encharcado e manchado dos últimos vestígios de delineador preto que ela usou para personificar Bobbi Cunliffe. Evitando o olhar solidário da motorista pelo retrovisor, ela baixou os olhos para o colo. A embalagem dos lenços era de uma marca americana desconhecida: "Dr. Blanc."

De pronto, a lembrança evasiva de Robin lhe surgiu, como se esperasse por este leve cutucão. Agora ela lembrava exatamente onde vira a expressão "Blanc de Blanc", mas não tinha nenhuma relação com o caso e toda relação com seu casamento em implosão, com um caminho de alfazemas e com um jardim japonês, a última vez que ela disse "eu te amo" e a primeira vez que entendeu que não fora sincera.

56

Não posso – não vou – passar pela vida com um corpo morto nas costas.

Henrik Ibsen, *Rosmersholm*

Enquanto se aproximava de Henlys Corner na North Circular Road na tarde seguinte, Strike viu, com um palavrão resmungado, que o trânsito à frente tinha parado. O cruzamento, que era um famoso foco de congestionamento, supostamente tinha sido melhorado no início daquele ano. Ao se juntar à fila estacionária, Strike abriu a janela, acendeu um cigarro e olhou o relógio no painel com a sensação familiar de impotência furiosa que dirigir em Londres costumava provocar. Ele havia se perguntado se seria mais sensato pegar o metrô para o norte, mas o hospital psiquiátrico ficava a um bom quilômetro e meio da estação mais próxima e o BMW era um pouco mais fácil para sua perna ainda inflamada. Agora ele temia chegar atrasado para uma entrevista que estava decidido a não perder, primeiro porque não desejava decepcionar a equipe psiquiátrica que permitiu que ele visse Billy Knight, e em segundo lugar porque Strike não sabia quando haveria outra oportunidade de falar com o irmão mais novo sem o receio de encontrar o mais velho. Nesta manhã, Barclay garantiu a ele que os planos de Jimmy para o dia compreendiam escrever uma polêmica sobre a influência global dos Rothschild para o site do Real Socialismo e experimentar parte do novo estoque de Barclay.

De cenho franzido e tamborilando os dedos no volante, Strike voltou a ruminar a questão que o estivera importunando desde a noite anterior: se a interrupção no meio de seu telefonema a Robin se devia realmente a Matthew tirando o telefone de sua mão. Ele não achou particularmente convincentes as garantias subsequentes de Robin de que estava tudo bem.

Ao esquentar feijão em seu fogareiro, porque ainda tentava emagrecer, Strike se debateu se deveria ligar novamente para Robin. Comendo seu jantar sem carne e sem nenhum entusiasmo diante da televisão, supostamente vendo os destaques da cerimônia de encerramento dos Jogos Olímpicos, sua atenção não se sustentou nas Spice Girls zunindo em cima de táxis londrinos. *Acho que o casamento é quase sempre uma entidade incompreensível, até para quem está dentro dele*, dissera Della Winn. Talvez agora Robin e Matthew até estivessem na cama juntos. Arrancar o telefone de sua mão era pior do que apagar seu histórico de chamadas? Ela ficou com Matthew depois disso. Quais eram os limites para ela?

E Matthew certamente preocupava-se demais com a própria reputação e suas perspectivas para abandonar as normas civilizadas. Um dos últimos pensamentos de Strike antes de dormir na noite anterior foi que Robin tinha conseguido lutar com o Estripador de Shacklewell, uma reflexão macabra, talvez, mas que lhe trouxe alguma tranquilidade.

O detetive tinha plena consciência de que o estado do casamento de sua sócia minoritária devia ser a menor de suas preocupações, porque até agora ele não tinha informações concretas para a cliente que no momento lhe pagava três investigadores em tempo integral para descobrir os fatos sobre a morte do pai. Todavia, quando o trânsito enfim fluiu, os pensamentos de Strike ainda giravam em torno de Robin e Matthew até que por fim ele viu uma placa apontando a clínica psiquiátrica e, com esforço, concentrou-se na entrevista iminente.

Ao contrário do prisma retangular gigantesco de concreto e vidro escuro em que Jack tinha sido internado algumas semanas antes, o hospital na frente do qual Strike estacionou vinte minutos depois ostentava pináculos com molduras e janelas bizantinas cobertas de barras de ferro. Na opinião de Strike, parecia a prole bastarda de um palácio de bolo de gengibre com uma prisão gótica. Um pedreiro vitoriano tinha entalhado a palavra "Sanatorium" no arco de tijolinhos sujos acima das portas duplas.

Cinco minutos atrasado, Strike abriu a porta do motorista e, sem se incomodar em trocar os tênis por um calçado social, trancou o BMW e correu, mancando, pela escada encardida da entrada.

Ali dentro, encontrou um saguão bege e frio de teto alto, janelas que pareciam de igreja e uma suspeita geral de decadência que não era afastada pelo bafo de desinfetante. Depois de localizar o número da ala que recebeu por telefone, ele partiu por um corredor à esquerda.

A luz do sol que caía pelas janelas gradeadas criava listras nas paredes bege, que tinham quadros tortos, alguns feitos por antigos pacientes. Enquanto Strike passava por uma série de colagens retratando cenas rurais detalhadas em feltro, ouropel e lã, uma adolescente esquelética saiu de um banheiro, junto com uma enfermeira. Nenhuma das duas pareceu dar pela presença de Strike. Na verdade, os olhos opacos da menina estavam focalizados, pareceu a ele, para dentro, numa batalha que ela travava longe do mundo real.

Strike ficou um tanto surpreso ao descobrir as portas duplas para a ala fechada no final do corredor do andar térreo. Uma vaga associação com campanários e a primeira esposa de Rochester o levou a imaginar um andar superior, escondido talvez em um daqueles pináculos pontudos. A realidade era inteiramente prosaica: uma grande campainha verde na parede, que Strike tocou, e um enfermeiro de cabelo ruivo brilhante olhando por uma janelinha de vidro, que se virou para falar com alguém a suas costas. A porta se abriu e Strike pôde entrar.

A ala tinha quatro leitos e uma área de espera, onde dois pacientes com roupas comuns estavam sentados, jogando damas: um homem mais velho, aparentemente desdentado, e um jovem pálido com um grosso curativo no pescoço. Havia um grupo de pessoas em volta de uma estação de trabalho logo depois da porta: um ajudante, mais dois enfermeiros e o que Strike supôs serem dois médicos, um homem, uma mulher. Todos se viraram para ele quando Strike entrou. Um dos enfermeiros deu um cutucão no outro.

— Sr. Strike — disse o médico, que era baixo, de aparência bem astuta e tinha um forte sotaque de Manchester. — Como vai? Colin Hepworth, nós nos falamos ao telefone. Esta é minha colega, Kamila Muhammad.

Strike trocou um aperto de mãos com a mulher, cuja calça azul-marinho do terninho o fez lembrar de uma policial.

— Nós dois estaremos presentes em sua entrevista com Billy — disse ela. — Ele foi ao banheiro. Está muito animado por vê-lo novamente. Achamos que devíamos usar uma de nossas salas de entrevista. É por aqui.

Ela o fez contornar a estação de trabalho, os enfermeiros ainda olhando avidamente, e entrar em uma sala pequena que continha quatro cadeiras e uma mesa chumbada no chão. As paredes eram de um rosa-claro, porém nuas.

– O ideal – disse Strike. Parecia-se com uma centena de salas de interrogatório que ele usou na Polícia Militar. Lá, também, costumavam estar presentes três partes, em geral advogados.

– Uma palavrinha rápida antes de começarmos – disse Kamila Muhammad, fechando a porta para Strike e seu colega, de modo que os enfermeiros não pudessem ouvir a conversa. – Não sei o quanto você sabe da condição de Billy.

– O irmão me disse que ele tem distúrbio afetivo esquizoide.

– É verdade – disse ela. – Ele ficou sem a medicação e acabou em um verdadeiro episódio psicótico, que pelo visto aconteceu quando ele foi procurá-lo.

– Sim, ele parecia muito perturbado na ocasião. Também parecia ter dormido ao relento.

– E provavelmente dormiu. O irmão nos disse que ele ficou desaparecido por uma semana, àquela altura. Não acreditamos mais que Billy seja psicótico – disse ela –, mas ele ainda chega bem perto, então é difícil avaliar em que grau ele está envolvido com a realidade. Pode ser complicado obter um retrato preciso do estado mental de alguém quando há sintomas paranoides e delirantes.

– É nossa esperança que você nos ajude a distinguir alguns fatos da ficção – disse o homem de Manchester. – Você tem sido o tema recorrente na conversa dele desde que foi internado. Ele esteve muito interessado em falar com você, mas não tanto com algum de nós. Ele também expressou medo de... de repercussões se fizesse confidências com alguém e, de novo, é difícil saber se este medo faz parte da doença ou, ah, se existe alguém que lhe dê verdadeiramente motivos para temer. Porque, ah...

Ele hesitou, como quem tenta escolher com cuidado as palavras. Strike falou:

– Imaginei que o irmão podia ser assustador, se quisesse. – E o psiquiatra pareceu aliviado por ter sido compreendido sem quebrar a confidencialidade.

– Conhece o irmão dele?

— Eu o conheci rapidamente. Ele visita o irmão com frequência?

— Esteve aqui duas vezes, mas Billy costuma ficar mais aflito e agitado depois de vê-lo. Se ele der a impressão de se afetar da mesma forma durante sua entrevista... — disse o médico de Manchester.

— Entendi — disse Strike.

— É estranho, sinceramente, ver você aqui — disse Colin com um leve sorriso. — Supusemos que a fixação dele em você fizesse parte da psicose. Uma obsessão por uma celebridade é muito comum nesse tipo de distúrbio... na realidade — disse ele com franqueza —, só dois dias atrás, Kamila e eu concordamos que a fixação dele por você impedia uma alta antecipada. Foi uma sorte você ter telefonado.

— É — disse Strike com secura —, foi uma sorte.

O enfermeiro ruivo bateu na porta e colocou a cabeça para dentro.

— Billy está pronto para falar com o sr. Strike.

— Ótimo — disse a psiquiatra. — Eddie, pode nos trazer um chá? Chá? — perguntou ela a Strike por cima do ombro. Ele concordou com a cabeça. Ela abriu a porta. — Entre, Billy.

E ali estava ele: Billy Knight, com um moletom cinza e calça de corrida, calçado com chinelos do hospital. Os olhos fundos tinham olheiras ainda mais pronunciadas e ele raspara a cabeça em algum momento depois do último encontro com Strike. O indicador e o polegar da mão esquerda traziam curativos. Mesmo pelo moletom que alguém, presumivelmente Jimmy, tinha trazido para ele vestir, Strike sabia que ele estava abaixo do peso; embora suas unhas estivessem roídas até sangrar e houvesse um ferimento feio no canto da boca, já não havia mais mau cheiro. Ele arrastou os pés para dentro da sala de entrevista, de olhos fixos em Strike, depois estendeu a mão ossuda, que Strike apertou. Billy se dirigiu aos médicos.

— Vocês dois vão ficar?

— Sim — disse Colin —, mas não se preocupe. Vamos ficar em silêncio. Pode dizer o que quiser ao sr. Strike.

Kamila posicionou duas cadeiras junto da parede e Strike e Billy se sentaram um de frente para o outro, com a mesa entre eles. Strike pode ter desejado uma configuração menos formal dos móveis, mas sua experiência no Ramo de Investigações Especiais ensinou que uma barreira sólida entre interrogador e interrogado costumava ser útil, e sem dúvida isto era igualmente válido em uma ala psiquiátrica fechada.

– Estive procurando por você desde que foi me ver pela primeira vez – disse Strike. – Fiquei muito preocupado.

– É – disse Billy. – Desculpe.

– Consegue se lembrar do que me disse no escritório?

Distraidamente, ao que parecia, Billy tocou o nariz e o esterno, mas foi um fantasma do tique que ele exibiu na Denmark Street, e quase como se ele tentasse lembrar como se sentiu então.

– É – disse ele, com um leve sorriso sem humor. – Eu te falei sobre a criança, lá em cima, no cavalo. Aquela que eu vi estrangulada.

– Você ainda acha que testemunhou uma criança sendo estrangulada? – perguntou Strike.

Billy levou o indicador à boca, roeu a unha e fez que sim com a cabeça.

– É. – Ele retirou o dedo. – Eu vi. Jimmy disse que eu imaginei porque eu sou... sabe o quê. Doente. Você conhece Jimmy, não é? Foi ao White Horse atrás dele, não foi? – Strike assentiu. – Ele ficou uma fera. White Horse – disse Billy, com um riso súbito. – É engraçado. Merda, isso é engraçado. Eu nem tinha pensado nisso.

– Você me disse que viu uma criança morta "lá em cima no cavalo". Que cavalo você quis dizer?

– O Cavalo Branco de Uffington – disse Billy. – Uma figura grande de giz, no morro, perto de onde fui criado. Não parece um cavalo. Mais parece um dragão e fica no Dragon Hill também. Nunca entendi por que todo mundo dizia que era um cavalo.

– Pode me dizer exatamente o que viu lá?

Como a garota esquelética que passara há pouco por Strike, ele teve a impressão de que Billy olhava para dentro de si e que a realidade externa deixou de existir temporariamente para ele. Por fim, Billy falou em voz baixa:

– Eu era um garotinho, bem pequeno. Acho que me deram alguma coisa. Fiquei enjoado e doente, como se estivesse sonhando, lento e grogue, e eles insistiam para eu repetir palavras e coisas, eu não conseguia falar direito e eles achavam engraçado. Eu caí na grama quando subia. Um deles me carregou por um tempo. Eu queria dormir.

– Acha que deram drogas a você?

– É – disse Billy monotonamente. – Provavelmente haxixe, Jimmy costuma ter algum. Acho que Jimmy me levou para o morro com eles para que meu pai não soubesse o que eles tinham feito.

– Que quer dizer com "eles"?

– Não sei – disse simplesmente Billy. – Adultos. Jimmy é dez anos mais velho que eu. Papai costumava mandar Jimmy cuidar de mim o tempo todo, quando saía para beber com os amigos. Esse pessoal chegou lá em casa à noite e eu acordei. Um deles me deu um iogurte para comer. Tinha outra criança pequena ali. Uma menina. Depois fomos todos em um carro... eu não queria ir. Estava enjoado. Eu chorava, mas Jimmy batia em mim.

"E fomos para o cavalo no escuro. Eu e a garotinha éramos as únicas crianças. Ela gritava", disse Billy, e a pele de seu rosto esquelético parece ter se esticado mais nos ossos quando ele disse isso. "Gritava pela mãe dela e *ele* falou, 'Sua mãe agora não pode te ouvir, ela morreu'."

– Quem disse isso? – perguntou Strike.

– Ele – Billy sussurrou. – Aquele que estrangulou a menina.

A porta se abriu e uma nova enfermeira trouxe chá.

– Aqui está – disse ela alegremente, com os olhos ansiosos em Strike. O psiquiatra franziu o cenho de leve e ela se retirou, fechando a porta.

– Nunca alguém acreditou em mim – disse Billy, e Strike ouviu a súplica implícita. – Tentei me lembrar mais, eu queria poder, se eu ficasse pensando nisso o tempo todo talvez me lembrasse mais.

"Ele estrangulou a menina para ela parar com o barulho. Acho que ele não queria que fosse tão longe. Todos eles entraram em pânico. Eu me lembro de alguém gritando 'Você matou a menina!'... ou o menino", disse Billy em voz baixa. "Jimmy disse depois que era um menino, mas agora ele não vai admitir isso. Diz que estou inventando tudo. 'Por que eu diria que era um menino quando nada dessa merda aconteceu, você é doente mental.' Era uma menina", disse Billy, obstinado. "Não sei por que ele cismou de dizer que não era. Eles a chamavam por um nome de menina. Não consigo me lembrar qual era, mas era uma menina.

"Vi quando ela caiu. Morta. Mole no chão. Estava escuro. E aí eles entraram em pânico.

"Não consigo me lembrar de nada da volta do morro, não me lembro de nada depois disso, só do enterro, lá no vale perto da casa do meu pai."

— Na mesma noite? – perguntou Strike.

— Acho que sim, acho que foi – disse Billy, nervoso. – Porque eu me lembro de olhar da janela do meu quarto e ainda estava escuro e eles a carregavam para o vale, meu pai e *ele*.

— Quem é "ele"?

— Aquele que matou a menina. Acho que era ele. Um cara grande. Cabelo branco. E eles colocaram um pacote no chão, todo enrolado num cobertor rosa, e eles taparam o buraco.

— Você perguntou ao seu pai sobre o que tinha visto?

— Não. Ninguém perguntava a meu pai sobre o que ele fazia para a família.

— Para que família?

Billy franziu a testa no que parecia ser uma confusão autêntica.

— Quer dizer, para sua família?

— Não. A família para quem ele trabalhava. Os Chiswell.

Strike teve a impressão de que esta era a primeira vez que o nome da família do ministro morto era mencionado na frente de dois psiquiatras. Ele viu duas canetas vacilarem.

— Como o enterro tinha relação com eles?

Billy ficou confuso. Abriu a boca para dizer alguma coisa, parece ter mudado de ideia, franziu a testa para as paredes rosa-claro e voltou a roer o indicador. Por fim, falou:

— Não sei por que eu disse isso.

Não parecia uma mentira, nem uma negação. Billy mostrava uma surpresa genuína com as palavras que tinham saído de sua boca.

— Você não consegue se lembrar de ouvir nada, nem de ver nada, que o fizesse pensar que ele estava enterrando a criança para os Chiswell?

— Não – disse Billy lentamente, de testa franzida. – Eu só... na época pensei, quando disse isso... ele estava fazendo um favor para... porque ouvi alguma coisa, depois...

Ele meneou a cabeça.

— Ignore isso, não sei por que eu falei.

Pessoas, lugares e objetos, pensou Strike, pegando o bloco e abrindo.

— Além de Jimmy e da garotinha que morreu – disse Strike –, o que você consegue se lembrar sobre o grupo que foi ao cavalo naquela noite? Quantos diria que estavam lá?

Billy se esforçou, pensando.

– Não sei. Talvez... umas oito, dez pessoas.

– Todos homens?

– Não. Tinha mulheres também.

Por cima do ombro de Billy, Strike viu a psiquiatra erguer as sobrancelhas.

– Consegue se lembrar de mais alguma coisa do grupo? Sei que você era novo – disse Strike, prevendo o protesto de Billy – e sei que podem ter dado alguma coisa que o deixou desorientado, mas consegue se lembrar de algo que não me contou? Alguma coisa que fizeram? Algo que estavam vestindo? Consegue se lembrar da cor do cabelo ou da pele de alguém? Qualquer coisa?

Houve uma longa pausa, depois Billy fechou os olhos brevemente e sacudiu a cabeça uma vez, como se discordasse firmemente de uma sugestão que só ele podia ouvir.

– Ela era morena. A garotinha. Como...

Por uma virada mínima da cabeça, ele apontou a médica atrás dele.

– Asiática? – disse Strike.

– Talvez – disse Billy –, é. Cabelo preto.

– Quem carregou você na subida do morro?

– Jimmy se revezou com um dos outros homens.

– Ninguém explicou por que estavam subindo lá no escuro?

– Acho que eles queriam chegar no olho – disse Billy.

– No olho do cavalo?

– É.

– Por quê?

– Não sei. – E Billy passou as mãos, nervoso, na cabeça raspada. – Tinha histórias sobre o olho, sabia? Ele a estrangulou no olho, eu sei disso. Disso eu consigo me lembrar muito bem. Ela urinou enquanto morria. Eu vi a urina espirrar no branco.

– E não consegue se lembrar de nada sobre o homem que fez isso?

Mas Billy tinha o rosto contraído. Recurvado, arquejava com soluços secos, negando com a cabeça. O médico se levantou um pouco da cadeira. Billy parece ter sentido o movimento, porque se equilibrou e balançou a cabeça.

— Eu estou bem – disse ele –, quero contar a ele. Preciso saber se é real. A minha vida toda, não consigo suportar mais, eu preciso saber. Deixa ele me perguntar, eu sei que ele consegue. Deixa ele me perguntar – disse Billy –, eu aguento.

O psiquiatra voltou a sentar lentamente.

— Não se esqueça de seu chá, Billy.

— Tá. – Billy piscou para se livrar das lágrimas e enxugou o nariz nas costas da manga. – Tudo bem.

Ele pegou a caneca, entre a mão do curativo e a incólume, e tomou um gole.

— Podemos continuar? – Strike perguntou a ele.

— Sim – disse Billy, em voz baixa. – Continue.

— Consegue se lembrar de alguém ter falado em uma menina chamada Suki Lewis, Billy?

Strike esperava um "não". Já havia virado a página para a lista de perguntas sob o título "Lugares" quando Billy falou:

— Lembro.

— O quê? – disse Strike.

— Os irmãos Butcher a conheciam – disse Billy. – Amigos de Jimmy, lá de casa. Às vezes eles faziam algum trabalho na casa dos Chiswell, com meu pai. Um pouco de jardinagem e ajudavam com os cavalos.

— Eles conheciam Suki Lewis?

— É. Ela fugiu, não foi? – disse Billy. – Ela saiu no noticiário local. Os Butcher ficaram animados porque viram a foto dela na televisão e eles conheciam a família dela. A mãe dela era maluca. É, ela era adotiva e fugiu para Aberdeen.

— Aberdeen?

— É. Foi o que os Butcher disseram.

— Suki tinha doze anos.

— Tinha família dela lá. Eles deixaram que ficasse.

— Isto é verdade? – disse Strike.

Ele se perguntou se Aberdeen parecia muito distante para os Butcher adolescentes de Oxfordshire, e se eles eram mais inclinados a acreditar nesta história porque era impossível verificar e assim, estranhamente, mais crível.

– Estamos falando dos irmãos de Tegan, não é? – perguntou Strike.

– Está vendo como ele é bom – disse Billy ingenuamente por cima do ombro, para o psiquiatra –, está vendo? Vê o quanto ele sabe? É – ele se voltou para Strike. – Ela é a irmã mais nova deles. Eles eram como nós, trabalhavam para os Chiswell. Nos velhos tempos, costumava ter muita coisa para fazer, mas eles venderam uma parte das terras. Não precisavam mais de tanta gente.

Ele tomou um pouco mais do chá, com a caneca nas duas mãos.

– Billy – disse Strike –, você sabe onde esteve desde que foi no meu escritório?

De imediato, o tique reapareceu. A mão direita de Billy soltou a caneca e tocou o nariz e o peito numa sucessão rápida e nervosa.

– Eu estava... Jimmy não quer que eu fale nisso – disse ele, baixando, desajeitado, a caneca na mesa. – Ele me disse para não falar.

– Acho mais importante você responder às perguntas do sr. Strike do que se preocupar com o que seu irmão pensa – disse o médico, atrás de Strike. – Você sabe que não precisa ver Jimmy, se não quiser, Billy. Podemos pedir a ele para dar um tempo para você aqui, para melhorar em paz.

– Jimmy o visitou onde você estava? – perguntou Strike.

Billy mordeu o lábio.

– Foi – disse ele por fim – e disse que eu tinha de ficar ali ou ia foder tudo para ele de novo. Achei que a porta tinha explosivos em volta – ele soltou um riso nervoso. – Achei que, se eu tentasse sair, a porta ia explodir. Não deve ser verdade, né? – Ele parecia procurar uma pista na expressão de Strike. – Às vezes tenho ideias sobre as coisas, quando estou ruim.

– Consegue se lembrar de como conseguiu sair do lugar onde o colocaram?

– Achei que eles tinham desativado os explosivos – disse Billy. – O cara me disse para fugir e eu fui.

– Que cara foi esse?

– O que ficou encarregado de me manter ali.

– Consegue se lembrar de alguma coisa que fez no cativeiro? – perguntou Strike. – Como passou o seu tempo?

O outro negou com a cabeça.

– Consegue se lembrar – disse Strike – de entalhar alguma coisa, em madeira?

O olhar de Billy ficou cheio de medo e admiração. Depois, ele riu.

– Você sabe de tudo. – Ele ergueu a mão esquerda com o curativo. – A faca escorregou. Veio direto para mim.

O psiquiatra acrescentou, prestativo:

– Billy tinha tétano quando chegou. Havia um corte infeccionado muito feio nesta mão.

– O que você entalhou na porta, Billy?

– Eu fiz aquilo mesmo, não fiz? Entalhei o Cavalo Branco na porta? Porque depois eu não sabia se realmente tinha feito ou não.

– Sim, você fez – disse Strike. – Eu vi a porta. Foi um bom trabalho.

– É – disse Billy –, bom, eu costumava fazer... um pouco disso. Entalhar. Para meu pai.

– Em que você entalhava o cavalo?

– Pingentes – disse Billy, surpreendentemente. – Em rodelas pequenas de madeira, com couro passando por elas. Para turistas. Vendia em uma loja em Wantage.

– Billy – disse Strike –, consegue se lembrar de como acabou naquele banheiro? Você foi para ver alguém, ou alguém levou você para lá?

Os olhos de Billy percorreram de novo as paredes cor-de-rosa, com um vinco fundo entre eles enquanto pensava.

– Eu estava procurando um homem chamado Winner... não...

– Winn? Geraint Winn?

– É – disse Billy, novamente olhando para Strike com espanto. – Você sabe *de tudo*. Como sabe de tudo isso?

– Estive procurando por você – disse Strike. – Por que você queria encontrar Winn?

– Ouvi Jimmy falar sobre ele. – Billy roeu a unha de novo. – Jimmy disse que Winn ia ajudar a descobrir tudo sobre a criança que foi morta.

– Winn ia ajudar a descobrir sobre a criança estrangulada?

– É – disse Billy, nervoso. – Olha só, achei que você era uma das pessoas que queriam me pegar e me trancar, depois que eu te vi. Achei que você tentava me prender e... eu fico assim, quando estou ruim. – Seu tom era desesperançado. – Então fui procurar Winner... Winn... em vez disso. Jimmy tinha o número e o endereço dele por escrito, então fui procurar Winn e me pegaram.

– Pegaram?

– O cara... de pele morena – murmurou Billy, com um olhar rápido para a psiquiatra. – Tive medo dele, achei que era um terrorista e que ia me matar, mas depois ele me disse que trabalhava para o governo, então achei que o governo queria me trancar ali na casa dele e as portas e janelas estavam armadas com explosivos... mas acho que na verdade não estavam. Era só eu. Talvez ele não me quisesse no banheiro dele. Talvez quisesse se livrar de mim o tempo todo – disse Billy, com um sorriso triste. – E eu não saía, porque pensei que fosse explodir.

Sua mão direita se arrastou distraidamente ao nariz e ao peito.

– Acho que tentei ligar para você de novo, mas você não atendeu.

– Você ligou. Deixou um recado na minha secretária eletrônica.

– Foi? É... achei que você ia me ajudar a sair de lá... desculpe – disse Billy, esfregando os olhos. – Quando fico assim, não sei o que estou fazendo.

– Mas você tem certeza de que viu uma criança estrangulada, Billy? – perguntou Strike em voz baixa.

– Ah, sim – disse Billy vagamente, erguendo o rosto. – Sim, isso nunca sumiu. Eu sei que vi.

– Já tentou cavar onde você pensou que...?

– Meu Deus, não. Cavar bem do lado da casa do meu pai? Não. Eu tive medo. – Sua voz era fraca. – Não queria ver aquilo de novo. Depois que eles a enterraram, deixaram crescer o mato e a urtiga. Eu tinha sonhos que você nem vai acreditar. Que ela subia do vale no escuro, toda podre, e tentava entrar pela janela do meu quarto.

As canetas dos psiquiatras se mexeram, arranhando o papel.

Strike passou à categoria de "Objetos" que tinha escrito no bloco. Só restavam duas perguntas.

– Alguma vez você colocou uma cruz no chão onde viu o corpo enterrado, Billy?

– Não. – Billy teve medo da própria ideia. – Eu nunca chegava perto do vale, procurava evitar, eu nunca quis.

– Última pergunta – disse Strike. – Billy, seu pai fez alguma coisa incomum para os Chiswell? Sei que ele era um faz-tudo, mas consegue pensar em algo mais que ele...?

– Como assim? – perguntou Billy.

De súbito, ele parecia mais assustado do que durante toda a entrevista.

– Não sei – disse Strike com cautela, observando sua reação. – Eu só me perguntava...

– Jimmy me avisou sobre isso! Ele me disse que você ia bisbilhotar sobre papai. Você não pode culpar a gente por isso, nós não temos nada a ver com isso, éramos crianças!

– Não estou culpando você por nada – disse Strike, mas houve um barulho de cadeiras: Billy e os dois psiquiatras se levantaram, a mão da mulher pairando acima de um botão discreto ao lado da porta, um botão que Strike sabia que devia ser um alarme.

– Tudo isso foi para me fazer falar? Está tentando me encrencar junto com Jimmy?

– Não – disse Strike, também se levantando. – Estou aqui porque acredito que você viu uma criança estrangulada, Billy.

Agitado, desconfiado, a mão sem curativo de Billy tocou o nariz e o peito duas vezes, rapidamente.

– Então por que me pergunta o que papai fez? – ele sussurrou. – Não foi assim que ela morreu, não tem nada a ver com isso! Jimmy vai me dar uma surra – disse ele numa voz entrecortada. – Ele me disse que você estava atrás dele pelo que meu pai fez.

– Ninguém vai dar surra em ninguém – disse firmemente o psiquiatra. – Acho que acabou o tempo. – Ele falou rapidamente com Strike, abrindo a porta. – Vai, Billy, pode sair.

Mas Billy não se mexeu. A pele e os ossos podiam ter envelhecido, mas seu rosto traía o medo e a desesperança de uma criança pequena sem mãe, cuja sanidade foi destruída pelos homens que deviam protegê-lo. Strike, que conhecera incontáveis crianças desarraigadas e abandonadas durante sua infância turbulenta e instável, reconheceu na expressão de súplica de Billy um último pedido ao mundo adulto, para fazer o que os adultos deviam fazer e impor ordem ao caos, substituir a brutalidade pela sanidade. Cara a cara, ele sentiu uma estranha afinidade com o paciente psiquiátrico emaciado e de cabeça raspada, porque reconhecia em si o mesmo anseio pela ordem. No caso dele, levou-o ao lado oficial da mesa, mas talvez a única diferença entre os dois fosse que a mãe de Strike viveu muito mais tempo e o amou o bastante para impedir que ele entrasse em colapso quando a vida lhe atirava seus horrores.

— Vou descobrir o que aconteceu com a criança que você viu estrangulada, Billy. Isto é uma promessa.

Os psiquiatras olharam com surpresa, até reprovação. Não fazia parte da profissão deles, Strike sabia, fazer declarações definitivas nem assegurar promessas. Ele devolveu o bloco ao bolso, saiu de trás da mesa e estendeu a mão. Depois de um bom tempo de consideração, a animosidade parece ter escoado de Billy. Ele arrastou os pés até Strike, tomou sua mão estendida e a segurou por muito tempo, com os olhos cheios de lágrimas.

Em um sussurro, para que nenhum dos médicos pudesse ouvir, ele falou:

— Eu detestava botar o cavalo neles, sr. Strike. Eu detestava.

57

Tem a coragem e a força de vontade para isso, Rebecca?

Henrik Ibsen, *Rosmersholm*

O apartamento de quarto e sala de Vanessa ocupava o andar térreo de uma casa geminada a uma curta distância do estádio de Wembley. Antes de sair para trabalhar naquela manhã, ela dera a Robin uma cópia da chave do apartamento, junto com a garantia generosa de que sabia que Robin levaria mais de dois dias para encontrar uma casa nova e que não se importava que Robin ficasse até conseguir.

Elas ficaram até tarde bebendo na noite anterior. Vanessa contou a Robin toda a história da descoberta da traição do ex-noivo, uma narrativa cheia de reviravoltas que ela nunca havia contado, que incluía a criação de dois perfis falsos no Facebook como isca para o ex e a amante, o que resultou, depois de três meses de persuasão paciente, em Vanessa recebendo nudes dos dois. Impressionada, e ao mesmo tempo chocada, Robin riu enquanto Vanessa revivia a cena em que ela passava as fotos ao ex, escondidas dentro do cartão de Dia dos Namorados que ela entregou em uma mesa para dois em seu restaurante preferido.

— Você é boazinha demais, garota — disse Vanessa, os olhos gélidos em seu Pinot Grigio. — No mínimo, eu teria ficado com a merda do brinco e transformado em um pingente.

Agora Vanessa estava no trabalho. Havia um cobertor extra bem dobrado na ponta do sofá em que Robin se sentava, com o laptop aberto diante dela. Ela passou a tarde toda procurando quartos disponíveis em casas compartilhadas, só o que ela poderia pagar com o salário que recebia de Strike. A lembrança do beliche no apartamento de Flick era recorrente enquanto ela lia os anúncios em sua faixa de preço, alguns constando de quartos austeros como quartéis com várias camas, outros com fotografias que davam a impressão de que eles deviam aparecer associados a reportagens sobre colecionadores reclusos que são encontrados mortos pelos vizinhos. Agora os riscos da noite anterior pareciam distantes. Robin ignorava o bolo duro e doloroso que se recusava a se dissolver na garganta, por mais xícaras de chá que consumisse.

Matthew tentou entrar em contato com ela duas vezes naquele dia. Ela não atendeu nenhuma, e ele não deixou recado. Ela logo precisaria falar com um advogado sobre o divórcio e isto lhe custaria um dinheiro que não tinha, mas sua prioridade máxima era encontrar um lugar para morar e continuar a dedicar o horário habitual ao caso Chiswell, porque se Strike tivesse motivos para sentir que ela não se esforçava, Robin colocaria em risco a única parte de sua vida que naquele momento tinha valor.

Você largou a universidade. Agora está abandonando a nós dois. Você até abandonou sua terapeuta. Você não passa de uma decepção.

As fotografias de quartos horríveis em apartamentos desconhecidos continuavam se dissolvendo diante de seus olhos enquanto Robin imaginava Matthew e Sarah na pesada cama de mogno que o sogro havia comprado e, quando isto acontecia, parecia que suas entranhas se transformavam em chumbo derretido, seu autocontrole ameaçava se desfazer e ela queria telefonar a Matthew e gritar com ele, mas não o fazia, porque se recusava a ser o que ele queria fazer dela, a mulher irracional, desregrada, descontrolada, a que *não passa de uma decepção*.

De todo modo, Robin tinha notícias para Strike, notícias que ela queria contar depois que ele terminasse sua entrevista com Billy. Raphael Chiswell tinha atendido ao celular às onze horas daquela manhã e, depois de alguma frieza inicial, concordou em conversar com ela, mas apenas em um lugar da preferência dele. Uma hora depois, ela recebeu uma ligação de Tegan Butcher, que não exigiu muita persuasão para concordar com uma entrevista. Na verdade, ela pareceu decepcionada por falar com a sócia do famoso Strike e não com o homem em pessoa.

Robin copiou as informações sobre um quarto em Putney (*Senhoria morando no local, casa vegetariana, deve gostar de gatos*), olhou a hora e decidiu se trocar, usando o único vestido que trouxera da Albury Street, que estava pendurado, passado a ferro e pronto, no alto da porta da cozinha de Vanessa. Levaria mais de uma hora para ir de Wembley ao restaurante na Old Brompton Road, onde ela e Raphael combinaram de se encontrar e ela temia precisar de mais tempo do que o de costume para ficar apresentável.

O rosto que a olhava do espelho de banheiro de Vanessa estava pálido, com olhos inchados da falta de sono. Robin ainda tentava maquiar as olheiras com corretivo quando seu telefone tocou.

– Cormoran, oi – disse Robin, passando ao viva-voz. – Você viu Billy?

O relato da entrevista com Billy levou dez minutos e durante esse tempo Robin terminou a maquiagem, escovou o cabelo e pôs o vestido.

– Sabe de uma coisa – Strike concluía –, estou começando a me perguntar se não devemos fazer o que Billy queria que fizéssemos no início: cavar.

– Humm – disse Robin, e depois: – Espere aí... o quê? Quer dizer... literalmente?

– Pode chegar a isso – disse Strike.

Pela primeira vez o dia todo, os problemas pessoais de Robin foram inteiramente eclipsados por outra coisa, algo monstruoso. O corpo de Jasper Chiswell foi o primeiro que ela viu fora do contexto reconfortante e desinfetado do hospital e do salão da funerária. Até a lembrança da cabeça de nabo lacrada em plástico com sua cavidade escura e aberta no lugar da boca empalidecia junto da perspectiva de terra e vermes, um cobertor em decomposição e os ossos apodrecidos de uma criança.

– Cormoran, se você acha que há verdadeiramente uma criança enterrada no vale, precisamos contar à polícia.

– Eu poderia, se achasse que os psiquiatras de Billy o afiançariam, mas eles não farão isso. Tive uma longa conversa com eles depois da entrevista. Eles não podem afirmar 100% que o estrangulamento da criança *não aconteceu*... o velho problema da negativa impossível de ser provada... mas eles não acreditam nisso.

– Eles acham que ele está inventando?

– Não no sentido normal. Pensam que é um delírio ou, na melhor das hipóteses, que ele interpretou mal algo que viu quando era muito novo. Talvez até algo na televisão. Seria coerente com seus sintomas gerais. Eu mesmo penso que é improvável haver alguma coisa ali, mas seria bom ter certeza.

"Aliás, como foi o seu dia? Alguma novidade?"

– O quê? – Robin repetiu, num torpor. – Ah... sim. Vou me encontrar com Raphael para um drinque às sete horas.

– Excelente trabalho – disse Strike. – Onde?

– Um lugar chamado Nam qualquer coisa... Nam Long Le Shaker?

– Fica em Chelsea? Já estive lá, muito tempo atrás. Não foi a melhor noite que tive na vida.

– E Tegan Butcher retornou a ligação. Ela é meio fã sua, pelo que me pareceu.

– Justo o que este caso precisa, outra testemunha mentalmente perturbada.

– Que deselegante – disse Robin, querendo parecer irônica. – Mas então, ela mora com a mãe em Woolstone e trabalha em um bar no Hipódromo de Newbury. Disse que não quer nos encontrar no vilarejo, porque a mãe não ia gostar que ela se misturasse conosco, assim ela pergunta se podemos vê-la em Newbury.

– A que distância fica de Woolstone?

– Mais ou menos trinta quilômetros?

– Tudo bem – disse Strike –, o que acha de pegarmos o Land Rover até Newbury para entrevistar Tegan e depois talvez passar no vale, só para dar outra olhada?

– Humm... sim, tudo bem – disse Robin, a mente disparando na logística de ter de voltar à Albury Street para pegar o Land Rover. Ela o deixou porque as vagas de estacionamento exigiam permissão na rua de Vanessa. – Quando?

– Quando Tegan quiser nos receber, mas o ideal é que seja esta semana. Quanto mais cedo, melhor.

– Tudo bem. – Robin pensou nos planos tímidos que tinha feito para ver quartos nos próximos dois dias.

– Está tudo bem, Robin?

– Sim, é claro.

– Me ligue quando tiver falado com Raphael, então, tá bom?

– Vou ligar – disse Robin, feliz por encerrar o telefonema. – A gente se fala depois.

58

... creio que dois tipos diferentes de vontade podem coexistir em uma pessoa.

Henrik Ibsen, *Rosmersholm*

O Nam Long Le Shaker tinha o ar de um bar decadente da era colonial. Mal-iluminado, com folhagens, e pinturas e gravuras variadas de mulheres bonitas, a decoração misturava os estilos vietnamita e europeu. Quando Robin entrou no restaurante às sete e cinco, encontrou Raphael recostado no balcão, com um terno escuro e camisa branca sem gravata, já na metade de uma bebida, falando com a beldade de cabelos compridos que se postava na frente de uma reluzente parede de garrafas.

– Oi – disse Robin.

– Olá – respondeu ele com certa frieza, e depois: – Seus olhos estão diferentes. Eles tinham essa cor na Chiswell House?

– Azuis? – perguntou Robin, tirando o casaco que tinha vestido porque estava tremendo, embora a noite estivesse morna. – Sim.

– Acho que não notei porque faltava metade das lâmpadas. O que vai beber?

Robin hesitou. Não devia consumir bebida alcoólica enquanto realizasse uma entrevista, mas, ao mesmo tempo, teve um desejo súbito de álcool. Antes que conseguisse se decidir, Raphael falou com uma leve tensão na voz:

– Esteve disfarçada hoje de novo, não foi?

– Por que pergunta?

– Sua aliança de casada sumiu de novo.

– Seus olhos eram assim tão afiados no escritório? – perguntou Robin e ele sorriu, lembrando a ela por que tinha gostado dele, mesmo contra a própria vontade.

– Notei que seus óculos eram falsos, lembra? – disse ele. – Na época pensei que você tentava ser levada a sério, porque era bonita demais para a política. Então, estes – ele apontou para os próprios olhos castanho-escuros – podem ser afiados, mas esta – ele deu um tapinha na cabeça – nem tanto assim.

– Vou tomar uma taça de vinho tinto – disse Robin, sorrindo –, e vou pagar, obviamente.

– Se vai tudo para a conta do sr. Strike, vamos jantar – disse Raphael prontamente. – Estou morto de fome e liso.

– É mesmo?

Depois de um dia numa busca incessante por quartos disponíveis para aluguel com seu salário da agência, ela não tinha vontade de ouvir mais uma vez a definição de pobreza dos Chiswell.

– É mesmo, por menos que você acredite nisso – disse Raphael, com um sorriso um tanto ácido, e Robin desconfiou que ele sabia o que ela estava pensando. – É sério, vamos comer, ou não?

– Tudo bem – disse Robin, que mal tinha tocado em comida o dia todo. – Vamos comer.

Raphael pegou sua garrafa de cerveja no balcão e a levou pelo restaurante, onde eles pegaram uma mesa para dois ao lado da parede. Era tão cedo que eles eram os únicos a jantar ali.

– Minha mãe costumava vir aqui nos anos 1980 – disse Raphael. – Era famoso porque o dono gostava de expulsar os ricos e famosos se eles não estivessem vestidos adequadamente para entrar e todos eles adoravam isso.

– Sério? – Robin tinha os pensamentos a quilômetros dali. Acabara de ocorrer a ela que nunca mais teria um jantar com Matthew desse jeito, só os dois. Ela se lembrou da última vez, no Le Manoir aux Quat'Saisons. O que ele pensava enquanto comia em silêncio? Certamente estava furioso com ela por ainda trabalhar com Strike, mas talvez também pesasse mentalmente a vantagem de Sarah na concorrência com Robin, com seu emprego bem remunerado na Christie's, o saco sem fundo de histórias sobre a riqueza dos outros e seu desempenho sem dúvida autoconfiante na cama, onde os brincos de diamante que o noivo tinha lhe comprado caíram no travesseiro de Robin.

– Escute, se comer comigo deixa você desse jeito, não me importo de voltar ao bar – disse Raphael.

– O quê? – Robin foi arrancada, surpresa, de seus pensamentos. – Ah... não, não é você.

Um garçom trouxe o vinho de Robin. Ela tomou um bom gole.

– Desculpe – disse ela. – Eu estava pensando em meu marido. Eu o deixei ontem à noite.

Vendo Raphael ficar petrificado de surpresa, com a garrafa nos lábios, Robin entendeu que tinha atravessado uma fronteira invisível. Em todo o tempo que passou na agência, ela nunca usou fatos de sua vida particular para conquistar a confiança de alguém, nunca misturou o privado e o profissional para ganhar outra pessoa. Ao transformar a infidelidade de Matthew em um dispositivo para manipular Raphael, ela sabia que fazia algo que iria horrorizar e enojar o marido. Seu casamento, ele teria pensado, devia ser sacrossanto, um mundo à parte do que ele via como o trabalho decadente e periclitante dela.

– É sério? – disse Raphael.

– Sim – respondeu Robin –, mas não espero que você acredite em mim, não depois de toda a besteira que eu contei quando era Venetia. Aliás – ela pegou o bloco na bolsa –, você disse que não se importava que eu fizesse algumas perguntas.

– Eu... sim – disse ele, aparentemente incapaz de decidir se achava graça ou ficava desconcertado. – Isso é pra valer? Seu casamento acabou ontem à noite?

– Sim. Por que ficou tão chocado?

– Não sei. Você só parece tão... certinha. – Os olhos dele percorreram seu rosto. – Faz parte do encanto.

– Posso fazer minhas perguntas? – Robin estava decidida a não se deixar abalar.

Raphael bebeu um pouco da cerveja.

– Sempre ocupada com o trabalho. Vira a cabeça de um homem no tempo que seria necessário para distrair você.

– É sério...

– Tudo bem, tudo bem, perguntas... mas vamos pedir primeiro. Quer um *dim sum*?

– Qualquer coisa está bom – disse Robin, abrindo o bloco.

Pedir a comida parece ter animado Raphael.

– Beba – disse ele.

– Eu nem devia estar bebendo – ela respondeu e, de fato, não tinha tocado no vinho desde o primeiro gole. – Tudo bem, quero falar a respeito da Ebury Street.

– Manda.

– Você ouviu o que Kinvara disse a respeito das chaves. Eu estava me perguntando se...

– ... se eu tinha uma? – perguntou Raphael com serenidade. – Adivinha quantas vezes eu entrei naquela casa.

Robin esperou.

– Uma – disse Raphael. – Nunca fui lá quando criança. Quando saí da... sabe o que... meu pai, que não me visitou nem uma vez enquanto eu estava lá dentro, me convidou à Chiswell House para vê-lo, e eu fui. Escovei o cabelo, vesti um terno, fiz toda a viagem até aquele buraco e ele nem se deu ao trabalho de aparecer. Uma votação atrasada no Parlamento impediu-o de ir. Imagine como Kinvara ficou feliz por eu estar em suas mãos naquela noite, naquela maldita casa deprimente que me provocava pesadelos desde que eu era criança. Bem-vindo ao lar, Raff.

"Peguei o trem de volta a Londres cedo. Na semana seguinte, nenhum contato de meu pai até eu receber outra convocação, desta vez para ir à Ebury Street. Pensei em simplesmente não aparecer. Por que fui?"

– Não sei – disse Robin. – Por que você foi?

Ele olhou bem nos olhos dela.

– Você pode odiar alguém e ainda assim desejar que ele dê a mínima para você e se detestar por querer isto.

– Sim – disse Robin em voz baixa –, é claro que pode.

– Então, lá fui eu a Ebury Street, pensando que podia ter... não uma conversa franca, quer dizer, você conheceu meu pai... mas talvez, sabe, alguma emoção humana. Ele abriu a porta, disse "Você chegou", me levou para a sala de estar, lá estava Henry Drummond e percebi que eu estava ali para uma entrevista de emprego. Drummond disse que me aceitaria, meu pai gritou comigo para não estragar tudo e me empurrou de volta para a rua. A primeira e última vez que entrei naquele lugar, então não posso afirmar que tenho boas lembranças do local.

Ele parou para refletir no que acabara de dizer e soltou uma risada curta.

— E meu pai se matou ali, é claro. Eu tinha me esquecido disso.

— Nada de chave – disse Robin, tomando nota.

— Não, entre as muitas coisas que não consegui naquele dia estavam uma chave extra e um convite para entrar por conta própria sempre que quisesse.

— Preciso lhe perguntar uma coisa que pode parecer um disparate – disse Robin com cautela.

— Parece interessante. – Raphael se curvou para a frente.

— Alguma vez você suspeitou de que seu pai tivesse um caso?

— O quê? – Ele ficou quase comicamente perplexo. – Não... mas... *o quê*?

— Mais ou menos no ano passado? – disse Robin. – Enquanto estava casado com Kinvara?

Parecia que ele não acreditava.

— Tudo bem – disse Robin –, se você não...

— Mas que *diabos* faz você pensar que ele teve um caso?

— Kinvara sempre foi muito possessiva, muito preocupada com o paradeiro de seu pai, não é verdade?

— É. – Raphael agora sorria com malícia. – Mas você sabe por que era assim. Foi por *sua* causa.

— Soube que ela desmoronou meses antes de eu ir trabalhar no gabinete. Ela disse a alguém que seu pai a havia traído. Ela estava transtornada, pelo que falaram. Foi mais ou menos na época em que a égua foi sacrificada e ela...

— ... deu com o martelo na cabeça de papai? – Ele franziu a testa. – Ah. Pensei que fosse porque ela não queria a eutanásia do cavalo. Bom, suponho que meu pai tenha sido mulherengo quando era mais novo. Olha... quem sabe não foi isso que ele aprontou, na noite em que eu fui à Chiswell House e ele ficou em Londres? Kinvara sem dúvida esperava que ele voltasse e ficou furiosa quando ele cancelou na última hora.

— Sim, talvez – disse Robin, tomando nota. – Lembra-se em que dia foi isso?

— Humm... sim, na verdade eu me lembro. A gente tende a não esquecer do dia em que é libertado da prisão. Eu saí na quarta-feira, dia 16 de fevereiro do ano passado, e meu pai me pediu para ir à Chiswell House no sábado seguinte, então era... dia 19.

Robin tomou nota.

– Você nunca viu nem ouviu sinais de que existisse outra mulher?

– Sem essa – disse Raphael –, você esteve lá, na Câmara dos Comuns. Você viu a pouca relação que eu tinha com ele. Ele ia me contar que estava pulando a cerca?

– Ele contou a você que viu o fantasma de Jack o'Kent rondando pelo terreno à noite.

– Isso foi diferente. Ele estava bêbado e... mórbido. Esquisito. Insistindo em retaliação divina... não sei, acho que ele podia estar falando de um caso. Talvez no fim ele tenha criado consciência, três esposas depois.

– Pensei que ele não tivesse se casado com sua mãe.

Os olhos de Raphael se estreitaram.

– Desculpe-me. Por um momento esqueci de que sou o bastardo.

– Ah, deixa disso – disse Robin com gentileza –, sabe que eu não quis dizer...

– Tudo bem, desculpe – ele falou em voz baixa. – Estou melindrado. Ficar de fora do testamento do pai faz isto com uma pessoa.

Robin se lembrou de uma máxima de Strike sobre a herança: *É o dinheiro e não é*, e em um misterioso eco de seus pensamentos, Raphael falou:

– Não é o dinheiro, embora Deus saiba que eu podia fazer uso dele. Estou desempregado e não acredito que o velho Henry Drummond me dê referências, você acha? E agora parece que minha mãe vai se fixar permanentemente na Itália, então ela fala em vender o apartamento de Londres, o que significa que vou ficar sem-teto. Vai chegar a isso, sabe – disse ele com amargura. – Vou acabar sendo tratador de animais de Kinvara. Ninguém mais vai trabalhar para ela e ninguém mais vai me dar emprego...

"Mas não é só o dinheiro. Quando você fica de fora do testamento... bom, *fica de fora*, isso diz tudo. A última declaração de um morto a sua família e eu não recebo uma única menção e agora tenho o merda do Torquil me aconselhando a ir para Siena com minha mãe e 'recomeçar'. Palerma", disse Raphael, com uma expressão perigosa.

– É onde mora sua mãe? Siena?

– É. Agora ela mora com um conde italiano e, acredite em mim, a última coisa que ele quer é o filho de 29 anos se mudando para lá. Ele não deu sinais de querer se casar com ela e ela começa a se preocupar com a velhice, daí a ideia de torrar o apartamento daqui. Ela está meio velha para se valer do truque que usou com meu pai.

— O que você...?

— Ela engravidou de propósito. Não fique tão chocada. Minha mãe não acredita em me proteger das realidades da vida. Ela me contou a história anos atrás. Sou uma aposta que não deu em nada. Ela achou que ele se casaria com ela, se ela engravidasse, mas como você acaba de observar...

— Eu já pedi desculpas – disse Robin. – Peço mesmo. Foi muito insensível e... e idiota.

Ela achou que Raphael ia mandá-la para o inferno, mas, em vez disso, ele disse em voz baixa:

— Está vendo, você *é mesmo* um amor. Não estava representando de todo, estava? No escritório?

— Não sei – disse Robin. – Acho que não.

Sentindo as pernas dele se mexerem embaixo da mesa, ela se deslocou ligeiramente para trás de novo.

— Como é o seu marido? – perguntou Raphael.

— Não sei como descrevê-lo.

— Ele trabalha na Christie's?

— Não. É contador.

— Meu Deus – disse Raphael, horrorizado. – É do que você gosta?

— Ele não era contador quando o conheci. Podemos voltar a seu pai ligando para você na manhã de sua morte?

— Se quiser – disse Raphael –, mas prefiro muito mais falar de você.

— Bom, por que não me conta o que aconteceu naquela manhã e depois pode me perguntar o que você quiser? – sugeriu Robin.

Um sorriso fugaz passou pelo rosto de Raphael. Ele tomou um gole da cerveja.

— Meu pai me ligou. Disse que achava que Kinvara estava prestes a fazer alguma idiotice e me disse para ir diretamente a Woolstone e impedir. Eu *perguntei* por que tinha de ser eu, sabia?

— Você não nos contou isso na Chiswell House – disse Robin, olhando suas anotações.

— Claro que não contei, porque os outros estavam lá. Papai disse que não queria pedir a Izzy. Ele foi muito grosseiro a respeito dela por telefone... ele era um merda ingrato, pode acreditar – disse Raphael. – Ela se matava de trabalhar e você viu como ele a tratava.

— Quer dizer, com estupidez?

— Ele disse que ela gritou com Kinvara, a aborreceu e piorou tudo ou coisa assim. O roto falando do esfarrapado, mas era assim mesmo. Mas a verdade – disse Raphael – é que ele me via como uma espécie de criado de alta classe e Izzy como uma verdadeira familiar. Ele não se importava de sujar minhas mãos e não importava a ele se eu irritaria a mulher aparecendo em sua casa e a impedindo de...

— Impedindo-a de quê?

— Ah – disse Raphael –, comida.

O *dim sum* foi colocado na mesa diante deles e a garçonete se retirou.

— Você impediu Kinvara de fazer o quê? – repetiu Robin. – Deixar seu pai? Machucar a si mesma?

— Adoro isso – disse Raphael, examinando um bolinho de camarão.

— Ela deixou um bilhete – Robin insistiu –, dizendo que ia embora. Seu pai mandou você lá para convencê-la a não ir? Ele tinha medo de que Izzy a incentivasse a abandoná-lo?

— Você acredita seriamente que eu poderia convencer Kinvara a continuar no casamento? Não ter de botar os olhos em mim de novo seria um incentivo a mais para ir embora.

— Então, por que ele mandou você a ela?

— Eu já te falei – disse Raphael. – Ele achou que ela ia fazer alguma besteira.

— Raff – disse Robin –, você pode continuar se fazendo de bobo...

Ele saiu do roteiro.

— Meu Deus, você parece tão Yorkshire quando diz isso. Diga de novo.

— A polícia acha que tem alguma coisa suspeita em sua história sobre o que você fazia naquela manhã – disse Robin. – E nós também achamos.

Parece que isto o deixou mais sóbrio.

— Como você sabe o que a polícia está pensando?

— Temos contatos na força policial – disse Robin. – Raff, você deu a todos a impressão de que seu pai tentava impedir Kinvara de se machucar, mas ninguém engoliu essa. A tratadora estava lá. Tegan. Ela teria impedido que Kinvara se machucasse.

Raphael mastigou por um tempo, aparentemente pensando.

— Tudo bem – ele suspirou. – Tudo bem, é o seguinte. Sabia que papai vendeu tudo que levantasse algumas centenas de libras, ou deu a Peregrine?

— A quem?

— Tudo bem, *Pringle* — disse Raphael, exasperado. — Prefiro não usar os apelidos imbecis deles.

— Ele não vendeu tudo de valor — disse Robin.

— Como assim?

— Aquele quadro da égua com o potro valia de cinco a oito...

O celular de Robin tocou. Ela sabia, pelo toque, que era Matthew.

— Não vai atender?

— Não — disse Robin.

Ela esperou até o telefone parar de tocar, depois o tirou da bolsa.

— "Matt" — disse Raphael, lendo o nome de cabeça para baixo. — É o contador, não é?

— É. — Robin silenciou o telefone, mas ele de imediato vibrou em sua mão. Matthew ligava de novo.

— Bloqueie o número dele — sugeriu Raphael.

— Sim, boa ideia.

Só o que importava para ela naquele momento era manter Raphael cooperativo. Parecia feliz em vê-la bloquear Matthew. Ela devolveu o celular à bolsa e falou.

— Continue sobre as pinturas.

— Bom, sabia que papai tinha descarregado todas as telas valiosas por intermédio de Drummond?

— Alguns de nós pensam que um quadro que vale cinco mil libras é muito valioso — disse Robin, incapaz de se conter.

— Tudo bem, dona Esquerdinha — disse Raphael, de repente desagradável. — Pode continuar *ironizando* que gente como eu não conhece o valor do dinheiro...

— Desculpe — disse Robin rapidamente, xingando a si mesma. — É sério, peço desculpas. Olha, eu... bom, estive procurando um quarto para alugar esta manhã. Cinco mil libras mudariam minha vida agora.

— Oh — disse Raphael, de cenho franzido. — Eu... tudo bem. Na verdade, eu *pularia* na chance de ter cinco mil no bolso agora, mas estou falando de coisas *seriamente* valiosas, de dezenas e centenas de milhares, coisas que meu pai queria manter na família. Ele já havia passado ao pequeno *Pringle* para evitar os impostos sobre a herança. Tinha um armário laqueado chinês, uma caixa de marfim e algumas outras coisas, mas havia também o colar.

– Qual...?

– É uma coisa feia de diamantes – disse Raphael e, com a mão que não espetava os bolinhos, imitou um colar grosso. – *Pedras* importantes. Vem sendo transmitido há cinco gerações ou coisa assim e a convenção era de que iria para a filha mais velha em seu 21º aniversário, mas o pai de meu pai, que como você pode ter ouvido falar era meio playboy...

– Aquele que se casou com Tinky, a enfermeira?

– Ela foi a terceira ou quarta – disse Raphael, assentindo. – Nunca consigo me lembrar. Mas então, ele só teve filhos homens, então deixou todas as esposas usarem a coisa, depois deixou o colar para meu pai, que deu sequência à nova tradição. As mulheres dele passaram a usá-lo... até minha mãe teve sua chance... e ele se esqueceu de entregar à filha em seu aniversário de 21 anos, Pringle não o recebeu e ele não fala no colar no testamento.

– Então... espere aí, quer dizer que agora ele está...?

– Meu pai me ligou naquela manhã e me disse que eu tinha de pegar aquela porcaria. Um trabalho simples, o tipo de coisa que qualquer um ia adorar – disse ele com sarcasmo. – Surpreender uma madrasta que me odeia mortalmente, descobrir onde ela guarda um colar valioso, depois roubá-lo bem debaixo do nariz dela.

– Então você acha que seu pai acreditava que ela o estava abandonando e teve medo de que levasse o colar?

– Acho que sim.

– Como ele parecia ao telefone?

– Já te falei. Grogue. Achei que era uma ressaca. Depois soube que ele tinha se matado. – Raphael hesitou. – Bem...

– Bem?

– Para falar a verdade – disse Raphael –, não consigo tirar da cabeça que a última coisa que meu pai queria me dizer nesta vida era, "Vá até lá e cuide para que sua irmã receba os diamantes dela". Palavras para guardar para sempre, né?

Sem saber o que dizer, Robin tomou outro gole de vinho, depois perguntou em voz baixa:

– Izzy e Fizzy agora entendem que o colar é de Kinvara?

Os lábios de Raphael se torceram em um sorriso desagradável.

— Bom, elas sabem que é legalmente, mas olha só que coisa engraçada: elas acham que Kinvara vai entregar o colar a elas. Depois de tudo que disseram a respeito dela, chamá-la de interesseira durante anos, falar mal dela em cada oportunidade possível, elas não conseguem entender que ela não vai entregar o colar a Fizzy para Flopsy... droga... *Florence*... porque — ele fingiu uma voz estridente de classe alta — "Querido, nem *TTS* faria isso, pertence *à família*, ela *deve saber* que não pode vendê-lo".

"Nem uma bala perfura a autoestima delas. Elas acham que existe uma lei natural em operação, em que os Chiswell conseguem o que querem e seres inferiores simplesmente obedecem."

— Como Henry Drummond sabe que você tentava impedir Kinvara de ficar com o colar? Ele disse a Cormoran que você foi à Chiswell House por motivos nobres.

Raphael bufou.

— Então os esqueletos saíram do armário, não é? É, ao que parece Kinvara deixou um recado para Henry na véspera da morte de meu pai, perguntando onde poderia fazer uma avaliação do colar.

— Por isso ele telefonou para seu pai naquela manhã?

— Exatamente. Para avisar a ele o que ela estava aprontando.

— Por que você não contou tudo isso à polícia?

— Porque depois que os outros descobrirem que ela pretende vender, a bomba vai estourar. Haverá uma briga tremenda e a família vai recorrer a advogados, e ainda espera que eu me junte a eles para desancar Kinvara, e enquanto isso ainda sou tratado como um cidadão de segunda classe, como uma merda de *mensageiro*, levando de carro todas as velhas telas a Drummond em Londres e ouvindo o quanto papai ia receber por elas, e nenhum centavo *disso* eu jamais vejo... não serei apanhado no meio do grande escândalo do colar, não vou fazer a merda do jogo deles. Eu devia ter dito a papai para ir se danar no dia que ele me telefonou — disse Raphael —, mas ele não parecia bem e acho que senti pena dele, ou coisa assim, o que só prova que eles têm razão, eu *não sou* um verdadeiro Chiswell.

Ele ficou sem fôlego. Dois casais agora tinham se juntado a eles no restaurante. Robin viu pelo espelho uma loura bem-vestida olhar duas vezes para Raphael enquanto se sentava com seu companheiro rebuscado e obeso.

— E então, por que você deixou Matthew? – perguntou Raphael.

— Ele me traiu – disse Robin. Ela não estava com energia para mentir.

— Com quem?

Ela teve a impressão de que ele procurava restabelecer algum equilíbrio de poder. Embora tenha exibido muita raiva e desprezo durante o desabafo sobre a família, ela ouviu a mágoa também.

— Com uma amiga dele da universidade – disse Robin.

— Como você descobriu?

— Um brinco de diamante, em nossa cama.

— Sério?

— Sério – disse Robin.

Ela sentiu uma onda repentina de depressão e cansaço à ideia de fazer todo o caminho de volta àquele sofá duro em Wembley. Ainda não tinha telefonado aos pais para contar o que tinha acontecido.

— Em circunstâncias normais – disse Raphael –, eu estaria dando em cima de você. Bom, não agora. Não esta noite. Mas me dê umas duas semanas...

"O problema é que eu olho para você", ele ergueu um indicador e apontou primeiro para ela, depois a uma figura imaginária atrás de Robin, "e vejo seu chefe de uma perna só pairando sobre seu ombro."

— Existe algum motivo específico para você sentir necessidade de falar nele ressaltando que ele tem uma perna só?

Raphael sorriu.

— Protetora, não é?

— Não, eu...

— Está tudo bem. Izzy também gosta dele.

— Eu nunca...

— Na defensiva também.

— Ah, pelo amor de Deus – disse Robin, rindo um pouco, e Raphael sorriu.

— Vou tomar outra cerveja. Por que não bebe esse vinho? – disse ele, apontando a taça, que ainda tinha dois terços da bebida.

Quando ele pegou outra garrafa, disse com um sorriso malévolo:

— Izzy sempre gostou dos rudes. Notou o olhar carregado de Fizzy para Izzy quando foi mencionado o nome de Jimmy Knight?

— Na verdade, notei – disse Robin. – O que foi aquilo?

— Na festa de aniversário de dezoito anos de Freddie – disse Raphael, sorrindo com malícia. – Jimmy apareceu com dois amigos e Izzy... como dizer isso com delicadeza?... *perdeu* uma coisa na companhia dele.

— Ah – disse Robin, espantada.

— Ela estava caindo de bêbada. Entrou para as lendas da família. Eu não estava lá. Era novo demais.

"Fizzy ficou tão admirada com a ideia de a irmã dormir com o filho do carpinteiro da propriedade que ela acha que ele deve ter algum sex appeal demoníaco e sobrenatural. É *por isso* que ela acha que Kinvara estava meio do lado dele, quando ele apareceu pedindo dinheiro."

— O quê? – disse Robin abruptamente, pegando novamente o bloco, que tinha se fechado.

— Não fique animada demais – disse Raphael –, ainda não sei por que estavam chantageando meu pai, nunca soube. Não sou inteiramente membro da família, sabe, então não mereço total confiança.

"Kinvara disse isso a você na Chiswell House, não se lembra? Ela estava sozinha em casa, na primeira vez em que Jimmy apareceu. Meu pai estava em Londres de novo. Pelo que consegui deduzir, quando ela e papai falaram nisso, ela discutiu o caso de Jimmy. Fizzy acha que se resume ao sex appeal de Jimmy. Você diria que ele tem algum?"

— Acho que algumas pessoas podem pensar que sim – disse Robin com indiferença, tomando notas. – Kinvara achou que seu pai deveria pagar a Jimmy, foi?

— Pelo que eu entendi, Jimmy não deu a entender que era chantagem na primeira abordagem. Ela achou que Jimmy tinha uma alegação legítima e defendeu que desse alguma coisa a ele.

— Quando foi isso, você sabe?

— Agora você me pegou – disse Raphael, meneando a cabeça. – Acho que na época eu estava na prisão. Coisas maiores com que me preocupar...

"Adivinha", disse ele, pela segunda vez, "com que frequência algum deles me perguntou como foi na prisão?"

— Não sei – disse Robin com cautela.

— Fizzy, nunca. Papai, nunca...

— Você disse que Izzy o visitou.

— É — ele reconheceu, girando a garrafa. — Ela me visitou, Deus a abençoe. O bom e velho Torks fez algumas piadas sobre não querer se abaixar no chuveiro. Eu sugeri — disse Raphael, com um sorriso duro — que ele devia entender desse tipo de coisa, com seu velho amigo Christopher passando a mão entre as pernas dos jovens no escritório. Por acaso é coisa séria quando um presidiário velho e peludo faz isso, mas só uma brincadeira inofensiva para os garotos de escolas particulares.

Ele olhou para Robin.

— Acho que agora você sabe por que papai estava implicando com o coitado do Aamir.

Ela concordou com a cabeça.

— O que Kinvara pensou ser motivo para assassinato — disse Raphael, revirando os olhos. — Projeção, pura projeção... todos eles são assim.

"Kinvara pensa que Aamir matou papai, porque meu pai foi cruel com ele na frente de uma sala cheia de gente. Bom, você devia ter ouvido algumas coisas que meu pai dizia a Kinvara perto do fim.

"Fizzy acha que Jimmy Knight pode ter feito isso porque estava furioso com a história do dinheiro. *Ela* está furiosa porque todo o dinheiro da família desapareceu, mas não consegue dizer isso com todas as letras, não quando o marido representa metade do motivo para o sumiço da grana.

"Izzy pensa que Kinvara matou meu pai porque Kinvara não se sentia amada, sentia-se marginalizada e descartável. Papai jamais agradeceu a Izzy por nada que ela tenha feito para ele e não deu a mínima quando ela disse que ia embora. Está entendendo o quadro?

"Nenhum deles tem coragem para dizer que todos tiveram vontade de matar papai às vezes, não agora que está morto, então eles projetam tudo em outra pessoa. E é por *isso*", disse Raphael, "que nenhum deles fala de Geraint Winn. Ele tem uma proteção dupla, porque Freddie estava envolvido na grande mágoa de Winn. Está na cara que ele tem um motivo real, mas não devemos falar nisso."

— Continue — disse Robin, com a caneta preparada. — Fale.

— Não, esquece — disse Raphael —, eu não devia ter...

— Não acho que você diga muita coisa por acaso, Raff. Desembucha.

Ele riu.

— Estou tentando parar de ferrar com gente que não merece. Faz parte do grande projeto de redenção.

— Quem não merece?

— Francesca, a garota que eu... você sabe... na galeria. Foi ela que me contou. Ela ouviu da irmã mais velha, Verity.

— Verity — Robin repetiu.

Privada de sono, ela se esforçou para lembrar onde tinha escutado este nome. Era muito parecido com "Venetia", é claro... e então ela lembrou.

— Espere aí — disse ela, franzindo o cenho, num esforço para se concentrar. — Tinha uma Verity na equipe de esgrima com Freddie e Rhiannon Winn.

— Essa mesma — disse Raphael.

— Vocês todos se conhecem — disse Robin, cansada, involuntariamente fazendo eco ao pensamento de Strike ao recomeçar a escrever.

— Bom, é a alegria do sistema de escolas particulares — disse Raphael. — Em Londres, se você tem dinheiro, encontra as mesmas trezentas pessoas aonde quer que vá... é, quando cheguei à galeria de Drummond, Francesca estava louca para me contar que a irmã mais velha tinha namorado Freddie. Acho que ela pensou que isto fazia de nós dois um casal predestinado ou coisa assim.

"Quando percebeu que eu achava Freddie um monte de merda", disse Raphael, "ela mudou de tática e me contou uma história feia.

"Ao que parece, no aniversário de dezoito anos, Freddie, Verity e outros decidiram punir Rhiannon de algum jeito por ter se atrevido a substituir Verity na equipe de esgrima. Na opinião deles ela era... não sei... meio comum, meio galesa?... então batizaram a bebida dela. Tudo por diversão. O tipo de coisa que acontece em alojamentos, sabe como é.

"Mas ela não reagiu muito bem à vodca... ou talvez, do ponto de vista deles, ela reagiu muito bem. De todo modo, conseguiram tirar umas boas fotos dela e passar adiante... eram os primeiros dias da internet. Naquela época acho que meio milhão de pessoas viram as fotos nas primeiras 24 horas, mas Rhiannon só teve de suportar toda a equipe de esgrima e a maioria dos amigos de Freddie se gabando disso.

"Mas então", disse Raphael, "cerca de um mês depois, Rhiannon se matou."

— Ah, meu Deus — disse Robin em voz baixa.

— É — disse Raphael. — Depois que a pequena Franny me contou a história, perguntei a Izzy sobre isso. Ela ficou muito aborrecida, me disse para nunca voltar a falar no assunto... mas não negou. Teve um monte de "ninguém se mata por causa de uma brincadeira boba em uma festa" e ela me disse que eu não devia falar de Freddie daquele jeito, isto partiria o coração de papai...

"Bom, os mortos não têm coração para partir, têm? E, pessoalmente, acho que está na hora de alguém mijar na chama eterna de Freddie. Se não tivesse nascido um Chiswell, o filho da puta teria ido para um reformatório. Mas acho que você vai dizer que não posso falar, depois do que fiz."

– Não – disse Robin com gentileza. – Não era o que eu ia dizer.

A expressão belicosa desapareceu do rosto dele. Ele olhou o relógio.

– Preciso ir. Preciso estar em um lugar às nove.

Robin levantou a mão, pedindo a conta. Quando se virou para Raphael, viu os olhos dele seguirem a rotina de se voltarem para as outras duas mulheres no restaurante e, pelo espelho, ela viu que a loura tentou sustentar o olhar dele.

– Você pode ir – disse ela, entregando o cartão de crédito à garçonete. – Não quero que chegue atrasado.

– Não, vou acompanhá-la até lá fora.

Enquanto ela ainda devolvia o cartão de crédito à bolsa, ele pegou seu casaco e ergueu para ela.

– Obrigada.

– Não há de quê.

Na calçada, ele parou um táxi.

– Você pega este – disse ele. – Quero dar uma caminhada. Clarear a cabeça. Parece que passei por uma sessão de terapia ruim.

– Não, está tudo bem – disse Robin. Ela não queria cobrar de Strike uma corrida de táxi a Wembley. – Vou pegar o metrô. Boa noite.

– Boa noite, Venetia – disse ele.

Raphael entrou no táxi, que deslizou dali, e Robin puxou mais o casaco em volta do corpo ao partir na direção contrária. Foi uma entrevista caótica, mas ela conseguiu muito mais do que esperava de Raphael. Ela pegou o celular novamente e telefonou para Strike.

59

Nós dois vamos juntos...

Henrik Ibsen, *Rosmersholm*

Quando viu que Robin ligava para ele, Strike, que tinha levado o bloco ao Tottenham para uma bebida, colocou-o no bolso, bebeu o que restava da cerveja de um gole só e atendeu ao telefonema na rua.

A confusão que as obras de construção fizeram no alto da Tottenham Court Road – o canal tomado de entulho onde antes havia uma rua, as grades e barricadas de plástico portáteis, as passarelas e tábuas que permitiam que dezenas de milhares de pessoas continuassem a atravessar o cruzamento movimentado – era tão familiar agora que Strike mal dava por ela. Ele não saiu para apreciar a vista, mas por causa de um cigarro, e fumou dois enquanto Robin contava tudo que Raphael tinha dito.

Depois que o telefonema foi encerrado, Strike devolveu o celular ao bolso e acendeu, distraidamente, um terceiro cigarro com a ponta acesa do segundo e continuou parado ali, pensando profundamente em tudo que ela dissera e obrigando os transeuntes a desviar-se dele.

Algumas coisas contadas por Robin pareceram interessantes ao detetive. Depois de terminar o terceiro cigarro e mandá-lo com um peteleco ao abismo aberto da rua, Strike voltou a entrar no pub e pediu uma segunda cerveja. Um grupo de estudantes agora ocupava sua mesa, assim ele foi para o fundo, onde banquetas altas de bar ficavam abaixo de uma redoma de vitral cujas cores eram reduzidas pela noite. Ali, Strike pegou novamente o bloco e voltou a examinar a lista de nomes que havia avaliado nas primeiras horas de domingo, enquanto procurava se distrair e não pensar em Charlotte. Depois de rolar pela lista mais uma vez como um homem que sabe que há algo escondido ali, ele virou algumas páginas e releu as anotações que fez de sua entrevista com Della.

Parrudo, recurvado e imóvel, a não ser pelos olhos que corriam rapidamente as linhas escritas por ele na casa da cega, Strike, sem saber, repeliu dois mochileiros tímidos que pensaram em perguntar se podiam dividir a mesa e tirar o peso dos pés calejados. Temendo as consequências de interromper sua concentração quase tangível, eles se retiraram antes que Strike notasse sua presença.

Strike voltou à lista de nomes. Casais casados, amantes, parceiros de negócios, irmãos.

Duplas.

Ele voltou pelas páginas em busca das anotações que fizera durante a entrevista com Oliver, obtidas por intermédio das descobertas da perícia. Uma morte em duas partes, ou seja: amitriptilina e hélio, cada elemento potencialmente fatal sozinho, entretanto usados em conjunto.

Duplas.

Duas vítimas, mortas com vinte anos de diferença, uma criança estrangulada e um ministro do governo asfixiado, a primeira enterrada nas terras do último.

Duplas.

Strike abriu pensativamente uma página em branco e fez uma nova anotação para si mesmo.

Francesca — confirmar história

60

*... você precisa me dar alguma explicação de por que leva esta
questão – esta possibilidade – tão a sério.*

Henrik Ibsen, *Rosmersholm*

Na manhã seguinte, todos os jornais publicaram uma declaração oficial cuidadosamente elaborada sobre Jasper Chiswell. Junto com o restante do público britânico, durante o café da manhã Strike soube que as autoridades concluíram não ter havido nenhum envolvimento de potência estrangeira ou organização terrorista na morte prematura do ministro da Cultura, mas que ainda não haviam chegado a nenhuma outra conclusão.

A notícia de que não havia novidades foi recebida na internet com uma leve onda de interesse. As caixas de correio locais de vencedores olímpicos ainda eram pintadas de dourado e o público se deleitava no resplendor satisfeito que surgia de jogos triunfantes, o entusiasmo que não fora gasto em todas as coisas atléticas agora era concentrado na perspectiva iminente da Paralimpíada. A morte de Chiswell foi arquivada na mente popular como o suicídio vagamente inexplicável de um conservador rico.

Querendo saber se esta declaração oficial indicava que a investigação da Polícia Metropolitana estava perto de sua conclusão, Strike telefonou a Wardle para descobrir o que ele sabia.

Infelizmente o policial não sabia mais do que o próprio Strike. Wardle acrescentou, mas com certa irritação, que não tirava um dia de folga havia três semanas, que o policiamento da capital enquanto a cidade arquejava sobre o peso de milhões de visitantes a mais era complexo e oneroso, além da provável compreensão de Strike, e que ele não teve tempo para arrancar informações, em nome de Strike, sobre questões não relacionadas.

– É justo – disse Strike, sem se abalar. – Só estou perguntando. Dê lembranças minhas a April.

– Ah, sim – disse Wardle antes que Strike pudesse desligar. – Ela me pediu para te perguntar que brincadeira está fazendo com Lorelei.

– É melhor você ir, Wardle, o país precisa de você – disse Strike e desligou na gargalhada rancorosa do policial.

Na ausência de informações de seus contatos na polícia e sem nenhuma posição oficial que lhe garantisse as entrevistas que desejava, Strike ficou temporariamente empacado em um ponto crucial do caso, uma frustração que não ficava mais agradável só por ser familiar a ele.

Alguns telefonemas depois do café da manhã o informaram de que Francesca Pulham, colega e amante por algum tempo de Raphael na galeria de Drummond, ainda estudava em Florença, para onde fora mandada a fim de ser afastada da influência perniciosa dele. Os pais de Francesca agora estavam de férias no Sri Lanka. A governanta dos Pulham, a única pessoa ligada à família com quem Strike conseguiu falar, recusou-se terminantemente a lhe dar números telefônicos de qualquer um deles. Pela reação dela, ele deduziu que os Pulham podiam ser o tipo de gente que corre aos advogados só com a ideia de um detetive particular telefonando para sua casa.

Depois de esgotar todas as vias possíveis para os Pulham de férias, Strike deixou um pedido educado de uma entrevista na caixa postal de Geraint Winn, o quarto que fazia naquela semana, mas o dia passou e Winn não retornou a ligação. Strike até o entendia. Duvidava de que teria escolhido ser prestativo, se estivesse no lugar de Winn.

Strike ainda não havia contado a Robin que tinha uma nova teoria a respeito do caso. Ela estava ocupada na Harley Street, vigiando o Doutor Duvidoso, mas na quarta-feira ligou ao escritório com a notícia bem-vinda de que tinha marcado uma entrevista com Tegan Butcher para o sábado, no Hipódromo de Newbury.

– Excelente! – disse Strike, animado com a perspectiva de ação, dirigindo-se à antessala para levantar o Google Maps no computador de Robin. – Tudo bem, acho que vamos ter de passar a noite lá. Entrevistar Tegan, depois ir ao Steda Cottage quando escurecer.

– Cormoran, está falando sério sobre isso? – quis saber Robin. – Você verdadeiramente quer cavar no vale do chalé?

— Isso parece uma historinha infantil – falou Strike vagamente, examinando estradas secundárias no monitor. – Olha, acho que não tem nada lá. Na verdade, desde ontem, tenho certeza disso.

— O que aconteceu ontem?

— Tive uma ideia. Vou contar a você quando nos encontrarmos. Olha, prometi a Billy que descobriria a verdade sobre a criança estrangulada. Não há outro jeito de ter completa certeza, há, além de cavar? Mas se estiver sensível, pode ficar no carro.

— E Kinvara? Estaremos na propriedade dela.

— Não estaremos cavando nada de importante. Toda aquela área é um terreno baldio. Vou pedir a Barclay para nos encontrar lá, depois que escurecer. Não sou muito bom com uma pá. Matthew não vai se importar se você passar a noite de sábado fora?

— Não – disse Robin, com uma inflexão estranha que fez Strike desconfiar de que ele se importaria muito.

— E você pode dirigir o Land Rover?

— Humm... alguma possibilidade de pegarmos o seu BMW?

— Prefiro não colocar o BMW naquela trilha cheia de mato. Tem alguma coisa errada com o...?

— Não. – Robin o interrompeu. – Está tudo bem, vamos com o Land Rover.

— Ótimo. Como está o Duvidoso?

— Em seus consultórios. Alguma novidade sobre Aamir?

— Coloquei Andy para tentar descobrir a irmã com quem ele ainda se entende.

— E o que você está fazendo?

— Acabei de ler o site do Partido do Real Socialismo.

— Por quê?

— Jimmy entrega muita coisa nos posts de seu blog. Lugares em que esteve e coisas que viu. Você pode ficar com o Duvidoso até sexta-feira?

— Na verdade – disse Robin –, eu ia perguntar se podia tirar dois dias de folga para tratar de uns problemas pessoais.

— Ah – disse Strike, parando de repente.

— Tenho alguns compromissos que preciso... prefiro não perder – disse Robin.

Não era conveniente para Strike ter de cobrir ele próprio o Doutor Duvidoso, em parte devido à dor contínua na perna, mas principalmente porque ele ansiava por procurar confirmação de sua teoria sobre o caso Chiswell. O pedido de dois dias de folga também era muito repentino. Por outro lado, Robin tinha acabado de indicar uma disposição de sacrificar o fim de semana a uma provável caçada inútil no vale.

— Tá, não tem problema. Está tudo bem?

— Tudo bem, obrigada. Informo a você se acontecer alguma coisa interessante com o Duvidoso. Caso contrário, provavelmente sairemos de Londres às onze horas do sábado.

— Barons Court de novo?

— Haveria algum problema para você me encontrar na estação do estádio de Wembley? Seria mais fácil, porque é lá que passarei a noite de sexta-feira.

Isto também era inconveniente: para Strike, uma viagem com o dobro da distância, envolvendo uma troca de metrô.

— Tá, não tem problema – ele repetiu.

Depois de Robin ter desligado, ele continuou algum tempo na cadeira dela, refletindo sobre esta conversa.

Ela foi visivelmente discreta sobre a natureza dos compromissos que eram tão importantes para não querer perdê-los. Ele lembrou que Matthew soou particularmente furioso quando ele telefonou a Robin, para discutir as pressões de seu trabalho instável e ocasionalmente perigoso. Por duas vezes, ela deu a impressão de estar nitidamente insatisfeita com a perspectiva de cavar no terreno duro do fundo do vale e agora pediu para dirigir o BMW em vez do Land Rover, que parecia um tanque.

Ele quase tinha se esquecido de sua suspeita de dois meses atrás, de que Robin talvez estivesse tentando engravidar. Em sua mente, flutuou a visão da barriga inchada de Charlotte à mesa de jantar. Robin não era o tipo de mulher capaz de abandonar o filho assim que ele deixasse o útero. Se Robin estivesse grávida...

Lógica e metódica como costumava ser, e consciente, em uma parte de si, de que teorizava com base em informações insuficientes, a imaginação de Strike ainda assim lhe mostrou Matthew, o futuro pai, ouvindo o pedido tenso de Robin de tempo para exames médicos e clínicos, gesticulando com raiva para ela que tinha chegado a hora de parar, de pegar mais leve, de se cuidar melhor.

Strike voltou ao blog de Jimmy Knight, mas levou um tempo maior do que o habitual para disciplinar a mente perturbada e fazê-la obedecer.

61

Ah, pode me contar. Você e eu somos bons amigos, sabe disso.

Henrik Ibsen, *Rosmersholm*

Os companheiros de viagem no metrô deram a Strike um espaço um pouco maior do que o necessário na manhã de sábado, estendendo a atitude à sua bolsa de viagem. Em geral, ele conseguia abrir caminho com facilidade por multidões, em vista de seu volume e o perfil de pugilista, mas pelo jeito como ele resmungava e xingava ao lutar para subir a escada na estação do estádio de Wembley – os elevadores não funcionavam –, aqueles que passavam tomaram um cuidado a mais de não esbarrar nem obstruir seu caminho.

O principal motivo para o mau humor de Strike era Mitch Patterson, que ele viu naquela manhã da janela do escritório, escondido em uma soleira, vestido de jeans e moletom de capuz, inteiramente inadequados para a idade e a posição dele. Confuso e com raiva pelo reaparecimento do detetive particular, mas sem ter nenhuma rota de saída do prédio que não fosse pela portaria, Strike pediu ao táxi que esperasse por ele no final da rua e só saiu do prédio depois que o carro já estava lá. A expressão de Patterson quando Strike disse "Bom dia, Mitch" podia ter divertido Strike se ele não se sentisse tão ofendido por Patterson pensar que podia passar despercebido vigiando pessoalmente a agência.

Durante todo o caminho à estação da Warren Street, onde ele pediu ao taxista para deixá-lo, Strike ficou extremamente alerta, com medo de que Patterson estivesse lá como uma distração ou um chamariz, permitindo que outra pessoa menos indesejável o seguisse. Mesmo agora, enquanto subia, ofegante, ao último degrau da escada em Wembley, ele se virou para examinar os passageiros, procurando por alguém que se abaixasse, se virasse ou escondesse apressadamente o rosto. Nenhum deles fez isso. No cômputo geral, Strike concluiu que Patterson trabalhava sozinho; vítima, talvez, de um dos problemas de efetivo tão conhecidos de Strike. O fato de Patterson ter escolhido cobrir o trabalho em vez de passar adiante sugeria que alguém estava lhe pagando bem.

Strike pendurou a bolsa de viagem com mais segurança no ombro e partiu para a saída.

Depois de refletir sobre a questão durante a incômoda viagem a Wembley, Strike pôde pensar em três motivos para Patterson ter reaparecido. O primeiro era que a imprensa tinha tomado conhecimento de alguma notícia interessante sobre a investigação policial da morte de Chiswell, e isto levou um jornal a recontratar Patterson, sua missão, descobrir o que Strike fazia e o quanto ele sabia.

A segunda possibilidade era de que alguém tinha pagado Patterson para seguir Strike, na esperança de obstruir seus movimentos ou atrapalhar suas investigações. Isto sugeria que o empregador de Patterson era alguém que Strike atualmente investigava e, neste caso, fazia sentido que Patterson fizesse ele mesmo o trabalho: toda a questão seria desestabilizar Strike, deixando que ele soubesse estar sendo vigiado.

O terceiro motivo possível para o interesse renovado de Patterson nele era o que mais incomodava Strike, porque ele tinha a sensação de que, provavelmente, era o verdadeiro. Ele agora sabia que tinha sido visto no Franco's com Charlotte. A informante dele foi Izzy, a quem Strike telefonou na esperança de dar corpo a detalhes da teoria que ele não tinha confidenciado a ninguém.

— Então, soube que você jantou com Charlotte! — ela deixara escapar, antes que ele conseguisse formular uma pergunta.

— Não foi nenhum jantar. Fiquei sentado com ela por vinte minutos porque ela estava se sentindo mal, depois saí.

— Ah... desculpe – disse Izzy, intimidada pelo tom de voz dele. — Eu... não queria me intrometer... é que Roddy Fforbes estava no Franco's e viu vocês dois...

Se Roddy Fforbes, fosse quem fosse, espalhava por Londres que Strike levava para jantar a ex-noiva casada e em gestação avançada enquanto o marido estava em Nova York, os tabloides sem dúvida estariam interessados, porque a louca, linda e aristocrática Charlotte era notícia. Seu nome salpicava as colunas de fofocas desde seus dezesseis anos, suas várias atribulações – a fuga da escola, as temporadas em clínicas de reabilitação e psiquiátricas – foram bem documentadas. Era até possível que Patterson tenha sido contratado por Jago Ross, que certamente podia pagar por isso. Se o efeito colateral de policiar os movimentos da esposa arruinasse os negócios de Strike, Ross sem dúvida consideraria isto um bônus.

Robin, sentada dentro do Land Rover a uma curta distância da estação, viu Strike sair na calçada com a bolsa de viagem no ombro e registrou que nunca o vira tão mal-humorado. Ele acendeu um cigarro, correndo os olhos pela rua até encontrar o Land Rover no final de uma série de veículos estacionados e partiu mancando, sem sorrir, na direção dela. Robin, cujo próprio estado de espírito era perigosamente ruim, só podia supor que ele estivesse zangado por ter de fazer a longa viagem a Wembley com o que parecia uma bolsa pesada e uma perna inflamada.

Ela estava acordada desde as quatro da madrugada, incapaz de voltar a dormir, espremida e infeliz no sofá duro de Vanessa, pensando em seu futuro e na briga que teve com a mãe por telefone. Matthew havia ligado para a casa em Masham, tentando falar com ela, e Linda não só ficou desesperadamente preocupada, mas furiosa por Robin não ter contado primeiro a ela o que ia fazer.

– Onde você vai ficar? Com Strike?

– É claro que não vou ficar com Strike, por que diabos eu ficaria...?

– Onde, então?

– Com uma amiga.

– Quem? Por que não nos contou? O que você vai fazer? Quero ir a Londres para ver você!

– Por favor, não faça isso – disse Robin entredentes.

Pesava muito em Robin a culpa pela despesa do casamento que ela e Matthew impuseram aos pais dela e pelo constrangimento que a mãe e o pai estavam prestes a suportar ao explicar aos amigos que o casamento tinha acabado antes de completar um ano, mas ela não suportava a perspectiva de Linda a importunando e adulando, tratando-a como se ela fosse frágil e perturbada. A última coisa de que precisava agora era que a mãe sugerisse que voltasse para Yorkshire, para ficar no casulo do quarto que tinha testemunhado parte das piores épocas de sua vida.

Depois de dois dias vendo uma multiplicidade de casas lotadas de gente, Robin fez um depósito para um quarto em uma casa em Kilburn, em que teria outras cinco companheiras, para a qual só poderia se mudar na semana seguinte. Sempre que pensava no lugar, seu estômago se revirava de apreensão e infelicidade. Com quase 28 anos, seria a moradora mais velha.

Numa tentativa de apaziguar Strike, ela saiu do carro e lhe ofereceu ajuda com a bolsa de viagem, mas, aos grunhidos, ele disse que conseguia sozinho. Quando a lona bateu no piso de metal do Land Rover, ela ouviu um barulho alto de ferramentas pesadas e experimentou um espasmo nervoso no estômago.

Strike, que tinha feito um inventário rápido do aparecimento de Robin, teve suas piores suspeitas fortalecidas. Pálida, com olheiras, ela conseguia parecer ao mesmo tempo inchada e abatida e também parecia ter emagrecido desde que a vira pela última vez. A mulher de seu antigo amigo do exército Graham Hardacre fora hospitalizada nos primeiros estágios da gravidez devido a vômitos persistentes. Talvez um dos compromissos importantes de Robin tivesse acontecido para tratar deste problema.

– Você está bem? – perguntou Strike a Robin bruscamente, fechando o cinto de segurança.

– Tudo bem – disse ela, pelo que parecia a enésima vez, tomando a brusquidão dele como irritação pela longa viagem no metrô.

Eles partiram de Londres sem falar nada. Por fim, quando tinham chegado à M40, Strike disse:

– Patterson voltou. Estava vigiando o escritório esta manhã.

– Está brincando!

– Tinha alguém rondando sua casa?

– Não que eu saiba – disse Robin, depois de uma hesitação quase imperceptível. Talvez por isso Matthew tenha ligado para ela, quando tentou lhe falar em Masham.

– Não teve nenhum problema para sair esta manhã?

– Não – disse Robin, com bastante sinceridade.

Depois que saiu de casa, Robin imaginou contar a Strike que seu casamento tinha acabado, mas ainda não tinha conseguido encontrar uma forma de se expressar que pudesse usar com a calma necessária. Isto a frustrava: ela disse a si mesma que devia ser fácil. Ele era o amigo e colega de trabalho que estava presente quando ela cancelara o casamento e que sabia da infidelidade anterior de Matthew com Sarah. Ela devia conseguir contar a ele, despreocupadamente, no meio de uma conversa, como fez com Raphael.

O problema era que as raras ocasiões em que ela e Strike dividiram revelações sobre sua vida amorosa aconteceram quando um deles estava embriagado. Caso contrário, sempre havia uma profunda reserva sobre essas questões entre eles, apesar da convicção paranoica de Matthew de que passavam a maior parte da vida profissional num jogo de sedução.

Mas havia mais do que isso. Strike foi o homem que ela abraçou na escada na recepção de seu casamento, o homem com quem imaginou fugir do marido antes que o casamento fosse consumado, o homem por quem ela passou noites de sua lua de mel andando sozinha na areia branca, perguntando-se se estaria apaixonada por ele. Robin tinha medo de se revelar, medo de trair o que pensava e sentia, porque estava certa de que se ele tivesse a mais leve suspeita do fator perturbador que representava, tanto no começo como no fim de seu casamento, certamente isto macularia sua relação profissional, com a mesma certeza de que o trabalho seria prejudicado se um dia ele soubesse das crises de pânico.

Não, ela devia aparentar ser o que ele era – autossuficiente e estoica, capaz de absorver o trauma e seguir aos trancos, pronta para enfrentar o que a vida lhe atirasse, mesmo o que estava no fundo do vale, sem se retrair nem dar as costas.

– E então, o que você acha que Patterson está fazendo? – perguntou ela.

– Só o tempo dirá. Foi tudo bem com seus compromissos?

– Sim – disse Robin e, para se distrair da ideia de seu minúsculo quarto recém-alugado e a dupla de estudantes que lhe mostrara o lugar, lançando olhares de lado para a mulher estranhamente adulta que ia morar com elas, Robin falou: – Tem biscoito na sacola aí atrás. Não tem chá, desculpe, mas podemos parar se você quiser.

A garrafa térmica estava na Albury Street, uma das coisas que ela se esquecera de afanar da casa quando voltou enquanto Matthew estava no trabalho.

— Obrigado — disse Strike, porém sem muito entusiasmo. Ele se perguntava se o reaparecimento de lanches, em vista de sua dieta autoproclamada, não seria uma prova ainda maior da gravidez da sócia.

O telefone de Robin tocou no bolso. Ela o ignorou. Por duas vezes naquela manhã, ela recebeu telefonemas do mesmo número desconhecido e teve medo de que fosse Matthew que, descobrindo ter sido bloqueado, pegara um aparelho emprestado.

— Não quer atender? — perguntou Strike, observando seu perfil pálido e determinado.

— Humm... não enquanto estou dirigindo.

— Posso atender, se você quiser.

— Não — disse ela, com excessiva rapidez.

O celular parou de tocar, mas, quase de imediato, tocou novamente. Inteiramente convencida de que era Matthew, Robin tirou o telefone do casaco, dizendo:

— Acho que sei quem é e não quero falar com essa pessoa agora. Depois de desligar, pode colocar no mudo?

Strike pegou o celular.

— Foi redirecionado do número do escritório. Vou colocar no viva-voz — disse Strike, prestativo, uma vez que o antigo Land Rover nem mesmo tinha um aquecedor funcional, que dirá Bluetooth, e assim ele fez, segurando o celular perto da boca de Robin, para que ela pudesse se fazer ouvir com o barulho e o ronco do veículo ventoso.

— Alô, aqui é Robin. Quem fala?

— Robin? Não quer dizer *Venetia*? — disse uma voz galesa.

— É o sr. Winn? — disse Robin, de olho na estrada, enquanto Strike segurava o celular firme para ela.

— Sim, sua piranhazinha nojenta, sou eu.

Robin e Strike se olharam, assustados. Lá se foi o untuoso e lascivo Winn, ansioso por encantar e impressionar.

— Conseguiu o que procurava, não foi? Rebolando de um lado para outro daquele corredor, empinando os peitos onde não eram desejados, "Oh, sr. Winn..." — ele a imitou como fazia Matthew, em um tom agudo e imbecil — "... Oh, me ajude, sr. Winn, devo fazer filantropia ou política, deixa eu me abaixar um pouco mais em sua mesa, sr. Winn". Quantos homens você pegou desse jeito, até que ponto você foi...?

— Tem algo a me dizer, sr. Winn? — perguntou Robin em voz alta, atropelando a fala dele. — Porque se só telefonou para me ofender...

— Ah, tenho muito a dizer a você, merda, *tenho muito a dizer a você* — gritou Winn. — Você *me paga*, srta. Ellacott, pelo que fez comigo, vai *me pagar* pelos danos que causou a mim e a minha esposa, não vai sair dessa com tanta facilidade, você infringiu a lei naquele escritório e eu a verei no tribunal, está me entendendo? — Ele ficava quase histérico. — Veremos como suas artimanhas vão se sair com um juiz, não é? Decote baixo e "Ah, acho que estou com calor demais..."

Uma luz branca parecia invadir a beira da visão de Robin, e assim a estrada à frente parecia um túnel.

— NÃO! — ela gritou, tirando e voltando a colocar a mão no volante, os braços batiam no volante e tremiam. Era o "não" que ela dera a Matthew, um "não" tão veemente que fez Geraint Winn se calar exatamente do mesmo jeito.

— Ninguém o obrigou a acariciar meu cabelo e minhas costas, e olhar o meu peito, sr. Winn, não era isto que *eu* queria, mas tenho certeza de que lhe deu um estímulo para pensar que era...

— Robin! — disse Strike, mas ele podia muito bem ser mais um rangido no antigo chassi do carro e ela ignorou também, à súbita interjeição de Geraint, "Quem está aí com você? Esse foi Strike?"

— ... você é um pervertido, sr. Winn, um pervertido *ladrão* que roubou de uma organização de caridade e não só estou feliz por saber tudo sobre você, como vou ficar deliciada em contar ao mundo que você vê fotos de sua filha morta enquanto tenta olhar por dentro da blusa de garotas...

— Como se atreve! — Winn arquejou —, não existem limites... você tem a *audácia* de falar em Rhiannon... tudo será revelado, a família de Samuel Murape...

— Foda-se você e fodam-se suas mágoas de merda! — Robin gritou. — Você é um pervertido, um ladrão...

— Se tem mais alguma coisa a dizer, sugiro que coloque por escrito, sr. Winn — gritou Strike ao celular, enquanto Robin, mal sabendo o que fazia, ainda soltava impropérios para Winn, de longe. Encerrando a ligação com uma pancada do indicador, Strike segurou o volante quando Robin de novo retirou as mãos dele para gesticular.

— Mas que merda! — disse Strike —, pare o carro... pare o carro agora!

Ela obedeceu automaticamente, a adrenalina a desorientava como o álcool, e quando o Land Rover parou de súbito, ela soltou o cinto de segurança e saiu no acostamento duro, com os carros zunindo por ela. Sem saber o que fazia, ela se afastou do Land Rover com passos incertos, as lágrimas de fúria escorriam pelo rosto, tentando superar o pânico que agora a lambia, porque ela acabara de se indispor irrevogavelmente com um homem com quem talvez precisassem falar novamente, um homem que já ameaçara vingança, que podia até ser aquele que pagava Patterson...

– Robin!

Agora, ela pensou, Strike também a acharia uma decepção, uma tola perturbada que nunca poderia seguir esta linha de trabalho, aquela que fugia quando as coisas se complicavam. Foi isso que a fez se virar de frente para ele, enquanto Strike andava pelo acostamento duro atrás dela, e Robin enxugou o rosto grosseiramente na manga e falou, antes que ele pudesse repreendê-la:

– Sei que não devia ter perdido o controle, sei que estraguei tudo, me desculpe. – Mas a resposta dele ficou perdida no martelar em seus ouvidos e, como se esperasse que ela parasse de fugir, o pânico agora a engolfava. Tonta, incapaz de organizar os pensamentos, ela desabou no acostamento, com as cerdas secas de relva picando através do jeans e ela, de olhos fechados e a cabeça nas mãos, tentando fazer a respiração voltar à normalidade com o trânsito zumbindo por eles.

Ela não sabia se havia passado um minuto ou dez, mas finalmente sua pulsação desacelerou, os pensamentos se organizaram e o pânico foi atenuado, substituído pela humilhação. Depois de toda sua cuidadosa farsa de que conseguia enfrentar os problemas, havia estragado tudo.

Um cheiro de cigarro a alcançou. Ela abriu os olhos e viu as pernas de Strike estendidas no chão a sua direita. Ele também tinha se sentado no acostamento.

– Há quanto tempo você tem crises de pânico? – perguntou ele de forma descontraída.

Parecia não ter sentido nenhum continuar a dissimulação.

– Cerca de um ano – respondeu ela em voz baixa.

– Procurou ajuda para isso?

— Sim. Fiz terapia por um tempo. Agora faço exercícios de terapia cognitivo-comportamental.

— Mas você faz? — perguntou Strike com brandura. — Porque eu comprei bacon vegetariano uma semana atrás, mas não está me deixando mais saudável, só fica lá na geladeira.

Robin riu e descobriu que não conseguia parar. Outras lágrimas escorreram de seus olhos. Strike a olhava, com ternura, fumando seu cigarro.

— Eu podia fazer com uma frequência um pouco maior — Robin confessou por fim, enxugando o rosto de novo.

— Há alguma outra coisa que você queira me contar, agora que estamos colocando tudo às claras? — perguntou Strike.

Ele sentiu que devia saber do pior agora, antes de lhe dar qualquer conselho sobre seu estado psicológico, mas Robin parecia confusa.

— Algum problema de saúde que possa afetar sua capacidade de trabalhar? — ele a estimulou.

— Por exemplo?

Strike ficou imaginando se uma pergunta direta constituía alguma infração dos direitos trabalhistas dela.

— Eu me perguntava — disse ele — se você talvez estivesse, ah, grávida.

Robin voltou a rir.

— Ah, meu Deus, essa é engraçada.

— Está?

— Não — disse ela, meneando a cabeça —, não estou grávida.

Agora Strike notou que as alianças de casamento e noivado não estavam ali. Estava tão acostumado a vê-la sem elas enquanto Robin incorporava Venetia Hall e Bobbi Cunliffe que não tinha ocorrido que sua ausência hoje tivesse alguma importância, entretanto não queria fazer uma pergunta direta, por motivos que nada tinham a ver com direitos trabalhistas.

— Matthew e eu nos separamos. — Robin franziu o cenho para o trânsito que passava em um esforço para não chorar de novo. — Uma semana atrás.

— Ah — disse Strike. — Merda. Eu sinto muito.

Mas a expressão preocupada dele não se coadunava com seus verdadeiros sentimentos. Seu estado de espírito sombrio se alterou subitamente, como quem passa da sobriedade para a leveza depois de consumir de uma vez três cervejas. O cheiro de borracha, poeira e relva queimada lembrava o estacionamento onde ele a havia beijado por acidente e ele deu outro trago no cigarro e tentou ao máximo não deixar que seus sentimentos transparecessem.

— Sei que não devia ter falado com Geraint Winn daquele jeito. — Robin chorava novamente. — Eu não devia ter falado em Rhiannon, perdi o controle e... são os *homens*, os malditos *homens*, julgando todo mundo de acordo com seus malditos egos!

— O que aconteceu com Matt...?

— Estava dormindo com Sarah Shadlock — disse Robin com brutalidade. — A noiva do melhor amigo dele. Ela deixou um brinco em nossa cama e eu... ah, *merda*.

Não adiantava: ela enterrou o rosto nas mãos e, com a sensação de agora não ter nada a perder, caiu em pranto, porque havia se desgraçado completamente aos olhos de Strike e maculado a única parte restante de sua vida que vinha tentando preservar. Com que prazer Matthew a teria visto desmoronar à beira de uma rodovia, provando o argumento dele, de que ela era inepta para o trabalho que amava, limitada para sempre por seu passado, por ter duas vezes estado no lugar errado, na hora errada, com os homens errados.

Algo pesado caiu em seus ombros. Strike tinha passado o braço por ela. Isto foi ao mesmo tempo reconfortante e ameaçador, porque ele nunca havia agido assim e ela estava certa de que esse gesto era um precursor para ele dizer que ela não servia para o trabalho, que eles cancelariam a próxima entrevista e voltariam a Londres.

— Onde você está dormindo?

— No sofá de Vanessa. — Robin tentou freneticamente enxugar os olhos e o nariz que escorria: o muco e as lágrimas deixaram encharcados os joelhos da calça jeans. — Mas agora tenho um lugar novo.

— Onde?

— Kilburn, um quarto em uma casa compartilhada.

— Mas que droga, Robin — disse Strike. — Por que não me contou? Nick e Ilsa têm um bom quarto de hóspedes, eles teriam prazer...

— Não posso explorar seus amigos — disse Robin com a voz embargada.

— Não seria exploração — prosseguiu Strike. Ele meteu o cigarro na boca e procurou nos bolsos com a mão livre. — Eles gostam de você e você pode ficar lá por umas duas semanas até... arrá. Sabia que tinha um. Só está amarrotado, eu nunca usei... acho que não, quer dizer...

Robin pegou o lenço e, com um saudável sopro do nariz, acabou com ele.

— Escute — Strike começou, mas Robin o interrompeu de imediato:

— Não me diga para tirar uma folga. Por favor, não faça isso. Estou bem, sou apta para o trabalho, não tinha uma crise de pânico há séculos até esta, eu...

— ... não está escutando.

— Tudo bem, desculpe — ela murmurou, com o lenço ensopado fechado no punho. — Pode falar.

— Depois que sofri a explosão, eu não conseguia entrar em um carro sem fazer o que você fez agora, entrava em pânico e suava frio, meio sufocado. Durante algum tempo, eu fazia qualquer coisa para não ser levado de carro por ninguém. Ainda tenho problemas com isso, para falar a verdade.

— Eu não percebi — disse Robin. — Você não demonstra.

— É, bom, você é a melhor motorista que conheço. Devia me ver com minha irmã. O caso, Robin, é que... ah, droga.

Policiais rodoviários chegaram, parando atrás do Land Rover abandonado, aparentemente confusos, sem saber por que os ocupantes estavam sentados a 50 metros no acostamento, pelo visto sem se preocuparem com o destino do veículo mal estacionado.

— Então não estão com muita pressa para conseguir socorro? — disse o mais corpulento dos dois, com sarcasmo. Tinha o andar gingado de um homem que se julga um piadista.

Strike tirou o braço dos ombros de Robin e os dois se levantaram, no caso de Strike, desajeitado.

— Enjoo no carro — disse Strike mansamente ao policial. — Cuidado, ou ela pode vomitar em você.

Eles voltaram à viatura. O colega do primeiro policial olhava o licenciamento do antigo Land Rover.

— Não se veem muitos dessa idade rodando nas estradas — comentou ele.

— Ele ainda não me deixou na mão — disse Robin.

— Tem certeza de que está bem para dirigir? — Strike perguntou em voz baixa enquanto ela girava a ignição. — Podemos fingir que você ainda se sente mal.

— Estou bem.

E, desta vez, era verdade. Ele a havia chamado de a melhor motorista que ele conhecia e isso talvez não fosse grande coisa, mas devolvera a Robin parte de seu amor-próprio, e ela dirigiu suavemente de volta à rodovia.

Houve um longo silêncio. Strike decidiu que maiores discussões sobre a saúde psicológica de Robin deviam esperar até que ela não estivesse dirigindo.

— Winn disse um nome no final daquela ligação – ele refletiu, pegando o bloco. – Você ouviu?

— Não – Robin respondeu baixo, envergonhada.

— Era Samuel qualquer coisa – disse Strike, tomando nota. – Murdoch? Matlock?

— Eu não escutei.

— Anime-se – disse Strike num tom de estímulo –, provavelmente ele não teria soltado se você não tivesse gritado com ele. Mas, no futuro, não recomendo chamar entrevistados de ladrões e pervertidos...

Ele estendeu o braço pelo banco, pegando a sacola de compras na traseira.

— Quer um biscoito?

62

... não quero ver sua derrota, Rebecca.

Henrik Ibsen, *Rosmersholm*

O estacionamento no Hipódromo de Newbury já estava lotado quando eles chegaram. Muita gente que ia para a bilheteria vestia roupas confortáveis, como Strike e Robin, de jeans e casaco, mas outros envergavam vestidos de seda esvoaçantes, ternos, coletes acolchoados, chapéus de tweed e calças de veludo cotelê em tons de mostarda e marrom que fizeram Robin se lembrar de Torquil.

Eles entraram na fila dos ingressos, cada um deles perdido nos próprios pensamentos. Robin tinha medo do que ia acontecer depois que chegassem ao Crafty Filly, onde trabalhava Tegan Butcher. Certa de que Strike ainda não tinha falado tudo que queria sobre sua saúde mental, seu medo era de que ele tivesse protelado o anúncio de querê-la de volta ao trabalho burocrático no escritório.

Na verdade, a mente de Strike estava temporariamente em outro lugar. As grades brancas eram vislumbradas para além da pequena tenda onde a multidão fazia fila para os ingressos e a abundância de tweed e veludo cotelê lembrava a ele a última vez em que esteve em um hipódromo. Ele não tinha nenhum interesse particular pelo esporte. A única figura paterna constante em sua vida, o tio Ted, era um homem de futebol e vela, e embora dois amigos de Strike no exército gostassem de apostar nos cavalos, ele nunca entendeu essa atração.

Três anos antes, porém, ele compareceu ao Epsom Derby com Charlotte e dois de seus irmãos preferidos. Como Strike, Charlotte vinha de uma família disfuncional e fragmentada. Em uma de suas imprevisíveis efusões de entusiasmo, Charlotte insistira em aceitar o convite de Valentine e Sacha, apesar do desinteresse de Strike pelo esporte e seus sentimentos nada cordiais em relação aos dois homens, que o consideravam uma bizarrice inexplicável na vida da irmã.

Na época, ele estava falido, segurava a agência por um fio, já perseguido por advogados para que pagasse o pequeno empréstimo que havia tomado do pai biológico, quando todos os bancos o rejeitaram por ser um grande risco. Ainda assim, Charlotte ficou revoltada quando ele se recusou a fazer outra aposta, depois de perder cinco libras no favorito, Fame and Glory, que tinha chegado em segundo. Ela se conteve e não o chamou de puritano ou moralista, plebeu nem sovina, como já havia feito, quando ele se recusou a imitar os gastos imprudentes e ostentosos dos familiares e amigos dela. Instigada pelos irmãos, Charlotte decidiu fazer ela própria apostas cada vez maiores, enfim ganhando 2.500 libras, e insistiu que eles fossem à tenda do champanhe, onde sua beleza e alto-astral viraram a cabeça de muita gente.

Enquanto ele andava com Robin por uma larga passagem asfaltada que corria em paralelo à pista de corrida atrás das tribunas imponentes, passando por cafeterias, barracas de sidra e vans de sorvete, os vestiários dos jóqueis e o bar de proprietários e treinadores, Strike pensou em Charlotte, e em apostas que renderam, e em outras que não renderam, até que a voz de Robin o puxou de volta ao presente.

— Acho que o lugar é este.

Uma placa pintada mostrava a cabeça de uma potranca escura, piscando, em uma rédea pendurada do lado de um bar térreo, de tijolinhos. A área com cadeiras do lado de fora estava lotada. Flutes de champanhe tilintavam em meio ao zumbido de conversas e risos. O Crafty Filly dava para o paddock, onde os cavalos eram brevemente exibidos, em volta dos quais começara a se reunir um grupo maior de pessoas.

— Pegue a mesa alta — disse Strike a Robin —, vou comprar as bebidas e dizer a Tegan que estamos aqui.

Ele desapareceu no prédio sem perguntar a Robin o que ela queria.

Robin se sentou a uma das mesas altas com suas cadeiras de bar feitas de metal, que ela sabia que Strike preferia, porque subir e descer delas seria mais fácil para sua perna amputada do que os baixos sofás de vime. Toda a área externa ficava embaixo de um toldo de poliuretano para proteger os consumidores de uma chuva inexistente. Hoje o céu estava limpo, o dia era morno, com uma leve brisa que mal agitava as folhas da topiaria na entrada do bar. A noite seria clara para cavar no vale na frente do Steda Cottage, Robin pensou, sempre supondo que Strike não ia cancelar a expedição por achar que ela era instável e emotiva demais para participar.

Esta ideia deixou suas entranhas ainda mais frias e ela passou a ler as listas impressas de corredores que eles receberam junto com seus ingressos de cartolina, até que uma meia garrafa de Moët & Chandon baixou inesperadamente diante dela e Strike se sentou, segurando um caneco de cerveja.

– Doom Bar direto do barril – disse ele alegremente, batendo o copo no dela antes de tomar um gole. Robin olhou vagamente a pequena garrafa de champanhe, que ela achou parecida com sais de banho.

– Por que isso?

– Comemoração – disse Strike, depois de tomar um gole considerável da cerveja. – Sei que você não devia ouvir isso – ele continuou, procurando cigarros nos bolsos –, mas você fica melhor sem ele. Dormindo com a noiva do amigo no leito matrimonial? Ele merece tudo que cair em cima dele.

– Não posso beber, estou dirigindo.

– Isto me custou 25 libras, então você pode tomar um gole simbólico.

– Vinte e cinco libras por isso? – disse Robin e, tirando proveito do momento em que Strike acendia o cigarro, ela disfarçadamente enxugou os olhos chorosos de novo.

– Me diga uma coisa – disse Strike, sacudindo um fósforo para apagá-lo. – Já pensou em que futuro você vê para a agência?

– O que quer dizer? – Robin ficou alarmada.

– Meu cunhado esteve me interrogando sobre isso, na noite da abertura da Olimpíada – disse Strike. – Falando sem parar em procurar por uma situação em que não precisemos mais ir para a rua.

– Mas você não ia querer isso, você... espere aí. – Robin entrava em pânico. – Está querendo me dizer que vou voltar para a mesa e atender a telefonemas?

– Não – Strike soprou a fumaça para longe dela –, só me perguntei se você teria alguma reflexão quanto ao futuro.

– Quer que eu vá embora? – Robin ficou ainda mais alarmada. – Que eu vá fazer outra coi...?

— Mas que droga, Ellacott, não! Estou perguntando se você pensa no futuro, é só isso.

Ele observou Robin abrir a pequena garrafa.

— Sim, claro que penso – disse ela, insegura. – Era minha esperança que conseguíssemos um saldo bancário um pouco mais saudável, assim não ficaríamos o tempo todo passando aperto, mas eu adoro o... – sua voz vacilou – ... o trabalho, você sabe disso. É só o que quero. Fazer esse trabalho, melhorar nele e acho que fazer da agência a melhor de Londres.

Sorridente, Strike bateu o copo de cerveja em sua taça de champanhe.

— Bom, lembre-se de que queremos exatamente o mesmo enquanto eu disser o que vou falar agora, tudo bem? E você pode beber. Tegan só poderá fazer um intervalo em quarenta minutos e temos muito tempo para matar antes de irmos ao vale esta noite.

Strike viu que ela tomava um gole de champanhe e voltou a falar.

— Fingir que você está bem, quando não está, não é força.

— Bom, é aí que você se engana – Robin o contradisse. O champanhe borbulhou em sua língua e pareceu lhe dar coragem mesmo antes de chegar ao cérebro. – Às vezes, agir como se você estivesse ótimo deixa você ótimo. Às vezes você precisa fazer cara de valente e sair pelo mundo e, depois de um tempo, não é mais encenação, é o que você é. Se eu tivesse esperado para me sentir preparada para deixar meu quarto depois do... sabe o quê – disse ela –, ainda estaria lá dentro. Precisei sair antes de estar preparada. E – ela o olhou bem nos olhos, os dela injetados e inchados – trabalho com você há dois anos, observando você travar todas as lutas, quando nós dois sabemos que qualquer médico diria para você botar a perna para cima e descansar.

— E aonde isso me levou, hein? – perguntou Strike racionalmente. – Inválido por uma semana, com meu tendão pedindo misericórdia aos gritos sempre que eu andava mais de cinquenta metros. Quer traçar paralelos, tudo bem. Estou de dieta, tenho feito meus alongamentos...

— E o bacon vegetariano, apodrecendo na geladeira?

— Apodrecendo? Aquele troço parece borracha industrial, vai viver mais do que eu. Escute – disse ele, recusando-se a ser desviado do assunto –, seria um tremendo milagre se você não tivesse sofrido nenhum efeito do que aconteceu no ano passado. – Seus olhos procuraram a ponta da cicatriz roxa no braço de Robin, visível abaixo do punho de sua blusa. – Nada em seu passado a impede de fazer este trabalho, mas você precisa se cuidar, se quiser continuar nele. Se precisa de um tempo de folga...

– ... esta é última coisa que eu quero...

– Não se trata do que você quer. Mas do que você precisa.

– Posso te contar uma coisa estranha? – disse Robin. Fosse devido ao gole de champanhe, ou por qualquer outro motivo, ela vivia uma elevação impressionante no estado de espírito que a deixou com a língua solta. – Você pensou que eu tive muitas crises de pânico na semana passada, não foi? Estive procurando um lugar para morar, vendo apartamentos, andando por toda Londres, tive um monte de gente aparecendo inesperadamente atrás de mim... este é um forte gatilho – explicou ela. – Gente atrás de mim, quando não sei se elas estão ali.

– Acho que não precisamos de Freud para explicar isso.

– Mas eu estive bem – disse Robin. – Acho que é porque não tive de...

Ela parou de súbito, mas Strike pensou saber qual seria o final da frase. Aproveitando a chance, ele disse:

– Este trabalho fica quase impossível se sua vida doméstica está ferrada. Já passei por isso. Eu sei.

Aliviada por ter sido compreendida, Robin bebeu mais do champanhe e falou com pressa:

– Acho que me deixou pior ter de esconder o que acontecia, ter de fazer os exercícios escondida, porque qualquer sinal de que eu não estava ótima e Matthew gritava comigo por fazer este trabalho. Pensei que era ele tentando falar comigo ao telefone esta manhã, por isso não quis atender. E quando Winn começou a me ofender... bom, parecia que eu *tinha* atendido aos telefonemas. Não preciso de Winn para me dizer que sou basicamente um par de peitos ambulantes, uma mulher idiota e iludida que não percebe que este é meu único atributo útil.

Matthew esteve dizendo isso a você?, pensou Strike, imaginando algumas medidas corretivas que, na opinião dele, fariam algum bem a Matthew. Lenta e cuidadosamente, ele falou:

– O fato de você ser uma mulher... eu *me preocupo* mais com você quando está sozinha em um trabalho do que me preocuparia se você fosse homem. Preste atenção – disse ele com firmeza enquanto ela abria a boca, em pânico. – Sejamos sinceros um com um outro, ou estamos ferrados. Pode me ouvir?

"Você escapou de dois assassinos usando sua inteligência e se lembrando de seu treinamento. Duvido que o bosta do Matthew conseguisse isso. Mas não quero uma terceira vez, Robin, porque talvez você não tenha tanta sorte."

– Você *está* me dizendo para voltar ao trabalho burocrático...

– Posso terminar? – ele falou com severidade. – Não quero perder você, porque você é a melhor que eu tenho. Em cada caso em que trabalhamos desde sua chegada, você encontrou provas que eu não teria encontrado e chegou em gente que eu não teria convencido a conversar comigo. Estamos nesta situação hoje em grande parte graças a você. Mas as probabilidades sempre estarão contra você, se der com um homem violento, e eu tenho minhas responsabilidades. Sou o sócio empregador, sou eu que você pode processar...

– Você tem medo que eu te *processe*...?

– Não, Robin – disse ele asperamente –, tenho medo que você acabe morta, merda, e eu terei de carregar isso na minha consciência pelo resto da vida.

Ele bebeu outro gole da Doom Bar e continuou:

– Preciso saber se você está psicologicamente saudável antes de colocá-la na rua. Quero uma garantia sólida de você, de que vai cuidar dessas crises de pânico, porque não é só você que tem de viver com as consequências, se você não cuidar disso.

– Tudo bem – Robin falou em voz baixa e quando Strike ergueu as sobrancelhas, ela disse: – Eu falei sério. Farei o que for necessário. Vou fazer.

A multidão em volta do paddock era cada vez mais densa. Evidentemente, os participantes da próxima corrida estavam prestes a ser exibidos.

– Como vão as coisas com Lorelei? – perguntou Robin. – Gosto dela.

– Então infelizmente tenho outra má notícia para você, porque você e Matthew não são os únicos que se separaram neste fim de semana.

– Ah, merda. Eu lamento – disse Robin e encobriu o constrangimento, bebendo mais champanhe.

– Para alguém que não queria, você está indo muito rápido – disse Strike com ironia.

– Eu não te contei – disse Robin, lembrando-se subitamente, enquanto erguia a pequena garrafa verde. – Sei onde vi Blanc de Blancs, e não foi em uma garrafa... mas isto não nos ajuda no caso.

— Diga.

— Tem uma suíte no Le Manoir aux Quat'Saisons com este nome – disse Robin. – Raymond Blanc, sabe, o chef que fundou o hotel? Um jogo de palavras. Blanc de Blanc... sem o "s".

— Foi onde você passou o aniversário de casamento?

— Foi. Mas não ficamos no "Blanc de Blanc", não podíamos pagar pela suíte – disse Robin. – Só me lembro de passar pela placa. Mas, sim... foi onde comemoramos nossas bodas de papel. De papel – ela repetiu com um suspiro – e algumas pessoas conseguem chegar a platina.

Agora, sete puros-sangues escuros apareciam um por um no paddock, jóqueis com suas camisas de seda montados neles como macacos, tratadores de animais de ambos os sexos levando as criaturas agitadas, com seus flancos sedosos e o passo empinado. Strike e Robin estavam entre os poucos que não esticaram o pescoço para ver melhor. Antes de ter tempo de mudar de ideia, Robin introduziu o assunto que mais queria discutir.

— Foi Charlotte que eu vi falando com você na recepção paralímpica?

— Foi – disse Strike.

Ele a olhou. Não era a primeira vez que Robin lamentava a facilidade com que ele parecia ler seus pensamentos.

— Charlotte não tem nada a ver com minha separação de Lorelei. Ela agora está casada.

— Assim como Matthew e eu – Robin observou, tomando outro gole de champanhe. – Não impedimos Sarah Shadlock.

— Eu não sou Sarah Shadlock.

— É óbvio que não. Se fosse tão irritante, eu não estaria trabalhando para você.

— Talvez você possa colocar isto em sua próxima análise de satisfação no emprego. "Ele não é tão irritante como a mulher que trepou com meu marido." Vou mandar emoldurar.

Robin riu.

— Sabe de uma coisa, eu mesmo tive uma ideia sobre Blanc de Blancs – disse Strike. – Estava revendo a lista de afazeres de Chiswell, tentando eliminar possibilidades e fundamentar uma teoria.

— Que teoria? – disse Robin abruptamente e Strike notou que mesmo bebendo metade da garrafa de champanhe, com o casamento em frangalhos e um quarto em Kilburn a sua espera, o interesse de Robin pelo caso não perdia a acuidade de sempre.

– Lembra que eu pensava haver alguma coisa grande, algo fundamental, por trás da questão de Chiswell? Algo que ainda não tínhamos visto?

– Sim, você disse que estava "quase se mostrando".

– Bem lembrado. Então, algumas coisas que Raphael disse...

– Agora é hora de minha folga – disse uma voz feminina e nervosa atrás deles.

63

*É uma questão puramente pessoal e não há a mais leve
necessidade de proclamá-la por toda a cidade.*

Henrik Ibsen, *Rosmersholm*

Baixa, atarracada e muito sardenta, Tegan Butcher estava com o cabelo escuro preso em um coque alto. Mesmo no uniforme elegante do bar, que compreendia uma gravata cinza e uma blusa branca em que estava gravado um cavalo branco com o jóquei, Tegan tinha o ar de uma menina mais à vontade em botas de trabalho enlameadas. Ela trouxe um café com leite do bar para beber enquanto a interrogavam.

– Ah... muito obrigada – disse ela quando Strike foi buscar uma cadeira a mais, claramente satisfeita pelo que o famoso detetive faria por ela.

– Não há de quê – disse Strike. – Esta é minha sócia, Robin Ellacott.

– É, foi você que me ligou, não foi? – disse Tegan ao subir na cadeira de bar, com certa dificuldade, por ser tão baixa. Ela parecia ao mesmo tempo empolgada e temerosa.

– Você não tem muito tempo, eu sei – disse Strike –, então vamos direto ao assunto, se não se importar, Tegan?

– Não. Quer dizer, sim. Está tudo bem. Pode falar.

– Por quanto tempo você trabalhou para Jasper e Kinvara Chiswell?

– Trabalhei em meio período para eles quando ainda estava na escola, então, contando isso... dois anos e meio, foi.

– Gostava de trabalhar para eles?

– Foi tudo bem – disse Tegan com cautela.

– O que você achava do ministro?

— Não tinha problema com ele — disse Tegan. Ela parecia perceber que isto não era particularmente descritivo e acrescentou: — Minha família o conhecia há séculos. Meus irmãos faziam algum trabalho na Chiswell House há anos, de vez em quando.

— É? — disse Strike, que tomava notas. — O que seus irmãos faziam?

— Consertar cercas, um pouco de jardinagem, mas eles agora venderam a maior parte das terras — disse Tegan. — O jardim está coberto de mato.

Ela pegou o café e tomou um gole, depois falou com ansiedade:

— Minha mãe ficaria maluca se soubesse que me encontrei com vocês. Ela me disse para ficar fora disso.

— E por quê?

— "Quanto menos se fala, melhor", é o que ela sempre diz. Isso e "quanto menos exibida, mais admirada". É o que vou conseguir se um dia quiser ir à Young Farmers' Disco.

Robin riu. Tegan sorriu, orgulhosa por tê-la divertido.

— O que você achou da sra. Chiswell como empregadora? — perguntou Strike.

— Tudo bem — disse Tegan mais uma vez.

— A sra. Chiswell gostava de ter alguém dormindo na casa quando passava a noite fora, não é verdade? Para ficar perto dos cavalos?

— É — disse Tegan e então, pela primeira vez dando informações voluntariamente: — Ela é paranoica.

— Um dos cavalos dela não foi cortado?

— Pode dizer que foi cortado, se quiser — disse Tegan —, mas eu chamaria mais de um arranhão. Romano conseguiu se livrar de sua manta à noite. Foi idiotice dele fazer isso.

— Então não sabe nada sobre invasores no jardim? — Strike tinha a caneta posicionada sobre o bloco.

— Boooom — disse Tegan lentamente —, ela *falou* alguma coisa a respeito disso, mas...

Seus olhos vagaram para o Benson & Hedges de Strike, que estavam ao lado do copo de cerveja.

— Posso fumar? — perguntou ela, com ousadia.

— Sirva-se. — Strike pegou um isqueiro e o empurrou para ela.

Tegan acendeu o cigarro, deu um trago fundo e falou:

— Acho que nunca teve ninguém nos jardins. Isso é só a sra. Chiswell. Ela é... — Tegan se esforçou para encontrar a palavra correta. — Bom, se ela fosse um cavalo, seria chamada de arisca. *Eu* nunca ouvi ninguém quando passei a noite lá.

— Você dormiu na casa na noite da véspera em que Jasper Chiswell foi encontrado morto em Londres, não foi?

— Foi.

— Lembra a que horas a sra. Chiswell voltou?

— Lá pelas onze. Tive um baita choque — disse Tegan. Agora que seus nervos estavam mais calmos, revelava-se uma leve tendência à tagarelice. — Porque ela devia ter ficado em Londres. Ela ficou louca da vida quando entrou, porque eu fumava um cigarro na frente da televisão... ela não gosta de cigarro... e eu também tinha bebido dois copos de vinho da garrafa da geladeira. Imagina que antes de sair ela me disse para me servir do que eu quisesse, mas ela era assim, sempre mudava as regras do jogo. O que era certo num minuto ficava errado no outro. A gente ficava pisando em ovos.

"Mas ela sempre estava de mau humor quando chegava. Eu percebi, pelo jeito como andava pelo hall. O cigarro e o vinho foram só uma desculpa para ela cair em cima de mim. Ela é assim mesmo."

— Mas você passou a noite lá?

— Passei. Ela disse que eu estava bêbada demais para dirigir, o que era besteira, eu não estava bêbada, depois ela me disse para ver os cavalos, porque precisava dar um telefonema.

— Você a ouviu dar o telefonema?

Tegan se ajeitou na cadeira alta demais, de modo que o cotovelo do braço que segurava o cigarro foi envolvido pela mão livre, seus olhos meio estreitos contra a fumaça, uma pose que ela evidentemente achava adequada para lidar com um detetive particular ardiloso.

— Não sei se eu devia contar.

— Que tal eu sugerir um nome e você pode fazer com a cabeça se é o nome certo?

— Tudo bem, então — disse Tegan, com o misto de desconfiança e curiosidade de quem ouviu a promessa de um truque de mágica.

— Henry Drummond — disse Strike. — Ela deixou um recado, dizendo que queria a avaliação de um colar?

Impressionada, mesmo a contragosto, Tegan fez que sim com a cabeça.

— Sim — disse ela. — É isso mesmo.

— Então você foi olhar os cavalos...?

— Fui, e quando voltei a sra. Chiswell disse que eu devia dormir lá porque ela ia precisar de mim cedo, então eu fiquei.

— E onde foi que *ela* dormiu? — perguntou Robin.

— Bom... no segundo andar. — Tegan riu, surpresa. — É claro. No quarto dela.

— Tem certeza de que ela ficou ali a noite toda? — perguntou Robin.

— Tenho — disse Tegan, com uma risadinha. — O quarto dela ficava ao lado do meu. São os únicos com janelas que dão para o estábulo. Eu a ouvi indo para a cama.

— Tem certeza de que ela não saiu de casa durante a noite? Não foi de carro a algum lugar, pelo que você sabe? — perguntou Strike.

— Não. Não ouvi o carro. Tem buraco para todo lado naquela casa, não dá para sair em silêncio. De qualquer forma, eu a encontrei na manhã seguinte no patamar, de camisola, indo para o banheiro.

— E a que horas isso aconteceu?

— Umas sete e meia. Tomamos o café da manhã juntas na cozinha.

— Ela ainda estava zangada com você?

— Meio irritada — admitiu Tegan.

— Por acaso você não a ouviu receber outro telefonema, mais ou menos na hora do café da manhã?

Francamente admirada, Tegan falou:

— Quer dizer, do sr. Chiswell? Sim. Ela saiu da cozinha para atender. Só o que eu ouvi foi "Não, é sério desta vez, Jasper". Parecia uma briga. Contei isso à polícia. Achei que eles devem ter discutido em Londres e por isso ela chegou em casa cedo, em vez de ter ficado lá.

"Depois eu saí para limpar o esterco e ela foi treinar Brandy, uma das éguas dela, e depois", disse Tegan, com certa hesitação, "*ele* chegou. Raphael, sabe. O filho."

— E então, o que aconteceu? — perguntou Strike.

Tegan hesitou.

— Eles tiveram uma briga, não foi? – disse Strike, consciente do quanto a interrupção de Tegan deixava transparecer.

— Sim. – Tegan sorriu, francamente assombrada. – Você sabe *de tudo*!

— Sabe do que se tratou a briga?

— A mesma coisa do telefonema daquele cara, na noite anterior.

— O colar? A sra. Chiswell queria vender?

— É.

— Onde você estava quando eles brigaram?

— Ainda limpando o esterco. Ele saiu do carro e foi andando firme para ela no piquete...

Robin, vendo a perplexidade de Strike, falou em voz baixa:

— Um cercado onde os cavalos são treinados.

— Ah – disse ele.

— ... é – disse Tegan –, era onde ela treinava Brandy. Primeiro eles ficaram falando e eu não consegui ouvir o que diziam, depois virou uma briga aos gritos, ela desmontou e gritou para eu desencilhar Brandy... tirar a sela e os arreios – acrescentou ela com gentileza, para o caso de Strike não ter entendido – e eles foram para a casa e eu ouvi que os dois ainda brigavam enquanto eles desapareciam.

"Ela jamais gostou dele", disse Tegan. "De Raphael. Achava que ele era mimado. Sempre falava mal dele. *Eu*, pessoalmente, não tinha nenhum problema com ele", disse ela com um pretenso ar desapaixonado que não combinava com o rubor em seu rosto.

— Lembra-se do que eles disseram um ao outro?

— Um pouco. Ele disse que ela não podia vender, que pertencia ao pai dele ou coisa assim, e ela disse a ele para cuidar da própria vida.

— E depois, o que aconteceu?

— Eles entraram, eu continuei na limpeza, e depois de um tempo – disse Tegan, hesitando um pouco – vi um carro da polícia aparecer na entrada e... é, foi horrível. A policial saiu e me pediu para entrar e ajudar. Fui para a cozinha e a sra. Chiswell estava branca feito um lençol e muito perturbada. Eles queriam que eu mostrasse onde estavam os saquinhos de chá. Preparei uma bebida quente para ela e ele... Raphael... a fez se sentar. Ele foi muito legal com ela – disse Tegan –, considerando que ela havia acabado de chamá-lo de cada palavrão que existe no mundo.

Strike olhou o relógio.

– Sei que você não tem muito tempo. Só mais algumas coisas.

– Tudo bem – disse ela.

– Houve um incidente mais de um ano atrás – disse Strike –, quando a sra. Chiswell atacou o sr. Chiswell com um martelo.

– Ah, meu Deus, sim – disse Tegan. – Sim... ela saiu do sério de verdade. Isso foi logo depois de a Lady ser sacrificada, no início do verão. Era a égua preferida da sra. Chiswell, e a sra. Chiswell chegou em casa e o veterinário já havia feito tudo. Ela queria estar presente quando acontecesse e ficou louca quando voltou e viu o furgão do matadouro.

– Há quanto tempo ela sabia que a égua teria de ser sacrificada? – perguntou Robin.

– Naqueles dois ou três dias antes, acho que todos nós sabíamos – disse Tegan com tristeza. – Mas ela era uma égua linda, tínhamos esperança de que se recuperasse. O veterinário esperou durante horas que a sra. Chiswell chegasse em casa, mas Lady estava sofrendo e ele não podia esperar o dia todo, então...

Tegan fez um gesto de desânimo.

– Alguma ideia do que a fez ir a Londres naquele dia, se ela sabia que Lady ia morrer? – perguntou Strike.

Tegan fez que não com a cabeça.

– Pode nos contar exatamente o que aconteceu, quando ela atacou o marido? Ela viu alguma coisa primeiro?

– Não – disse Tegan. – Ela chegou no pátio, viu o que tinha acontecido, correu para o sr. Chiswell, pegou um martelo e simplesmente atacou. Sangue para todo lado. Foi horrível – disse Tegan com uma sinceridade evidente. – Medonho.

– O que ela fez depois de bater nele? – perguntou Robin.

– Só ficou parada ali. A expressão dela... parecia de um *demônio* ou coisa assim – disse Tegan inesperadamente. – Pensei que ele estivesse morto, que ela o tivesse matado.

"Eles a afastaram por algumas semanas, sabe? Ela foi para algum hospital. Tive de cuidar dos cavalos sozinha...

"Todos ficamos arrasados por Lady. Eu amava aquela égua e pensei que ela ia conseguir, mas ela desistiu, ficou deitada e não queria comer. Até entendo a sra. Chiswell ter ficado aborrecida, mas... ela podia ter matado o homem. Tinha sangue para todo lado", repetiu. "Eu quis ir embora. Falei com minha mãe. A sra. Chiswell me deu medo naquela noite."

– E o que fez você ficar? – perguntou Strike.

– Sinceramente não sei... o sr. Chiswell quis que eu ficasse e eu gostava dos cavalos. Depois ela saiu do hospital e ficou muito deprimida, e acho que senti pena dela. Eu sempre a encontrava chorando na baia vazia de Lady.

– Lady era a égua que a sra. Chiswell queria... humm... qual é a expressão correta? – Strike perguntou a Robin.

– Cobrir? – sugeriu Robin.

– Sim... cobrir com o garanhão famoso?

– Totilas? – Tegan revirou os olhos muito de leve. – Não, ela queria uma cria de Brandy com o Totilas, mas o sr. Chiswell não entrou nessa. Totilas! Ele custa uma fortuna.

– Foi o que soube. Por acaso ela não falou em usar um cavalo diferente? Algum chamado "Blanc of Blancs", não sei se...

– Nunca ouvi falar dele – disse Tegan. – Não, *tinha* de ser Totilas, ele era o melhor, era uma fixação dela usar esse cavalo. Ela é assim mesmo, a sra. Chiswell. Quando mete uma ideia na cabeça, ninguém consegue tirar. Ela ia ter uma cria desse lindo cavalo Grand Prix e... sabem que ela perdeu um filho, não sabe?

Strike e Robin assentiram.

– Minha mãe teve muita pena dela, achava que a história de ter um potro era uma espécie de substituição. Mamãe acha que tem tudo a ver com o bebê, o humor da sra. Chiswell melhorando e piorando o tempo todo.

"Por exemplo, um dia, algumas semanas depois de ela sair do hospital, eu me lembro, ela estava *frenética*. Acho que eram os remédios que davam a ela. Doidaça. Cantando no pátio. E eu disse a ela, 'Está animada, sra. C', e ela riu e falou, 'Ah, estive convencendo o Jasper e acho que estou quase lá, acho que ele vai me deixar usar Totilas, no fim das contas'. Era tudo besteira. Perguntei e ele ficou muito irritado com isso, falou que era uma ilusão dela e que ele não podia arcar com o tanto de cavalos que a mulher já tinha."

– Você não acha que ele pode tê-la surpreendido – disse Strike – oferecendo um garanhão diferente para procriar? Um mais barato?

— Isto só a deixaria irritada – disse Tegan. – Era Totilas ou nada. – Ela apagou o cigarro que Strike havia lhe dado, olhou o relógio e disse, compungida: – Só tenho mais uns dois minutos.

— Mais duas coisas e acabamos – disse Strike. – Ouvi dizer que sua família conheceu uma menina chamada Suki Lewis, anos atrás. Ela havia fugido de um lar adotivo...

— Você sabe *de tudo*! – repetiu Tegan, deliciada. – Como soube disso?

— Billy Knight me contou. Por acaso você sabe o que aconteceu com Suki?

— Sei, ela foi para Aberdeen. Ela era da turma de Dan na escola. A mãe dela era um pesadelo: bebida, drogas, todo tipo de coisa. Depois a mãe caiu pra valer na farra e foi assim que colocaram Suki em um lar adotivo. Ela fugiu para encontrar o pai. Ele trabalhava em plataformas no mar do Norte.

— E você acha que ela encontrou o pai? – perguntou Strike.

Com um ar triunfante, Tegan pegou o celular no bolso de trás. Depois de alguns cliques, mostrou a Strike a página no Facebook que tinha puxado, de uma morena radiante, posando com um grupo de amigas na frente de uma piscina em Ibiza. Através do sorriso clareado, do bronzeado e dos cílios postiços, Strike discerniu o palimpsesto da menina magra e dentuça da antiga fotografia. A página tinha a legenda "Susanna McNeil".

— Está vendo? – disse Tegan, feliz. – O pai a levou com sua nova família. "Susanna" era seu nome verdadeiro, mas a mãe a chamava de "Suki". Minha mãe é amiga da tia de Susanna. Diz que ela está ótima.

— Tem certeza de que esta é ela? – perguntou Strike.

— Tenho, é claro. Todos ficamos felizes por ela. Ela era uma menina legal.

Ela olhou o relógio de novo.

— Desculpa, mas acabou meu intervalo, eu preciso ir.

— Mais uma pergunta – disse Strike. – Seus irmãos conheciam bem a família Knight?

— Muito bem – disse Tegan. – Os meninos eram de séries diferentes na escola, mas, sim, eles se conheceram trabalhando na Chiswell House.

— O que seus irmãos fazem agora, Tegan?

— Paul é gerente de uma fazenda perto de Aylesbury e Dan está em Londres fazendo paisagismo... por que está escrevendo isso? – disse ela, pela primeira vez alarmada ao ver a caneta de Strike se mover pelo bloco. – Não deve contar a meus irmãos que eu falei com você! Eles vão ficar loucos se pensarem que falei do que aconteceu na casa!

– É mesmo? E *o que* aconteceu lá? – perguntou Strike.

Tegan olhou, hesitante, dele para Robin e de volta a Strike.

– Vocês já sabem, não é?

Como nem Strike, nem Robin responderam, ela disse:

– Olha só, Dan e Paul só ajudaram no transporte deles. Carregavam o caminhão, essas coisas. Na época não era ilegal!

– O que não era ilegal? – perguntou Strike.

– Eu *sei* que vocês sabem – disse Tegan, entre a preocupação e a diversão. – Alguém andou falando, não foi? Foi Jimmy Knight? Ele voltou não faz muito tempo, bisbilhotando, queria falar com Dan. Mas então, todo mundo no lugar sabia. Devia ser sigiloso, mas todos nós sabíamos de Jack.

– Sabiam *o que* dele? – perguntou Strike.

– Bom... que era ele que fazia os cadafalsos.

Strike absorveu a informação sem nada além de um tremor na pálpebra. Robin não sabia se sua própria expressão tinha continuado impassível.

– Mas vocês já sabiam – disse Tegan. – Não sabiam?

– Sim – disse Strike, para tranquilizá-la. – Nós sabíamos.

– Foi o que pensei. – Tegan ficou aliviada e deslizou, sem elegância nenhuma, da cadeira. – Mas se você encontrar Dan, não conte a ele que eu falei. Ele é como a mamãe. "Quanto menos se fala, melhor." Olha só, nenhum de nós acha que tinha alguma coisa errada com isso. Este país seria melhor com a pena de morte, se quer a minha opinião.

– Obrigado por nos receber, Tegan – disse Strike. Ela corou de leve ao apertar a mão dele, depois a de Robin.

– De nada. – Ela agora parecia relutar em deixá-los. – Vão ficar para as corridas? Brown Panther vai correr na dois-trinta.

– Talvez – disse Strike –, temos algum tempo para matar antes de nosso próximo compromisso.

– Apostei dez libras em Brown Panther – confidenciou Tegan. Bom... então, tchau.

Ela andou alguns passos, depois se virou para Strike, agora com o rosto mais rosado.

– Posso tirar um selfie com você?

– Humm – disse Strike, com o cuidado de não olhar nos olhos de Robin –, eu prefiro que não, se não se importa.

– Pode me dar seu autógrafo, então?

Decidindo que este era o menor de dois males, Strike pôs sua assinatura em um guardanapo.

– Obrigada.

Tegan pegou o guardanapo e enfim partiu. Strike esperou até ela ter desaparecido no bar antes de se virar para Robin, que já estava ocupada no telefone.

– Seis anos atrás – disse ela, lendo a tela do celular – uma diretriz da União Europeia passou a proibir aos Estados membros a comercialização de instrumentos de tortura. Até então, era inteiramente legal exportar cadafalsos britânicos.

64

Fale de forma que eu entenda você.

Henrik Ibsen, *Rosmersholm*

— "Agi dentro da lei e de acordo com minha consciência" — Strike citou a declaração concisa que Chiswell fez no Pratt's. — Assim ele fez. Nunca escondeu o fato de que defendia a forca, não é? Acho que ele fornecia a madeira de suas terras.

— E o espaço para Jack o'Kent construí-las... e foi por isso que Jack o'Kent alertava Raff para não entrar no celeiro, quando ele era criança.

— E provavelmente eles dividiam os lucros.

— Espere aí — disse Robin, lembrando-se do grito dado por Flick atrás do carro do ministro, na noite da recepção paralímpica. — "Ele botava o cavalo neles"... Cormoran, você acha que...?

— Sim, acho — disse Strike, seus pensamentos acompanhando os dela. — A última coisa que Billy me disse no hospital foi "eu detestava botar o cavalo neles". Mesmo no meio de um episódio psicótico, Billy podia entalhar um perfeito Cavalo Branco de Uffington na madeira... Jack o'Kent mandava os filhos fazerem este entalhe em quinquilharias para turistas e nos cadafalsos para exportação... era um bom negocinho entre pai e filho, não é?

Strike bateu sua cerveja na pequena garrafa de champanhe e bebeu o que restava da Doom Bar.

— A nossa primeira revelação de verdade. Se Jack o'Kent estava colocando a marca local nos cadafalsos, sua origem podia ser rastreada até ele, não é? E não só até ele: até o vale do Cavalo Branco e Chiswell. Tudo isso se encaixa, Robin. Lembra do cartaz de Jimmy, com a pilha de crianças negras e mortas? Chiswell e Jack o'Kent os vendiam para o exterior... Oriente Médio ou a África, provavelmente. Mas Chiswell talvez não soubesse do entalhe do cavalo... meu Deus, não, *sem dúvida* ele não sabia – disse Strike, lembrando-se das palavras de Chiswell no Pratt's –, porque quando ele me contou que havia fotografias, disse "não existem marcas peculiares, até onde eu sei".

– Lembra que Jimmy disse que ele lhe devia? – disse Robin, seguindo a própria linha de raciocínio. – E que Raff disse que Kinvara achava que, no início, ele tinha direito legítimo ao dinheiro? Que chances existem de Jack o'Kent ter deixado alguns cadafalsos prontos para venda quando ele morreu...

– ... e Chiswell ter vendido sem se dar ao trabalho de localizar os filhos de Jack e pagar? Muito inteligente – disse Strike, assentindo. – Assim, para Jimmy, tudo isso começou como uma exigência de sua parcela justa do patrimônio do pai. Depois, quando Chiswell negou que devia alguma coisa a eles, transformou-se em chantagem.

– Mas não é um caso muito forte para chantagem, pensando bem, é? – disse Robin. – Você acha realmente que Chiswell teria perdido muitos eleitores por isso? *Era* legítimo na época que eles vendiam, e ele era notoriamente a favor da pena de morte, assim ninguém podia dizer que ele era um hipócrita. Metade do país acha que devemos trazer a forca de volta. Não sei se o tipo de gente que vota em Chiswell o teria considerado muito errado.

– Outro bom argumento – concordou Strike – e Chiswell provavelmente teria rebatido. Ele sobreviveu ao pior: engravidou a amante, divórcio, um filho ilegítimo, o acidente de carro de Raphael drogado e sua prisão...

"Mas existiram 'consequências imprevistas', lembra?", Strike perguntou, pensativo. "O que mostram aquelas fotos no Ministério das Relações Exteriores, que Winn queria tanto conseguir? E quem é esse 'Samuel' que Winn mencionou há pouco tempo por telefone?"

Strike pegou o bloco e anotou algumas frases em sua letra densa e de difícil leitura.

– Pelo menos – disse Robin – temos confirmação da história de Raff. O colar.

Strike grunhiu, ainda escrevendo. Quando terminou, falou:

– É, isso foi útil, até certo ponto.

– O que quer dizer com "até certo ponto"?

— Ele ir a Oxfordshire para impedir que Kinvara fugisse com um colar valioso é uma história melhor do que aquela de tentar impedir que ela se matasse – disse Strike –, mas ainda não acho que ouvimos tudo.

— Por que não?

— A mesma objeção de antes. Por que Chiswell mandaria Raphael para lá como emissário, quando a mulher o detestava? Não consigo entender por que Raphael seria mais convincente do que Izzy.

— Tem algo contra Raphael, ou coisa assim?

Strike ergueu as sobrancelhas.

— Não tenho sentimentos pessoais por ele, nem de um jeito, nem de outro. E você?

— É claro que não. – Robin respondeu com uma rapidez um tanto excessiva. – Então, qual foi a teoria que você mencionou, antes de Tegan chegar?

— Ah, sim – disse Strike. – Bom, pode não ser nada, mas duas coisas que Raphael disse a você me saltaram aos olhos. Me fizeram pensar.

— Que coisas?

Strike contou a ela.

— Não entendo o que tem de significativo em nada disso.

— Talvez não isoladamente, mas tente juntar isso com o que Della me contou.

— Que parte?

Porém, mesmo quando Strike lembrou a ela o que Della havia dito, Robin continuou confusa.

— Não entendo a relação.

Strike se levantou, sorrindo.

— Pense por algum tempo. Vou telefonar para Izzy e contar que Tegan abriu o verbo sobre os cadafalsos.

Ele se afastou e desapareceu na multidão em busca de um local sossegado de onde dar o telefonema, deixando Robin beber o champanhe agora morno na pequena garrafa e refletindo sobre o que Strike acabara de dizer. Nada de coerente saiu de suas tentativas exaustivas de relacionar as informações díspares e Robin, depois de alguns minutos, desistiu e simplesmente ficou ali, desfrutando da brisa morna que levantava seu cabelo dos ombros.

Apesar do cansaço, do estado destruído de seu casamento e de sua apreensão verdadeira a respeito de cavar no vale naquela mesma noite, era agradável ficar sentada ali, respirando os odores da pista de corridas, do suave ar impregnado de turfa, couro e cavalo, sentindo rastros de perfume das mulheres que agora iam do bar para as tribunas, e o cheiro defumado de hambúrguer de carne de veado preparado em um furgão próximo. Pela primeira vez em uma semana, Robin percebeu que estava verdadeiramente com fome.

Ela pegou a rolha da garrafa de champanhe e a virou nos dedos, lembrando-se de outra rolha, aquela que havia guardado de seu aniversário de 21 anos, para o qual Matthew tinha ido da universidade para casa com um bando de novos amigos, entre eles Sarah. Pensando agora, ela entendeu que seus pais queriam dar uma grande festa em seu 21º aniversário como compensação por ela não ter a festa de formatura que todos eles esperavam.

Strike demorava muito. Talvez Izzy estivesse contando todos os detalhes, agora que eles sabiam de que se tratava a essência da chantagem ou talvez, Robin pensou, ela simplesmente quisesse segurá-lo ao telefone.

Mas Izzy não faz o tipo dele.

Esta ideia a assustou um pouco. Ela se sentiu meio culpada por lhe dar espaço e ainda mais desconfortável quando a ideia foi expulsa por outra.

Todas as namoradas dele foram bonitas. Izzy não é.

Strike atraía mulheres de beleza extraordinária, quando se consideravam sua aparência geral de urso e o que ele próprio já havia mencionado a ela como cabelo "de pentelho".

Aposto que eu pareço comum, este foi o próximo pensamento inconsequente de Robin. De rosto inchado e pálida quando entrou no Land Rover naquela manhã, ela havia chorado muito desde então. Ela deliberava se teria tempo de encontrar um banheiro e pelo menos escovar o cabelo quando viu Strike de volta, segurando um hambúrguer de veado em cada mão e um comprovante de aposta na boca.

— Izzy não está atendendo — informou ele entredentes. — Deixei recado. Pegue um desses e vamos. Acabei de apostar dez libras no placê em Brown Panther.

— Não sabia que você era de apostar — disse Robin.

— Não sou — Strike retirou o comprovante dos dentes e colocou no bolso —, mas me sinto com sorte hoje. Vem, vamos ver a corrida.

Enquanto Strike se virava, Robin colocou a rolha de champanhe discretamente no bolso.

– *Brown* Panther – disse Strike com uma dentada no hambúrguer, enquanto se aproximavam da pista. – Só que ele não é marrom. Crina preta, então ele é...

– ... baio, sim – disse Robin. – Também te incomoda que ele não seja uma pantera?

– Só estou tentando acompanhar a lógica. Aquele cavalo que encontrei na internet... Blanc de Blancs... era castanho, e não branco.

– Não cinza, quer dizer.

– Mas que merda – Strike resmungou, meio rindo, meio exasperado.

65

Quantos existirão que fariam o mesmo – quem se atreve a isto?
Henrik Ibsen, *Rosmersholm*

Brown Panther chegou em segundo. Eles gastaram o prêmio de Strike entre as barracas de comida e café, matando as horas do dia até chegar o momento de ir para Woolstone e o vale. Enquanto o pânico palpitava no peito de Robin sempre que ela pensava nas ferramentas na traseira do Land Rover e na bacia escura cheia de urtiga, Strike a distraía, propositalmente ou não, com a recusa persistente de explicar como os testemunhos de Della Winn e de Raphael Chiswell se encaixavam, ou que conclusões ele havia extraído daí.

— Pense – ele insistia em dizer –, apenas pense.

Mas Robin estava exausta, e era mais fácil simplesmente pressioná-lo a explicar durante sucessivos cafés e sanduíches, o tempo todo saboreando este interlúdio incomum na vida profissional dos dois, pois ela e Strike nunca passaram horas juntos, a não ser em algum momento de crise.

Mas à medida que o sol caía para mais perto do horizonte, os pensamentos de Robin disparavam com mais insistência para o vale e, sempre que isto acontecia, seu estômago dava uma pequena cambalhota. Notando seus silêncios cada vez mais preocupados, Strike sugeriu pela segunda vez que ela ficasse no Land Rover enquanto ele e Barclay cavavam.

— Não – disse Robin, tensa. – Não vim para ficar sentada no carro.

Eles levaram 45 minutos para chegar a Woolstone. A cor desaparecia rapidamente do céu a oeste enquanto eles desciam pela segunda vez no vale do Cavalo Branco e, quando chegaram a seu destino, algumas estrelas fracas pontilhavam o firmamento cor de poeira. Robin virou o Land Rover para a trilha tomada de mato que levava ao Steda Cottage e o carro balançou e avançou pelos sulcos fundos, trepadeiras e galhos emaranhados, penetrando a escuridão mais profunda conferida pelo denso dossel no alto.

— Entre o máximo que puder. — Strike a instruiu, vendo a hora no celular. — Barclay vai estacionar atrás de nós. Ele já deve estar aqui, eu disse a ele nove horas.

Robin estacionou e desligou o motor, olhando a densa mata que ficava entre a trilha e a Chiswell House. Eles podiam estar invisíveis, mas ainda assim era invasão. Sua ansiedade com a possível detecção, porém, não era nada perto do verdadeiro medo do que jazia abaixo do emaranhado de urtigas no fundo daquela bacia na frente do Steda Cottage, e assim ela voltou ao assunto que esteve usando como distração a tarde toda.

— Já te falei... *pense* – disse Strike pela enésima vez. — Pense nos comprimidos de lachesis. Foi você que achou que eram importantes. Pense em todas aquelas coisas estranhas que Chiswell fez: implicar com Aamir na frente de todos, dizendo que Lachesis "media o fio da vida de cada homem", dizendo a você "um por um, eles próprios se atrapalham", procurando o prendedor de notas de Freddie, que apareceu em seu bolso.

— Pensei nessas coisas, mas ainda não vejo como...

— O hélio e o tubo entrando na casa dentro de uma caixa de champanhe. Alguém sabia que ele não ia beber, porque era alérgico. Pergunte a si mesma como Flick sabia que Jimmy tinha uma queixa legítima contra Chiswell. Pense na briga de Flick com a colega de apartamento, Laura...

— Como *isso* pode ter alguma relação com a questão?

— Pense! — disse Strike, de um jeito enfurecedor. — Nenhuma amitriptilina foi encontrada na embalagem vazia de suco de laranja na lixeira de Chiswell. Lembre-se de Kinvara, obcecada com o paradeiro de Chiswell. Adivinha o que a pequena Francesca da galeria de arte de Drummond ia me dizer se eu conseguisse falar com ela ao telefone? Pense naquele telefonema ao escritório dos eleitores de Chiswell sobre pessoas "urinando-se enquanto morrem", o que em si não é conclusivo, posso lhe dizer, mas é muito sugestivo quando você para e pensa nisso...

— Você está acabando comigo — disse a incrédula Robin. — Sua ideia relaciona tudo isso? E faz sentido?

— Sim – disse Strike, presunçoso – e também explica como Winn e Aamir sabiam que havia fotografias no Ministério das Relações Exteriores, presumivelmente dos cadafalsos de Jack o'Kent em uso, quando Aamir não trabalhava lá havia meses e Winn, até onde sabemos, nunca botou os pés...

O celular de Strike tocou. Ele olhou a tela.

— Izzy retornando a ligação. Vou atender lá fora. Quero fumar.

Ele saiu do carro. Robin o ouviu dizer "Oi" antes de fechar a porta. Ela ficou sentada ali, esperando por ele, sua mente zumbia. Ou Strike verdadeiramente teve uma inspiração, ou estava de gozação, e ela ficou um tanto inclinada a esta última, tal era a completa desconexão das informações distintas que ele acabara de mencionar.

Cinco minutos depois, Strike voltou ao banco do carona.

— Nossa cliente está insatisfeita. — Ele bateu a porta de novo. — Tegan devia nos dizer que Kinvara escapuliu naquela noite para matar Chiswell e não confirmar seu álibi e tagarelar sobre os cadafalsos comercializados de Chiswell.

— Izzy admitiu isso?

— Não teve muita alternativa, teve? Mas ela não gostou. Insistiu muito em me dizer que a exportação de cadafalsos era permitida por lei na época. Argumentei com ela que o pai tinha lesado Jimmy e Billy, privando-os de seu dinheiro, e você estava certa. Havia dois lotes de cadafalsos construídos e prontos para venda quando Jack o'Kent morreu, e ninguém se incomodou em contar aos seus filhos. Ela gostou ainda menos de admitir isso.

— Acha que ela tem medo que eles reclamem parte do patrimônio de Chiswell?

— Não vejo que bem isto faria à reputação de Jimmy nos círculos que ele frequenta, aceitar dinheiro ganho com o enforcamento de pessoas no Terceiro Mundo — disse Strike —, mas nunca se sabe.

Um carro passou acelerado na estrada atrás deles e Strike esticou o pescoço, esperançoso.

— Pensei que fosse Barclay... — Ele olhou o relógio. — Talvez ele tenha errado a entrada.

— Cormoran — disse Robin, que estava muito menos interessada no estado de espírito de Izzy ou no paradeiro de Barclay do que na teoria que Strike sonegava dela —, você *fala sério* quando diz que tem uma ideia que explica tudo que acabou de me dizer?

— Falo — Strike coçou o queixo —, eu tenho. O problema é que nos coloca mais próximos do *quem*, mas ainda não consigo ver *por que* fizeram isso, a não ser que tenha sido feito por ódio cego... mas este não parece um crime passional de sangue quente, parece? Isto não foi um martelo metido na cabeça. Foi uma execução bem planejada.

– O que aconteceu com os "meios antes do motivo"?

– Estive me concentrando nos meios. Foi como cheguei aqui.

– Não vai me dizer nem mesmo "ele" ou "ela"?

– Nenhum bom mentor privaria você da satisfação de deduzir sozinha. Sobrou algum biscoito?

– Não.

– Então, por sorte ainda temos isto. – Strike tirou um Twix do bolso, abriu e entregou metade a ela, que Robin pegou com uma má vontade que o divertiu.

Nenhum dos dois falou antes de terminarem de comer. Depois Strike disse, com muito mais seriedade do que até então:

– Esta noite é importante. Se não houver nada enterrado em um cobertor cor-de-rosa no fundo do vale, toda a questão de Billy está encerrada: ele imaginou o estrangulamento, nós o tranquilizamos e eu passo a tentar provar minha teoria sobre a morte de Chiswell, livre de distrações, sem me preocupar onde se encaixam uma criança morta e quem matou a menina.

– Ou o menino. – Robin lembrou a Strike. – Você disse que Billy não tinha certeza.

Ao dizer isso, sua imaginação desgovernada lhe mostrou um pequeno esqueleto enrolado nos restos podres de um cobertor. Seria possível saber se o corpo era feminino ou masculino pelo que restava dele? Haveria uma fivela de cabelo ou um cadarço, botões, uma mecha de cabelo comprido?

Tomara que não tenha nada, ela pensou. *Meu Deus, que não tenha nada ali.*

Em voz alta, porém, ela perguntou:

– E se *houver*... alguma coisa... alguém... enterrado no vale?

– Então minha teoria está errada, porque não vejo como o estrangulamento de uma criança em Oxfordshire se encaixa com qualquer coisa que eu tenha mencionado.

– Não precisa se encaixar – disse Robin sensatamente. – Você pode estar certo sobre quem matou Chiswell e esta pode ser uma questão inteiramente distinta...

– Não – Strike negou com a cabeça. – É coincidência demais. Se tem alguma coisa enterrada no vale, está ligada a todo o resto. Um irmão testemunhando um assassinato quando criança, o outro chantageando um homem assassinado vinte anos depois, a criança sendo enterrada nas terras de Chiswell... se há uma criança enterrada no vale, ela se encaixa em algum lugar. Mas vou apostar que não tem nada ali. Se eu pensasse seriamente que tem um corpo no vale, tentaria convencer a polícia a fazer o trabalho. Esta noite é por Billy. Eu prometi a ele.

Eles ficaram sentados ali, vendo a trilha aos poucos sumir de vista no escuro, Strike de vez em quando olhando o celular.

– Mas onde Barclay se meteu...? Ha!

Faróis tinham acabado de girar para a trilha atrás deles. Barclay avançou em um antigo Golf pela trilha, freou e apagou os faróis. Pelo retrovisor lateral, Robin viu sua silhueta sair do carro, transformando-se no Barclay de carne e osso ao chegar à janela de Strike, trazendo uma bolsa de viagem igual à do detetive.

– Boa noite – disse ele laconicamente. – Ótima noite para violar sepulturas.

– Está atrasado – disse Strike.

– É, eu sei. Acabo de receber um telefonema de Flick. Achei que você ia querer saber o que ela tem a dizer.

– Entre na traseira – sugeriu Strike. – Pode nos contar enquanto esperamos. Vamos dar dez minutos para que fique bem escuro.

Barclay subiu na traseira do Land Rover e fechou a porta. Strike e Robin se viraram em seus bancos para falar com ele.

– Então, ela me ligou, destilando...

– Traduza para a nossa língua, por favor.

– Então, chorando... para não dizer se cagando toda. A polícia apareceu hoje.

– Bem na hora – disse Strike. – E?

– Eles deram uma busca no banheiro e encontraram o bilhete de Chiswell. Ela foi interrogada.

– Qual foi a explicação dela para estar com ele?

– Não me confidenciou. Só queria saber onde Jimmy está. Ela está bem fodida. Foi só "diga a Jimmy que agora está com eles, ele vai saber o que quero dizer".

– Onde está Jimmy, você sabe?

— Não faço ideia. Eu o vi ontem e ele não falou de plano nenhum, mas me disse que irritou Flick por perguntar se ela teria o número de Bobbi Cunliffe. Ele gostou da jovem Bobbi – disse Barclay, sorrindo para Robin. – Flick disse que não sabia e quis saber por que ele estava tão interessado. Jimmy falou que só queria levar Bobbi a uma reunião do Real Socialismo, mas, sabe como é, Flick não é assim tão burra.

— Acha que ela desconfia que fui eu que dei a dica à polícia? – perguntou Robin.

— Ainda não – disse Barclay. – Ela está em pânico.

— Tudo bem. – Strike estreitou os olhos para o pequeno trecho do céu que eles podiam enxergar através da folhagem no alto –, acho que precisamos começar. Pegue essa bolsa a seu lado, Barclay, coloquei ferramentas e luvas aí dentro.

— Como você vai cavar com sua perna desse jeito? – perguntou Barclay com ceticismo.

— Você não pode fazer isso sozinho – disse Strike –, ainda estaremos aqui amanhã à noite.

— Vou cavar também – disse Robin com firmeza. Ela se sentia mais corajosa depois das garantias de Strike de que era muito improvável que encontrassem alguma coisa no vale. – Me passe essas galochas, Sam.

Strike já pegava a lanterna e a bengala em sua bolsa.

— Eu carrego isso. – Barclay se ofereceu e ouviu-se o barulho de pesadas ferramentas de metal se mexendo enquanto ele colocava a bolsa de Strike no ombro, junto com a própria.

Os três partiram pela trilha, Robin e Barclay andando no ritmo de Strike, que avançava cautelosamente, focalizando o facho da lanterna no chão e fazendo uso constante da bengala, ao mesmo tempo para se apoiar e empurrar obstáculos do caminho. Seus passos eram amortecidos pelo solo macio, mas a noite silenciosa ampliava o tinido e as batidas das ferramentas carregadas por Barclay, o farfalhar de criaturas mínimas e invisíveis fugindo dos gigantes que invadiam seu meio silvestre e, do lado da Chiswell House, o latido de um cachorro. Robin se lembrou do Norfolk terrier e torceu para que não estivesse solto.

Quando eles chegaram à clareira, Robin viu que a noite tinha transformado o chalé decrépito no covil de uma bruxa. Era fácil imaginar vultos escondidos atrás das janelas rachadas e, dizendo a si mesma firmemente que a situação já era arrepiante sem imaginar novos horrores, ela se afastou dali. Com um "ufa" baixo, Barclay deixou as bolsas caírem no chão na beira do vale e abriu o zíper das duas. À luz da lanterna, Robin viu um amplo leque de ferramentas: uma picareta, um sacho, dois pés de cabra, um rastelo, uma machadinha e três pás, uma delas pontuda. Também havia vários pares de luvas grossas de jardinagem.

– É, isso deve bastar – disse Barclay, estreitando os olhos para a bacia escura abaixo deles. – Precisamos limpar antes de ter alguma chance de furar o chão.

– É verdade – disse Robin, pegando um par de luvas.

– Tem certeza disso, grandão? – perguntou Barclay a Strike, que tinha feito o mesmo.

– Posso arrancar urtiga, pelo amor de Deus – disse Strike, irritado.

– Pegue o machado, Robin – disse Barclay, pegando o sacho e um pé de cabra. – Vamos ter de cortar alguns arbustos.

Os três escorregaram e cambalearam pela lateral íngreme do vale e passaram a trabalhar. Por quase uma hora eles cortaram galhos vigorosos e arrancaram urtiga, de vez em quando trocando de ferramentas ou voltando à parte elevada do terreno para pegar outras.

Apesar do frio crescente da noite, Robin logo transpirava e se livrou de camadas de roupa enquanto trabalhava. Strike, por outro lado, dedicava uma energia considerável a fingir que o ato constante de se curvar e torcer em terreno escorregadio e irregular não afetava a ponta de seu coto. A escuridão escondia suas caretas e ele tinha o cuidado de ajeitar as feições sempre que Barclay ou Robin viravam a lanterna para verificar o progresso de todos.

A atividade física ajudava a dissipar o temor de Robin do que podia estar escondido abaixo de seus pés. Talvez, ela pensou, fosse assim no exército: o trabalho braçal e a camaradagem dos colegas ajudando você a se concentrar em algo além da realidade macabra do que podia estar à frente. Os dois antigos soldados atacavam sua tarefa metodicamente e sem reclamar, exceto pelo palavrão ocasional quando galhos teimosos rasgavam tecido e carne.

– Hora de cavar – disse por fim Barclay, quando o fundo da bacia estava o mais limpo que eles conseguiriam. – Vai precisar sair daí, Strike.

– Eu começo, Robin pode descansar – disse Strike. – Anda – disse-lhe ele –, faça um intervalo, segure firme a lanterna para nós e me passe o rastelo.

A criação com três irmãos ensinou a Robin valiosas lições sobre o ego masculino e sobre que lutas combater. Convencida de que a ordem de Strike era ditada mais pelo orgulho do que pelo bom senso, ainda assim ela aquiesceu, subindo a lateral íngreme do vale, e ali se sentou e segurou firmemente o facho da lanterna enquanto eles trabalhavam, de vez em quando passando ferramentas diferentes para ajudar os dois a remover pedras e atacar trechos particularmente duros do terreno.

Era um trabalho lento. Barclay cavava três vezes mais rápido do que Strike, que Robin de imediato via que estava lutando, em particular para pressionar a pá pontuda na terra com um pé, a prótese pouco confiável sendo requisitada a suportar todo seu peso no terreno irregular e torturante quando pressionada contra o metal resistente. Minuto a minuto, ela deixou de intervir, até que um *"porra"* em voz baixa escapou de Strike e ele se recurvou com uma careta de dor.

– Devo assumir? – sugeriu ela.

– Acho que vai ter de fazer – ele resmungou, nada cortês.

Ele se arrastou para fora do vale, tentando não colocar mais peso no coto, pegou a lanterna de uma Robin que descia e a segurou firme para os outros dois, que trabalhavam, a ponta do coto latejando e, ele suspeitava, esfolada.

Barclay tinha criado um canal curto de algumas dezenas de centímetros de profundidade antes de fazer sua primeira pausa e saiu do buraco para pegar uma garrafa de água em sua bolsa. Enquanto ele bebia e Robin descansava, apoiada no cabo da pá, os latidos os alcançaram novamente. Barclay estreitou os olhos para a invisível Chiswell House.

– Que cães eles têm ali? – perguntou ele.

– Um labrador velho e um terrier filho da puta e gritão – disse Strike.

– Não gosto de nossas chances, se ela soltar – disse Barclay, limpando a boca no braço. – O terrier vai passar direto por aqueles arbustos. Eles têm uma audição do caralho, os terrier.

– É melhor torcer para que ela não solte, então – disse Strike, mas acrescentou: – Vamos dar cinco minutos, Robin – e apagou a lanterna.

Robin também saiu da bacia e aceitou uma garrafa de água de Barclay. Agora que não estava mais cavando, o frio deu arrepios em seu corpo exposto. O esvoaçar e a correria de pequenas criaturas na relva e nas árvores pareciam extraordinariamente altos no escuro. Ainda assim o cão latia e, de longe, Robin pensou ter ouvido uma mulher gritar.

– Ouviram isso?
– Sim. Parece que ela gritou para ele calar a boca – disse Barclay.
Eles esperaram. Enfim, o terrier parou de latir.
– Vamos dar mais alguns minutos – disse Strike. – Deixem ele dormir.

Eles esperaram, o sussurro de cada folha ampliado no escuro, até que Robin e Barclay desceram novamente ao vale e recomeçaram a cavar.

Agora os músculos de Robin imploravam por misericórdia, as palmas das mãos criavam bolhas abaixo das luvas. Quanto mais fundo cavava, mais difícil ficava o trabalho, o solo era compactado e cheio de pedras. O lado de Barclay na trincheira era consideravelmente mais fundo do que o de Robin.

– Me deixa fazer um pouco – Strike sugeriu.
– Não – ela vociferou, cansada demais para ser algo além de brusca. – Você vai ferrar completamente a sua perna.
– Ela não está errada, amigo – disse Barclay, ofegante. – Me dê outra água, estou sufocando.

Uma hora depois, Barclay estava em um buraco pela cintura e as palmas de Robin sangravam por baixo das luvas grandes demais, que esfregaram camadas de pele quando ela usou a extremidade rombuda do sacho para levantar uma pedra pesada do chão.

– Vamos... *lá*... sua... merda...
– Quer uma ajuda? – Strike ofereceu, preparando-se para descer.
– Fique aí – ela falou com raiva. – Não poderei ajudar a te carregar para o carro, não depois disso...

Um último grito involuntário escapou dela quando conseguiu virar o pequeno rochedo. Alguns insetos minúsculos e contorcidos grudados à parte de baixo rastejaram à luz da lanterna. Strike dirigiu o facho para Barclay.

– Cormoran – disse Robin abruptamente.
– Que foi?
– Preciso de luz.

Algo em sua voz fez Barclay parar de cavar. Em vez de dirigir o facho de volta a ela e sem considerar seu alerta um instante atrás, Strike escorregou para o fundo, pousando na terra solta. A lanterna rodou e ofuscou Robin por um segundo.

– O que você viu?

– Jogue a luz aqui – disse ela. – Na pedra.

Barclay subiu até eles, a calça jeans coberta de terra da bainha aos bolsos.

Strike fez o que Robin pediu. Os três olharam a superfície incrustada da pedra. Ali, preso na lama, estava um fio do que claramente não era matéria vegetal, mas fibra de lã, de um rosa fraco, porém nítido.

Eles se viraram ao mesmo tempo para examinar a marca deixada no chão onde estivera a pedra, Strike dirigindo a lanterna para o buraco.

– Ah, merda. – Robin ofegou e, sem pensar, bateu as luvas enlameadas no rosto. Cerca de cinco centímetros de tecido sujo tinham sido revelados e, no facho intenso da lanterna, o tecido também era rosa.

– Me dê isto – disse Strike, tirando o sacho de sua mão.

– Não...!

Mas ele quase a empurrou de lado. Pela luz desviada da lanterna, ela viu a expressão dele, ameaçadora, furiosa, como se o cobertor rosa o tivesse enganado gravemente, como se ele tivesse sofrido uma afronta pessoal.

– Barclay, pegue isto.

Ele atirou o sacho para seu terceirizado.

– Quebre o máximo que puder. Procure não perfurar o cobertor. Robin, vá para o outro lado. Use o rastelo. E preste atenção em minhas mãos – disse Strike a Barclay. Prendendo a lanterna na boca para enxergar com sua luz, ele se ajoelhou na terra e a deslocou de lado com os dedos.

– Escutem – Robin sussurrou, petrificada.

O latido frenético do terrier chegou a eles novamente pelo ar noturno.

– Eu gritei, não foi, quando virei a pedra? – Robin sussurrou. – Acho que o acordei.

– Isso não importa agora – disse Strike com os dedos retirando terra do cobertor. – Cave.

– Mas e se...?

– Vamos cuidar disso, se acontecer. *Cave*.

Robin passou o rastelo. Depois de alguns minutos, Barclay trocou o sacho por uma pá. Lentamente, foi revelada a extensão do cobertor cor-de--rosa, seu conteúdo ainda muito enterrado para ser retirado.

— Isto não é um adulto – disse Barclay, avaliando o tamanho do cobertor sujo.

O terrier ainda latia, distante, para os lados da Chiswell House.

— Precisamos chamar a polícia, Strike – disse Barclay, parando para limpar o suor e a lama dos olhos. – Não estamos perturbando uma cena de crime aqui?

Strike não respondeu. Meio nauseada, Robin observou os dedos dele apalpando a forma da coisa escondida por baixo do cobertor sujo.

— Vá até minha bolsa – disse Strike a ela. – Tem uma faca ali. Uma faca Stanley. Rápido.

O terrier ainda latia. Robin achou que parecia mais alto. Ela subiu a lateral íngreme do vale, tateou nas profundezas do escuro procurando pela bolsa, encontrou a faca e deslizou de volta a Strike.

— Cormoran, acho que Sam tem razão – sussurrou. – Devemos deixar isto para a...

— Me dê a faca – disse ele, de mão estendida. – Anda, rápido, eu posso sentir. Isto é o crânio. *Rápido!*

Contrariando seus melhores instintos, ela lhe passou a lâmina. Ouviu-se o tecido ser perfurado, depois um rasgo.

— O que está fazendo? – ela perguntou, ofegante, vendo Strike puxar algo do chão.

— Puta que pariu, Strike – disse Barclay, com raiva –, está tentando arrancar a...?

Com uma trituração pavorosa, a terra soltou algo grande e branco. Robin soltou um gritinho, recuou e caiu, meio sentada, na parede do vale.

— Puta que pariu – repetiu Barclay.

Strike passou a lanterna para a mão livre de forma a lançar a luz na coisa que tinha acabado de arrancar da terra. Atordoados, Robin e Barclay viram o crânio descolorido e parcialmente quebrado de um cavalo.

66

Não fique sentado aqui, refletindo e remoendo enigmas insolúveis.
Henrik Ibsen, *Rosmersholm*

Protegido durante anos pelo cobertor, o crânio brilhava pálido à luz da lanterna, estranhamente reptiliano na extensão do nariz e nas mandíbulas afiadas. Restavam alguns dentes rombudos. Havia cavidades no crânio além das oculares, uma no maxilar, outra na lateral da cabeça e, em volta de cada uma delas, o osso estava rachado e lascado.

— Tiros. — Strike virava o crânio lentamente nas mãos. Uma terceira marca mostrava o curso de outra bala, que tinha fraturado, mas não penetrado a cabeça do cavalo.

Robin sabia que teria se sentido muito pior se o crânio fosse humano, mas ainda assim ficou abalada com o barulho que ele fez quando libertado da terra e com a visão inesperada daquela concha frágil do que um dia viveu e respirou, descarnada agora por bactérias e insetos.

— Os veterinários sacrificam cavalos com um único tiro na testa — disse ela. — Não os enchem de balas.

— Rifle — disse Barclay com autoridade, e chegou mais perto para examinar o crânio. — Alguém fez o bicho de alvo.

— Não é muito grande, é? Era um potro? — Strike perguntou a Robin.

— Talvez, mas acho que mais parece um pônei, ou um cavalo miniatura.

Ele o virou lentamente nas mãos e os três olharam o crânio se mexer à luz da lanterna. Tinham despendido tanta dor e esforço cavando no chão que o crânio parecia conter segredos para além de sua mera existência.

— Então Billy *testemunhou mesmo* um enterro — disse Strike.

— Mas não foi uma criança. Não precisa repensar sua teoria — disse Robin.

— Teoria? — Barclay repetiu e foi ignorado.

— Não sei, Robin — disse Strike, com o rosto fantasmagórico atrás da lanterna. — Se ele não inventou o enterro, não acho que tenha inventado...

— Merda — disse Barclay. — Ela fez, ela soltou a porra dos cachorros.

Os latidos agudos do terrier e os mais graves e ressonantes do labrador, não mais abafados pelas paredes que os continham, soavam pela noite. Sem cerimônia nenhuma, Strike largou o crânio.

— Barclay, pegue todas as ferramentas e saia daqui. Vamos segurar os cachorros.

— E o...?

— Deixa como está, não há tempo para tapar — disse Strike, já saindo do vale, ignorando a dor torturante na ponta do coto. — Robin, vamos, você está comigo...

— E se ela chamou a polícia? — disse Robin, chegando primeiro ao alto do vale, virando-se para ajudar Strike a subir.

— Vamos improvisar — ele ofegava —, vem, quero parar os cachorros antes que eles cheguem a Sam.

A mata era densa e emaranhada. Strike tinha deixado a bengala para trás. Robin segurou seu braço enquanto ele mancava o mais rápido possível, grunhindo de dor sempre que pedia ao coto para suportar seu peso. Robin viu um ponto de luz através das árvores. Alguém tinha saído de casa com uma lanterna.

De súbito, o Norfolk terrier explodiu pelo mato, latindo com ferocidade.

— Bom garoto, isso, achou! — Robin arquejava.

Ignorando sua abordagem amistosa, ele se atirou para ela, tentando morder. Ela lhe deu um chute com a galocha, mantendo-o ao largo enquanto chegava a eles o barulho do labrador mais pesado, latindo na direção dos dois.

— Seu merdinha — disse Strike, tentando repelir o Norfolk terrier que disparava em volta deles, rosnando, mas segundos depois o terrier viu Barclay: virou a cabeça para o vale e, antes que qualquer um dos dois pudesse impedir, partiu novamente, latindo freneticamente.

— Merda — disse Robin.

— Deixa pra lá, vamos andando – disse Strike, mas a ponta do coto ardia e ele se perguntava quanto tempo mais poderia escorá-lo.

Eles tinham dado apenas mais alguns passos quando o labrador gordo os alcançou.

— Bom garoto, isso, bom garoto – Robin cantarolou e o labrador, menos entusiasmado com a caçada, permitiu que ela segurasse firmemente sua coleira. – Vamos, vem com a gente – disse Robin e o arrastou um pouco, com Strike ainda se apoiando nela, para o gramado de croqué tomado de mato em que eles agora viam uma lanterna se balançar pelo escuro, cada vez mais próxima. Uma voz aguda chamou:

— Badger! Rattenbury! Quem está aí? Quem é?

A silhueta atrás da lanterna era feminina e volumosa.

— Está tudo bem, sra. Chiswell! – Robin gritou. – Somos nós!

— "Nós" quem? Quem são vocês?

— Faça como eu – Strike resmungou a Robin e gritou: – Sra. Chiswell, Cormoran Strike e Robin Ellacott.

— O que estão fazendo aqui? – ela gritou pelo espaço decrescente entre eles.

— Estávamos entrevistando Tegan Butcher no vilarejo, sra. Chiswell – gritou Strike enquanto ele e Robin, e o relutante Badger, atravessavam laboriosamente a relva alta. – Voltávamos de carro por aqui e vimos duas pessoas entrando em sua propriedade.

— Que duas pessoas? Onde?

— Elas entraram na mata ali atrás – disse Strike. Das profundezas das árvores, o Norfolk terrier ainda latia freneticamente. – Não temos seu número, ou teríamos ligado para avisar a senhora.

Agora a pouca distância dela, eles viam que Kinvara usava um grosso casaco acolchoado por cima de uma camisola curta de seda preta, com as pernas expostas acima das galochas. Sua desconfiança, o choque e a incredulidade encontraram a completa confiança de Strike.

— Achei que devíamos fazer alguma coisa e olhar, porque éramos as únicas pessoas que tinham testemunhado – ele disse ofegante, estremecendo um pouco enquanto mancava para ela com a ajuda de Robin, heroico, mas autodepreciativo. – Peço desculpas – acrescentou ele, parando – pelo nosso estado. Esta mata é cheia de lama e eu caí algumas vezes.

Uma brisa fria varreu o gramado escuro. Kinvara o encarou, atrapalhada, desconfiada, depois virou o rosto na direção do terrier, que ainda latia.

– RATTENBURY! – ela gritou. – *RATTENBURY!*

Ela se virou para Strike.

– Como eles eram?

– Homens – Strike inventou –, jovens e fortes, pelo jeito como se mexiam. Sabíamos que a senhora já teve problemas com invasores...

– Sim. Sim, eu tive – disse Kinvara, assustada. Ela parece ter visto o estado de Strike pela primeira vez, apoiado fortemente em Robin, com o rosto contorcido de dor.

– Acho melhor vocês entrarem.

– Muito obrigado – disse Strike, agradecido. – É muita gentileza sua.

Kinvara arrancou a coleira do labrador das mãos de Robin e gritou "RATTENBURY!" de novo, mas o terrier que latia distante não respondeu, assim ela arrastou o labrador, que mostrava sinais de rebeldia, de volta a casa, seguida por Robin e Strike.

– E se ela chamar a polícia? – Robin cochichou para Strike.

– Cuidaremos disso quando chegar a hora – respondeu ele.

Uma janela do chão ao teto na sala de estar estava aberta. Kinvara evidentemente seguira os cachorros frenéticos por ela, por ser o caminho mais rápido para a mata.

– Estamos cheios de lama – Robin avisou a ela, enquanto atravessavam o caminho de cascalho que cercava a casa.

– É só deixar as botas do lado de fora – disse Kinvara, entrando na sala sem se incomodar em tirar os próprios calçados. – Eu pretendia mesmo trocar esse carpete.

Robin tirou as botas, acompanhou Strike para dentro e fechou a janela.

A sala fria e sombria era iluminada por uma única luminária.

– Dois homens? – repetiu Kinvara, virando-se para Strike. – De onde exatamente vocês viram os dois vindo?

– Pulando o muro na estrada – disse Strike.

– Acha que eles sabiam que foram vistos por vocês?

– Ah, sim – disse Strike. – Paramos o carro, mas eles correram para a mata. Acho que eles podem ter dado no pé depois que os seguimos, não é? – perguntou ele a Robin.

— Sim – disse Robin –, acho que ouvimos os dois correndo de volta para a estrada quando a senhora soltou os cachorros.

— Rattenbury ainda está perseguindo alguém... é claro que pode ser uma raposa... ele fica louco com as raposas na mata – disse Kinvara.

A atenção de Strike tinha acabado de ser atraída por uma mudança na sala desde a última vez que ele a vira. Havia um quadrado recente de papel de parede vermelho-escuro acima da lareira, onde estava pendurada a tela da égua com o potro.

— O que aconteceu com seu quadro? – perguntou ele.

Kinvara virou-se para ver do que Strike falava. Respondeu, talvez alguns segundos tarde demais:

— Eu vendi.

— Ah – disse Strike. – Pensei que a senhora gostasse particularmente deste.

— Não depois do que Torquil disse naquele dia. Depois disso, não gostei de tê-lo pendurado ali.

— Ah – disse Strike.

Os latidos insistentes de Rattenbury continuavam a ter eco na mata onde, Strike tinha certeza, ele havia encontrado Barclay, lutando para voltar ao carro com as duas bolsas cheias de ferramentas. Agora que Kinvara tinha soltado sua coleira, o labrador gordo soltou um único latido estrondoso e trotou para a janela, onde começou a ganir e bater a pata no vidro.

— A polícia não chegaria aqui a tempo, mesmo que eu chamasse – disse Kinvara, entre preocupada e furiosa. – Nunca sou a prioridade deles. Eles acham que inventei tudo, os invasores.

"Vou ver como estão os cavalos", disse ela, tomando uma decisão, mas em vez de passar pela janela, ela foi da sala para o hall e dali, pelo que eles podiam ouvir, entrou em outro cômodo.

— Tomara que o cachorro não tenha apanhado Barclay – Robin cochichou.

— É melhor torcer para ele não ter dado com a pá na cabeça dele – murmurou Strike.

A porta voltou a se abrir. Kinvara estava de volta e, para perplexidade de Robin, portava um revólver.

— Eu fico com isso. — Strike mancou e pegou o revólver de sua mão assustada. Ele o examinou. — Harrington & Richardson de sete balas? Isto é ilegal, sra. Chiswell.

— Era de Jasper — respondeu ela, como se isto constituísse uma permissão especial — e eu preferi...

— Vou com a senhora ver os cavalos — disse Strike com firmeza — e Robin pode ficar aqui, de olho na casa.

Kinvara talvez quisesse protestar, mas Strike já abria a janela da sala de estar. Aproveitando a oportunidade, o labrador atirou-se para o jardim escuro, seus latidos graves ecoando pelo terreno.

— Ah, pelo amor de Deus... não devia deixar que ele saísse... Badger! — gritou Kinvara. Ela se virou rapidamente para Robin: — Preste atenção, fique nesta sala! — Depois seguiu o labrador de volta ao jardim, Strike mancando atrás dela com o revólver. Ambos desapareceram no escuro. Robin ficou onde a deixaram, impressionada com a veemência da ordem de Kinvara.

A janela aberta deixava entrar plenamente o ar noturno no que já era um interior frio. Robin se aproximou do cesto de lenha ao lado da lareira, tentadoramente cheio de jornais, gravetos, madeira e acendedores, mas não podia acender o fogo na ausência de Kinvara. Em cada aspecto, a sala estava tão desgastada quanto ela se lembrava, as paredes agora nuas, a não ser por quatro gravuras de paisagens de Oxfordshire. Do lado de fora, os dois cachorros ainda latiam, mas dentro da sala o único som, que Robin não tinha notado em sua última visita devido ao falatório e às querelas da família, era a batida alta de um antigo relógio de pêndulo no canto.

Cada músculo no corpo de Robin começava a doer depois das longas horas cavando e as mãos com calos doíam. Ela havia acabado de se sentar no sofá arriado, abraçando-se para se aquecer, quando ouviu um rangido no alto, muito parecido com um passo.

Robin olhou o teto. Deve ter imaginado. As casas velhas faziam barulhos estranhos que pareciam humanos, até que você se familiarizava com eles. Os radiadores dos pais faziam ruídos de sucção à noite e as velhas portas rangiam no aquecimento central. Não devia ser nada.

Veio um segundo rangido, a uma boa distância de onde ocorreu o primeiro.

Ao se colocar de pé, Robin correu os olhos pela sala, procurando algo que pudesse usar como arma. Um sapo decorativo de bronze, pequeno e feio, estava em uma mesa ao lado do sofá. Enquanto seus dedos se fechavam na superfície fria e esburacada, ela ouviu um terceiro rangido do alto. Se não estava imaginando, agora os passos se deslocavam por um cômodo bem acima daquele em que ela se encontrava.

Robin ficou imóvel por quase um minuto e forçou a audição. Sabia o que Strike diria: fique quieta. Depois ela ouviu outro movimento mínimo no alto. Alguém, ela estava certa disso, andava furtivamente no segundo andar.

No maior silêncio possível em seus pés com meias, Robin aproximou-se da porta da sala sem tocar nela, para que não rangesse, e foi em silêncio para o meio do hall com piso de pedra, onde o lustre lançava uma luz desigual. Parou abaixo dele, apurou os ouvidos, com o coração batendo erraticamente, imaginando um desconhecido parado acima dela, também petrificado, ouvindo, esperando. Com o sapo de bronze ainda firme na mão direita, ela foi ao pé da escada. O patamar estava às escuras. O latido dos cachorros ecoava no fundo da mata.

Ela estava na metade do caminho para o patamar quando pensou ter ouvido outro leve ruído no alto: o arrastar de um pé em carpete, seguido pelo silvo de uma porta se fechando.

Ela sabia que não tinha sentido perguntar "Quem está aí?". Se a pessoa escondida estivesse disposta a mostrar o rosto, não teria deixado Kinvara sair da casa sozinha para enfrentar o que havia atiçado os cães.

Robin chegou ao alto da escada e viu que uma faixa vertical de luz, emanada do único cômodo iluminado, traçava um dedo espectral no chão escuro. Seu pescoço e o couro cabeludo se arrepiaram enquanto ela avançava de mansinho, com medo de que o observador desconhecido vigiasse de um dos três cômodos escuros e portas abertas por que ela passava. Olhando constantemente por cima do ombro, ela abriu com a ponta dos dedos a porta do quarto iluminado, levantou o sapo de bronze no alto e entrou.

Sem dúvida aquele era o quarto de Kinvara: bagunçado, atulhado e deserto. Havia uma única luminária acesa na mesa de cabeceira mais próxima da porta. A cama estava desfeita, com o jeito de ter sido deixada às pressas, o edredom xadrez creme jogado no chão, embolado. As paredes eram cobertas de muitas pinturas de cavalos, todas de qualidade consideravelmente inferior, mesmo para os olhos leigos de Robin, em relação àquele quadro que não estava mais na sala. As portas do guarda-roupa estavam abertas, mas só um liliputiano podia se esconder entre as roupas muito espremidas dentro dele.

Robin voltou ao patamar escuro. Segurando o sapo de bronze um pouco mais frouxo, ela se orientou. O barulho que tinha ouvido viera de um cômodo imediatamente acima, o que significava que devia ser aquele da porta fechada, de frente para ela.

Ao estender a mão para a maçaneta, intensificou-se a sensação apavorante de que olhos invisíveis a observavam. Ela abriu a porta e tateou a parede interior sem entrar, até encontrar um interruptor de luz.

A luz severa revelou um quarto frio e despojado, com uma guarda de cama de bronze e uma única cômoda. As cortinas pesadas em seus aros de bronze antiquados estavam fechadas, escondendo o exterior. Na cama de casal estava a tela *O Lamento da Égua*, a égua marrom e branca para sempre farejando o potro inteiramente branco enroscado na palha.

Robin apalpou o bolso do casaco com a mão que não segurava o peso de papel de bronze, encontrou o celular e tirou várias fotos da pintura em cima da colcha. Parecia ter sido colocada ali às pressas.

Ela teve a súbita sensação de que algo se mexia atrás dela. Virou o corpo e tentou se livrar da impressão brilhante da moldura dourada que ardia em sua retina pelo flash da câmera. Depois ouviu as vozes de Strike e Kinvara cada vez mais altas no jardim e entendeu que eles voltavam à sala de estar.

Robin apagou a luz do quarto de hóspedes, correu no maior silêncio possível para o patamar e desceu a escada. Temendo não conseguir chegar à sala a tempo de recebê-los, ela disparou ao banheiro do térreo, deu a descarga, depois correu de volta pelo hall e chegou à sala justo quando sua anfitriã fazia sua reentrada do jardim.

67

... tive bons motivos para traçar ciosamente um véu de dissimulação sobre nosso pacto.

Henrik Ibsen, *Rosmersholm*

O Norfolk terrier lutava nos braços de Kinvara, com as patas enlameadas. Ao ver Robin, Rattenbury soltou uma nova saraivada de latidos e lutou para se soltar.

— Desculpe, eu estava morrendo de vontade de ir ao banheiro — disse Robin ofegante, com o sapo de bronze escondido às costas. A antiga caixa de descarga deu apoio a sua história, soltando esguichos e retinidos altos que tiveram eco pelo hall calçado de pedra. — Alguma sorte? — perguntou Robin a Strike, que mancava de volta para a sala atrás de Kinvara.

— Nada — disse Strike, agora desfigurado de dor. Depois de esperar que o labrador ofegante pulasse para dentro da sala, ele fechou a janela, com o revólver na outra mão. — Mas sem dúvida teve gente lá fora. Os cachorros sabiam, mas acho que eles fugiram. Não foi uma sorte passarmos justo quando eles pulavam o muro?

— Ah, *cala a boca*, Rattenbury! — gritou Kinvara.

Ela baixou o terrier e, como ele se recusava a parar de latir para Robin, ela o ameaçou com a mão erguida, no que ele ganiu e se retirou para um canto, juntando-se ao labrador.

— Os cavalos estão bem? — perguntou Robin, indo à mesinha de onde havia tirado o peso de papel de bronze.

— Uma das portas no estábulo não estava bem fechada — disse Strike, estremecendo ao se curvar para apalpar o joelho. — Mas a sra. Chiswell acha que pode ter sido deixada assim. Importa-se se eu me sentar, sra. Chiswell?

— Eu... não, acho que não – disse Kinvara, sem elegância nenhuma.

Ela foi à mesa de bebidas no canto da sala, abriu um Famous Grouse e se serviu de uma boa dose de uísque. Enquanto Kinvara estava de costas, Robin colocou o peso de papel na mesa. Tentou olhar nos olhos de Strike, mas ele tinha afundado no sofá com um leve gemido e agora se virava para Kinvara.

— Eu não recusaria, se me fosse oferecido – disse ele de forma descarada, estremecendo de novo e massageando o joelho direito. – Na verdade, acho que isto terá de sair, importa-se?

— Bom... não, acho que não. O que você quer?

— Vou tomar um scotch também, por favor. – Strike colocou o revólver na mesa ao lado do sapo de bronze, enrolou a perna da calça e indicou com os olhos que Robin também devia se sentar.

Enquanto Kinvara servia outra dose em um copo, Strike retirou a prótese. Ao se virar para lhe dar a bebida, Kinvara, com um fascínio nauseado, olhou Strike mexer na perna postiça, desviando os olhos quando ela deixou o coto inflamado. Ofegante ao encostar a prótese no pufe, Strike permitiu que a perna da calça caísse sobre a perna amputada.

— Muito obrigado. – Ele aceitou o uísque e tomou um gole.

Presa com um homem que não podia andar, a quem teoricamente ela devia estar agradecida e a quem acabara de dar uma bebida, Kinvara se sentou também, com a expressão pétrea.

— Na verdade, sra. Chiswell, eu ia lhe telefonar para confirmar algumas coisas que ouvimos de Tegan mais cedo – disse Strike. – Podemos repassar agora, se preferir. Assim, tiramos isso do caminho.

Com um leve tremor, Kinvara olhou a lareira vazia e Robin disse, prestativa:

— Gostaria que eu...?

— Não – vociferou Kinvara. – Posso fazer isso.

Ela foi ao cesto fundo ao lado da lareira, do qual pegou jornal velho. Enquanto Kinvara montava uma estrutura com pequenos pedaços de madeira por cima de um monte de jornal e um acendedor, Robin conseguiu encontrar os olhos de Strike.

— Tem alguém lá em cima – ela fez com a boca, mas não sabia se ele tinha entendido. Ele apenas ergueu as sobrancelhas com perplexidade e virou-se para Kinvara.

Um fósforo se acendeu. As chamas irromperam em volta da pequena pilha de papel e gravetos na lareira. Kinvara pegou seu copo e voltou à mesa de bebidas, onde o completou com mais scotch puro, depois, puxando mais o casaco no corpo, voltou ao cesto de lenha, escolheu um grande pedaço de lenha, largou por cima do fogo crescente e jogou-se novamente no sofá.

– Então, pode falar – disse ela, amuada, a Strike. – O que quer saber?

– Como eu disse, falamos com Tegan Butcher hoje.

– E?

– E sabemos por que Jimmy Knight e Geraint Winn estavam chantageando seu marido.

Kinvara não mostrou nenhuma surpresa.

– Eu disse àquelas idiotas que vocês iam descobrir – disse ela, dando de ombros. – Izzy e Fizzy. Todo mundo por aqui sabia o que Jack o'Kent fazia no celeiro. É claro que alguém ia falar.

Ela tomou um gole do uísque.

– Imagino que você saiba de tudo, não é? Os cadafalsos? O menino no Zimbábue?

– Quer dizer, Samuel? – perguntou Strike, chutando.

– Exatamente, Samuel Mu... Mudrap ou coisa parecida.

O fogo pegou de repente, as chamas saltavam acima da acha de lenha, que se mexeu em uma chuva de faíscas.

– Jasper teve medo que fossem seus cadafalsos no momento em que soubemos que o menino tinha sido enforcado. Você sabe de tudo isso, não é? Que havia dois lotes? Mas só um feito para o governo. O outro se perdeu, o caminhão foi roubado ou coisa assim. Foi como eles acabaram no meio do nada.

"As fotografias, ao que parece, são horripilantes. O Ministério das Relações Exteriores acha que deve ser um caso de confusão de identidade. Jasper não via como podia apontar para ele, mas Jimmy disse que podia provar que sim.

"Eu *sabia* que você ia descobrir", disse Kinvara, com um ar de satisfação amarga. "Tegan é uma tremenda fofoqueira."

– Então, para ficar claro – disse Strike –, quando Jimmy Knight veio aqui na primeira vez para vê-la, estava pedindo a parte dele e de Billy para dois lotes de cadafalsos que o pai tinha deixado concluídos quando morreu?

— Exatamente. – Kinvara bebeu o uísque. – O par valia 80 mil. Ele queria quarenta.

— Mas presumivelmente – disse Strike, que se lembrou de que Chiswell tinha falado de Jimmy ter voltado uma semana depois da primeira tentativa para pegar dinheiro, e pediu uma quantia reduzida – seu marido lhe disse que ele só receberia o pagamento por um deles, porque o outro tinha sido roubado em trânsito?

— Sim. – Kinvara deu de ombros. – E então Jimmy pediu vinte, mas nós gastamos o dinheiro.

— Como se sentiu em relação ao pedido de Jimmy, quando ele veio requisitar o dinheiro na primeira vez? – perguntou Strike.

Robin não sabia se Kinvara tinha ruborizado um pouco, ou se era efeito do uísque.

— Bom, eu entendi o problema dele, se quer a verdade. Entendo por que ele sentiu ter esse direito. Metade dos lucros com os cadafalsos pertencia aos meninos Knight. Era esse o acordo quando Jack o'Kent estava vivo, mas Jasper era da opinião de que Jimmy não podia esperar dinheiro pelo lote roubado e, como ele os esteve guardando em seu celeiro e arcou com todo o custo de transporte e assim por diante... e ele disse que Jimmy não podia processá-lo, mesmo que quisesse. Ele não gostava de Jimmy.

— Não, bom, acho que a política deles era muito diferente – disse Strike

Kinvara quase abriu um sorriso malicioso.

— Era um pouco mais pessoal do que isso. Não ouviu falar de Jimmy e Izzy? Não... acho que Tegan é nova demais para saber dessa história. Ah, foi só uma vez – disse ela, aparentemente com a impressão de que Strike ficou chocado –, mas foi o bastante para Jasper. Um homem como Jimmy Knight, deflorando sua filha querida, sabe como é...

"Mas Jasper não podia dar o dinheiro a Jimmy, mesmo que quisesse", ela prosseguiu. "Ele já havia gastado. Cobriu nosso especial por um tempo e pagou pelo conserto do telhado do estábulo. Eu só soube", ela se apressou, como se sentisse a crítica tácita, "depois que Jimmy me explicou naquela noite qual era o acordo entre Jasper e Jack o'Kent. Jasper me disse que os cadafalsos eram dele para venda e eu acreditei. *Naturalmente* acreditei nele. Ele era meu marido."

Ela se levantou de novo e voltou à mesa de bebidas enquanto o labrador gordo, procurando calor, saiu de seu canto distante, contornou o pufe e arriou na frente do fogo que agora rugia. O Norfolk terrier trotou atrás dele, rosnando para Strike e Robin até que Kinvara falou, zangada:

– *Quieto*, Rattenbury.

– Há mais algumas coisas que gostaria de lhe perguntar – disse Strike. – Primeiro, seu marido tinha senha no celular?

– É claro que sim – disse Kinvara. – Ele tinha muito cuidado com a segurança.

– Então ele não dava a senha a muitas pessoas?

– Ele não contava qual era nem mesmo *para mim* – disse Kinvara. – Por que pergunta?

Ignorando a indagação, Strike disse:

– Seu enteado agora nos contou uma história diferente para justificar a vinda dele para cá, na manhã da morte de seu marido.

– Ah, é mesmo? E o que ele está dizendo desta vez?

– Que ele estava tentando impedi-la de vender um colar que está na família há...

– Ele confessou, foi? – ela o interrompeu, virando-se para eles com outro uísque nas mãos. Com o cabelo ruivo e comprido embaraçado do ar noturno e as faces avermelhadas, Kinvara tinha um leve ar de despreocupação, esquecendo-se de manter o casaco fechado ao voltar ao sofá, a camisola preta revelando o decote profundo. Ela baixou no sofá. – Sim, ele queria me impedir de fugir com o colar, o que, aliás, tenho *todo o direito* de fazer. É meu, segundo os termos do testamento. Jasper deveria ter sido um pouco mais cuidadoso ao redigir, se não quisesse que ficasse comigo, não é?

Robin se lembrou das lágrimas de Kinvara, da última vez em que estiveram naquela sala, e de ter sentido pena dela, ainda que ela tivesse se revelado antipática de outras formas. Sua atitude agora tinha pouco da viúva entristecida, mas talvez, Robin pensou, fossem a bebida e o choque recente da invasão deles em sua propriedade.

– Então a senhora confirma a história de Raphael de que ele veio de carro para cá para impedi-la de partir com o colar?

– Não acredita nele?

– Sinceramente, não – disse Strike. – Não.

– E por que não?

— Soa falso – disse Strike. – Não estou convencido de que seu marido estivesse apto naquela manhã para se lembrar do que colocou ou não em seu testamento.

— Ele estava bem o bastante para me ligar e exigir saber se eu realmente o estava abandonando – disse Kinvara.

— Disse a ele que ia vender o colar?

— Não tão detalhadamente, não. Eu disse que ia embora assim que encontrasse outro lugar para mim e para os cavalos. Imagino que ele deve ter se perguntado como eu conseguiria isto, sem nenhum dinheiro meu, o que o fez se lembrar do colar.

— Então Raphael veio aqui por simples lealdade ao pai, que o deixou sem um centavo?

Kinvara submeteu Strike a um olhar longo e penetrante por cima do copo de uísque, depois disse a Robin:

— Poderia colocar outra acha de lenha no fogo?

Notando a ausência de um "por favor", Robin ainda assim fez o que ela pediu. O Norfolk terrier, que agora havia se unido ao labrador adormecido no tapete da lareira, rosnou para ela até Robin voltar a se sentar.

— Muito bem – disse Kinvara, com o jeito de quem chegava a uma decisão. – Muito bem, já chega. De todo modo, acho que não importa mais. No fim das contas, aquelas malditas mulheres vão descobrir e será bem feito para Raphael.

"Ele *de fato* veio tentar me impedir de levar o colar, mas não por Jasper, Fizzy ou Flopsy... eu acho", disse ela agressivamente a Robin, "que você conhece todos os apelidos da família, não? Deve ter rido muito deles, enquanto trabalhava com Izzy?"

— Humm...

— Ah, não precisa fingir – disse Kinvara, bem desagradável –, eu sei que você os ouviu. Eles me chamam de "Tinky Dois" ou coisa assim, não é? E pelas costas dele, Izzy, Fizzy e Torquil chamam Raphael de "Rançoso". Sabia disso?

— Não – disse Robin, a quem Kinvara ainda olhava feio.

— Um amor, não é? E a mãe de Raphael é conhecida por todos eles como a Orca, porque ela se veste de preto e branco.

"Mas então... quando a Orca percebeu que Jasper não ia se casar com ela", disse Kinvara, agora com o rosto muito vermelho, "sabe o que ela fez?"

Robin fez que não com a cabeça.

— Ela levou o famoso colar da família ao homem que se tornou seu *próximo* amante, que era negociante de diamantes, e pediu a ele que extraísse as pedras verdadeiramente valiosas e substituísse por zircônias cúbicas. Substitutas artificiais de diamantes — esclareceu Kinvara, para o caso de Strike e Robin não terem entendido. — Jasper nunca percebeu o que ela fez e certamente eu também não. Imagino que Ornella tenha dado uma boa gargalhada sempre que fui fotografada com o colar, achando que eu usava pedras no valor de 100 mil libras.

"Mas então, quando meu querido enteado tomou conhecimento de que eu estava abandonando o pai dele e soube que eu tinha falado em ter dinheiro suficiente para comprar terras para os cavalos, ele se tocou que eu podia estar a ponto de conseguir uma avaliação do colar. Então veio a toda para cá, porque a última coisa que ele queria era que a família descobrisse o que a mãe havia feito. Quais seriam as chances de ele voltar às boas graças do pai depois disso?"

— Por que não contou isso a alguém? — perguntou Strike.

— Porque Raphael me prometeu naquela manhã que se eu não contasse ao pai o que a Orca tinha feito, ele talvez conseguisse convencer a mãe a devolver as pedras. Ou, pelo menos, dar a mim o que elas valiam.

— E ainda está tentando recuperar as pedras perdidas?

Kinvara estreitou os olhos malignamente para Strike por cima da borda do copo.

— Não fiz nada a respeito disso desde que Jasper morreu, mas isso não quer dizer que não vá fazer. Por que eu deixaria a maldita Orca se mandar com o que é meu de direito? Está no testamento de Jasper, o conteúdo da casa que não foi espefi... especi... es-pe-ci-ficamente excluído — ela enunciou com cuidado, agora com a língua pesada –, pertence a mim. Então — ela fixou outro olhar embriagado em Strike –, *isto* tem mais a cara de Raphael para você? Vir aqui para tentar acobertar a querida mamãe?

— Sim — disse Strike –, devo dizer que sim. Obrigado por sua sinceridade.

Kinvara olhou sugestivamente para o relógio de pêndulo, que agora assinalava três da manhã, mas Strike se recusou a entender a insinuação.

— Sra. Chiswell, há uma coisa que quero perguntar e receio que seja muito pessoal.

— O que é? – perguntou ela, irritada.

— Falei recentemente com a sra. Winn. Della Winn, sabe, a...

— Della-Winn-a-ministra-dos-Esportes – disse Kinvara, exatamente como havia feito o marido quando Strike o conheceu. – Sim, sei quem ela é. Uma mulher muito estranha.

— Em que sentido?

Kinvara deu de ombros com impaciência, como se isto fosse óbvio.

— Não importa. O que ela disse?

— Que a conheceu em um estado de aflição considerável um ano atrás e que pelo que ela pôde entender, a senhora estava perturbada por seu marido ter confessado um caso.

Kinvara abriu a boca e voltou a fechá-la. Ficou sentada assim por alguns segundos, depois meneou a cabeça como se quisesse clareá-la e falou:

— Eu... achei que ele estava sendo infiel, mas me enganei. Entendi tudo errado.

— De acordo com a sra. Winn, ele havia dito algumas coisas muito cruéis à senhora.

— Não me lembro do que eu disse a ela. Eu não estava muito bem na época. Estava emotiva demais e entendi tudo errado.

— Perdoe-me – disse Strike –, mas, vendo como alguém de fora, seu casamento parecia...

— Que trabalho pavoroso você faz – disse Kinvara, estridente. – Que trabalho desagradável e *sórdido* é o seu. Sim, nosso casamento ia mal, o que tem isso? Você acha, agora que ele está morto, agora que ele *se matou*, que quero reviver tudo isso com *vocês dois*, completos estranhos que minhas estúpidas enteadas arrastaram para cá, para revirar tudo e piorar dez vezes esta questão?

— Então mudou de ideia, não foi? A senhora acha que seu marido cometeu suicídio? Porque quando estivemos aqui da última vez, sugeriu que Aamir Mallik...

— Eu não sei o que eu disse naquele dia! – ela falou histericamente. – Não consegue entender como foi desde que Jasper se matou, com a polícia, a família e *vocês*? Não acho que isto aconteceria, não faço ideia, não parecia real... Jasper estava sob enorme pressão naqueles últimos meses, bebia demais, tinha um gênio terrível... a chantagem, o medo de tudo ser revelado... sim, acho que ele se matou e tenho de viver com o fato de que eu o abandonei naquela manhã, o que deve ter sido a gota d'água!

O Norfolk terrier voltou a latir furiosamente. O labrador acordou assustado e latiu também.

– Vão embora, por favor! – gritou Kinvara, levantando-se. – Saiam daqui! Eu jamais quis que vocês se metessem nisso! Vão embora, sim?

– Certamente – disse Strike com educação, baixando o copo vazio. – Pode esperar enquanto recoloco a minha perna?

Robin já estava de pé. Strike prendeu a perna postiça enquanto Kinvara olhava, com o peito ofegante e o copo na mão. Enfim, Strike estava pronto para se levantar, mas sua primeira tentativa o fez cair de volta ao sofá. Com a ajuda de Robin, ele finalmente conseguiu se colocar de pé.

– Bem, adeus, sra. Chiswell.

A única resposta de Kinvara foi ir à janela e abri-la novamente, gritando com os cachorros, que se levantaram, excitados, para ficarem quietos.

Assim que seus visitantes indesejados foram para o caminho de cascalho, Kinvara bateu a janela. Enquanto Robin recolocava as galochas, eles ouviram o guincho dos aros de bronze da cortina que Kinvara puxava para fechar, depois chamava os cachorros na saída da sala.

– Não sei se vou conseguir voltar ao carro, Robin – disse Strike, que não colocava o peso sobre a prótese. – Pensando bem agora, a escavação pode ter... pode ter sido um erro.

Sem dizer nada, Robin pegou o braço dele e passou por seus ombros. Ele não resistiu. Juntos, eles andaram lentamente pela grama.

– Você entendeu o que murmurei para você lá dentro? – perguntou Robin.

– Que havia alguém no segundo andar? Sim – disse ele, estremecendo terrivelmente sempre que baixava o pé postiço. – Entendi.

– Você não parece ter...

– Não estou surpre... espere aí – disse ele abruptamente, ainda apoiado nela ao parar. – Você subiu lá?

– Sim – disse Robin.

– *Mas que merda...*

– Eu ouvi passos.

– E o que aconteceria se você tivesse sido atacada?

– Eu peguei uma arma e não estava... e se eu não tivesse subido, não teria visto isso.

Pegando o celular, Robin puxou a foto da pintura em cima da cama e entregou a ele.

– Você não viu a expressão de Kinvara, quando ela viu a parede vazia. Cormoran, ela só percebeu que a tela havia sido retirada quando você perguntou. Quem estava no segundo andar tentava esconder enquanto ela ficou fora.

Strike olhou a tela do telefone pelo que pareceu um longo tempo, com o braço pesado nos ombros de Robin. Por fim, falou:

– Isto é um malhado?

– É sério? – disse Robin, em total incredulidade. – Cores de cavalo? Agora?

– Responda.

– Não, malhados são pretos e brancos, e não castanhos e...

– Precisamos procurar a polícia – disse Strike. – A possibilidade de outro homicídio só aumenta exponencialmente.

– Está falando sério?

– Completamente. Leve-me de volta ao carro e vou contar tudo a você... mas não me peça para falar antes disso, porque a porra da minha perna está me matando.

68

Agora senti gosto de sangue...

Henrik Ibsen, *Rosmersholm*

Três dias depois, Strike e Robin receberam um convite sem precedentes. Como cortesia por terem decidido ajudar em vez de ofuscar a polícia ao passar informações sobre o bilhete roubado de Flick e a tela *O Lamento da Égua,* a Polícia Metropolitana recebeu os dois detetives no coração da investigação na New Scotland Yard. Acostumados a serem tratados pela polícia como inconvenientes ou exibidos, Strike e Robin ficaram surpresos, porém agradecidos, com este degelo imprevisto nas relações.

Na chegada, a loura alta que chefiava a equipe saiu de uma sala de interrogatório por um minuto para um aperto de mãos. Strike e Robin sabiam que a polícia tinha trazido dois suspeitos para interrogatório, mas ninguém fora indiciado ainda.

— Passamos a manhã com histeria e a mais pura negação — disse a eles a inspetora Judy McMurran —, mas acho que vamos quebrá-la no final do dia.

— Alguma chance de darmos uma olhadinha, Judy? — perguntou seu subordinado, o inspetor-detetive George Layborn, que recebeu Strike e Robin na porta e os levou para cima. Era um gorducho que lembrou Robin do policial de trânsito que se achava cômico, no acostamento em que ela teve a crise de pânico.

— Podem ir — disse a inspetora McMurran, com um sorriso.

Layborn levou Strike e Robin por um canto e através da primeira porta à direita para uma área escura e atulhada, na qual metade da parede era um espelho falso dando para uma sala de interrogatório.

Robin, que tinha visto esses espaços apenas em filmes e na televisão, ficou hipnotizada. Kinvara Chiswell estava sentada em um lado de uma mesa, ao lado de um advogado calado de terno risca de giz. Pálida, sem a maquiagem, usando uma blusa de seda cinza-clara tão amarrotada que poderia ter dormido com ela, Kinvara chorava em um lenço. De frente para ela, estava sentado outro inspetor-detetive com um terno muito mais barato que o do advogado. Sua expressão era impassível.

Enquanto eles olhavam, a inspetora McMurran entrou novamente na sala e assumiu a cadeira vaga ao lado do colega. Depois do que pareceu muito tempo, mas provavelmente foi apenas um minuto, a inspetora McMurran falou.

– Ainda nada a dizer sobre sua noite no hotel, sra. Chiswell?

– Isto parece um pesadelo – sussurrou Kinvara. – Nem acredito que esteja acontecendo. Não acredito que estou aqui.

Seus olhos estavam rosados, inchados e aparentemente sem cílios, agora que ela havia limpado a maquiagem.

– Jasper se matou – disse ela, trêmula. – Ele estava deprimido! Todo mundo vai lhe dizer isso! A chantagem o estava devorando... já falaram com o Ministério das Relações Exteriores? Até a ideia de que pode haver fotografias daquele menino que foi enforcado... vocês não entendem como Jasper ficou assustado? Se isto viesse a público...

Sua voz falhou.

– Onde estão suas provas contra mim? – ela exigiu saber. – Onde estão? *Onde?*

O advogado soltou uma tosse curta e seca.

– Voltando – disse a inspetora McMurran – à questão do hotel. Por que acha que seu marido ligou para eles, tentando determinar...

– Não é crime ir para um hotel! – Kinvara falou histericamente e virou-se para o advogado: – Isso é ridículo, Charles, como eles podem acusar-me porque eu fui a um...

– A sra. Chiswell responderá a qualquer pergunta que vocês tenham sobre seu aniversário – disse o advogado à inspetora McMurran, com o que Robin pensou ser um otimismo extraordinário –, mas, da mesma forma...

A porta da sala de observação se abriu e bateu em Strike.

— Não tem problema, vamos a outro lugar – disse Layborn ao colega. – Vamos lá, pessoal, vamos à sala de ocorrências. Tem muito mais para mostrar a vocês.

Enquanto eles viraram por um segundo canto, viram Eric Wardle andando na direção deles.

— Nunca pensei que veria esse dia – disse ele, sorrindo ao apertar a mão de Strike. – Realmente convidado pela Metropolitana.

— Vai ficar, Wardle? – perguntou Layborn, com o que parecia um leve ressentimento com a perspectiva de outro policial dividir os convidados que ele queria impressionar.

— Bem que poderia – disse Wardle. – Descobrir em que estive ajudando, em todas essas semanas.

— Deve ter dado muito trabalho – disse Strike, enquanto acompanhavam Layborn para a sala de ocorrências –, passar todas aquelas provas que descobrimos.

Wardle riu.

Acostumada com as salas apertadas e meio dilapidadas da Denmark Street, Robin ficou fascinada ao ver o espaço que a Scotland Yard dedicava à investigação de uma morte suspeita e de muita visibilidade. Um quadro branco na parede continha uma cronologia do assassinato. A parede vizinha trazia uma colagem de fotografias da cena da morte e do corpo, esta última mostrando Chiswell sem o saco plástico, e assim o rosto congestionado aparecia em um close medonho, com um arranhão pálido na face, os olhos baços entreabertos, a pele de um roxo-escuro mosqueado.

Vendo o interesse dela, Layborn lhe mostrou os relatórios da toxicologia e os registros telefônicos que a polícia usou para montar seu caso, depois abriu um armário grande em que provas materiais estavam ensacadas e etiquetadas, inclusive o frasco rachado de comprimidos de lachesis, uma embalagem suja de suco de laranja e a carta de despedida de Kinvara ao marido. Ao ver o bilhete que Flick tinha roubado e um impresso da fotografia de *O Lamento da Égua* em uma cama de hóspedes, sabendo Robin que ambos se tornaram centrais para o caso policial, ela experimentou uma onda de orgulho.

— Muito bem, então. – O inspetor-detetive Layborn fechou o armário e se encaminhou ao monitor de um computador. – Hora de ver a senhorinha em ação.

Ele inseriu um videodisco no aparelho mais próximo e acenou para que Strike, Robin e Wardle se aproximassem.

Revelou-se o pátio lotado da estação Paddington, figuras irregulares em preto e branco andando para todo lado. A hora e a data apareciam no canto superior esquerdo.

— Ali está ela — disse Layburn, apertando o botão "pause" e apontando o dedo gorducho para uma mulher. — Estão vendo?

Embora borrada, a figura podia ser reconhecida como Kinvara. Um barbudo foi apanhado no quadro, encarando, provavelmente porque o casaco dela estava aberto e revelava o vestido preto justo que ela usou na recepção paralímpica. Layborn apertou "play" novamente.

— Observem com atenção... ela doa ao sem-teto...

Kinvara fez uma doação a um homem embrulhado em roupas, que segurava uma caneca em uma porta.

— ... vejam que ela — disse Layborn desnecessariamente — vai direto ao funcionário da ferrovia... uma pergunta à toa... mostra a ele sua passagem... agora vejam... ela parte para a plataforma, para e faz uma pergunta à outro sujeito, cuidando para ser lembrada a cada passo, mesmo que não seja apanhada pela câmera... *eeeee*... entra no trem.

A imagem se torceu e mudou. Um trem partia da estação em Swindon. Kinvara saía, falando com outra mulher.

— Viram? — diz Layborn. — Ainda cuidando para que as pessoas se lembrem dela, só por precaução. E...

A imagem mudou novamente, agora era de um estacionamento na estação Swindon.

— ... aí está ela — disse Layborn —, o carro estacionado bem ao lado da câmera, muito conveniente. Ela entra nele e parte. Chega em casa, insiste que a tratadora de animais passe a noite lá, dorme no quarto ao lado, sai na manhã seguinte para cavalgar debaixo dos olhos da garota... um álibi sólido.

"É claro que, como vocês, já chegamos à conclusão de que, se foi homicídio, deve ter sido trabalho de duas pessoas."

— Por causa do suco de laranja? — perguntou Robin.

— Principalmente — disse Layborn. — Se Chiswell (ele pronunciou o nome como era escrito) tomou amitriptilina sem saber, a explicação mais provável é a de que ele se serviu do suco adulterado da embalagem na geladeira, mas a embalagem na lixeira não estava adulterada e tinha apenas as digitais dele.

— Mas é fácil colocar as digitais dele em pequenos objetos depois de ele ter morrido — disse Strike. — É só pressionar a mão dele nas coisas.

— Exatamente. — Layborn se dirigiu à parede de fotografias e apontou um close do pilão. — Então voltamos a isto. A posição das impressões de Chiswell e o jeito como o resíduo de pó estava ali indicavam uma simulação, o que significava que o suco adulterado pode ter sido preparado com horas de antecedência, por alguém que tinha uma chave, que sabia que antidepressivos a esposa tomava, que o paladar e o olfato de Chiswell eram comprometidos e que ele sempre bebia suco pela manhã. Assim, só o que precisa fazer é ter o cúmplice plantando uma embalagem de suco não adulterado na lixeira com as impressões do morto e se livrar daquela que continha o resíduo de amitriptilina.

"Bom, quem estava mais bem situado para saber e fazer tudo isso, do que a patroa?", perguntou retoricamente Layborn. "Mas aqui estava ela, com seu álibi sólido para a hora da morte, a mais de 100 quilômetros de distância quando ele tomava o antidepressivo. Para não falar que ela deixou aquela carta, tentando nos dar uma história bem limpa: marido já enfrentando a falência e chantagem percebe que a esposa o abandona, o que o empurra pela beira, e assim ele se mata.

"Mas", Layborn apontou a foto ampliada do rosto de Chiswell morto, sem o saco plástico, revelando um arranhão vermelho e fundo na face, "não gostamos do jeito *disto*. Desde o início, achamos suspeito. Uma overdose de amitriptilina pode causar agitação ou sonolência. Esta marca deu a impressão de que outra pessoa forçou o saco em sua cabeça.

"E havia a porta aberta. A última pessoa a entrar ou sair não sabia que existia um truque para fechá-la direito, e assim não parecia que Chiswell foi o último a tocar nela. Além disso, a ausência da embalagem dos comprimidos... isto cheirou mal desde o começo. Por que Jasper Chiswell se livraria disso?", perguntou Layborn. "Apenas alguns pequenos erros imprudentes."

— Quase deu certo — disse Strike. — Se Chiswell tivesse sido colocado para dormir pela amitriptilina, como pretendiam, e se eles pensassem nas coisas corretamente até os menores detalhes... fechar a porta direito, deixar a embalagem de comprimidos *in situ*...

— Mas não fizeram isso – disse Layborn – e *ela* não tem inteligência para sair dessa sozinha.

— "Nem acredito que isto esteja acontecendo" – Strike citou. – Ela é coerente. No sábado à noite, nos disse "não pensei que isto aconteceria", "não parecia real..."

— Experimente isto no tribunal – disse Wardle em voz baixa.

— É, era o que você esperava, meu bem, quando esmagou um monte de comprimidos e colocou no suco de laranja dele? – disse Layborn. – A culpa está nos atos de quem faz.

— É incrível as mentiras que as pessoas dizem a si mesmas quando vagam atrás de uma personalidade mais forte – disse Strike. – Aposto dez libras com você que quando McMurran finalmente dobrá-la, Kinvara vai dizer que eles começaram na esperança de que Chiswell se matasse, depois tentaram pressioná-lo a isso e por fim chegaram a um ponto em que não parecia haver muita diferença entre pressioná-lo ao suicídio e colocar os comprimidos ela mesma no suco de laranja dele. Noto que ela ainda insiste na história dos cadafalsos como motivo para ele ter se matado.

— Foi um trabalho muito bom de vocês, ligando os pontos com os cadafalsos – admitiu Layborn. – Nisso, estávamos um pouco atrás, mas explicou muita coisa. Isto é altamente confidencial – acrescentou ele, e pegou um envelope pardo em uma mesa próxima, retirando uma fotografia grande –, recebemos do Ministério das Relações Exteriores esta manhã. Como podem ver...

Robin, que foi olhar, desejou não ter feito. O que havia a ganhar, sinceramente, em ver o corpo do que parecia um adolescente, cujos olhos tinham sido bicados por aves carniceiras, pendurado de uma forca em uma rua tomada de entulho? O menino estava descalço. Alguém, Robin imaginou, tinha roubado seus tênis.

— O caminhão que continha o segundo lote de cadafalsos foi roubado. O governo nunca recebeu a encomenda e Chiswell não recebeu o pagamento por eles. Esta foto sugere que acabaram sendo usados por rebeldes em mortes extrajudiciais. Este pobre garoto, Samuel Murape, estava no lugar errado, na hora errada. Estudante britânico, em ano sabático, lá, em visita à família. Não está particularmente claro – disse Layborn –, mas vejam ali, pouco atrás de seus pés...

— Sim, pode ser a marca do cavalo branco – disse Strike.

O celular de Robin, ajustado no mudo, vibrou em seu bolso. Ela esperava um telefonema importante, mas era apenas uma mensagem de texto de um número desconhecido.

Sei que você bloqueou meu telefone, mas preciso te encontrar. Apareceu um problema urgente e a solução beneficia a mim e a você. Matt

— Não é nada – disse Robin a Strike, devolvendo o celular ao bolso.

Esta era a terceira mensagem que Matthew deixava naquele dia.

Problema urgente uma ova.

Tom provavelmente descobriu que a noiva e seu bom amigo estavam dormindo juntos. Talvez Tom tenha ameaçado ligar para Robin, ou passar no escritório na Denmark Street, para descobrir o quanto ela sabia. Se Matthew achava que isto constituía um "problema urgente" para Robin, que agora estava ao lado de várias fotografias de um ministro do governo drogado e asfixiado, ele estava enganado. Com algum esforço, ela voltou a se concentrar na conversa na sala de ocorrências.

— ... a história do colar – dizia Layborn a Strike. – Uma história muito mais convincente do que aquela que ele nos contou. Depois daquela balela de que queria impedi-la de se machucar.

— Foi Robin que conseguiu que ele mudasse sua história, não eu – disse Strike.

— Ah... ora, bom trabalho – disse Layborn a Robin, com certo paternalismo. – Eu o achei um filhinho da puta seboso quando tomei seu depoimento inicial. Arrogante. Recém-saído da prisão e tudo. Nenhum remorso por ter atropelado aquela pobre mulher.

— Como conseguiram falar com Francesca? – perguntou Strike. – A garota da galeria?

— Conseguimos falar com o pai no Sri Lanka e ele não ficou satisfeito. Na verdade, nos atrapalhou muito – disse Layborn. – Tentou ganhar tempo para arrumar um advogado para a filha. Muito inconveniente, a família toda no exterior. Tive de endurecer com ele por telefone. Entendo por que ele não queria que tudo chegasse aos tribunais, mas que pena. Dá a você um bom discernimento da mentalidade da classe alta, hein, um caso desses? Uma lei para eles...

— Aliás — disse Strike —, suponho que vocês tenham falado com Aamir Mallik.

— Sim, nós o encontramos exatamente onde seu cara... Hutchins, é isso?... disse que ele estava. Na casa da irmã. Ele tem um novo emprego...

— Ah, que bom — disse Robin inadvertidamente.

— ... e no início ele não ficou muito feliz quando aparecemos, mas acabou sendo muito franco e prestativo. Disse que encontrou aquele garoto perturbado... Billy, não é isso?... na rua, querendo ver o chefe dele, gritando sobre uma criança morta, estrangulada e enterrada nas terras de Chiswell. Levou-o para casa com a ideia de colocá-lo em um hospital, mas pediu primeiro os conselhos de Geraint Winn. Winn ficou furioso. Disse para ele de jeito nenhum chamar uma ambulância.

— Disse, é? — disse Strike, de cenho franzido.

— Pelo que Mallik nos contou, Winn tinha medo de que a associação com uma história de Billy manchasse sua própria credibilidade. Ele não queria as águas turvas por um vagabundo psicótico. Explodiu com Mallik por levá-lo para uma casa que pertencia aos Winn, disse a ele para jogá-lo na rua de novo. O problema era que...

— Billy não ia sair — disse Strike.

— Exatamente. Mallik disse que ele estava claramente louco, achava que era mantido ali contra sua vontade. Enroscado no banheiro na maior parte do tempo. De qualquer forma — Layborn respirou fundo —, Mallik estava farto de acobertar os Winn. Ele confirmou que Winn não estava com ele na manhã da morte de Chiswell. Winn disse a Mallik depois, quando pressionou Mallik a mentir, que ele recebeu um telefonema urgente às seis da manhã naquele dia e por isso saiu cedo do lar conjugal.

— E vocês identificaram esse telefonema? — disse Strike.

Layborn pegou o impresso dos registros telefônicos, folheou, depois entregou algumas páginas marcadas a Strike.

— Aqui está. Telefones descartáveis — disse ele. — Temos três números diferentes até agora. Deve haver mais. Usado uma vez e nunca mais, sem possibilidade de rastreamento a não ser pelo único caso que temos registrado. Meses de planejamento.

"Um celular descartável foi usado para entrar em contato com Winn naquela manhã e outros dois foram usados para ligar a Kinvara Chiswell em ocasiões diferentes nas semanas anteriores. Ela 'não consegue lembrar' quem telefonou, mas nas duas vezes... estão vendo aqui?... ela falou com a pessoa por mais de uma hora."

– O que Winn tem a dizer a respeito dele mesmo? – perguntou Strike.

– Fechado como uma ostra – disse Layborn. – Estamos trabalhando nele, não se preocupe. Até uma estrela pornô já foi menos fodida que Geraint W... desculpe, querida – disse ele, sorrindo, a Robin, que achou o pedido de desculpas mais ofensivo do que qualquer coisa que Layborn tenha falado. – Mas vocês entendem o que quero dizer. Agora ele pode muito bem nos dizer qualquer coisa. Ele está fodido de todo jeito q... bom – disse ele, debatendo-se mais uma vez. – O que me interessa – ele recomeçou – é o quanto a esposa sabia. Mulher estranha.

– Em que sentido? – perguntou Robin.

– Ah, sabe como. Acho que ela joga um pouco com isso – disse Layborn, com um gesto vago para os olhos. – Muito difícil acreditar que ela não soubesse o que ele fazia.

– E por falar em pessoas que não sabem o que sua cara-metade está fazendo – Strike, que pensou ter detectado um brilho marcial nos olhos de Robin, se interpôs –, como está indo com nossa amiga Flick?

– Ah, estamos fazendo um bom progresso aí – disse Layborn. – Os pais foram úteis no caso *dela*. Os dois são advogados e insistiram que ela cooperasse. Ela confessou que foi faxineira de Chiswell, que roubou o bilhete e recebeu a caixa de champanhe pouco antes de Chiswell lhe dizer que não podia mais pagá-la. Disse ela que colocou em um armário na cozinha.

– Quem entregou?

– Ela não se lembra. Vamos descobrir. Serviço de mensageiro, eu não me surpreenderia, agendado de outro celular descartável.

– E o cartão de crédito?

– Esse foi outro acerto de vocês – admitiu Layborn. – Não sabíamos que havia um cartão de crédito desaparecido. Conseguimos informações pelo banco esta manhã. No dia em que a colega de apartamento de Flick percebeu que o cartão tinha sumido, alguém cobrou uma caixa de champanhe e comprou 100 libras de coisas na Amazon, tudo a ser entregue em um endereço em Maida Vale. Ninguém recebeu a encomenda, assim foi devolvida ao depósito, onde foi apanhada naquela tarde por alguém que tinha o aviso de entrega. Estamos tentando localizar o pessoal que pode identificar quem pegou a encomenda e já vamos saber o que comprou na Amazon, mas aposto no hélio, no tubo e nas luvas de látex.

"Tudo isso foi planejado com meses de antecedência. *Meses*."

– E isso? – perguntou Strike, apontando a fotocópia do bilhete com a letra de Chiswell, que estava ao lado de seu saco plástico. – Ela já disse a vocês por que o roubou?

– Ela disse que viu "Bill" e achou que significava o irmão do namorado. Na verdade, uma ironia – disse Layborn. – Se ela não tivesse roubado, nós não teríamos descoberto tão rápido assim, não é?

Aquele "nós", pensou Robin, era uma audácia, porque foi Strike que "descobriu", Strike que finalmente decifrou o significado do bilhete de Chiswell, enquanto eles voltavam de carro da Chiswell House para Londres.

– É Robin quem merece a maior parte do crédito nisso também – disse Strike. – Ela encontrou a coisa, notou "Blanc de Blanc" e o Grand Vitara. Eu só juntei as peças depois que estava tudo na minha cara.

– Bom, estávamos um pouco atrás de vocês – disse Layborn, coçando a barriga distraidamente. – Tenho certeza de que chegaríamos lá.

O celular de Robin vibrou no bolso de novo: desta vez, alguém telefonava.

– Preciso atender. Tem algum lugar em que eu possa...?

– Por aqui – disse Layborn, prestativo, abrindo uma porta lateral.

Era uma sala de fotocópias, com uma janela pequena coberta por uma veneziana. Robin fechou a porta para a conversa dos outros e atendeu.

– Oi, Sarah.

– Oi – disse Sarah Shadlock.

Ela estava inteiramente diferente da Sarah que Robin conhecia havia quase nove anos, a loura confiante e bombástica que Robin sentira, mesmo na adolescência, ter esperanças de que algum infortúnio recaísse sobre a relação de longa distância de Matthew com a namorada. Sempre presente com o passar dos anos, rindo das piadas de Matthew, pegando em seu braço, fazendo perguntas maliciosas sobre a relação de Robin com Strike, Sarah tinha namorado outros homens, acomodou-se por fim com o pobre e tedioso Tom, com seu emprego bem remunerado e a careca, que colocou diamantes no dedo de Sarah e em suas orelhas, mas nunca reprimiu a atração por Matthew Cunliffe.

Toda sua bravata tinha desaparecido no dia de hoje.

– Bom, perguntei a dois especialistas, mas – disse ela, parecendo frágil e temerosa – eles não podem ter certeza, não por uma fotografia tirada por telefone...

– Bom, evidentemente não – disse Robin com frieza. – Eu disse em minha mensagem, não disse, que não esperava uma resposta definitiva? Não estamos pedindo uma avaliação ou identificação firme. Só queremos saber se alguém pode ter acreditado...

– Bom, então, sim – disse Sarah. – Na verdade, um de nossos especialistas está muito animado com isso. Um dos antigos cadernos traz uma pintura feita de uma égua com um potro morto, mas nunca foi encontrada.

– Que cadernos?

– Ah, me desculpe – disse Sarah. Ela nunca pareceu tão dócil, tão assustada, na presença de Robin. – Stubbs.

– E se *for* um Stubbs? – Robin se virou para olhar da janela o Feathers, um pub onde ela e Strike tinham bebido algumas vezes.

– Bom, é inteiramente especulação, é claro... mas *se* for autêntico, *se for* aquele listado em 1760, pode valer muito.

– Me dê uma estimativa aproximada.

– Ora, o *Gimcrack* dele saiu por...

– ... vinte e dois milhões – disse Robin, sentindo-se de repente atordoada. – Sim. Você disse isso na festa de *open house*.

Sarah não respondeu. Talvez a menção da festa, onde ela levara lírios para a casa da mulher do amante, a tenha assustado.

– Então, se *O Lamento da Égua* for um Stubbs autêntico...

– Provavelmente vale mais do que *Gimcrack* em leilão. É um objeto único. Stubbs era anatomista, além de cientista e artista. Se este é um retrato de um potro branco letal, pode ser o primeiro exemplo registrado. Pode estabelecer um recorde.

O celular de Robin zumbiu em sua mão. Chegou outra mensagem de texto.

– Isso foi muito útil, Sarah, obrigada. Pode manter isto confidencial?

– Sim, é claro – disse Sarah. Depois, precipitadamente: – Robin, escute...

— Não – disse Robin, tentando manter a calma. – Estou trabalhando em um caso.

— ... acabou, está terminado, Matt está arrasado...

— Adeus, Sarah.

Robin desligou, depois viu a mensagem que tinha acabado de chegar.

Encontre-me depois do trabalho ou farei uma declaração à imprensa.

Embora estivesse ansiosa para voltar ao grupo da sala ao lado e compartilhar a informação sensacional que acabara de receber, Robin continuou onde estava, temporariamente desnorteada pela ameaça, e respondeu com uma mensagem:

Declaração à imprensa sobre o quê?

A resposta dele veio segundos depois, cheia de erros de digitação coléricos.

O mail ligou para o escritório esta manhã d deixou um recado perguntando como me sinto por minha sposa trepar com Cornish Strike.
O sun apareceu essa tarde. Você deve saber que ele está te traindo mas talvez não dê a mínima. Não quero os jornais me ligando no trabalho.
Ou encontra comigo ou vou dar uma declaração pra tirar essa gente da minha cola.

Robin relia a mensagem quando chegou outra, desta vez com um anexo.

Caso você não tenha visto

Robin abriu o anexo, que era um print de um artigo do *Evening Standard*.

O CURIOSO CASO DE CHARLOTTE CAMPBELL E CORMORAN STRIKE

Figura tarimbada das colunas de fofocas desde que fugiu de sua primeira escola particular, Charlotte Campbell tem levado a vida nos holofotes da publicidade. A maioria das pessoas escolheria um local discreto para sua consulta com um detetive particular, mas a grávida srta. Campbell – agora sra. Jago Ross – escolheu a mesa da janela de um dos restaurantes mais movimentados do West End.

O que se discutiu durante esta intensa conversa foram serviços de investigação, ou algo mais pessoal? O pitoresco sr. Strike, filho ilegítimo do astro do rock Jonny Rokeby, herói de guerra e Sherlock Holmes dos dias de hoje, por acaso também é ex-namorado de Campbell.

O marido executivo de Campbell sem dúvida vai querer resolver o mistério – negócios ou prazer? – depois de seu retorno de Nova York..

Uma massa de sentimentos desagradáveis se acotovelava no íntimo de Robin, dos quais os dominantes eram pânico, raiva e humilhação à ideia de Matthew falando com a imprensa de modo a deixar em aberto, maldosamente, a possibilidade de que ela e Strike estivessem dormindo juntos.

Ela tentou o número dele, mas caiu na caixa postal. Dois segundos depois, apareceu outra mensagem furiosa.

ESTOU COM UM CLIENTE NÃO QUERO FALAR NISSO NA FRENTE DELE SÓ ENCONTRE COMIGO

Agora colérica, Robin digitou:

E eu estou na New Scotland Yard. Encontre um canto sossegado.

Ela imaginava o sorriso educado de Matthew enquanto o cliente olhava, seu suave "é só o escritório, com licença", enquanto ele martelava sua resposta furiosa.

Temos coisas a resolver e você age como uma criança se recusando a marcar um encontro. Ou você vem falar comigo ou vou ligar para os jornais às oito. Aliás, noto que você não está negando ir para a cama com ele

Furiosa, mas também encurralada, Robin respondeu:

Tudo bem, vamos discutir isso cara a cara, onde?

Ele mandou por mensagem de texto o endereço de um bar em Little Venice. Ainda abalada, Robin abriu a porta da sala de ocorrências. O grupo agora estava reunido em volta de um monitor que mostrava uma página do blog de Jimmy Knight, que Strike lia em voz alta:

— ... "em outras palavras, uma única garrafa de vinho no Le Manoir aux Quat'Saisons pode custar mais do que uma mãe solteira e desempregada recebe por semana para alimentar, vestir e abrigar toda sua família". Agora, esta – disse Strike – me parece uma escolha de restaurante estranhamente específica, se ele queria arengar sobre os conservadores e seus gastos. É *isso* que me faz pensar que ele esteve lá recentemente. Depois Robin me disse que "Blanc de Blanc" é o nome de uma das suítes, mas eu não liguei os pontos com a rapidez com que deveria ter feito. Só me ocorreu algumas horas depois.

— Acima de tudo, ele é um merda de um hipócrita, não é? – disse Wardle, parado atrás de Strike, de braços cruzados.

— Vocês olharam em Woolstone? – perguntou Strike.

— No pardieiro da Charlemont Road, Woolstone, em toda parte – disse Layborn –, mas não se preocupe. Temos uma pista sobre uma das namoradas dele em Dulwich. É verificada agora. Com sorte, teremos o cara sob custódia esta noite.

Layborn agora notou Robin, parada ali com o telefone na mão.

— Sei que vocês já colocaram gente vendo isso – disse ela a Layborn –, mas tenho um contato na Christie's. Mandei a ela a foto de *O Lamento da Égua* e ela acaba de me telefonar. De acordo com um dos especialistas deles, *pode ser* um Stubbs.

— Até eu ouvi falar de Stubbs – disse Layborn.

— Quanto valeria, se fosse? – perguntou Wardle.

— Meu contato acha que passa de 22 milhões.

Wardle assoviou.

— Puta merda – disse Layborn.

— Para nós, não importa quanto ele vale – Strike lembrou a todos. – O que importa é se alguém pode ter visto seu possível valor.

— Vinte e dois milhões, caramba – disse Wardle –, é um motivo e tanto.

— Cormoran – disse Robin, pegando o casaco nas costas da cadeira onde havia deixado –, podemos dar uma palavrinha lá fora? Vou precisar ir embora, desculpem-me – disse ela aos outros.

— Está tudo bem? – perguntou Strike, quando eles voltaram ao corredor juntos e Robin fechou a porta para o grupo de policiais.

— Sim – disse Robin, e depois: – Bom... na verdade, não. Talvez – disse ela, entregando-lhe seu telefone – seja melhor você ler isto.

De cenho franzido, Strike rolou lentamente pelo diálogo entre Robin e Matthew, inclusive o anexo do *Evening Standard*.

— Vai se encontrar com ele?

— Eu preciso. Deve ser por isso que Mitch Patterson esteve xeretando. Se Matthew botar lenha na fogueira com a imprensa, o que ele é bem capaz de fazer... eles já estão agitados sobre você e...

— Esqueça a mim e a Charlotte – disse ele asperamente –, foram vinte minutos em que ela me teve por coação. Ele está tentando coagir *você*...

— Sei que está – disse Robin –, mas eu *preciso* falar com ele, mais cedo ou mais tarde. A maior parte das minhas coisas ainda está na Albury Street. Ainda temos uma conta conjunta no banco.

— Quer que eu vá com você?

Comovida, Robin falou:

— Obrigada, mas acho que isso não ajudaria.

— Então me ligue mais tarde, sim? Me conte o que aconteceu.

— Vou ligar – ela prometeu.

Ela foi sozinha para o elevador. Só percebeu quem tinha passado por ela na direção contrária quando alguém disse: "Bobbi?"

Robin se virou. Lá estava Flick Purdue, voltando do banheiro com uma policial, que parecia tê-la acompanhado até lá. Como Kinvara, a maquiagem de Flick fora lavada pelo choro. Ela parecia pequena e encolhida em uma blusa branca que Robin suspeitava que os pais insistiram que ela usasse, em vez da camiseta do Hezbollah.

— É Robin. Como vai, Flick?

Flick parecia lutar com ideias monstruosas demais para verbalizar.

– Espero que você esteja colaborando – disse Robin. – Conte tudo a eles, está bem?

Ela pensou ter visto um leve menear da cabeça, um desafio instintivo, as últimas brasas de lealdade ainda não extintas, mesmo nos problemas em que Flick se metera.

– Você precisa – disse Robin em voz baixa. – Ele teria matado *você* depois, Flick. Você sabia demais.

69

Previ todas as contingências – há muito tempo.
Henrik Ibsen, *Rosmersholm*

Vinte minutos depois da viagem de metrô, Robin saiu na estação subterrânea de Warwick Avenue em uma parte de Londres que ela não conhecia. Sempre teve uma vaga curiosidade em relação a Little Venice, porque seu extravagante segundo nome, "Venetia", foi-lhe dado porque ela foi concebida na verdadeira Veneza. Sem dúvida a partir daí ela associaria esta região com Matthew e o encontro tenso e amargo que Robin tinha certeza que a aguardava, perto do canal.

Ela andou por uma rua chamada Clifton Villas, onde plátanos espalhavam folhas de jade translúcido contra as casas quadradas de cor creme, cujas paredes brilhavam douradas no sol de início de noite. A beleza tranquila desta suave noite de verão fez com que Robin de súbito se sentisse esmagadoramente melancólica, porque se recordava de uma noite semelhante em Yorkshire, uma década antes, quando ela saiu às pressas pela rua da casa de seus pais, com dezessete anos incompletos e cambaleando nos saltos altos, desesperadamente empolgada com seu primeiro encontro com Matthew Cunliffe, que tinha sido aprovado no teste de direção e a levaria naquela noite a Harrogate.

E ali estava ela, caminhando para ele de novo, para organizar o desembaraço permanente da vida dos dois. Robin sentia-se triste, a contragosto, por se lembrar, quando era preferível se concentrar na infidelidade e na falta de gentileza dele, das alegres experiências compartilhadas que levaram ao amor.

Ela virou à esquerda, atravessou a rua e continuou andando, agora na sombra fria dos tijolos que cercavam o lado direito da Blomfield Road, em paralelo ao canal, e viu uma viatura policial acelerando para o alto da rua. Esta visão lhe deu forças. Parecia um aceno amistoso do que ela sabia que agora era sua vida real, enviado para lembrar o que ela devia ser e o quanto era incompatível com ser a esposa de Matthew Cunliffe.

Dois portões pretos e altos de madeira estavam instalados na parede, portões que a mensagem de Matthew dizia levarem ao bar do lado do canal, mas quando Robin os empurrou, estavam trancados. Ela olhou os dois lados da rua, mas não havia sinal de Matthew, assim procurou o celular na bolsa que, embora mudo, já vibrava com um telefonema. Enquanto o retirava, os portões elétricos se abriram e ela passou por eles, levando o celular à orelha.

– Oi, eu acabo de...

Strike gritou em seu ouvido.

– *Saia daí, não é Matthew...*

Várias coisas aconteceram ao mesmo tempo.

O telefone foi arrancado de sua mão. Em um segundo de paralisia, Robin registrou que não havia bar nenhum à vista, só um trecho malcuidado da margem do canal abaixo de uma ponte, cercado de mato alto, e uma casa-barco, antiga, *Odile*, ancorada na água mais à frente dela. Em seguida, um punho a atingiu com força no plexo solar e ela se curvou, sem fôlego. Recurvada, ela ouviu o mergulho de seu telefone sendo jogado no canal, depois alguém agarrou uma mecha de seu cabelo e o cós da calça e a arrastou até o barco, enquanto ela ainda não tinha ar nos pulmões para gritar. Atirada pela porta aberta do barco, ela bateu em uma mesa de madeira estreita e caiu no chão.

A porta foi fechada com uma pancada. Ela ouviu a tranca raspar.

– Sente-se – disse uma voz de homem.

Ainda sem fôlego, Robin se impeliu para um banco de madeira junto da mesa que era coberto de um acolchoado fino, depois se virou e deu de cara com o cano de um revólver.

Raphael baixou na cadeira de frente para ela.

– Quem ligou agora para você? – ele exigiu saber e ela deduziu, pelo esforço físico para levá-la ao barco e seu pavor de que ela fizesse um barulho que o interlocutor ao telefone pudesse ouvir, que ele não teve tempo nem oportunidade de olhar a tela de seu celular.

– Meu marido – Robin mentiu, num sussurro.

Seu couro cabeludo ardia onde ele lhe havia puxado o cabelo. A dor na cintura era tanta que ela se perguntou se ele havia quebrado uma de suas costelas. Ainda se esforçando para trazer ar aos pulmões, Robin passou por alguns segundos de desorientação para ver seu apuro em miniatura, de longe, encerrado em uma gota trêmula do tempo. Ela previu Raphael jogando seu corpo pesado na água escura à noite e Matthew, que aparentemente a atraiu ao canal, sendo interrogado e talvez acusado. Ela viu os rostos desesperados dos pais e dos irmãos em seu enterro em Masham, e viu Strike de pé ao fundo da igreja, como esteve em seu casamento, furioso porque o que ele temia tinha se concretizado e ela estava morta devido a seus próprios erros.

Mas enquanto cada lufada de ar voltava a inflar os pulmões de Robin, a ilusão de que ela observava de longe se dissolvia. Estava aqui, agora, neste barco sujo, respirando seu cheiro mofado, presa em suas paredes de madeira, emcarando a pupila dilatada do revólver e os olhos de Raphael acima dela.

Seu medo era uma presença verdadeira e sólida na cozinha, mas devia ficar isolado dela, porque ela não podia evitá-lo e ele só atrapalharia. Ela devia manter a calma e se concentrar. Decidiu não falar. Isto lhe traria de volta parte do poder que ele tirou dela, se ela se recusasse a preencher o silêncio. Este era o truque da terapeuta: deixar a pausa se fazer presente; deixar que a pessoa mais vulnerável a preenchesse.

– Você é muito fria – disse por fim Raphael. – Achei que você ficaria histérica e gritaria. Por isso tive de lhe dar um soco. Caso contrário, não teria feito isso. Se vale de alguma coisa, eu gosto de você, Venetia.

Ela sabia que ele tentava personificar de novo o homem que a havia encantado contra a sua vontade na Câmara dos Comuns. Claramente, ele pensava que a antiga mistura de pesar e remorsos lhe faria perdoar, e suavizar, mesmo com o couro cabeludo ardendo, as costelas machucadas e a arma em seu rosto. Ela não disse nada. O leve sorriso suplicante dele desapareceu e ele falou com franqueza:

– Preciso saber o quanto a polícia sabe. Se ainda puder me safar com o que eles conseguiram, então receio que você – ele levantou a arma uma fração para apontar diretamente a testa de Robin (e ela pensou nos veterinários e naquele único tiro limpo que o cavalo no vale não recebeu) – esteja acabada. Vou abafar o tiro com uma almofada e virar você do barco quando estiver escuro. Mas se eles já sabem de tudo, então acabarei com tudo aqui, à noite, porque não vou voltar para a prisão. Assim, você pode entender que é de seu interesse ser sincera, não pode? Só um de nós vai sair deste barco.

E como Robin não falou nada, ele disse com veemência:

— Responda!

— Sim. Eu entendo.

— Então – ele falou em voz baixa –, esteve mesmo na Scotland Yard há pouco tempo?

— Sim.

— Kinvara estava lá?

— Sim.

— Presa?

— Acho que sim. Estava em uma sala de interrogatório com o advogado dela.

— Por que eles a prenderam?

— Eles acham que vocês dois têm um caso. Que você estava por trás de tudo.

— O que significa "tudo"?

— A chantagem – disse Robin – e o assassinato.

Ele avançou a arma de forma a pressioná-la na testa de Robin. Robin sentiu o anel frio e pequeno de metal apertando sua pele.

— Grande merda. Como poderíamos ter um caso? Ela me odeia. Nunca ficamos a sós por dois minutos.

— Sim, ficaram – disse Robin. – Seu pai convidou você a Chiswell House logo depois de você sair da prisão. Na noite em que ele ficou detido em Londres. Você e ela ficaram a sós. Foi quando achamos que começou.

— Provas?

— Nenhuma – disse Robin –, mas acho que você pode seduzir alguém, se você realmente se dedicar...

— Não tente me bajular, não vai dar certo. É sério, "foi quando achamos que começou"? É só isso que vocês têm?

— Não. Havia outros sinais de que acontecia alguma coisa.

— Fale dos sinais. De todos eles.

— Eu conseguiria me lembrar melhor – disse Robin com a voz firme – sem você metendo uma arma na minha testa.

Ele a retirou, mas ainda apontava o revólver para seu rosto e disse:
– Fale. Rápido.

Parte de Robin queria sucumbir ao desejo de seu corpo de se dissolver, de carregá-la para a abençoada inconsciência. Suas mãos estavam dormentes, os músculos pareciam cera mole. O lugar em que Raphael tinha pressionado a arma na pele estava frio, um aro de fogo branco, como um terceiro olho. Ele não tinha acendido as luzes do barco. Estavam um de frente para o outro na escuridão que se adensava e talvez, quando ele atirasse nela, Robin não pudesse mais enxergá-lo com clareza...

Foco, disse uma voz nítida e pequena através do pânico. *Foco. Quanto mais tempo você o mantiver falando, mais tempo eles terão de encontrar você. Strike sabe que você foi enganada.*

De súbito ela se lembrou da viatura policial acelerando pelo alto da Blomfield Road e se perguntou se eles estariam circulando, procurando por ela, se a polícia, sabendo que Raphael a havia atraído a essa área, já havia despachado efetivo em busca deles. O endereço falso ficava a alguma distância pela margem do canal, alcançado, como diziam as mensagens de texto de Raphael, pelos portões pretos. Será que Strike adivinhou que Raphael estava armado?

Ela respirou fundo.

– Kinvara entrou no escritório de Della Winn no verão passado e disse que alguém havia falado que ela nunca foi amada, que ela era usada como parte de um jogo.

Ela precisa falar lentamente. Sem pressa. Cada segundo podia contar, cada segundo que ela conseguisse manter Raphael preso a suas palavras era outro segundo em que alguém podia vir em seu auxílio.

– Della supôs que ela estivesse falando de seu pai, mas verificamos e Della não consegue se lembrar de Kinvara ter dito o nome dele. Acreditamos que você seduziu Kinvara como um ato de vingança contra seu pai, manteve o caso por alguns meses, mas quando ela ficou grudenta e possessiva, você a largou.

– Tudo suposição – disse Raphael asperamente – e, portanto, papo furado. O que mais?

– Por que Kinvara foi à cidade no dia em que sua amada égua provavelmente seria sacrificada?

— Talvez ela não conseguisse ver o tiro no cavalo. Talvez estivesse negando a realidade da doença.

— Ou – disse Robin – talvez ela desconfiasse do que você e Francesca estavam fazendo na galeria de Drummond.

— Nenhuma prova. Próximo.

— Ela teve uma espécie de colapso quando voltou a Oxfordshire. Atacou seu pai e foi hospitalizada.

— Ainda lamentando o natimorto, excessivamente ligada aos cavalos, com depressão geral – Raphael falou rapidamente. – Izzy e Fizzy vão disputar o banco de testemunhas para explicar o quanto ela é desequilibrada. O que mais?

— Tegan nos contou que um dia Kinvara estava numa felicidade maníaca de novo e que ela mentiu quando perguntaram por quê. Disse que seu pai tinha concordado em cruzar sua outra fêmea com Totilas. Achamos que o verdadeiro motivo foi que você retomou o caso com ela e não acreditamos que o período de tempo seja coincidência. Você havia acabado de levar o último lote de pinturas para avaliação na galeria de Drummond.

O rosto de Raphael de repente ficou desalentado, como se seu ego essencial o tivesse temporariamente abandonado. A arma balançou na mão e os pelos finos dos braços de Robin se arrepiaram de leve, como se uma brisa tivesse soprado por eles. Ela esperou que Raphael falasse, mas ele não disse nada. Depois de um minuto, ela continuou:

— Acreditamos que quando você entregou as telas para avaliação, viu *O Lamento da Égua* de perto pela primeira vez e percebeu que podia ser um Stubbs. Você decidiu substituir por uma tela diferente de uma égua e o potro para avaliação.

— Provas?

— Henry Drummond agora viu a fotografia que eu tirei de *O Lamento da Égua* no quarto de hóspedes da Chiswell House. Ele está disposto a testemunhar que não estava entre as telas que ele avaliou para seu pai. O quadro que ele avaliou em cinco a oito mil libras era de John Frederick Herring e mostrava uma égua preta e branca e seu potro. Drummond também está disposto a testemunhar que você tem conhecimento suficiente de arte para ter visto que *O Lamento da Égua* podia ser um Stubbs.

O rosto de Raphael tinha perdido a máscara. Agora as íris quase pretas mexiam-se uma fração de um lado para o outro, como se ele lesse algo que só ele podia ver.

— Eu devo ter pegado por acidente o Frederick Herring em vez de...

Uma sirene de polícia soou a algumas ruas dali. Raphael virou a cabeça: a sirene gemeu por alguns segundos, depois, com a subitaneidade com que tinha começado, foi desligada.

Ele se virou de novo para Robin. Não parecia ostensivamente preocupado com a sirene, agora que tinha parado. É claro que ele pensava que era Matthew ao telefone quando a agarrou.

— É — disse ele, recuperando sua linha de raciocínio. — É o que vou dizer. Peguei a pintura da malhada para ser avaliada por engano, nunca vi *O Lamento da Égua*, não sabia que podia ser um Stubbs.

— Você não pode ter pegado a pintura da malhada por engano — disse Robin em voz baixa. — Ela não veio da Chiswell House e a família está disposta a dizer isso.

— A família — disse Raphael — não percebe o que está bem debaixo da merda do nariz deles. Um Stubbs esteve pendurado em um quarto de hóspedes úmido por quase vinte anos e ninguém notou, e sabe por quê? Porque eles são uns esnobes arrogantes de merda... *O Lamento da Égua* era da velha Tinky. Ela herdou do baronete irlandês, velho, gagá, alcoólatra e falido com quem ela se casou antes de meu avô. Ela não sabia de seu valor. Ficou com o quadro porque era de cavalo e ela adorava cavalos.

"Quando seu primeiro marido morreu, ela veio para a Inglaterra e deu o mesmo golpe, tornou-se a enfermeira particular cara de meu pai, depois sua esposa ainda mais cara. Ela morreu sem herdeiros e todo o seu lixo... *era principalmente lixo*... foi absorvido pelo patrimônio dos Chiswell. O Frederick Herring podia muito bem ser dela e ninguém notou, metido em algum canto sujo daquela maldita casa."

— E se a polícia localizar o quadro da malhada?

— Não vai. Está na casa de minha mãe. Vou destruí-lo. Quando a polícia me perguntar, direi que meu pai me falou que ia vender, agora que ele sabia que valia oito mil. "Ele deve ter vendido privadamente, policial."

— Kinvara não sabe da história nova. Ela não poderia corroborar você.

— É aí que as notórias instabilidade e infelicidade dela com meu pai trabalham a meu favor. Izzy e Fizzy vão fazer fila para contar ao mundo que ela nunca prestou muita atenção ao que ele fazia, porque ela não o amava e só estava nessa pelo dinheiro. Só preciso de uma dúvida razoável.

— O que vai acontecer quando a polícia disser a Kinvara que você só recomeçou o caso porque percebeu que ela podia estar prestes a ficar incrivelmente rica?

Raphael soltou um silvo longo e baixo.

— Bom — disse ele em voz baixa —, se eles conseguirem fazer Kinvara acreditar nisso, estou fodido, não estou? Mas agora Kinvara acredita que seu Raffy a ama mais do que qualquer coisa no mundo e ela vai exigir *muita* persuasão para se convencer de que isto não é verdade, porque, se for, toda sua vida vai se desintegrar. Martelei na cabeça dela: se eles não souberem do nosso caso, não poderão tocar em nós. Eu praticamente a fiz recitar isso enquanto trepava com ela. E avisei a ela que eles iam tentar nos colocar um contra o outro, se um de nós fosse suspeito. Ela foi bem treinada por mim e eu disse, na dúvida, chore, diga a eles que ninguém nunca conta nada a você, e aja como se estivesse muito confusa.

— Ela já contou uma mentira tola para tentar proteger você e a polícia sabe disso — disse Robin.

— Que mentira?

— Sobre o colar, nas primeiras horas da manhã de domingo. Ela não te falou? Talvez tenha notado que você estava com raiva.

— *O que foi que ela disse?*

— Strike disse a ela que não engoliu a nova explicação para você ter ido à Chiswell House na manhã da morte de seu pai...

— O que quer dizer com ele não engoliu? — disse Raphael, e Robin viu a vaidade ultrajada misturada com seu pânico.

— *Eu* achei que foi convincente — ela lhe garantiu. — Engenhoso, contar uma história em que você parece desistir, mas de má vontade. Todo mundo sempre está mais disposto a acreditar em algo que acha que vai revelar sozi...

Raphael ergueu a arma, de novo colocando-a mais próxima da testa de Robin e embora o aro frio de metal ainda não tivesse tocado sua pele, ela o sentiu ali.

— Que mentira Kinvara contou?

— Ela alegou que você foi dizer a ela que sua mãe retirou os diamantes do colar e substituiu por pedras falsas.

Raphael ficou horrorizado.

– Mas por que merda ela disse isso?

– Porque ela teve um choque, suponho, ao descobrir que eu e Strike estávamos na propriedade quando você estava escondido no segundo andar. Strike disse que não acreditou na história do colar, então ela entrou em pânico e inventou uma versão nova. O problema é que esta pode ser verificada.

– Que vaca mais burra – disse Raphael em voz baixa, mas com um veneno que fez a nuca de Robin se eriçar. – Aquela vaca idiota e burra... por que ela não se prendeu a nossa história? E... não, espere aí... – disse ele, com o ar de um homem que de repente faz uma ligação vantajosa e, para um misto de consternação e alívio de Robin, ele retirou a arma de onde estivera, quase tocando nela, e riu suavemente. – Foi por *isso* que ela escondeu o colar no domingo à tarde. Ela me veio com uma conversa fiada de não querer que Izzy e Fizzy entrassem de mansinho e o pegassem... bom, ela é burra, mas não um caso perdido. Se ninguém verificar as pedras, ainda estamos limpos... e eles terão de demolir o estábulo para encontrá-lo. Tudo bem – disse ele, como se falasse consigo mesmo –, tudo bem, acho que tudo isso pode ser recuperado.

"Acabou, Venetia? É só isso que vocês têm?"

– Não – disse Robin. – Existe Flick Purdue.

– Não sei quem é.

– Sim, você sabe. Você a pegou meses atrás e contou a ela a verdade sobre os cadafalsos, sabendo que ela passaria a informação a Jimmy.

– Sou um cara muito ocupado – disse Raphael despreocupadamente. – E daí? Flick não ia confessar ter trepado com o filho de um ministro conservador, em particular se Jimmy pudesse descobrir. Ela é tão obcecada por ele quanto Kinvara por mim.

– É verdade, ela não quis admitir, mas alguém deve ter visto você saindo do apartamento dela na manhã seguinte. Ela fingiu que você era um garçom indiano.

Robin pensou ter visto um leve estremecimento de surpresa e desagrado. O *amour propre* de Raphael foi ferido pela ideia de ser descrito desta forma.

– Tudo bem – disse ele, depois de um ou dois instantes –, tudo bem, vejamos... e se *foi mesmo* um garçom que Flick levou para a cama, mas ela está alegando que fui eu por maldade, por causa de sua luta de classes idiota e o ressentimento que o namorado tem contra a minha família?

— Você roubou o cartão de crédito da colega de apartamento dela, em sua bolsa, na cozinha.

Ela viu, pela tensão na boca de Raphael, que ele não esperava por essa. Sem dúvida ele pensava que, em vista do estilo de vida de Flick, a suspeita recairia em alguém que passasse por seu apartamento mínimo e lotado, talvez especialmente Jimmy.

— Provas? — ele repetiu.

— Flick pode dar a data em que você esteve em sua casa e se Laura testemunhar que o cartão de crédito desapareceu naquela noite...

— Mas sem nenhuma prova sólida de que eu estive lá...

— Como Flick descobriu sobre os cadafalsos? Sabemos que foi ela que contou a Jimmy a respeito deles, e não o contrário.

— Bom, não pode ter sido eu, pode? Sou o único membro da família que nunca soube disso.

— Você sabia de tudo. Kinvara ouviu toda a história de seu pai e contou tudo a você.

— Não — disse Rafael —, acho que você vai descobrir que Flick soube dos cadafalsos pelos irmãos Butcher. Tenho a informação segura de que um deles agora mora em Londres. É, acho que ouvi o boato de que um deles foi para a cama com a namorada de seu amigo Jimmy. E acredite em mim, os irmãos Butcher não vão aparecer bem no tribunal, uma dupla de caipiras safados levando cadafalsos por aí, protegidos pelo manto da escuridão. Vou parecer muito mais plausível e apresentável do que Flick e os Butcher se isto chegar ao tribunal, pode acreditar que vou.

— A polícia tem os registros telefônicos — Robin insistiu. — Eles sabem sobre um telefonema anônimo a Geraint Winn, que foi dado mais ou menos na hora em que Flick descobriu sobre os cadafalsos. Achamos que você deu a dica anônima a Winn sobre Samuel Murape. Você sabia que Winn tinha uma mágoa dos Chiswell. Kinvara contou tudo a você.

— Não sei nada sobre esse telefonema, excelência — disse Raphael — e lamento muito que meu falecido irmão tenha sido um tremendo babaca com Rhiannon Winn, mas isso não tem nada a ver comigo.

– Achamos que foi *você* que deu o telefonema ameaçador ao escritório de Izzy, em seu primeiro dia lá, falando de gente se urinando enquanto morria – disse Robin – e achamos que foi *sua* a ideia de Kinvara fingir estar ouvindo constantemente invasores na propriedade. Tudo foi planejado para criar o máximo de testemunhas possível para o fato de que seu pai tinha motivos para estar ansioso e paranoico, que ele podia ceder sob extrema pressão...

– Ele *estava* sob extrema pressão. *Era mesmo* chantageado por Jimmy Knight. Geraint Winn *tentava mesmo* obrigá-lo a deixar seu cargo. Não são mentiras, são fatos e serão sensacionais em um tribunal, ainda mais depois que for revelada a história de Samuel Murape.

– Só que você cometeu erros idiotas que podiam ser evitados.

Ele se sentou mais reto e inclinou-se para a frente, com o cotovelo deslizando alguns centímetros, de modo que o cano da arma ficou maior. Os olhos dele, que eram uns borrões na sombra, voltaram a se definir claramente, preto ônix e branco. Robin se perguntou como pôde pensar um dia que ele era bonito.

– Que erros?

Enquanto ele dizia isso Robin viu, pelo canto do olho, uma luz azul intermitente deslizar pela ponte, pouco visível pela janela à direita, bloqueada da visão de Raphael pela lateral do barco. A luz desapareceu e a ponte foi reabsorvida pela escuridão cada vez maior.

– Em primeiro lugar – disse Robin com cautela – foi um erro continuar se encontrando com Kinvara depois do homicídio. Ela insistiu em fingir que se esquecia de onde devia encontrar seu pai, não foi? Só para ter alguns minutos com você, só para ver você e ver como estava...

– Isto não é uma prova.

– Kinvara foi seguida ao Le Manoir aux Quat'Saisons em seu aniversário.

Os olhos dele se estreitaram.

– Por quem?

– Jimmy Knight. Flick confirmou. Jimmy pensou que seu pai estava com Kinvara e queria confrontá-lo publicamente por não ter lhe dado seu dinheiro. É evidente que seu pai não estava lá, então Jimmy foi para casa e escreveu um post furioso no blog sobre como conservadores da alta roda gastavam seu dinheiro, mencionando o nome do Le Manoir aux Quat'Saisons.

— Bom, se ele não me viu entrando furtivamente na suíte do hotel de Kinvara – disse Raphael – e ele não viu, porque eu tive um cuidado do caralho para que ninguém visse, então tudo isso também é suposição.

— Tudo bem – disse Robin. – E a *segunda* vez em que você foi ouvido transando no banheiro da galeria? Não foi com Francesca. Foi com Kinvara.

— Prove.

— Kinvara estava na cidade naquele dia, comprando comprimidos de lachesis e fingindo estar zangada com seu pai por ainda ver você, e tudo isso fazia parte do disfarce de que ela te odiava. Ela telefonou a seu pai para saber se ele estava almoçando em outro lugar. Strike ouviu o telefonema. O que você e Kinvara não perceberam era que seu pai estava almoçando apenas a 100 metros de onde os dois faziam sexo.

"Quando seu pai abriu caminho à força para o banheiro, encontrou um frasco de lachesis no chão. Por isso ele quase teve um ataque cardíaco. Ele sabia que Kinvara tinha vindo à cidade para isso. Sabia quem tinha acabado de transar com você no banheiro."

O sorriso de Raphael mais parecia uma careta.

— É, essa foi de lascar. No dia em que ele foi ao nosso escritório, falando de Lachesis... "media o fio da vida de cada homem"... eu percebi depois, ele tentava me meter medo, não foi? Na hora não entendi do que ele estava falando. Mas quando você e seu chefe aleijado falaram nos comprimidos na Chiswell House, Kinvara se tocou: eles caíram do bolso dela enquanto estávamos trepando. Não sabíamos quem tinha dado a dica a ele... foi só depois que eu o ouvi ligando para o Le Manoir sobre o prendedor de notas de Freddie que entendi que ele devia ter percebido que acontecia alguma coisa. Depois ele me convidou a Ebury Street e entendi que ele ia me confrontar a respeito disso, aí precisamos agir e o matamos.

O jeito inteiramente objetivo com que ele discutia o parricídio deu arrepios em Robin. Ele podia estar falando de colocar papel de parede em uma sala.

— Devia ser a intenção dele mostrar aqueles comprimidos durante seu grande discurso "Eu sei que você está comendo a minha mulher". Por que não os vi no chão? Tentei arrumar a sala depois, mas devem ter rolado do bolso dele ou coisa assim... é mais difícil do que se pensa – disse Raphael –

amarrar um cadáver que você acabou de despachar. A verdade é que fiquei surpreso com o quanto isso me afetou.

Ela nunca tinha ouvido o narcisismo dele com tanta clareza. O interesse e a solidariedade dele voltavam-se inteiramente para si próprio. O pai morto não era nada.

— A polícia agora tomou depoimentos de Francesca e dos pais dela – disse Robin. — Ela nega terminantemente ter estado no banheiro com você na segunda vez. Os pais não acreditam nela, mas...

— Eles não acreditarão nela porque ela é ainda mais burra que Kinvara.

— A polícia está passando um pente-fino nas gravações da câmera de segurança das lojas em que ela disse que esteve, enquanto você e Kinvara estavam no banheiro.

— Tudo bem – disse Raphael –, bom, na pior das hipóteses, se eles não provarem que ela estava comigo, talvez eu tenha de esclarecer o fato de que era *outra* jovem comigo no banheiro naquele dia, cuja reputação eu, como um cavalheiro, tentei defender.

— Vai mesmo encontrar uma mulher que minta por você, no tribunal, em uma acusação de homicídio? – perguntou Robin, sem acreditar.

— A mulher que é dona deste barco é louca por mim – disse Raphael com brandura. — Tivemos um lance antes de eu ser preso. Ela me visitou na cadeia e tudo. Agora ela está na reabilitação. Uma piranha maluca, adora um drama. Acha que é artista. Bebe demais, é um tremendo pé no saco, na verdade, mas trepa feito um coelho. Nunca se deu ao trabalho de pegar a chave extra deste lugar comigo e ela guarda uma chave da casa da mãe dela naquela gaveta ali...

— Seria por acaso a casa da mãe onde você mandou que entregassem o hélio, o tubo e as luvas? – perguntou Robin.

Raphael piscou. Não esperava por essa.

— Você precisava de um endereço que não estivesse relacionado com você. Cuidou para que fosse entregue enquanto os donos estavam fora, ou no trabalho, depois você podia entrar, pegar o aviso de entrega...

— Pegar a encomenda, disfarçado, e mandar por mensageiro à casa de meu querido e velho pai, sim.

— E Flick recebeu a encomenda e Kinvara mandou que ela a escondesse de seu pai até que fosse a hora de matá-lo?

– É isso mesmo – disse Raphael. – A gente pega muitas dicas na prisão. Identidades falsificadas, prédios vazios, endereços em que não tem ninguém, dá para fazer muita coisa com eles. Depois que você morrer – o couro cabeludo de Robin ficou eriçado – ninguém vai me relacionar com nenhum dos endereços.

– A dona deste barco...

– Vai contar a todos que estava fazendo sexo comigo no banheiro do Drummond, lembra? Ela está do meu lado, Venetia – disse ele em voz baixa –, então isso não parece bom para você, parece?

– Houve outros erros – disse Robin com a boca seca.

– Por exemplo?

– Você disse a Flick que seu pai precisava de uma faxineira.

– Foi, porque isso faz com que ela e Jimmy fiquem muito suspeitos, ela foi para a casa do meu pai. O júri vai ficar concentrado nisso, não em como Flick descobriu que ele queria uma faxineira. Eu já te falei, ela vai parecer uma vadiazinha suja como uma criada no banco dos réus. É só mais uma mentira.

– Mas ela roubou um bilhete do seu pai, um bilhete que ele escreveu enquanto tentava verificar a história de Kinvara no Le Manoir aux Quat' Saisons. Eu o encontrei no banheiro dela. Ela mentiu, disse a ele que a mãe tinha ido para o hotel com ela. Normalmente eles nunca dão informações sobre os hóspedes, mas ele era um ministro do governo e já tinha estado hospedado lá, então acho que ele conseguiu levá-los a concordar que se lembravam do veículo da família ali e que infelizmente a mãe dela não tinha ido. Ele tomou nota da suíte em que Kinvara se hospedou, provavelmente fingindo ter esquecido, e tentava conseguir a conta para ver se havia algum sinal de café da manhã ou jantar para dois, suponho. Quando a promotoria apresentar o bilhete e a nota no tribunal...

– Foi *você* que descobriu esse bilhete, não foi? – disse Raphael.

O estômago de Robin se revirou. Ela não pretendia dar a Raphael outro motivo para atirar nela.

– Eu sabia que tinha subestimado você depois daquele nosso jantar no Nam Long Le Shaker – disse Raphael. Isto não foi um elogio. Os olhos dele estavam estreitos, as narinas infladas de desgosto. – Você estava péssima, mas ainda assim fazia perguntas inconvenientes. Você e seu chefe estavam mais chegados com a polícia do que eu esperava também. E mesmo depois de eu ter dado a dica ao *Mail*...

— Então foi *você* – disse Robin, perguntando-se como não havia pensado nisso. – *Você* colocou a imprensa e Mitch Patterson na nossa cola de novo...

— Eu disse a eles que você deixou o marido para ficar com Strike, mas que ele ainda estava trepando com a ex. Izzy me contou essa fofoca. Achei que vocês precisavam ir mais devagar, vocês dois, porque insistiam em cutucar meu álibi... mas depois que eu meter uma bala em você – um arrepio gelado correu pelo corpo de Robin –, seu chefe ficará ocupado respondendo às perguntas da imprensa sobre como seu corpo acabou no canal, não é? Acho que isto se chama matar dois coelhos com uma cajadada só.

— Mesmo que eu esteja morta – disse Robin, a voz o mais firme que ela conseguia –, ainda existirão o bilhete de seu pai e o testemunho do hotel...

— Tudo bem, então ele ficou preocupado com o que Kinvara estava fazendo no Le Manoir – disse Raphael rudemente. – Eu disse a você agora, ninguém me viu no hotel. A vaca idiota pediu duas taças e champanhe, mas ela podia estar com outra pessoa.

— Você não terá nenhuma oportunidade de preparar uma história nova com ela – disse Robin, a boca mais seca do que nunca, a língua grudando no céu da boca enquanto tentava parecer calma e confiante. – Agora ela está detida, ela não é tão inteligente quanto você... e você cometeu outros erros – Robin se apressou a falar –, erros estúpidos, porque você teve de concretizar o plano às pressas, depois de perceber que seu pai estava de olho em você.

— Por exemplo?

— Por exemplo, Kinvara retirando a embalagem da amitriptilina, depois de ter adulterado o suco de laranja. Kinvara esquecendo-se de contar a você do truque para fechar direito a porta da casa. E – disse Robin, consciente de que dava a sua última cartada – ela jogando a chave da porta da frente para você, em Paddington.

No espaço silencioso que agora se estendia entre os dois, Robin pensou ouvir passos bem perto. Não se atreveu a olhar pela janela, para não alertar Raphael, que parecia horrorizado demais pelo que ela acabara de dizer para apreender qualquer outra coisa.

— "Jogando a chave da porta da frente para mim"? – Raphael repetiu com uma fanfarronice débil. – Mas do que você está falando?

— As chaves da Ebury Street são restritas, é quase impossível copiar. Vocês dois só tinham acesso a uma: a dela, porque seu pai desconfiava dos dois na época em que morreu, e ele cuidou para que a chave extra ficasse fora de seu alcance.

"Ela precisava da chave para entrar na casa e adulterar o suco de laranja, e você precisava dela para ir cedo na manhã seguinte e asfixiá-lo. Assim, vocês bolaram um plano de última hora: ela te passaria uma chave em um local combinado em Paddington, onde você estaria disfarçado de sem-teto.

"Você foi apanhado pela câmera. A polícia agora tem gente ampliando e melhorando a imagem. Eles acham que você deve ter comprado às pressas coisas em um brechó de caridade, o que pode gerar outra testemunha útil. A polícia está examinando as gravações das câmeras, procurando por seus movimentos a partir de Paddington."

Raphael não falou nada por quase um minuto. Seus olhos se mexiam levemente da esquerda para a direita, enquanto ele tentava encontrar uma brecha, uma escapatória.

— Isto... é inconveniente — disse ele por fim. — Não pensei que seria apanhado pela câmera, sentado ali.

Robin pensou poder ver a esperança escapando dele. Em voz baixa, continuou.

— De acordo com seu plano, Kinvara chegou a Oxfordshire, telefonou para Drummond e deixou um recado de que queria o colar avaliado, para armar toda a história de apoio.

"Na manhã seguinte, bem cedo, outro telefone descartável foi usado para ligar para Geraint Winn e Jimmy Knight. Ambos foram levados a sair de casa, presumivelmente com uma promessa de informações sobre Chiswell. Era você, cuidando para que eles pudessem ser enquadrados, se houvesse suspeita de homicídio."

— Nenhuma prova — disse Raphael automaticamente, em voz baixa, mas os olhos ainda disparavam de um lado para outro, procurando cordas salva--vidas invisíveis.

— Você entrou na casa muito cedo naquela manhã, esperando encontrar seu pai quase comatoso depois do suco de laranja matinal, mas...

— No início ele *estava mesmo* apagado — disse Raphael. Seus olhos agora estavam vidrados e Robin entendeu que ele se recordava do que acontecera, daquilo a que assistia, em sua cabeça. – Estava arriado no sofá, muito grogue. Passei direto por ele e entrei na cozinha, abri minha caixa de brinquedos...

Por uma fração de segundo, Robin viu novamente a cabeça no saco plástico, o cabelo grisalho pressionado em volta do rosto de modo que só era visível o buraco escuro e aberto da boca. Raphael tinha feito aquilo; Raphael, que agora apontava uma arma para sua cara.

– ...mas enquanto eu arrumava tudo, o velho filho da puta acordou, me viu encaixando o tubo na lata de hélio, e o merda ressuscitou. Ele se levantou tonto, pegou a espada de Freddie na parede e tentou lutar, mas eu a tirei dele. Entortei a espada ao fazer isso. Eu o forcei para a cadeira... ele ainda lutava... e...

Raphael imitou o gesto de colocar o saco na cabeça do pai.

– *Caput.*

– E depois – disse Robin com a boca ainda seca – você deu aqueles telefonemas do aparelho dele que deviam estabelecer seu álibi. Kinvara lhe passou a senha dele, é claro. E você foi embora, sem fechar a porta direito.

Robin não sabia se imaginava movimento do lado de fora da vigia a sua esquerda. Mantinha os olhos fixos em Raphael e na arma que oscilava um pouco.

– Muita coisa aí é circunstancial – ele murmurou, de olhos ainda vidrados. – Flick e Francesca têm motivos para mentir a meu respeito... eu não terminei bem com Francesca... ainda posso ter uma chance... eu posso...

– Não existe chance nenhuma, Raff – disse Robin. – Kinvara não vai mentir por você por muito mais tempo. Quando contarem a ela a verdade a respeito de *O Lamento da Égua*, ela vai juntar todas as peças pela primeira vez. Acho que *você* insistiu que ela o transferisse para a sala de estar, para protegê-lo da umidade do quarto de hóspedes. Como conseguiu isso? Inventou alguma besteira sobre o quadro lembrar *você* da égua morta? Depois ela vai perceber que você recomeçou o caso quando soube de seu verdadeiro valor e que todas as coisas horríveis que você disse a ela quando terminou eram a verdade. E o pior de tudo – disse Robin –, ela vai perceber que quando vocês dois ouviram invasores na propriedade... desta vez, verdadeiros... você deixou que a mulher por quem supostamente estava apaixonado saísse pelo terreno no escuro, de camisola, enquanto você ficava para proteger...

– *Tá legal!* – ele gritou de repente e avançou com o cano da arma até pressioná-lo na testa de Robin de novo. – Para de *falar*, porra!

Robin ficou imóvel. Imaginou como seria quando ele apertasse o gatilho. Ele tinha dito que atiraria nela usando uma almofada para abafar o som, mas talvez tenha se esquecido, talvez estivesse prestes a perder o controle.

– Sabe como é na cadeia? – perguntou ele.

Ela tentou dizer "não", mas o som não saiu.

– O barulho – ele sussurrou. – O cheiro. Aquela gente feia e estúpida... alguns parecem animais. Pior que animais. Eu nunca soube que existia gente assim. Os lugares em que obrigam você a comer e cagar. Ficar atento o tempo todo, esperando pela violência. O barulho das correntes, a gritaria e a porra da imundície. Prefiro ser enterrado vivo. Não vou passar por isso de novo...

"Eu ia ter uma vida de sonhos. Eu seria livre, totalmente livre. Nunca mais teria de me curvar a gente como o merda do Drummond. Tem uma casa de campo em Capri em que estou de olho há um bom tempo. Com vista para o golfo de Nápoles. Depois eu teria um bom apartamento em Londres... carro novo, depois que suspendessem a merda da minha proibição... imagine andar por aí sabendo que você pode comprar qualquer coisa, fazer qualquer coisa. Uma vida de sonhos...

"Dois probleminhas para tirar do caminho antes de eu estar completamente ajeitado... Flick, fácil: tarde da noite, rua escura, faca nas costelas, vítima de um crime de rua.

"E Kinvara... depois que ela fizesse um testamento em meu benefício, depois de alguns anos, ela quebraria o pescoço montando um cavalo impróprio ou se afogaria na Itália... ela é péssima nadadora...

"E depois todos eles podiam ir à merda, não é? Os Chiswell, a puta da minha mãe. Eu não ia precisar de nada de ninguém. Eu teria tudo...

"Mas tudo isso acabou", disse ele. Embora tivesse a pele morena, Robin via que ele ficara pálido, as sombras escuras abaixo dos olhos ocas à meia-luz. "Tudo isso acabou. Sabe de uma coisa, Venetia? Vou estourar a merda dos seus miolos, porque concluí que não gosto de você. Acho que quero ver a porra da sua cabeça explodir antes de a minha voar do corpo..."

– Raff...

– *Raff... Raff...* – ele gritou, imitando Robin –, por que todas as mulheres acham que são diferentes? Vocês não são diferentes, nenhuma de vocês.

Ele pegava a almofada mole a seu lado.

– Vamos juntos. Quero chegar no inferno com uma garota sexy no meu bra...

Com um estrondo de madeira lascada, a porta se abriu. Raphael virou o corpo, apontando a arma para a figura parruda que tinha acabado de cair para dentro. Robin se atirou pela mesa para segurar o braço dele, mas Raphael usou o cotovelo e a jogou para trás, e ela sentiu o sangue brotar de um corte no lábio.

– Raff, não, não... *não!*

Ele havia se levantado, recurvado no espaço apertado, com o cano da arma na boca. Strike, que tinha metido o ombro na porta, ofegava a uma curta distância dele e, atrás de Strike, estava Wardle.

– Anda, faça isso, então, seu merdinha covarde – disse Strike.

Robin quis protestar, mas não conseguiu emitir som nenhum.

Houve um pequeno estalo metálico.

– As balas foram retiradas na Chiswell House, seu cretino idiota – disse Strike, mancando para a frente e arrancando o revólver da boca de Raphael. – Não tem nem metade da inteligência que pensava ter, hein?

Houve um grande zumbido nos ouvidos de Robin. Raphael soltava palavrões em inglês e italiano, gritava ameaças, debatia-se e se contorcia enquanto Strike ajudava a vergá-lo sobre a mesa para Wardle algemá-lo, mas Robin se afastou trôpega do grupo, como que num sonho, de costas para a área da cozinha, onde panelas e frigideiras estavam penduradas e havia um rolo de papel-toalha branco, ridículo de tão comum, ao lado de uma pia mínima. Ela sentia o lábio inchar, onde Raphael a havia atingido. Ela rasgou umas folhas de papel-toalha, colocou sob a água fria e apertou na boca que sangrava, enquanto pela vigia via policiais uniformizados correndo pelos portões pretos, tomando posse da arma e de Raphael, que lutava, e que Wardle tinha acabado de arrastar para a margem.

Ela esteve sob a mira de uma arma. Nada parecia real. Agora a polícia entrava e saía do barco, mas tudo não passava de barulho e eco, e agora ela percebeu que Strike estava a seu lado e ele parecia a única pessoa com alguma realidade.

– Como você soube? – perguntou ela com a voz embargada, através do chumaço frio de papel.

— Percebi cinco minutos depois de você sair. Os três últimos números naquele telefone que você me mostrou, das supostas mensagens de texto de Matthew, eram iguais aos de um número de celular descartável. Fui atrás de você, mas você já havia saído. Layborn mandou viaturas e eu estive ligando para você sem parar desde então. Por que não atendeu?

— Meu telefone estava no mudo, dentro da bolsa. Agora está no canal.

Ela ansiava por uma bebida forte. Talvez, pensou Robin vagamente, existisse mesmo um bar em algum lugar por perto... mas é claro que não a deixariam ir a um bar. Ia enfrentar horas na New Scotland Yard, de novo. Eles iam precisar de um longo depoimento. Ela teria de reviver a última hora em detalhes. Robin estava exausta.

— Como sabia que eu estava aqui?

— Liguei para Izzy e perguntei se Raphael conhecia alguém na vizinhança daquele endereço falso para o qual ele tentou atrair você. Ela me disse que ele teve uma namorada drogada e riquinha que era dona de uma casa-barco. Ele já estava ficando sem ter para onde ir. A polícia esteve vigiando seu apartamento nos últimos dois dias.

— E você sabia que a arma não tinha balas?

— Eu *torci* por isso – ele a corrigiu. – Para mim, ele podia ter verificado e recarregado.

Ele apalpou o bolso. Seus dedos tremiam ligeiramente enquanto ele acendia um cigarro. Deu um trago, depois falou:

— Você se saiu muito bem quando o manteve falando por tanto tempo, Robin, mas da próxima vez que receber um telefonema de um número desconhecido, é melhor ligar de volta e verificar quem está do outro lado. E você nunca... *nunca mais*... conte nada de sua vida pessoal a um suspeito.

— Não seria legal se eu tivesse *dois minutos* – perguntou ela, pressionando o papel-toalha frio no lábio inchado e sangrando – para desfrutar o fato de não ter sido morta, antes de você começar?

Strike soprou um jato de fumaça.

— É, está certo – disse ele e a puxou, desajeitado, em um abraço de um braço só.

UM MÊS DEPOIS

EPÍLOGO

Seu passado morreu, Rebecca. Não tem mais nenhum poder sobre você – não tem nada a ver com você – como você é agora.

Henrik Ibsen, *Rosmersholm*

A Paralimpíada aconteceu e acabou, e setembro fazia o máximo para eliminar a lembrança dos longos dias de verão e bandeiras britânicas, quando Londres desfrutou por semanas da atenção mundial. A chuva batia nas janelas altas da Cheyne Walk Brasserie, competindo com Serge Gainsbourg, que cantava "Black Trombone" de alto-falantes ocultos.

Strike e Robin, que chegaram juntos, tinham acabado de se sentar quando Izzy, que escolhera o restaurante por sua proximidade de seu apartamento, chegou em uma agitação um tanto desgrenhada, de capa Burberry e guarda-chuva encharcado, este último levando algum tempo para ser fechado na porta.

Strike só havia falado com sua cliente uma vez desde que o caso fora resolvido, e mesmo assim brevemente, porque Izzy ficou chocada e aflita demais para dizer muita coisa. Eles se encontravam hoje a pedido de Strike, porque havia uma última parte inacabada no caso Chiswell. Izzy dissera a Strike por telefone, quando eles marcaram o almoço, que ela não saía muito desde a prisão de Raphael. "Não consigo encarar as pessoas. É tudo pavoroso demais."

– Como vai? – disse ela com ansiedade enquanto Strike manobrava o corpo de trás da mesa com toalha branca para receber um abraço molhado. – E, ah, pobre Robin, eu sinto muito – acrescentou ela, contornando apressada para o outro lado da mesa a fim de abraçar Robin antes de dizer, distraída, "Ah, sim, por favor, obrigada" à garçonete carrancuda que pegara sua capa e o guarda-chuva molhados.

Ao se sentar, Izzy falou:

— Prometi a mim mesma que não ia chorar. — Depois pegou um guardanapo na mesa e o pressionou firmemente nos dutos lacrimais. — Desculpem-me... não paro de fazer isso. *Tento* não ser constrangedora...

Ela deu um pigarro e endireitou as costas.

— Foi simplesmente um choque — ela sussurrou.

— É claro que foi — disse Robin, e Izzy lhe abriu um sorriso aguado.

"*C'est l'automne de ma vie*", cantou Gainsbourg. "*Plus personne ne m'étonne...*"

— Então você encontrou este lugar? — disse Izzy, num esforço para encontrar um terreno sociável convencional. — É bem bonito, não? — Ela convidava os dois a admirar o restaurante provençal que Strike pensou, ao entrar, ter a atmosfera do apartamento de Izzy traduzida para o francês. Ali estava a mesma mistura conservadora do tradicional com o moderno: fotografias em preto e branco penduradas em paredes brancas e austeras, cadeiras e bancos cobertos de couro escarlate e turquesa e antiquadas luminárias de bronze e vidro com cúpulas cor-de-rosa.

A garçonete voltou com cardápios e se ofereceu para pegar o pedido das bebidas.

— Não devemos esperar? — perguntou Izzy, gesticulando para o lugar vago.

— Ele vai se atrasar — disse Strike, louco por uma cerveja. — Podemos muito bem pedir as bebidas.

Afinal, não havia mais nada a descobrir. O dia de hoje era para as explicações. Um silêncio canhestro caiu novamente enquanto a garçonete se afastava.

— Ah, meu Deus, não sei se você soube — disse Izzy de repente a Strike, com um ar de quem fica aliviada por ter descoberto o que para ela era fofoca padrão. — Charlie deu entrada no hospital.

— É mesmo? — disse ele, sem nenhum sinal de interesse particular.

— Sim, repouso absoluto. Ela teve uma coisa... vazamento de líquido amniótico, eu acho... daí que eles a querem sob observação.

Strike assentiu, inexpressivo. Envergonhada por querer saber mais, Robin guardou silêncio. As bebidas chegaram. Izzy, que parecia estressada demais para ter notado a resposta nada entusiasmada de Strike ao que, para ela, era um assunto seguro de interesse mútuo, disse:

– Ouvi dizer que Jago perdeu as estribeiras quando viu a história sobre vocês dois na imprensa. Deve estar feliz por tê-la onde possa ficar de olho...

Mas Izzy percebeu algo na expressão de Strike que a fez desistir. Ela tomou um gole de vinho, viu se alguém nas poucas mesas ocupadas estava ouvindo, e falou:

– Imagino que a polícia esteja mantendo vocês informados. Sabem se Kinvara confessou tudo?

– Sim – disse Strike –, nós sabemos.

Izzy meneou a cabeça, os olhos mais uma vez se enchiam de lágrimas.

– Foi tão pavoroso. Os amigos não sabem o que dizer... eu ainda *não acredito*. É simplesmente inacreditável. *Raff*... eu queria vê-lo, sabe? Sinceramente *precisava* vê-lo... mas ele se recusou. Não quer ver ninguém.

Ela bebeu mais do vinho.

– Ele deve ter enlouquecido ou coisa assim. Deve estar doente, não é? Para ter feito isso? Deve ser mentalmente doente.

Robin se lembrou da casa-barco escura, onde Raphael tinha falado com todas as letras da vida que queria, da casa de campo em Capri, do apartamento de solteiro em Londres e do carro novo, depois que fosse suspensa a proibição imposta por ter atropelado uma jovem mãe. Ela pensou na meticulosidade com que ele planejou a morte do pai, nos erros que cometeu devido apenas à pressa com que o assassinato devia ser realizado. Ela imaginou a expressão dele por cima da arma, enquanto ele lhe perguntava por que as mulheres achavam que havia alguma diferença entre elas: a mãe que ele chamou de puta, a madrasta que ele seduziu, Robin, que ele estava prestes a matar para não ter de entrar no inferno sozinho. Seria ele doente em algum sentido que o colocasse em uma instituição psiquiátrica em vez de na prisão que o apavorava tanto? Ou seu sonho de parricídio foi gerado no ermo sombrio entre a doença e a maldade irredutível?

– ... ele teve uma infância terrível – dizia Izzy e depois, como Strike e Robin não responderam –, ele *teve*, sabe, teve de verdade. Não quero falar mal de papai, mas Freddie era *tudo*. Papai não gostava de Raff e da Orca... quer dizer, Ornella, a mãe dele... bom, Torks sempre diz que ela mais parece uma prostituta de alta classe do que qualquer outra coisa. Quando Raff não estava no colégio interno, ela o arrastava junto dela, sempre perseguindo algum homem novo.

– Existem infâncias piores – disse Strike.

Robin, que tinha acabado de pensar que a vida de Raphael com a mãe não era diferente do pouco que ela sabia sobre os primeiros anos de Strike, ficou ainda assim surpresa ao ouvi-lo expressar esta opinião com tanta franqueza.

– Muita gente passou por coisa pior do que ter uma farrista como mãe – disse ele – e não matou ninguém. Veja Billy Knight. Sem mãe nenhuma pela maior parte da vida. Pai violento e alcoólatra, espancado e desprezado, acaba com uma grave doença mental e nunca machucou ninguém. Ele foi a meu escritório em pleno surto, queria justiça para outra pessoa.

– Sim – disse Izzy apressadamente –, sim, é verdade, claro.

Mas Robin teve a impressão de que mesmo agora Izzy não conseguia equiparar a dor de Raphael com a de Billy. O sofrimento do primeiro sempre evocaria mais piedade nela do que o do último, porque um Chiswell era intrinsecamente diferente do tipo de garotos sem mãe cujos espancamentos ficavam escondidos na mata, onde os trabalhadores da propriedade viviam de acordo com as leis de sua espécie.

– Ele chegou – disse Strike.

Billy Knight tinha acabado de entrar no restaurante, com gotas de chuva brilhando no cabelo tosado. Embora ainda muito magro, seu rosto estava mais cheio, sua pessoa e as roupas mais limpas. Ele teve alta do hospital apenas uma semana antes e agora morava no apartamento de Jimmy na Charlemont Road.

– Oi – disse ele a Strike. – Desculpe pelo atraso. O metrô levou mais tempo do que eu pensava.

– Não tem problema – disseram as duas mulheres ao mesmo tempo.

– Você é Izzy – disse Billy, sentando-se ao lado dela. – Não vejo você há muito tempo.

– Não – disse Izzy, com uma vivacidade um tanto exagerada. – Já faz um bom tempo, não é?

Robin estendeu a mão pela mesa.

– Oi, Billy, meu nome é Robin.

– Oi – disse ele de novo, apertando sua mão.

– Quer um vinho, Billy? – ofereceu Izzy. – Ou cerveja?

— Não posso beber por causa de meus remédios – ele respondeu.

— Ah, não, claro que não – disse Izzy, nervosa. — Humm... bom, beba uma água, e aqui está seu cardápio... ainda não pedimos...

Depois que a garçonete apareceu e saiu, Strike se dirigiu a Billy.

— Fiz uma promessa a você quando o visitei no hospital – disse ele. — Eu disse que ia descobrir o que aconteceu com a criança que você viu estrangulada.

— Sim – disse Billy, apreensivo. Foi na esperança de ouvir a resposta para um mistério de vinte anos que ele fez o percurso de East Ham a Chelsea na chuva. — Por telefone, você disse que tinha resolvido o caso.

— Sim – disse Strike –, mas quero que você ouça isto de alguém que sabia, que estava lá na época, assim terá a história completa.

— Você? – disse Billy, virando-se para Izzy. — Você estava *lá*? Lá no cavalo?

— Não, não – disse Izzy apressadamente. — Aconteceu durante as férias da escola.

Ela tomou um gole fortificante de vinho, baixou a taça, respirou fundo e falou:

— Fizzy e eu estávamos na casa de amigas da escola. Eu... soube do que aconteceu depois...

"O que aconteceu foi que... Freddie veio da universidade para casa e trouxe alguns amigos. Papai os deixou na casa porque tinha de comparecer a um jantar do antigo regimento em Londres...

"Freddie podia ser... a verdade é que ele às vezes era terrivelmente perverso. Ele pegou muito vinho no porão e todos ficaram bêbados, depois uma das meninas disse que queria testar a verdade daquela história sobre o cavalo branco... você sabe qual", disse ela a Billy, o morador de Uffington. "Se você rodar três vezes no olho e fizer um pedido..."

— É – disse Billy, assentindo. Seus olhos atormentados estavam imensos.

— Então todos saíram da casa no escuro, mas sendo Freddie... ele *era mesmo* perverso... eles fizeram um desvio pela mata até a *sua* casa. O Steda Cottage. Porque Freddie queria comprar, ah, marijuana, que seu irmão plantava?

— É – repetiu Billy.

— Freddie queria comprar um pouco, assim eles podiam fumar, no alto do cavalo branco enquanto as meninas faziam seus pedidos. É claro que eles não deviam estar dirigindo. Já estavam bêbados.

"Bom, quando eles chegaram a sua casa, seu pai não estava lá..."

– Ele estava no celeiro – disse Billy de súbito. – Terminando um lote de... sabe o quê.

A lembrança parece ter aberto caminho à força para a frente de sua mente, estimulada pela narração de Izzy. Strike viu a mão esquerda de Billy segurar firmemente a direita, para impedir a recorrência do tique que, para Billy, parecia ter algum significado para afastar o mal. A chuva ainda batia nas janelas do restaurante e Serge Gainsbourg cantava, *"Oh, je voudrais tant que tu te souviennes..."*

– Então – disse Izzy, respirando fundo outra vez –, pelo que eu soube de uma das meninas que estiveram lá... não sei dizer quem – acrescentou ela, meio na defensiva, para Strike e Robin –, já faz muito tempo e ela ficou traumatizada com toda a história... bom, a entrada barulhenta de Freddie e dos amigos no chalé acordou você, Billy. Era um grupo grande deles ali dentro e Jimmy enrolou um baseado para eles antes de saírem... mas então – Izzy engoliu em seco –, você estava com fome e Jimmy... ou talvez – ela estremeceu –, talvez tenha sido Freddie, não sei... eles acharam que seria divertido pegar um pouco do que estavam fumando e colocar no seu iogurte.

Robin imaginou os amigos de Freddie, alguns talvez curtindo a emoção exótica de ficar sentados naquele chalé escuro de trabalhador com um morador que vendia drogas, mas outros, como a garota que contou a história a Izzy, apreensiva com o que estava acontecendo, mas nova demais, com medo demais dos colegas alegres para interferir. Todos pareciam adultos para o Billy de cinco anos, mas agora Robin sabia que todos tinham no máximo de dezenove a 21.

– É – disse Billy em voz baixa. – Eu sabia que eles tinham me dado alguma coisa.

– Então, Jimmy quis ir com eles, no alto do morro. Soube que ele ficou meio a fim de uma das meninas – disse Izzy com afetação. – Mas você não estava muito bem, depois de comer aquele iogurte. Ele não podia deixar você sozinho naquele estado, então o levou.

"Vocês todos se amontoaram em dois Land Rovers e partiram para Dragon Hill."

– Mas... não, está errado – disse Billy. A expressão atormentada tinha voltado a seu rosto. – Onde está a garotinha? Ela já estava lá. Estava conosco no carro. Eu me lembro que eles a tiraram quando chegamos ao morro. Ela chorava e pedia pela mãe.

— Não... não era uma garotinha — disse Izzy. — Era só Freddie... bom, era a ideia dele de diversão...

— *Era* uma garotinha. Eles a chamaram por um nome de menina — disse Billy. — Eu me lembro.

— Sim — disse Izzy, infeliz. — Raphaela.

— Isso! — disse Billy em voz alta e cabeças se viraram pelo restaurante. — Isso! — Billy repetiu aos sussurros, de olhos arregalados. — Raphaela, foi como a chamaram...

— Não era uma menina, Billy... era meu... era meu...

Izzy pressionou de novo o guardanapo nos olhos.

— *Desculpem-me*... era meu irmão mais novo, Raphael. Freddie e os amigos deviam cuidar dele, com meu pai fora de casa. Raff era incrivelmente lindo quando pequeno. Foi acordado por eles também, acho, e as meninas disseram que não podiam deixá-lo na casa, deviam levar com eles. Freddie não queria. Queria deixar Raff ali sozinho, mas as meninas prometeram que cuidariam dele.

"Mas depois que todos chegaram lá em cima, Freddie estava terrivelmente bêbado, tinha fumado muita maconha, Raff não parava de chorar e Freddie ficou irritado. Disse que ele estava estragando tudo e então..."

— Ele o estrangulou — disse Billy, com uma expressão de pânico. — Foi real, ele matou...

— Não, não, não matou! — disse Izzy, aflita. — Billy, você sabe que ele não matou... você *deve* se lembrar de Raff, ele passava todo verão conosco, ele está vivo!

— Freddie pôs as mãos no pescoço de Raphael — disse Strike — e apertou até ele ficar inconsciente. Raphael urinou. Ele desmaiou. Mas não morreu.

A mão esquerda de Billy ainda segurava firmemente a direita.

— Eu *vi* isso.

— Sim, você viu — disse Strike — e, dadas as circunstâncias, você foi uma ótima testemunha.

A garçonete voltou com as refeições. Depois que todos foram servidos, Strike com seu filé de alcatra com fritas, as duas mulheres com a salada de quinoa e Billy com a sopa, só o que ele parece ter sentido confiança para pedir, Izzy continuou sua história.

— Raff me contou o que aconteceu quando eu voltei das férias. Ele era muito pequeno, estava muito perturbado, tentei levantar o assunto com papai, mas ele não quis ouvir. Simplesmente me ignorou. Disse que Raphael era choramingas e sempre... sempre reclamava...

"E eu penso no passado", disse ela a Strike e Robin, os olhos novamente se enchendo de lágrimas, "e penso em tudo isso... quanto ódio Raff deve ter sentido, depois de coisas assim..."

— Sim, a equipe da defesa de Raphael provavelmente vai tentar usar esse tipo de argumento — disse Strike rapidamente, enquanto atacava a carne —, mas isto não elimina o fato, Izzy, de que ele só concretizou o desejo de ver seu pai morto quando descobriu que havia um Stubbs pendurado no segundo andar.

— O Stubbs controverso — Izzy corrigiu Strike, pegando um lenço no punho e assoando o nariz. — Henry Drummond acha que é uma reprodução. O homem da Christie's tem esperanças, mas existe um aficionado em Stubbs nos Estados Unidos que vem examiná-lo e ele disse que não combina com as anotações que Stubbs fez da pintura perdida... mas sinceramente — ela meneou a cabeça —, não dou a mínima. No que aquela coisa resultou, o que fez a nossa família... por mim, o quadro pode ir para o lixo. Existem coisas mais importantes — disse Izzy com a voz rouca — do que o dinheiro.

Strike tinha uma desculpa para não responder, a boca estava cheia de carne, mas ele se perguntou se ocorria a Izzy que o homem frágil ao lado dela morava em um apartamento mínimo de dois cômodos em East Ham com o irmão e que Billy, propriamente falando, devia receber o dinheiro da venda do último lote de cadafalsos. Talvez, depois que o Stubbs fosse vendido, a família Chiswell pudesse considerar o cumprimento desta obrigação.

Billy tomava sua sopa quase em transe, com os olhos desfocados. Robin achou que este estado profundamente contemplativo parecia pacífico, até feliz.

— Então eu devo ter confundido, não é? — perguntou Billy por fim. Ele agora falava com a confiança de um homem que sentia os pés firmes na realidade. — Eu vi o cavalo sendo enterrado e achei que era a criança. Eu confundi tudo, foi só isso.

— Bom — disse Strike —, acho que pode haver um pouco mais do que isso. Você sabia que o homem que estrangulou a criança foi o mesmo que enterrou o cavalo no vale com seu pai. Suponho que Freddie não ficasse muito por lá, sendo muito mais velho do que você, então você não tinha completa clareza de quem ele era... mas acho que você bloqueou muita coisa sobre o cavalo e como ele morreu. Você misturou dois atos de crueldade perpetrados pela mesma pessoa.

— O que aconteceu — perguntou Billy, agora um tanto apreensivo — com o cavalo?

— Não se lembra de Spotty? — perguntou Izzy.

Admirado, Billy baixou a colher de sopa e estendeu a mão horizontalmente a cerca de um metro do chão.

— Aquela pequena... sim... não pastava no gramado de croqué?

— Ela era uma égua miniatura malhada e *bem velha* — explicou Izzy a Strike e Robin. — Era a última dos cavalos de Tinky. Tinky tinha um gosto medonho e brega, até para os cavalos...

(... *Ninguém percebeu, e sabe por quê? Porque eles eram uns esnobes arrogantes de merda...*)

— ... mas Spotty era um amor — admitiu Izzy. — Ela seguia a gente como um cachorro, quando estávamos no jardim...

"Não acho que Freddie *pretendesse* fazer isso... mas", disse ela desesperada, "ah, não sei de mais nada. Não sei o que ele estava pensando... ele sempre teve um gênio terrível. Algo o havia irritado. Papai estava fora, ele pegou o rifle de papai no armário de armas, subiu no telhado e começou a disparar nas aves, e depois... bom, ele me disse depois que não pretendia atingir Spotty, mas ele deve ter feito pontaria perto dela, não é, para matá-la?"

Ele fez pontaria nela, pensou Strike. *Ninguém mete duas balas na cabeça de um animal daquela distância sem ter essa intenção.*

— E então ele entrou em pânico — disse Izzy. — Procurou Jack o'... quer dizer, seu pai — disse ela a Billy — para ajudá-lo a enterrar o corpo. Quando papai chegou em casa, Freddie fingiu que Spotty tinha desmaiado, que ele chamou o veterinário que a levou, mas é claro que essa história não se sustentou nem por dois minutos. Papai ficou *furioso* quando descobriu a verdade. Ele não suportava crueldade com animais.

"Quando eu soube, me partiu o coração", disse Izzy com tristeza. "Eu adorava Spotty."

— Você por acaso não colocou uma cruz no chão onde ela foi enterrada, Izzy? — perguntou Robin, com o garfo suspenso em pleno ar.

— E *como é* que você sabe disso? – perguntou Izzy, assombrada, enquanto as lágrimas voltavam a escorrer de seus olhos e ela pegava novamente o lenço.

O aguaceiro continuava enquanto Strike e Robin se afastavam da *brasserie* juntos, acompanhando o Chelsea Embankment na direção da Albert Bridge. O Tâmisa cinza-ardósia rolava eternamente, sua superfície mal era perturbada pela chuva que engrossava ameaçando apagar o cigarro de Strike e ensopar os poucos fios de cabelo que tinham escapado do capuz da capa de chuva de Robin.

— Bom, isto é a classe alta – disse Strike. – Esgane suas crianças por todos os meios, mas não toquem nos cavalos.

— Não é inteiramente justo – Robin o censurou. – Izzy acha que Raphael foi tratado de um jeito horrível.

— Não é nada perto do que espera por ele em Dartmoor – disse Strike com indiferença. – Minha compaixão tem limite.

— Sim – disse Robin –, você já deixou isso muito claro.

Os sapatos dos dois batiam, molhados, na calçada reluzente.

— A terapia ainda vai bem? – perguntou Strike, que limitava a pergunta a uma vez por semana. – Continua com seus exercícios?

— Diligentemente – disse Robin.

— Deixe de ser impertinente, eu falo sério...

— E eu também – disse Robin, sem se alterar. – Estou fazendo o que devo. Não tenho uma crise de pânico há semanas. Como está sua perna?

— Melhorando. Faço meus alongamentos. Cuido da minha dieta.

— Você acaba de comer meia plantação de batata e a maior parte de uma vaca.

— Esta foi a última refeição que eu pude cobrar dos Chiswell – disse Strike. – Queria aproveitar ao máximo. Quais são seus planos para esta tarde?

— Preciso pegar aquele arquivo de Andy, depois ligar para o cara em Finsbury Park e ver se ele vai conversar conosco. Ah, e Nick e Ilsa pediram para perguntar se você quer comer um curry delivery esta noite.

Robin tinha cedido à insistência combinada de Nick, Ilsa e do próprio Strike de que morar em um quarto em uma casa cheia de estranhas não era desejável logo depois de ser feita refém na mira de uma arma. Em três dias, ela estaria se mudando para um quarto em um apartamento em Earl's Court que ia dividir com um amigo ator e gay de Ilsa, cuja parceira anterior tinha se mudado. As exigências declaradas de seu novo colega de apartamento eram higiene, sensatez e tolerância com horários irregulares.

– Sim, ótimo – disse Strike. – Mas primeiro terei de voltar ao escritório. Barclay acha que desta vez pegou direitinho o Duvidoso. Outra adolescente, entrando e saindo de um motel juntos.

– Ótimo – disse Robin. – Não, não quis dizer ótimo, quis dizer...

– É ótimo – disse Strike com firmeza, enquanto a chuva caía em cima e em volta deles. – Outro cliente satisfeito. O saldo bancário parece saudável, o que é pouco característico. Talvez possa aumentar seu salário um pouco. Mas então, eu fico por aqui. Vejo você mais tarde na casa de Nick e Ilsa.

Eles se separaram com um aceno, escondendo do outro o leve sorriso que cada um tinha depois de se afastarem, satisfeitos por saberem que se encontrariam de novo dentro de algumas horas, com curry e cerveja na casa de Nick e Ilsa. Mas logo Robin dedicaria seus pensamentos às perguntas que precisavam das respostas de um homem em Finsbury Park.

De cabeça baixa contra a chuva, ela não tinha como prestar atenção na magnífica mansão por que passava ao caminhar, suas janelas pontilhadas de chuva dando para o rio grandioso, as portas da frente com dois cisnes gravados.

AGRADECIMENTOS

Por motivos que não estão inteiramente relacionados com a complexidade da trama, *Branco letal* foi um dos livros mais desafiadores que já escrevi, mas é também um de meus preferidos. Eu verdadeiramente não teria conseguido sem a ajuda das pessoas que se seguem.

David Shelley, meu maravilhoso editor, concedeu-me todo o tempo de que eu precisava para deixar o romance exatamente como eu queria. Sem sua compreensão, paciência e habilidade, talvez não existisse nenhum *Branco letal*.

Meu marido Neil leu os originais enquanto eu os escrevia. Seu feedback foi inestimável, e ele também me deu apoio de mil outras maneiras práticas, mas creio que sou mais agradecida pelo fato de ele nem uma vez perguntar por que decidi escrever um romance grande e complexo enquanto também trabalhava em uma peça e dois roteiros. Sei que ele sabe o motivo, mas não existem muitas pessoas que resistissem à tentação.

O sr. Galbraith ainda não acredita muito na sorte de ter uma agente incrível que também é uma amiga querida. Obrigada, A Outra Neil (Blair).

Muitas pessoas me ajudaram a pesquisar os vários locais que Strike e Robin visitam durante esta história e me deram o benefício de sua experiência e conhecimento. Minha mais profunda gratidão a:

Simon Berry e Stephen Fry, que me levaram a um almoço fabuloso e memorável no Pratt's e permitiram que eu visse o livro de apostas; parlamentar Jess Phillips, que foi incrivelmente prestativa, mostrou-me a Câmara dos Comuns e a Portcullis House e, com Sophie Francis-Cansfield, David Doig e Ian Stevens, respondeu a inumeráveis perguntas sobre a vida em Westminster; baronesa Joanna Shields, que também foi tão gentil e generosa com seu tempo, mostrou-me o interior do DCME, respondeu a todas as minhas perguntas e me permitiu visitar a Lancaster House; Raquel Black, que não podia ser mais útil, em particular ao tirar fotos quando fiquei sem bateria; Ian Chapman e James Yorke, que me proporcionaram uma fascinante visita guiada pela Lancaster House; e Brian Spanner, pelo dia em Horse Isle.

Eu ficaria inteiramente perdida sem minha equipe do escritório e de apoio em casa. Um imenso agradecimento, portanto, a Di Brooks, Danni Cameron, Angela Milne, Ross Milne e Kaisa Tiensuu por seu trabalho árduo e bom humor, ambos profundamente apreciados.

Depois de dezesseis anos juntas, espero que Fiona Shapcott saiba exatamente o quanto ela significa para mim. Obrigada, Fi, por tudo que você faz.

Meu amigo David Goodwin foi uma fonte infalível de inspiração e este livro não seria o que é sem ele.

A QSC, por outro lado, foi um estorvo.

A Mark Hutchinson, Rebecca Salt e Nicky Stonehill, obrigada por manterem tudo firme este ano, especialmente naqueles períodos em que vocês deram firmeza *a mim*.

E por fim, mas nunca, jamais menos importante: obrigada a meus filhos, Jessica, David e Kenzie, por me aguentarem. Ter uma escritora como mãe nem sempre é uma tarefa fácil, mas não valeria a pena viver no mundo real sem vocês e o papai.

CRÉDITOS

Epígrafes de Rosmersholm: *Complete Works of Henrik Ibsen* (Hastings: Delphi Classics, ebook), 2013. Tradução de Robert Farquharson.

"Wherever You Will Go" (p. 23 e p. 25) Letra e música de Aaron Kamin & Alex Band. © 2001 Alex Band Music/Universal Music Careers/BMG Platinum Songs/Amedeo Music. Universal Music Publishing MGB Limited/BMG Rights Management (EUA) LLC. Todos os direitos reservados. Usada com permissão de Hal Leonard Europe Limited.

"No Woman No Cry" (p. 90 e p. 91) Composta por Vincent Ford. Editada por Fifty Six Hope Road Music Limited/Primary Wave/Blue Mountain Music. Todos os direitos reservados.

"Esta é a palavra de Lachesis, filha da Necessidade" (p. 184) *The dialogues of Plato* (Nova York: Scribner, Armstrong & Co., ebook), 1873.

"Where Have You Been" (p. 413) Letra e música de Lukasz Gottwald, Geoff Mack, Adam Wiles, Esther Dean & Henry Russell Walter. © 2012 Kasz Money Publishing/Dat Damn Dean Music/Prescription Songs/Songs of Universal Inc./Oneirology Publishing/TSJ Merlyn Licensing BV/Hill and Range Southwind Mus S A. Carlin Music Corporation/Kobalt Music Publishing Limited/Universal/MCA Music Limited/EMI Music Publishing Limited. Todos os direitos reservados. Usada com permissão de Hal Leonard Europe Limited.

"Niggas In Paris" (p. 442 e p. 444) Letra e música de Reverend W.A. Donaldson, Kanye West, Chauncey Hollis, Shawn Carter & Mike Dean. © 2011 Unichappell Music Inc. (BMI)/EMI Blackwood Music Inc./Songs of Universal Inc./Please Gimme My Publishing Inc./U Can't Teach Bein' The Shhh Inc./Carter Boys Music (ASCAP)/Papa George Music (BMI). EMI Music Publishing Limited/Universal/MCA Music Limited. Todos os direitos em nome de Papa George Music, Carter Boys Music e Unichappell Music Inc. administrados por Warner/Chappell North America Ltd. Todos os direitos reservados. International Copyright Secured. Usada com permissão de Hal Leonard Europe Limited, Sony/ATV Music Publishing e Warner/Chappell North America Ltd.

"Black Trombone" (p. 635 e p. 636) Letra de Serge Gainsbourg © Warner Chappell Music, Imagem Music.

"Le Chanson de Prévert" (p. 640) Letra de Serge Gainsbourg © Warner Chappell Music, Imagem Music.

Impressão e Acabamento:
LIS GRÁFICA E EDITORA LTDA.